《水浒传》成书时间研究
——以《水浒传》早期传播史料为中心

The Research on the Formation Time of the *Water Margin*
——Focusing on the Early Material Popularization
of the *Water Margin*

王齐洲　等著

长江出版传媒
湖北人民出版社

图书在版编目(CIP)数据

《水浒传》成书时间研究：以《水浒传》早期传播史料为中心/王齐洲,王丽娟著.—武汉：湖北人民出版社,2022.5
 ISBN 978-7-216-10404-3

Ⅰ.①水… Ⅱ.①王…②王… Ⅲ.①《水浒》研究 Ⅳ.①I207.412

中国版本图书馆CIP数据核字（2021）第270225号

责任编辑：刘婉玲
　　　　　丁　茜
封面制作：董　昀
责任校对：范承勇
责任印制：肖迎军

《水浒传》成书时间研究：以《水浒传》早期传播史料为中心
SHUIHUZHUAN CHENGSHU SHIJIAN YANJIU:YI SHUIHUZHUAN ZAOQI CHUANBO SHILIAO WEI ZHONGXIN

出版发行：湖北人民出版社	地址：武汉市雄楚大道268号
印刷：武汉中远印务有限公司	邮编：430070
开本：787毫米×1092毫米　1/16	印张：19.75
字数：343千字	插页：3
版次：2022年5月第1版	印次：2022年5月第1次印刷
书号：ISBN 978-7-216-10404-3	定价：86.00元

本社网址：http://www.hbpp.com.cn
本社旗舰店：http://hbrmcbs.tmall.com
读者服务部电话：027-87679656
投诉举报电话：027-87679757
（图书如出现印装质量问题，由本社负责调换）

国家社科基金后期资助项目
出版说明

后期资助项目是国家社科基金设立的一类重要项目，旨在鼓励广大社科研究者潜心治学，支持基础研究多出优秀成果。它是经过严格评审，从接近完成的科研成果中遴选立项的。为扩大后期资助项目的影响，更好地推动学术发展，促进成果转化，全国哲学社会科学工作办公室按照"统一设计、统一标识、统一版式、形成系列"的总体要求，组织出版国家社科基金后期资助项目成果。

全国哲学社会科学工作办公室

摘 要

《水浒传》成书时间问题，既是涉及中国小说发展的重大问题，也是涉及中国文学发展的重大问题。现今通行看法是《水浒传》成书于元末明初，大学《中国文学史》教材和中学《语文》教科书大多如此主张。然而，这一主张却并没有提供经得起检验的事实证据，不是科学结论。也有学者不同意这种判断，认为元末明初不会有如此成熟的长篇通俗小说诞生，其诞生后也不可能在近两个世纪中没有产生任何社会影响。近代以来，有关争论主要围绕《水浒传》作者、版本和作品内容等问题展开，却始终没有得出令人满意的结论。

本书运用文献—传播学方法，通过对《水浒传》早期传播史料的细致辨析，来确证《水浒传》成书时间，为解决《水浒传》成书时间问题提供了一种新的研究思路和研究方法。书中具体讨论了李开先《一笑散》（《词谑》别称）、杨慎《词品》、张丑《清河书画舫》《真迹日录》《书画见闻表》、钱希言《戏瑕》、陆容《菽园杂记》、潘之恒《叶子谱》、熊过《故相国石斋杨公墓表》、杜堇《水浒人物全图》等与《水浒传》早期传播相关的文献资料，证明《水浒传》早期传播时间不早于明代嘉靖初年，具体为嘉靖三年（1524）至嘉靖九年（1530）之间。由于《水浒传》是市场化的通俗小说，因而可以推论，它的成书时间与其早期传播时间接近，应该是在明代中叶而不是在元末明初。

自　　序

　　我对《水浒传》的兴趣，从20世纪60年代初就开始了。当时的初中《语文》课本里选有《武松打虎》和《鲁提辖拳打镇关西》，我被武松的机警勇猛、非凡神力所震撼，尤其喜欢鲁达"路见不平，拔刀相助""杀人须见血，救人须救彻"的豪侠气概。有了这种阅读快感，我便找来《水浒传》全本阅读，时而激动，时而迷惑，尽管爱不释手，却也不免常常气愤填膺，为宋江等人的最终失败而扼腕。这种带着情绪的阅读体验虽然痛快，但并没有考虑应该如何理解和评价《水浒传》文本，自然谈不上有什么研究。而在"文化大革命"的"评《水浒》"运动中，我作为荆州师范学校的中文老师兼班主任，要带着一个班的学生开展"评《水浒》，批投降"的活动，不能不再次完整细致地阅读《水浒传》，进而了解历史上尤其是中华人民共和国成立以来学术界对《水浒传》的主要看法。通过阅读和了解，我知道了人们对《水浒传》的认识从来没有一致过，甚至存在截然相反的意见，这样，我也就能够较准确、较全面地回答学生关于如何理解毛泽东和鲁迅对《水浒传》的评论的问题。这时的我可以说有了初步的理性思考和研究意识。直到改革开放初期，我到武汉师范学院中文系（今湖北大学文学院）进修，听张国光先生讲"两种《水浒》，两个宋江"，参与筹办国内唯一的《水浒》研究专刊——《水浒争鸣》，才真正自觉地投入到《水浒传》的研究之中。从1980年到1984年，我先后在《文学评论丛刊》《社会科学研究》《荆州师专学报》《水浒争鸣》《争鸣》《江汉论坛》《天津社会科学》等刊物发表了8篇关于《水浒传》和金圣叹的论文，其中5篇被中国人民大学书报资料中心《中国古代、近代文学研究》复印，《中国文学研究年鉴》《北京文艺年鉴》也介绍过其中的几篇，产生了一定的社会影响。在为荆州师范专科学校中文系77级、79级学生授课时，我没有按照教材照本宣科，而是根据自己的研究所得讲解《水浒传》，如《水浒传》

是否为描写农民起义的作品，宋江是农民革命的投降派还是地主阶级的革新派，怎样理解李师师的形象塑造与《水浒传》的创作思想，明代对《水浒》是推崇还是禁毁，以及如何评价金圣叹腰斩《水浒传》和他对《水浒传》的有关批评，等等。这样的讲解受到了学生们的真诚欢迎，也更坚定了我研究《水浒传》的信心。

《水浒传》的问题固然很多，其中最基础、最重要、最优先的问题是《水浒传》成书时间问题。因为只有确定《水浒传》成书时间，才能准确判断它在中国小说史乃至中国文学史上的地位，才能正确评价它对于当时文学艺术、思想文化乃至社会政治生活和文化生活的影响。我在给荆州师范专科学校中文系77级、79级学生授课时，对《水浒传》成书时间还没来得及做深入研究，只是心存疑虑，提醒同学们注意这一问题。当时国家高等教育主管部门指定的中国文学史教材有三种，即游国恩等主编的《中国文学史》（四册）、中国科学院文学研究所中国文学史编写组编写的《中国文学史》（三册）和刘大杰著的《中国文学发展史》（三册）。虽然这三种教材都将《水浒传》的成书时间确定在元末明初，但却没有任何一部教材提供确定其成书时间的可靠文献依据。例如，文学研究所编写的《中国文学史》在《水浒传》专章第一节《〈水浒传〉的形成》中这样写道："元末爆发了农民大起义，群众性的反抗运动风起云涌。它们规模庞大，波及的范围广泛，其间又有许多可歌可泣的事迹产生，因此给人们留下了深刻的印象。于是，这时便产生了用长篇小说的形式来反映农民革命事业的客观要求。伟大的作家施耐庵承担起这项历史使命，写成了《水浒传》。"因为元末爆发了农民大起义，因为社会有用长篇小说反映农民起义的客观要求，所以就产生了《水浒传》。这样的逻辑推理并不是真正的科学研究，因为科学研究要求提供事实证据，不能仅仅依靠逻辑推理。况且这种逻辑推理也不能成立。实际上，宋江起义发生在北宋末年，同时还有方腊起义，占领过六州五十二县，朝野震动，之后还有钟相、杨幺起义。这些起义规模并不小，衍生的故事也很多。教材的编写者为什么不说北宋末年声势浩大的农民起义给人们留下了深刻的印象，南宋社会有用长篇小说反映农民起义的客观要求，从而将《水浒传》成书时间确定为南宋时期呢？当然，教材也给出了理由："施耐庵大约是和罗贯中同时的人，他的生平事迹不得而知。传说他同元末农民起义运动有一定的联系，甚或亲自参加了起义的队伍。"既然对他的生平事迹"不得而知"，怎么能够确定他的生活年代是在元末，还"同元末农民起义运动有一定的联系"呢？说他"大约是和罗贯中同时的人"，而明人田汝成在《西湖游览志余》里明确说"钱塘罗贯中本者，南宋时人"，"传说"为"南宋时人"的罗贯中又怎么能够与"亲自参加了"元末农民起义的施耐庵"同时"呢？依靠"大约""传说""不得而知"的作者信息怎么可以确定《水浒传》的成书时间？刘大杰先生的说法倒是直截了当，他说："关于施耐庵的生平，至今尚无确切的资料，据说他生于元成宗元贞二年，卒于明太祖洪武三年。原名耳，又名子安，祖籍苏州，曾出仕钱塘，又传他曾参加张士诚军。但这些都还待证实。"这段说明中，有关施耐庵的生平"至今尚无确切的资料"的说法是切实的、严谨的，而那些"据说""又传"的说法则是"还待证实"的，是不能作为证据的。利用"还待证实"的不能作为证据的资料得出的《水浒传》的所谓确切成书时间，实在不应该作为结论写进教材，对学生形成误导。何况明嘉靖年间人们谈论《水浒传》时，所提作者多是罗贯中，或者说"钱塘施耐庵的本，罗贯中编次"。从明万历年间胡应麟提到《水浒传》作者为施耐庵开始，明末金圣叹说《水浒传》为施耐庵作、罗贯中续，并将前七十回确定为施耐庵所作之后，施耐庵才成了《水浒传》（实即《第五才子书》）的唯一作者。传说施耐庵是罗贯中的老师，《三国志演义》却又诞生在《水浒传》之前，而这两部长篇小说的思想倾向、语言风格、人物塑造、艺术手法又有很大不同，我们很难说上述那些"传说"是真实可信的。况且撰写《三国志演义》的小说家罗贯中，是否就是明初《录鬼簿续编》著录的那个创作了《宋太祖龙虎风云会》的戏曲家罗贯中，也是一个有待证明的问题。中国人姓氏有限，同姓名者比比皆是，怎么能够因为姓名相同就认定这两个罗贯中为同一个人呢？宋人罗泌在《路史·同名氏辨》中早已指出："耳目之所接，有不得而尽。世知孔子之谥文宣王，而不知齐之竟陵王子良与隋之长孙雅亦曰文宣王。汉两龚遂俱为郡太守，而两京房俱明《易》灾异。然则千岁之久，万里之远，其不约而合者，渠可既邪谁？"在自然科学研究中，大家都自觉遵守一个共同的学术规则，即一切没有被实验或事实所证明的理论，哪怕这一理论逻辑严密，也只能作为"猜想"或"假说"，不能作为定论。为何文学研究中尤其是通俗小说研究中要将"猜想"或"假说"作为常识写进教科书，然后在这些所谓"常识"的基础上推演出那么多的结论来呢？这难免让学生们感到疑惑，我自然也无法向他们做出有说服力的解释，因为我本身并不相信这些结论。

对于《水浒传》成书时间的研究，学术界向来比较重视，许多同仁在作者、版本、作品内证等方面下了苦功，做出了有一定影响的研究成果，却始终没能真正解决这一问题。我一直关注着这项研究，认真拜读学者们的大作，也思考着如何走出研究困境，寻找到新的突破口。1998年，王丽娟考取了我的硕士研究生（我当时在湖北大学文学院任教授），她喜欢《水浒传》，想以《水浒传》作为学位论文的研究对象。我表示赞同，并向她提出建议：从现有文献资料来看，最早提及《水浒传》的是明嘉靖时期的一批学者，而以李开先的《一笑散·时调》记载为最早，能否通过解读这些文献资料，尤其是从《水浒传》的早期传播史料入手，尝试解决《水浒传》的成书时间问题。因为所有认为《水浒传》成书于元末明初的学者，虽然可以提供明中期以后的传说材料，却无法提供元末明初有关《水浒传》作者、版本的原始文献和《水浒传》有效传播的直接证据，因而难以得出科学结论。因此，我们的研究应该将文献学与传播学结合起来，让研究结论建立在可靠文献和有效传播的基础之上，这可能形成新的研究思路和研究方法，找到落实《水浒传》成书时间的真正突破口。她接受了我的意见，认真阅读了嘉靖时期所有与《水浒传》传播发生关联的学者的文集和相关资料，写成《〈水浒传〉成书时间新证》一文。在她写作的过程中，我自然做了指导，也给予了意见，并对她的文稿做过修改，最后以她个人的名义将该文发表在《湖北大学学报（哲学社会科学版）》2001年第1期上。此文发表前，学报编辑部曾将此文送中国社会科学院文学研究所石昌渝先生评审，石先生给予了很高评价，建议立即发表。此文发表后，得到了许多《水浒传》研究者的肯定，至今仍然有人引用。王丽娟以此文为核心所形成的硕士论文《〈水浒传〉的早期传播与接受——兼论〈水浒传〉的成书时间》被评为湖北省高等学校优秀硕士论文。看到自己的弟子能够做出这样的研究成果，我的内心自然是十分高兴的。

事实上，石昌渝先生从20世纪90年代开始一直在探讨从研究《水浒传》内证的角度来解决《水浒传》的成书时间问题，发表了一系列高水平的论文。然而，他的具体证据、论证方法和研究结论也受到不少学者的质疑。尤其是萧相恺和苗怀明两位先生联名与石昌渝先生在《文学遗产》上分别发表的数篇商榷论文，将有关讨论推向高潮。这场讨论也引起我的兴趣，促使我进一步思考有关《水浒传》成书时间的问题。我的观点与石先生的研究结论比较接近，都认为《水浒传》成书于明嘉靖时期，但研究思路和研究方法却有所不同，因为我觉得运用内证法很难解决《水浒传》成书时间问题，而运用文献—传播学方法则有可能解决这一问题。于是，我写了《论〈水浒传〉的早期传播——以张丑著录文徵明小楷古本〈水浒传〉为中心》一文。当时《文学遗产》网络版试刊，负责网络版的竺青先生向我约稿，我便将此稿给他，发表在《文学遗产》网络版2009年第2期，次年又在《社会科学研究》2010年第3期刊出，受到了学术界的关注。这时王丽娟早已从北京师范大学郭英德先生那里博士毕业，到华南农业大学工作，我将此文传给她参考，并希望她继续从《水浒传》早期传播史料入手，将《水浒传》成书时间的研究向纵深推进。她愉快地答应了。于是我们二人分工合作，对李开先的《一笑散》（《词谑》别称）、杨慎的《词品》、张丑的《清河书画舫》《真迹日录》《书画见闻表》、钱希言的《戏瑕》、陆容的《菽园杂记》、潘之恒的《叶子谱》、熊过的《故相国石斋杨公墓表》、杜堇的《水浒人物全图》等与《水浒传》早期传播相关的文献资料，进行了认真细致的讨论，证明《水浒传》早期传播时间不早于明代嘉靖初年，具体为嘉靖三年（1524）至嘉靖九年（1530）之间。而面向市场的通俗小说《水浒传》的成书时间应该与其早期传播时间接近，这样，其成书时间可定为明世宗嘉靖初年，不应该是通常所说的元末明初。这些论文先后发表在《湖北大学学报（哲学社会科学版）》《南开学报（哲学社会科学版）》《北京师范大学学报（社会科学版）》《中山大学学报（社会科学版）》《南京大学学报（哲学·人文科学·社会科学）》《社会科学研究》《学术研究》《明清小说研究》等刊物上。我们期望紧扣《水浒传》早期传播史料这一关键，运用文献—传播学方法来研究《水浒传》的成书时间，让研究结论建立在切实可靠的直接证据的基础之上，排除各种伪文献和情感因素的干扰，为学术界提供一种新的研究思路和研究方法，改变通俗小说研究领域不注重直接证据而喜欢以猜想代替实证的非科学痼疾，将有关讨论引向深入。这些论文发表后，得到了学术界的充分肯定。也有个别学者提出不同意见，我们进行了积极的回应，取得了预期的效果。

本书即是在这些研究成果的基础上重新结构、整理、修订、充实而成，与原来发表的论文有了很大的不同，不仅材料更为丰富，论证更加周密，而且补充完善了对一些关键材料的讨论，修正了原论文中出现的某些失误，更能体现我们现在的认识水平。书后所附的有关论文，是为了让读者能够对书中讨论的问题有更深入的了解，对运用文献—传播学方法来研究《水浒传》成书时间做更理性更客观的思考。至于我们的研究是否真正解决了《水浒传》成书时间问题，还有待于读者诸君的审查和批评。

是为序。

王齐洲

壬寅春日于武昌桂子山两学轩

目　　录

绪论　《水浒传》成书时间研究需要更有效的方法 …………… 1
　一　通过作者考察《水浒传》成书时间而陷入困境 …………… 2
　二　通过版本考察《水浒传》成书时间仍存在困难 …………… 11
　三　文献—传播学方法是解决《水浒传》成书时间的有效方法 … 22

第一章　李开先《一笑散》所反映的《水浒传》早期传播 ……… 37
　第一节　崔铣等人评论《水浒传》的确切时间 ………………… 37
　第二节　由《词品》及其他推测《水浒传》成书时间的上限 …… 50

第二章　杨慎《词品》所载"宋江词"辨析 ……………………… 60
　第一节　《词品》和《水浒传》所载"宋江词"比较 …………… 60
　第二节　"宋江词"的出处和词作原文 ………………………… 70
　第三节　关于"宋江词"的作者问题 …………………………… 78
　第四节　杨慎是否读过《水浒传》 ……………………………… 81

第三章　张丑著录文徵明小楷古本《水浒传》考辨 ……………… 86
　第一节　相关讨论的简要回顾 …………………………………… 87
　第二节　张丑其人及文徵明小楷古本《水浒传》的真实性 …… 90
　第三节　文徵明抄写《水浒传》的时间 ………………………… 95

第四章　钱希言《戏瑕》所记《水浒传》传播史料辨析 ………… 104
　第一节　与文徵明诸公一起"听人说宋江"的不是钱希言 …… 104
　第二节　与"文徵明诸公"一起听人说"宋江"的是钱允治 … 108

第五章　《戏瑕》所记"文待诏诸公暇日喜听人说宋江"再析 … 118
　第一节　"文待诏诸公"并非专指"吴中四才子" …………… 119
　第二节　文、祝、唐、徐不可能在青年时期一起"听人说宋江" … 125
　第三节　文徵明晚年最有可能"听人说宋江" ………………… 132

第四节 《戏瑕》所载正是文徵明晚年与门生故旧"听人说宋江" ………………………………………………………… 136

第六章 从《菽园杂记》《叶子谱》看《水浒传》成书时间 ……… 141
  第一节 关于陆容《菽园杂记》所记"叶子戏"的已有讨论 …… 142
  第二节 《菽园杂记》与《叶子谱》所记"叶子戏"的比较…… 144
  第三节 陆容生前没有见过《水浒传》……………………… 152

第七章 熊过《故相国石斋杨公墓表》与《水浒传》早期传播 …… 160
  第一节 关于"或说七等《水浒传》宋江赦者"的不同解读 …… 160
  第二节 《故相国石斋杨公墓表》的详细解析 ……………… 163
  第三节 从熊过、杨慎交游看《水浒传》的早期传播 ……… 173

第八章 杜堇《水浒人物全图》考论 ……………………………… 180
  第一节 杜堇其人及其大致生活年代 ………………………… 180
  第二节 杜堇的交游及李开先、郎瑛对他的评价 …………… 190
  第三节 杜堇画作与《水浒人物全图》的由来 ……………… 193
  第四节 杜堇画作赝品示例及若干结论 ……………………… 201

第九章 关于《水浒传》成书时间研究的方法论思考 …………… 205
  第一节 《水浒传》成书时间研究方法之回顾 ……………… 206
  第二节 用文献—传播学方法探讨《水浒传》成书时间的合理性 … 218

结语 …………………………………………………………………… 229
附录一 《水浒传》早期传播史料辑录 …………………………… 233
附录二 关于《水浒传》成书时间研究的方法论思考 …………… 242
附录三 《三国志演义》成书时间新探 …………………………… 257
参考文献 ……………………………………………………………… 279
后记 …………………………………………………………………… 299

绪论　《水浒传》成书时间研究需要更有效的方法

中国通俗小说在中国文学发展史上占有重要地位，明清以降，它实际上处于中国文学舞台的中心位置，影响着中国文学的发展。然而，在中国通俗小说研究中，有许多疑难问题长期得不到解决，这种状况不仅影响到对具体作家作品的认识和理解，也影响到对中国小说发展与文学发展历史的认识和理解。明代"四大奇书"（《三国演义》《水浒传》《西游记》《金瓶梅》）的成书时间问题，就是至今没有能够得到解决的疑难问题。尤其是作为开创中国通俗小说新时代的《三国演义》和《水浒传》，不解决它们的成书时间问题，我们就无法确认中国通俗小说究竟成熟于何时，在何时占据了中国文学舞台的中心位置，改变了中国古代文学的生态结构。出现这样的局面，固然是由于通俗小说在中国古代一直被正统文人视为"闲书"，虽然可以供消遣，却不能登大雅之堂，正史《艺文志》或《经籍志》从来不著录这些"闲书"，藏书家虽有收藏或著录通俗小说的，却大多兴之所至，随心所欲，即使有所著录，也往往语焉不详。学者们自然更不会以研究通俗小说为学问，即使有所评论，也只是即兴而发，借题发挥，不会用做学问的态度去对待。道听途说，捕风捉影，人云亦云，成为常态。因此，有关通俗小说成书时间的相关文献不仅稀少，而且不成系统。像明代"四大奇书"这样"世代累积型"小说的成书时间问题，根本就不是古代学者愿意耗费时间和精力来讨论的问题，而现代学者即使想解决这些问题，往往缺少相关的文献资料，现有资料又真假难辨，于是，这些通俗小说成书时间问题也就成了无法解决的疑难问题。那么，是否有什么方法能够破解这一窘境，为通俗小说研究打开新的局面呢？笔者认为，文献—传播学方法就是解决通俗小说疑难问题的有效方法之一，这是正反两方面的经验教训给予我们的启示。

一 通过作者考察《水浒传》成书时间而陷入困境

文学作品是文学作家创作的产物，没有无作品的作家，也没有无作家的作品。一部作品面世，总要有文本呈现，总会有读者阅读，不然，我们就不会知道有这样一部作品存在。因此，一般情况下，一部作品的成书时间应该是比较容易解决的问题。依据该作品的版本（无论是稿本、抄本还是刊本）及所题署的作者来确定作品的成书时间，或是根据作者本人、同时代人的相关记载（著录或评论）来确定作品的成书时间，都是可行的方法。而这两种方法中，通过作者来确定作品的成书时间是最为直接最为简便的方法。

然而，有关《水浒传》的作者历来众说纷纭，不仅姓名不同，而且时代有异，提供这些说法的既非作者本人，也非作者同时代人，而是明代中叶以后的人，我们自然无法通过作者自述或同时代人的记载来确定《水浒传》的成书时间。至于《水浒传》的最早版本，到今天为止，也没有为大家所公认的可靠实物，而学界对现有实物的认识又存在很大差异，几乎各执一词（说详下）。因此，我们只能通过书目文献和相关记录去了解。最早对《水浒传》的作者和版本进行记录的是明代中叶人，具体来说是明嘉靖时期的学者，他们要么记录了版本却未记录作者（广义作者，时人称为编者或编撰者），要么记录了作者却又说法不一。前者如周弘祖（生卒年不详，1559年进士）的《古今书刻》，虽然著录了"都察院《水浒传》"[1]，注意到了作品的版本，却并未著明作者；晁瑮（1507—1560）《晁氏宝文堂书目》著录了"武定版"《水浒传》，也是注明了版本，没有著录作者。后者的情况比较复杂，如依时间顺序，大体可以梳理出如下线索。

最早提及《水浒传》作者的是嘉靖时期（1522—1566）的一批学者，主要有高儒、郎瑛和田汝成等人。高儒（？—1553）《百川书志》著录云："《忠义水浒传》一百卷，钱塘施耐庵的本，罗贯中编次。"[2] 这里提到的"的本"，与版本有联系；"编次"一般理解为"编撰"，可以视为作者。郎瑛（1487—？）《七修类稿》云："《三国》《宋江》二书乃杭人罗本贯中所编，予意旧必有本，故曰编。《宋江》又曰钱塘施耐庵

---

[1] 周弘祖：《古今书刻》上编，上海：古典文学出版社，1957年，第325页。
[2] 高儒：《百川书志》卷六《史部·野史》，上海：古典文学出版社，1957年，第82页。

的本。"① 这里提到的"《宋江》"大家都以为是指通俗小说《水浒传》，所记编者（可以当作者来理解）是罗贯中，又说"的本"来自施耐庵，与高儒的说法一致。而田汝成（1503—1557）《西湖游览志余》则载："钱塘罗贯中本者，南宋时人，编撰小说数十种，而《水浒传》叙宋江等事，奸盗脱骗机巧甚详。"② 文中明确指出《水浒传》编撰者是罗贯中，只是没有说明其编撰《水浒传》是否有所依凭，是否有"钱塘施耐庵的本"。田氏的说法与高儒、郎瑛的说法大同小异，不算有很大矛盾，因为他们都肯定《水浒传》的作者（编撰者）是罗贯中。高儒、郎瑛、田汝成他们都是明代中叶人，主要活动在嘉靖年间，其著作的成书年代也在嘉靖，如果他们的记载可信，那么《水浒传》的编撰者应该是罗贯中，他是南宋时期的钱塘（今浙江杭州）人；他在编撰《水浒传》时利用了钱塘施耐庵的"的本"。不管这"的本"是应该理解为"真本"还是"底本"，施耐庵在《水浒传》成书过程中发挥了重要作用则是毫无疑问的，因此，后人谈及《水浒传》时，便常常将他与罗贯中相提并论。这样看来，嘉靖时期的学者们比较一致的说法是：《水浒传》的作者是"南宋时人"罗贯中，他利用了施耐庵"的本"编撰了《水浒传》。

万历时期，人们对《水浒传》的作者的说法有所改变。这种改变主要可以分为两种。

一种说法是将施耐庵、罗贯中视为《水浒传》的共同作者。如李贽（卓吾）（1527—1602）在《忠义水浒传序》中说："《水浒传》者，发愤之所作也。……施、罗二公，身在元，心在宋；虽生元日，实愤宋事。……是故施、罗二公传《水浒》，而复以忠义名其传焉。"③ 将施、罗二人并提，承认他们是《水浒传》的共同作者，并无轩轾。与田汝成不同的是，李贽说施耐庵、罗贯中是元人，不是宋人，而既言"身在元，心在宋"，大概是宋末元初人，如周密（1232—1298）、张炎（1248—1320?）之流。比李贽稍晚的许自昌（1578—1623）在《樗斋漫录》中引钱允治（1541—1628前后）的话说："《水浒传》成于南宋遗民杭人罗本贯中。"④ 这一说法其实与李贽所说相近，也承认罗贯中是宋末元初人。大涤馀人（真实姓名不详）《刻〈忠义水浒传〉缘起》、绿天馆主人

---

① 郎瑛：《七修类稿》卷二十三《辩证类·三国宋江演义》，上海：上海书店出版社，2001年，第246页。
② 田汝成：《西湖游览志余》卷二十五，杭州：浙江人民出版社，1980年，第414页。
③ 李贽：《焚书》卷三《忠义水浒传序》，北京：中华书局，1975年，第109页。
④ 许自昌：《樗斋漫录》卷六，《续修四库全书》第1133册，上海：上海古籍出版社，2002年，第102页。

（一般认为即明末著名小说家冯梦龙）《古今小说叙》等也是将施、罗并提，承认他们都是《水浒传》作者。而明末金圣叹（1608—1661）则称贯华堂古本《水浒传》只有七十回，为东都施耐庵所撰，而《水浒全传》七十回以后的文字则是罗贯中"狗尾续貂"，与东都施耐庵无关。这样，在金圣叹看来，贯华堂古本《水浒传》（题名《第五才子书施耐庵水浒传》）之外的所谓《水浒传》（一百回本、一百二十回本等）就成了施、罗二人分别撰写的两部作品，即正、续《水浒传》的捏合，施耐庵在前，罗贯中在后，或者说"施作罗续"，前后分明。这种说法与嘉靖时期的学者们的说法虽然有所不同，但仍然有内在的联系，因为嘉靖学者也是以为罗贯中是在施耐庵"的本"的基础上编撰而成《水浒传》的。

万历时期的第二种说法，就是有学者认为《水浒传》的编撰者不是罗贯中而是施耐庵，如周晖、胡应麟等。周晖（1546—1627后）在《金陵琐事》中转述李贽的话说："宇宙内有五大部文章：汉有司马子长《史记》，唐有《杜子美集》，宋有《苏子瞻集》，元有施耐庵《水浒传》，明有《李献吉集》。"① 明确将《水浒传》作者署名为"施耐庵"。李贽在《忠义水浒传序》说"故施、罗二公传《水浒》"，而周晖转述时却只称"施耐庵《水浒传》"，要么是周晖的转述有误，要么是李贽所说重点原本在施耐庵，周晖才如此记录，而周氏本人大概是认可《水浒传》作者是元代施耐庵的。而胡应麟（1551—1602）则明确指出："元人武林施某所编《水浒传》，特为盛行；世率以其凿空无据，要不尽尔也。余偶阅一小说序，称施某尝入市肆，绅阅故书，于敝楮中得宋张叔夜禽（擒）贼招语一通，备悉其一百八人所由起，因润饰成此编。其门人罗本亦效之为《三国志演义》，绝浅陋可嗤也。"② 按照胡应麟的说法，《水浒传》的编撰者是施耐庵，他是元代武林（即钱塘）人，罗贯中是他的门人，罗氏并未编撰《水浒传》，而是模仿他的老师施耐庵的《水浒传》编撰了《三国志演义》。值得注意的是，胡应麟的说法并非他的发明，而是从一本小说的序言中得知的，序言中所说当然也只是一种传说，不会有确实的根据，不然，精于考证的胡应麟是一定会加以说明的。不过，持这种说法的并非胡应麟一人，明末盛于斯（1598—1641）也称："施耐庵作《水浒传》，其圣于义者乎！其神于义者乎！……耐

---

① 周晖：《金陵琐事》卷一《五大部文章》，北京：文学古籍刊行社，1955年，第56页。
② 胡应麟：《少室山房笔丛》卷四十一《庄岳委谈下》，上海：上海书店出版社，2001年，第436页。

庵，元人也，而心忠于宋。其立言有本，故不觉淋漓婉转，刻画如生。"① 指明《水浒传》作者即施耐庵，而且是元人，或者说是宋遗民，这与胡应麟看到的小说序言的说法基本相同，说明这一说法在明末是颇有市场的，为不少学者所相信。此外，万历四十七年（1619）龚绍山刊本《镌杨升庵批点隋唐两朝志传》有托名林瀚的序言称："《三国志》罗贯中所编，《水浒传》则钱塘施耐庵集成。"② 明确说《三国志（演义）》的作者是罗贯中，《水浒传》的作者是施耐庵。明人刘仕义（生卒年不详）的《新刊玩易轩新知录》、明清之际徐树丕（1596—1683）的《识小录》等也都认为《水浒传》的作者是施耐庵。

从文献学的角度来看，明人谈论《水浒传》作者并非只涉及施耐庵、罗贯中，其实还有其他各种说法，可见这些说法都是传说。如果说王圻（1530—1615）《续文献通考》所云"《水浒传》，罗贯著。贯字本中，杭州人，编撰小说数十种。而《水浒传》叙宋江事，奸盗脱骗机巧甚详"③，可能是转述田汝成的话出了错，可以不算另外一种说法；那么，徐复祚（1560—1630后）所说："'三十六'正史所载，'一百八'施君美（或云罗贯中）《水浒传》所载也，当以史为正。"④ 可以证明明代还流传着施惠（字君美）是《水浒传》作者的另一种说法。⑤ 至于明万历《水浒传》刊本有题"中原贯中罗道本名卿父编集"的，有题"清源姚宗镇国藩父编"的，恐怕也是关于《水浒传》作者传说中的几种。我们当然可以指责这些说法并没有什么文献根据，那么，那些认为施耐庵、罗贯中是《水浒传》作者的说法又何尝有多少文献根据呢！正如清初周亮工（1612—1672）《书影》所说：

---

① 盛于斯：《休庵影语》卷一《总批水浒传》，上海：开明书店，1931年，第34页。
② 丁锡根编著：《中国历代小说序跋集》（中），北京：人民文学出版社，1996年，第949页。
③ 王圻：《续文献通考》卷一百七十七《经籍考·传记类》，北京：现代出版社，1986年影印本，第2698页。
④ 徐复祚：《三家村老委谈》，转引自朱一玄、刘毓忱编《水浒传资料汇编》，天津：南开大学出版社，2002年，第195页。
⑤ 晚清以来主张施耐庵即钟嗣成《录鬼簿》所载施惠者不少，如蒋瑞藻《小说考证·续编》卷三引《怀香楼闲话》云："《元宵闹》杂剧，无名氏撰。衍施君美《水浒传》卢俊义事。"吴梅《顾曲麈谈》称："《幽闺》为施君美作。君美名惠，即作《水浒传》之耐庵居士也。"孙楷第《中国通俗小说书目》卷六《明清小说部乙·说公案》第三《水浒传》云："此书撰人，自明以来，相传有罗贯中、施耐庵二说。……耐庵即施惠号，见传抄本宝敦楼《传奇汇目考》。惠，字君美（一云字君承），钱塘人。二人（施、罗）皆元末明初人。第不知《水浒传》果为谁作耳。"《传奇汇目考》一名《传奇汇考标目》，其有云："施耐庵，名惠，字君承，杭州人。"

《水浒传》相传为洪武初越人罗贯中作，又传为元人施耐庵作，田叔禾《西湖游览志》又云此书出宋人笔。近金圣叹自七十回之后，断为罗所续，因极口诋罗，复伪为施序于前，此书遂为施有矣。予谓世安有为此等书人，当时敢露其姓名者，阙疑可也。定为耐庵作，不知何据。①

周亮工显然并不相信明人关于《水浒传》作者的各种说法，因为这些说法本来只是茶余饭后的谈资，学者们也并不十分当真，也就无人去追究其说法的文献依据，正因为如此，周氏的这番话也就极有道理。虽然《水浒传》可能是在历代传讲"水浒故事"的基础上由某一作者集合这些故事整理加工而成的，而在当时鄙视通俗小说的情势下，谁又愿意公开承认自己就是通俗小说《水浒传》的作者或编撰者呢？将作者"阙疑"可能是最理性最客观的态度。

"五四"新文化运动提倡白话文、排斥文言文，通俗小说的地位得到提升，尤其是胡适以《水浒传》作为白话文的范文，《水浒传》为社会各方面所关注。在这样的文化背景下，《水浒传》的作者问题自然受到人们的普遍重视，花力气研究《水浒传》作者的学者不断增加，成果也的确不少。例如，天僇生的《中国三大家小说论赞》②、佚名的《中国小说大家施耐庵传》③、恨水的《施耐庵为何作〈水浒〉》④、观云的《〈水浒〉及其作者》⑤、于时夏的《〈水浒传〉的作者》⑥、范烟桥的《施耐庵之谜》⑦、程树德的《谈施耐庵》⑧、豪雨的《谁是〈水浒〉的主要作者》⑨ 等，他们大都将作者锁定在了施耐庵，而将明代学者谈得最多的罗贯中抛在了一边，这是最为显著的变化。

近代以来，人们在讨论《水浒传》作者时，为什么要舍弃罗贯中而青睐施耐庵呢？这里的原因其实并不难寻觅。一方面，因为在时人心目

---

① 周亮工：《书影》卷一，上海：上海古籍出版社，1981年，第16页。
② 天僇生：《中国三大家小说论赞》，《月月小说》第十四号，1907年。
③ 佚名：《中国小说大家施耐庵传》，《新世界小说社报》第8期，转引自郭绍虞、罗根泽主编《中国近代文论选》，北京：人民文学出版社，1959年，上册，第280～285页。
④ 恨水：《施耐庵为何作〈水浒〉》，《益世报》1926年12月2日。
⑤ 观云：《〈水浒〉及其作者》，《一般》7卷4期，1929年。
⑥ 于时夏：《〈水浒传〉的作者》，《申报》1933年12月6日。
⑦ 范烟桥：《施耐庵之谜》，《新闻报》"新园林"副刊1949年3月15日。
⑧ 程树德：《谈施耐庵》，《新民报晚刊》1952年1月14日。
⑨ 豪雨：《谁是〈水浒〉的主要作者》，《新民报晚刊》1952年11月28—30日。

中已经笃定罗贯中为《三国志演义》的作者（此问题其实也是需要证据来证明的），似不可能撰写这本风格迥异的《水浒传》。明人胡应麟就说过："郎（瑛）谓此书及《三国》并罗贯中撰，大谬。二书浅深工拙若霄壤之悬，讵有出一手理？"① 另一方面，也是读了金圣叹评点的《第五才子书施耐庵水浒传》而受其影响的缘故。因为"自金圣叹的七十回本《水浒传》出现之后，郭本七十一回之后的本文，便几为世人所忘。三百年来，世人仅得读圣叹所删的前部七十一回。其后半的二十九回，不必说读者不多，即知之者亦少"②。在胡适为汪原放新式标点《水浒传》写序言做《〈水浒传〉考证》的1920年，他也"只曾见着几种七十回本的《水浒》"③，此后十个多月，他才看到百回本、百十五回本、百二十回本、百十回本，且多为日藏本或日译本，这些《水浒传》版本主要是日本学者青木正儿帮他收集到的。有了这些版本做依据，他对《水浒传》的作者及文本的演变就有了比一般人更为深入的看法，提出了许多"大胆的假设"。他以为"前人既多说《水浒》是罗贯中做的，我们不妨假定这百回本的原本是他做的"，明朝中叶（弘治、正德时代）施耐庵用原百回本重新改造成七十回本，与金圣叹的贯华堂古本相同，"到了嘉靖朝，武定侯郭勋刻出一部定本《水浒传》来，这部书是有一百回的"④，胡适通过这些考证后断定："（一）施耐庵决不是宋元两朝人。（二）他决不是明朝初年的人；因为这三个时代不会产出这七十回本的《水浒传》。（三）从文学进化的观点看起来，这部《水浒传》，这个施耐庵，应该产生在周宪王的杂剧与《金瓶梅》之间"⑤，"'施耐庵'大概是'乌有先生''亡是公'一流的人，是一个假托的名字"⑥。鲁迅也仔细研究过《水浒传》作者这一问题，他的意见与胡适接近，他认为："简本撰人，止题罗贯中，周亮公闻于故老者亦第云罗氏，比郭氏本出，始著耐庵，因疑施乃演为繁本者之托名，当是后起，非古本所有。后人见繁本题施作罗编，未及悟其依托，遂或意为敷衍，定耐庵与贯中同籍，

---

① 胡应麟：《少室山房笔丛》卷四十一《庄岳委谈下》，上海：上海书店出版社，2001年，第438页。
② 郑振铎：《〈水浒传〉的演化》，收入氏著《中国文学研究》（上），北京：人民文学出版社，2000年，第123页。
③ 胡适：《〈水浒传〉后考》，收入氏著《中国章回小说考证》，上海：上海书店出版社，1980年，第67页。
④⑤ 胡适：《〈水浒传〉考证》，收入氏著《中国章回小说考证》，上海：上海书店出版社，1980年，第46页。
⑥ 同上书，第47页。

为钱塘人，且是其师。"① 胡适、鲁迅的研究，其实是想将明人所说的《水浒传》作者是罗贯中和清代以来只说作者为施耐庵能够历史地联系起来，从而为明清以来关于《水浒传》作者的各种说法找到一种符合逻辑的表述。

然而，尽管胡适、鲁迅认为《水浒传》最早作者应该是罗贯中，但毕竟敌不过《水浒传》在传播过程中实际产生的影响。由于清人所读《水浒传》是贯华堂本《第五才子书施耐庵水浒传》，受金圣叹伪撰《施耐庵序》和其具体评点的影响，人们都以为《水浒传》的作者就是施耐庵，直到近现代也仍然如此。因为社会上流行的主要是金圣叹评本《水浒传》（《第五才子书》），所以现代学者讨论《水浒传》作者时绝大多数人都关注施耐庵而不关注罗贯中。而有关施耐庵的文献自然会受到现代社会关注，且往往容易成为社会文化热点，发现者一般也会因此成为社会文化名人。1928年11月8日，江苏省兴化县职员胡瑞亭（生卒年不详）在上海《新闻报》"快活林"副刊发表了《施耐庵世籍考》一文，自称当年秋天他因公在江苏兴化调查户口时，发现白驹镇施家桥施氏宗祠内所供奉的一世祖讳耐庵，当地人传说此人就是著《水浒传》者。于是他遍查施氏族谱，发现族谱里载有袁吉人的《耐庵小史》、王道生的《施耐庵墓志》等，便节其崖略，联缀成文，公之于众。显然，胡瑞亭公布这些材料，他本人自然是相信施耐庵就是《水浒传》的作者，且此人就是江苏兴化白驹镇施家桥施氏祖先；而将这些材料公诸报刊，既是为了扩大其个人的社会影响，也是想促进《水浒传》作者的研究。然而，由于这些材料来源不明，疑点很多，当时并没有引起学术界重视，其结果是让他有些失望的。

中华人民共和国成立以后，《水浒传》受到党和政府的特别重视。不仅有时任文化部副部长的郑振铎领衔组织一批专家整理《水浒传》的重要版本陆续出版，而且有时任人民文学出版社社长兼总编、《文艺报》主编、中国作协副主席的冯雪峰在中央文学讲习所给学员们讲解《水浒传》，其讲义在《文艺报》连载，掀起了一股"《水浒》热"。1952年，江苏省的刘冬、黄清江等人发现了一些施耐庵的新材料，他们根据这些新发现的材料，写成《施耐庵与〈水浒传〉》一文寄给《文艺报》，《文艺报》编辑部以为值得重视，于是转请有关方面设法在苏北进行调

---

① 鲁迅：《中国小说史略》第十五篇《元明传来之讲史（下）》，北京：人民文学出版社，1973年，第122页。

查。苏北文联派丁正华、苏从麟进行了为期十天的调查，丁、苏二人在调查中又发现了一些新材料，他们将此次调查的结果写成专题报告——《施耐庵生平调查报告》寄《文艺报》，《文艺报》随即在当年第 21 期节要发表了刘冬等人的文章和这份调查报告。① 刘冬文章和这份调查报告所提供的新材料主要有：《吴王张士诚载纪》附考引袁吉人《耐庵小史》，李恭简所修《兴化县续志·补遗》载无名氏《施耐庵传》、王道生《施耐庵墓志》，《施氏族谱》载杨新《故处士施公（让）墓志铭》，以及神主、墓碑等。李恭简为兴化人，日伪时期当过伪县长，《兴化县续志》就修成于那一时期。此人在这次调查前已经离世，《兴化县续志》所载《施耐庵传》《施耐庵墓志》等材料来源不明，无法查证。而就材料本身来说，可谓漏洞百出，不堪考辨。因此，《文艺报》编者认为这些材料"仍不够充分和确实"②，难以得出确定的结论。即是说，仅凭这些来历不明的材料，是无法得出科学可靠的结论的。当时受文化部派遣参加过调查的聂绀弩（时任人民文学出版社副总编辑兼古典部主任）后来回忆说："《水浒》决不是什么思想家、革命家的创作，我到苏北调查过施耐庵的材料，所有关于施耐庵参加过张士诚的起义的传说，以及别种传说，全是捕风捉影、无稽之谈，连施耐庵的影子也没有，还参加什么起义呢？"③ 显然，这次关于施耐庵的调查和讨论并没有形成结论性意见，其基本倾向是存疑待考。

其后，尽管有赵景深的《关于〈水浒传〉的作者问题》④、朱偰的《从明人笔记里看〈水浒〉的作者》⑤、陈中凡的《试论水浒传的著者及其创作时代》⑥、李希凡的《〈水浒〉的作者与〈水浒〉的长篇结构》⑦、丁正华的《施耐庵为兴化施族祖先应非假托辩》⑧，以及署名研的《〈水浒传〉作者施耐庵事迹杂考》和署名傅逸的《施耐庵事迹还继续待考》等参与讨论⑨，但都没有提供新的材料，也没有形成基本共识，自然也

---

① 刘冬等：《施耐庵与〈水浒传〉》，丁正华等：《施耐庵生平调查报告》，《文艺报》1952 年第 21 期。
② 文艺报编辑部：《施耐庵生平调查报告》按语，《文艺报》1952 年第 21 期。
③ 聂绀弩：《中国古典小说论集》，上海：上海古籍出版社，1981 年，自序第 4 页。
④ 赵景深：《关于〈水浒传〉的作者问题》，《晓报》1952 年 12 月 3 日，收入氏著《中国小说丛考》，济南：齐鲁书社，1980 年，第 136～137 页。
⑤ 朱偰：《从明人笔记里看〈水浒〉的作者》，《新民报晚刊》1953 年 2 月 12、13 日。
⑥ 陈中凡：《试论水浒传的著者及其创作时代》，《南京大学学报》1955 年第 1 期。
⑦ 李希凡：《〈水浒〉的作者与〈水浒〉的长篇结构》，《文艺月报》1956 年 1 月号。
⑧ 丁正华：《施耐庵为兴化施族祖先应非假托辩》，《江海学刊》1961 年第 5 期。
⑨ 二文分见上海《新民报晚刊》1956 年 11 月 1 日、11 月 14 日。

就不可能真正解决《水浒传》的作者问题。

当然，人们并没有放弃对《水浒传》作者的探寻，尤其是关于施耐庵的材料的探寻和发掘，江苏学人给予了特别细心的关注。1962 年 6 月 27 日，中共兴化县委宣传部派赵振宜等去传说中的施耐庵墓所在地施家桥采访，在社员陈大祥家里发现了一块 1958 年出土的传为施耐庵儿子的施让墓"地照"砖，从"地照"的简短记录来看，可以证明《施氏族谱》所载杨新《故处士施公（让）墓志铭》是真实可信的。1981 年底至 1982 年初，兴化县和大丰县又相继发现了《处士施公廷佐墓志铭》、《施氏家簿谱》（又名《施氏长门谱》）等文物资料，这些文物资料自身以及与以前发现的文物资料具有相互印证的史料价值。如《处士施公廷佐墓志铭》称彦端为曾祖，便与族谱记载相符；《施氏家簿谱》载始祖彦端字耐庵，与施氏后裔的传说也相符。因此，有些学者认为施耐庵为施家桥施氏一世祖的问题已经彻底解决，《水浒传》作者的问题可以定案了，他就是江苏兴化（大丰）白驹镇施家桥的施氏始祖施彦端。①

然而，学术界对此问题有比较冷静的思考，更多的人不同意上述结论，认为《水浒传》作者问题并不是有了这些文物资料就真正解决了。在大家看来，虽然施氏的族谱、一世祖施彦端，以及施让、施廷佐都是真实的，但施彦端是否就是著《水浒传》的施耐庵却是不能确定的。主要理由有：一是《施氏长门谱》是 1918 年施氏后裔施满家抄录，"字耐庵"是旁批小字，并无其他文献佐证，有后加的嫌疑；二是始祖彦端可能是字而不是名，而耐庵应该是号而不可能是字；三是这个施彦端与《水浒传》究竟有什么联系，仍然缺乏可信的第一手资料，而这才是最为重要的，是我们讨论《水浒传》作者问题的关键。尽管杨新《故处士施公（让）墓志铭》说：

> 处士施公，讳让，字以谦。鼻祖世居扬之兴化，后徙海陵白驹，本望族也。先公耐庵，元至顺辛未进士，高尚不仕。国初，征书下至，坚辞不出。隐居著《水浒》以自遣。积德累行，乡邻以贤德称。②

按照这段记载，这个施家的"先公耐庵"确实著有《水浒传》一书，似乎不应该有疑问。然而，稍一琢磨与深究，疑窦顿然而生，因为：第一，

---

① 因白驹镇施家桥的行政归属在兴化、大丰两县间有过变化，故有兴化、大丰两说，其实为一地。
② 朱一玄、刘毓忱编：《水浒传资料汇编》，天津：南开大学出版社，2002 年，第 121 页。

在施让的墓志里大谈先公耐庵，未免喧宾夺主，不合古人墓志铭的体例；第二，元至顺二年辛未（1331）朝廷并没有开科取士，因此不存在施耐庵考中至顺辛未科进士的可能；第三，以上文字只见于民国年间修撰的《施氏族谱》，而乾隆年间修撰的《施氏家簿谱》所载《故处士施公墓志铭》的文字却是：

> 处士施公，讳让，字以谦。鼻祖世居扬之兴化，后徙海陵白驹，本望族也。先公彦端，积德累行，乡邻以贤德称。①

在这段文字中，不仅没有"先公耐庵"的名字，也没有施耐庵"隐居著《水浒》以自遣"的内容。两相比较，人们完全有理由怀疑，所谓杨新《故处士施公（让）墓志铭》有关施耐庵著《水浒》的内容其实是后来修谱人加上去的，原因当然是施耐庵的文化名人效应。施氏后人修《施氏族谱》时找一个文化名人做自己的始祖，在晚清尤其是在新文化运动以后《水浒传》文学地位迅速提升的情况下，是极有可能的。这也是为何乾隆时期的《施氏家簿谱》没有"先公耐庵""隐居著《水浒》以自遣"的内容，而民国时期的《施氏族谱》却增加这些内容的原因。因为乾隆时期《水浒传》在文学上还没有很高的地位，著《水浒》并非是值得炫耀的事。

这样来看，施耐庵究竟何许人？是江苏兴化施家桥施氏的始祖，还是《水浒传》演为繁本者的托名，或者就是"乌有先生""亡是公"一流人，按照科学研究的要求，至少现在还不能定论。以不能定论的作者为依据，来确定《水浒传》的成书时间，无异于缘木求鱼了。

百余年来，尽管许多学者参与了《水浒传》作者的研究和讨论，也耗费了相当多的人力和物力，却使讨论陷入困境，没有能够真正解决《水浒传》的作者问题，自然也就无法确定《水浒传》的成书时间。

二　通过版本考察《水浒传》成书时间仍存在困难

既然通过作者考察不能解决《水浒传》成书时间问题，人们自然寻找另外的途径来解决这一问题，不同的版本顺理成章地成为研究的对象。

---

① 江苏省社会科学院文学研究所编：《施耐庵研究》，南京：江苏古籍出版社，1984年。

那么，通过考察版本是否能够解决《水浒传》成书时间问题呢？一般来说，版本是书籍留下的实物证据，通过版本是可以了解一部书籍的成书时间的。因此，《水浒传》版本研究受到学术界重视，符合学术预期。人们期望从版本的清理中确定《水浒传》的成书时间，是再自然不过的。

张梓生在《小说月报》译介日本学者神山闰次的《〈水浒传〉诸本》，开始关注《水浒传》的目录、版本，显然要早于1920年胡适做《〈水浒传〉考证》时对《水浒传》版本的关心。嗣后，有不少学者关注《水浒传》版本并加以研究，发表的主要论文，按照时间顺序有：文华的《〈水浒传〉七十回古本问题》①、俞平伯的《论〈水浒传〉七十回古本之有无》②、佚名的《〈水浒传〉版本》③、孙楷第的《在日本东京所见之明本〈水浒传〉》④、《〈水浒传〉旧本考》⑤、赵孝孟的《〈水浒传〉版本录》⑥、周木斋的《金圣叹与七十回本〈水浒传〉》⑦、棱磨的《〈水浒〉最初本的推测》⑧、李葳君的《金圣叹与七十回本〈水浒传〉》⑨、杨宪益的《〈水浒传〉古本的演变》⑩、戴望舒的《一百二十回本〈水浒传〉之真伪》⑪ 等。这些论文中，孙楷第在《〈水浒传〉旧本考》中提出"《水浒》本子，自宋金至元末，为词话时期。自明中叶以还迄于明季，为说散本通俗演义时期"⑫，颇有新意。他将《水浒传》版本分为"词话本"和"说散本"两类。不过，词话时期的本子是否可以称作《水浒传》旧本，或者说《水浒传》是否真有"词话本"，却是一个颇有争议的话题，因为它们实际上是《水浒传》的故事来源，不一定是《水浒传》的版本。

事实上，学者们在搜集清理《水浒传》版本的同时，一直在研究这些版本产生的时代以及它们之间的相互关系，因为这是《水浒传》版本

---

① 文华：《〈水浒传〉七十回古本问题》，《猛进》第33、34期，1925年10月16、23日。
② 俞平伯：《论〈水浒传〉七十回古本之有无》，《小说月报》19卷4期，1928年4月。
③ 佚名：《〈水浒传〉版本》，《大公报》1930年4月21日。
④ 孙楷第：《在日本东京所见之明本〈水浒传〉》，《学文》1卷5期，1932年5月。
⑤ 孙楷第：《〈水浒传〉旧本考》，《图书季刊》3、4期，1941年。
⑥ 赵孝孟：《〈水浒传〉版本录》，《读书月刊》1卷11期，1932年。
⑦ 周木斋：《金圣叹与七十回本〈水浒传〉》，《文学》3卷6期，1934年。
⑧ 棱磨：《〈水浒〉最初本的推测》，《申报》副刊1935年5月20日。
⑨ 李葳君：《金圣叹与七十回本〈水浒传〉》，《新苗》1期，1936年。
⑩ 杨宪益：《〈水浒传〉古本的演变》，《新中华》复刊4卷14期，1946年。
⑪ 戴望舒：《一百二十回本〈水浒传〉之真伪》，《学原》2卷5期，1948年。
⑫ 孙楷第：《沧州集》卷二《〈水浒传〉旧本考——由明新安刊大涤馀人序本百回本〈水浒传〉推测旧本〈水浒传〉》，北京：中华书局，2009年，第101页。

研究最为重要的问题。这一问题如果能够得到解决，《水浒传》的成书时间问题也就比较容易得到解决。这一问题如果不能解决，《水浒传》版本研究的价值也就有限了。

国内最早研究《水浒传》版本并提出结论意见的是胡适，这是必须承认的历史事实。胡适在撰写《〈水浒传〉考证》的次年，因收集到明熊飞序刻《英雄谱》百十五回本《忠义水浒传》、日本都府立图书馆藏百二十回本《忠义水浒传》、日本京都帝国大学铃木豹轩藏百十回本《忠义水浒传》、日本学者冈岛璞加训点后刻于享保十三年（1728）的《李卓吾批点忠义水浒传》前十回、冈岛璞翻译日文百回本《忠义水浒传》、光绪五年（1879）大道堂藏版百二十四回本《水浒传》，便撰写了《〈水浒传〉后考》，对先一年所作《〈水浒传〉考证》的一些结论加以补充和修正。其文有云：

> 更可注意的是柴进簪花入禁院时看见皇帝亲笔写的四大寇姓名：宋江、田虎、王庆、方腊。前七十回里从无一字提起田虎、王庆、方腊三人的事，此时忽然出现。这一层最可以使我们推想前七十一回是一种单独结构的本子，与那特别注重招安以后宋江等立功受谗害的原百回本完全是两种独立的作品。因此，我疑心嘉靖以前曾有这个七十回本，这个本子是把原百回本前面的大半部完全拆毁了重做的，有一部分——王进的事——是取材于后半部王庆的事的。这部七十回的《水浒传》在当时已能有代替那幼稚的原百回本的势力，故那有"灯花婆婆"一类的致语的原本很早就被打倒了。看百二十回本的发凡，我们可以知道那有致语的古本早已"不可复见"。但嘉靖以前也许还有别种本子采用七十回的改本而保存原本后半部的，略如百十回本与百十五回本的样子。至嘉靖时，方才有那加辽国而删田虎、王庆的百回本出现。①

就胡适的版本研究而言，虽然其中有太多"大胆的假设"，但我们也必须承认，胡适的确进行了"小心的求证"，绝非毫无根据地乱说一气。事实上，他对于已经收集到的《水浒传》版本的比较和清理是十分细心的。例如，在百二十回本《水浒传》中，田虎、王庆故事有二十回，而征辽故事只有八回，而百十五回本中征辽故事仅有六回，他在解

---

① 胡适：《中国旧小说考证》卷一《〈水浒传〉后考》，北京：商务印书馆，2014年，第77～78页。下划线原为圈点，以表强调。

释为何嘉靖时期的郭勋百回本加辽国而删田虎、王庆后还是一百回时说："何以减掉二十回，加入八回，郭本仍旧有一百回呢？这岂不明明指出那前七十一回是用原本的前五十几回来放大了重新做过的吗？因为原本的五十几回被这个无名的'施耐庵'拉长成七十一回了，郭刻本要守那百回的旧回数，故不能不删去田、王二寇；但删二十回又不是百回了，故不能不加入辽国的七八回。"① 这里，实际上隐含了嘉靖时期有人托名"施耐庵"将原本的前五十几回拉长为"七十一回"，等于间接承认了金圣叹所说"贯华堂古本"是真实存在过的。总之，胡适坚持认为：《水浒传》在明初有个浅陋的原百回本（假定作者是"罗贯中"）；而到了弘治、正德年间，有人删除原本致语成为百回旧本，又有人据原百回本前半部分增饰为七十回本（托名"施耐庵"）；嘉靖时期，武定侯郭勋在七十回本的基础上将原百回本中田虎、王庆的故事删去而加上征辽故事，形成了新百回本《忠义水浒传》（即"郭武定本"）；天启年间，有人（可能是杨定见）又将郭勋的新百回本加进田虎、王庆故事而成为百二十回本《忠义水浒全传》；到了明末，金圣叹根据托名的"施耐庵本"整理成七十回本《第五才子书施耐庵水浒传》（即金圣叹本或贯华堂本），成为清代以后流行的版本。

胡适对上述意见并未坚持太久，后来做了修正。1929 年，世所罕见的百二十回本《水浒全传》出版，起了一个《百二十回本〈忠义水浒传〉》的奇怪书名，胡适在所作《百二十回本〈忠义水浒传〉序》中对他以前所提"罗贯中原本"的说法有所修正。他认为，明初的"罗贯中原本"并非只有一种，可能有 X、Y、Z 三种本子，X 本无辽国、田虎、王庆故事，Y 本有田虎、王庆而无辽国故事，Z 本有辽国而无田虎、王庆故事；对于"金圣叹本"，胡适也不再坚持是据明中叶的托名"施耐庵"的七十一回本改定，反而倾向于是据百回本删除后部而成。这些修正，无疑是接受了鲁迅等人的研究成果而做出的。同时也说明，胡适对《水浒传》版本的结论，多是在现有版本基础上的"假设"，其实并无直接的证据作为支撑，因而很难说是科学的结论。其所列《〈水浒〉版本源流沿革表》② 如下：

---

① 胡适：《中国旧小说考证》卷一《〈水浒传〉后考》，北京：商务印书馆，2014 年，第 78 页。下划线原为圈点，以表强调。
② 胡适：《中国旧小说考证》卷一《百二十回本〈忠义水浒传〉序》附《〈水浒〉版本源流沿革表》，北京：商务印书馆，2014 年，第 134 页。

《水浒》版本源流沿革表

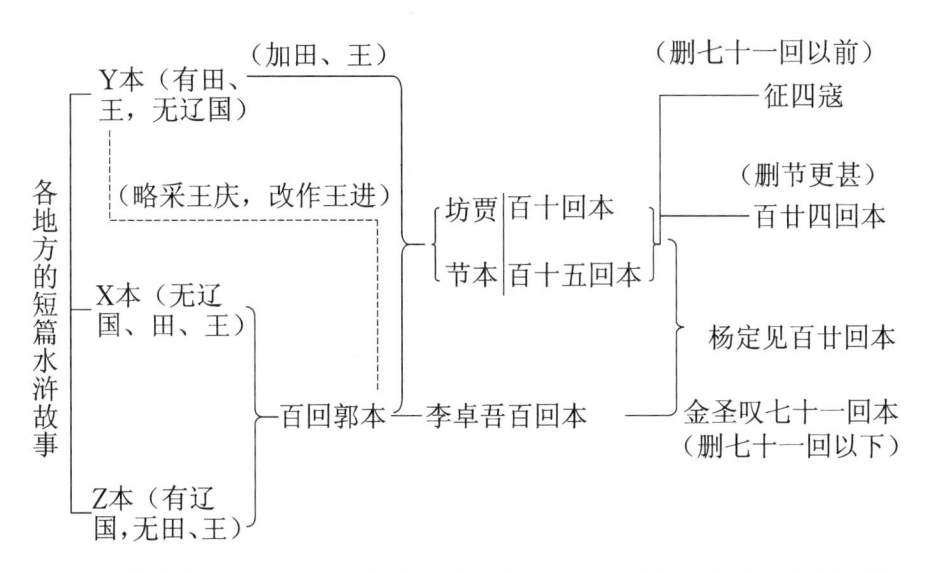

```
                    （加田、王）        （删七十一回以前）
        Y本（有田、                       ┌─ 征四寇
        王，无辽国）                      │
各                                        │  （删节更甚）
地   （略采王庆，改作王进）  坊贾 百十回本 ├─ 百廿四回本
方                           节本 百十五回本
的    X本（无辽                          
短    国、田、王）                        ─ 杨定见百廿回本
篇                百回郭本 ── 李卓吾百回本
水                                        ─ 金圣叹七十一回本
浒    Z本（有辽                             （删七十一回以下）
故    国，无田、王）
事
```

与胡适对《水浒传》的版本研究几乎同时，鲁迅也对《水浒传》版本进行了研究。鲁迅是在北京大学、北京女子师范大学讲授《中国小说史》课程时，自然而然地进入这一研究领域的。鲁迅在《中国小说史略》中关于《水浒传》版本的意见，主要吸收了胡适早期考证《水浒传》的成果，如认为明初有《水浒传》原本，郭勋本始题施耐庵，施耐庵"乃演为繁本者之托名"等，没有反映胡适后来的修正意见，因为胡适的修正意见是在《中国小说史略》出版五六年以后才提出的。不过，鲁迅并非完全接受胡适前期的研究结论，他也有自己独立的研究和思考，如不认为郭本前有所谓"七十回本"，认为金圣叹"自云得古本……其书与百二十回本之前七十回无甚异，惟刊去骈语特多，百廿回本发凡有'旧本去诗词之繁累'语，颇似圣叹真得古本，然文中有因删去诗词，而语气遂稍参差者，则所据殆仍是百回本耳"[①]；他将所见的六种《水浒传》分为繁简两类，以为"若百十五回简本，则成就殆当先于繁本，以其用字造句，与繁本每有差违，倘是删存，无烦改作也"[②]。即是说，鲁迅认为《水浒传》简本在前，繁本在后，这当然符合书籍完善总是遵循由简到繁这一普遍规律。

---

① 鲁迅：《中国小说史略》第十五篇《元明传来之讲史（下）》，北京：人民文学出版社，1973年，第123页。
② 同上书，第122页。

胡适、鲁迅对《水浒传》版本的研究，不仅涉及作者问题，而且与《水浒传》的成书过程密切相关。因此，《水浒传》的版本问题又牵涉到"水浒故事"的演化过程，这一演化过程也自然引起《水浒传》研究者们的关注。关于"水浒故事"的演化过程，当时有不少学者进行研究，在众多学者的研究中，以李玄伯的《水浒故事的演变》和郑振铎的《〈水浒传〉的演化》二文最具代表性①，而郑文的影响更大。郑振铎在胡适、鲁迅研究的基础上提出了自己的意见，概括起来主要有如下几点：（一）《水浒传》的"底本"在南宋时便有了；（二）其后有元代的施耐庵所著的《水浒传》，不过这本《水浒传》今天已经绝难得到。元末明初，有罗贯中依据施氏之作重为编次，形成新的《水浒传》文本。罗氏这部书便是许多今本《水浒传》之所从出；（三）嘉靖间郭勋将罗书重加润饰改编，大异其本来面目，使之成为一部极伟大的名著。这本名著于罗本事迹之外，又加入征辽一节，成为百回本《水浒传》；（四）万历间余象斗又取罗氏原书刊行，同时加入郭氏所增的征辽一节，和他自己所增的征田虎、征王庆二节；（五）天启、崇祯间，杨定见又取郭氏本刊行，而加以余氏所增的田、王二节故事。这二节故事并不依据余氏原文，却由他自己加以润改，共定为一百二十回，这便是《水浒全传》的来历。他的基本结论是：

> 施是今知的最早的作者；罗是写定今本《水浒传》的第一个祖本的人；郭是使《水浒》成为大名著的人；余是使《水浒》成为第一全本的人；杨是编定最完备的《水浒》全本的人。②

对比郑振铎与胡适、鲁迅的研究结论，可以发现，他们之间最大的分歧或说不同，是郑氏将施耐庵从明代中叶提前到元代，作为《水浒传》的最早作者，列在罗贯中之前，这与胡适、鲁迅对罗贯中和施耐庵在《水浒传》演变过程中发挥的作用的看法正好相反。胡适、鲁迅认为罗贯中是《水浒传》最早的作者，而郑氏则认为施耐庵是《水浒传》"今知最早的作者"；在罗贯中原本为浅陋的简本、简本先于繁本的认识

---

① 李玄伯：《水浒故事的演变》，《猛进》第28、29期，1925年；郑振铎：《〈水浒传〉的演化》，《小说月报》20卷9期，1929年。
② 郑振铎：《中国文学研究》（上），北京：人民文学出版社，2000年，第145页。

上，郑氏与胡适、鲁迅的看法相同或相近①；而在金本《水浒传》问题上，郑氏则同意鲁迅的判断而不取胡适之说。胡适在《〈水浒传〉新考——百二十回本〈忠义水浒全书〉序》中②，则仍然坚持自己的意见，只是修正了对所谓《水浒传》明初原本的看法，以为原本可能不是一种，而是有 X、Y、Z 多个本子。胡适的这些意见，包括他后来的修正意见，只是提供了一种可以自圆其说的思路，其实并无确凿的证据，所以难以定谳。后来朱希祖发表《胡适〈水浒传后考〉质疑》③，提出了一些不同意见，也涉及《水浒传》故事的演化问题，但并无实质性进展。因为他们都只是在现有材料基础上，进行了自己认为合理的推测，却没有提供确实可靠的具有说服力的新证据。

中华人民共和国成立以来，人们更关心的是这部书的思想价值。尽管讨论最多的是《水浒传》的思想内容、作品性质和人物评价，但是《水浒传》的成书过程及其版本问题的研究也并未完全停止，仍然有学者认真加以探讨，也取得了一定的成绩。如豪雨的《谈"一百二十回本"（〈水浒〉杂记）》④，聂绀弩的《〈水浒〉是怎样写成的》⑤、《论宋江三十六人名单的形成》⑥、《论〈水浒〉的繁本和简本》⑦，王利器的《关于〈水浒全传〉的版本及校订》⑧、《谈施耐庵是怎样创造梁山泊的》⑨、《〈水浒全传〉田王二传是谁所加》⑩、《〈水浒全传〉是怎样纂修的》⑪，穆烜的《关于〈水浒全传〉的后半部》⑫、孔罗邨的《〈水浒

---

① 郑振铎在人民文学出版社 1954 年出版的《水浒全传》的序言里改变了观点，以为简本是由繁本删节而成。
② 胡适：《〈水浒传〉新考——百二十回本〈忠义水浒全书〉序》，《小说月报》1929 年 20 卷 9 期。
③ 朱希祖：《胡适〈水浒传后考〉质疑》，《益世报》（学术周刊）1939 年 1 月 7 日。
④ 豪雨：《谈"一百二十回本"（〈水浒〉杂记）》，《新民报晚刊》1952 年 12 月 2、3 日。
⑤ 聂绀弩：《〈水浒〉是怎样写成的》，《人民文学》1953 年第 6 期。
⑥ 聂绀弩：《论宋江三十六人名单的形成》，《光明日报》1954 年 4 月 26 日。
⑦ 聂绀弩：《论〈水浒〉的繁本和简本》，《中华文史论丛》1980 年第 2 辑。
⑧ 王利器：《关于〈水浒全传〉的版本及校订》，《文学书刊介绍》1954 年第 3 期。
⑨ 王利器：《谈施耐庵是怎样创造梁山泊的》，《光明日报·文学遗产》第 16 期，1954 年 8 月 15 日。
⑩ 王利器：《〈水浒全传〉田王二传是谁所加》，《文学遗产增刊》1955 年第 1 辑。
⑪ 王利器：《〈水浒全传〉是怎样纂修的》，《文学评论》1982 年第 3 期。以上四文俱收入氏著《耐雪堂集》上编，北京：中国社会科学出版社，1986 年。
⑫ 穆烜：《关于〈水浒全传〉的后半部》，《光明日报》1954 年 10 月 10 日。

中破辽故事是怎样形成的》①，王古鲁的《读〈水浒全传〉本郑序》②、《谈〈水浒志传评林〉》③，一丁的《李玄伯所藏百回本〈忠义水浒传〉》④，原渠的《文徵明写本〈水浒〉》⑤，周邨的《书元人所见罗贯中〈水浒传〉和王实甫〈西厢记〉——关于中国小说、戏曲史的二三事》⑥，冯其庸的《论罗贯中的时代》⑦，黄霖的《一种值得注目的〈水浒〉古本》⑧，王根林的《论〈水浒〉繁本与简本的关系》⑨ 等。在这些论文中，王利器以为施耐庵"的本"即《录鬼簿》所载施惠的《古今诗话》，《水浒传》成书在元代，"天都外臣序"本最接近于"施耐庵集撰、罗贯中编次"的原本，王、田二传是袁无涯添加进繁本的；聂绀弩努力从版本上证明简本在先，繁本在后；王古鲁对简本《水浒志传评林》进行了较深入的研究；冯其庸重提《水浒传》作者为罗贯中；黄霖提供的《水浒传》古本信息则是前人未曾提到的，都值得注意。在研究专著中，有些研究者也涉及版本研究，如何心（陆衍文，号澹安）的《水浒研究》⑩、严敦易的《水浒传的演变》⑪ 等，前者以为简本在先，繁本后出，论点虽然并不新颖，但系统阐释了这一论断的依据，也还能够给人启发；后者以为繁简两系统平行独立发展，不存在谁先谁后的问题，算是为简本、繁本谁先谁后的问题解套。马蹄疾（陈宗棠）在《文汇报》和《羊城晚报》上发表的关于《水浒》版本的系列论文，后来结集为《水浒书录》出版，可以视为国内《水浒传》版本研究的代表性成果，学术界还很少有人像他这样专注于《水浒传》版本研究。他在《水浒书录》中将《水浒传》版本分为五类，包括文简事繁本、文繁事简本、繁简综合本、腰斩断刻本以及其他文种翻译本。在马蹄疾看来，这五类版

---

① 孔罗邨：《〈水浒〉中破辽故事是怎样形成的》，《文学遗产增刊》1955 年第 1 辑。
② 王古鲁：《读〈水浒全传〉本郑序》，《文史哲》1955 年第 9 期。
③ 王古鲁：《谈〈水浒志传评林〉》，《江海学刊》1958 年第 2 期。
④ 一丁：《李玄伯所藏百回本〈忠义水浒传〉》，《新民报晚刊》1956 年 10 月 21 日。
⑤ 原渠：《文徵明写本〈水浒〉》，《新民晚报》1961 年 8 月 16 日。
⑥ 周邨：《书元人所见罗贯中〈水浒传〉和王实甫〈西厢记〉——关于中国小说、戏曲史的二三事》，《江海学刊》1962 年第 7 期。
⑦ 冯其庸：《论罗贯中的时代》，《江海学刊》1963 年第 7 期。
⑧ 黄霖：《一种值得注目的〈水浒〉古本》，《复旦学报（社会科学版）》1980 年第 4 期。
⑨ 王根林：《论〈水浒〉繁本与简本的关系》，《中华文史论丛》1980 年第 2 辑。
⑩ 何心：《水浒研究》，上海：上海文艺联合出版社，1954 年；上海：上海古籍出版社，1985 年增订再版。
⑪ 严敦易：《水浒传的演变》，北京：作家出版社，1957 年。

本中,可以作为《水浒传》成书时间证据的是文繁事简本类的《旧本罗贯中水浒传》,因为"此本可为文繁事简之祖本,其版刻时代约在明初。清钱曾《也是园书目》所著录,即是此本"①。其基本结论仍然不脱胡适、鲁迅和郑振铎之樊篱,或者说是对他们说法的具体化。然而,他并没有提供判断此本为明初版本的科学依据,所以还只是一种"大胆的假设"。

改革开放以来,《水浒传》版本研究是有显著进展的,用力最勤、成果最为丰硕的要数中国社会科学院文学研究所的刘世德。他先后发表了《谈〈水浒传〉映雪草堂刊本的概况、序文和标目——〈水浒传〉版本探索之一》②、《〈水浒传〉映雪草堂刊本——简本和删节本——〈水浒传〉版本探索之一》③、《谈〈水浒传〉映雪草堂刊本的底本——〈水浒传〉版本探索之一》④、《钟批本〈水浒传〉的刊行年代和版本问题——〈水浒传〉版本探索之一》⑤、《论〈京本忠义传〉的时代、性质和地位》⑥、《〈水浒传〉无穷会藏本初论——〈水浒传〉版本探索之一》⑦、《〈水浒传〉简本异同考(上)——黎光堂刊本、双峰堂刊本异同考》⑧、《〈水浒传〉简本异同考(下)——刘兴我刊本、黎光堂刊本异同考》⑨ 等颇见功力的论文,在简本研究方面建树尤多,但在《水浒传》成书时间问题上,他也没有取得突破性进展。

刘世德对《水浒传》简本的重视和研究在国内是较早也是较为领先的,不过,从国际视野来看,美籍华裔学者马幼垣呼吁重视《水浒传》简本研究与刘世德几乎同时⑩,而马氏对《水浒传》简本的研究则略

---

① 马蹄疾:《水浒书录》,上海:上海古籍出版社,1986年,第49页。
② 刘世德:《谈〈水浒传〉映雪草堂刊本的概况、序文和标目——〈水浒传〉版本探索之一》,《水浒争鸣》第3辑,武汉:长江文艺出版社,1984年。
③ 刘世德:《〈水浒传〉映雪草堂刊本——简本和删节本——〈水浒传〉版本探索之一》,《水浒争鸣》第4辑,武汉:长江文艺出版社,1985年。
④ 刘世德:《谈〈水浒传〉映雪草堂刊本的底本——〈水浒传〉版本探索之一》,《明清小说研究》1985年第2期。
⑤ 刘世德:《钟批本〈水浒传〉的刊行年代和版本问题——〈水浒传〉版本探索之一》,《文献》1989年第2期。
⑥ 刘世德:《论〈京本忠义传〉的时代、性质和地位》,《明清小说研究》1993年第2期。
⑦ 刘世德:《〈水浒传〉无穷会藏本初论——〈水浒传〉版本探索之一》,《文学遗产》2000年第1期。
⑧ 刘世德:《〈水浒传〉简本异同考(上)——黎光堂刊本、双峰堂刊本异同考》,《文学遗产》2013年第1期。
⑨ 刘世德:《〈水浒传〉简本异同考(下)——刘兴我刊本、黎光堂刊本异同考》,《文学遗产》2013年第3期。
⑩ 马幼垣:《呼吁研究简本〈水浒〉意见书》,《水浒争鸣》第3辑,武汉:长江文艺出版社,1984年。

早①，同样值得重视和肯定。《水浒传》早期版本尤其是简本散藏于世界各地，不仅普通读者无缘得见，即使专业研究者包括顶级学者也难以全部目睹其尊容，这无疑限制了对《水浒传》版本研究的深入。据笔者所知，真正能够目验《水浒传》这些珍稀版本而进行深入研究的，应数马幼垣，他为收集齐全这些版本并加以研究耗费了二十多年时间，真可谓殚精竭虑。通过对各种版本的比较研究，他得出的结论是：

> 《水浒》是长期增删拼改、经历不知多少人的参与才演化而成之书，不可能仅出自一两个人之手，施耐庵、罗贯中这类象征性的名字根本就不消提；《水浒》成书于十五世纪末至十六世纪初，即约略为弘治、正德两朝，绝不可能是元末明初人所写；负责编写今本者是一个对北方冬天景况所知有限的南人；见于《水浒传》的梁山和鲁西的梁山风马牛不相及，单说地形即全不类；近年流行民间的《水浒》人物传说悉为无聊文人看到有市场才炮制出来的；今本《水浒》并非成书之初的原貌，是经过不止一次大改动后的产品，正因如此，不少梁山人物排座次的名位就无法据今本故事去解释；排座次以前的情节不尽由互扣的环节来组成，如何串联这些环节显然是《水浒》写作成败关键之所系。联系之功出自"架空晁盖"这条贯穿前七十回的主线；争论七八十年、向无定论的简本繁本先后和演化主从问题已因有足够的插增本供分析而达到结论，简本只可能是从繁本删出来的；现存繁本以容与堂本为最古，可靠程度也最高，而该本自排座次过后至受招安的一段是今本《水浒》最能反映初成书时原貌的部分；简本种类繁多，分别又大，相互关系复杂，现尚不知其详，但这并不妨碍达到简本全皆后出的结论；招安以后的故事，不管独见于简本，还是兼见于简繁两系统，都是后出的，且有写得极劣的（如简本中的田虎故事），但简本独有的故事仍有可助理解今本《水浒》出现前的演化过程者（简本所讲王庆自称为王以前的故事便是一例）。②

---

① 马幼垣之前已发表过《牛津大学所藏明代简本〈水浒〉残叶书后》（《中华文史论丛》1981年第4辑）和《影印两种明代小说珍本序》（《水浒争鸣》第2辑，武汉：长江文艺出版社，1983年）等文。
② 马幼垣：《水浒论衡》三联版序《我的〈水浒〉研究的前因后果》，北京：生活·读书·新知三联书店，2007年，第2～3页。《水浒二论》同。

我们之所以要大段引用马氏的结论，因为这些结论是他在"集齐了天下所有珍本"独立研究二十余年后做出的，有大量研究论文做支持，与胡适、鲁迅、郑振铎的研究结论多有不同。其最大的区别是：他将《水浒传》的早期成书定在了明弘治、正德时期，而以为《水浒传》"绝不可能是元末明初人所写"。他同时指出："现存繁本以容与堂本为最古，可靠程度也最高"，"简本只可能是从繁本删出来的"。这些研究结论如果成立，胡适、鲁迅、郑振铎等的许多研究结论就发生了根本性动摇，今天通行的《中国文学史》就需要改写。至于国内外一些学者所做的《水浒》单个版本的研究或几种版本之间的比较研究，其价值就相对有限了。正如马幼垣所说：

我研究《水浒》之初，即寄厚望于版本，以为只要配足存世罕本，进行详细校勘，必能找出《水浒》成书的演化历程。待我花了超过二十年，终集齐了天下所有珍本，摆在眼前的事实却很明显。此等本子之间的异同只能帮助理解今本《水浒》出现以后的后期更动，而不能希望可借揭示自成书至今本出现这时段内曾发生过、却从未见记录的种种变化。我相信揭秘的关键在内证，而非在现存诸本之间的异同（这就是说，我的版本之旅走了不少冤枉路）。要找可助发微的内证，可用的工具主要得赖现存百回繁本最早最全的容与堂本。①

马幼垣的表白是真诚的，也是直白而清晰的，诉说了自己研究《水浒传》版本的艰辛与无奈，其中的经验和教训无疑是值得我们大家重视和汲取的。

2017年出版的邓雷编著的《〈水浒传〉版本知见录》总结了一个世纪以来《水浒传》版本的研究成果，并著录了新发现的许多版本，②鉴于我们上面所说的原因，他对于号称元末明初的版本甚至被学界习称的嘉靖本均采取了更为审慎的态度，这无疑是值得肯定的。例如，马蹄疾《水浒书录》以为清人钱曾《也是园书目》所载二十卷《水浒传》为明

---

① 马幼垣：《水浒论衡》三联版序《我的〈水浒〉研究的前因后果》，北京：生活·读书·新知三联书店，2007年，第4页。《水浒二论》同。
② 孙楷第《中国通俗小说书目》著录明清时期《水浒传》版本26种，马蹄疾《水浒书录》著录37种，邓雷《〈水浒传〉版本知见录》则著录了80余种，不过，其中有不少是残本。

初刻本，是一切繁本的祖本①，郑振铎称自己所藏五回残本为明嘉靖武定侯郭勋家刻本②，邓雷在研究郑氏等所藏残本（现藏中国国家图书馆）之后认为："这个本子现存卷十第四十七回至第四十九回（此三回原为四明朱氏所藏——引者）、卷十一第五十一回至第五十五回（此五回原为郑氏所藏——引者）。从分卷来看，符合《也是园书目》中著录的二十卷本，此本应该是现存繁本中刊刻时间最早的本子，至于是否刊刻于嘉靖则存疑。此本回前有引首诗，文字与之后的容与堂本相类，但别字较多。或认为此本即郭武定（郭勋）藏板，亦存疑。"③ 即是说，邓雷认为这一残本即是《也是园书目》中著录的二十卷本，但他并不确信这一残本刊刻于嘉靖，也怀疑它就是武定侯郭勋家刻本，当然更不相信此本是所谓明初刻本。这比之前学者们盲目相信权威专家的意见是很大的进步，表明当下的《水浒传》研究者有了更加理性和科学的态度。当然，受传统观念和思维定式的影响，邓雷仍然相信"此本应该是现存繁本中刊刻时间最早的本子"，以为它早于万历三十八年（1610）在杭州刊刻的容与堂本，大概以为它是隆庆或万历初年的刻本。然而，他并没有提供判断这一刻本产生时代早于容与堂本的有效证据，仍然属于猜测，说它"是现存繁本中刊刻时间最早的本子"自然难以定论。

现代意义上的《水浒传》版本研究已经有百年历史，投入的人力物力不可谓不大，也不能说没有取得任何成绩，然而，真正可以作为科学的结论却少之又少，从一定意义上说似乎又回到了原点。也就是说，通过版本研究了解《水浒传》成书时间的努力，与通过作者考察确定《水浒传》成书时间一样，并不能达到预期目标，同样存在巨大的困难。看来，我们只能寻找新的途径与方法来实现这个目标。

三　文献—传播学方法是解决《水浒传》成书时间的有效方法

对《水浒传》成书时间的讨论，无论是从作者入手，还是从版本入手，经过百余年的努力，学界并没有得到科学的结论，更无法形成一致

---

① 马蹄疾：《水浒书录》，上海：上海古籍出版社，1986年，第49页。
② 郑振铎：《〈水浒全传〉序》，施耐庵、罗贯中著，郑振铎、王利器、吴晓铃点校：《水浒全传》，北京：人民文学出版社，1954年，前言第4~5页。
③ 邓雷编著：《〈水浒传〉版本知见录》，南京：凤凰出版社，2017年，前言第1~2页。

的意见。尽管如此，我们仍然应该承认，学者们在讨论过程中是有某些共同认识的，或者说还是遵守了一些基本的学术准则的。这不仅为我们积累了宝贵的经验，也为我们继续研究筑牢了基础。这是需要我们继承的优良学术传统，值得特别珍惜。

一是大家讨论《水浒传》的作者或者版本，其具体作品是指供人们阅读的长篇通俗小说，不管它是简本还是繁本，而不指像《大宋宣和遗事》所载的早期"水浒故事"，这些早期"水浒故事"都只是《水浒传》题材的可能来源，而不是《水浒传》作品本身；二是所谓《水浒传》的作者，只是指作为这种长篇通俗小说文本的早期写定者，这个或这些早期写定者无论被称为编著或编撰，都只表明他或他们完成了这部长篇通俗小说的最后定型，而不是指他或他们凭空结撰了《水浒传》这部作品；三是说《水浒传》为"世代累积型"作品，并非指这部长篇通俗小说是由几代人不断添加而成的"拼盘"，而是指《水浒传》是某位或某些编撰者缀集众多水浒故事而成的"杰构"，完全没有否定编撰者付出了创造性劳动的意思。例如，鲁迅《中国小说史略》便说："意者此种故事，当时载在人口者必甚多，虽或已有种种书本，而失之简略，或多舛迕，于是又复有人起而荟萃取舍之，缀为巨袟，使较有条理，可观览，是为后来之大部《水浒传》。"① 马幼垣也说："以《水浒》版本系统的复杂，内容文字的分歧，说它是一人一时，或二人异时之作，是很难理解的事。当然这并不否认会有一个或者多过一个卓越的编辑总其成，定取舍，排次第，甚至增删其述事，使《水浒》达到明中叶后广为流通时的状况的可能性。但这不是我们一般通用的著作权的定义，也不能抹杀最后定型前的长期演易过程。"② 这些认识，是严谨治学的学者们在自己研究的过程中总结出来的，也为绝大多数学者所认可。

需要特别指出的是，在上述这样的共识下来讨论《水浒传》的成书时间，相关文献的发掘已经基本穷尽，即使有所遗漏，也可能无关大局，并不影响已有的研究结论。如此众多的专家学者参与讨论，时间跨度达百年之久，为什么仍然得不到理想的结果，得不出大家都能够普遍接受的结论呢？原因也许有很多，最重要的应该是以下几点。

其一，《水浒传》是一部长篇通俗小说，时人视为"闲书"，有关的收藏、著录、评论甚少，难以形成系统的信息链，更无人将其作为学问

---

① 鲁迅：《中国小说史略》，北京：人民文学出版社，1973年，第117页。
② 马幼垣：《水浒论衡·呼吁研究简本〈水浒〉意见书》，北京：生活·读书·新知三联书店，2007年，第30～31页。

加以研究，为后人留下学术遗产，使得今人在研究《水浒传》成书时间时既不能完全凭借事实证据来加以证明，也不能通过前代学者的研究获得足够的学术支持，许多结论只能依靠想象和推理，这不仅给研究工作增添了难度，也对其研究结论的可靠性带来影响。在对《水浒传》百余年的学术研究中，无论是胡适所说明初有百回"原本"，弘治、正德间有"施耐庵"七十回本；还是郑振铎所说南宋时便有作者不明的《水浒传》的"底本"，元代有施耐庵撰写的《水浒传》，元末明初罗贯中依据施氏之作重为编次以成今天所见《水浒传》；或是孙楷第所说宋金至元曾有水浒"词话本"，明中叶以降才有今人所见的"说散本"，凡此种种，其实都是一种揣测，或者说是"大胆的假设"，因为他们都没有能够给出直接证明材料。也就是说，这些"大胆的假设"并没有得到科学的证明，哪怕他们进行了"小心的求证"，最终仍然只是"假设"。即使是马幼垣提出的《水浒传》成书于15世纪末至16世纪初，即弘治、正德年间，也同样没有直接证据加以证明。因为在明弘治、正德时期，直到今天，仍然没有学者发现有任何人记录过、谈论过《水浒传》，也没有发现《水浒传》影响当时文学创作尤其是小说发展的证明材料，更没有发现《水浒传》有任何版本存世，无论是稿本、抄本，还是刻本。

其二，人们过于相信明代刻本《水浒传》的题署，容易在那些作者署名中兜圈子而跳不出来。其实，《水浒传》不会给作者带来任何好处，只有书商才是实际得利者，作品署名是书商的噱头，大可不必认真。正如周亮工所说："世安有为此等书人，当时敢露其姓名者，阙疑可也。"[1]无论是施耐庵，还是罗贯中，其实都是"托名"，胡适、鲁迅、马幼垣都这样理解，不能说没有道理。今人为何不取明人成说定他们是南宋人或元人，而最终要定他们为元末明初人，这与郑振铎等人于1931年在浙江天一阁发现蓝格抄本《录鬼簿续编》有关。因为《续编》中载有戏曲家罗贯中，可确定为元末明初人，他们以为这个写有《赵太祖龙虎风云会》杂剧的罗贯中就是编撰《三国志演义》的罗贯中。然而，中国人姓氏有限，同姓名者甚多，如何确定这个戏曲家罗贯中就是小说家罗贯中，谁也没有给出有说服力的证明。其实，从科学研究的角度看，这是需要证明的。中国人姓氏，即使著名学者也难免弄混，掉入"同姓名陷阱"。《四库全书总目·〈古今同姓名录〉提要》便指出："《史记·淮阴侯列传赞》称两韩信，此辨同姓名之始。然刘知几《史通》犹讥司马迁全然

---

[1] 周亮工：《书影》卷一，上海：上海古籍出版社，1981年，第16页。

不别，班固曾无更张。至迁不知有两子我，故以宰予为预田恒之乱；不知有两公孙龙，故以坚白同异之论傅合于孔门之弟子。其人相混，遂其事俱淆，更至于语皆失实。则辨析异同，殊别时代，亦未尝非读史之要务，非但缀琐闻供谈资也。"① 连史圣司马迁也会掉入"同姓名陷阱"，我辈何来如此自信？1959年在上海发现元代理学家赵偕的《赵宝峰先生集》，卷首载《门人祭宝峰先生文》，列门人三十一人，其中一人名罗本。王利器认为此罗本就是《三国志演义》的作者罗贯中，生活年代正是元后期。② 后来查明，这个罗本在清人王梓材增补《宋元学案》的有关注文中，已明确说他字彦直，其兄罗拱字彦威也是赵宝峰门人。这就否定了理学家门人罗本作为《三国志演义》作者的可能性。③ 江苏大丰、兴化施家桥施氏始祖即使名耐庵，也无法证明他是《水浒传》的作者，道理就在这里。

其三，《水浒传》版本繁杂，收藏地点遍布世界，收藏主体有公有私，一般人很难全部接触这些版本。在对《水浒传》版本涉猎未广、研究不细的情况下，仅凭印象和感觉，或者凭二手材料甚至道听途说得出结论，往往是经不住严格的科学检验的。这里不妨举一个大家都熟悉的例子。例如，谁也不知道郭勋刊刻的本子（"武定版"）究竟是啥模样，郑振铎在其所撰《水浒全传序》里说他所藏嘉靖残本（五回）就是郭勋刻本，"却提不出有力证据"④；其称整理《水浒全传》底本所用清康熙石渠阁补刊本是忠于郭本的，但"郭本不在，又无详细引文，如何能证明它忠于郭本"⑤。由这些没有被证明的结论来清理《水浒传》的版本线索，很难不南辕北辙。至于简本，鉴于主客观条件（当时信息不发达，许多简本无人知晓；简本文学性不强，学者们多不重视），老一辈学者接触的很少，所得结论也大多有误。例如，"法国国立图书馆的文杏堂三十卷简本，郑振铎是见过的，但他看不到孙楷第在东京大学（昔日称为东京帝国大学）检阅的映雪草堂三十卷简本，而孙楷第又没有接触文杏堂本的机缘"⑥；"可是，孙楷第竟指郑振铎所看到的本子与他自己目睹者

---

① 永瑢等：《四库全书总目》卷一百三十五子部类书类《〈古今同姓名录〉提要》，北京：中华书局，1965年，第1141页。
② 王利器：《〈水浒全传〉是怎样纂修的》，《文学评论》1982年第3期；收入氏著《耐雪堂集》，北京：中国社会科学出版社，1986年。
③ 王齐洲：《〈三国志演义〉成书时间新探——兼论世代累积型作品成书时间的研究方法》，《中山大学学报（社会科学版）》2014年第1期。
④ 马幼垣：《水浒论衡》考据篇，北京：生活·读书·新知三联书店，2007年，第40页。
⑤ 同上书，第41页。
⑥ 同上书，第43页。

为同书异版。正如上面所说的，答案即使无误，所用的方法仍是错误和不能效法的。不幸的是，孙楷第这种一厢情愿式的考据法，涉及四种稀见的简本，以其盛名所至，大家欣然接受这种解释，一再沿用，几成定律"①。因为崇拜权威而放弃了学术研究的科学准则。又如，"郑振铎给余象斗刊行的小说很高的评价，说他印书不随便改动，所以能够保存原貌。这句话极有问题。余象斗印书，要改就改，随意增删并易，和郑振铎所说的，刚刚相反"②。这又是仅凭个人想象轻易得出结论的典型事例。事实上，《水浒传》版本问题的复杂性超出了许多学者的想象，即使像马幼垣这样收全了所有早期繁简版本，进行过细致的比较研究，也仍然只能说："我自己对繁本简本的源始问题和相互关系，没有结论性的看法，主要是觉得目前治《水浒》版本的成绩，尚未能完满解决这些难题。"③ 马幼垣的研究经历和经验体会，是一个秉持客观态度、运用科学方法进行《水浒传》版本研究的真实写照，它充分说明《水浒传》版本的复杂程度是一般作品所没有的，我们必须有清醒的认识。而嘉靖之前的《水浒传》版本实物根本就不存在，所有号称为嘉靖以前甚至明初的版本，都经不起严格的科学审查。

既然通过作者研究和版本研究无法确定《水浒传》的成书时间，学者们自然想从其他渠道获得突破，以解决面临的疑难。而"内证法"是一些学者们试用过的方法。所谓"内证法"，即通过《水浒传》文本内容所描述的具有时代特点或时间节点的事物来确定《水浒传》的成书时间的方法。国内学术界很早就有人尝试过这种方法，张国光先生是较早注意到《水浒传》内证的研究的代表性学者，他在20世纪80年代初期发表的《〈水浒〉祖本探考——兼论施耐庵为郭勋门客之托名》《再论〈水浒〉成书于明嘉靖初年》等文④，从《水浒传》"没有反映辽、金统治区人民的灾难""书中不少地名都是明代的建制""《水浒传》受《三国演义》影响甚深""主要是以正德时的某些走投降道路的人物、事件为蓝本""极力宣扬道教，也是郭勋借以迎合世宗之确证"等方面论证《水浒传》成书于嘉靖十一二年。石昌渝是将"内证法"运用到极致并取得突出成绩的代表性学者，他先后发表了《从朴刀杆棒到子母炮——

---

① 马幼垣：《水浒论衡》考据篇，北京：生活·读书·新知三联书店，2007年，第43页。
② 同上书，第42页。
③ 同上书，第39页。
④ 张国光：《〈水浒〉祖本探考——兼论施耐庵为郭勋门客之托名》，《江汉论坛》1982年第1期；《再论〈水浒〉成书于明嘉靖初年》，《武汉师范学院学报（哲学社会科学版）》1983年第4期。收入氏著《古典文学论争集》，武汉：武汉出版社，1987年。

〈水浒传〉成书研究之一》《〈水浒传〉成书于嘉靖初年考》《林冲与高俅——〈水浒传〉成书研究》《〈水浒传〉成书于嘉靖初年续考——答张培锋先生》《〈水浒传〉成书年代问题再答客难》《〈水浒传〉成书在元末明初，还是在嘉靖初年》《明初朱有燉二种"偷儿传奇"与〈水浒传〉成书》等文①，从朴刀、腰刀、杆棒、子母炮、土兵、白银使用、故事类型、人物塑造等《水浒传》描写的人、事、物入手，论证《水浒传》成书于嘉靖初年。然而，他的研究结论却受到一些学者的责难②。其主要原因是，内证的选取很难具备典型、唯一、无歧义、不可逆等特性；名物的称名及其混用容易造成认识分歧；《水浒传》版本的复杂性增加了内证选择的困难；对文献理解（包括术语的能指和所指）的差异导致不同读者得出不同结论；一些内证即使能够确立，在时间上也只能确定上限而无法确定下限，如此等等，使得"内证法"研究也面临巨大的阻力和困难。

其实，《水浒传》的成书时间问题的研究应该可以采用一切有效的途径和方法，并不一定非要通过作者、版本、内证等研究来获得解决，尤其在证据并不充分、一些基本问题得不到共识的情况下更是如此。如果我们能够转换一种思路，完全可以将传播与接受作为研究的抓手，通过文献—传播学的理论和方法，使这些疑难问题得到有效解决。

文献—传播学理论认为，一部作品的形成时间，应该以其有效传播为根据，没有得到文献所证实为有效传播的作品，不应该承认其事实上存在。这里既有文献学的要求，也有传播学的要求。所谓有效传播，不是指传播范围之大小，而是指传播对象之有无；没有有效传播的作品即使真的存在，理论上也不能被认可，因为这里存在思维盲点和科学风险。承认没有有效传播作品的存在，就等于放弃了要求证明的权利，这是违

---

① 以上论文分别发表于《文学遗产》1999年第2期、《上海师范大学学报（哲学社会科学版）》2001年第5期、《文学评论》2003年第4期、《文学遗产》2005年第1期、《文学遗产》2007年第5期、《中华读书报》2007年11月21日、《文学遗产》2009年第5期。

② 例如，张培锋《关于〈水浒传〉成书时间的几个"内证"考辨——与石昌渝先生商榷》（《贵州大学学报（社会科学版）》2004年第2期），《〈水浒传〉成书于嘉靖初年说再质疑》（《贵州大学学报（社会科学版）》2005年第4期）；沈伯俊《文学史料的归纳与解读——元代至明初小说和戏曲中白银的使用》（《文艺研究》2005年第1期）；张宁《从货币信息看〈水浒传〉成书的两个阶段》（《文学遗产》2007年第5期）；萧相恺、苗怀明《〈水浒传〉成书于嘉靖说辨证——与石昌渝先生商榷》（《文学遗产》2007年第5期），《〈水浒传〉成书于嘉靖说再辨证——石昌渝先生〈答客难〉评议》（《文学遗产》2008年第6期）。

背科学精神的，对学术研究有害而无益。作者、版本等固然重要，但在这些问题疑莫能明的情况下，确定作品成立的有效证据就是作品的传播和读者的接受；如果有证据能够证明某部作品在社会上流通，无论以什么方式，只要有人收藏、记录、阅读或评论，就应该承认该作品的存在，反之则表明其不存在；证明作品有效传播的证据，除了作品本身之外，当然是作品传播时的相关记载，这些记载可以是书目著录、作品序跋，也可以是信息传递、读者评论，只要是见诸文字的相关记载都可以作为有效证明材料。

或许有人会问：如果这部作品确实已经成书，当时也确有传播记录，只是作品的版本没有得到保存，传播的记录已经散佚，我们怎能因现在无法得到有效证明而否认其已经成书和传播的事实呢？笔者认为，这样的说法不能成立。这是因为，既然作品的版本并不存在，有关记载的文献已经散佚，你怎么知道有这样的作品存在和这样的文献记录？你的说法既然没有文献和传播的依据，凭什么将它说成是一种"事实"呢？如果说你指的是一种"可能"，那么，这种"可能"一样不能被学术界所认可。这是因为，不可能和可能的比例是一样的，各占50%，提出这种可能和没有这种可能是同时存在的，它既不能证实也不能证伪，而既不能证实也不能证伪的结论一定不是科学的结论。理所当然的，我们不能承认在没有证据证明的情况下得出的任何结论，不管这一结论是谁做出的，也不管这一结论多么切合人们的愿望，我们都不应该予以接受而应该予以怀疑，因为这是违背科学原则和科学精神的。这种靠猜测和推理的所谓研究，在方法上其实也是不科学的，因为科学方法是以事实为依据的，不依据事实的研究不能算是科学研究。这一基本原则和主要精神在自然科学研究中都能够得到自觉遵守，也因此推动着自然科学的发展进步，人文科学研究当然也不能例外，否则其研究就不能算是科学研究。

或许又有人说：历史文献浩如烟海，谁也不可能阅读完现存的全部文献，不一定是作品失传、传播证据散佚，而是我们还没有读完这些文献，所以不能轻易判断这一作品的版本和传播记录事实上不存在。这一质疑貌似有理，但回答这样的质疑其实更简单：在没有发现某部作品有效传播的文献之前，不能承认该作品的存在，而一旦发现了能够证明某部作品存在的文献证据，就应该立刻修正前面作出的结论，承认这部作品当时客观存在，这正是科学研究所要求的科学方法，也是我们所提倡的文献—传播学的研究方法。如果运用这样的方法讨论某部作品的成书时间，就可以将讨论建立在可靠文献证据的基础之上，有多少材料说多少话，不做无证据的推测，也避免了因作者、版本、内证等疑难问题困扰的窘境。运用上述方法进行研究得出的结论，也许不一定正确，但一定是科学的。因为科学并不代表正确，而是主张靠事实说话，通过事实去得出结论，也依靠事实去修正结论，从而不断地推进研究的深入和问题的解决。我们以为用文献—传播学的方法来解决通俗小说研究中的疑难问题尤其是作品成书时间问题是一种有效方法，正是本着这种科学的原则和精神。

　　需要特别指出的是，文献—传播学方法强调利用文献进行传播论证时要区分直接证据和间接证据。一般来说，当时人记前代事是间接证据，当时人记当时事才是直接证据；直接证据优于间接证据；直接证据可以作为主体证据，间接证据只能作为辅助证据，除非众多的间接证据形成了无可置疑的证据链，间接证据才可作为主体证据。通常情况下，我们主张采信直接证据得出结论，而不主张采信间接证据得出结论。因为以间接证据得出结论，不仅掩藏着巨大的证据风险，而且会降低人们搜寻直接证据的欲望和热情，不利于学术的健康发展。在自然科学领域，一切没有直接证据的结论都被视为"猜想"，不会被视为定论。有些"猜想"甚至耗费几代学者心血来寻找直接证据，在没有被证明之前仍然被称为"猜想"，为什么人文科学要将一些没有被直接证据证明的"猜想"或"假说"当作定论接受呢？在科学已经相当普及的今天，这样的做法显然是无法理解的。除了要满足某些研究者的私心杂念，或者因为迷信权威而采取轻信态度，好像没有其他的理由。然而，科学研究只尊重事实，不迷信权威；迷信权威而忽视事实，就不是科学研究。因此，我们在讨论通俗小说成书时间（包括作者、版本、内证等）时，凡是没有直接证据证明的结论，都只能视为"猜想"或"假说"，不能作为定论，更不能把通过这种"假说"得出的结论作为下一个结论的证据来使用，以致有关研究成为一大堆"假说"。今天的通俗小说研究存在着太多的这类"假说"，《水浒传》研究不过是其中之一，这种状况，应该引起我们的高度警觉和深刻反思。

　　遵循文献—传播学的理念和方法，对《水浒传》成书时间这类疑难问题的讨论就有了新的思路。

　　我们首先要确认，凡是没有得到直接证据证明的结论，都应该悬置不用，而不管这一结论是由谁做出的。例如，胡适说的明初有百回"原本"，弘治、正德间有"施耐庵"七十回本；郑振铎说的南宋有《水浒传》"底本"，元代有"施耐庵《水浒传》"，元末明初有"罗贯中《水浒传》"；孙楷第说的宋金至元有水浒"词话本"；马幼垣说的《水浒传》"成书于十五世纪末至十六世纪初",都是没有直接证据的"猜想"或"假说",都不能作为定论,应该存而不论。至于马蹄疾(陈宗棠)提到的"文繁事简之祖本,其版刻时代约在明初"的《旧本罗贯中水浒传》,是依靠清人钱曾的著录,同样没有直接证据加以证明,当然不能信从。

其次,我们应该梳理现有文献,去寻找可以用文献—传播学方法来确定《水浒传》成书时间的可靠证据,尤其是直接证据。从现有文献来看,最早记录《水浒传》传播信息的直接证据是李开先(1502—1568)的《一笑散》,其《时调篇》载:"崔后渠、熊南沙、唐荆川、王遵岩、陈后冈谓《水浒传》委曲详尽,血脉贯通,《史记》而下,便是此书。且古来更未有一事而二十册者。倘以奸盗诈伪病之,不知序事之法,学史之妙者也。"① 文中提到的崔铣(号后渠)、熊过(号南沙)、唐顺之(号荆川)、王慎中(号遵岩居士)、陈束(号后冈)都是进士出身,李开先和他们是好友,除崔铣年岁稍长外,其他人年龄相仿,多在"嘉靖八才子"之列,这批"才子"这样评价《水浒传》,证明他们都读过《水浒传》,从传播学角度来看,《水浒传》传播已经进入公共领域,《水浒传》在这时已经成书当然是确定无疑的。

从文献—传播学的角度来看,李开先的《一笑散·时调》所载崔铣等人对"一事而二十册"的《水浒传》的评论是《水浒传》成书的直接证据,表明《水浒传》已经在社会上流传。因为在嘉靖之前,我们尚未发现任何《水浒传》文本,无论是稿本、抄本或刊本,也没有任何人提到过长篇通俗小说《水浒传》,无论是收藏、著录、引用或评论。据陆容(1436—1494)《菽园杂记》所记昆山"叶子戏",可知这种民间游戏所绘宋江三十六人图像依据的仍然是《宣和遗事》和《癸辛杂志》,而不是《水浒传》,这至少说明,直到陆容去世的明孝宗弘治七年(1494),江苏昆山一带的人们尚不知有《水浒传》,陆容等著名学者也不知有《水浒传》。因此,我们只能老老实实承认《水浒传》尚未成书。② 钱希言(1573—1638?)《戏瑕》载"文待诏诸公暇日喜听人说宋江,先讲摊头半日,功父犹及与闻"③,学界多以为此事发生在正德(1506—1521)时期,故能证明嘉靖前即有《水浒传》在社会上传播。

---

① 李开先撰,叶枫校订:《一笑散》,北京:文学古籍刊行社,1955年,第10页。
② 详见李伟实:《从水浒戏和水浒叶子看〈水浒传〉的成书年代》,《社会科学战线》1988年第1期;王齐洲、王丽娟:《从〈菽园杂记〉〈叶子谱〉所记"叶子戏"看〈水浒传〉成书时间》,《南开学报(哲学社会科学版)》2011年第3期。
③ 钱希言:《戏瑕》卷一,《四库全书存目丛书》第97册,济南:齐鲁书社,1997年,第13页。

然而文献证实,"功父"并非钱希言,而是与钱希言有过交往的钱允治(1541—1628前后),他的父亲钱谷(1508—1572?)是明末著名藏书家、画家,也是文徵明的弟子。钱允治与文徵明(1470—1559)"诸公"一起"听人说宋江"的时间,当然只能在钱允治出生的嘉靖二十年(1541)之后,实际时间应该更晚,《水浒传》这时早已在社会上广泛传播。至于他们听人所说"宋江"是说话故事还是《水浒传》或者兼而有之,已经无法确证了。① 显然,这则文献对于讨论《水浒传》成书时间的作用不大。熊过《南沙先生文集·故相国石斋杨公墓表》所谓"或说七等《水浒传》宋江赦者",有学者认为这是正德七年(1512)以前《水浒传》已经成书的"铁证",因为刘七起义和失败发生在明武宗正德五年(1510)至七年(1512)。然而,这句话只是熊过自己对于刘七事件的理解或者说明,并不是摘录自嘉靖之前的原始文献资料,谁也无法提供这句话为嘉靖之前文献的有效证据,而且大家对这句话的理解存在严重分歧(说详下),因此,熊过所言"或说七等《水浒传》宋江赦者"并不能作为正德七年(1512)前《水浒传》已经成书的直接证据,当然更不是"铁证"。② 世传明代成化、弘治年间杜堇绘有《水浒人物全图》,有学者以此为据来证明嘉靖之前《水浒传》已经成书并在社会上流行。然而,此图乃清人托名伪作,以此为据来考察《水浒传》的成书时间及流传情况自然也不能成立。③ 明末人张丑(1577—1643)在《真迹日录》和《清河书画舫》中著录了文徵明"小楷古本《水浒传》",虽然可以肯定文徵明"小楷古本《水浒传》"钞本在万历年间确曾流传过,但是否确为文徵明手书其实是难以断定的。即使确系文徵明手书,从他的生活轨迹和功名仕履来看,也不可能是其二十岁到三十岁时所书,甚至不可能是其嘉靖二年(1523)之前汲汲于求取功名时所书,而只可能是其嘉靖五年(1526)以翰林待诏致仕后居家所书。尽管其致仕时已经年近六旬,似乎眼力精力都不允许他用小楷抄写古本《水浒传》,然而,文徵明并不如常人那样容易衰老,他在接近90岁高龄时仍能书写蝇头小

---

① 详见王齐洲、王丽娟:《钱希言〈戏瑕〉所记〈水浒传〉传播史料辨析》,《北京师范大学学报(社会科学版)》2010年第4期;王丽娟、王齐洲:《〈戏瑕〉所记"文待诏诸公暇日喜听人说宋江"再析——答李永祜先生兼及学术研究的态度与方法》,《南京大学学报(哲学·人文科学·社会科学版)》2016年第4期。

② 详见王丽娟、王齐洲:《〈水浒传〉早期传播史料辨析——以〈南沙先生文集·故相国石斋杨公墓表〉为中心》,《中山大学学报(社会科学版)》2010年第5期。

③ 参见王丽娟:《〈水浒传〉早期传播史料考辨——以杜堇〈水浒全图〉为中心》,《明清小说研究》2012年第3期;乔光辉:《杜堇〈水浒人物全图〉伪托考》,《艺苑》2012年第6期;刘榕峻:《陈洪绶〈水浒叶子〉研究》,台湾大学硕士论文,2009年。

楷，这有许多文献记载，由于其致仕后赋闲家居33年，故其晚年的任何时间段他都可能用小楷书写古本《水浒传》。① 通过我们所作粗略辨析可知，以上几则文献材料其实都不能证明《水浒传》在嘉靖以前就已流传，至少不能成为直接证据。

从社会政治文化环境来看，明英宗天顺（1457—1464）及以前，朝廷都严禁杂剧、小说、词曲，如永乐九年（1411）朝颁发榜文称："今后人民倡优装扮杂剧，除依律神仙道扮，义夫节妇，孝子顺孙，劝人为善及欢乐太平者不禁外，但有亵渎帝王圣贤之词曲、驾头杂剧，非律所该载者，敢有收藏、传诵、印卖，一时拿送法司究治。奉旨：但这等词曲，出榜后，限他五日，都要干净将赴官烧毁了，敢有收藏的，全家杀了。"② 在这样严酷的社会政治文化环境下，不大可能产生和流传《水浒传》这样的作品。然而，弘治五年（1492），孝宗接受内阁大学士邱濬（1421—1495）建议，诏令朝廷搜集收藏历代典籍，包括阴阳艺术、稗官小说，提倡民间献书并给予奖励，为通俗小说的生产和传播提供了动力。③《三国志通俗演义》在这时出现，有弘治七年（1494）蒋大器序为证，不能说与这种社会政治环境和文化氛围无关。④ 如果说《三国志演义》只是弘治年间的产物（弘治之前并没有《三国志演义》成书的文献—传播学证明），而《水浒传》的诞生还在《三国志演义》之后，那又有什么证据来证明《水浒传》成书时间是在元末明初呢？

我们主张李开先《一笑散·时调》记载的崔铣等人对《水浒传》的评论可以作为《水浒传》成书时间的直接证据，是因为这条记载是嘉靖时期人们对《水浒传》进行的最早的评论，且文献来源确凿无疑。李开先虽然与高儒、郎瑛、田汝成等是同时代人，年龄比高儒、郎瑛略小，

---

① 详见王齐洲：《论〈水浒传〉的早期传播——以张丑著录文徵明小楷古本〈水浒传〉为中心》，《社会科学研究》2010年第3期。
② 顾起元：《客座赘语》卷十"国初榜文"，北京：中华书局，1987年，第347～348页。
③ 明弘治壬子（1492）五月，内阁大学士邱濬上奏："臣请敕内阁将考校见有书籍备细开具目录，付礼部抄誊，分送两直隶、十三布政司，提督学校宪臣，榜布该管地方官吏军民之家，与凡官府学校寺观并书坊生铺，收藏古今经史子集，下至阴阳艺术、稗官小说等项文书，不分旧板新刻及抄本未刻者，系内阁开去目录无有者，及虽有而不全者，许一月以里送官。其有王府处启知借录，多方差人询访，设法搜求，期于尽获无遗。仰所在有司将各处赃罚纸札，并给官钱借办笔墨之费，分散各处儒学生员誊写，惟取成字，不拘工拙，但不许潦草失真。就令各学教官校对既毕，以原本归主，不许损坏不还。其所得书目先行开具，陆续进呈，通行各处，互相质对，中间有重复者止令一处抄录，录毕装成卷帙，具本差人类解赴京。"（邱濬《重编琼台藁》卷七《请访求遗书奏》）
④ 详见王齐洲：《〈三国志演义〉成书时间新探——兼论世代累积型作品成书时间的研究方法》，《中山大学学报（社会科学版）》2014年第1期。

但他关于《水浒传》传播信息的记载则要早于他们。这不仅是因为，《一笑散·时调》中提到的崔铣（1478—1541）为弘治十八年（1505）进士，早于高儒、郎瑛、田汝成、李开先等人，而且还因为，参与评论《水浒传》的这些人，都是当时名流，他们对《水浒传》给予的评论，可以反映嘉靖初年知识阶层对《水浒传》的接受情况，自然证明了《水浒传》已经在一定范围内得到传播，因为他们只有在阅读的基础上才会有所评论。如果我们对参与《水浒传》评论的这些学者加以研究，特别是对他们何时有机会在一起评论《水浒传》进行探讨，就可以了解《水浒传》早期传播的时间，而这一时间节点对于探讨《水浒传》成书时间是极有帮助的。

在首批阅读和评论《水浒传》的学者中，除崔铣外，王慎中（1509—1559）是嘉靖五年（1526）进士，熊过（1507—1581）、唐顺之（1507—1560）、陈束（1508—1540）和李开先本人都是嘉靖八年（1529）进士。嘉靖八年（1529）至十三年（1534），王、熊、唐、陈、李均在京城做官，交往密切，他们数人阅读《水浒传》并在一起交流对《水浒传》的看法是有可能的。不过，崔铣因"大礼议"于嘉靖三年（1524）罢官家居，却并不在京城，应该很难参与《水浒传》的讨论切磋、交流阅读心得。不过，通过相关文献得知，崔铣与李开先多有联系，书信来往频繁，崔铣于嘉靖九年（1530）、十九年（1540）曾两度进京；王慎中、陈束等先前并不相识崔铣，在嘉靖九年（1530）结识崔铣后才开始了与崔铣的交往。而崔铣与杨慎（1488—1559）关系非同寻常，崔铣虽比杨慎大10岁，却引杨为知己，以"小座主"相称，两人又一起因"大礼议"于嘉靖三年（1524）受贬，喜爱通俗文学且博学多才、于书无所不窥的杨慎不知有《水浒传》，而崔铣却不仅阅读到《水浒传》，而且盛赞《水浒传》。就这一客观事实，可以自然得出结论，嘉靖三年（1524）以前《水浒传》并未成书，不然，杨慎不可能不知道；如果嘉靖九年（1530）崔铣入京后从李开先处得见《水浒传》，并给出了自己的评论，那是符合情理和逻辑的。王慎中从嘉靖十四年（1535）八月自京谪任常州通判后，又历任南京户部主事、礼部员外郎，后又擢山东提学佥事，改江西参议，进河南参政，一直都在京外任官，直至嘉靖二十年（1541）落职为民；唐顺之嘉靖十四年（1535）二月致仕归家，直至嘉靖十八年（1539）才复职；陈束嘉靖十四年（1535）出为湖广佥事，后升福建参议，改河南提学副使，卒于河南任上。可见嘉靖十三年（1534）以后，王、唐、陈、熊、李是很难聚在一起讨论《水浒传》的。因此，可以断定，《水浒传》的成书时间当在崔铣离京的嘉靖三年

（1524）至崔铣入京的嘉靖九年（1530）之间，而肯定不是通常所说的元末明初。①《一笑散·时调》所记崔铣等人对《水浒传》的评论既然是现在已知时间最早的评论，这一评论毫无疑问就成为《水浒传》早期传播的直接证据。与《水浒传》其他早期文献相比，《一笑散·时调》具有毋庸置疑的首发优势，更值得我们重视。后发的文献当然也有重要的文献价值和互证作用，例如，郑晓（1499—1566）在《今言》所言"郭勋欲进祀其立功之祖武定侯英于太庙，乃仿《三国志俗说》及《水浒传》为《国朝英烈记》"②发生于嘉靖十六年（1537），高儒的《百川书志》序刊于嘉靖十九年（1540），郎瑛的《七修类稿》初刊于嘉靖二十四年（1545）到二十六年（1547）之间③，田汝成的《西湖游览志》初刊于嘉靖二十六年（1547），这些书中都记载或著录有与《水浒传》相关的传播信息，可以进一步坐实《水浒传》在嘉靖时期广泛传播的历史事实。当然，也应该承认，这些文献所记载的《水浒传》传播信息在时间节点上显然迟于《一笑散·时调》所记载的传播信息。

　　在运用文献—传播学方法研究作品成书时间时，我们还应该认识到，直接证据和间接证据不是固定不变的，而是相对而言的，具体证据会因证明对象的不同而发生性质的改变，从而提醒我们要正确使用证据。例如，要证明《水浒传》的成书时间，《一笑散·时调》是直接证据，《百川书志》《七修类稿》《西湖游览志》《今言》《古今书刻》也都是直接证据，它们都证明了嘉靖时期《水浒传》在社会上的传播，而清初成书的周亮工《书影》则是间接证据，其所谓"《水浒传》相传为洪武初越人罗贯中作，又传为元人施耐庵作，田叔禾《西湖游览志》又云此书出宋人笔"④云云，都只是转述明人说法，对于《水浒传》的成书时间没有证据价值。然而，如果要证明《水浒传》的作者，则上述所有文献又都不是直接证据，《一笑散·时调》《今言》等未谈及作者，其他文献虽记录过作者，却有施耐庵、罗贯中两说，时代又有南宋、元、洪武初之不同，均非当时人记当时事，而是得自于传闻，也就是说它们都是间接证据。要证明这些说法之可信，就必须提供南宋或元代或明初的直接证

---

① 参见王丽娟：《〈水浒传〉成书时间新证》，《湖北大学学报（哲学社会科学版）》2001年第1期。
② 郑晓：《今言》卷一，北京：中华书局，1984年，第48页。
③ 郎瑛《七修类稿》初刻时间大概在嘉靖二十四年（1545）到二十六年（1547）之间，后又曾校勘、增删和修订，全本成书时间最早应为隆庆元年（1567）。参见郭昂然：《郎瑛及其〈七修类稿〉研究》，暨南大学硕士论文，2014年，第21~22页。
④ 周亮工：《书影》卷一，上海：上海古籍出版社，1981年，第16页。

据，包括作者的证据和版本的证据，否则便得不出令人信服的、可以称为科学的结论。

文献—传播学方法在注意寻找文献传播的直接证据的同时，还要注意区分文献传播信息的真实与虚假。一般来说，直接证据是当时人记当时事，来自耳闻目睹，这些信息的真实度自然较高；而间接证据是当时人记前代事，往往来自传闻，其真实度自然较低。然而，事情往往会有反例，具体到《水浒传》传播信息，直接证据也并非一定真实可靠。例如，明末金圣叹自称得到贯华堂古本《水浒》七十回，这应该是直接证据，是当时人记当时事，故胡适认为这说法可信，以为"金圣叹无假托古本的必要，他确有一种七十回本"①。然而，鲁迅却不同意这一判断，后来的学者也大多不同意这一判断。他们通过研究，证实了金本《水浒》其实是截取《水浒全传》前七十回及第七十一回前半回，加上金圣叹自己续写的"卢俊义惊噩梦"的尾巴，将第一回作为楔子，而形成所谓七十回"古本"。这说明直接证据也可能提供虚假信息，造成人们的认识混乱。在通俗小说传播中，这种假托古本，伪造版本信息或任意题署作者的现象非常普遍。这与通俗小说不是"正经"读物，政府不予监管，学者不予重视，书商以盈利为目的，故意编造虚假信息、制造图书卖点有着直接的关系。而经、史等官刻书籍的情况则有所不同，因为书商很难造假，有各种制度和各级官府对他们进行约束。例如，嘉靖十一年（1532）提刑按察司下发文牒照会建宁府云：

> 议呈巡按察院详允会督学道选委明经师生，将各书一遵钦颁官本，重复校雠。字画句读音释，俱颇明的。《书》《诗》《礼记》《四书传说》款识如旧，《易经》加刻《程传》，恐只穷本义，涉偏废也。《春秋》以《胡传》为主，而《左》《公》《谷》三传附焉，资参考也。刻成合发刊布，为此牒仰本府著落当该官吏，即将发出各书，转发建阳县。拘各刻书匠户到官，每给一部，严督务要照式翻刊。县仍选委师生对同，方许刷卖。书尾就刻匠户姓名查考，再不许故违官式，另自改刊。如有违谬，拿问重罪，追版划毁，决不轻贷。②

---

① 胡适：《〈水浒传〉考证》，载《中国章回小说考证》，上海：上海书店出版社，1980年，第40页。
② 叶德辉：《书林清话》卷七《明时官刻书只准翻刻不准另刻》，上海：上海古籍出版社，2008年，第135页。

由这一文牒可以得知，当时官刻书籍（一般为经书和史书）不仅有朝廷规定的权威版本、分工明确的细致校对，而且有职能部门的严格监管和各级政府的问责机制，版本及作者的来龙去脉是有案可稽的，书商没有造假的空间，也不会有造假的动机，因为造假对他们有害而无利。而《水浒传》这样的通俗小说就不同了，书商以市场为导向，如何占领市场、如何吸引读者、从而赚取最大的利润才是他们首先要考虑的，版本题署只是书商用来宣传商品、吸引读者的手段，因为无人监管，他们自然可以随心所欲，花样翻新，以吸引读者购买他们的产品为目标。因此，那些书籍广告的宣传用语是不能作为作者或者版本证据来使用的。例如，《水浒志传评林》（全称《京本增补校正全像忠义水浒志传评林》）题署为"中原贯中罗道本名卿父编集，后学仰止余宗下云登父评校，书林文台余象斗子高父补梓"；《水浒志传》（全称《新刻全像忠义水浒志传》）题署为"清源姚宗镇国藩父编，武荣郑国扬文甫父仝校，书林刘钦恩荣吾父梓行"；《水浒传》（全称《新刻全像忠义水浒传》）李渔序本题署为"元东原罗贯中编辑，闽书林郑乔林梓行"，这些题署除了对考察出版者有一定文献价值，以及可以据以考察作品的刊刻情况外，对考察作者和作品成书时间其实是没有多少文献价值的，更不能作为解决《水浒传》成书时间的直接证据。

我们在上文对百年来《水浒传》成书时间讨论的简要回顾，并非想否定人们进行作者、版本、内证研究所取得的成绩，而是要揭示有关研究出现的困难和窘境，以引起研究者们的认真反思。我们认为，正是因为前人筚路蓝缕的研究和艰苦卓绝的努力而仍然不能解决有关疑难，才启发我们，讨论《水浒传》成书时间必须另辟蹊径，选择更科学更有效的研究方法。之所以不能采用研究经学、史学的传统方法来研究通俗小说的成书时间，是因为通俗小说与经、史的文化地位不同、传播途径不同、读者对象不同，其治学方法必然有异。通俗小说是一种民间的文学样态，采取的是大众传播手段，其成书也有自己的特殊规律，而文献—传播学方法正是适应着通俗小说这一特定对象、能够为"世代累积型"作品的成书时间进行准确定位的有效方法。因此，我们应该采用这种适合于《水浒传》成书时间的新的方法，来开展《水浒传》成书时间研究。

第一章　李开先《一笑散》所反映的《水浒传》早期传播

一般来说，一本书的成书时间应该在它的传播之前，因为只有书稿写成了，有了读者，它才会传播开来，第一个读者即是这本书传播的开始。当然，理论上也应该承认，由于各种不同的原因，有些书籍的写作不是为了马上传播，或者不能马上传播，书籍的成书与传播会有一个时间差。发生这种情况，要么是作者与社会隔绝而无法传播，要么是作品涉及社会禁忌而不能传播，而其后的传播和先前的未能传播总有某种内在逻辑和历史关联性，在这种逻辑和关联性中总能够找到可以作为证明的材料。然而，像《水浒传》这样的著作，是在长期民间传讲的"水浒故事"和搬演的"水浒戏"的基础上世代累积成书的，既不存在作者与世隔绝的问题，也不存在因社会禁忌而不能传播的问题。而通俗小说是面向市场的文学，传播是其生存和发展的基本前提。嘉靖时朝廷都察院和武定侯郭勋家都刊刻《水浒传》，也说明《水浒传》在开始传播阶段并不是一本犯忌讳的书。因此，《水浒传》的成书与流传就几乎是同时发生的，通过对传播史料的梳理应该是可以找到《水浒传》成书的时间节点的。

第一节　崔铣等人评论《水浒传》的确切时间

从现有存世文献来看，最早记载《水浒传》传播信息的是李开先的《一笑散》（《词谑》别称）。因为在此之前，我们还没有发现记载《水浒传》传播的直接文献证据。李开先在《一笑散·时调》中说：

崔后渠、熊南沙、唐荆川、王遵岩、陈后冈谓《水浒传》委曲详尽，血脉贯通，《史记》而下，便是此书。且古来更未有一事而二十册者。倘以奸盗诈伪病之，不知序事之法，学史之妙者也。①

此则记载也见于明刊本《词谑》，仅"未有"作"无有"、"学史"为"史学"，其余文字全同。② 这里记载的是嘉靖初年的一段与《水浒传》传播相关的史料，即崔后渠（名铣）、熊南沙（名过）、唐荆川（名顺之）、王遵岩（名慎中）、陈后冈（名束）阅读《水浒传》的感受，或者说是他们对《水浒传》的评论。这些人既然有对《水浒传》的评论，当然都阅读过《水浒传》；《水浒传》这时不仅已经成书，而且开始在部分读者中流传，应该是确定无疑的。从《一笑散》（《词谑》别称）记载的口气来看，李开先应该是重要参与者，不然，他如何知道这些人对《水浒传》的共同评价，并且郑重其事地记载在自己著作中，何况这种评价是有些惊世骇俗的。而要了解这件事情的来龙去脉，必须对这些评论者作深入细致的考察，以弄清他们是在什么时间、什么地点来评论《水浒传》的，才有可能从中发现《水浒传》成书时间的有效线索。

《一笑散》或《词谑》作者李开先，字伯华，号中麓子。山东济南人。明代文学家、戏曲家。嘉靖八年（1529）进士，留京任户部主事。他在《一笑散·时调》所述对《水浒传》进行评论的几人中，除崔铣为弘治十八年（1505）进士、王慎中为嘉靖五年（1526）进士外，其余三人及李开先本人俱为嘉靖八年（1529）进士。而除崔铣之外，其余四人及李开先都属"嘉靖八才子"之列。所谓"嘉靖八才子"，是指嘉靖初年活跃于文坛的八位青年才俊。据《明史·陈束传》载："时有'嘉靖八才子'之称，谓（陈）束及王慎中、唐顺之、赵时春、熊过、任瀚、李开先、吕高也。"③ 李开先在《〈吕江峰集〉序》中也说："今嘉靖十年后，更有'八才子'之称。八人者，迁转忧居，聚散不常，而相守不过数年，其久者亦止八九年而已，不知天下何以同然有此称。"④ 所谓"相守不过数年"，一是这些人同在京城为官的时间并不长，二是这些人

---

① 李开先撰，叶枫校订：《一笑散》，北京：文学古籍刊行社，1955年，第10页。
② 《一笑散》为清人陆贻典于康熙年间据也是园藏本抄录，此本与明刊本《词谑》在内容上略有差异。中国戏曲研究院编《中国古典戏曲论著集成》第三册收入《词谑》，上引文"未有"作"无有"、"学史"作"史学"。（见李开先：《词谑》，中国戏剧出版社，1959年，第287页。）
③ 张廷玉等：《明史》卷二百八十七《陈束传》，北京：中华书局，1974年，第7369页。
④ 李开先著，路工辑校：《李开先集》上册，北京：中华书局，1959年，第304页。

中有的病逝而不能相守，陈束卒于嘉靖十九年（1540）①。他们相守和评论《水浒传》的时间，毫无疑问要早于嘉靖十九年（1540），至少不能晚于这个时间节点，这是确凿无疑的。

《一笑散·时调》中提到的这些人，按照李开先的说法，他们"相守不过数年"，那么，这"数年"具体是几年呢？如果从嘉靖八年（1529）考中进士的四人（含李开先）在京城做官的时间开始计算，那么，他们"相守"的时间应该在嘉靖八年（1529）以后的几年，因为此前他们都在读书赶考，散在各地，且互不相识，没有"相守"的可能。如果他们"相守"的时间从"有八才子之称"算起的话，他们"相守"的时间就应该是嘉靖八年（1529）至嘉靖十四年（1535），因为嘉靖十四年（1535）二月，唐顺之以吏部主事致仕，王慎中谪判毗陵，二人都离开了京师，他们四人已经不能"相守"。如果考虑到唐顺之致仕后，仍有回到京师的可能，王慎中也可能在毗陵任上赴京办事，那么，他们"相守"的时间至迟不会晚于嘉靖十八年（1539），因为嘉靖十九年（1540）陈束逝世，他们已阴阳两隔，无法"相守"。其实，他们"相守"不晚于嘉靖十八年（1539）的说法是不能成立的，一是唐顺之或王慎中即使偶尔回京，也不能称为"相守"；二是如果他们"相守"从嘉靖八年（1529）到嘉靖十八年（1539），则"相守"已达十年，与文中所说"相守不过数年"产生矛盾。因此，可以确定，除崔铣外的四人"相守"的时间最早不早于嘉靖八年（1529），最晚不晚于嘉靖十四年（1535）。事实也证明，在此期间，《一笑散·时调》所提数人（崔铣除外）经常相互唱和诗文、切磋学问、讨论问题、畅游山水。既然如此，我们是否能够确定他们阅读和评论《水浒传》的更为确切的时间呢？如果可以，这个时间节点与《水浒传》成书时间是否有某种关联呢？下面我们将进行具体探讨。

《一笑散·时调》所述数人中，崔铣并不在"八才子"之列。因此，我们不妨先以"八才子"之一的王慎中作为观察视点，便于更加具体、更加深入地讨论有关问题，然后加入崔铣，看看他们何时何地有何种可能在一起评论《水浒传》。

王慎中，字道思，初号江南，更号遵岩居士。因排行第二，又称王

---

① 陈束（1508—1540），字约之，号后冈，浙江鄞县人。嘉靖八年（1529）进士，嘉靖十九年（1540）卒于官，年三十三。其生平参见唐桂英：《陈束研究》，湘潭大学硕士论文，2014年。

仲子。泉州晋江（今福建省晋江市）人。《明史·王慎中传》云："十八（岁）举嘉靖五年进士，授户部主事，寻改礼部祠祭司。时四方名士唐顺之、陈束、李开先、赵时春、任瀚、熊过、屠应埈、华察、陆铨、江以达、曾忭辈，咸在部曹。慎中与之讲习，学大进。"① 这是介绍他的仕履与交游。本传又载："慎中为文，初主秦汉，谓东京下无可取。已悟欧、曾作文法，乃尽焚旧作，一意师仿，尤得力于曾巩。（唐）顺之初不服，久亦变而从之。"② 这是介绍"唐宋派"的形成。以王慎中、唐顺之为首的"唐宋派"正是在"八才子"的切磋交流中形成的，李开先、陈束、熊过等皆有襄赞之功。王慎中后来在《与熊南沙》信中也深情回忆过与这些朋友的交往，他说："一时同朝数子，仆所得与以文学意气相周旋者，今皆以罪谴废放，或为吏议所格罢，甚或夭死不存也。天于此辈人，岂都无意右之？抑其人皆以聪明才敏盗窃天机，播弄造物，自当得罚耶？"③ 信中不乏对京师那段文学交往经历的留念与感伤。唐顺之在《答王遵岩书》中也说："仆旧从兄学为文章，有一二仅得处，尽是兄之指教。但才既不长，又不能竭精力以从事，是以遂成废罢，韩子所谓徒业者不啻其藏者也。"④ 唐鼎元《明唐荆川先生年谱》亦曰："时高叔嗣、王慎中、华察、孟洋、江以达、曾汴、屠应埈、陈束、任翰、熊过、李开先、皇甫氏洴、汸诸名士咸官京师，公与之游而上下其议论，学大进。"⑤ 除上述记载之外，李开先的《闲居集》也记载有他们这批文坛新秀之间的交往情况。其所撰《后冈陈提学传》记载："（陈束）日与少洲所述数子并熊南沙、屠渐山、田豫阳游衍，竞为奇古诗文。"⑥ 这里的"数子"是传记前面提到的王慎中、唐顺之、吕高、李开先几人。其《九子诗》回忆和评价九位朋友，在《唐荆川顺之》诗中有"别去历岁时，生来异乡县。何日得合并，再听新雄辩"⑦ 的深情回忆，说明他们

---

① 张廷玉等：《明史》卷二百八十七《王慎中传》，北京：中华书局，1974年，第7367页。
② 同上书，第7368页。
③ 王慎中：《遵岩集》卷二十三《与熊南沙》，《景印文渊阁四库全书》第1274册，台北：台湾商务印书馆，1986年，第540页。
④ 唐顺之：《荆川集》卷五《答王遵岩书》，《景印文渊阁四库全书》第1276册，台北：台湾商务印书馆，1986年，第307页。
⑤ 唐鼎元：《明唐荆川先生年谱》，《北京图书馆藏珍本年谱丛刊》第47册，北京：北京图书馆出版社，1999年，第465页。
⑥ 李开先著，路工辑校：《李开先集》中册，北京：中华书局，1959年，第610页。
⑦ 李开先著，路工辑校：《李开先集》上册，北京：中华书局，1959年，第8页。

经常在一起讨论问题。另外，其《〈游海甸诗〉序》中也提到嘉靖十四年乙未（1535）王慎中谪判毗陵，三月十五日，他与吕高、熊过、唐顺之、陈束等出阜城门至海甸为王慎中饯行并赋诗唱和之事。所有这些材料，都是"嘉靖八才子"在一起活动的极好证明，也从侧面说明了熊过、唐顺之、王慎中、陈束及李开先有在一起讨论《水浒传》的可能性。如果他们之中有任何一人得到这本新奇的通俗小说，相信他们一定会互相推介，也一定会交流自己的阅读心得。从他们五人现存集子来看，没有发现李开先与他们分别讨论《水浒传》的有关记载或者往来书信，也没有发现其他人相互讨论《水浒传》的有关记载和书信来往，因此可以断定：李开先、王慎中、唐顺之、陈束、熊过是在一起谈论《水浒传》时对《水浒传》作出上述评价的，李开先将其记录在自己的杂著中，使我们对《水浒传》的早期传播有了第一手可靠资料。这里，我们还可以提供一个旁证。李开先在《〈训蒙谬说〉序》中说过一件往事："唐荆川尝谓熊南沙曰：'李子其不识明道、伊川耶，何于其书，不曾一言及之，以入吾之听耶？'中麓子潜闻之，乃因疾注门籍，已吊庆，谢宾客，减酬赠，即取二子书，昼则详观，夜则考正。疾愈，走会荆川，但有言，即以其书作证。荆川惊讶，遂邀南沙相与讲订。罢官来不复记其事矣。"① 中麓子即李开先，他听到唐顺之劝熊过去读读"二程"（明道程颢、伊川程颐）的著作，便自己回家苦读"二程"，以便可以和朋友们有共同话题。由此可见，他们是经常在一起"奇文共欣赏，疑义相与析"的。《水浒传》在当时可算是真正的"奇文"，他们发现了这一"奇文"，是一定会关注和进行讨论的。至于他们在一起讨论《水浒传》的时间，当然也不会超出他们"相守"在一起的时期——嘉靖八年（1529）至嘉靖十四年（1535）。

如果我们耐心细致地考察一下王慎中的为官经历，其实还可以进一步缩小他们几人阅读《水浒传》以及在一起谈论《水浒传》的时间范围。《明史·王慎中传》云："（嘉靖）十二年，诏简部郎为翰林，众首拟慎中。大学士张孚敬欲一见，辞不赴。乃稍移吏部，为考功员外郎，进验封郎中。忌者谮之孚敬，因覆议真人张衍庆请封疏，谪常州通判。稍迁户部主事、礼部员外郎，并在南京。久之，擢山东提学佥事，改江西参议，进河南参政。侍郎王杲奉命赈荒，以其事委慎中，还朝，荐慎

---

① 李开先著，路工辑校：《李开先集》上册，北京：中华书局，1959年，第345页。

中可重用。会二十年大计,吏部注慎中不及。而大学士夏言先尝为礼部尚书,慎中其属吏也,与相忤,遂内批不谨,落其职。"① 嘉靖二十年(1541)"大计",即这一年对官员全面考核,考核结果会直接影响官员的升黜,王慎中此次考核结果为不及格,因此被罢官。王慎中在《河南参政刘涵江墓表》中对其罢官时间也有记载,他说:"辛丑岁,予与公(指刘涵江)同罢河南参政。予方倨侮自恣,驰书于公,约游淇水、王屋、太少二室、武当山,相携而归。公鲐然径归,且报书曰:'君报罢,犹出内批,孰不知为权重人所为?如吾,谁当为明者?吾归矣,不能从君游,且宦其土,方见罢,而又往游焉,得毋太作意乎?'予时已至淇上,彷徉百泉、苏门之间,愧公之言,径趋安阳,访故学士崔后渠先生,谈数日,亦遂归,不复至孟门、洛阳矣。"② 辛丑岁即嘉靖二十年(1541),这一记载与《明史》本传相合。李开先《遵岩王参政传》对此也有详细记载。

由上述可知,嘉靖十二年(1533),王慎中移吏部考功员外郎,进验封郎中,嘉靖十四年(1535)春,因"覆议真人张衍庆请封疏",为张孚敬所弹劾,被贬谪担任常州通判,后来历任南京户部主事、南京礼部员外郎、山东提学佥事、江西参议、河南参政,至嘉靖二十年(1541)因考核不合格而落职为民,其政治生涯也就完全结束。这就告诉我们,王慎中从嘉靖十四年(1535)至嘉靖二十年(1541)一直在京外任官,已经不能参加京师才子们的聚会。且唐顺之嘉靖十四年(1535)二月致仕归家,直至嘉靖十八年(1539)才复职;陈束嘉靖十四年(1535)出为湖广佥事,后升福建参议,改河南提学副使,卒于河南任上。将《一笑散·时调》所载五人仕宦履历综合考察,可以得出结论,嘉靖十四年(1535)以后,他们几人是不可能聚在一起讨论《水浒传》的,这样一来,他们讨论《水浒传》的时间就只可能发生在嘉靖八年(1529)至嘉靖十三年(1534)之间。

以上通过以王慎中为视点的考察,大体明确了"嘉靖八才子"中的王慎中、李开先、陈束、唐顺之、熊过几人有可能在一起讨论《水浒传》的时间,可以肯定是在嘉靖八年(1529)至嘉靖十三年(1534)之

---

① 张廷玉等:《明史》卷二百八十七《王慎中传》,北京:中华书局,1974年,第7367~7368页。
② 王慎中:《遵岩集》卷十五《河南参政刘涵江墓表》,《景印文渊阁四库全书》第1274册,台北:台湾商务印书馆,1986年,第417页。

间。然而，这一时间并非准确时间，而且是撇开了一个关键人物崔铣以后所确定的时间，而崔铣是李开先记载的评价《水浒传》的领衔人物，是不能被忽视的，或者说是更为关键的。这不仅因为崔铣是他们数人的长辈，为他们所敬重，而且崔铣不在"嘉靖八才子"之列，与"八才子"进行互动的文学记载很少，因此，确定崔铣何时有可能读到《水浒传》并参与上述诸人的讨论，反而更能够成为确定他们数人评论《水浒传》具体时间的重要参照。

崔铣，字子钟，河南安阳人。《明史》本传载其"举弘治十八年进士，选庶吉士，授编修，预修《孝宗实录》。与同官见太监刘瑾，独长揖不拜，由是忤瑾。书成，出为南京吏部主事。瑾败，召复故官，充经筵讲官，进侍读。引疾归，作后渠书屋，读书讲学其中。世宗即位，擢南京国子监祭酒。嘉靖三年集议大礼，久不决，大学士蒋冕、尚书汪俊俱以执议去位，其他摈斥杖戍者相望，而张璁、桂萼等骤贵显用事。铣上疏求去，且劾璁、萼等"①，"帝览之不悦，令铣致仕。阅十五年，用荐起少詹事兼侍读学士，擢南京礼部右侍郎。未几，疾作，复致仕。卒，赠礼部尚书，谥文敏"②。比较清晰地描述了崔铣的仕履轨迹。崔铣著有《读易余言》《彰德府志》《文苑春秋》《文苑春秋叙录》《士翼》《后渠庸书》《晦庵文钞续集》《洹词》等。《洹词》卷十一《赴召录》也印证了《明史》本传的记载可信，《赴召录》中有云："嘉靖甲申秋九月，予议礼不合，罢归。家居十有三年，吏部奏准起用。又三年，己亥二月十四日，内阁题准改少詹事兼翰林侍读学士。三月二十九日部书至，四月三日庚子晨，辞先祠祭行道而出。子汲目初愈，送予登车，挥泪而别。郡老及诸生送至张氏园，置酒于梅花下，各劝一杯。"③ 嘉靖甲申为嘉靖三年（1524），嘉靖己亥为嘉靖十八年（1539），即是说，崔铣罢官家居十五年。嘉靖十八年（1539）四月复官，赴任不久，升南京礼部右侍郎。次年，因病乞归。嘉靖二十年（1541），王慎中罢官后专程赴南阳拜访过他，上文已经提及。就在此年，崔铣病逝于家。

就功名仕履来看，崔铣是王慎中、李开先等人的长辈，不属于"嘉靖八才子"之列，嘉靖三年（1524）因"大礼议"忤旨致仕，在嘉靖三年（1524）至嘉靖十八年（1539）间，一直赋闲居家。因此，"嘉靖八

---

①② 张廷玉等：《明史》卷二百八十二《崔铣传》，北京：中华书局，1974年，第7255页。
③ 崔铣：《洹词》卷十一，《景印文渊阁四库全书》第1267册，台北：台湾商务印书馆，1986年，第628页。

才子"在京师活动的那段时间，崔铣并不在京师，与他们没有交接。嘉靖十八年己亥（1539）春夏之交，崔铣被吏部奏准起复，为少詹事兼翰林侍读学士，不久即擢南京礼部右侍郎，实际在京时间很短。此时李开先、熊过等虽在京师，他们之间可以有交流切磋的机会，但唐顺之已于嘉靖十四年（1535）致仕，王慎中、陈束此时也在外地做官，《一笑散·时调》所述数人根本没有可能在崔铣起复居京师的这段时间里相聚，在一起谈论《水浒传》。

那么是否可以说，崔铣和李开先《一笑散·时调》所述数人就一直没有在一起谈论《水浒传》的机会呢？答案是否定的。因为不能排除崔铣与李开先等人有单独的交往，这种单独交往可能形成他们数人之间的互动，这也许才是真正解决问题的突破口。

我们不妨先从李开先与崔铣的交往开始清理。在李开先的《闲居集》中，我们发现他多次谈到崔铣或记载有与崔铣的交往。例如，《闲居集》中的《六十子诗》《〈松窗寤言〉序》《送杞令王中宇之任序》等篇都明确提到过崔铣，从其表述的语言和记载的事情来看，崔、李二人的关系十分亲密，非同寻常。而崔铣在他的文集《洹词》中不仅有答复李开先的书信，还有《中麓说》一篇专门解释李开先的雅号，足以说明二人关系之密切，相知之深。二人既然有如此密切而相知的关系，就不可能没有在一起交流切磋的机会。

先来分析一下崔铣答复李开先的书信，看看二人交往的情况，以确定二人可能会面的具体时间。《洹词》卷十二《答李太常伯华书》有云："仆顷在都下，匆匆四十日，少亲诲言。及别后二旬，遂辱赐问。"① 信中又说："仆冒暑跋涉，经历三月，抱疾过家。日来颇剧少闲，开阅谬述，徘徊黄花翠竹之间，仕情泊然，麋鹿出山，野性难驯，丰草长林，一见欢适，他固无念也。奴入京买裘，草草奉布。不尽者，幸亮之。"② 这是崔铣由少詹事兼翰林侍读学士升任南京礼部右侍郎后，因入京办事，与李开先有密切交流的直接证明。此时，李开先任吏部文选司郎中，是否因为崔铣入京办事与李开先所管有所牵连，或是他们原来本有联系，此次又在京师相会，不得而知。崔铣在与李开先信中所说"抱疾过家"事得到其《患病乞休奏》证实，奏文中提道："臣于嘉靖十九年七月二

---

① 崔铣：《洹词》卷十二，《景印文渊阁四库全书》第 1267 册，台北：台湾商务印书馆，1986 年，第 665 页。
② 同上书，第 666 页。

十五日为庆贺事到京，九月初三日辞朝回任。本月十一日行至赵州，患中泄之疾，调治不痊，顺路回至臣原籍。十一月内，患痰火嗽疾。二十年正月内，气壅喘促，夜不能寐。二月内，脾虚呕逆，昼则不食。计臣患病之期，已经三月之外，若臣在任，例该住俸调理，今臣在途，理合具奏纳禄。"① 由奏文可知，崔铣于嘉靖十九年（1540）为庆贺事由南京礼部任上赴京，在京师停留了四十天。崔铣在京师逗留的四十天里，与李开先有过亲密接触和亲切交谈，即信中所说"少亲诲言"，离京二十天后，又收到李开先的慰问信；三个月后，崔铣趁家奴入京购裘之机，写信给李开先报告自己的现状，由此可见二人关系之密切。《四库全书总目提要》称《洹词》十二卷"皆编年排次，不分体裁，杂著笔记亦参错于其间"②。因为《洹词》是编年排次，《答李太常伯华书》和《患病乞休奏》又同在卷十二，时间应该相隔不久，且《答李太常伯华书》中提到"仆冒暑跋涉，经历三月，抱疾过家"③，所说经历与《患病乞休奏》中"行至赵州，患中泄之疾，调治不痊，顺路回至臣原籍"④ 正好相互照应，可以互证。

由上所述可以得知：崔铣嘉靖十八年（1539）四月初三离家赴京就任少詹事兼翰林侍读学士，后升任南京礼部右侍郎任，嘉靖十九年（1540）七月二十五日为庆贺事到京，在京期间曾与李开先相会，九月初三辞朝返回南京任所。九月下旬，李开先写信问候崔铣。崔铣于路上"患中泄之疾"，未能回到南京任所，只得回家调养，三个多月未见好转，只好上奏朝廷请求辞官。《答李太常伯华书》便是崔铣对李开先来信问候的回复。

崔铣于嘉靖十九年（1540）进京，与李开先有深入接触，此事可以确定。再来看看李开先《闲居集》中的《〈松窗寤言〉序》，可知崔铣在嘉靖九年（1530）也曾进京，和李开先有深入交流。《〈松窗寤言〉序》曰："予与崔后渠相会于十年之前，尝云：'将著一书而未成。'再会于十年之后，又云：'书已成而未工。'"⑤ "愚意欲撰一序，为之刊而布

---

① 崔铣：《洹词》卷十二，《景印文渊阁四库全书》第 1267 册，台北：台湾商务印书馆，1986 年，第 670 页。
② 永瑢等：《四库全书总目》卷一百七十一集部，北京：中华书局，1965 年，第 1500 页。
③ 崔铣：《洹词》卷十二，《景印文渊阁四库全书》第 1267 册，台北：台湾商务印书馆，1986 年，第 666 页。
④ 同上书，第 670 页。
⑤ 李开先著，路工辑校：《李开先集》上册，北京：中华书局，1959 年，第 353 页。

焉，因循虚实，后渠逝且十年余矣。"① 崔铣卒于嘉靖二十年（1541），此序当写于嘉靖三十年（1551）之后。而据崔铣《松窗寱言》前言云："癸巳腊，予屏迹静居……是冬天气和煦，笔砚调适，乃援笔纵谈，得八十一章，取诸考槃，寱言是命。义不诠次，词无因袭。粤若是非，俟哲人正之。崔铣识。"② 可见崔铣《松窗寱言》成书于嘉靖十二年癸巳（1533）冬。李开先《〈松窗寱言〉序》中所云"再会于十年之后"，应该是指前面我们提到的嘉靖十九年（1540）他与崔铣的这次会面。那么，序中所言"予与崔后渠相会于十年之前"，毫无疑问是指嘉靖九年（1530）他与崔铣在京城的会面。因为这个时间节点恰好在崔铣嘉靖九年（1530）"将著一书（指《松窗寱言》）而未成"和嘉靖十九年（1540）"书已成而未工"之间。据此可以断定，李、崔二人于嘉靖九年（1530）在京城会过面，是不会有任何疑问的。

前面我们已经论定，撇开崔铣不论，李开先等五人在一起讨论《水浒传》的时间只可能在嘉靖八年（1529）至嘉靖十三年（1534）之间。而在此期间的嘉靖九年（1530），李开先与崔铣不仅在京城见过面，而且有过深入交流，还谈到过崔铣写作《松窗寱言》的事，这就不能排除他们有其他的文化学术交流。这样看来，崔铣与李开先等"才子"在一起讨论《水浒传》并对《水浒传》做出评价的确切时间就应该是嘉靖九年（1530），并且只有这一年他们才有机会相聚，此后他们数人再无相聚的机会（说详下）。

从李开先的仕宦履历来看，也同样只有嘉靖九年（1530）是他们数人可以在一起切磋学问、交流读书心得的时间。

李开先嘉靖八年（1529）登己丑科进士第后，供职户部，不久夫人来京；当年被派遣饷边宁夏，于是携妻归章丘故里，事竣后携妻返京，此年基本不在京城。嘉靖十年（1531）初春，复运饷西夏，夫人留守京师。途经乾州，偶遇康海，坐谈甚欢，作散曲长调赠之，传播长安及鄠县。与康海约定，饷边事毕，归途游武功和鄠杜，访王九思。在王九思处留居数日而别，复与康海游长安，居二十余日。返途至河南而患病，扶病抵家，卧病江皋。夫人闻讯，也离开京师返乡照顾，经秋始愈。嘉

---

① 李开先著，路工辑校：《李开先集》上册，北京：中华书局，1959年，第353页。
② 崔铣：《松窗寱言》，《丛书集成初编》本，北京：中华书局，1985年，前言第1页。亦见《洹词》卷九。

靖十一年（1532）春，恢复后的李开先由家乡赴京，授户部主事，管太仓。① 从这段经历来看，崔铣嘉靖九年（1530）赴京，正好李开先在京，而前一年或后一年李开先或在京时间很短，或根本不在京师，他们没有见面的可能。

《明世宗实录》卷二百四十九"嘉靖二十年五月"条云："（崔）铣博学好古……嘉靖初，海内所称好学笃行之士，关西吕柟、韩邦奇，彬州何孟春，河北何塘，苏州魏校及（崔）铣而已。"② 可知在嘉靖初年，崔铣实谓名重一时，在学界影响巨大，成为士人崇拜的对象。因此可以推测，崔铣于嘉靖九年（1530）赴京，可能是李开先因事与崔铣相见、相谈而得相知，崔铣向他说起过写作《松窗寤言》之事。他们的相识相知，李开先不会不告知同时在京的朋友。因李开先的荐引，王慎中、唐顺之、熊过、陈束等人得以结识崔铣。他们数人欢聚一堂，切磋学问，谈及文艺，谈到《水浒传》这个话题，于是得出了他们对《水浒传》的共同评价，这是再自然不过的事。

李、崔二人嘉靖九年（1530）的这次会面，既不限于一时一地，也不限于他们二人，还包括王慎中、唐顺之、陈束、熊过等人，是可以通过其他材料予以佐证，也可通过逻辑来加以推理的。一是李开先时任户部主事，才从宁夏饷边回京不久，暂无其他差遣，而崔铣已经致仕，没有官务在身，他们都有交往的时间和精力。而李开先的朋友王慎中、唐顺之、陈束、熊过等人正好都在京城，一定是他们数人在此年结识了崔铣，日后才有陈束、王慎中、唐顺之等探访崔铣的事情发生。如果没有

---

① 李开先《诰封宜人亡妻张氏墓志铭》云："己丑，余第进士，宜人之京。未久，因饷边，携之还。……辛卯，复饷西夏，宜人独居京邸。事竣，余抱病东归，宜人闻之，亦即奔驰而东。余以虚烦不寐，宜人视药调饮，从而少瘥者年余。"其《渼陂王检讨传》云："予尝饷军西夏，路出乾州，偶遇康对山，坐谈即许以国士，当夜作一正宫长调词赠之，传播长安以及鄠县。……康又相约，事竣游武功以及鄠杜，见渼陂翁。翁闻之，朝暮北望，不见音尘，意料或不来矣。忽一日造其门，惊讶以为从天降也，握手庆幸，有如旧交。谈倦则各出所作，互相评定，半夜而寐，或彻夜不寐者凡五六夜，而赓和之作，约有一小册。……再一日，洒泪而别。……在长安与对山众士夫盘桓二十余日，至河南而病作矣。"而《盛明百家诗·张昆仑集》有张诗（1487—1535，字子言，号昆仑山人）《送李中麓使关西兼讯康对山、王渼陂二太史》诗云："使节旧曾歌出塞，今冬仍饷朔方戎。两年奔走风尘际，匹马关山雨雪中。春动彩云瞻华岳，日高仙仗接岷峒。周南太史如相见，问讯当传河上公。"似乎李开先"复饷西夏"是在嘉靖九年庚寅（1530）冬。细读张诗，李开先应该是嘉靖九年（1530）冬接到任务，第二年春天才由京城出发，张诗为其送行，并托他问候康海和王九思。因此，李开先说自己是嘉靖十年（1531）"辛卯，复饷西夏"，时间是准确的。

② 《明世宗实录》卷二百四十九，台北："中央研究院"历史语言研究所校印，1965年，第5011页。

这段时间的交往，王慎中、唐顺之、熊过、陈束都不可能认识崔铣，也就没有他们后来的主动拜访了。他们的这层关系，也可在崔铣的文集中找到线索。《洹词》集中有《赠陈编修约之序》，其有云："陈子使河北，吊铜雀之荒，览苏门之胜，感啸台之敖，慕安乐之达，说明月之秀鬼、太行之雄峻，已息驾于后渠，与予酌酒赋诗，谈经权事。"① 因为《洹词》集中的作品是编年排次，此序在卷十，对照前后相关文章，可知此赠序当写于嘉靖十三年（1534）底或嘉靖十四年（1535）初。嘉靖九年（1530）陈束与崔铣相识，四年之后陈束拜访崔铣，一起赋诗谈经，这是合乎情理之事。如果没有嘉靖九年（1530）陈束与崔铣的相识，这次陈束造访崔铣，并住在崔家，与崔"酌酒赋诗，谈经权事"，就不好解释，因为陈束并无其他时间能够认识崔铣。王慎中罢官归家前也曾拜访崔铣，前文业已提及。而李开先在《遵岩王参政传》中也说王慎中"时已至淇上，徜徉百泉、苏门之间，径趋安阳，访学士崔后渠，谈数日，亦遂归，不复至孟门、洛阳矣"②。王慎中自己在文集中也有同样的记载。此外，唐顺之与崔铣也有密切交往，其《咏崔后渠书屋》云："碧山学士隐墙东，丛菊萧萧卷幔中。开径自须同蒋诩，著书元不愧杨雄。分畦粳稻清溪注，对户峰峦翠霭通。未许栖迟三亩宅，还应密勿五云宫。"③ 这里专门歌咏的是崔铣的"书屋"。崔铣嘉靖六年（1527）作有《自述三首》，其中《述居》云："往者崔子辞玉堂之庐，退修学于家，买田郡西，筑垣构屋，树果为园。舍背有渠水出蜀村南山下，淙然东流过于舍，入于高平渠。已崔子被召修史，迁长泽宫，又弃之归。渠南有圃一区，有田二夫，水可疏而灌之者数亩，且耕且蔬，以养以育。率乡人子弟，修孝弟忠信之行，明仁义进退之道。祖述洙泗之文，考订宋贤之书，稽历代治乱之迹，旁通医卜农桑之艺。"④ 唐顺之诗中所咏书屋应该就是崔铣嘉靖三年（1524）被黜后回到河南南阳老家后渠所改建的书屋。据此可知，唐顺之也曾赴南阳拜访过崔铣，不然，他不可能对后渠书屋有如此深入的了解，而他们二人的相识也只能是在嘉靖九年（1530）。

---

① 崔铣：《洹词》卷十，《景印文渊阁四库全书》第1267册，台北：台湾商务印书馆，1986年，第587页。
② 李开先著，路工辑校：《李开先集》中册，北京：中华书局，1959年，第618~619页。
③ 唐顺之：《荆川集》卷二《咏崔后渠书屋》，《景印文渊阁四库全书》第1276册，台北：台湾商务印书馆，1986年，第201页。
④ 崔铣：《洹词》卷五，《景印文渊阁四库全书》第1267册，台北：台湾商务印书馆，1986年，第238页。

通过以上的考察，可以肯定，崔铣与李开先、唐顺之、王慎中、陈束、熊过五人曾在嘉靖九年（1530）聚首，交往过一段时间，他们这时都已阅读过《水浒传》，并在一起谈论过《水浒传》，并且共同给予《水浒传》很高的评价。也只有这一年，他们这些人才有和崔铣聚首一处交流切磋的机会。本来从嘉靖八年（1529）开始，李开先在户部任职，王慎中、唐顺之、熊过、陈束也都在京师任职，他们很容易相聚，事实上也经常在一起活动，而嘉靖九年（1530）有了前辈学者崔铣的到来，更由于崔铣与他们有共同的兴趣爱好，这无疑更给他们提供了聚会的理由。此处可提供一个李开先、唐顺之、熊过、陈束常常聚会的旁证，来加强我们的认知。唐顺之《荆川集》卷二有《庚子岁海印寺再举同年会纪事四首》，之二为："净院早凉生，佳宾四座倾。花间重识面，塔里旧题名。对酒怜萍迹，闻歌想鹿鸣。十年还此会，那得更无情。"[①] 庚子岁为嘉靖十九年（1540），这次同年进士在京师海印寺聚会，离他们上次在此聚会已经十年，所谓"十年还此会，那得更无情"，可知嘉靖九年（1530）己丑科进士留任京师者曾于海印寺聚会，两次聚会唐顺之都是参与者。既然是同年聚会，在京的李开先、熊过、陈束包括唐顺之是必然会参加的。

基于上文的详细考证，我们可以得出结论：李开先《一笑散·时调》所载崔铣等人评论《水浒传》的准确时间为嘉靖九年（1530），其他时间都不能满足崔铣和李开先等五人在一起评论《水浒传》的客观条件。

如果承认上述证据和结论可靠的话，那么，我们就可以肯定地说，早在嘉靖九年（1530）之前，"一事而二十册"（可推测为百回本）的长篇通俗小说《水浒传》就已经在社会上流传了，至少是在京师文人学士中间传阅，否则，崔铣、李开先、唐顺之、王慎中、陈束、熊过等人在嘉靖九年（1530）相聚时就不会谈起这个话题，并对《水浒传》做出很高的评价。因此，我们完全有理由推断，长篇通俗小说《水浒传》的成书时间应该不晚于嘉靖九年（1530）。这样一来，有学者提出的所谓《水浒传》成书"不早于嘉靖十一二年"之说也就不能成立了。

[①] 李永祥《李开先年谱》于明世宗嘉靖九年庚寅（1530）29岁下注："是年，己丑科进士留京任职者，曾于海印寺聚会。"（济南：黄河出版社，2002年，第41页。）所注甚是。

第二节 由《词品》及其他推测《水浒传》成书时间的上限

我们说《水浒传》的成书时间不晚于嘉靖九年（1530），这其实只是确定了《水浒传》成书时间的下限，并不能确定《水浒传》成书时间的上限。确定《水浒传》成书时间的上限，必须有其他材料作为证据。否则，《水浒传》成书时间问题仍然不能解决。然而，讨论这个问题，并没有可以作为直接证据的第一手资料，这也是学界反复争论不能定谳的原因。然而，这一问题同样可以采用文献—传播学方法通过对一些文献的分析得到基本的结论。下面我们从杨慎《词品》中来寻找有关《水浒传》成书时间的蛛丝马迹。

杨慎《词品·拾遗》"李师师"条说李师师乃"汴京名妓"，并云：

> 后徽宗微行幸之，见《宣和遗事》。《瓮天脞语》又载宋江潜至李师师家，题一辞于壁云："天南地北，问乾坤，何处可容狂客？借得山东烟水寨，来买凤城春色。翠袖围香，鲛绡笼玉，一笑千金值。神仙体态，薄幸如何销得！想芦叶滩头，蓼花汀畔，皓月空凝碧。六六雁行连八九，只待金鸡消息。义胆包天，忠肝盖地，四海无人识。闲愁万种，醉乡一夜头白。"小辞盛于宋，而剧贼亦工如此。①

文中所载"宋江词"与《水浒传》第七十二回所写"宋江词"基本一致。值得注意的是，《词品》所载"宋江词"是宋江潜至李师师家题于壁上的，并指出这段记载出自《瓮天脞语》；而《水浒传》所载"宋江词"则是宋江写于纸上，燕青则是见证者。嘉靖三十年（1551），杨慎为《词品》作序，这时正是《水浒传》在社会上广泛传播的时期，他为何不说"宋江词"来自《水浒传》，而要说来自《瓮天脞语》，这的确是需要深入追究的问题。

杨慎不仅博学，于书无所不窥，而且著述丰富，无人能及。《明史·杨慎传》载："明世记诵之博，著作之富，推慎为第一。诗文外，杂著至一百余种，并行于世。"② 程启充《〈升庵诗话〉序》中亦云："嘉靖

---

① 杨慎：《词品》，《丛书集成初编》本，北京：中华书局，1985年，第308～309页。
② 张廷玉等：《明史》卷一百九十二《杨慎传》，北京：中华书局，1974年，第5083页。

甲申，与新贵人争礼，谴戍南荒，十有八年。上探坟典，下逮史籍，稗官小说及诸诗赋百家九流，靡不究心，各举其词，罔有遗逸。"① 杨慎不仅熟悉坟典，兴趣广泛，而且对通俗文学毫无偏见，还创作了《廿一史弹词》（原名《历代史略十段锦词话》）这样的通俗文学作品，所以能够成为明代最博学之人。他在《词品》中所提《瓮天脞语》，当时几乎无人见过，因此有人怀疑是他的杜撰。余嘉锡不同意杜撰之说，他在《宋江三十六人考实》中指出："若谓《脞语》本无此词，出于升庵杜撰，则邵氏著书于元初，必有刻板行世，故陶南村及升庵皆得而见之。升庵虽好伪撰古书，恐不至依托近代人小说以取败露也。"②《瓮天脞语》虽非邵桂子所撰，但确实非杨慎伪撰，本书第二章将详细讨论，此不赘述。既然杨慎著《词品》时，《水浒传》已经在社会上广泛流传，朝廷有都察院官刻本、私家有郭勋家刻本，杨慎博洽雄冠一时，对通俗文学并不鄙弃，且《瓮天脞语》也不是正宗的史著，那为什么他只引《瓮天脞语》而对《水浒传》只字不提呢？这一点，连稍后的著名学者胡应麟（1551—1602）都感到不可理解。他在《少室山房笔丛》中说："杨用修《词品》云：'《瓮天脞语》载宋江潜至李师师家，题一词于壁云：天南地北，问乾坤，何处可容狂客？借得山东烟水寨，来买凤城春色。翠袖围香，鲛绡笼玉，一笑千金值。神仙体态，薄幸如何销得。想芦叶滩头，蓼花汀畔，皓月空凝碧。六六雁行连八九，只待金鸡消息。义胆包天，忠肝盖地，四海无人识。闲愁万种，醉乡一夜头白。小辞盛于宋，而剧贼亦工如此。'案此即《水浒》词，杨谓《瓮天》，或有别据。"③ 胡应麟所处的万历时代，《水浒传》早已经在社会上普及，所以他知道《词品》所载是"《水浒》词"，而杨慎引此词谓出自《瓮天脞语》，却不提是"《水浒》词"。对于像杨慎这样渊博的学者不知《水浒传》，胡应麟显然是有些不解的，所以便用"或有别据"来宽解。

杨慎为何引"宋江词"谓出自《瓮天脞语》，却不提出自《水浒传》，这个问题只有结合他的人生经历才能给予合理的解释。据《明史·杨慎传》记载，杨慎字用修，四川新都人，大学士杨廷和之子。为明武宗正德六年（1511）辛未科状元，授翰林院修撰。丁继母忧，服阕，起故官。正德十二年（1517）八月，武宗微行，始出居庸关，慎抗疏切谏，寻移疾归。世宗嘉靖皇帝即位，起充经筵讲官，后又被召为翰

---

① 杨慎著，王仲镛笺证：《升庵诗话笺证》，上海：上海古籍出版社，1987年，第602页。
② 余嘉锡：《宋江三十六人考实》，北京：作家出版社，1955年，第23页。
③ 胡应麟：《少室山房笔丛》，上海：上海书店出版社，2001年，第436～437页。

林学士。嘉靖三年（1524）"大礼议"起，杨廷和虽有辅弼之功，却不赞成嘉靖皇帝尊生父为皇考。杨慎与其父立场相同，偕同列三十六人上言反对尊皇帝生父为皇考，"帝怒切责，停俸有差。逾月，又偕学士丰熙等疏谏，不得命。偕廷臣伏左顺门力谏，帝震怒，命执首事八人下诏狱。于是慎及检讨王元正等撼门大哭，声彻殿庭。帝益怒，悉下诏狱，廷杖之。阅十日，有言前此朝罢，群臣已散，慎、元正及给事中刘济、安盘、张汉卿、张原、御史王时、柯实纠众伏哭。乃再杖七人于廷，慎、元正、济并谪戍，余削籍。慎得云南永昌卫……世宗以议礼故，恶其父子特甚，每问慎作何状，阁臣以老病对，乃稍解。慎闻之，益纵酒自放"①。嘉靖三十八年（1559），杨慎卒于戍地，结束他憋屈的一生。其间，他在嘉靖五年（1526）因父病重回过四川新都探望，时间短暂。嘉靖八年（1529）"闻廷和讣，奔告巡抚欧阳重请于朝，获归葬，葬讫复还"②。晚年，杨慎虽然寄寓过四川泸州一段时间，却被云南巡抚派人押解回云南，最后死于云南。杨慎的一生可以嘉靖三年（1524）为界，划分为前后两个阶段：前段为科考和仕宦阶段，是比较自由任性的阶段；后段为谪戍阶段，是失去人生自由的阶段。他的《〈词品〉序》写于嘉靖三十年（1551），显然系被贬后在云南所作，他在《词品》中对《水浒传》只字不提，却提及《瓮天脞语》的"宋江词"，他对"宋江词"如此感兴趣，却又不提《水浒传》，可能是因为被贬前在京师、被贬后在云南都没有见过《水浒传》的缘故。如果被贬后他见过《水浒传》，就没有理由不提《水浒传》；如果被贬前他见过《水浒传》，凭他的"记诵之博"，更没有理由不提《水浒传》，因为他是一个并不排斥通俗文学且自己还创作有通俗文学作品的学者。

这里暂且放下杨慎被贬后的遭遇，先来看看他被贬前的情况。杨慎被贬前为翰林学士，父亲杨廷和为内阁大学士、辅政大臣，无论是家庭条件还是个人地位，都能够满足杨慎涉猎群书的要求，他自己的确是于书无所不观，所以能够成为当时公认的最为博学之人。他没有见过长篇通俗小说《水浒传》，只能说明在嘉靖三年（1524）他被贬之前，李开先《一笑散·时调》所记载的"一事而二十册"的《水浒传》还没有最后成书。既然《水浒传》当时并不存在，杨慎自然不可能见到。我们做出这样的推断，是有充分的理由和依据的。

---

① 张廷玉等：《明史》卷一百九十二《杨慎传》，北京：中华书局，1974 年，第 5082～5083 页。
② 同上书，第 5082 页。

理由之一，杨慎有优越的家庭条件和显贵的社会地位，在嘉靖三年（1524）之前，是能够接触一切他感兴趣的新奇之书的。其父杨廷和为华盖殿大学士，正德末嘉靖初时为内阁首辅，权倾一时。嘉靖皇帝即位之前，他曾代理朝政三十余天，有除难定策之功。杨慎自己是武宗正德六年（1511）状元，起官翰林院修撰，前途不可限量；嘉靖皇帝即位后，充经筵讲官，又被召为翰林学士。试想，如果《水浒传》在嘉靖三年（1524）已经成书，或者说有任何人能见到《水浒传》的话，那么，杨慎一定是最有条件见到的。杨慎不知有《水浒传》，只能说明嘉靖三年（1524）之前《水浒传》并没有成书。

理由之二，从崔铣和杨慎的关系来看，如果崔铣在嘉靖三年（1524）以前就见到过《水浒传》，那么，杨慎也不会对《水浒传》一无所知，因为崔铣与杨慎关系非比寻常。简绍芳《赠光禄卿前翰林修撰升庵杨慎年谱》中记载："弘治乙丑，（杨慎）侍石斋公于礼闱。时崔公铣试卷在分考刘武臣帘下，疑其刻深，未录。公见之，爱其奇隽，以呈石斋公，遂擢《诗经》魁。崔知，而以小座主称焉，竟为平生知己。时公年一十八岁。"[①] 石斋公即杨慎之父杨廷和，如果不是杨慎发现崔铣，崔铣也许会名落孙山。杨慎虽然比崔铣小10岁，但崔铣却以"小座主"称杨慎，始终与其保持着亲密关系。后来二人又因"大礼议"遭到贬谪，自然引为同道。前文我们证明崔铣在嘉靖九年（1530）阅读过《水浒传》，对《水浒传》有很高的评价，他如果在嘉靖三年（1524）以前阅读过《水浒传》，是无论如何不会不向杨慎推荐的，杨慎也就不会不知道。因此我们可以断定：在嘉靖三年（1524）以前，崔铣、杨慎都没见过《水浒传》，从而自然可以得出《水浒传》在嘉靖三年（1524）以前还没成书的结论。

石昌渝在《从朴刀杆棒到子母炮——〈水浒传〉成书研究之一》一文中，通过对朴刀、杆棒、子母炮的产生及使用情况的历史考察，得出了《水浒传》成书不早于正德末年（1521）的结论，[②] 而我们通过对崔铣、杨慎、李开先、王慎中等人的履历和交往的考察，则得出了《水浒传》成书时间不能早于嘉靖三年（1524）的结论。戴不凡在《疑施耐庵

---

① 杨慎著，王大厚笺证：《升庵诗话新笺证》，北京：中华书局，2008年，第1201～1202页。
② 石昌渝：《从朴刀杆棒到子母炮——〈水浒传〉成书研究之一》，《文学遗产》1999年第2期。

即郭勋》文中也说："他（指杨慎——引者）是在嘉靖三年（1524）被贬到云南去的。如果在周宪王之后的八十年中确早已出现了一部完整的，就象郭勋家所传刻的那么部《水浒传》的话，杨慎恐怕不至于不在《词品》中一提《水浒传》的。"① 这一推断是有道理的。

从前面的分析不难看出，杨慎是推断《水浒传》成书时间上限的重要人物，崔铣是推断《水浒传》成书时间下限的重要人物，杨、崔二人是学术知己，俱在嘉靖三年（1524）因"大礼议"落职，崔铣评论过《水浒传》，杨慎却在《词品》中对《水浒传》只字不提。对此可以做出符合逻辑的解释的原因就是：在嘉靖三年（1524）之前，《水浒传》还没最后写定成书，当然也没有在社会上传播；而《水浒传》成书并流传后，崔铣因不在荒远之地，而且有机会进京，所以能够见到《水浒传》并作出评论；杨慎则因远戍云南，且一直受到严密监管，不许离开云南，回四川的两次都经过特许，而且有人监管，所以无法见到《水浒传》，因而在其《词品》中所举"宋江词"不是来自《水浒传》而是来自《瓮天脞语》。② 杨慎为嘉靖皇帝所厌恶，可举一例证明。《明史·杨最传》（附顾存仁）载："顾存仁字伯刚，太仓人。嘉靖十一年（1532）进士。除余姚知县，征为礼科给事中。十七年冬，疏陈五事，首言宜广旷荡恩，赦杨慎、马录、冯恩、吕经等，末云：'败俗妨农，莫甚释氏。叶凝秀何人，而敢乞度！'帝方崇道家，言凝秀，道士也，帝以为刺己，且恶其欲释杨慎等，遂责存仁妄指凝秀为释氏，廷杖之六十，编民口外。往来塞上，几三十年。"③ 一位朝廷命官为已经谪戍云南十几年的杨慎说了点同情的话，希望朝廷推恩赦免，却遭到黜除仕籍、廷杖六十、编民口外的处分，由此可见，嘉靖皇帝憎恶杨慎，可谓深入骨髓，杨慎贬所活动之受限，也就可想而知。通过对崔铣、杨慎的相互关系和有关材料的整体观照，通过对崔、杨二人与《水浒传》的密接和疏离，只能得出《水浒传》成书时间不会早于嘉靖三年（1524）的结论，其他的结论很难成立。

与杨慎同时的高儒也是考察《水浒传》成书时间需要关注的人物，因为他的《百川书志》最早著录了《水浒传》，也透露出有关《水浒传》

---

① 戴不凡：《疑施耐庵即郭勋》，收入氏著《小说见闻录》，杭州：浙江人民出版社，1980年，第120页。
② 参见王丽娟、王齐洲：《〈词品〉和〈水浒传〉所载宋江词辨析》，《学术研究》2019年第7期。
③ 张廷玉等：《明史》卷二百九《杨最传》附顾存仁，北京：中华书局，1974年，第5516～5517页。

成书时间的重要信息。《百川书志》卷六史部野史类著录:"《忠义水浒传》一百卷,钱塘施耐庵的本,罗贯中编次。"① 这是迄今所知最早著录《水浒传》的书目文献。为了深入分析这一文献对于了解《水浒传》成书时间的价值,我们还是先来看看他的《〈百川书志〉序》是怎样说的。序文云:

> 《百川书志》既成,追思先人昔训之言,曰:"读书三世,经籍难于大备,亦无大阙,尔勉成世业,勿自取面墙之叹。"予对曰:"小子谨书绅。"至今数年,音容迥隔,遗言犹在,愈励先志,锐意访求,或传之士大夫,或易诸市肆。数年之间,连床插架,经籍充藏,难于检阅。闲中次第部帙,定立储盛。又恐久常无据,淆乱逸志,故六年考索,三易成编。②

《百川书志》所录之书是由高儒的"先世之藏"和高儒自己的"数年之积"两部分组成。《〈百川书志〉序》写于嘉靖十九年(1540),因为中间花了"六年考索",所以访书截止时间应该是嘉靖十三年(1534)③。有人认为,《百川书志》所著录的《水浒传》属于"先世之藏"。然而,这一结论的得出,却并非依靠直接的证据。当然,我们也可以假设这部《水浒传》是高儒数年之间"锐意访求"的结果。而据高儒自序,先人昔训"至今数年,音容迥隔,遗言犹在",与其数年之间"锐意访求"的时间是重合的,而书中著录则应该主要是高儒"锐意访求"的结果,这些书"或传之士大夫,或易诸市肆。数年之间,连床插架,经籍充藏,难于检阅"④。然而,这个"数年"难以判断究竟确指多少年,但是可以肯定不会超过十年,那么,高儒访得《水浒传》的时间应在嘉靖四年(1525)至嘉靖十三年(1534)之间。这一时间节点与我们前面通过崔铣、杨慎、李开先、王慎中等人的履历和交往考察得出的《水浒传》成书时间不能早于嘉靖三年(1524),不能晚于嘉靖九年(1530)的时间节点可以说是契合的。这样看来,《水浒传》是高儒数年

---

① 高儒:《百川书志》,上海:古典文学出版社,1957年,第82页。
② 同上书,序言第3页。
③ 这里是说高儒访书主体部分截止时间为嘉靖十三年(1534),但并不意味着此后不能补录。实际上,《百川书志》所收书籍的下限要进一步下延至高儒亡故的嘉靖三十二年(1553)。参见罗旭舟:《高儒生平家世与〈百川书志〉》,《中国典籍与文化》2014年第3期。
④ 高儒:《百川书志》,上海:古典文学出版社,1957年,序言第3页。

之间"锐意访求"的成果，更能够得到各方面信息的相互印证。如果情况确实如此的话，这就表明，高儒在《水浒传》问世后不久即访得此书，或者请人抄写了这部奇书，作为自家的收藏。高氏所藏《水浒传》，是否即朝廷都察院刻本，没有直接证据，不能断定。高儒叔祖高凤为司礼监太监，正德"八虎"之一；伯父高得林为锦衣卫指挥使；父亲高荣先任尚宝司丞，后转锦衣卫，积阶镇国将军。高儒官至锦衣卫指挥同知，娶锦衣卫都指挥张锜之女为妻。① 高氏一族在正德、嘉靖前期地位显赫，他无疑是具备访求各种奇书秘籍的条件的。

　　以上我们通过大量的证据和不厌其烦的考察，认定《水浒传》成书时间早不过嘉靖三年（1524），晚不过嘉靖九年（1530），当在嘉靖三年（1524）至嘉靖九年（1530）之间。这一结论并无反面证据予以否定，因为嘉靖三年（1524）之前尚未发现有任何文献记载过《水浒传》，也没有任何学者评论过《水浒传》。而嘉靖九年（1530）开始，就有李开先、崔铣等人的评论，以及高儒《百川书志》的著录；又有朝廷都察院刊刻《水浒传》，②"世人视若官书"（鲁迅语）；还有武定侯郭勋家刊刻的武定本《水浒传》，③ 时人誉为善本；郭勋还"仿《三国志俗说》及《水浒传》为《国朝英烈记》"④。如果按照通行的说法，元末明初《水浒传》就已经成书，那么，就难以解释为什么嘉靖三年（1524）之前的一个半世纪里无任何人著录或评论《水浒传》，哪怕只是提及，而嘉靖九年（1530）之后的短短几年中，《水浒传》能够受到上自朝廷、下到普通民众的特别关注，从上到下迅速掀起一股"水浒热"，文人学士在其中只是起着推波助澜的作用。那些用《水浒传》鼓吹造反，犯了政治忌讳，因而难以广泛传播来解释《水浒传》诞生很早而传播较晚，其实是完全不能成立的，因为有嘉靖时期《水浒传》的社会传播作为反证。合理的解释只能是，《水浒传》正是在嘉靖三年（1524）至嘉靖九年（1530）之间成书并迅速传播的。

　　我们说《水浒传》是在嘉靖三年（1524）至嘉靖九年（1530）之间成书并迅速传播的，还因为它打上了这一历史时期的鲜明印迹。这只要考察一下嘉靖初年的社会背景，就不难发现。嘉靖一朝，对朝政影响最大的无过于"大礼议"。围绕着"大礼议"，议礼派与护礼派前后争论了

---

① 参见罗旭舟：《高儒生平家世与〈百川书志〉》，《中国典籍与文化》2014 年第 3 期。
② 周弘祖：《古今书刻》上编，上海：古典文学出版社，1957 年，第 325 页。
③ 晁瑮：《晁氏宝文堂书目》卷中，上海：古典文学出版社，1957 年，第 108 页。
④ 郑晓撰，李致忠点校：《今言》卷一，北京：中华书局，1984 年，第 48 页。

许多年，由正统之争、礼义之争，演变为派系之争、义气之争，廷臣党同伐异，攻讦倾轧，朝廷政局混乱，也引起社会动荡不安，民变、兵变此伏彼起。例如，嘉靖元年（1522），爆发了广西荔浦民起义、广西柳州马平矿工起义、山东青州矿工起义；嘉靖二年（1523），爆发了山东民起义；嘉靖三年（1524），爆发了辽东陆雄、李真等起义；嘉靖元年（1522）至三年（1524）发生的两广起义，波及甚广；嘉靖七年（1528），爆发了山西潞城青阳山民陈卿等起义、云南武定府土舍凤朝文等起义，以上均为民变。至于兵变，虽然不及民变广泛，但对朝廷的震动同样巨大。例如，嘉靖元年（1522）甘肃总兵官李隆兵变、嘉靖三年（1524）大同兵变，便是最为显著的例子。接连不断的民变和兵变，无疑给《水浒传》的作者提供了"官逼民反"的极好素材，朝政的混乱和社会的动荡，也给文人学士们"乱世出英雄"的企望提供了充分的想象空间。另外，"大礼议"中被问责、被下狱、被杖死、被罢免、被戍边的正人君子不计其数，为了维护封建正统和伦理道义，他们不畏强暴，仗义死节，体现出那个时代忠臣义士的高风亮节。著名明史专家孟森曾说：

> 以道事君，固非专以保全性命为第一义矣。风气养成，明一代虽有极黯之君，忠臣义士极惨之祸，而效忠者无世无之，气节高于清世远甚。①

这样评价明代尤其是明中叶以后的士大夫，且与清代士大夫进行比较，其基本判断是符合客观历史实际的。明代嘉靖时期虽奸佞横行，然而正人君子尚多，士大夫整体风气尚未腐败，文人学士多能以"忠义"为本，以"忠义"为荣。在如此社会背景和政治生态环境下，长期流传的"宋江故事"（包括"水浒戏"）到嘉靖"大礼议"后，由于现实的激发，以梁山英雄凋谢殆尽而仅留"忠义"之名得到定型，除了传统的儒家思想影响之外，恐怕也有时代精神的潜在作用以及现实给予的激励。"大礼议"中人们以"忠义"相激励，而不同意见者也无不以"忠义"相标榜。武定侯郭勋便是在"大礼议"中获得世宗信任而成为引领社会舆论的代表性人物之一，他也要刊刻《水浒传》以标榜"忠义"，争夺话语权。今人常常把《水浒传》定义为歌颂反抗封建统治的农民起义，

---

① 孟森：《明清史讲义》，北京：中华书局，1981年，第75页。

然而，明代嘉靖时期的人们却认为《水浒传》主旨是宣扬"忠义"，不是宣传造反。因此，《水浒传》早期刊本都有"忠义"二字，称为《忠义水浒传》；甚至还有径题为《京本忠义传》，省略"水浒"二字者。由于朝廷都察院刊刻《水浒传》，文人学士不仅不予排斥，反而极力推崇，李开先、崔铣等甚至将其与《史记》相提并论。直到万历年间，人们仍然以"忠义"标榜《水浒传》。例如，李贽在《忠义水浒传序》中说：

> 夫忠义何以归于《水浒》也？其故可知也。夫水浒之众何以一一皆忠义也？所以致之者可知也。今夫小德役大德，小贤役大贤，理也。若以小贤役人，而以大贤役于人，其肯甘心服役而不耻乎？是犹以小力缚人，而使大力者缚于人，其肯束手就缚而不辞乎？其势必至驱天下大力大贤而尽纳之水浒矣。则谓水浒之众，皆大力大贤有忠有义之人可也。然未有忠义如宋公明者也。今观一百单八人者，同功同过，同死同生，其忠义之心，犹之乎宋公明也。①

这样将《水浒传》与"忠义"挂钩，赞扬水浒英雄人人"忠义"，将宋江作为"忠义"的代表，并非李贽的首倡，而是嘉靖以来就有的思想，只是没有李贽这样激切而已。李贽又说："故有国者不可以不读，一读此传，则忠义不在水浒，而皆在于君侧矣。贤宰相不可以不读，一读此传，则忠义不在水浒，而皆在于朝廷矣。而部掌军国之枢，督府专阃外之寄，是又不可以不读也，苟一日而读此传，则忠义不在水浒，而皆为干城心腹之选矣。否则不在朝廷，不在君侧，不在干城腹心。乌在乎？在水浒。此传之所为发愤矣。若夫好事者资其谈柄，用兵者藉其谋画，要以各见所长，乌睹所谓忠义者哉！"② 这是要告诉读者，只有从"忠义"的角度来阅读《水浒传》，理解《水浒传》，才能够真正发挥《水浒传》的积极作用。这种对《水浒传》社会效果的期待，也是嘉靖以来文人学士们对《水浒传》社会效果的期待。明朝末年，金圣叹将原本《忠义水浒传》梁山英雄大聚义以后的部分全部删除，大骂宋江"假忠义、真盗贼"，于是"削忠义而仍《水浒》"，形成金圣叹七十回本《水浒传》，即《第五才子书施耐庵水浒传》（清人常称《第五才子书》），将

---

① 李贽：《忠义水浒传序》，施耐庵、罗贯中著，凌赓、恒鹤、刁宁校点：《容与堂本水浒传》卷首，上海：上海古籍出版社，1988年，第1页。
② 同上书，第2页。

宣传"忠义"的《水浒传》改造成为宣传"造反"的《水浒传》，从而根本改变了《水浒传》的文学面貌，也影响到它的阅读期待。崇祯十五年（1642），朝廷接受刑科右给事中左懋第的建议，开始禁毁《水浒传》。这一现象的发生，是与明末社会阶级矛盾激化所引起的社会动荡相关的。① 我们不可用百年后《水浒传》的遭遇来论证百年前《水浒传》的诞生，这是不符合历史的客观实际的。

此外，《水浒传》中关于道教的描写，也反映着嘉靖时期皇帝崇信道教的历史事实，成为小说宗教叙事的一个显著特点。嘉靖二年（1523）闰四月，世宗用太监崔文之言，于宫中建斋醮，日夜不绝。杨廷和等大臣谏止不听。嘉靖五年（1526），以江西龙虎山上清宫道士邵元节为真人，赐银印。然而，在以前的"宋江故事"和"水浒戏"中，至今尚未发现它们和江西龙虎山张天师有什么关联，戴不凡对此有深入细致的考辨，可以参看。② 而在长篇通俗小说《水浒传》中，一开头就是"张天师祈禳瘟疫，洪太尉误走妖魔"，明显带着嘉靖时代的道教印迹。正是在嘉靖初年这样的时代背景下，《水浒传》才会以"官逼民反"和"忠义"的主题，整合几百年流传下来的"宋江故事"和"水浒戏"，将宋江为首的梁山英雄好汉们的故事演绎得慷慨悲壮、动人心魄，《水浒传》中的宋江也被塑造成"忠义"的化身，使得士大夫们不仅不去反对，反而加以颂扬。个中因缘，值得深思。

---

① 参见王齐洲：《明代对〈水浒〉的推崇与禁毁》，《江汉论坛》1983 年第 2 期。张国光先生有金圣叹骂宋江为"小骂大帮忙"之说，即通过骂宋江鼓吹"忠义"和追求"招安"全是骗人的"假话"，而指出宋江真心是要与朝廷为敌，目的是推翻赵宋王朝统治。这样，宋江就由"忠义"之士变为"盗贼"之魁，实现了对作品主要人物的根本性改造。他将自己的论点归纳为"两种《水浒》，两个宋江"。（参见氏著《〈水浒〉与金圣叹研究》，郑州：中州书画社，1981 年。）这一认识极有眼光，既符合《水浒传》不同版本人物塑造的实际，也符合《水浒传》不同版本的社会影响的实际。

② 戴不凡：《疑施耐庵即郭勋》，收入氏著《小说见闻录》，杭州：浙江人民出版社，1980 年，第 123 页。

第二章　杨慎《词品》所载"宋江词"辨析

读过《水浒传》的人都知道，在"梁山泊英雄排座次"之后，宋江带着燕青、李逵一行到东京观灯，曾在李师师处乘酒兴写过一首词，抒发自己希望朝廷招安的理想怀抱。而在明人杨慎《词品》中也载有这首词，却并非出于《水浒传》，而是来自《瓮天脞语》。这在《水浒传》早期传播史料中成为一个疑案。《瓮天脞语》究竟是部怎样的作品？为什么会有这首"宋江词"？"宋江词"最早是否出自《瓮天脞语》？《瓮天脞语》与《水浒传》是否有关系，如果有，究竟是什么关系？这样追问起来，"宋江词"就不仅关系到"水浒故事"的演变，也涉及《水浒传》成书时间等重大问题。然而，有关"宋江词"的讨论，至今仍然很不充分，谜团甚多。前章我们曾以《词品·拾遗》来推测《水浒传》成书时间的上限，其实还有未尽之处，这里再就"宋江词"问题继续深入探讨，详加辨析，希望能够对《水浒传》成书时间形成更为明晰的认识。

第一节　《词品》和《水浒传》所载"宋江词"比较

杨慎《词品·拾遗》"李师师"条有云："李师师，汴京名妓。"并载其与宋江轶事曰：

> 后徽宗微行幸之，见《宣和遗事》。《瓮天脞语》又载宋江潜至李师师家，题一辞于壁云："天南地北，问乾坤，何处可容狂客？借得山东烟水寨，来买凤城春色。翠袖围香，鲛绡笼玉，一笑千金值。神仙体态，薄幸如何销得！想芦叶滩头，蓼花汀畔，皓月空凝碧。六六雁行连八九，只待金鸡消息。义胆包天，忠肝盖地，四海无人

识。闲愁万种，醉乡一夜头白。"小辞盛于宋，而剧贼亦工如此。①

据《词品》所载，"宋江词"来源于《瓮天脞语》。而容与堂本《水浒传》第七十二回也写有宋江填词，不过，宋江与李师师的交往及填词经过与《瓮天脞语》所载有所不同。《水浒传》这样写道：

宋江乘着酒兴，索纸笔来，磨得墨浓，蘸得笔饱，拂开花笺，对李师师道："不才乱道一词，尽诉胸中郁结，呈上花魁尊听。"当时宋江落笔，遂成乐府词一首，道是：

天南地北，问乾坤，何处可容狂客？借得山东烟水寨，来买凤城春色。翠袖围香，绛绡笼雪，一笑千金值。神仙体态，薄幸如何消得！想芦叶滩头，蓼花汀畔，皓月空凝碧。六六雁行连八九，只等金鸡消息。义胆包天，忠肝盖地，四海无人识。离愁万种，醉乡一夜头白。②

两相比较，不难看出，《词品》所载"宋江词"与《水浒传》所写"宋江词"在整体上是基本一致的，这就引出了一个饶有趣味的问题：《词品》所载"宋江词"与《水浒传》所写"宋江词"是否存在抄袭？《词品》已经说明源自《瓮天脞语》，与《水浒传》无关。那么《水浒传》是否抄袭了《词品》？肯定的回答显然不能成立，因为《水浒传》的成书在《词品》成书之前，先出的书自然不可能抄袭后出的书。那么，《水浒传》中的"宋江词"究竟出自何处、原文怎样、作者为谁、是否伪托？是否与《词品》一样也源自《瓮天脞语》？这些问题显然需要给予明确回答，弄清楚了这些问题，才能考察"宋江词"在"水浒故事"演变过程中的意义，才能判断杨慎和《水浒传》的关系，进一步考察《水浒传》的成书时间问题。

《水浒传》在嘉靖九年（1530）就有崔铣等人的评论，说明之前该书已经写成并流传，《百川书志》写成于嘉靖十九年（1540），它著录的"《忠义水浒传》一百回"与崔铣等人评论的"一书二十册"应该是相同的版本，因为按照明人刻书的规模，五回刚好可以装订一册，二十册即一百回。这即是说，即使崔铣等人评论《水浒传》的时间晚于嘉靖九年

---

① 杨慎：《词品》，《丛书集成初编》本，北京：中华书局，1985年，第308～309页。引文中着重号为笔者所加，下文同。
② 施耐庵、罗贯中：《水浒传》，北京：人民文学出版社，1975年，第996页。

(1530),《水浒传》成书和流传的时间也不可能晚于嘉靖十九年(1540),而据杨慎《词品》自序,《词品》写成于嘉靖三十年(1551),因此可以肯定,《水浒传》成书在前,《词品》成书在后。按照一般的逻辑加以推论,如果存在因袭的话,就只能是《词品》因袭《水浒传》,不可能是《水浒传》因袭《词品》。而如果《词品》的"宋江词"是因袭《水浒传》,那就说明杨慎肯定读过《水浒传》。然而,《词品》所载"宋江词"不仅没有说明是来自《水浒传》,反而明确说明是来自《瓮天脞语》。那么,到底存不存在《瓮天脞语》这部书?杨慎是否真的没有看过《水浒传》呢?《水浒传》是否有可能也来自《瓮天脞语》呢?显然,在这些问题没有得到明确解答之前,是不能简单地靠逻辑加以推论的。当然,回答这些问题需要找出有说服力的证据。下面,我们尝试着寻找有效的证据以解答上面的问题。

前文说到《词品》所载《瓮天脞语》的"宋江词"和《水浒传》中的"宋江词"基本一致,之所以只说它们基本一致而不说完全一致,是因为二者在文字上还是存在细微差异的,一般读者往往会粗心地放过这些细微差异。然而,正是这些细微的差异为我们考察二词的关系提供了重要的线索,成为解决它们之间相互关系的突破点。

只要细心比较两书所载"宋江词",我们就会发现,《词品》所载"宋江词"中写作"鲛""玉""销""待""闲"的几个字,《水浒传》第七十二回中的"宋江词"则写作"绛""雪""消""等""离",由这五个不同的字所组成的词或词组,除了"闲愁"和"离愁"在意象上有所差别之外,其他字词的不同并不影响整首词所要表达的意思。另外,《词品》说宋江是"题词于壁",未曾提及其饮酒;而《水浒传》则云宋江是酒后"题词于笺",饮酒是情节发展的一个步骤。按照文献学的要求,上述具有差异的两首词其实是两种不同版本的"宋江词"。为了行文方便,我们把《词品》所载"宋江词"称为"《词品》版",把《水浒传》所写"宋江词"称为"《水浒》版"。还需要特别提醒注意的是,两种版本的"宋江词"的下阕开头一句都是"想芦叶滩头",为五字句,首字皆作"想",并且两种版本的"宋江词"都没有提及这首词的词牌。

为了使讨论更加深入,我们不妨暂且放下《词品》和《水浒传》两种版本的"宋江词"的比较,看看杨慎之后,明代学者们是怎样记录或谈论"宋江词"的,这或许能够为我们解答上面的问题提供线索。

在杨慎之后,胡应麟在《少室山房笔丛·庄岳委谈下》中提到"宋江词",他说:

杨用修《词品》云："《瓮天脞语》载宋江潜至李师师家，题一词于壁云：天南地北，问乾坤，何处可容狂客？借得山东烟水寨，来买凤城春色。翠袖围香，鲛绡笼玉，一笑千金值。神仙体态，薄幸如何销得。想芦叶滩头，蓼花汀畔，皓月空凝碧。六六雁行连八九，只待金鸡消息。义胆包天，忠肝盖地，四海无人识。闲愁万种，醉乡一夜头白。小辞盛于宋，而剧贼亦工如此。"案此即《水浒》词，杨谓《瓮天》，或有别据；第以江尝入洛，则太愦愦也。①

胡氏《少室山房笔丛》写于万历十七年（1589），他将"宋江词"称为《水浒》词，而全词乃转引自《词品》，不是转引自《水浒传》，这只要将它们稍加比较，或者看看上面我们提到的两种版本"宋江词"所不同的5个字，就不难得出确定的答案。通过比较可以看出，胡氏《少室山房笔丛·庄岳委谈下》提到的所谓"《水浒》词"其实是"《词品》版"的"宋江词"，他说"杨谓《瓮天》"，表明他实际上没有见到过《瓮天脞语》一书。

与胡应麟同时，梅鼎祚（1549—1615）《青泥莲花记·李师师》也记载有"宋江词"，其文云：

《瓮天脞语》："山东巨寇宋江将图归顺，潜入东京访李师师，酒后书【念奴娇】词云：'天南地北，问乾坤、何处可容狂客？借得山东烟水寨，来买凤城春色。翠袖围香，绛绡笼雪，一笑千金值。神仙体态，薄幸如何消得！想芦叶滩头，蓼花汀畔，皓月空凝碧。六六雁行连八九，只等金鸡消息。义胆包天，忠肝盖地，四海无人识。离愁万种，醉乡一夜头白。'"《水浒传》亦引江事。②

此处原本记李师师遗事，在正文后，梅氏以小字补录《宣和遗事》《瓮天脞语》所载（本书引文略去《宣和遗事》内容），而"宋江词"引用的标明是《瓮天脞语》。梅氏引录后，又在文尾补充说明"《水浒传》亦引江事"。《青泥莲花记》自序写于万历二十八年庚子（1600），其所载

---

① 胡应麟：《少室山房笔丛》卷四十一《庄岳委谈下》，上海：上海书店出版社，2001年，第436～437页。
② 梅鼎祚：《青泥莲花记》卷十三外编五《李师师》，《续修四库全书》第1271册，上海：上海古籍出版社，2002年，第792页。

"宋江词"虽自称采录《瓮天脞语》,其实,从写宋江"酒后"书词和词作用语(注意上述5字)来看,故事情节和词文皆与《瓮天脞语》不同而同于《水浒传》。此书书首《采用书目》中列有《瓮天脞语》《升庵词品》,但实际上梅氏仅阅《词品》和《水浒传》,所谓《瓮天脞语》载有"宋江词"的说法是来自《词品》,而"宋江词"的内容却来自《水浒传》,可谓是"《词品》版"和"《水浒》版"的杂糅。梅氏看过《水浒传》,从引文后面说明"《水浒传》亦引江事"可以得知。梅氏也可能看过《词品》,因为《青泥莲花记》书首《采用书目》载有《词品》,但也不能完全确定,因为他的"宋江词"并不同于《词品》引文,且梅氏根本没有看过《瓮天脞语》,却也在书首《采用书目》载有《瓮天脞语》。我们说梅氏并没有看过《瓮天脞语》,原因有三:一是杨慎《词品》所载"宋江词"是原封不动地抄录《瓮天脞语》(详见后文),其所引《瓮天脞语》云宋江题词于壁,而非酒后题词,且词文中的"绛""雪""消""等""离"分别作"鲛""玉""销""待""闲"。二是《词品》中并未言及词牌,《青泥莲花记》却说"【念奴娇】词",说明梅氏不是直接引用。三是胡应麟在万历十七年(1589)未见《瓮天脞语》一书,梅氏到万历二十八年(1600)应该更难见到此书,他所说《瓮天脞语》载"宋江词"很有可能来自胡应麟的《少室山房笔丛》。

同样的情况也出现在明末通俗文学家凌濛初(1580—1644)身上,他的《宋公明闹元宵》杂剧在处理"宋江词"的问题上也和梅氏如出一辙。该杂剧题署为"《贵耳集》《瓮天脞语》纪事,即空观填词"①,这当然可以理解为书商的广告词,不是凌氏之意。但该剧第八折《狎游》却写道:"不胜酒狂,意欲乱道一词,尽诉胸中郁结,呈上花魁尊听"②,"(外)借纸笔来,写出请教……(外写介)(词寄【念奴娇】)(念介)'天南地北,问乾坤、何处可容狂客?借得山东烟水寨,来买凤城春色。翠袖围香,绛绡笼雪,一笑千金值。神仙体态,薄幸如何消得!想芦叶滩头,蓼花汀畔,皓月空凝碧。六六雁行连八九,只等金鸡消息。义胆包天,忠肝盖地,四海无人识。离愁万种,醉乡一夜头白'"。不难看出,《狎游》一折中宋江题词的情节和文字,与《水浒传》几乎一样,却与《词品》所录《瓮天脞语》载"宋江词"不同。傅惜华在其整理的

---

① 傅惜华《水浒戏曲集》(第一集)书首崇祯尚友堂刻本《二刻拍案惊奇》第四十卷《宋公明闹元宵》杂剧书影。

②③ 傅惜华:《水浒戏曲集》(第一集),上海:上海古籍出版社,1985年,第221页。

《宋公明闹元宵》序言中说："该杂剧当取材于宋代笔记小说《贵耳集》《瓮天脞语》和明代小说《水浒传》的相关内容。"① 这一说法其实并不准确，说此剧取材于《水浒传》应无问题，但说其"当取材于宋代笔记小说《贵耳集》《瓮天脞语》"则未必，这是上了该剧旧本题署"《贵耳集》《瓮天脞语》纪事"的当，其实，凌濛初并没有看过《瓮天脞语》②，见其所引"宋江词"即知。

在讨论两种版本的"宋江词"时，词牌问题也是一个重要的切入点。《词品》和《水浒传》中均未提及"宋江词"的词牌，而梅鼎祚和凌濛初提到"宋江词"时都明确说是"【念奴娇】词"，这个词牌正好给我们提供了考察和分析的线索。

我们先来看看【念奴娇】这个词牌。【念奴娇】词共一百字，故又名【百字令】；因苏轼用这一词牌写《赤壁怀古》，其中有"大江东去，浪淘尽，千古风流人物"及"一樽还酹江月"等语，故又名【酹江月】或【大江东去】。【念奴娇】词一般用入声韵，其平仄比较灵活，前阕后七句与后阕后七句的字数、平仄均相同。③ 该词体式较多，通行正体为苏轼《凭高眺远》，双调 100 字，上片 49 字十句四仄韵，下片 51 字十句四仄韵。该词牌除上述异名外，尚有【湘月】【无俗念】【千秋岁】【百岁令】，等等。④

就两种版本的"宋江词"而言，单看上阕，"绛绡笼雪"和"鲛绡笼玉"都说得通，但从下阕"义胆包天，忠肝盖地"来看，"绛"是仄声字，与下阕"忠"平仄不同；而"鲛"是平声字，与下阕"忠"平仄相同。因此，"鲛绡笼玉"比"绛绡笼雪"更合律。更为重要的是，【念奴娇】词共 100 字，又名【百字令】，而此词上阕 49 字，下阕 50 字，共 99 字，缺一字。稍一查看，是下阕首句"想芦叶滩头"少了一字。有趣的是，两种版本的"宋江词"都在下阕首句少了一字，这不能不引起我们的特别注意，努力追查产生这一问题的原因。

---

① 徐永斌：《凌濛初考证》，南京：江苏人民出版社，2010 年，第 280 页。
② 乃岩认为："明末凌蒙（濛）初写有一出《宋公明闹元宵》杂剧，题目下注明原出《瓮天脞语》，或许他这时还见到过这本书。"参见乃岩：《〈水浒传〉"一百单八将"一词的由来——读〈瓮天脞语〉札记二则》，《文史知识》1982 年第 2 期。其实，凌氏并未见过此书。
③ 参见王力：《诗词格律》，北京：中华书局，2000 年，第 117～118 页。
④ 岳珍评注：《中国历代词分调评注·念奴娇》，成都：四川文艺出版社，1998 年，前言第 3～5 页。其变体偶有双调 101 字、双调 102 字。

众所周知，古代典籍在传抄、刻印过程中，会出现脱文现象。这在一定程度上是难以避免的。因此，我们讨论"宋江词"缺少一字的问题需要考虑版本因素。那么，"宋江词"下阕"想芦叶滩头"句，是否有的版本为5字句，有的版本是6字句呢？我们不妨先来看《词品》的版本。《词品》有嘉靖本、天都阁藏书本、李调元《函海》本等重要版本，唐圭璋《词话丛编》据嘉靖本，《丛书集成初编》据天都阁藏书本。然而非常一致的是，《词话丛编》本、《丛书集成初编》本、《函海》本《词品》下阕首字皆作"想"，首句皆为5字，没有首句为6字的版本。

当然，我们也可以考察后人转引《词品》的情况，以确定原本下阕首句究竟是5字还是6字。胡应麟《少室山房笔丛·庄岳委谈下》转引《词品》时，下阕首句作"想芦叶滩头"，为5字。汪价（1609—1678后）《中州杂俎》卷十四《李师师》云："《瓮天脞语》又载宋江潜至师师家，题词壁上云：'天南地北，问乾坤、何处可容狂客？借得山东烟水寨，来买凤城春色。翠袖围香，鲛绡笼玉，一笑千金值。神仙体态，薄幸如何销得？想芦叶滩头，蓼花汀畔，皓月空凝碧。六六雁行连八九，只待金鸡消息。义胆包天，忠肝盖地，四海无人识。闲愁万种，醉乡一夜头白。'小词盛于宋，而剧贼亦工如此。"① 此处本记李师师事，却把杨慎评语"小词盛于宋，而剧贼亦工如此"也一并转录，显然汪氏并未见过《瓮天脞语》，而是录自《词品》。其引《词品》时，下阕首句也作"想芦叶滩头"。焦循（1763—1820）《剧说》卷五云："《瓮天脞语》载宋江潜至李师师家，题一词于壁云：'天南地北，问乾坤、何处可容狂客？借得山东烟水寨，来买凤城春色。翠袖围香，鲛鮹笼玉，一笑千金值。神仙体态，薄幸如何消得！想芦叶滩头，蓼花汀畔，皓月空凝碧。六六雁行连八九，只待金鸡消息。义胆包天，忠肝盖地，四海无人识。闲愁万种，醉乡一夜头白。'见升庵《词品》所引。"② 焦氏明确说是转引《词品》，转引时下阕首句同样作"想芦叶滩头"。

由上文列举可知，目前所见《词品》的重要版本中"宋江词"下阕首句均作"想芦叶滩头"，明清学者比较忠实转引《词品》的著作，其"宋江词"下阕首句也均作"想芦叶滩头"。此外，陈洪绶白描《水浒叶子》第四十四开为史大成（1621—1682）所书《宋江题词》，此词下阕

---

① 汪价：《中州杂俎》，《四库全书存目丛书》第249册，济南：齐鲁书社，1997年，第385～386页。
② 焦循：《剧说》，上海：古典文学出版社，1957年，第117页。

首句亦作"想芦叶滩头"①。叶子中虽然未讲此词出处，但从词文采用"鲛""玉""销""待""闲"五字来看，此词属于前文所言"《词品》版"，而非"《水浒》版"。因此我们可以断定，《词品》所载"宋江词"少一字不是因为版本所致，而是《词品》所据《瓮天脞语》载"宋江词"的下阕首句确实就是"想芦叶滩头"，杨慎不过据实转引。

以上讨论了《词品》的版本，知道"宋江词"下阕首句"想芦叶滩头"不是版本脱文，而是所据《瓮天脞语》原本如此。下面，我们再来看《水浒传》的版本情况。容与堂百回本《忠义水浒传》、袁无涯一百二十回本《忠义水浒全传》、余象斗双峰堂二十五卷本《水浒志传评林》以及一百卷本《钟伯敬先生批评忠义水浒传》等主要版本中都有这首"宋江词"，其下阕首句都非常一致地作"想芦叶滩头"。②

既然不是版本脱文导致"宋江词"缺少一字，那是不是杨慎不熟悉【念奴娇】词牌而导致引用《瓮天脞语》载"宋江词"时不小心漏抄一字呢？答案应该在考察杨慎是否熟悉【念奴娇】词牌以后再下结论。事实上，杨慎在《词品》中多次提及【念奴娇】，如卷一"欧苏词用选语"、卷二"白玉蟾《武昌怀古》"、卷三"韩子苍"、卷四"叶少蕴""刘叔拟"、卷五"刘后村""滕玉霄"、卷六"八咏楼""念奴娇祝英台近""马浩澜念奴娇"、拾遗"宋六嫂"都涉及【念奴娇】，总计高达11次。如表2.1所示：

表2.1 《词品》所载【念奴娇】相关内容

《词品》	提及内容
卷一"欧苏词用选语"	填词虽于文为末，而非自选诗乐府来，亦不能入妙。李易安词"清露晨流，新桐初引"（词句出自李清照《念奴娇·春情》——引者），乃全用《世说》语。女流有此，在男子亦秦、周之流也
卷二"白玉蟾《武昌怀古》"	白玉蟾《武昌怀古》词云：……此词亦雄壮，有意效坡仙乎？词名【念奴娇】，因坡公词尾三字，遂名【酹江月】。又恰百字，又名【百字令】

---

① 此叶子由台北石头书屋陈启德先生所藏，据刘榕峻《陈洪绶〈水浒叶子〉研究》（台湾大学硕士论文，2009年）所附图版第25页。另，王丽娟、贺国强《陈洪绶〈水浒叶子〉资料补遗》（载《古籍整理研究学刊》2016年第6期）中把《宋江题词》误为成舟所书，实为"成再书"，即史大成再书，今更正。
② 前文梅鼎祚《青泥莲花记》卷十三所引宋江词、凌濛初《宋公明闹元宵》第八折所写宋江词均出自《水浒传》，从中可看出当时梅鼎祚、凌濛初所读《水浒传》此词下阕首句皆作"想芦叶滩头"。

续表

《词品》	提及内容
卷三"韩子苍"	韩驹,字子苍,蜀之仙井人,今井研县是也。其中秋【念奴娇】"海天向晚"一首,亚于东坡之作,《草堂》已选
卷四"叶少蕴"	叶少蕴,名梦得,号石林居士。妙龄秀发,有文章盛名。《石林词》一卷,传于世。【贺新郎】"睡起流莺语",【虞美人】"落花已作风前舞",皆其词之入选者也。中秋宴客【念奴娇】末句云:"广寒宫殿,为余聊借琼林。"英英独照者
卷四"刘叔拟"	刘叔拟,名仙伦,庐陵人,号招山。乐章为人所脍炙。……秋日【念奴娇】云:"西风何事,为行人、扫荡烦襟如洗。垂涨蒸澜都卷尽,一片潇湘清泚。酒病惊秋,诗愁入鬓,对景人千里。楚宫故事,一时分付流水。江上买取扁舟,排云涌浪,直过金沙尾。归去江南丘壑处,不用重寻月姊。风露杯深,芙蓉裳冷,笑傲烟霞里。草庐如旧,卧龙知为谁起。"此首绝佳
卷五"刘后村"	刘克庄,字潜夫,号后村。……其咏菊【念奴娇】后段云:"当试铨次群芳,梅花差可,伯仲之间尔。佛说诸天金色界,未必庄严如此。尚友灵均,定交元亮,结好天随子。篱边坡下,一杯聊泛霜蕊。"亦奇甚
卷五"滕玉霄"	元人工于小令、套数,而宋词又微。惟滕玉霄集中,填词不减宋人之工。今略记其【百字令】一首云:"柳颦花困,把人间思怨,樽前倾尽。何处飞来双比翼,直是同声相应。寒玉嘶风,香云卷雪,一串骊珠引。阮郎去后,有谁著意题品。谁料浊羽清商,繁弦急管,犹自余风韵。莫是紫霄天上曲,两两玉童相并。白发梨园,青衫老傅,试与留连听。可人何处,满庭霜月清冷。"
卷六"八咏楼"	近时赵子昂、鲜于伯机诗词颇胜。赵诗云……鲜于【百字令】云:"长溪西注,似延平双剑,千年初合。溪上千峰明紫翠,放出群龙头角。潇洒云林,微茫烟草,极目春洲阔。城高楼迥,恍然身在寥廓。我来阴雨兼旬,滩声怒起,日日东风恶。须待青天明月夜,一试严维佳作。风景不殊,溪山信美,处处堪行乐。休文何事,年年多病如削。"二作结句略同,稍含微意,不专为咏景发,予故取而著之
卷六"念奴娇祝英台近"	德祐乙亥,太学生作【念奴娇】云:"半堤花雨,对芳辰消遣,无奈情绪。春色尚堪描画在,万紫千红尘土。鹃促归期,莺收佞舌,燕作留人语。绕阑红药,韶华留此孤主。真个恨杀东风,几番过了,不似今番苦。乐事赏心磨灭尽,忽见飞书传羽。湖水湖烟,峰南峰北,总是堪伤处。新塘杨柳,小桥犹自歌舞。"

续表

《词品》	提及内容
卷六"马浩澜念奴娇"	马浩澜【念奴娇】词："东风轻软，把绿波吹作，縠纹微皱。彩舫亭亭宽比屋，载得玉壶芳酒。胜景天开，佳朋云集，乐继兰亭后。珍禽两两，惊飞犹自回首。学士港口桃花，南屏松色，苏小门前柳。冷翠柔金红绮幔，掩映水明山秀。闲试评量，总宜图画，无此丹青手。归时侵夜。香街华月如昼。"
拾遗"宋六嫂"	宋六嫂，小字同寿。……滕玉霄待制尝赋【念奴娇】以赠云"柳颦花困"云云，词见第五卷。【念奴娇】一名【百子（字）令】①

《词品》中明确写到"词名【念奴娇】，因坡公词尾三字，遂名【酹江月】。又恰百字，又名【百字令】"②、"【念奴娇】一名【百子（字）令】"③。毫无疑问，杨慎对【念奴娇】词牌十分熟悉。

杨慎不仅熟悉【念奴娇】词牌，词学著作丰富，而且还是填词高手，著有《升庵长短句》三卷、《升庵长短句续集》三卷，今人王文才辑校有《杨慎词曲集》可以作证。更为重要的是，他曾作有【念奴娇】词牌别名的【无俗念】《游仙》二首，二首下阕首句分别是"长生须住仙村""谪来尘世何年"④；又作【百字令】《病中起登楼填词》一首，下阕首句是"惆怅枕病凋年"⑤；又作【酹江月】《和坡仙韵赠陈广文致政归》一首，下阕首句是"缅想松菊门庭"⑥。而【无俗念】【百字令】【酹江月】均为【念奴娇】的异名，杨慎十分清楚，这些词文下阕首句无一例外都是6字，没有是5字的。由此可知，杨慎对【念奴娇】非常熟悉，包括它的各种体式和异名，他既在词学著作中多次提及，又通过填词进行创作实践，完全可以说是【念奴娇】词的行家里手。

有了上面的认识，我们再回到前面所提的问题：到底存不存在《瓮

---

① 表格引文分别出自杨慎《词品》，《丛书集成初编》本，北京：中华书局，1985年，第47、84～85、148、166、199～200、234～235、264、269～270、274～275、295、314页。其中卷六"八咏楼"鲜于【百字令】下阕"滩声怒起"和"休文何事"中"起""事"字，卷六"念奴娇祝英台近"中"真个恨杀东风"中"杀"字原脱，据唐圭璋《词话丛编》本补齐。参见唐圭璋编：《词话丛编》，北京：中华书局，2005年，第524、526页。

② 杨慎：《词品》，《丛书集成初编》本，北京：中华书局，1985年，第309页。

③ 同上书，第310页。

④ 王文才辑校：《杨慎词曲集》，成都：四川人民出版社，1984年，第36、37页。

⑤ 同上书，第122页。

⑥ 同上书，第123页。

天脞语》这部书?《词品》所载"宋江词"是否来自《水浒传》?如果并不存在《瓮天脞语》一书,《词品》所载"宋江词"乃因袭《水浒传》的话,那么,凭着杨慎对【念奴娇】词牌的熟悉,他没有理由光改"绛""雪""消""等""离"为"鲛""玉""销""待""闲",而不将下阕首句"想芦叶滩头"5字句改为符合词牌要求的6字句。换句话说,如果他有意改动《水浒传》中这首"宋江词"的话,绝不可能出现下阕首句缺一字、全词共99字的【念奴娇】。如果说此词乃杨慎伪托,那就更说不过去,他绝不会填一首99字的【念奴娇】。合理的解释只能是:《词品》所载"宋江词"和《水浒传》所记"宋江词"的来源是一致的,即都源自《瓮天脞语》一书,且《瓮天脞语》中"宋江词"下阕首句原本就作"想芦叶滩头",所以才使得二者在此处完全一致。

第二节 "宋江词"的出处和词作原文

"《词品》版"的"宋江词"和"《水浒》版"的"宋江词"既然同出一源,都来自《瓮天脞语》,那它们为何存在异文?到底哪种版本是原作,哪种版本是改作,又为什么要改动原文呢?

笔者认为,应该是"《水浒》版"的"宋江词"对《瓮天脞语》原文作了改动,而"《词品》版"的"宋江词"则是忠实于原著的。如果杨慎要改动原词的话,他没有理由不把"宋江词"改为100字,留下一首99字的【念奴娇】。张仲谋《杨慎〈词品〉因袭前人著述考》一文认为:"从本文涉及到的杨慎抄录的典籍来看,杨慎仍然拥有一些其他人很难看到或很少提及的罕见之书,而那些与前人著述大段相同的文字,显然既不可能是认识偶合,同时也不可能是仅凭记忆而写出的。"[①] 即是说,杨慎《词品》中有很多地方是直接抄录他书的,不是认识的偶然相同。岳淑珍《杨慎〈词品〉述论》一文对杨慎引录他书进行了统计,其结果是:"《词品》共324则,杨慎摘录他书内容,占原作的1/4还多。"[②] 笔者初步考察《词品》的"拾遗"部分,发现其16条中,除"李师师"条外,其余15条中的14条分别见于《说郛》《古今说海》

[①] 张仲谋:《杨慎〈词品〉因袭前人著述考》,《古籍整理研究学刊》2008年第4期。
[②] 岳淑珍:《杨慎〈词品〉述论》,《河南大学学报(社会科学版)》2011年第4期。

《苕溪渔隐丛话后集》等,文字几乎一模一样。① 另外"于湖《南乡子》"一条,载张孝祥(号于湖居士)《南乡子》一词,并云见《兰畹集》。此词亦见张孝祥《于湖文集》,《兰畹集》今已不存,所以此条是抄录,还是有其他情况,难以判断。如此看来,"李师师"条所载"宋江词"应是原封未动地抄录《瓮天脞语》。正因为是忠实抄录,所以即使他对【念奴娇】词牌十分熟悉,也没有去加字或补字,当然更不会改字。

如果杨慎没有改动《瓮天脞语》所载"宋江词"原文,那自然是《水浒传》改动了《瓮天脞语》所载"宋江词"原文。那么,《水浒传》为什么要对《瓮天脞语》原文进行改动呢?我们不妨再来分析一下。

从故事情节上来看,《水浒传》对《瓮天脞语》所载"宋江题词于壁"作了改动,改成"宋江酒后题词于纸"。这并非因为题词壁上太过显眼,而是因为小说第三十九回中宋江在浔阳楼白壁上题过诗词,再题词于壁,在情节设置上未免重复,影响读者的阅读效果,《水浒传》作者当然会尽量避免。应该说,《水浒传》中宋江题词的情节改得十分合理,但对【念奴娇】词文本身的改动却是改巧为拙。从词的声律来看,"绛绡笼雪"不如"鲛绡笼玉"合律,前文已经指出;从词的内容来看,"闲愁"比"离愁"更合作品情节,更符合宋江当时的心境。不过,这也并不奇怪,《水浒传》中有多处随意引用、改动他人诗词,又改得不好的情况,② 这与小说作者诗词修养不高有关。胡应麟早就指出:"然《琵琶》自本色外,'长空万里'等篇即词人中不妨翘举,而《水浒》所撰语,稍涉声偶者,辄呕哕不足观,信其伎俩易尽,第述情叙事针工密致,亦滑稽之雄也。"③ 胡氏认为《水浒传》善于叙述而拙于声偶的判断,无疑是符合作品实际的。

《水浒传》为什么要改动《瓮天脞语》所载"宋江词"的文字呢?主要还是"通俗"的需要,所有小说改动引用作品的文字,一般都是改雅为俗。例如"鲛绡",任昉《述异记》卷上曰:"鲛人即泉先也,又名泉客。南海出鲛绡纱,泉先潜织,一名龙纱。其价百余金。以为服,入

---

① 其中"宋六嫂"一条,前面文字同于《说郛》,仅文末补注出自杨慎。
② 参见李殿元、王珏:《〈水浒传〉之谜》(插图珍藏版),北京:中国广播电视出版社,2006年,第159~162页;阳建雄:《〈水浒传〉研究》第四章《〈水浒传〉诗词研究》,南昌:江西人民出版社,2010年,第144页。
③ 胡应麟:《少室山房笔丛》卷四十一《庄岳委谈下》,上海:上海书店出版社,2001年,第437页。

水不濡。"① "鲛绡"是南海鲛人所织绡纱，价值百金，词中"鲛绡"乃用典。虽然"绛绡"主要是对绡纱色彩的描写，也经常出现在诗词中，小说作者或许觉得"绛绡"比"鲛绡"通俗，更易理解，"盖主为俗人说，不得不尔"②，所以进行了改写。其他如改"销"为"消"、改"待"为"等"，大概都是觉得改写后更为通俗的原因。

《水浒传》既然要对《瓮天脞语》所载"宋江词"进行改写，那为什么不把99字的"宋江词"改写成符合要求的100字的【念奴娇】呢？这与《水浒传》作者对【念奴娇】词牌的认知应该有关。《水浒传》第十一回写有一首【念奴娇】词，这样写道：

> 词曰：天丁震怒，掀翻银海，散乱珠箔。六出奇花飞滚滚，平填了、山中丘壑。皓虎颠狂，素麟猖獗，掣断珍珠索。玉龙酣战，鳞甲满天飘落。谁念万里关山，征夫僵立，缟带沾旗脚。色映戈矛，光摇剑戟，杀气横戎幕。貔虎豪雄，偏神英勇，共与谈兵略。须拚一醉，看取碧空寥廓。
>
> 话说这篇词章名《百字令》，乃是大金完颜亮所作，单题着大雪，壮那胸中杀气。③

这首【百字令】的确是100字。《水浒传》第六十三回还写有一首【念奴娇】词歌咏扈三娘，小说这样写道：

> 当先一骑马上，却是一员女将，结束得十分标致。有【念奴娇】为证：
>
> 玉雪肌肤，芙蓉模样，有天然标格。金铠辉煌鳞甲动，银渗红罗抹额。玉手纤纤，双持宝刃，恁英雄煊赫。眼溜秋波，万种妖娆堪摘。谩驰宝马当前，霜刃如风，要把官军斩馘。粉面尘飞，征袍汗湿，杀气腾胸腋。战士消魂，敌人丧胆，女将中间奇特。得胜归来，隐隐笑生双颊。④

---

① 任昉：《述异记》，《丛书集成初编》本，北京：中华书局，1991年，第2页。
② 胡应麟：《少室山房笔丛》卷四十一《庄岳委谈下》，上海：上海书店出版社，2001年，第437页。
③ 施耐庵、罗贯中：《水浒传》，北京：人民文学出版社，1975年，第141页。文中下划线为笔者所加，下文同。
④ 同上书，第881～882页。

此处【念奴娇】计102字，该词牌常见变体中未见有这种体式①，上阕划横线处第二句一般为三字或五字；下阕划横线处一般为七字、六字组成两句。此词或为作者模仿小说第十一回完颜亮【百字令】的结果。不过，与第十一回【百字令】相比，此首下阕"要把官军斩馘""女将中间奇特"各多出一字，故成102字。由此可见，小说作者对【念奴娇】词牌并不熟悉。且词中用语多处重复，如"玉雪"与"玉手"，"宝刃"与"霜刃""宝马"，显见水平不高。虽然，词作并非一定不能重复字句，但重复一定是词意表达的需要，像这种套路似的空泛描写，是大可不必重复字句的。

反过来再看杨慎，其【无俗念】《游仙》二首与宋江"天南地北"词一样，是非常合律的【念奴娇】正体，其"十年奔走"一首还被选入《中国历代词分调评注》作为【念奴娇】的代表作。②

总之，《水浒传》对《词品》所录《瓮天脞语》载"宋江词"的改动，从情节方面来看，改得十分合理；从词文本身来看，却是改巧为拙、改雅为俗，体现出其叙事为长、词赋为短的文本特点。当然，这与《水浒传》的整体文学水平也是一致的。又由于《水浒传》作者对【念奴娇】词牌并不熟悉，所以未能在小说中将《瓮天脞语》所载"宋江词"改为100字，抑或小说作者压根儿就没发现此词使用的乃是【念奴娇】词牌。与此相反，杨慎对【念奴娇】词牌十分熟悉，如果他有意要改"宋江词"的话，绝对不会出现99字的【念奴娇】。至于《瓮天脞语》为何作"想芦叶滩头"，致使下阕少一字，是原本传抄或刊印失误所致，还是其他什么别的原因，就不得而知了。

明代末年胡应麟、梅鼎祚、凌濛初在"宋江词"引文中仍然都将下阕首句作"想芦叶滩头"，全词保持原来的99字，即使他们有的知道是【念奴娇】词牌，为了尊重原文，也未做改动。

到了清代，有人发现【念奴娇】"宋江词"少一字，于是将其补足，一般补作"回想芦叶滩头"。如褚人获（1635—1682）《坚瓠补集》卷五"李师师"条曰：

---

① 【念奴娇】词调变体情况参见岳珍评注：《中国历代词分调评注·念奴娇》，成都：四川文艺出版社，1998年，前言第6～7页。
② 杨慎词为：十年奔走，向红尘、何处可寻蓬岛。一枕青瓷惊梦起，幻迹都如□扫。七返还丹，千龄大药，昧者难精讨。餐霞伴侣，飘然遥在天表。长生须住仙村，诛茅架精庐，迥出层云杪。翠水蓝岑浑不夜，紫府丹丘常晓。玉豉金盐，璚英珠液，种种供难老。乖龙莫懒，为我先耕瑶草。（参见王文才辑校：《杨慎词曲集》，成都：四川人民出版社，1984年，第36页。）

> 李师师，汴京名妓，徽宗微行幸之，见《宣和遗事》。《瓮天脞语》：宋江潜至李师师家，题【念奴娇】词于壁云："天南地北，问乾坤、何处可容狂客？借得山东烟水寨，来买凤城春色。翠袖围香，鲛绡笼玉，一笑千金值。神仙体态，薄幸如何销得。回想芦叶滩头，蓼花汀畔，皓月空凝碧。六六雁行连八九，只待金鸡消息。义胆包天，忠肝盖地，四海无人识。闲愁万种，醉乡一夜头白。"小词盛于宋，而剧贼亦工章句如此。①

褚人获的文字录自杨慎《词品·拾遗》"李师师"条，一望可知，他自己也做了明确的说明。但他的引录并不忠实于《词品》原文，而是做了改动。一是添加了"宋江词"的词牌，这是原来没有的；二是将"宋江词"下阕首句改为"回想芦叶滩头"，添加了一个"回"字，使原来的5字句变成了6字句，全词成了符合【念奴娇】词牌要求的100字；三是将杨慎所云"而剧贼亦工如此"改为"而剧贼亦工章句如此"。之后，张培仁（生卒年不详，道光二十七年进士）《静娱亭笔记》卷三《盗亦工词》、孙璧文（生卒年不详）《新义录》卷八十七《宋江亦工词曲》、徐士銮（1833—1915）《宋艳》卷十二"丛杂"等均作"题【念奴娇】"，词作下阕首句均作"回想芦叶滩头"，结尾皆作"小词盛于宋，而剧贼亦工章句如此"②，应是受褚氏的影响。

近现代以来，吴沃尧（1866—1910）《趼廛随笔·宋江解填词》、余嘉锡（1884—1955）《宋江三十六人考实》、唐圭璋（1901—1990）《全宋词》等，引用或收录"宋江词"，下阕首句亦作"回想芦叶滩头"③。《中国历代词分调评注·念奴娇》收宋江"天南地北"一词，下阕首句亦作"回想芦叶滩头"④。

在清代，人们引录"宋江词"下阕首句除了补作"回想芦叶滩头"

---

① 褚人获辑撰，李梦生校点：《坚瓠集》（四），上海：上海古籍出版社，2012年，第1097页。
② 张培仁：《静娱亭笔记》卷三，《续修四库全书》第1181册，上海：上海古籍出版社，2002年，第653～654页。孙璧文：《新义录》卷八十七，光绪八年（1882）刻本，华南农业大学农史室藏。徐士銮辑，舒驰点校：《宋艳》卷十二，杭州：浙江古籍出版社，1987年，第276页。
③ 唐圭璋编：《全宋词》，北京：中华书局，1965年，第985页。
④ 岳珍评注：《中国历代词分调评注·念奴娇》，成都：四川文艺出版社，1998年，第13页。

之外，也有补作"遥想芦叶滩头"的。如况周颐（1859—1926）《蕙风词话补编》卷一《水浒词》曰：

> 杨用修《词品》云："《瓮天脞语》载宋江潜至李师师家，题一词于壁云：'天南地北，问乾坤，何处可容狂客？借得山东烟水寨，来买凤城春色。翠袖围香，鲛绡笼玉，一笑千金值。神仙体态，薄幸如何销得！遥想芦叶滩头，蓼花汀畔，皓月空凝碧。六六雁行连八九，只待金鸡消息。义胆包天，忠肝盖地，四海无人识。闲愁万种，醉乡一夜头白。'"按此即《水浒词》，杨谓《瓮天》，或有别据；第以江尝入洛，太馈馈矣。余按杨好伪托古人之作，"塘水初澄"谓为后主，则此或亦所自弄狡狯耳。①

不难看出，况氏这里是在转引胡应麟《少室山房笔丛》的引录，在转述的过程中他又加了自己的按语，以为"杨好伪托古人之作"，暗示《瓮天脞语》可能是杨氏的伪托，并将"宋江词"下阕首句"想芦叶滩头"改为"遥想芦叶滩头"。况氏精于词学，一眼看出【念奴娇】词少了一字，所以加了"遥"字，胡氏原文是没有"遥"字的。徐兆玮（1867—1940）《黄车掌录》转录胡著时，作"想芦叶滩头"②，而非"遥想芦叶滩头"。

"回想芦叶滩头"也好，"遥想芦叶滩头"也罢，清人在处理"宋江词"下阕首句时的这种不一致，正好说明杨慎《词品》引录《瓮天脞语》中所载"宋江词"下阕首句的原文即作"想芦叶滩头"，同时也说明褚人获、况周颐等人其实都未见过《瓮天脞语》。后世很多提及《瓮天脞语》所载宋江与李师师的故事以及"宋江词"，多是以《词品》为基础的转载，甚至是二次转载，比如张培仁、孙璧文、徐士銮等人所引就是对褚人获《坚瓠补集》的二次转载，况周颐所记就是对胡应麟《少室山房笔丛》的二次转载，丁传靖所载就是对梅鼎祚《青泥莲花记》的

---

① 况周颐：《蕙风词话补编》卷一，葛渭君编：《词话丛编补编》第5册，北京：中华书局，2013年，第3707页。亦见况周颐原著，孙克强、李倩点校整理：《餐樱庑漫笔论词》（下），《文学与文化》2013年第3期。文中"馈馈"，《餐樱庑漫笔论词》作"愦愦"。

② 徐兆玮著，苏醒整理：《徐兆玮杂著七种·黄车掌录》，南京：凤凰出版社，2014年，第160页。

二次转载。① 其实，他们谁也没有真正见过《瓮天脞语》。正因为《瓮天脞语》在明代后期即已失传，故胡应麟《少室山房笔丛》卷四十一《庄岳委谈下》才云"案此即《水浒》词，杨谓《瓮天》，或有别据"②，余嘉锡《宋江三十六人考实》才曰"《瓮天脞语》，《宋史·艺文志》《千顷堂书目》《补元史艺文志》皆不著录，亦不见于各家藏书目，盖已久佚。胡应麟《少室山房笔丛》卷四十一《庄岳委谈下》引《词品》此条论之云：'此即《水浒》词，杨谓《瓮天》，或有别据。'则应麟亦未见其书也，乃近人所著书如孙璧文《新义录》之类（其卷八十五引《瓮天脞语》），辄从《词品》或《笔丛》转录，而讳所自来，一似其书尚存者，其实莫知《瓮天脞语》为何等书，亦不辨何人所作也"③。

虽然《瓮天脞语》在明代后期已失传，但《瓮天脞语》确有其书，杨慎和《水浒传》的写定者都是看过此书的，而且它的作者也是可以考察的。余嘉锡《宋江三十六人考实》作过认真考证，认为《瓮天脞语》即《雪舟脞语》，其作者为宋末元初邵桂子。余氏是著名目录学家，其结论影响很大，何心（1894—1980）《水浒研究》、陈汝衡（1900—1989）《说书史话》、程毅中《宋元小说研究》、侯会《〈水浒〉源流新证》等都接受余氏的意见④，没有提出异议。然而，杨慎《词品》卷五"詹天游"条载："詹天游，以艳辞得名，见诸小说。其送童瓮天兵后归杭《齐天乐》云：'相逢唤醒金华梦，吴尘暗斑吟发。倚担评花，认旗

---

① 丁传靖（1870—1930）《宋人轶事汇编》卷十四《贺铸 周邦彦（李师师事附）》引《瓮天脞语》云："山东巨寇宋江，将图归顺，潜入东京访李师师。酒后书【念奴娇】词云：'天南地北，问乾坤，何处可容狂客？借得山东烟水寨，来买凤城春色。翠袖围香，绛绡笼雪，一笑千金值。神仙体态，薄幸如何消得！想芦叶滩头，蓼花汀畔，皓月空凝碧。六六雁行连八九，只等金鸡消息。义胆包天，忠肝盖地，四海无人识。离愁万种，醉乡一夜头白。'"（北京：中华书局，1981年，第753页。）此书第752页曾引《青泥莲花记》，书后引用书目有《青泥莲花记》，无《瓮天脞语》《词品》，可见是转引梅氏《青泥莲花记》。
② 胡应麟：《少室山房笔丛》卷四十一《庄岳委谈下》，上海：上海书店出版社，2001年，第437页。
③ 余嘉锡：《宋江三十六人考实》，北京：作家出版社，1955年，第22页。收入氏著《余嘉锡论学杂著》（北京：中华书局，1963年）、《余嘉锡文史论集》（长沙：岳麓书社，1997年）。孙璧文《新义录》卷八十七引《瓮天脞语》，非如余氏所云卷八十五，且《新义录》是从褚氏《坚瓠补集》转录。
④ 参见何心：《水浒研究》，上海：上海古籍出版社，1985年，第19页；陈汝衡：《说书史话》，北京：作家出版社，1958年，第5页；程毅中：《宋元小说研究》，南京：江苏古籍出版社，1999年，第404页；侯会：《〈水浒〉源流新证》，北京：华文出版社，2002年，第43页注释1。

沽酒，历历行歌奇迹。吹香弄碧。有坡柳风情，逋梅月色。画鼓江船，满湖春水断桥客。当时何恨怪侣，甚花天月地，人被云隔。却载苍烟，更招白鹭，一醉修江又别。今回记得。再折柳穿鱼，赏梅催雪。如此湖山，忍教人更说。'此伯颜破杭州之后也。观其辞全无黍离之感，桑梓之悲，而止以游乐言。宋末之习，上下如此，其亡不亦宜乎。童瓮天，失其名氏，有《瓮天脞语》一卷传于今云。"① 这里明确记载宋末元初的童瓮天著有《瓮天脞语》一卷。杨慎《百琲明珠》卷三也载有詹天游《齐天乐·送童兵后归杭》。② "伯颜破杭州"指南宋德祐二年（1276）元丞相伯颜攻破南宋都城临安（今浙江杭州），也证明童瓮天为宋末元初人。由此可见，《瓮天脞语》是宋末元初人童瓮天（失其名氏，瓮天可能是其雅号）所著。

关于《瓮天脞语》及其作者的讨论，余嘉锡确有千虑一失，不必为贤者讳。其实，学界早已注意到余氏之误。1959 年北京大学中文系所著《中国小说史》第六章《水浒传》第一节"水浒故事的流传和《水浒传》的创作"中说："宋末元初童瓮天所写的《瓮天脞语》中，还记录了一条假托宋江作的《念奴娇》词。"③ 同页注释中又说："据杨慎《词品》卷五所载，《瓮天脞语》的作者是童瓮天。余嘉锡《宋江三十六人考实》认为《瓮天脞语》是邵桂子所作，恐未可信。"④ 周绍良（1917—2005）《绍良书话·读稗杂识·宋江词》亦云："考余氏考订，实有疏漏，杨慎所引《瓮天脞语》，实非邵桂子之《雪舟脞语》。……可见宋江之词，实见于童氏之《瓮天脞语》中。"⑤ 乃岩更明确指出："可见杨慎所看到的正是童瓮天写的《瓮天脞语》，而和邵桂子无涉。"⑥

不过，余嘉锡所言涵芬楼本《说郛》卷五十七引邵桂子《雪舟脞语》，书名下注云"先名《瓮天脞语》"，这也许是余氏判断《瓮天脞语》为邵桂子所作的依据。然而，这样的判断却是错误的。因为书名相同而作者不同，在古代不是个例。杨慎显然也知道邵氏有此书，所以他

---

① 杨慎：《词品》，《丛书集成初编》本，北京：中华书局，1985 年，第 259～260 页。
② 杨慎：《百琲明珠》，赵尊岳辑：《明词汇刊》，上海：上海古籍出版社，2012 年，第 799 页。
③ 北京大学中文系：《中国小说史》，北京：人民文学出版社，1978 年，第 110 页。
④ 同上书，第 110 页注释 1。
⑤ 周绍良：《绍良书话》，北京：中华书局，2009 年，第 57 页。
⑥ 乃岩：《〈水浒传〉"一百单八将"一词的由来——读〈瓮天脞语〉札记二则》，《文史知识》1982 年第 2 期。

在引用邵书时,将书名写作《瓮天解语》。《升庵诗话》"苴母孟婆"条云:"宋徽宗在北房,清明日诗曰……苴母、孟婆,正是的对。(邵桂子《瓮天解语》引《天会录》)"① 不知是邵书原本作《瓮天解语》,后改名《雪舟脞语》,《说郛》将《瓮天解语》原名错注为《瓮天脞语》,还是杨慎有意要和童瓮天《瓮天脞语》区分开来,才将同名《瓮天脞语》的邵书改称为《瓮天解语》,并特别予以注明,我们对此已经不能做出准确的判断。然而,不管怎样,载有"宋江词"的《瓮天脞语》,其作者实为宋末元初的童瓮天,而非同时的邵桂子,则是确定无疑的。

第三节 关于"宋江词"的作者问题

前文我们详细考察了《词品》所载"宋江词"和《水浒传》所写"宋江词"其实同出一源,即出自宋末元初童瓮天的《瓮天脞语》。弄清楚了"宋江词"的出处和原文,再来看看学术界关于此词作者的讨论情况,或许能够给予我们一些有益的启示,使我们能够做出较为准确的判断。"宋江词"虽然出自《瓮天脞语》,但书中并未说明是谁所作,杨慎引录也未予以说明,这便带来后人关于此词作者的各种猜测,形成以下几种主要观点。

一是相信此词为宋江本人所作。从杨慎"小辞盛于宋,而剧贼亦工如此"之语来看,他是相信此词是宋江所作的。杨荫杭(1878—1945)《〈水浒传〉书后》在引《瓮天脞语》所载宋江【念奴娇】词后,曰:"是宋江虽剧盗,亦尝读书,工小词,与今之剧盗,目不识丁者又有异矣!"② 看来,杨氏也信为宋江所作。柳亚子(1887—1958)《今可索题一九三四年二月四日南社临时社集摄影》曰:"卅年横槊走天涯,坛坫重寻意气赊。不论风云论词藻,也应低首蓼儿洼。(胡寄尘仿《诗坛点将录》,以余为及时雨。余见《瓮天脞语》载《酹江月》一阕,文武兼资,唯有愧谢耳。)"③ 柳氏也因《念奴娇》一词而认为宋江文武兼资,自己愧叹不如。此外,唐圭璋编《全宋词》据杨慎《词品·拾遗》收宋

---

① 杨慎著,王大厚笺证:《升庵诗话新笺证》下册,北京:中华书局,2008年,第920页。
② 杨荫杭著,杨绛整理:《老圃遗文辑》,武汉:长江文艺出版社,1993年,第147页。此文原发表于《申报》1920年12月6日。
③ 柳亚子:《磨剑室诗词集》(上),上海:上海人民出版社,1985年,第840页。

江【念奴娇】，即认定宋江是此词的作者，此后很多宋词著作沿袭此说。

二是指为杨慎伪托。因《瓮天脞语》不见于书目著录，后人多未见此书，又加上杨慎喜欢伪撰古书，故有人以为此词乃杨慎伪托。况周颐《蕙风词话补编》卷一《水浒词》曰："余按杨好伪托古人之作，'塘水初澄'谓为后主，则此或亦所自弄狡狯耳。"① 张伯驹（1898—1982）《春游琐谈·读词小识》曰："《瓮天脞语》载宋江潜至李师师家，题《念奴娇》于壁云（中略）世传此词系杨升庵伪作，亦《杂事秘辛》之类耳。然豪放处石破天惊，有叱咤风云之概，的是渠帅口吻。江若成事，岂非又一刘邦、朱元璋哉！升庵才人，宜其摹拟极肖也。"② 刘锋晋《读稗掇零》一文认为《瓮天脞语》一书属子虚乌有，【念奴娇】词很大可能是杨慎拟作。③

三是以为明代人伪托。除了认为是杨慎伪托外，还有人认为是明代人伪托，如孙璧文《新义录》卷八十七《宋江亦工词曲》曰："按：六六、八九，即一百有八人之说。然此词为明代人附托，不足据也。"④ 吴趼人《趼廛随笔·宋江解填词》曰："六六、八九，谓即指百有八人也。或云：'此为明代人附托者。'说似近之。"⑤ 蒋瑞藻（1891—1929）《小说考证（附续编拾遗）》卷一《水浒》引自撰《花朝生笔记》云："六六、八九，谓即指百有八人也。或云：'此盖明人附托。'说极有理。"⑥ 孙、吴、蒋三人皆认为是明代人伪托，只是不知具体作者为谁。

四是承认难以确知谁作。徐士銮《宋艳》卷十二"丛杂"曰："案：龚圣与序中，称江识性超卓，侯蒙书中亦谓其材必有过人者，此小词果为江作，未可知也。若谓好事者为之，真好事矣，亦其品可知。"⑦ 徐氏认为是宋江所作，还是好事者为之，难以确知。

对于以上不同说法，余嘉锡《宋江三十六人考实》如此总结："孙璧文疑为明代人附托。不知邵桂子非明代人。若谓《脞语》本无此词，出于升庵杜撰，则邵氏著书于元初，必有刻板行世，故陶南村及升庵皆

---

① 况周颐：《蕙风词话补编》卷一，葛渭君编：《词话丛编补编》第 5 册，北京：中华书局，2013 年，第 3703 页。
② 张伯驹编著：《春游琐谈》，郑州：中州古籍出版社，1984 年，第 105 页。
③ 刘锋晋：《读稗掇零》，《成都师专学报》1986 年第 1 期。
④ 孙璧文：《新义录》卷八十七，光绪八年（1882）刻本，华南农业大学农史室藏。
⑤ 吴趼人：《我佛山人笔记（四种）》，上海：广益书局，1936 年，第 3～4 页。
⑥ 蒋瑞藻编：《小说考证（附续编拾遗）》卷一，上海：古典文学出版社，1957 年，第 36 页。
⑦ 徐士銮辑，舒驰点校：《宋艳》卷十二，杭州：浙江古籍出版社，1987 年，第 277 页。

得而见之。升庵虽好伪撰古书，恐不至依托近代人小说以取败露也。若其词则为宋、元间人所拟作，决不出于宋江之手。"① 余氏还进一步指出："今此词中'六六雁行连八九'句，即指一百八人言之，是宋末元初已有此说。此必南宋说话人讲说梁山泺公案者，嫌其人数不多，情事落寞，不足敷演，遂增益为一百八人，以便铺张。好事者复撰此词以实之。信为宋江所作者固失之不考，疑为明代人所附托者，亦非也。"② 余氏虽然在《瓮天脞语》的作者考证方面有失误，但他推断"宋江词"既非杨慎伪撰，又非明代人附托，更非宋江所作，当为宋、元间人所拟作，还是极为合理的，所以可以采信。陈汝衡《说书史话》便说："余先生的推断，我们认为是合理的。"③ 乃岩也认为"这话说得很是"④。其实，"宋江词"虽然分见于《水浒传》和《词品》，但却源自宋末元初童瓮天的《瓮天脞语》，且《瓮天脞语》中确实载有一首99字的《念奴娇》，那么，所谓杨慎伪撰说、明人附托说，皆为臆测，不能成立，也就是肯定的了。

在"宋江词"作者的讨论中，绝大多数研究者都不赞同将"宋江词"的著作权归属于北宋末年那个起义领袖宋江。北京大学中文系《中国小说史》中就直接称为"假托宋江作的《念奴娇》词"⑤，不承认宋江对"宋江词"的著作权。闻莺《〈水浒传〉流变四章》中说："如果说这首词真是北宋历史上的宋江所作，那是天大的笑话。"⑥ 张锦池在《中国四大古典小说论稿》中亦直接表述为"假托宋江作的《念奴娇》词"⑦。那么，此词究竟是谁"假托"的呢？王珏、李殿元《水浒大观》中指出"应为无名氏所作"⑧。房日晰《宋词比较研究》中亦云："《念奴娇》词非宋江作甚明，当为宋、元之际的人的伪托。"⑨ 不难看出，大家一致认为《念奴娇》词非宋江所作，应为宋、元之际无名氏所作，此无名氏究竟是谁，目前暂时无法确认，希望有一天这个问题能够得到

---

①② 余嘉锡：《宋江三十六人考实》，北京：作家出版社，1955年，第23页。
③ 陈汝衡：《说书史话》，北京：作家出版社，1958年，第5页。
④ 乃岩：《〈水浒传〉"一百单八将"一词的由来——读〈瓮天脞语〉札记二则》，《文史知识》1982年第2期。
⑤ 北京大学中文系：《中国小说史》，北京：人民文学出版社，1978年，第110页。
⑥ 闻莺：《〈水浒传〉流变四章》，《水浒争鸣》第3辑，武汉：长江文艺出版社，1984年，第206页。
⑦ 张锦池：《中国四大古典小说论稿》，北京：华艺出版社，1993年，第359页。
⑧ 王珏、李殿元：《水浒大观》，成都：四川人民出版社，1996年，第533页。
⑨ 房日晰：《宋词比较研究》，合肥：安徽大学出版社，2010年，第343～344页。

解决。

第四节　杨慎是否读过《水浒传》

前文我们已经论证，杨慎《词品》所载"宋江词"和《水浒传》中的"宋江词"都源自《瓮天脞语》。这里隐含着一个前提，即杨慎撰写《词品》时没有读过《水浒传》，只见过《瓮天脞语》。然而，杨慎是否读过《水浒传》，在学术界存在不同意见，是需要正视并做出评判的。

一种意见认为，杨慎很早就读过《水浒传》，因为《水浒传》元末明初已经成书，他不可能没有读过。不过，他所读的是七十回本，书中没有宋江见李师师并写词的情节，因为此情节在百回本《水浒传》的第七十二回。罗尔纲在《一条〈水浒传〉原本的新证》文中说："杨慎这一条记载（指《词品》所载——引者），证明了他所读的罗贯中《水浒传》原本为七十回。他录《瓮天脞语》所载宋江词见百回本《水浒传》第七十二回。这就可知他所读的《水浒传》为罗贯中七十回本，而不是后来续加的百回本。同时又可证明在杨慎读《水浒传》时，尚无百回本。"① 罗氏说杨慎读过七十回本《水浒传》并没有提供任何证据，只是猜想，其实他的意见来自胡适。胡适《〈水浒传〉后考》便说："他（指杨慎——引者）引的这词，见于郭本《水浒传》的第七十二回。我们看他在《词品》里引《瓮天脞语》，好像他并不知道此词见于《水浒》。难道他不曾见着《水浒》吗？他是正德六年的状元，嘉靖三年谪戍到云南，以后他就没有离开云南、四川两省。郭本《水浒传》是嘉靖时刻的，刻时杨慎已谪戍了，故杨慎未见郭本是无可疑的。我疑心杨慎那时见的《水浒》是一种没有后三十回的七十回本，故此词不在内。"② 胡适原先假定明朝中叶有一部七十回本的《水浒传》，所以才做这样的推论。不过，胡适后来又承认这个结论错误，不再坚持，说明这样的结论还不是科学结论，只是"大胆的假设"，其"疑心"之说已经能够说明问题。

之所以说胡适等人主张杨慎读过《水浒传》的说法，不是科学的结论，只是"大胆的假设"，是因为这一说法涉及《水浒传》的版本。杨

---

① 罗尔纲：《一条〈水浒传〉原本的新证》，《广西民族学院学报（哲学社会科学版）》1994年第3期。

② 胡适：《〈水浒传〉后考》，收入氏著《中国章回小说考证》，上海：上海书店出版社，1980年，第63~64页。

慎《词品》自序写于嘉靖三十年（1551），毫无疑问，这时《水浒传》已经问世流传，产生很大社会影响。高儒《百川书志》卷六就曾著录"《忠义水浒传》一百卷"，《百川书志》自序写于嘉靖十九年（1540），说明这时已有百卷本《水浒传》流行，远在杨慎著《词品》之前。此外，李开先《词谑》曰："崔后渠、熊南沙、唐荆川、王遵岩、陈后冈谓《水浒传》委曲详尽，血脉贯通，《史记》而下，便是此书。且古来更未有一事而二十册者。"① 我们已经详细考证，崔铣等人阅读和评论《水浒传》在嘉靖九年（1530），比《百川书志》著录时间更早。熊过在《故相国石斋杨公墓表》中提到宋江求赦之事，即《水浒传》写宋江派燕青潜入东京通过李师师向道君皇帝请求招安的情节②，此乃《水浒传》第八十一回"燕青月夜遇道君"的故事，这个故事正是顺承《水浒传》第七十二回而来，有前面宋江、燕青等一见李师师，才引出这一回燕青二见李师师。容与堂本《水浒传》第八十一回中李师师曾说："他（指宋江——引者）留下词中两句，道是：'六六雁行连八九，只等金鸡消息。'我那时便自疑惑。正待要问，谁想驾到。"③ 小说中这两回照应得极好。这首"宋江词"，不仅后出的容与堂刻本、袁无涯刻本、余象斗评本中都有，而且熊过他们在嘉靖九年（1530）所读的早期版本中也有。嘉靖时期的学者无人提到七十回本《水浒传》，这一事实本身就证明胡适、罗尔纲所言杨慎所读为七十回本《水浒传》之说有误。

另一种意见认为，杨慎被贬云南前没有读过《水浒传》，或者说没有读过完整的百回本《水浒传》。例如，戴不凡《疑施耐庵即郭勋》中说："他（指杨慎——引者）是在嘉靖三年（1524）被贬到云南去的。如果在周宪王之后的八十年中确早已出现了一部完整的，就象郭勋家所传刻的那么部《水浒传》的话，杨慎恐怕不至于不在《词品》中一提《水浒传》的。"④ 戴氏意指杨慎贬云南前，社会上还没有一部完整的《水浒传》，他当然也就无从提起《水浒传》的"宋江词"。这里实际上默认了当时社会上可能有《水浒传》的不完整版在流行。其实，这只是

---

① 李开先：《词谑》，中国戏曲研究院编校：《中国古典戏曲论著集成》（三），北京：中国戏剧出版社，1959年，第286页。
② 详见本书第七章，或参见王丽娟、王齐洲：《〈水浒传〉早期传播史料辨析——以〈南沙先生文集·故相国石斋杨公墓表〉为中心》，《中山大学学报（社会科学版）》2010年第5期。
③ 施耐庵、罗贯中：《水浒传》，北京：人民文学出版社，1975年，第1103页。
④ 戴不凡：《疑施耐庵即郭勋》，收入氏著《小说见闻录》，杭州：浙江人民出版社，1980年，第120页。

对《水浒传》诞生于元末明初的主张的让步，事实上嘉靖前谁也没有著录、谈论过《水浒传》，也无《水浒传》的任何版本，无论是稿本、钞本或刊本存世，不完整的《水浒传》其实是戴氏想象出来的。张国光先生《再论〈水浒〉成书于明嘉靖初年》一文说："杨慎在贬云南之前，《水浒》尚未成书，他死在嘉靖后期，而其读《水浒》时间亦必在晚年也。"① 张先生认为杨慎贬云南前，《水浒传》尚未成书，他自然不可能阅读，这是与其他学者不同的卓见。张先生还认为，杨慎晚年时读过《水浒传》，但没有提供相应的证据。

以上两种意见，第一种想象的成分显然多于第二种。其所以坚持说杨慎是读过七十回本《水浒传》的，《词品》引"宋江词"未提及《水浒传》，是因为七十回本《水浒传》没有宋江在李师师处题词的情节。这里其实预设了一个《水浒传》成书于元末明初的前提，然而，这一前提是没有被证明的，故其结论也就没有多少说服力。第二种意见认为杨慎《词品》未提及《水浒传》，是因为他在贬云南之前，《水浒传》尚未成书，这是从实际出发的，比第一种意见科学；而同时认为在《水浒传》成书后，杨慎在晚年是读过《水浒传》的。这里同样默认了一个前提，即《水浒传》既然已经在社会上广泛传播，杨慎晚年必然读过《水浒传》。无论是第一种意见，还是第二种意见，像这样凭空预设前提，都是不符合学术研究的基本原则的。因为所有的前提都需要求证，不能是想当然的。杨慎早年或晚年读过《水浒传》的说法，没有提供事实证据；说他晚年读过《水浒传》，同样也不能确证。不过，以上两种意见虽然不同，甚至根本对立，但都认为，杨慎如果看过有宋江在李师师处题词情节的《水浒传》，他不会不在《词品》中有所提及。这种推断应该是合情合理的，也是符合逻辑的。

前文已经说明，嘉靖三年（1524）杨慎被贬云南之前没有读过《水浒传》。杨慎被贬前没读过《水浒传》，既不是因为他的眼界狭窄，也不是因为他的思想保守，而是因为《水浒传》当时还未问世。笔者进一步认为，杨慎《词品》引"宋江词"没有提及《水浒传》，也就意味着他在嘉靖三十年（1551）为《词品》作序之前都没读过熊过等人阅读的《水浒传》。以杨慎嘉靖三年（1524）之前的家庭环境和社会地位，以及他的博学多才，他自然能够看到一些"其他人很难看到或很少提及的罕

---

① 张国光：《再论〈水浒〉成书于明嘉靖初年》，《武汉师范学院学报（哲学社会科学版）》1983年第4期。

见之书"①，如果《水浒传》在嘉靖三年（1524）前已经问世流传，他那时岂有落于他人之后的道理？何况他的那些朋友多是思想活跃、追求新奇之辈！同样道理，他在嘉靖三十年（1551）成书的《词品》中不提《水浒传》，只能说此时他仍未接触到《水浒传》，如果接触过，他多半会像胡应麟"此即《水浒词》"或梅鼎祚"《水浒传》亦引江事"一样予以提及。杨慎晚年当然有可能阅读过《水浒传》，但这只能从推论中得出，因为他在著作中并未提及。嘉靖三十二年（1553），杨慎在黔国公沐朝弼帮助下，举家迁蜀，寓居泸州。他的忘年交熊过（杨比熊年长18岁）住在离泸州一百多里的富顺老家，杨慎寓居泸州后，曾到富顺拜访过熊过。此后，熊过曾寄居在泸州城沱江对岸的小市（又名"小市厢"）一段时间，与杨过从甚密。熊寄居小市，应该主要是为了随时与杨慎聚会。嘉靖三十七年（1558），杨慎、熊过、曾玙、张佳胤等四川文人在泸州成立"汐社"，结紫房诗会，诗酒唱和。在这五六年时间里，以熊过对《水浒传》之喜爱，不可能不推荐杨慎阅读"一事而二十册"的《水浒传》。不过，这已是《词品》刊刻以后的事了。嘉靖三十七年（1558）十月，由于有人举发，杨慎被云南巡抚派四名指挥押回云南永昌戍所。次年（1559）七月，杨慎在云南高峣病逝。② 依据杨慎的经历，嘉靖三十二年（1553）至三十七年（1558）的这几年时间里，杨慎最有可能知晓《水浒传》，或者阅读过《水浒传》，但这已经是杨慎暮年，且在《词品》刊刻之后，不可能在《词品》里得到反映。

关于这首词与《水浒传》的成书，还有人认为："这首词的出处，一则见《水浒》，一则见转载《瓮天脞语》。因此，只有两种可能，元代佚名所作，而为《水浒》及《瓮》所引用。另一种可能是，即施耐庵所作，而为瓮天所传抄。"③ 如果说此词为施耐庵所作，而为《瓮天脞语》所载，那就意味着《水浒传》成书于宋代或宋元之际，但这绝无可能，也没有任何可以作为证据的材料。况且由前文可知，《水浒传》的作者应填不出这样一首精工合律的《念奴娇》④。再者，施耐庵是否是《水浒

---

① 张仲谋：《杨慎〈词品〉因袭前人著述考》，《古籍整理研究学刊》2008年第4期。
② 参见丰家骅：《杨慎，卒年卒地新证》，《南京师范大学文学院学报》2006年第2期。
③ 杨钟淮：《全面开展对施耐庵〈水浒传〉的研究和运用》，江苏省大丰县施耐庵研究会编：《耐庵学刊》第8辑，1991年，第86页。
④ 余象斗《水浒志传评林》评此词曰："观宋江词中句意，包三十六天罡、七十二地煞，皆藏于内，足有文词，志气胜人。"（双峰堂刊《水浒志传评林》，《古本小说集成》第3辑，上海：上海古籍出版社，1993年，第708页。）确实如此，此词填得还是很有水平的。

传》的作者,甚至是否有施耐庵其人,至今仍无定论。综合各方面信息,合理的结论应该是,此词乃无名氏所作,为《瓮天脞语》所载,《瓮天脞语》所载"宋江词"又为《水浒传》和《词品》所引用,这一点由前文的分析可以清楚得知。

以上考察了杨慎《词品》所载"宋江词"和《水浒传》所写"宋江词"的出处、原文、作者以及杨慎与《水浒传》的关系,最后我们总结一下上述考辨所体现的意义和引发的思考。

其一,杨慎《词品》所载"宋江词"出自宋末元初童瓮天《瓮天脞语》,童瓮天名字不详,但《瓮天脞语》确为其所书,词中"六六雁行连八九"一句,意味着宋元之际的宋江故事已发展到一百单八人,这便补充和完善了水浒故事演变链条上从三十六人扩充到一百单八万人的重要一环,无疑坐实了《瓮天脞语》在水浒故事演变史上的重要史料价值。

其二,《水浒传》第七十二回所写"宋江词"也出自童瓮天的《瓮天脞语》,可见《水浒传》在吸收素材上是颇为广博的,并不限于民间故事与戏曲;小说吸收了《瓮天脞语》的素材,却又作了某些改动,由此记载直接演绎成前后照应的两回故事,正如李开先所言"委曲详尽,血脉贯通"、胡应麟所言"针工密致",表明《水浒传》作者对素材的吸收既广博,又灵活,其叙事能力十分高超。当然,对"宋江词"文字上的改动,固然是为了通俗的需要,也反映出作者声韵水平不高,诗词能力有限。

其三,通过杨慎在《词品》中关于"宋江词"的记载,可以看出他于嘉靖三年(1524)被贬云南之前没接触过《水浒传》,甚至直到嘉靖三十年(1551)完成《词品》为之作序时仍未接触过《水浒传》。《词品》所载"宋江词"这则资料,虽不能作为判断《水浒传》何时成书的直接证据,更非唯一证据,但作为断定《水浒传》成书时间和传播范围的一个切入口,仍然还是有其不可否认的史料价值的。

其四,通过对杨慎在《词品》中引录"宋江词"这则材料的辨析,廓清了《水浒传》相关研究的一些迷雾。例如,说杨慎早期读过《水浒传》,且读的是七十回本《水浒传》,此则材料是《水浒传》存在七十回原本的新证,以及各种伪托说,等等,全是没有事实根据的臆测,不能作为《水浒传》研究的定论。

第三章　张丑著录文徵明小楷古本《水浒传》考辨

自20世纪80年代以来,《水浒传》成书时间的讨论就一直是学术界的一个热点。张国光先生接连发表论文,论证《水浒传》成书于嘉靖初年,施耐庵为郭勋门客之托名。[①] 其所继承的是胡适、鲁迅提出的所谓《水浒传》作者施耐庵乃是"演为繁本者之托名"的观点,也吸收了戴不凡在"评《水浒》运动"中提出的施耐庵疑是郭勋门客的化名的意见。其后,李伟实先生又从"水浒戏"和"水浒叶子"入手,论证《水浒传》成书不会早于明宪宗(1465—1487年在位)成化前期[②];又通过《菽园杂记》最后一条文献所标明的时间为弘治甲寅(1494)入手进行分析,重新断定《水浒传》的产生不会早于明孝宗(1488—1505年在位)弘治初年[③]。90年代末期开始,石昌渝先生接连发表数篇论文,论证《水浒传》产生不早于明武宗(1506—1521年在位)正德末年,应该成书于明世宗(1522—1566年在位)嘉靖初年,引起了较大的争论,不少学者发文与之商榷,形成了研究《水浒传》成书时间的一个小高潮。这场学术争论完全限制在学术范围内,没有个人恩怨,没有意气用事,参与者都心平气和,为我们留下了一个学术问题讨论的经典范例,很值得我们去总结,也激励我们将讨论的问题继续引向深入。

[①] 张国光:《〈水浒〉祖本探考——兼论施耐庵为郭勋门客之托名》,《江汉论坛》1982年第1期;《再论〈水浒〉成书于明嘉靖初年》,《武汉师范学院学报(哲学社会科学版)》1983年第4期。收入氏著《古典文学论争集》(武汉:武汉出版社,1987年)。

[②] 李伟实:《从水浒戏和水浒叶子看〈水浒传〉的成书年代》,《社会科学战线》1988年第1期。

[③] 李伟实:《从杜堇的〈水浒人物全图〉看〈水浒传〉的成书年代》,《社会科学战线》1991年第3期。

第一节 相关讨论的简要回顾

20世纪90年代以来，石昌渝先生根据《水浒传》著录情况，从书中描写的"朴刀""杆棒""腰刀""子母炮""散碎银子""土兵"等名物入手，追溯它们的称名和演变历史，试图由此探讨《水浒传》的成书时间，并且得出了《水浒传》成书于明嘉靖初年的结论，与通行的《水浒传》成书于元末明初的结论完全不同，引起了较大学术反响。[①] 虽然，狩野直喜和胡适、聂绀弩、林庚、戴不凡、张国光等前辈学者也提出过类似观点，但是，石昌渝通过书中名物来考察作品成书年代的方法还是能够给大家以启发。尽管石文在考证细节上存在一些瑕疵，批评之声也未曾停歇，但我们始终关注着这些讨论，并对石昌渝先生的研究态度、研究方法和研究结论持同情和赞赏的立场。因为石昌渝的研究已经不限于一般性的逻辑推理，而是去努力寻找证据——直接的证据和间接的证据，使其结论建立在扎实可靠的文献基础之上，这正是学术研究必须遵循的基本规范。他的研究对几成定论的学术观点提出了挑战性意见，也是应该肯定和鼓励的。

例如，石昌渝所说"今所见著录《水浒传》的文献都出在嘉靖及其以后"，描述的就是一个人所共知的事实。批评者尽管可以说，嘉靖以前可能就有关于《水浒传》的记载，只是因为文献散佚今人无法看到罢了。这样的批评并不能动摇由事实给出的结论，因为"可能"不是"事实"，何况还有相反的"可能"；科学研究的结论只能建立在"事实"的基础上，而不能建立在"可能"的基础上。当然，提出"可能"也并非完全没有意义，它可以为研究者提供新的思路，一旦循此思路发现了新的"事实"，原有的结论自然就应该修改了，而这种修改认定的依然是"事实"，而不是"可能"。

再如，石昌渝对书中名物的考证就每个具体名物而言，也许有辨析不细、虑而未周的瑕疵，然而，由这些证据所组成的证据链却仍然具有相当的说服力，其研究方法也能够给人以启发。如果能够循此思路，运用这一方法，找到更多的证据，或可促进这一问题的根本解决。即使有人从石文的考证中发现了这样那样的毛病，只要不能推翻其提出的所有

---

① 石昌渝所发表的相关论文见本书第26～27页。因一些基本结论在上述各文中多有论述，故下引石文不再注论文题名。

证据，尤其是核心证据，其结论就仍然是可以成立的。如石文说"《水浒传》绝无使用纸币的描写，甚至用铜钱也罕见，市场交易不论款额大小，几乎专用白银"，"钞法之废，在弘治、正德间"，"社会专用白银则在嘉靖初年"，即使我们从小说中找到了使用纸币的描写，在历史文献中发现从成化开始，在弘治、正德年间已经普遍"小额用银"①，我们还是不能推翻石文的结论。这是因为，《水浒传》并非成于一时一人之手，石文讨论的是百回本《水浒传》的成书，而百回本《水浒传》无疑集合了此前流传的水浒故事及其文本，也就自然会保留一些以前时代的社会文化信息。况且石文在研究百回本《水浒传》成书时间的问题时，注意将这一问题与《水浒传》的早期传播联系起来，因此，如果要否定石文的结论，必须要有《水浒传》早期传播的文献证据，否则，石文的结论就仍然可以成立。

在与石昌渝商榷的学者中，萧相恺、苗怀明的文章是最具代表性的，我们不妨将他们的讨论拿出来再讨论，以弄清事实真相。在他们的讨论中，有两条材料尤为双方所关注，一是张丑著录文徵明小楷古本《水浒传》，一是熊过《故相国石斋杨公墓表》提及《水浒传》事。因为这两条都是明代文献，对于他们所讨论的问题最有论据价值。

值得注意的是，萧相恺、苗怀明在与石昌渝商榷的论文中明确指出："文献反映，早在嘉靖之前就有《水浒传》一书。"② 他们所说的文献，就是指明末人张丑在《清河书画舫》《书画见闻表》《真迹日录》等书中记载的文徵明的"小楷古本《水浒传》"。他们认为：

> （小楷古本《水浒传》）抄录的时间，最有可能是在文徵明二十岁至三十岁之间，亦即弘治二年己酉至弘治十二年己未（1489—1499）之间。其时文徵明眼力好、精力充沛，正是学书又基本有成的年岁。抄写小说，尤其是抄写像《水浒传》这样的小说，是可能招致物议，以致断送自己前程的。王世贞在记叙文徵明抄苏鹗《杜阳编》时，特别说明"第公以诚实心信侈诞事，以精谨笔书狂肆语，大若相反者"，就是怕给他招来物议。因此，即使再退一步，这样的事当不会发生在他"贡至京师，授翰林待诏"之后，按照《明

---

① 参见张宁：《从货币信息看〈水浒传〉成书的两个阶段》，《文学遗产》2007年第5期。
② 萧相恺、苗怀明：《〈水浒传〉成书于嘉靖说辨证——与石昌渝先生商榷》，《文学遗产》2007年第5期。

史》卷二百八十七《文苑传·文徵明》的记载，文徵明成为翰林待诏是在正德末年。也就是说，他的抄录古本《水浒传》全部，绝不会在此年以后。《水浒传》一书，应当在弘治以前，最迟也应当在正德末年之前就已在社会上广为流传。①

如果萧相恺、苗怀明所提供的文献是真实的，所推断年代是正确的，那么，石昌渝所提出的《水浒传》成书于嘉靖初年的结论即被推翻，因为《水浒传》的早期传播史料已经证明《水浒传》成书早在嘉靖之前。石昌渝自然知道这条文献的重要，在其答辩中首先进行了驳难，然而，他的驳难似乎显得有些软弱无力。他说："张丑（1577—1643）生于万历五年，生时距离嘉靖初年已有半个世纪，他的作品当然是嘉靖以后的文献。"又谓："即便张丑所记无误，即便肯定文徵明精抄古本《水浒传》是在正德末年之前，也不能证明百卷本《水浒传》在嘉靖前已在社会上广为流传，因为既称'古本《水浒传》'，显然不同于当时流行的百卷本《水浒传》。"② 这样的回答恐怕难以服萧、苗二人之心。在没有讨论张丑记载的真实性的前提下，不应轻易否定其文献价值。在未能弄清楚文徵明精抄古本《水浒传》的特征之前，就认为其与百回本《水浒传》"并不是一回事"，多少有强词夺理之嫌。果然，萧相恺、苗怀明在《〈水浒传〉成书于嘉靖说再辨证——石昌渝先生〈答客难〉评议》中拒绝了石昌渝的辨析，并再次重申："文徵明确实抄过古本《水浒传》，抄录的时间在成化间。"③ 毫无疑问，文徵明精抄的"小楷古本《水浒传》"已经成为当前讨论《水浒传》成书时间的一个焦点，同时也是与《水浒传》早期传播相关的重要问题。现在我们也尝试着参与这一文献的讨论。

在开始我们的讨论之前，有必要先说明一点。关于张丑所记文徵明精抄"小楷古本《水浒传》"的文献，并不如萧相恺、苗怀明文章所述"2005年萧相恺在河南大学为研究生开小说文献学，向学生授课时讲过这一信息；王丽娟《〈水浒传〉的早期接受》[《海南大学学报（人文社会科学版）》2006年第2期]、2006年李伟实在山东泰安召开的《三国

---

① 萧相恺、苗怀明：《〈水浒传〉成书于嘉靖说辨证——与石昌渝先生商榷》，《文学遗产》2007年第5期。
② 石昌渝：《〈水浒传〉成书年代再答客难》，《文学遗产》2007年第5期。
③ 萧相恺、苗怀明：《〈水浒传〉成书于嘉靖说再辨正——石昌渝先生〈答客难〉评议》，《文学遗产》2008年第6期。

演义》与《水浒传》研讨会上,都提过这一信息,只是观点并不相同"①,而是早在2001年初王丽娟发表的《〈水浒传〉成书时间新证》中就已写明:"文徵明抄录过《水浒传》(张丑《真迹日录》卷五中有'文徵仲精楷古本《水浒传》'的记载,其《书画见闻表》中也有'文徵明小楷古本《水浒传》'的记载)。"② 甚至在更早的时候,美籍学者浦安迪在其《明代小说四大奇书》中就提及张丑《真迹日录》卷五曾著录文徵明精楷古本《水浒传》③,只是没有将此抄本与《水浒传》成书时间联系起来讨论。看来,这则材料早已为学者所注意,只是没有对其展开详细讨论。时至今日,在石昌渝与萧相恺、苗怀明等进行学术商讨后,再不辨明这一文献,难免会对《水浒传》的成书时间和早期传播产生误解。因此,我们不能不细加辨析。

第二节　张丑其人及文徵明小楷古本《水浒传》的真实性

要弄清文徵明用小楷书写古本《水浒传》真实与否,必须首先讨论张丑其人及其书,因为是他在书中记录了文徵明"小楷古本《水浒传》"。

生活在明代末年的张丑,原名谦德,字叔益,后改名丑,字青父,号米庵。昆山(今属江苏)人。其家族有收藏书画的爱好,世代延续。高祖元素、曾伯祖维庆、曾祖子和、祖约之、叔祖诚之、父茂实、伯兄以绳等皆致力于收藏古书画,也收藏当代书画家的作品。张丑受其家族传统影响,也爱好书画收藏,他所著的《清河书画舫》、《真迹日录》、《清河书画表》、《书画见闻表》(一名《法书名画见闻表》)等,便反映着他的这种强烈爱好,也是其家族文化传统的延续。清代四库馆臣很重视他的这些著作,将其收入《四库全书》中。在《〈清河书画舫〉提

---

① 萧相恺、苗怀明:《〈水浒传〉成书于嘉靖说辨证——与石昌渝先生商榷》,《文学遗产》2007年第5期。
② 王丽娟:《〈水浒传〉成书时间新证》,《湖北大学学报(哲学社会科学版)》2001年第1期。
③ [美] 浦安迪:《明代小说四大奇书》,沈亨寿译,北京:中国和平出版社,1993年,第294页。注释中还提到原梁的《文徵明写本水浒》(载1961年8月16日《新民晚报》)。此书英文版由普林斯顿大学出版社1987年出版。

要》中，四库馆臣这样介绍张丑："盖（张）丑于万历乙卯得米芾《宝章待访录》墨迹，名其书室曰'宝米轩'，故以自号。越岁丙辰，是书乃成，其以书画舫为名，亦即取黄庭坚诗'米家书画船'句也。明代赏鉴之家考证多疏，是编独多所订正。"① 万历乙卯即万历四十三年（1615），丙辰即万历四十四年（1616），已是万历末年，张丑"得米芾《宝章待访录》墨迹，名其书室曰'宝米轩'"，表明了他的兴趣爱好。四库馆臣又这样介绍他的家族："然丑家四世收藏，于前代卷轴所见特广，其书用朱氏《铁铜珊瑚》之例，于题识、印记所载亦详，故百余年来，收藏之家多资以辨验真伪。"② 这些介绍说明，张丑受其家族影响也爱好书画收藏，其书中的著录反映着当时的书画现状，具有历史文献价值。《清河书画舫》作于万历四十四年丙辰（1616），四库馆臣在《〈清河书画表〉提要》中又说："盖自其高祖即出沈度、沈粲之门，其曾祖亦与沈周游，其祖、父皆与文徵明父子为姻娅、世好，渊源有自，故丑特以赏鉴闻。"③ 说明张丑对书画的赏鉴是有较高水平的。应该承认，四库馆臣所论有充足的事实依据，可以采信。

需要提醒注意的是，不能因为张丑的家族背景和个人爱好以及他的鉴赏水平而完全相信他所做的全部著录，因为张丑书中著录的作品并非都是他目睹过的家族收藏品，更非他个人的藏品。据《清河书画表》张丑自序，其先世收藏的书画全部聚集在其伯兄以绳家，然而，隆庆元年丁卯（1567），伯兄以绳家"不幸遭仇烧劫，荡析无复孑遗"；后来"幸会犹子诞嘉稚龄赏识，天纵慧心，人间不赀墨宝悉归秘囊，可称书画中兴"④，使伯兄以绳的遗志得以恢复。然而，"未及十年，沧桑改变，乃诞嘉坐家事旁落，而薄劣以婚嫁逼人，日削月删，倾筐倒箧，希遇饼金悬购，竟成无是公矣"⑤。也就是说，他家族的书画收藏经过伯兄以绳时的鼎盛、浩劫，到以绳儿子的中兴、再浩劫，终于灰飞烟灭，荡然无存。张丑之所以著录这些书画，并非当时的张家仍然拥有这些藏品，更非他

---

① 永瑢等：《四库全书总目》卷一百一十三《〈清河书画舫〉提要》，北京：中华书局，1965年，第965页。
② 同上书，第966页。
③ 永瑢等：《四库全书总目》卷一百一十三《〈清河书画表〉提要》，北京：中华书局，1965年，第966页。
④⑤ 张丑：《清河书画表》，《景印文渊阁四库全书》第817册，台北：台湾商务印书馆，1986年，第610页。

自己拥有这些藏品，用他自己的话说就是："若不表示四方，后世谁知我者？聊藉管城子，印正墨胎氏，修家乘阳秋之任，请俟来哲。"① 既是无奈之举，也是自我安慰。

张丑的著作既然不是据其家族或自己现存藏品进行著录，也就难免依靠他书转引或依据传闻著录。这种情况，在张丑的著述中是有反映的。故四库馆臣在《〈清河书画舫〉提要》中指出："惟是所取书画题跋不尽出于手迹，多从诸家文集录入，且亦有未见其物但据传闻编入者，如文嘉《严氏书画记》内称枝山翁卷一，又称文徵明词翰二，是亦非尽出原迹之一验。其中第三卷之顾野王，第五卷之杜牧之、李阳冰、苏灵芝诸人，皆无标目，辗转传写，亦多失于校雠。"② 应该承认，这些批评是有根有据的。在《〈清河书画表〉提要》中，四库馆臣又指出："《清河书画表》一卷，明张丑记其家累世所藏书画也"③；"然据其自序，则作表之时家事中落，已斥卖尽矣，此特追录其名耳"④。在《〈法书名画见闻表〉提要》中又说："（张）丑别有《南阳书画表》，故表首附记已见彼者不录，又云凡影响附会者不录。然所列'目睹'诸名，与所作《书画舫》《真迹日录》多不相应，意此数表成于二书之前耶？"⑤ 正确指出其各书的著录存在矛盾，不可尽信。这些说法也都是有文献依据的。

依据我们对上述文献的解读，似乎可以对此问题下一基本结论：张丑所著《清河书画舫》《清河书画表》《真迹日录》《书画见闻表》中著录的书画作品虽与张家四世收藏有关，但在张丑著录这些作品的时候，张家四世收藏的书画作品早已散佚殆尽，大多不为张家所有，张丑并非据张家或其本人现存藏品来著录书画作品。因此，其书中难免有凭借记忆著录，或从诸家文集录入，甚至也有未见其物但据传闻录入者。也就是说，我们既不能全部否定张丑书中的这些著录的真实性，也不能完全相信这些著录的真实性。而正确的态度只能是，具体地分析具体作品。

具体到张丑著录的文徵明的"小楷古本《水浒传》"，其是否真实可靠呢？这自然需要对其著录做具体而细致的分析。

---

① 张丑：《清河书画表》，《景印文渊阁四库全书》第 817 册，台北：台湾商务印书馆，1986 年，第 610 页。
② 永瑢等：《四库全书总目》卷一百一十三《〈清河书画舫〉提要》，北京：中华书局，1965 年，第 965～966 页。
③④ 永瑢等：《四库全书总目》卷一百一十三《〈清河书画表〉提要》，北京：中华书局，1965 年，第 966 页。
⑤ 永瑢等：《四库全书总目》卷一百一十三《〈法书名画见闻表〉提要》，北京：中华书局，1965 年，第 966 页。

第三章　张丑著录文徵明小楷古本《水浒传》考辨 | 93

　　《清河书画舫》皱字号第十二《祝允明》部分著录有"行书《庄子·逍遥游》",此条下有张丑释文:"吾家世传希哲京兆(祝允明字希哲,曾任应天府通判,人称"祝京兆"——引者)行书《庄子·逍遥游》,师虞世南;后有茂实府君古体诗二首;城南陆氏藏王履吉草书枚乘《七发》,仿《十七帖》。又一好事家收文徵仲小楷古本《水浒传》全部,法欧阳询,未及见之。"① 原注云:"文徵仲精楷《温州府君诗集》二册,系盛年笔,韵致楚楚,近归余家。"② 文徵明原名文壁(一作璧),字徵明,后以字行,改字徵仲。据其著录,十分清楚,"文徵仲小楷古本《水浒传》"当时并不藏在张家,张丑显然系根据传闻著录,因为他已经说明"未及见之"。不过,《真迹日录》卷五也载有"文徵仲精楷古本《水浒传》"。而《真迹日录》张丑自序云:"《书画舫》成,鉴家谓其粗可观览,多以名品卷轴见示就正,因信手笔其一二,名曰《真迹日录》。随见随书,不复差次时代。"③ 按照张丑的说法,《真迹日录》所著录书画作品都是他目睹过的,与《清河书画舫》等书的著录有些是根据传闻显然有别。不过需要提请注意的是,《真迹日录》所著录的书画作品虽是作者目睹过的,但这并不表示书中题解所提到的作品全都是作者目睹过的,这需要看书中如何记载才能确定,如"文徵仲精楷古本《水浒传》"的记载就难以断定是作者目睹过的。

　　我们先来看看张丑在《真迹日录》中的具体记载:

　　　　苏长公手录《汉书》全部及《金刚经》,黄山谷小草《尔雅》……今可见者,仅吾家旧藏米老《宝章录》耳。皇明书家所录册子,有吴原博手钞《东坡志林》《穆天子传》《鹖子》《鬼谷子》《墨子》等帙,不下千百纸;其后则祝希哲小楷《妙蝉子》、《三近斋稿》、《夷坚丁志》三卷、《草堂诗余》、《云林先生续集》,草书《碧鸡漫录》;文徵仲精楷古本《水浒传》、自书历年诗文稿三十册……皆一时墨池鸿宝,好事家所当亟购者也。④

---

① ②　张丑撰,徐德明校点:《清河书画舫》,上海:上海古籍出版社,2011 年,第 600 页。标点有所调整。清人卞永誉《式古堂书画汇考》、倪涛《六艺之一录》以及《御定佩文斋书画谱》均著录了"文徵明小楷古本《水浒传》",但都是依据《清河书画舫》著录,并无其他来源。
③　张丑:《真迹日录》自序,《景印文渊阁四库全书》第 817 册,台北:台湾商务印书馆,1986 年,第 512 页。
④　张丑:《真迹日录》卷五,《景印文渊阁四库全书》第 817 册,台北:台湾商务印书馆,1986 年,第 593～594 页。

这段记录的意思其实很清楚,"文徵仲精楷古本《水浒传》"并不在张家,甚至也不知究竟在谁家。因为不在张家,故云"好事家所当亟购";因为不知在谁家,故文中也未说去谁家"亟购"。至于这件"墨池鸿宝"是否为张丑曾经目睹,则尚存疑。

根据张丑《真迹日录》的记载,他是否目睹过"文徵仲精楷古本《水浒传》"这件"墨池鸿宝",还难以作出准确判断。我们这样说,是对其记载进行分析后的结论,并不是主张当时实际上不存在"文徵仲精楷古本《水浒传》"这一书法作品。在《书画见闻表》序言中,张丑明确表示:"'目睹真迹'杂见《南阳秘箧表》中者不载,'的闻'皆录确有,凡系影响附会者不书。"① 即是说,他将自己见过的书画作品著录在《书画见闻表》"目睹"栏内,将确有其作而自己未见的作品著录在"的闻"栏内。而在《书画见闻表》明代"目睹"栏内著录有"文徵明……小楷古本《水浒传》、《历年诗文稿》"②,以此推测,张丑一定是见到了文徵明小楷古本《水浒传》,才会如此著录。当然,这里也仍然存有疑问。《四库全书总目·〈法书名画见闻表〉提要》云:"然所列目睹诸名,与所作《书画舫》《真迹日录》多不相应,意此数表(指《清河书画表》《书画见闻表》等——引者)成于二书之前耶?"③ 但从《清河书画舫》《真迹日录》记载来看,张丑著二书时却并未见到文徵明"小楷古本《水浒传》",反倒是在《书画见闻表》的"目睹"栏著录了文徵明"小楷古本《水浒传》",如果《书画见闻表》"目睹"栏内的记载可信,则此表一定成于二书之后而非之前,这又与其他信息产生矛盾。我们暂时还无法解释这些矛盾。当然,不管张丑是否见过文徵明"小楷古本《水浒传》"实物,都不能否定这一书法作品在明末万历年间流传过的基本事实。因为如果根本没有这件书法作品,张丑在二书中都有提及,一定会引来批评。

以上讨论文徵明"小楷古本《水浒传》"是否真实存在过,我们持肯定的立场。不过,这一作品是否真是文徵明亲笔所写,却是需要讨论的问题,这是因为其中有一个真品赝品的问题,而真品赝品对于书画作品是至关重要的。《明史·文苑传·文徵明》谓文徵明致仕后,"四方乞

---

① 张丑:《书画见闻表》,《景印文渊阁四库全书》第 817 册,台北:台湾商务印书馆,1986 年,第 613 页。
② 同上书,第 616 页。
③ 永瑢等:《四库全书总目》卷一百一十三《〈法书名画见闻表〉提要》,北京:中华书局,1965 年,第 966 页。

诗文书画者接踵于道，而富贵人不易得片楮，尤不肯与王府及中人，曰："此法所禁也。"周、徽诸王以宝玩为赠，不启封而还之。外国使者道吴门，望里肃拜，以不获见为恨。文笔遍天下，门下士赝作者颇多，徵明亦不禁"①。与文家有世亲之谊的王世贞在《文先生传》中也说："先生归，杜门不复与世事，以翰墨自娱，诸造请户外屦常满。然先生所与从请，独书生故人子属为姻党而窭者，虽强之竟日，不倦。其他即郡国守相连车骑、富商贾人珍宝填溢于里门外，不能博先生一赫蹏。而先生所最慎者藩邸，其所绝不肯还往者中贵人，曰：'此国家法也。'前是，周王以古鼎、古镜，徽王以金宝瓴，他珍货直数百镒，赍使者曰：'王无所求于先生，慕先生耳，盍为一启封？'先生逊谢曰：'王赐也，启之而后辞，不恭。'竟弗启。四夷贡道吴门者，望先生里而拜，以不得见先生为恨。然诸所欲请于先生，度不可，则为募书生故人子姻党，重价购之。以故先生书画遍海内外，往往真不能当赝十二。"②众所周知，书法中的楷书和篆书作品最易模仿，行书和草书则稍难模仿。文徵明为当时著名书画家，世人以得其墨宝为荣，向他学书者也无计其数，于是赝作大行其道，而文徵明又不出面"打假"，致使真品赝品混杂，而市面上绝大多数是赝品。因此，所谓文徵明"小楷古本《水浒传》"是否真为文徵明所书，便自然成了一个问题。因为原作既已不复存在，是真品还是赝品纯为今人臆测，讨论也就没有必要了。

然而，退一步讲，即使我们承认小楷古本《水浒传》确是文徵明书写，在《水浒传》的早期传播中，其意义也是有限的。因为这牵涉到他抄写的时间。如果抄写时间早，例如在其青年时期，当然就证明《水浒传》产生时间早；如果抄写时间晚，例如在其晚年，对于判定《水浒传》产生时间就没有多大文献价值。

第三节 文徵明抄写《水浒传》的时间

如果"小楷古本《水浒传》"确实是文徵明书写（我们不能排除这种可能），那么，他会是在什么年龄段来抄写呢？是青年、中年，还是晚

---

① 张廷玉等：《明史》卷二百八十七《文苑传·文徵明》，《二十五史》本，上海：上海古籍出版社、上海书店，1986年，第8576页。
② 王世贞：《弇州四部稿》卷八十三《文先生传》，《景印文渊阁四库全书》第1280册，台北：台湾商务印书馆，1986年，第370页。

年？这一问题同样需要辨明。因为这一问题牵涉《水浒传》的成书时间，不能仅靠常识来做判断，更不能毫无事实依据地想当然。

为了"知人论世"，我们先来了解一下文徵明的生平概况。文徵明原名壁（一作璧），字徵明，后以字行，更字徵仲，别号衡山、林子。江苏长洲（今属江苏省苏州市）人。幼不慧。稍长，颖异挺发，学文于吴宽，学书于李应桢，学画于沈周，卓然有成。为人和而介。汲汲于功名，却久试不第。嘉靖二年癸未（1523）以贡生试吏部，授翰林院待诏，预修《武宗实录》，侍经筵。"而是时专尚科目，徵明不自得，连岁乞归"①，终于嘉靖五年丙戌（1526）冬"未考满而归"，放弃了最后提高待遇的机会。后在家闲居33年而卒，私谥贞献先生。著有《甫田集》。

文徵明生平有一重要节点需要辨明，即他以贡生参加吏部考试而授翰林院待诏的时间。萧相恺、苗怀明依据《明史·文徵明传》的记载，认定"文徵明成为翰林待诏是在正德末年"②，这一结论其实是错误的。据《明史·文徵明传》记载："正德末，巡抚李充嗣荐之，会徵明亦以岁贡生诣吏部试，奏授翰林院待诏。"③ 这里把巡抚李充嗣举荐与文徵明以岁贡生诣吏部试二事连记，语意含混，容易给人们造成误解。而据文徵明之子文嘉（1501—1583）记其父亲生平的《先君行略》记载："巡抚李公充嗣露章荐公，督学欲越次贡之，公曰：'吾平生规守，既老而弃耶？'督学亦不能强。竟以壬午贡上，癸未四月至京师，甫十八日，吏部为复前奏，有旨授公翰林院待诏。"④ 据此，文徵明是嘉靖元年壬午（1522）贡生，嘉靖二年癸未（1523）四月到京，18日后授翰林院待诏。即是说，正德末虽有巡抚李充嗣露章举荐，督学也想越次贡举，但文徵明并未接受，而是以嘉靖壬午贡生的资格，于嘉靖癸未赴京参加吏部考试，因此前有巡抚露章举荐事，故未试吏部即有旨授公翰林院待诏。所谓"文徵明成为翰林待诏是在正德末年"之说自然是子虚乌有，不可信从。

---

① 张廷玉等：《明史》卷二百八十七《文苑传·文徵明》，《二十五史》本，上海：上海古籍出版社、上海书店，1986年，第8576页。
② 萧相恺、苗怀明：《〈水浒传〉成书于嘉靖说辨证——与石昌渝先生商榷》，《文学遗产》2007年第5期。
③ 张廷玉等：《明史》卷二百八十七《文苑传·文徵明》，《二十五史》本，上海：上海古籍出版社、上海书店影印，1986年，第8576页。
④ 文徵明：《甫田集》卷三十六附文嘉《先君行略》，《景印文渊阁四库全书》第1273册，台北：台湾商务印书馆，1986年，第295页。

也许有人会问，文嘉的追记难道就不会有误吗？这样提问多少有些无理，作为文徵明之子的文嘉，在撰写《先君行略》时是不会出现大的错误的，尤其是在其父亲功名仕履这样的关键节点上，是不会出现时间错误的。为了消除大家的疑虑，我们不妨再引文徵明本人手书的《京邸怀归诗》序言为证，来看看《先君行略》的记载是否有误。《京邸怀归诗》序云：

> 徵明自癸未春入京，即有归志。既而忝列朝行，不得辄解，迤逦三年。故乡之思，往往托之吟讽。丙戌罢归，适岁暮冰胶，留滞潞河。检故稿，得怀归之作三十有二篇，别录一册，以识余志。昔欧公有思颍诗，亦自为集。徵明于公，虽非拟伦，而其志则同也。①

文徵明自己的记载与他儿子文嘉的记载完全一致，文徵明确系嘉靖二年癸未（1523）春进京赴吏部试，三年后辞职归里，这不应该再有任何疑问。那么，是《明史·文徵明传》记载有误，还是我们对《明史·文徵明传》理解有误呢？结合《明史·选举志》记载来看，应该是我们阅读《明史·文徵明传》时在理解上出现了错误。《明史·选举志三》载："至成化十九年，广东举人陈献章被荐授翰林院检讨而听其归，典礼大减矣。其后，弘治中浙江儒士潘辰，嘉靖中南直隶生员文徵明、永嘉儒士叶幼学，皆以荐授翰林院待诏。"② 毫无疑问，《明史》编撰者知道文徵明为嘉靖贡生，而不是正德贡生，而《明史》本传记载也并未明说文徵明为正德贡生，只是因为本传记述文徵明有关事情时前后牵连，语义含混，而遭致读者们误解罢了。总之，无论是综合《明史》的记载，还是依据文徵明本人和其儿子的记述，都只能承认文徵明为嘉靖元年壬午（1522）贡生，嘉靖二年癸未（1523）春入都，以"岁贡生诣吏部试"，未及参试，有旨被授翰林院待诏。因此，以其为正德末年贡生被授翰林院待诏的说法，其实是完全错误的。

---

① 王春瑜编：《中国稀见史料》第一辑《文徵明撰并书〈京邸怀归诗〉》，厦门：厦门大学出版社，2007年。此手稿录诗38篇计64首，由明入清向未刊刻，民国年间始有收藏者影印面世，其中22篇计34首未载入《甫田集》，弥足珍贵。此资料由梅莉编审见示，梅莉编审已于2020年3月19日仙逝，特记于此，以志怀念。

② 张廷玉等：《明史》卷七十一《选举志三》，北京：中华书局，1974年，第1714页。

文徵明虽然是长寿之人，但其一生却相对比较简单，除嘉靖二年（1523）至嘉靖五年（1526）在朝中做了三年小官外，其余时间均赋闲在家。不过，做官前的居家生活与致仕后的居家生活，其中的差别其实是很大的。做官前，文徵明主要是求学与科考，业师多为他父亲的朋友。三十岁前发奋读书，心无旁骛。三十岁时父亲病故，"服除，益自奋励。下帷读，恒至丙夜不休"①，于是文名鹊起。然而，他的功名之路极不顺利，十九岁为诸生后，九次参加应天府乡试，皆铩羽而归。在嘉靖元年（1522），五十三岁的他还参加了一次乡试，照样名落孙山。而与他交游的友朋们却早已功成名就，如祝允明中弘治五年壬子（1492）举人，唐寅中弘治十一年戊午（1498）乡试解元、都穆中弘治十二年己未（1499）进士、徐祯卿中弘治十八年乙丑（1505）进士。然而，文徵明却屡试屡败，连举人也未考上，他的压力之大是可想而知的。如果他不想以科举求功名则另当别论，而实际上他对功名是十分渴望的，《甫田集》中的不少诗便反映了他的这种急切而无奈的心情，如云："印绶干戈非敢冀，百年聊欲绍箕裘"②；"少壮不待老，功名须及时"③；"潦倒儒冠二十年，业缘仍在利名间"④；"最是世心忘不得，满头尘土说功名"⑤。他五十多岁以贡生选官，实是不得已之举。做官后，他"老大未忘余业在，追随刚为后生怜"⑥，将没有取得理想的功名视为终身遗憾，以致未考满即求致仕，放弃可以提高退休待遇的机会，也与他的功名心结有关。文嘉曾转述他离职前的话说："吾束发为文，期有所树立，竟不得一第，今亦何能强颜久居此耶？"⑦ 可以想见他是多么落寞和无奈。

---

① 王世贞：《弇州四部稿》卷八十三《文先生传》，《景印文渊阁四库全书》第1280册，台北：台湾商务印书馆，1986年，第369页。
② 文徵明：《甫田集》卷一《儿子晬日口占二绝句》，《景印文渊阁四库全书》第1273册，台北：台湾商务印书馆，1986年，第6～7页。
③ 文徵明：《甫田集》卷一《寂夜一首效子建》，《景印文渊阁四库全书》第1273册，台北：台湾商务印书馆，1986年，第6页。
④ 文徵明：《甫田集》卷四《病中遣怀》，《景印文渊阁四库全书》第1273册，台北：台湾商务印书馆，1986年，第33页。
⑤ 文徵明：《甫田集》卷二《金陵客楼与陈滔夜话》，《景印文渊阁四库全书》第1273册，台北：台湾商务印书馆，1986年，第14页。
⑥ 文徵明：《甫田集》卷八《金陵客怀》，《景印文渊阁四库全书》第1273册，台北：台湾商务印书馆，1986年，第56页。
⑦ 文徵明：《甫田集》卷三十六附文嘉《先君行略》，《景印文渊阁四库全书》第1273册，台北：台湾商务印书馆，1986年，第295页。

第三章　张丑著录文徵明小楷古本《水浒传》考辨 | 99

　　明白了文徵明做官之前专心求取功名的心态和志向，以及为之做出的不懈努力，就不难做出判断，一个视功名如生命的人是无论如何不会将时间和精力花在抄写通俗小说这种毫无意义的事情上的，青年时期是如此，中年时期更是如此。所谓"小楷古本《水浒传》"的抄录时间，"最有可能是在文徵明二十岁至三十岁之间，亦即弘治二年己酉至弘治十二年己未（1489—1499）之间"①，这样的说法在文徵明身上根本就不能成立。主要理由有以下几点。

　　其一，弘治二年己酉（1489）至弘治十二年己未（1499）之间，正是文徵明在科举考场拼搏最为卖力、功名欲望最为强烈的时期，也是其友朋纷纷高中的时期，上文我们已经说明。在这样的情势下，文徵明怎么可能抽出时间和耗费精力去用小楷精抄《水浒传》呢？这是既无益又有害的事情，他无论如何是不可能去做的。我们不妨以其子文嘉提供的一件事例作为反证，以说明文徵明不会浪费时间抄写《水浒传》。文嘉在《先君事略》中说："公读书甚精博，家藏亦富，惟阳阴（应为阴阳——引者）方技等书一不经览。温州公（文徵明父文林曾为温州知府——引者）善数学，尝欲授公，公谢不能。乃曰：'汝既不能学，吾死可焚之。'及公奔丧至温，悉取焚去。"② 试想，一个连父亲要授他数学作为营生的准备都不愿意接受，甚至在父亲去世后烧掉父亲数学遗著以明志的人，怎么可能在潜心准备科举期间去用小楷精心抄写长篇通俗小说《水浒传》呢？这是完全不合逻辑的，何况谁也不能提供这样的证据。

　　其二，正如萧相恺、苗怀明所说，"抄写小说，尤其是抄写像《水浒传》这样的小说，是可能招来物议，以致断送自己前程的"③。王世贞曾为文徵明抄写文言小说《杜阳编》辩护，说明抄写文言小说也会有人责难。其实，抄写《水浒传》与抄写苏鹗《杜阳编》之类的小说不可同日而语。因为文言小说地位虽低，却能够被正统文化所接纳，《杜阳编》"颇杂时事"，可以广异闻，士人并不排斥；而通俗小说如《水浒传》之类，却是俗人之谈，是不为正统文化所接纳的，丝毫无益于科举。明冯从吾（1557—1627）提到的"士戒"中有一条就是"毋看《水浒传》及

---

① ③ 萧相恺、苗怀明：《〈水浒传〉成书于嘉靖说辨证——与石昌渝先生商榷》，《文学遗产》2007年第5期。
② 文徵明：《甫田集》卷三十六附文嘉《先君行略》，《景印文渊阁四库全书》第1273册，台北：台湾商务印书馆，1986年，第296页。

笑资戏文诸凡无益之书"①，胡应麟则"每惜斯人以如是心用于至下之技"②，这些都是《水浒传》被都察院和武定侯郭勋家刊刻、世人观念已有极大转变的嘉靖中期以后的事。如果在二十岁至三十岁之间文徵明果真抄了一部小楷古本《水浒传》，那他显然是不打算通过科举进入仕途了。

其三，肯定文徵明在弘治二年己酉（1489）至弘治十二年己未（1499）抄写过"古本《水浒传》"，其实暗含有《水浒传》于此时已经成书并在社会上流传的前提，因为《水浒传》如果没有成书和流传，文徵明自然不可能精楷抄写。然而，如果文徵明在弘治年间果真抄写了《水浒传》，那就必然有文本来源，但谁也不能提供其有关来源的文献证明，除非《水浒传》就是文徵明所作。那样一来，文徵明就不是抄写而是创作，而事实却并无此种可能，自古及今也无人如此主张。也许有人会说，当时肯定有人给文徵明提供了《水浒传》，只是今天已无法证明了。这便成了前面我们所说的"可能"而非"事实"。即使真的只有文徵明在弘治年间抄写了《水浒传》的信息流存下来，根据"孤证不立"的学术原则，我们也只可存疑而不能定论。而直到今天，我们仍然没有发现任何一条弘治年间、甚至哪怕正德年间的有关《水浒传》的信息，因此，要证明文徵明在弘治年间抄写了《水浒传》实在异常困难，更何况有大量信息证明《水浒传》是在嘉靖三年（1524）至嘉靖九年（1530）才开始早期传播的呢。本书在第一章已经有详细论证，读者可以参看。

在前面两章中，我们已经证明，以崔铣、李开先为代表的一批学者是嘉靖初期《水浒传》最早的阅读者和评论者，也是《水浒传》的早期传播者，其传播时间在嘉靖三年（1524）至嘉靖九年（1530）之间，他们几人在一起评论"一事而二十册"的《水浒传》的确切时间在嘉靖九年（1530）。而在嘉靖三年（1524）之前，崔铣没见过《水浒传》，被崔称为"小座主"的杨慎也没见过《水浒传》③，杨慎的好友文徵明也同样

---

① 冯从吾：《少墟集》卷六，《景印文渊阁四库全书》第1293册，台北：台湾商务印书馆，1986年，第127页。
② 胡应麟：《少室山房笔丛》卷四十一《庄岳委谈下》，上海：上海书店出版社，2001年，第437页。
③ 据简绍芳《杨慎年谱》载："弘治乙丑，（慎）侍石斋公（杨慎父廷和号石斋）于礼闱。时崔公铣试卷在分考武臣帘下，疑其刻深，未录。公见之，爱其奇隽，以呈石斋公，遂擢《诗经》魁。崔知，而以小座主称焉，竟为平生知己。时公年一十八岁。"

没见过《水浒传》①。如果他们中的任何一个人见过《水浒传》，杨慎在《词品·拾遗》中提到《瓮天脞语》中"宋江词"时就不会不提《水浒传》。以"记诵之博"② 推为明代第一的杨慎在嘉靖三年（1524）因"大礼议"出贬云南，由于云南地处偏僻，交通闭塞，"世宗以议礼故，恶其父子特甚，每问（杨）慎作何状，阁臣以老病对"③，他的行动以及与外界的联系受到严格限制，故很难看到《水浒传》。④ 换句话说，如果文徵明早在弘治二年己酉（1489）至弘治十二年己未（1499）之间就抄写过《水浒传》，那么，不仅杨慎应该知道《水浒传》，他的好友祝允明、唐寅、都穆、徐祯卿早在弘治年间也应该知道《水浒传》，他们不可能在弘治、正德年间不透露任何关于《水浒传》的信息。合理的结论只能是，文徵明抄写《水浒传》的时间，不可能早于嘉靖三年（1524）。考虑到他做翰林待诏不久便参加《武宗实录》的编撰，他在居官期间不可能抄写《水浒传》，即是说，他抄写《水浒传》的时间只能是在嘉靖五年（1526）致仕以后。

萧相恺、苗怀明之所以认为文徵明用小楷抄写《水浒传》的时间在弘治二年己酉（1489）至弘治十二年己未（1499）之间，是因为在他们看来："（二十岁至三十岁之间）其时文徵明眼力好、精力充沛，正是学书又基本有成的年岁。……文徵明成为翰林待诏是在正德末年。也就是说，他的抄录古本《水浒传》全部，绝不会在此年之后。"⑤ 他们大概以为，文徵明致仕时已有五十六七岁，一个年近花甲之人（当时人的平均寿命不过四十岁）是不可能用小楷精心抄写《水浒传》那样长篇的通俗小说的。其实，这只是用今人的常识去推断古人，殊不知文徵明本不同常人，他在八九十岁时仍然能够写出蝇头小楷，颠覆了我们的认知。谓予不信，请看下面有关记载：

---

① 杨慎正德六年（1511）状元及第，授翰林院修撰，丁母忧服阕，嘉靖初起故官、充经筵讲官。文徵明嘉靖二年（1523）授翰林院待诏，与之同僚。据《甫田集》卷三十六附文嘉《先君行略》云："及见公（指徵明——引者），咸共推服，而新都杨公慎、岭南黄公佐爱敬尤至。"（《景印文渊阁四库全书》第1273 册，台北：台湾商务印书馆，1986 年，第295 页。）可见杨、文二人关系亲密。杨慎《升庵集》卷二十四记有文徵明绘《楼居图》、他作《后神楼曲》事，卷二十六有《寄文徵仲兼问讯姜美宾》诗，提到"翰林供奉白头时，洗墨归寻古剑池"，也可证二人引为知己。
②③ 张廷玉等：《明史》卷一百九十二《杨慎传》，《二十五史》本，上海：上海古籍出版社、上海书店，1986 年，第8311 页。
④ 参见王丽娟：《〈水浒传〉成书时间新证》，《湖北大学学报（哲学社会科学版）》2001 年第1 期。
⑤ 萧相恺、苗怀明：《〈水浒传〉成书于嘉靖说辨证——与石昌渝先生商榷》，《文学遗产》2007 年第5 期。

明黄佐《将仕佐郎翰林院待诏衡山文公墓志》:"盖公于书画虽小事,未尝苟且。或答人简札,少不当意,必再三易之不厌,故愈老而愈益精妙,有细入毫发者。"①

明皇甫汸《代郡守寿文太史九十序》:"而公跻九十之年,耳目聪明,步履轻捷,日通问字之宾,不辍挥毫之典。淄川朝访,犹可受伏生之经;鲁邸夕延,尚堪备申公之顾。盖公虽游于群艺之苑,而不以雕篆伤气;虽产于纷华之俗,而能以恬澹养心,宜享遐永之龄,绥康宁之福者也。"②

明王世贞《三吴楷法十册》:"第五册,为文待诏徵仲小楷《甲子杂稿》……楷法极精,细比之,暮年气骨小不足,而韵差胜,诗亦多楚楚情语。……第六册,文待诏徵仲小楷:其一,为余书《早朝》等近体十四首,用古朝鲜茧,结构秀密,神采奕奕动人,是八十四时笔也;其二,《古诗十九首》,极有小法,其妙处几与枚叔语争衡,是八十八时笔也……"③

明王世懋《衡山先生小楷卷跋》:"衡山先生初名璧,时作小楷,多偏锋,太露芒颖,年九十时犹作蝇头书,人以为仙。"④

不需要征引更多文献,以上文献足以说明问题。黄佐(1490—1566)虽然小文徵明二十岁,但他是文徵明在翰林院的同僚挚友,且去世在文之后,对于文晚年情况自然了解;皇甫汸(1497—1582)虽是代郡守作寿文,却是当时人写当时事,没必要作假;王世贞(1526—1593)、王世懋(1536—1588)兄弟虽是文徵明晚辈,但王家与文家却有世交之谊,二人所记为耳闻目睹;且文徵明八十四岁时替王世贞用小楷书写过王世贞所作近体诗14首,王世贞作有《文先生传》记文徵明一生,十分熟悉文徵明书法;王世贞本人也有收集研讨书画的兴趣。这些文献的真实性是不必怀疑也不应怀疑的。此外,《文徵明集》中也有他于嘉靖十九年

---

① 文徵明著,周道振辑校:《文徵明集》(增订本)附录二传记志文,上海:上海古籍出版社,2014年,第1734页。
② 皇甫汸:《皇甫司勋集》卷四十六《代郡守寿文太史九十序》,《景印文渊阁四库全书》第1275册,台北:台湾商务印书馆,1986年,第801页。
③ 王世贞:《弇州四部稿》卷一百三十一《三吴楷法十册》,《景印文渊阁四库全书》第1281册,台北:台湾商务印书馆,1986年,第191~192页。
④ 王世懋:《王奉常集》卷五十《衡山先生小楷卷跋》,《四库全书存目丛书》第133册,济南:齐鲁书社,1997年,第716页。

庚子（1540）七十一岁时书小楷《赵飞燕外传》、嘉靖二十三年甲辰（1544）七十五岁时书小楷《西厢记》、嘉靖二十六年丁未（1547）七十八岁时书小楷《北山移文》、嘉靖三十年辛亥（1551）八十二岁时书小楷《桃花源记》、嘉靖三十二年癸丑（1553）八十四岁时书小楷《赤壁赋》的记载①，以及上文王世贞所记嘉靖三十六年丁巳（1557）八十八岁时书小楷《古诗十九首》。

　　以上文献足以证明，文徵明在致仕之后的三十三年里，任何一年他都可以用小楷抄写《水浒传》，眼力、精力均无问题，而且也只有在他致仕后的这段漫长时间里，不仅有了真正的闲暇，而且没有了功名的羁绊，可以毫无顾忌地抄写《水浒传》。当然，在这段时间里，不能排除跟他学书的人模仿他的字迹抄写《水浒传》的可能。而《水浒传》在嘉靖年间，不仅有都察院官刻本，有武定侯郭勋家刻本，士人谈论《水浒传》也成为一时风气，胡应麟所云"嘉、隆间一钜公案头无他书，仅左置《南华经》，右置《水浒传》各一部"②，准确地反映了士风的这种变化，也透露出《水浒传》早期传播的强大力量，同时更反证了嘉靖之前《水浒传》未能成书的实情。因为如果嘉靖之前确曾有《水浒传》在社会上传播，也同样是会迅速产生重大社会反响的。文徵明在这一时段抄写《水浒传》，倒的确是天时、地利、人和皆备，符合一切理想的条件。

　　顺便说一句，萧相恺、苗怀明论证文徵明年轻时抄录《水浒传》作为旁证的钱希言《戏瑕》所载"文待诏诸公暇日喜听人说宋江"一事，恰恰不能证明文徵明年轻时抄录过《水浒传》，反倒能够证明文徵明"暇日喜听人说宋江"发生在其晚年。关于这一点，我们将在下一章详细讨论。

---

① 文徵明著，周道振辑校：《文徵明集》（增订本），上海：上海古籍出版社，2014年，第1356、1360、1364、1364～1365、1366页。
② 胡应麟：《少室山房笔丛》卷四十一《庄岳委谈下》，上海：上海书店出版社，2001年，第437页。

第四章 钱希言《戏瑕》所记《水浒传》传播史料辨析

《水浒传》的成书时间问题，似乎是一个已经解决不需要讨论的问题，因为通行的各种教科书都说《水浒传》成书于元末明初。然而，迄今为止，谁也没有提供支持这一结论的《水浒传》早期版本，甚至没有发现嘉靖以前学者著录和评论《水浒传》的任何文献。于是，人家自然想到《水浒传》一书极有可能不是成书于元末明初，而是成书于明代嘉靖时期。胡适、狩野直喜、聂绀弩、林庚、戴不凡、张国光等前辈学者便持这种观点。近年来，石昌渝通过考察《水浒传》中名物来推断作品的成书时间，重倡《水浒传》成书于嘉靖初年说，引起了学术界的极大兴趣，也引发激烈争论。这对推进《水浒传》成书时间研究的深入，促进中国小说史、文学史研究的发展，显然是具有积极意义的。而《水浒传》的成书时间与其早期传播紧密相连，任何与《水浒传》早期传播相关的文献资料，哪怕是一星半点，都弥足珍贵，需要特别关注和认真对待。本来，钱希言《戏瑕》所记一条与《水浒传》传播相关的史料也引起过各方关注，只是他们对这条文献资料的理解比较接近，讨论也就无法充分展开。事实上，包括他们在内的绝大多数学者对这条文献资料的理解是不够准确或是根本错误的，有专门提出讨论之必要，故在这里提出讨论，发表我们的看法，以就教于大方之家。

第一节 与文徵明诸公一起"听人说宋江"的不是钱希言

钱希言《戏瑕》卷一记载：

词话每本头上有"请客"一段，权做个德胜利市头回。此政

第四章 钱希言《戏瑕》所记《水浒传》传播史料辨析 | 105

(正) 是宋朝人借彼形此,无中生有妙处。游情泛韵,脍炙千古,非深于词家者,不足与道也。微独杂说为然,即《水浒传》一部,逐回有之,全学《史记》体。文待诏诸公暇日喜听人说宋江,先讲摊头半日,功父犹及与闻。今坊间刻本,是郭武定删后书矣。郭故跗注大僚,其于词家风马,故奇文悉被划剃,真施氏之罪人也。而世眼迷离,漫云搜求武定善本,殊可绝倒。①

钱希言的这段记载之所以能够被学者们视为《水浒传》的早期传播史料,关键在于其中有"文待诏诸公暇日喜听人说宋江,先讲摊头半日,功父犹及与闻"数语。从字面意思看,"文待诏"即文徵明,"诸公"自然是几个人而非一个人,"说宋江"是口头讲说宋江故事,"功父"应该是一个人的字,"犹及"就是指还赶上了,"与闻"即参与其中一起听,整句话既提到文徵明,也提到功父,意在说明"功父"曾和文徵明等人一起听人说过"宋江"。要彻底弄清楚这段记载的确切内涵,必须回答其中的三个问题:一、"犹及与闻"的"功父"究竟是谁?二、他们"听人说宋江"大概在什么时候?三、说"宋江"和说《水浒传》是否一回事?不言而喻,弄清楚了这三个问题才算真正弄懂了这则材料,以此考察《水浒传》的成书时间和早期传播才较为可靠。这三个问题其实是依次递进的,弄清楚了"功父"是谁,就有可能推断出"听人说宋江"的大致时间;弄明白了"听人说宋江"的大致时间,就有可能断定说"宋江"和说《水浒传》是否一回事。

然而,以往的研究者们似乎都只关心"文待诏诸公",而不太留意"功父",以为讨论清楚了"文待诏诸公暇日喜听人说宋江"一语,这段话的内涵就清楚了。尽管他们在引用这条材料时对"与闻"的理解基本一致,对"文待诏诸公"的理解大体相同,但结论却往往有异。例如,有学者完全抛开文献中关于"功父犹及与闻"的说明,而直接将"文待诏诸公"指实为文徵明、祝允明、唐寅、徐祯卿等"吴中四才子",说他们听的就是《忠义水浒传》。竺青、李永祜先生便认为:"这里所说的'文待诏诸公',即明代中期被称为'吴中四才子'的文徵明与祝允明、唐寅、徐祯卿四人。"并进一步指出:"据考证,文徵明诸人有机会聚在一起闲暇时听人讲说《宋江》即'施耐庵的本'《忠义水浒传》,不可能

---

① 钱希言:《戏瑕》卷一,《四库全书存目丛书》第 97 册,济南:齐鲁书社,1997 年,第 13 页。

在他们的中年，更不可能在他们晚年，而只能是在青年时期。"① 其实，他们并没有提供其他证明材料，仅凭《戏瑕》这一句话，竟然得出了这许多重要的结论，实在令人惊讶。

石昌渝先生也没有讨论"功父犹及与闻"之义，对与文徵明等人一起"听人说宋江"的"功父"究竟是谁似乎不感兴趣，而是把重点放在对"暇日"的理解和推论上，于是认为："文待诏即文徵明（1470—1559），正德末以岁贡生诣都，授翰林院待诏。既称'文待诏诸公暇日喜听人说宋江'，一定是文徵明入翰林院之后，而且也只有做了官才有'暇日'之说，白衣本来就是闲人，无所谓'暇日'。由此可知文徵明听说宋江的时间不会早于正德末年。"② 这里说到文徵明正德末以岁贡生诣都、被授翰林院待诏事，其实是错误的。本书第三章已经证明，文徵明实际上是以嘉靖元年（1522）岁贡生资格于嘉靖二年（1523）四月到京师，但没有参加吏部考试，直接被皇上授予翰林院待诏的。

萧相恺、苗怀明先生也认为文徵明是在正德末以岁贡生诣都被授翰林院待诏的，只是不同意石文对"暇日"的理解，同样没有去关注"功父犹及与闻"。他们认为，石昌渝对钱文的解说存在很大问题，"这段话（指上引石昌渝解释钱文的一段话）前面一部分说得不对，后人以官位做前人的称谓，是不分做官前和做官后的"；"后一部分则说得太绝对，白衣读书、学书、作画之暇，生理之暇，怎么就不算'暇'？这里的'暇日'不过是空闲时候的意思"。③ 完全否定了石文在解释钱文时所下的结论。

在确定文徵明"听人说宋江"的时间这个关键点上，以上诸家基本上都是围绕着"文待诏诸公暇日喜听人说宋江"来讨论，而没有注意"功父犹及与闻"对于确定时间节点的特别重要性。这是因为，大家都不约而同地将"功父"看作钱希言本人，并且想当然地以为钱希言和文徵明是同时代人。例如，竺青、李永祜先生便说："文徵明、唐寅及钱希言等人听人讲说过的'施耐庵的本，罗贯中编次'的《忠义水浒传》，至迟在成化前期就已存在，它是明人所记述的最早的版本，而且是迄今

---

① 竺青、李永祜：《〈水浒传〉祖本及"郭武定本"问题新议》，《文学遗产》1997年第5期。原注：详见李永祜《〈水浒〉成书"嘉靖说"质疑之二》，《水浒争鸣》第五辑。
② 石昌渝：《从朴刀杆棒到子母炮——〈水浒传〉成书研究之一》，《文学遗产》1999年第2期。
③ 萧相恺、苗怀明：《〈水浒传〉成书于嘉靖说辨证——与石昌渝先生商榷》，《文学遗产》2007年第5期。

所能断定的嘉靖之前的唯一版本。"① 鲁德才先生也说:"钱希言记述他听讲《水浒》时,正文之前有'摊头'一段,他所见的可能就是嘉靖以前的本子。"② 他们都以为"功父"就是钱希言。

对于文徵明是和钱希言等人一起听人讲说"宋江"的说法,石昌渝并没有提出异议,看来是默认的,只不过他认为讲说的不是《水浒传》,而是"宋江故事",他说:"这条材料从侧面证明文待诏的时代《水浒传》尚未成书,当时讲说宋江很吸引听众,已接近于成书。"③ 其实,《戏瑕》中所云"功父"并非钱希言,而是另有其人(说详下文)。即使"功父"就是钱希言,如果认真考察一下,他也是不可能与文徵明等一起"听人说宋江"的。因为钱希言生活的时代是明末而不是明中叶,文徵明去世的时候他没有出生呢,怎么可能在"正德末年"或"嘉靖初年"甚至在"成化前期"与文徵明等人一起"听人说宋江"呢?

还是让我们先来了解一下钱希言的概况,以便"知人论世"。钱希言,原字象先,改字简栖,江苏常熟人。明末清初著名文学家钱谦益从叔。年轻时遭遇家难,举家迁到苏州。博览好学,应试不第,于是弃举子业,游历大江南北,以"山人"自称,时人目为"江左名流"。他与当时名士如王稚登(1535—1612)、屠隆(1543—1605)、李维桢(1547—1626)、梅鼎祚(1549—1615)、汤显祖(1550—1616)、江盈科(1555—1605)、董其昌(1555—1636)、黄汝亨(1558—1626)、陈继儒(1558—1639)、袁宏道(1568—1610)、宋懋澄(1570—1622)、许自昌(1578—1623)等都有交往。钱谦益说他"仆仆于贵人之门,而又不能无所干谒,稍不当意,矢口漫骂,甚或形之笔牍,多所诋諆,人争苦而避之,以是游道益困,卒以穷死"④,是个颇有个性、不合时宜的人。其著述堪称丰富,著有《戏瑕》《桐薪》《剑策》《狯园》《听滥志》《小辋川集》《赋湘楼集》等,大部分收入《松枢十九山》中,今南京图书馆、日本内阁文库有藏。

万历四十一年(1613)《戏瑕》完稿,钱希言写有《戏瑕》自序;天启二年(1622),他还给杜文焕《太霞洞集》作序,为沈朝焕作传。冯梦龙《情史》中也有钱希言评语,署"钱简栖山人"或"钱简栖"。

---

① 竺青、李永祜:《〈水浒传〉祖本及"郭武定本"问题新议》,《文学遗产》1997年第5期。
② 鲁德才:《〈水浒传〉七十一回本的形态》,《明清小说研究》1993年第2期。
③ 石昌渝:《从朴刀杆棒到子母炮——〈水浒传〉成书研究之一》,《文学遗产》1999年第2期。
④ 钱谦益:《列朝诗集小传》丁集下,上海:上海古籍出版社,2008年,第632~633页。

袁媛《钱希言研究》据其作品和同时人的相关记载，考定其生年为万历元年（1573），卒于崇祯十一年（1638）稍前。① 而文徵明生于明成化六年庚寅（1470），卒于嘉靖三十八年己未（1559）。也就是说，文徵明去世后十多年钱希言才出生，他与文徵明完全搭不上界，怎么可能在嘉靖初年或更早以前和文徵明等一起"听人说宋江"呢！如果钱希言个人"听人说宋江"，那也一定是在他出生的万历年间。既然钱希言不可能和文徵明等人一起"听人说宋江"，"功父犹及与闻"就没了着落，在对文献资料的基本内容还没有弄清楚之前，又怎么能够确定文徵明等人"听人说宋江"的时间是在嘉靖、正德抑或成化呢？既然对文徵明等人"听人说宋江"的时间都不能确定，就去讨论他们所听的"宋江"是水浒说唱故事还是何种《水浒传》版本，就只能是毫无根据地任意指说了，其结论自然难以令人信服。

第二节　与"文徵明诸公"一起听人说"宋江"的是钱允治

其实，与"文徵明诸公"一起"听人说宋江"的"功父"不是钱希言，而是另有其人。此人即明代著名画家、藏书家钱谷之子钱允治，一个和文徵明、钱希言都有密切关系的人。

钱允治初名府，字允治；后以字行，更字功父，又作功甫。钱希言《戏瑕》中称为"钱功父"或"钱功甫"，如《戏瑕》卷三"凡鸟"条："据钱功父云：'前科礼闱中程策内有两月为朋之语，馆中诸公所撰。'余实未之见云。"② 明确说明此条材料来自"钱功父"，并将钱希言自己（"余"）与"钱功父"区分开来。毫无疑问，"功父"并非钱希言。许自昌《樗斋漫录》卷六云："吴郡钱功甫曰：'《水浒传》……至我朝惟郭武定家刻称精，未易得也。'"③ 文中的"钱功甫"，即《戏瑕》中所谓"钱功父"，也不是指钱希言。

---

① 袁媛：《钱希言研究》，西南大学硕士论文，2009 年。
② 钱希言：《戏瑕》卷三，《四库全书存目丛书》第 97 册，济南：齐鲁书社，1997 年，第 49 页。
③ 许自昌：《樗斋漫录》卷六，《续修四库全书》第 1133 册，上海：上海古籍出版社，1997 年，第 102 页。

既然"功父"是钱允治，要正确理解《戏瑕》所记内容，必先了解钱允治的生平，才能有准确的判断。朱彝尊《明诗综》卷七十载："允治初名府，后以字行，更字功父，长洲人，谷子，有《少室先生集》。"① 其《静志居诗话》卷十八又云："功父勤于汲古，诗篇特胜乃翁。"② 钱允治是钱谷之子，与其父亲钱谷一样，也是著名藏书家，他继承和弘扬了乃父的传统，使藏书更为丰富。钱谦益《列朝诗集小传》"钱处士谷"条下载："子允治，字功甫，贫而好学，酷似其父，年八十余，隆冬病疡，映日钞书，薄暮不止。功甫殁，无子，其遗书皆散去。自是吴中文献无可访问，先辈读书种子绝矣。"③ 钱允治好藏书，好抄书，在明末颇有影响，清初人仍然记忆犹新。钱曾《读书敏求记》卷四载："功甫名允治，老屋三间，藏书充栋，其嗜好之勤，虽白日检书，必秉烛缘梯上下。"④ 今存明刊本《文心雕龙》有钱允治跋，其中提到元明刊本"至《隐秀》一篇，均之阙如也。余从阮华山得宋本抄补，始为完书"。其落款为："甲寅七月二十四日书于南官坊之新居，时年七十四岁，功甫记。"⑤ 甲寅为万历四十二年（1614），据此推算，钱允治出生于嘉靖二十年辛丑（1541）。万历四十二年（1614），钱允治不仅跋刊了《文心雕龙》，还刊刻了五卷本《类编笺释国朝诗余》（钱允治编选、陈仁锡笺释），这是现存最早的明人词选刊本，钱氏为此选本写有序文。万历四十三年（1615），钱允治编辑校对沈周《石田先生集》并作序，现存万历刻本卷端署有"长洲沈周启南著，后学钱允治功甫校，陈仁锡明卿编"，钱序曰："陈孝廉明卿既刻其先白阳先生集，复欲哀先生集，而苦无善本，不佞为访于故藏书家，稍获一二，于是按体分类，辑为若干卷，付书林翁氏。"⑥ 说明此文集实是钱允治收集整理编辑校对而成。此外，现藏台北南港"中央研究院"历史语言研究所傅斯年图书馆的明刊《古本宣和遗事》前有钱氏序言，末署"八十老人钱允治功父甫题"。依钱允

---

① 朱彝尊：《明诗综》卷七十，《景印文渊阁四库全书》第399册，台北：台湾商务印书馆，1983年，第596页。
② 朱彝尊：《静志居诗话》卷十八，北京：人民文学出版社，1990年，第543页。
③ 钱谦益：《列朝诗集小传》丁集中，上海：上海古籍出版社，2008年，第487页。
④ 钱曾：《读书敏求记》卷四，《丛书集成初编》本，北京：中华书局，1985年，第161页。
⑤ 张金吾：《爱日精庐藏书志》卷三十六，《续修四库全书》第925册，上海：上海古籍出版社，1997年，第623页。
⑥ 香港中文大学图书馆系统编：《香港中文大学图书馆古籍善本书录》，香港：中文大学出版社，1999年，第241页。

治年龄推算，此序应写于万历四十八年（1620）。① 今存《雷公炮制药性解》成书于万历末年，后经钱允治订补，于天启二年（1622）刊行。民国《江阴县续志》卷二十三载有钱允治《改造赡族庄成送神主入祠祭文》，末署"天启三年夏六月廿日吴郡八十三翁钱允治书"②，证明他天启三年（1623）仍在世。其卒年据丁志安、马幼垣的考证，应在天启四年甲子（1624）或稍后③。这一考证其实不够精准。据董斯张（1586—1628）《静啸斋遗文》卷三《答潘昭度（二）》："吴闻钱少室讳允治，乃叔宝氏之子，渠尊人有隐行，能写山水障，弇州亟称之。少室年已近九十许，守先人藏书，为吴中甲，有古栖逸君子风。"④《答潘昭度（三）》："吴中惟钱少室家有奇蓄，惜向来未识此君，台丈能作数字一询否？"⑤ 董斯张的信应写于天启六年（1626）或七年（1627），因这时才可称钱"年已近九十许"，崇祯元年（1628）董斯张去世，钱允治也许还活着，则钱允治卒年应在崇祯初。其著有《类选笺释草堂诗馀》《类编笺释国朝诗馀》《少室先生集》等。

前人关于钱允治生平的研究不仅甚少，而且错误频出。例如，清人吴荣光《历代名人年谱》谓钱允治生于成化十七年（1481），未记卒年。今人姜亮夫《历代人物年里碑传综表》初版记钱允治生卒年与《历代名人年谱》同；修订版改为成化十七年（1481）卒，未记其生年。其实二者皆误。张慧剑《明清江苏文人年表》"一五四一年，辛丑，嘉靖二十年"条下载："吴县钱允治（功甫）生。"⑥ 并注明，此条文献辑于《江阴续志石刻记》。这一记载才是正确的。

钱允治不仅与钱希言多有交往，与钱谦益关系则更加密切。钱允治虽与钱希言熟识，但是否同宗不可得知。而钱允治与钱谦益则不仅熟识，钱谦益还记载有不少与他交往的情况，增进了我们对钱允治的了解。钱

---

① 当然，若"八十"是约数，则此序可能写于此年前后。参见马幼垣：《钱允治〈宣和遗事序〉与〈水浒传〉首次著录的问题》，收入氏著《水浒二论》，北京：生活·读书·新知三联书店，2007年。
② 缪荃孙：《江阴县续志》卷二十三《石刻记三》，民国十年（1921）刊本。
③ 参见丁志安：《明代吴中藏书家钱允治生卒考》，《文献》1984年第3期；马幼垣：《钱允治〈宣和遗事序〉与〈水浒传〉首次著录的问题》，收入氏著《水浒二论》，北京：生活·读书·新知三联书店，2007年。
④ 董斯张：《静啸斋遗文》卷三《答潘昭度（二）》，《续修四库全书》第1381册，上海：上海古籍出版社，1997年，第619页。
⑤ 董斯张：《静啸斋遗文》卷三《答潘昭度（三）》，《续修四库全书》第1381册，上海：上海古籍出版社，1997年，第620页。
⑥ 张慧剑编著：《明清江苏文人年表》，上海：上海古籍出版社，2008年，第212页。

谦益（1582—1664）在《题钱叔宝手书续吴都文粹》文中云：

> 吴郡钱谷叔宝以善画名家，博雅好学，手抄图籍至数十卷，取宋人郑虎臣《吴都文粹》增益至百卷，以备吴中故实。余从其子功甫借抄，与何季穆、周安期共加芟补，欲成一书，未就也。功甫名允治，介独自好，不妄交接。口多雌黄，吴人畏而远之。余每过之，坐谈移日。出看囊钱，市糕饼啖余。老屋三楹，丛书充栋。白昼取一书，必秉烛缘梯上下。一日语余："吾贫老无子，所藏书将遗不知何人。明日公早来，当尽出以相赠。吾欲阅，更就公借之何如？"余大喜，凌晨而往，坐语良久，意色闷默，不复言付书事。余知其意，亦不忍开口也。辛酉冬，余北上往别，病疡初起，疮瘢满面，冲寒映日，手写金人《吊伐录》本子。忽问余："曹能始尚在广西，有便邮属彼觅《通志》寄我。"余初欲理付书旧约，语薄喉欲出而止。无何，功甫卒，藏书一夕迸散，抄本及旧椠本，皆论秤担负以去，一本不直数钱也。①

文中辛酉即天启元年（1621），此时钱允治已经老态龙钟，仍然在寻书收藏，可见其真的爱书如命。钱允治逝世后"迸散"的图书终为钱谦益所得，成为钱氏绛云楼藏书的一部分。《四库全书总目·〈吴都文粹续集〉提要》云："（钱谷）仿郑虎臣《吴都文粹》，辑成续编，闻有三百卷。其子功甫继之，吴中文献藉以不坠云云。功甫，钱与治之字也。"②所论无误，只是"允治"误植为"与治"。

那么，钱允治与文徵明又有何关系呢？要了解钱允治与文徵明的关系，还需从其父亲钱谷与文徵明的关系说起。

钱谷字叔宝，明代著名画家、藏书家。为文徵明入门弟子。生于明正德三年戊辰十二月（1509年1月）③，卒于万历六年戊寅（1578）或以后④。著有《吴都文粹续集》《三国文类抄》《南北史摭言》《长洲志》

---

① 钱谦益著，钱曾笺注，钱仲联标校：《牧斋初学集》卷八十四，上海：上海古籍出版社，1985年，第1766～1767页。
② 永瑢等：《四库全书总目》卷一百八十九集部，北京：中华书局，1965年，第1719页。
③ 汪世清《艺苑疑年偶得——钱谷》谓钱谷生于正德三年十二月三十日，按公历已是1509年1月20日。（香港《大公报》1996年7月26日"艺林"1234期）本书仍按传统纪年换算公元纪年，特予说明。
④ 马幼垣云："钱谷作于万历六年之画，知存者起码有五幅，数目真不少。万历七年及以后者尚无闻。他也许谢世于万历六年末或七年初。"（马幼垣：《钱允治〈宣和遗事序〉与〈水浒传〉首次著录的问题》，收入氏著《水浒二论》，北京：生活·读书·新知三联书店，2007年）

《隐逸集》等,以画名于世。《明史·文徵明传》提到文徵明弟子时说:"周天球字公瑕,钱谷字叔宝,天球以书,谷以画,皆继徵明表表吴中者也。"① 钱谷是文徵明的得意门生,也是一个勤奋的读书人。钱谦益《列朝诗集小传》云:"钱谷字叔宝,少孤贫,游文待诏门下,日取架上书读之。"② 文徵明曾孙文震孟(1574—1636)《姑苏名贤小纪》卷下《钱叔宝陆叔平两先生》云:"叔宝先生……先生愈不为家,家愈贫。先太史过而题其室曰'悬罄'。先生笑曰:'吾志哉!'而其嗜读书日益甚。手录古文、金石书几数千卷,校雠至丙夜不休。"③ 说明钱谷是一个安贫乐道、嗜书如命之人。钱谷是何时成为文徵明弟子的呢?据向彬考证,钱谷大约于嘉靖十六年(1537)开始游文徵明门下,年约三十岁,文徵明当时则已六十八岁。④ 作为文徵明弟子,钱谷追随文徵明二十余年,四年后其子钱允治出生,故钱允治自然可以认识和接触文徵明,所以钱谦益说"功甫少及见文待诏诸公"⑤。

前面通过考辨已经知道,钱允治生于嘉靖二十年辛丑(1541),钱谷嘉靖十六年丁酉(1537)始游文徵明之门。即是说,在钱谷游文徵明门下的第五年钱允治出生,这时文徵明已经七十二岁,在当时已算长寿。此后,文徵明还活了十八年,在当时就是奇迹。那么,在钱允治十七八岁以前,他都有机会接触文徵明,和他一起"听人说宋江",其父钱谷极有可能也在其中。正是因为钱谷、钱允治和文徵明有着如此密切的关系,"功父"(钱允治)才能够在"文待诏诸公"听人说"宋江"时"犹及与闻"。据此看来,钱允治和文徵明等一起"听人说宋江"就只能发生在嘉靖二十年(1541)文徵明七十二岁以后⑥,而不可能发生在这之前,因为这之前的"功父"还未出生呢!明白了这一点,所谓"文待诏诸公"究竟指哪些人,文徵明等"听人说宋江"是在其早年、中年、晚年,"暇日"是其做官前、做官时、还是致仕后,所有这些争论就都是不必要的了。因为祝允明卒于嘉靖五年(1526),唐寅卒于嘉靖二年

---

① 张廷玉等:《明史》卷二百八十七《文苑三·文徵明》,《二十五史》本,上海:上海古籍出版社、上海书店,1986年,第8576~8577页。
② 钱谦益:《列朝诗集小传》丁集中,上海:上海古籍出版社,2008年,第486页。
③ 文震孟:《姑苏名贤小纪》卷下《钱叔宝陆叔平两先生》,《四库全书存目丛书》第115册,济南:齐鲁书社,1997年,第771页。
④ 参见向彬:《文徵明与吴门书派》,首都师范大学硕士论文,2002年。
⑤ 钱谦益著,钱曾笺注,钱仲联标校:《牧斋初学集》卷八十四,上海:上海古籍出版社,1985年,第1767页。
⑥ 其实时间至少还可以向后推五六年,因为钱允治应该在能够记事以后和文徵明等一起听人说宋江,才有可能向钱希言准确讲述当时的情景。

(1523),徐祯卿卒于正德六年（1511），他们三人逝世时，钱允治还未出生，其父钱谷也未入文徵明之门，所谓"文待诏诸公"即"吴中四才子"之说，也就毫无根据了。

至于钱允治和文徵明诸公一起"听人说宋江"，此"宋江"究竟是指《水浒传》还是指传说中的"宋江故事"？这一问题也就可以回答了。一是钱允治出生的嘉靖二十年（1541）之后，《水浒传》已经在社会上广泛传播，受到人们的普遍喜爱，也为文人学士和朝廷官吏所重视[1]，文徵明和钱允治等一起听人讲说《水浒传》没有什么可奇怪的，《戏瑕》也是在谈到《水浒传》的体裁时顺便提到文徵明等人"听人说宋江"的。二是在《水浒传》成书之前，本有"宋江故事"在社会上流传讲说。因此，钱允治和文徵明诸公一起"听人说宋江"，说书人究竟是按照《水浒传》在讲说，还是沿袭宋元以来的"说话"在讲说，或者将传统"说话"结合《水浒传》来讲说，恐怕只有当事人才清楚，我们大可不必争论，实际上也争论不清。讲说人"先讲摊头半日"，显然不会是完全依照《水浒传》讲说，因为《水浒传》并无"摊头"；其讲说必有说话人的增饰或说话人的套路，因为"摊头"便是"说话"的套路。如果说"说宋江"与《水浒传》完全无关，也不符合《水浒传》在当时已广泛流传的实际。况且《水浒传》在当时确有人将它径称为《宋江》，如郎瑛《七修类稿》云："《三国》《宋江》二书，乃杭人罗本贯中所编。予意旧必有本，故曰编。《宋江》又曰'钱塘施耐庵的本'。"[2] 而《水浒传》在家喻户晓之后，也仍然有口传的"水浒故事"流行，明末的柳敬亭讲说"武松故事"就是一绝。不过，无论是哪一种情况，这条史料都不能用来证明嘉靖以前《水浒传》在社会上流传过，则是确定无疑的。由于此材料能够证明文徵明晚年喜听"水浒（宋江）故事"，再联系万历年间社会上流传的"文徵明小楷古本《水浒传》"，二者相互参证，反而更增加了文徵明晚年抄录《水浒传》的可能。[3]

钱允治是钱希言长辈，比钱希言大三十多岁。一为长洲（今江苏苏

---

[1] 嘉靖初年，《水浒传》在得到崔铣、熊过、唐顺之、王慎中、陈束等人誉扬（见李开先《一笑散·时调》）后，很快在社会上传播开来。嘉靖十六年（1537）郭勋仿《三国志演义》及《水浒传》为《国朝英烈记》，并家刻《水浒传》，世称"武定版"；嘉靖十九年（1540）序刻的高儒《百川书志》著录有《忠义水浒传》一百卷；嘉靖二十六年（1547）序刻的田汝成《西湖游览志》有对《水浒传》的评论；周弘祖《古今书刻》著录有嘉靖时朝廷都察院刊刻的《水浒传》。

[2] 郎瑛：《七修类稿》卷二十三辩证类《三国宋江演义》，上海：上海书店出版社，2001年，第246页。

[3] 参见本书第三章。

州）人，一为常熟（今江苏常熟）人，可能不一定同宗。至于钱希言与钱允治的交往，相关文献资料不是太多，也颇琐碎。然而，这并不妨碍我们了解他们的密切关系。钱允治经常会向钱希言讲说一些奇闻异事，钱希言的作品中就记载了不少，除《戏瑕》所载的几条外，《狯园》也载有不少，其中明确标识由钱允治提供故事素材的就有4则，《影响篇》的《白金吾恶报》乃"吴人钱允治闻其事于都下客也"①，《李氏妾妒报》乃"是月十八日，希言与秀才管珍同遇处士钱允治，具说如是也"②，《瑞光僧淫报》也为"钱允治说"③；《妖孽篇》的《蛇妖六》注明为"钱允治说"④。《狯园》所载故事，其素材多为友朋提供。据钱希言记载，向其提供故事素材的约130人，如王稚登提供18则，高承先提供13则，黄九鼎提供13则，董其昌提供11则，宋懋澄提供9则，江盈科提供4则，袁宏道提供3则，等等，钱允治向其提供故事素材，也反映出二人交往之密切。钱允治和钱希言都爱好书画，都崇拜文徵明，这可能是二人投缘的原因之一。清吴荣光《辛丑销夏记》卷五"明文待诏醉翁亭图小卷"下录有众人题跋和印章，包括张凤翼、臧懋循、王稚登、谢肇淛、曹子念、邢侗等，都是一时名流，其中就有钱允治和钱希言的题跋和印章。钱允治跋云："近日学黄子久者自昂其价，如吃肉道人口谈三摩揭谛，期以尽压天下画工。吁，可唾已！文太史此幅盈不满尺，而峰峦远近，沙水绵密，天真烂然，真黄子久也。后《醉翁亭记》亦复有兰亭标格。在杭（谢肇淛字）当两宝之。丙申闰中秋三日吴郡钱允治题。（后有印章）"⑤ 钱希言跋云："文太史用笔萧散，断烟残褚，乃见天真。如此卷摹一峰道人，尤为奇绝。在杭使君携过钱唐署中，出阅几上，咫尺之内，不觉万里为遥。丙申秋九月立冬后一日吴郡钱希言题。（后有印章）"⑥ 二人落款时间都是"丙申"即万历二十四年（1596）秋日，说明钱允治和钱希言不仅有共同的兴趣爱好，有时也有共同的活动。钱希言肯定听钱允治讲过不少文徵明逸闻，所谓"犹及与闻"云云，是说出生较后的钱允治还赶上了和前辈名流学者文徵明等人一起

---

① 钱希言著，栾保群点校：《狯园》第七《影响》，北京：文物出版社，2014年，第219页。
② 同上书，第220页。
③ 同上书，第224页。
④ 钱希言著，栾保群点校：《狯园》第十四《妖孽》，北京：文物出版社，2014年，第453～454页。
⑤ 吴荣光：《辛丑销夏记》卷五，《续修四库全书》第1082册，上海：上海古籍出版社，2000年，第572页。
⑥ 同上书，第572～573页。

"听人说宋江",而自己不能,显然含有欣羡之意。这符合钱希言的身份以及他与钱允治的关系。

钱允治是文徵明的孙子辈,因为其父钱谷的原因,钱允治对文徵明有很深的感情。这可以从他与文徵明曾孙文震孟的一段交往中看出端倪。清李果《在亭丛稿》卷十《徐瑶圃画云间往哲遗像跋》载云:"吾吴先贤像,为钱叔宝手笔,钱允治功甫欲归之文文肃公(文震孟谥文肃——引者)。有赀郎以厚利愿交于功甫,功甫不可。文肃感其意,至质其家藏宋椠《史记》酬之,后人争贤功甫。"① 其父钱谷所绘吴先贤像中肯定有文徵明像,故钱允治不为利诱,坚持将父亲遗画"归之文文肃公",其情着实感人。文震孟为了感谢钱允治,则将家藏的宋版《史记》回赠钱允治,以表谢意。这段交往,传为佳话。

钱允治和钱谦益的交往更多,但都围绕着"书"展开,因书而结交,也因书产生许多故事。张慧剑《明清江苏文人年表》载:"吴县钱允治以钱谦益借书逾年不还,又不爱惜他人书,于《猗寮斋杂记》跋文中致诟责。"② 文末注明材料出自王文进(1894—1960)的《文禄堂访书记》。查《文禄堂访书记》卷三有:

> 《猗觉寮杂记》二卷。
> 宋朱翌撰。……
> 辛卯春,就堂上人又以所藏钱功父本见借,钱本是从宋椠本影钞者……后有功父题识,并附钞于左。
> 钱氏跋曰:"此书乃丙辰九月十日借张千里本连日夜钞完。丁巳六月十三日,江阴李贯之借归,至十月十二日留住真本,以此册见还。十二月二十一日,常熟钱受之(钱谦益字受之——引者)借,拆散影钞,颠倒订,今年戊午闰四月初六日始还,一向怕看。七月初九日,始复拆散理清,草订如右,然其中多讹,不知无算也。借与人书,不可不慎。装完,因写于后。七十八翁记。"③

其实,王欣夫(1900—1966)在《藏书纪事诗(附补正)》卷三"钱

---

① 李果:《在亭丛稿》卷十《徐瑶圃画云间往哲遗像跋》,《四库全书存目丛书补编》第 9 册,济南:齐鲁书社,2004 年,第 294 页。
② 张慧剑编著:《明清江苏文人年表》,上海:上海古籍出版社,2008 年,第 444 页。《猗寮斋杂记》应为《猗觉寮杂记》。
③ 王文进著,柳向春标点:《文禄堂访书记》卷三,上海:上海古籍出版社,2007 年,第 184~185 页。

谷叔宝子允治功甫"中亦引有此跋，并称"案此可考功甫交友及爱书之性"①。的确，通过钱允治的这段跋文，可以了解钱允治交友的特点及其爱书如命的性格，还能够牵连出许多故事，尤其是与钱谦益交往的故事。

钱谦益字受之，号牧斋，晚号蒙叟，东涧老人，学者称虞山先生。江苏常熟人。据钱允治跋，万历四十五年丁巳（1617）十二月二十一日，钱谦益借钱允治影抄宋本《猗觉寮杂记》，到次年戊午（1618）闰四月初六日才归还，不仅将钱允治抄本久借不还，拆散影抄，而且重新装订后又颠倒混乱，很不负责，这引起了爱书如命的钱允治的极大不满。此事可能是钱允治后来不愿借书与钱谦益，不把藏书赠予钱谦益的重要原因之一②。钱曾《读书敏求记》卷四载："功甫名允治……所藏多人间罕见之本，有《李师师外传》一卷，牧翁屡借不与。此书种子断绝，亦艺林一恨事也。"③ 提供了钱允治不愿借书给钱谦益的典型一例。钱曾《也是园书目序》又云："吴门钱功甫，高士也。老屋三间，藏书充栋。牧翁释褐后，与之交，时时过从，即出囊钱市糕饼，相对共啖。一日语公：'吾老矣，藏书多人间罕有本子。公明日来，当作蔡邕之赠。我欲阅，转就公借。他年以属纩（圹）事累公，藉此为偿博，何如？'牧翁甚喜，质明往，其意色闵嘿，意不复践宿诺矣。嗟乎！读书种子，习气未除，斤斤护惜，盖非独一功甫然也。其书后竟散为云烟。此一段嘉话，至今犹在人口。牧翁语予：'功甫有《李师师外传》一卷……功甫殁，此书不知归之何人，今虽悬百金购求，岂可复见？'"④ 说钱允治"斤斤护惜"，看到的只是表面现象，实质是对钱谦益不太信任。不过，钱谦益似乎并不介意，他对钱允治表现出了应有的尊重，如《绛云楼题跋·钱叔宝手书续吴都文粹》云："余欲取吴士读书好古，自俞石硐以后，网罗遗逸，都为一编，老生腐儒，笃经蠹书者，悉附著焉。庶功甫辈流，

---

① 叶昌炽著，王欣夫补正，徐鹏辑：《藏书纪事诗（附补正）》卷三，上海：上海古籍出版社，1989年，第201页。此则材料除了考察"功甫交友及爱书之性"外，还有钱允治生年信息。戊午乃万历四十六年（1618），此年钱允治七十八岁，由此可知他生于嘉靖二十年（1541），这是对上文考证其生年的又一证明材料。
② 前文所引董斯张、潘昭度皆为浙江人，董斯张在信中建议潘昭度向钱允治发函借书，云"《东都事略》台丈自发一函索之，此公不俗，必有以应"。钱允治的名声都传到浙江，可见他并非固执秘惜之人。
③ 钱曾：《读书敏求记（附刊误）》卷四，《丛书集成初编》本，北京：中华书局，1985年，第161页。
④ 钱曾撰，瞿凤起编：《虞山钱遵王藏书目录汇编》，上海：上海古籍出版社，2005年，第314页。

不泯泯于没世,且使后学尚知有先辈师承在也。"① 可见他是发自内心地对钱允治给予尊重和赞赏。这些逸事,可以看出晚明学者间的复杂关系,也增进了我们对这批学者个性的了解。

《戏瑕》所云"功父"究竟是谁,学术界虽然大多对此产生了误解,以为是钱希言,但还是有人知晓并非为钱希言,而是钱允治,并在自己的论证中有所提及,我们也不能掠美。例如,徐朔方在《从宋江起义到〈水浒传〉成书》一文注释中引用此条材料时,在"功父"后直接括注"钱允治"②,说明他是知道功父即钱允治的;王利器也曾指出:"据此,则明清间名士之爱听说《水浒》可知,此文徵明、钱允治诸公之所以不惜消磨半日时光,来听《水浒·摊头》也。"③ 也明确将功父换作钱允治。当然,二文都是顺便提及,并没有进行论证,因而没有引起大家的注意。并且,王文将比文徵明小七十二岁的钱允治与文徵明一起并称"诸公",怕也是对钱允治不甚了了、未加深考的结果。如果真正了解钱允治,大概是不会这样说的。关于文徵明"诸公"之所指,我们将在下章详细讨论,这里就不饶舌了。

---

① 钱谦益著,钱曾笺注,钱仲联标校:《牧斋初学集》卷八十四,上海:上海古籍出版社,1985年,第1767页。
② 徐朔方:《从宋江起义到〈水浒传〉成书》,《中华文史论丛》1982年第4期。收入氏著《小说考信编》,上海:上海古籍出版社,1997年。
③ 王利器:《李卓吾评郭勋本〈忠义水浒传〉之发现》,《河北师院学报(社会科学版)》1994年第3期。

第五章 《戏瑕》所记"文待诏诸公暇日喜听人说宋江"再析

最近几年，我们从文献学与传播学相结合的角度，运用文献—传播学的方法，对《水浒传》的一些早期传播史料进行了详细辨析，发表了一系列论文，深入探讨《水浒传》的成书时间，反复申论嘉靖之前并未出现《水浒传》的观点，以期引起学术界的关注和重视。① 学术研究总是在不断质疑、反复商讨中向前推进的，我们应该持积极支持的态度。2016年，针对《钱希言〈戏瑕〉所记〈水浒传〉传播史料辨析》一文，李永祜先生撰文《关于"文待诏诸公听人说宋江"等问题再议——答王齐洲等先生》（以下简称李文）与我们商榷。李文虽然承认拙文"依据大量确凿的材料证明钱希言与钱功父并非一人，后者名钱允治，为文徵明门人钱谷之子等。这一论断确切可靠，它纠正了笔者及其他一些研究者将两人混为一人的失误，这是应充分肯定的"②，这种尊重事实的科学态度值得欢迎。但是，李文又认为我们对钱希言《戏瑕》中"文待诏诸公暇日喜听人说宋江，先讲摊头半日，功父犹及与闻"这条材料的具体阐释有所偏颇，"因而据此否定《水浒传》在嘉靖之前已经存在的看法，是不能成立的"。的确，对这条材料的解读，我们与李先生在事实认定、文字理解和研究方法上均存在严重分歧，这是不需要隐瞒的。因此，在

---

① 这些论文主要有：王齐洲《论〈水浒传〉的早期传播——以张丑著录文徵明小楷古本〈水浒传〉为中心》，载《社会科学研究》2010年第3期；王齐洲、王丽娟《钱希言〈戏瑕〉所记〈水浒传〉传播史料辨析》，载《北京师范大学学报（社会科学版）》2010年第4期；王丽娟、王齐洲《〈水浒传〉早期传播史料辨析——以〈南沙先生文集·故相国石斋杨公墓表〉为中心》，载《中山大学学报（社会科学版）》2010年第5期；王齐洲、王丽娟《从〈菽园杂记〉〈叶子谱〉所记"叶子戏"看〈水浒传〉成书时间》，载《南开学报（哲学社会科学版）》2011年第3期；王丽娟《〈水浒传〉早期传播史料考辨——以杜堇〈水浒全图〉为中心》，载《明清小说研究》2012年第3期。

② 李永祜：《关于"文待诏诸公听人说宋江"等问题再议——答王齐洲等先生》，《北京师范大学学报（社会科学版）》2016年第1期。下引该文不再出注。

此章中对这段重要史料作进一步解析，以就教于学界同仁及关心《水浒传》成书时间的朋友。

第一节 "文待诏诸公"并非专指"吴中四才子"

钱希言《戏瑕》卷一载：

> 文待诏诸公暇日喜听人说宋江，先讲摊头半日，功父犹及与闻。①

李文认为："文待诏诸公"是"听人说宋江"的主体，因此，"撇开'诸公'这一主体，仅仅盯住钱允治这一次要人物去进行研究，这对《水浒传》究竟出现于嘉靖前抑或嘉靖后，是得不出正确、可靠的认识和结论的"。并在文中和摘要中指出："有确凿的史料证明'文待诏诸公'就是指文徵明、祝允明、唐寅、徐祯卿四人。"李文最后还说："这几个问题也许是真的没有再争论的必要了。"

像李先生这样，将这则材料中的"文待诏诸公"理解为"吴中四才子"，其实并不鲜见。例如，陈松柏《水浒传源流考论》亦云"文待诏诸公即当时被誉为'吴中四才子'的文璧、祝允明、唐寅、徐祯卿""许多学者都对这条记载予以引用解说，一致认为，'文待诏诸公'即明代中期被称为吴中四才子的文徵明、祝允明、唐寅、徐祯卿"。② 既然"许多学者"都如此理解，这个问题就不仅有讨论的必要，而且是不得不讨论清楚。否则，以讹传讹，三人成虎，影响大家对历史事实的正确理解和对《水浒传》成书时间的准确判断，于学术发展是不利的。

李文坚持将"文待诏诸公"等同于"吴中四才子"，反复申说"文待诏诸公"就是指文徵明、祝允明、唐寅、徐祯卿四人，还说"'文待诏诸公'是明弘治、正德之际在吴中崛起的一个文化群体"，似乎这是无可置疑的。李文的一切推论都是建立在这一认定的基础上的，而且十分自信。然而，客观事实却完全不是这样，钱希言所表达的也不是这个意思。

还是让我们先来看"公"和"诸公"在《戏瑕》和当时人用语中究

---

① 钱希言：《戏瑕》卷一，《四库全书存目丛书》第97册，济南：齐鲁书社，1997年，第13页。
② 陈松柏：《水浒传源流考论》，北京：人民文学出版社，2006年，第167、302页。

竟何所指称，然后再来讨论"文待诏诸公"究竟指称哪些人。

"公"是对上了年纪的男子的尊称，也可作为地位尊崇者的尊称；"诸公"则是对一群有一定年岁的男子的尊称，所指人数多寡，要视具体情况而定。这应该是常识，也是共识，相信李先生不会有异议。钱希言《戏瑕》中"公"和"诸公"的运用也是基于这种理解，并无特别之处。先看"公"。《戏瑕》卷一"缠足"条云："妇人缠足，胡元瑞以为起于唐，盛于宋、元。杨用修初不得其说，后读《汉杂事秘辛》，而方知汉世已有，至以疏陋自嗤。二公该洽，其辩订闺阁中事如此。"① "二公"指胡应麟和杨慎。胡、杨皆是钱希言的前辈学者，自然可以尊称"二公"。再看"诸公"。除"文待诏诸公"外，《戏瑕》中还出现六处"诸公"，分别为：卷一"姜芽帖"条"事竣还朝，（许文穆公）问诸馆中诸公"；卷三"神女赋"条"在有唐诸公，含毫赋诗，无不舍怀王而归美于楚襄"；卷三"凡鸟"条"据钱功父云：'前科礼闱中程策内有两月为朋之语，馆中诸公所撰。'余实未之见云"；卷三"苏意"条"至是台省卿寺及馆中诸公，无不交口称苏意，沿为常谈"；卷三"赝籍"条"以冯观察诸公言之，并是伪托者"；卷三"随清娱墓碑可疑"条"吾将起汉唐诸公于九京而问之矣"。② 不难看出，六处"诸公"几乎各有所指，皆非专称。

以上考察了《戏瑕》中"公"和"诸公"称谓的使用情况，可知其中"诸公"皆非专称，这与大家的共识是一致的。那么，"文待诏诸公"是否为专称，已形成固定所指呢？这个问题不能凭个人主观臆断，而要靠材料来说话。先来看文献中的"文待诏诸公""文徵仲诸公""文衡山诸公"所指为何。

一、"文待诏诸公"

钱谦益《牧斋初学集》卷八十四《题钱叔宝手书续吴都文粹》云：

> 吴郡钱谷叔宝以善画名家，博雅好学，手抄图籍至数十卷，取宋人郑虎臣《吴都文粹》增益至百卷，以备吴中故实。余从其子功甫借抄，与何季穆、周安期共加芟补，欲成一书，未就也。功甫名允治，介独自好，不妄交接。口多雌黄，吴人畏而远之。余每过之，坐谈移日。……功甫少及见文待诏诸公，尝言："吴中先辈，学问皆

---

① 钱希言：《戏瑕》，《四库全书存目丛书》第97册，济南：齐鲁书社，1997年，第13页。
② 同上书，第15、44、49、53、56、57页。

第五章 《戏瑕》所记"文待诏诸公暇日喜听人说宋江"再析 | 121

有原本,惟黄勉之为别派,袖中每携阳明、空同书札,出以示人。空同就医京口,诸公皆不与通问,勉之趋迎,为刻其集,诸公皆薄之。"又云:"李空同言不读唐后书。左国玑为左宜人之弟,空同文称内兄,内外兄弟在《小戴礼》,亦唐后书耶?四部大函之书,别字讹句,堆积卷帙,两司马当如是耶?"每抉摘时人制作,余每指其口,失笑而止。呜呼!功甫死,吴中读书种子绝矣。余欲取吴士读书好古,自俞石硎以后,网罗遗逸,都为一编。老生腐儒,笥经蠹书者,悉附著焉。庶功甫辈流,不泯泯于没世,且使后学尚知有先辈师承在也。姑志之于此。①

这则材料不仅提及"文待诏诸公",而且写明"功甫少及见文待诏诸公",正好与钱希言《戏瑕》所云"文待诏诸公暇日喜听人说宋江,先讲摊头半日,功父犹及与闻"相互印证。然而,李文却说:"王文所引用的钱谦益'功甫少及见文待诏诸公'的材料,其本身是存在错误的。"其认为钱谦益所说有误的理由是:"文徵明之外的祝、唐、徐三人,最晚去世的祝允明在嘉靖五年(1526)即已去世,去世后的第十五个年头即嘉靖二十年(1541)钱允治才出生,他怎么能见到'诸公'呢?充其量也仅仅是能见到'诸公'之一的文徵明本人而已。"李先生先入为主地认定"诸公"就是"吴中四才子"祝、文、唐、徐,再以此来衡量这则材料,未加考察就认为它存在错误,这种不严谨的态度实在不可取,也是对古人的不敬。

钱谦益和钱允治的交往,我们在《钱希言〈戏瑕〉所记〈水浒传〉传播史料辨析》一文已有所述,如钱谦益《列朝诗集小传》中有钱谷、钱允治父子小传,钱曾《读书敏求记》卷四、《也是园书目序》、王文进《文禄堂访书记》卷三中亦有二人过往故事的记载。钱谦益《列朝诗集小传》丙集"朱处士存理"条云:"存理,字性甫,长洲人。(中略)其文集手稿,余得之于钱允治功甫,录其诗数章。"② 钱氏又曰:"余藏《列女传》古本有二:一得于吴门老儒钱功甫,一则乱后人燕,得于南城废殿中,皆仅免于劫灰。此则内殿本也。功甫尝指示余,图画虽草略,尚是顾恺之遗制。"③ 此乃二人交往的又两条证据。其实,这则材料中

---

① 钱谦益著,钱曾笺注,钱仲联标校:《牧斋初学集》卷八十四,上海:上海古籍出版社,1985年,第1766~1767页。
② 钱谦益:《列朝诗集小传》丙集第九,上海:上海古籍出版社,1983年,第303页。
③ 钱谦益撰,潘景郑辑校:《绛云楼题跋》,北京:中华书局,1958年,第25页。

"余从其子功甫借抄""余每过之,坐谈移日"之语,本身就能看出二人交往的密切程度。由此可见,钱谦益和钱允治不仅熟识,而且交往频繁,钱谦益所说"功甫少及见文待诏诸公"不是来自传闻,而是来自钱允治本人的述说,没有不予以采信的道理,我们有什么理由坚信他的记载错误呢?

就上文所引钱谦益转述钱允治之言来看,也可证明钱谦益所记不诬。例如,钱允治所言黄省曾(字勉之)之事,便完全可靠。据李清宇关于黄省曾的考证,嘉靖八年己丑(1529),黄氏四十岁。这年,李梦阳(1473—1530,字献吉,号空同)来信询问其文集刊刻之事,黄回书以刊刻迟速之详告于梦阳。夏日,李梦阳南下,求医京口,遣人邀黄省曾前来相会。七、八月之交,省曾会梦阳于京口杨一清(1454—1530)家。① 这一事实,证明钱谦益文中所记钱允治言真实可信。所以,在没有确凿证据的情况下,不应随意怀疑这则材料的真实性,更不能因个人对"诸公"理解的偏颇而说这则材料"其本身是存在错误的"。黄省曾趋迎李梦阳于京口之事发生于嘉靖八年(1529),此时祝、唐、徐皆已去世,"诸公皆不与通问""诸公皆薄之"中的"诸公"自然不包括他们三人。钱允治出生于嘉靖二十年(1541),"功甫少及见文待诏诸公"中的"诸公"当然更不包括他们三人。

二、"文徵仲诸公"

即使是在"吴中四才子"生活的时代,时人提到"文徵仲诸公"(文徵明诸公),也不一定是指文徵明、唐寅、祝允明、徐祯卿他们四人。例如,成化举人蒋镰(生卒年不详)在《遗事·唐伯虎寅》中述及都穆(1458—1525)在弘治十二年(1499)科考案中报复唐寅,从此唐寅无比痛恨都穆,二人关系恶化,于是"文徵仲诸公强居间令解"②,也就是调解唐、都二人的矛盾。既然"文徵仲诸公"是调解都穆与唐寅的矛盾,故此处"诸公"可能包括祝允明、徐祯卿等人,但无论如何是不包括唐寅本人的。

我们再来看看钱谦益提到的"文徵仲诸公"是如何指称的。《列朝

---

① 李清宇:《五岳山人黄省曾年表稿》,《中国文学研究》第23辑,上海:复旦大学出版社,2014年,第120页。

② 蒋镰:《遗事·唐伯虎寅》,黄宗羲《明文海》卷四百二十八,北京:中华书局,1987年,第4485页。

诗集小传》丙集"朱处士存理"条云："存理，字性甫，长洲人。……自元季迄国初，博雅好古之儒，总萃于中吴，南园俞氏、笠泽虞氏、庐山陈氏，书籍金石之富，甲于海内。景天以后，俊民秀才，汲古多藏，继杜东原、邢蠢斋之后者，则性甫、尧民两朱先生，其尤也。其他则又有邢量用文、钱同爱孔周、阎起山秀卿、戴冠章甫、赵同鲁与哲之流，皆专勤绩学，与沈启南、文徵仲诸公相颉颃，吴中文献，于斯为盛。"①这则材料述及吴中勤学多藏之士，列举数人之后，云"与沈启南、文徵仲诸公相颉颃"，意为与沈周、文徵明这些勤学多藏之人不相上下。此处"诸公"应指在收藏方面有名气者，具体有沈启南、文徵仲，至于还包括谁，难以确知。

在上述两则材料中，我们不难看出，"文徵仲诸公"只是对以文徵明为代表的一拨人的尊称，并非专称，亦没有形成固定所指，更非确指"吴中四才子"祝、文、唐、徐四人。

三、"文衡山诸公"

此外，还有提及"文衡山诸公"的，是否也和"文徵仲诸公"一样，不是专称而是一种普通的尊称呢？答案是肯定的。黄钺（1750—1841）《壹斋集》卷三十九《题刻本倪元镇〈江南春词三首〉后（并引）》云："后附沈石田、文衡山诸公追和元韵，凡三十九人，朱之蕃兰嵎聚而书之，都为一卷。邓巘筠制府影钞付刊，自粤寄赠一帙，题四绝句。"② 其中第四首有"沈（周）、祝（允明）、唐（寅）、文（徵明）四十人，倚声——姓名存"之句③。此则资料中，"诸公"之意十分明确，即指以沈周、文徵明为首的三十九人，包括祝允明、唐寅等，但不包括"吴中四才子"之一的徐祯卿。

由上可知，文献中的"文待诏诸公""文徵仲诸公""文衡山诸公"皆非专称，并非确指"吴中四才子"文、祝、唐、徐四人。

除了上述几种，还可参看文献中经常出现的"沈、文诸公""文、沈诸公"所指为何，以帮助我们理解"诸公"之称谓。袁中道（1575—1630）《游居柿录》卷二云："小憩后，君御遣人来约，过九芝堂看书

---

① 钱谦益：《列朝诗集小传》丙集第九，上海：上海古籍出版社，1983年，第303页。
② 黄钺撰，陈育德、凤文学校点：《壹斋集》下册，合肥：黄山书社，1999年，第747～748页。
③ 同上书，下册，第748页。

画。……赵千里《东作图》一幅、戴文进山水一幅……日已暮,如沈、文诸公者,皆未暇观。"① 此则材料中,袁中道在九芝堂看书画,最后来不及观赏的是沈周、文徵明等著名书画家的作品,故"诸公"不应包括以诗著名的徐祯卿。再如沈德符(1578—1642)《万历野获编》卷二十六"高丽贡纸"条云:"此外则泾县纸,粘之斋壁,阅岁亦堪入用,以灰气且尽不复沁墨。往时吴中文、沈诸公,又喜用裱褙家复褙故纸作画,亦以灰尽发墨,而不顾纸理之粗,终非垂世物也。"② 不言而喻,此处"诸公"指以文徵明、沈周领衔的画家,同样不包括以诗著名的徐祯卿。

综上所述,文献中无论是"文待诏诸公""文徵仲诸公""文衡山诸公",还是"沈、文诸公"和"文、沈诸公",皆非专称,也非确指"吴中四才子"文、祝、唐、徐四人。事实上,文徵明的身份,除了是"吴中四才子"之一,还是"吴门四家"之一、"东庄十友"③ 之一,如果提及"文待诏诸公",就只想到"吴中四才子",只能说明对文徵明所知甚少而已。嘉靖、隆庆间的文坛领袖王世贞在《周公瑕先生七十寿叙》中说:"当是时,文徵仲先生前辈卓荦名家,最老寿。其所取友,祝希哲、都玄敬、唐伯虎辈为一曹,钱孔周、汤子重、陈道复辈为一曹,彭孔嘉、王履吉辈为一曹,王禄之、陆子传辈为一曹,先后凡十余曹皆尽而最后乃得先生,而又甚爱异先生。"④ 王氏所言,是当时人记当时事,不应该怀疑其真实性。正如王氏所言,文徵明一生高寿,九十而卒,不同时期交游不同,早期与沈周、李应祯、吴宽等交游,属于亦师亦友,又与祝允明、唐寅、徐祯卿交游,被后人称为"吴中四才子",再又有"吴门四家""东庄十友"等,晚年多与门生子弟优游。几十年中,他的身边人换了一拨又一拨,个个都不是等闲之辈,故而文献中"文待诏诸公"究竟指谁,要视前后文意而定,不能一概以"吴中四才子"解之。

要之,"文待诏诸公"不是一个专有名词,也不是指一个固定的文化群体,更不等于"吴中四才子",除非文献明确指出是文、祝、唐、

---

① 袁中道:《游居柿录》,上海:上海远东出版社,1996年,第21~22页。此则材料列于万历三十七年(1609)之下,因而早于钱希言《戏瑕》(自序写于万历四十一年,即1613年)。李文把"文待诏诸公"当作一个整体概念,还说此概念是《戏瑕》中首先提出来的。其实,"文待诏诸公"并非一个固定概念,也非钱希言首先提出。
② 沈德符:《万历野获编》下册,北京:中华书局,1959年,第660页。
③ "东庄十友",参见杨昇:《长洲文氏文化世家研究》,北京:中国社会科学出版社,2013年,第118~124页。
④ 王世贞:《弇州续稿》卷三十九《周公瑕先生七十寿叙》,《景印文渊阁四库全书》第1282册,台北:台湾商务印书馆,1986年,第515页。

徐四人；如果没有言明，任何人都不能臆断"文待诏诸公"是指文、祝、唐、徐四人。李文摘要中所谓"有确凿的史料证明'文待诏诸公'就是指文徵明、祝允明、唐寅、徐祯卿四人"，其实，李文所列史料，只是证明了文与祝、唐、徐三人交往密切、关系友善，四人声名远扬，仅此而已。如果仅讲关系好、交往多、名气大的话，我们也可以罗列大量文徵明与其他名士交游的材料，那是不是就可以对"文待诏诸公"随意指认呢？李文没有考察"文待诏诸公"所指的多种可能性，就毫无根据地把"文待诏诸公"和"吴中四才子"四人主观地画上等号，难免有望文生义和强制阐释之嫌，这是我们在做学术研究时应该尽量避免的。

最后还有一点需要说明，李文批评我们在《钱希言〈戏瑕〉所记〈水浒传〉传播史料辨析》一文没有抓住《戏瑕》文中的"主体"，直接讨论"文待诏诸公"，而是抓住"功父"不放，有避重就轻之嫌。其实，并非我们有意回避问题和转移话题，而是因为，我们认为"文待诏诸公"究竟指谁难以确知，而"功父犹及与闻"却是一个重要突破口，可以直接考察文徵明诸公"听人说宋江"的大致时间，比起其他信息更为明确更为具体，也更有说服力。弄清楚这一点，就不必一味纠缠难以考证落实的"文待诏诸公"，以致徒耗精力，于事无补，相信读者诸君能够理解。

第二节 文、祝、唐、徐不可能在青年时期一起"听人说宋江"

上文考察了文献中"文待诏诸公"（包括"文徵仲诸公""文徵明诸公""文衡山诸公"等）是通称而非专称，并非确指"吴中四才子"文、祝、唐、徐四人。钱希言《戏瑕》中的"文待诏诸公"也非指"吴中四才子"文、祝、唐、徐。接下来，我们将进一步考察文、祝、唐、徐是否可能在"青年时期"一起"听人说宋江"，以彻底解决李先生的疑问。

祝允明（1460—1526）字希哲，长洲（今江苏苏州市相城区）人，因右手有枝指，故自号枝山[①]；文徵明，字徵明仲，号衡山，长洲人；

[①] 祝允明生于天顺庚辰十二月六日，卒于嘉靖丙戌十二月二十七日。按照公元纪年，则是生于1461年1月，卒于1527年1月。参见李双华：《关于祝允明的生卒年及其他》，《江海学刊》2010年第3期。本书仍以传统日历记录生卒年，特予说明。下同。

唐寅（1470—1523）字伯虎，号六如居士，吴县（今江苏苏州市吴中区）人①；徐祯卿（1479—1511）字昌谷，又字昌国，世籍洛阳，先世徙常熟（今属江苏苏州市），自父始徙家吴县。当时吴县、长洲、常熟均隶属于苏州府。文、祝、唐、徐四人关系友善，各有专精，后世称之为"吴中四才子"。王世贞《弇州四部稿》卷八十三《文先生传》载："王世贞曰：吴中人于诗述徐祯卿，书述祝允明，画则唐寅伯虎，彼自以专技精诣哉，则皆文先生友也，而皆用前死，故不能当文先生。人不可以无年，信乎。文先生盖兼之也。"② 王氏确实指出四人各有专长，关系友善。然而，将四人名字聚拢一起，并非如李文所言"王世贞是现知这样做的第一人"。

据李双华考证，阎起山（1484—1507）的《吴郡二科志·文苑》中共列五人：杨循吉、祝允明、文壁、唐寅、徐祯卿。这是现存最早将四人并列在一起的史料，只是多列了杨循吉，成了五人。此书作于明弘治十六年（1503），当时五人均健在。单独将四人并提，也不始于王世贞，而是始于袁褧（1502—1547）。袁褧《〈唐伯虎集〉序》云："唐伯虎者……少有隽才，性豪宕不羁。家贫，不问产业。好古文辞，与故京兆祝公允明、博士徐公祯卿，今内翰文公徵明相友善。……嘉靖甲午腊月望日胥台山人袁褧谨序。"③ 此序作于嘉靖十三年甲午（1534），当时徐、唐、祝均已去世，文徵明尚在，王世贞的评论远在袁褧之后，他们都没有用"吴中四才子"称呼四人。从已知文献资料来看，最早将文、祝、唐、徐称为"吴中四才子"的是钱谦益。钱谦益《列朝诗集小传》丙集"徐博士祯卿"中第一次出现"吴中四才子"这一称谓，其文曰："昌谷少与唐寅、祝允明、文壁齐名，号吴中四才子。"④"昌谷"是徐祯卿的字。《明史·徐祯卿传》中"吴中四才子"一说，可能出自钱谦益⑤。

其实，谁也不否认"吴中四才子"文徵明、祝允明、唐寅、徐祯卿交往密切，关系友善。不过，由于四人人生际遇各不相同，他们在一起

---

① 唐寅卒于嘉靖二年癸未十二月二日，按照公元纪年，则是卒于1524年1月。
② 王世贞：《弇州四部稿》卷八十三《文先生传》，《景印文渊阁四库全书》第1280册，台北：台湾商务印书馆，1986年，第371页。此则材料李文亦有引用，但李文误"自以"为"有以"。
③ 周道振、张月尊辑校：《唐伯虎全集》，杭州：中国美术学院出版社，2002年，第523～524页。
④ 钱谦益：《列朝诗集小传》丙集第九，上海：上海古籍出版社，1983年，第301页。
⑤ 此处"吴中四才子"部分，参见李双华《"吴中四才子"名目考》（载《江海学刊》2004年第3期）及《吴中派与中晚明文学》（北京：中国社会科学出版社，2012年）。

相处的时间并不太多,关系密切并不意味着无论何时何地四人都能一起活动。李文认为《戏瑕》所记的是他们四人在一起"听人说宋江",其时间"不可能在他们的中年,更不可能在他们的晚年,而只能在青年时期",还进一步指出,最有可能的时间为"约从弘治五年至弘治十七年(1492—1504)这十三年的时段",并十分肯定地说:

> 这时,也只有在这时,文、祝、唐、徐四位同居于府城苏州的诸生,在便利的居住地中能"日来游"般的密切交往,既互伴读书,疑义相析,又诗文唱和,交流切磋,终于形成了一个洋溢着青春活力、令人刮目相看的稳定的文化群体。与前一时段三人相聚结交时相比,他们四人在这一时段读书"暇日"共同"听人说宋江"的可能性最大,而且会不止一次地相聚共听。

李文的这些说法读起来自信满满,也能够耸人听闻。然而,这些都只是充满了文学想象的虚幻景象,看起来很美,却与历史事实完全不符,违背了学术研究要尊重事实的基本准则,其结论是绝对不能成立的。

首先,提出"吴中四才子"的"共同""青年时期",就是极不准确甚至有些荒唐的。文徵明、祝允明、唐寅、徐祯卿四人当中,祝允明比徐祯卿大了差不多二十岁,在当时人均寿命较低的情况下算是有一代人的年龄差距。当祝允明步入青年时,徐祯卿尚未出生;当徐祯卿步入青年时,祝允明已是中年,四人的青年时期根本就不可能在同一时间段。李文斩钉截铁说四人"听人说宋江"的时间"不可能在他们的中年,更不可能在他们的晚年,而只能在青年时期",请问那又是谁的"青年时期"呢?是祝允明的"青年时期",还是徐祯卿的"青年时期"?相信无人能够回答,李先生也不例外。因为他们四人本来没有"共同"时段的"青年时期"。

其次,李文所言"吴中四才子"中徐祯卿与文、祝、唐三人的结交时间以及各人的年龄均有差误。李文说"他(徐祯卿)与文、祝、唐四人约从弘治五年(1492)起,才共同相聚结交,而文、唐此时已二十五岁"。实际情况是,弘治六年(1493)徐祯卿才随父由常熟迁往苏州,占籍吴县①,弘治五年(1492)徐祯卿年仅十四岁,还没搬到吴县,也没有进学,又怎么可能与他们相聚结交呢?将弘治五年(1492)作为四

---

① 徐祯卿著,范志新编年校注:《徐祯卿全集编年校注》,北京:人民文学出版社,2009年,第958页。

人结交的起始时间纯属臆测，毫无事实根据。况且文、唐此时也只二十三岁，并非二十五岁。

再次，李文关于"文、祝、唐、徐四位同居于府城苏州的诸生"的说法，也是站不住脚的。说他们"'暇日'共同'听人说宋江'"，"而且会不止一次地相聚共听"的描述，更是李先生的文学想象，全然不是曾经的事实。事实是，文、祝、唐、徐四人从来都没有成为"同居于府城苏州的诸生"，因为诸生阶段祝允明与徐祯卿没有"共同"的交汇点。据四人年谱，大约成化十五年（1479），祝允明入学为生员，为学官称赏，补廪生。成化二十年（1484）或二十一年（1485），唐寅入学为生员。弘治元年（1488），文徵明自滁还里，为邑诸生。弘治五年（1492），祝允明举乡试。中举后，就不再是诸生。从弘治元年（1488）到弘治四年（1491）这四年间，祝、唐、文同为诸生。而弘治四年（1491）到弘治五年（1492），徐祯卿在常熟受业邵守斋门下，尚未进学。祝氏中举后的第二年即弘治六年（1493），徐祯卿随父迁往吴县。弘治八年（1495），徐祯卿进学为生员，祝允明早已不是诸生。弘治十一年（1498），唐寅举乡试。① 从弘治八年（1495）到弘治十年（1497）这三年间，唐、文、徐同为诸生。由此可知，祝、徐二人不可能同为苏州府城诸生，唐、文、徐同为诸生也仅三年而已，根本没有他们四人"共同"的"这十三年的时段"，李先生想象之丰富于此可见一斑。徐祯卿《新倩籍叙》云："余少何延大人之惠，幸驰负担，缘经术以为诸生，窃不逊与从事二三君子之末。"② 此书撰于弘治八年（1495），书中为唐寅、文徵明、邢参、张灵、钱同爱五友作传，而没有祝允明。其《张灵传》曾提及张氏受业祝允明门下，可见徐氏已知祝氏之名，但他不可能与祝氏同为诸生却是确定无疑的。弘治十四年（1501），徐祯卿举乡试，当然不再是诸生。

还需要注意的是，弘治五年（1492）至弘治十七年（1504）这十三年中，与"吴中四才子"相关的变故频生：弘治七年（1494）前后，唐寅父、母、妻子蹉跎而没。弘治十二年（1499），文徵明父文林卒；唐

---

① 此处及后文四人生平系年，参见徐祯卿著、范志新编年校注《徐祯卿全集编年校注》附录八《徐祯卿年谱简编》（北京：人民文学出版社，2009年）、杨继辉《唐寅年谱新编》（苏州大学硕士论文，2007年）、陈麦青《祝允明年谱》（上海：复旦大学出版社，1996年）及文徵明著、周道振辑校《文徵明集》（增订本）附录三《文徵明年表》（上海：上海古籍出版社，2014年）。

② 徐祯卿：《新倩籍》，《丛书集成初编》本，北京：中华书局，1985年，卷首。

寅科考案发。弘治十四年（1501），唐寅在外远游赣、湘、闽、浙诸省。这十三年中，祝允明参加了弘治九年（1496）、十二年（1499）、十五年（1502）三次会试；文徵明参加了弘治八年（1495）、十一年（1498）、十七年（1504）三次乡试；徐祯卿参加了弘治十一年（1498）、十四年（1501）两次乡试，弘治十五年（1502）一次会试。如此看来，祝、唐、文、徐四人怎么可能同时拥有"十三年的时段"的共读时光呢？又怎么会"在这一时段读书'暇日'共同'听人说宋江'"，而且"不止一次地相聚共听"呢？

如果说李文所谓"吴中四才子"的"青年时期""同为诸生"等说法是思虑未周，那么，不计较身份和年龄，他们四人是否有"'暇日'共同'听人说宋江'"的可能呢？我们还是认为不太可能。理由在于：

第一，就文徵明而言，直至嘉靖二年（1523）进京前①，文氏曾于弘治八年（1495）、十一年（1498）、十七年（1504），正德二年（1507）、五年（1510）、八年（1513）、十一年（1516）、十四年（1519），嘉靖元年（1522）九次赴应天乡试，功名心之重，可想而知。况且他的朋友祝、唐、徐皆举乡试，徐还举进士，这期间他都不太可能有心思去听人说宋江，不论是青年时期，还是中年时期，何况这中间他还经历了父亲去世这件大事。笔者在《论〈水浒传〉的早期传播——以张丑著录文徵明小楷古本〈水浒传〉为中心》文中有详细论证②，可以参看，此不重复。

第二，以徐祯卿为坐标来考察，徐祯卿自弘治六年（1493）随父迁往吴县，弘治八年（1495）进学，直到弘治十八年（1505）举进士、进京为官，这中间不过十来年时间。这十来年中，"吴中四才子"四人要全部到齐、相聚一起"听人说宋江"，尤其是要让已经不在府学的祝允明到场，也需要机缘巧合才行。事实上，笔者翻阅四人文集和年谱之后，发现他们四人之中，祝允明、唐寅、文徵明曾在一起活动过，唐寅、文

---

① 李文云文徵明正德十五年（1520）进京授翰林院待诏，嘉靖二年（1523）辞职回吴，均误。文氏进京乃嘉靖二年（1523）四月，致仕乃嘉靖五年（1526）年底。我们在《论〈水浒传〉的早期传播——以张丑著录文徵明小楷古本〈水浒传〉为中心》一文中已辨明，此不赘。另，李文在时间推算上极为糊涂，文中云文徵明六十岁为1534年，其实应该是1529年；王世贞《文先生传》写于隆庆二年（1568），钱希言《戏瑕》成于万历四十一年（1613），这中间隔了四十五年，李文却云"五十多年"，也显误。

② 王齐洲：《论〈水浒传〉的早期传播——以张丑著录文徵明小楷古本〈水浒传〉为中心》，《社会科学研究》2010年第3期。

徵明、徐祯卿也曾在一起活动过，而祝允明、唐寅、文徵明、徐祯卿四人都在一起进行娱乐活动的记载则几乎没有。下面简要梳理一下四人交游情况：

成化十九年（1483），唐寅与祝允明相交约在是年。

成化二十一年（1485），文徵明父文林补南京太仆寺丞，谒告还里，文徵明随侍。文徵明与唐寅、都穆订交。

弘治元年（1488），文徵明自滁还里，为邑诸生。

弘治二年（1489），祝允明、都穆、唐寅、文徵明倡为古文辞。彼此文酒唱酬，不间时日。

弘治五年（1492），祝允明参加乡试，中举人。

弘治六年（1493），徐祯卿随父由常熟迁到苏州，占籍吴县。

弘治七年（1494），唐寅与徐祯卿相交约在是年。唐荐徐于沈周、杨循吉。

弘治八年（1495），徐祯卿学干禄，补长洲县学生，而实隶府学。徐与文徵明、唐寅同为诸生。

由上可知，徐祯卿迁往吴县前，祝允明、唐寅、文徵明已形成一个关系密切的小团体。文徵明《题〈希哲手稿〉》曰："于时公年甫二十有四。同时有都君玄敬者，与君并以古文名吴中。其年相若，声名亦略相下上。而祝君尤古邃奇奥，为时所重。又后数年，某与唐君伯虎，亦追逐其间。文酒倡酬，不间时日。于时年少气锐，偶然皆以古人自期。"① 《〈大川遗稿〉序》亦云："弘治初，余为诸生，与都君玄敬、祝君希哲、唐君子畏，倡为古文辞。争悬金购书，探奇摘异，穷日力不休。偶然皆自以为有得，而众咸笑之。"② 这两处说的就是唐寅、文徵明追逐祝允明、都穆（字玄敬），共倡为古文辞的情景，此时徐祯卿尚幼，且不在吴县，自然不可能参与。徐祯卿迁往吴县两年后，与唐寅、文徵明同为府学诸生，又形成亲密关系，而祝氏在三年前已经中举，早已离开府学。文徵明《钱孔周墓志铭》曰："吾友钱君孔周（中略）所与游皆一时高朗亢爽之士，而唐君伯虎、徐君昌国，其最善者。视余拘检龌龊，若所不屑，而意独亲。时余三人，与君皆在庠序，故会晤为数。时日不

---

① 文徵明著，周道振辑校：《文徵明集》（增订本）卷二十三《题〈希哲手稿〉》，上海：上海古籍出版社，2014年，第554～555页。

② 文徵明著，周道振辑校：《文徵明集》（增订本）补辑卷十九《〈大川遗稿〉序》，上海：上海古籍出版社，2014年，第1219页。

见，辄奔走相觅；见辄文酒谑笑，评骘古今，或书所为文，相讨质以为乐。"① 此处说的就是他们三人（唐寅、徐祯卿和文徵明）与钱孔周同窗学习时的情况，并未言及祝允明。之后，弘治十七年（1504）仲春，祝允明、唐寅、文徵明三人曾一起游东禅寺。同年春日，唐寅、文徵明、徐祯卿也曾一起放棹虎丘，登千顷云，相集竟日。正德三年（1508），祝允明、唐寅、文徵明三人曾同沈周、杨循吉一起于垂虹桥送休宁戴昭归家。应该说，除了文墨题咏，"吴中四才子"之中，二人一起活动较为常见，三人一起活动则少见，四人一起活动则罕见。

至于祝允明和徐祯卿，因为年龄的差距，更因为没有府学同窗的经历，二人不能说没有交往，也不能说不友善，却似乎算不上亲密。查祝允明《怀星堂集》，也有与徐祯卿互动的记载，如卷四有《梦唐寅、徐祯卿，亦有张灵》、卷六有《与句曲李令、徐博士等夜饮》、卷二十六有《为徐博士草书题卷后》②，然而，这与祝氏写给唐寅、文徵明二人之诗文相比，实在少得太多。正德四年（1509），徐祯卿改官国子监博士，后二首应作于正德四年（1509）后。第一首中有"北学中离群"之句，徐氏弘治十八年（1505）举进士，在京结识李梦阳后，才有"北学"之说，故此首应该作于弘治十八年（1505）后。这些都不能反映他们在府城苏州的交往，或许他们在府城本来很少交往。而《徐祯卿全集编年校注》中有写给唐寅、文徵明、邢参、李梦阳、都穆、朱性甫、朱叔英、徐缙、杨循吉、沈周、顾璘等的诗文，偏偏没有祝允明。刘凤（1517—1600）《续吴先贤赞》卷十一《文学·徐祯卿》曰："其才隽上清脮，初与唐寅、文璧游，则其诗逸丽时有焉。"③ 传中只言徐氏与唐、文交游，并未提及祝允明，可见徐祯卿与唐、文关系较祝允明更加亲密。

祝允明、唐寅、文徵明、徐祯卿四人虽然整体上说关系友善，交往甚多，但友善之中也分远近。文徵明与其他三人称得上亲密，唐寅与其他三人也称得上亲密，而祝允明和徐祯卿则只能算是友善，这主要是二人年龄相差较大且交往较少的缘故。其实，钱谦益《列朝诗集小传·徐博士祯卿》中也只是说"昌谷少与唐寅、祝允明、文璧齐名，号吴中四才子"④，并未言及徐氏与三人关系和交游。若仅论齐名的话，姜绍书

---

① 文徵明著，周道振辑校：《文徵明集》（增订本）卷三十三《钱孔周墓志铭》，上海：上海古籍出版社，2014 年，第 722~723 页。
② 祝允明著，孙宝点校：《怀星堂集》，杭州：西泠印社出版社，2012 年，第 84、155、567 页。
③ 刘凤：《续吴先贤赞》，《丛书集成初编》本，北京：中华书局，1985 年，第 79 页。
④ 钱谦益：《列朝诗集小传》丙集第九，上海：上海古籍出版社，1983 年，第 301 页。

《无声诗史》卷二"王宠"云:"王宠,字履吉,号雅宜山人。书法出入晋、唐,诗亦清新绝俗,与祝京兆、文太史、唐六如齐名。"① 此处亦言王宠与祝、文、唐齐名,只是未有才子之说。

总之,无论就文徵明而言,还是以徐祯卿或祝允明为坐标来看,"吴中四才子"并非一个固定的同学群体和文学社团,由于年龄的差距,他们四人并没有同为府学诸生的经历,也没有"共同"的青年时段,自然不可能在"青年时期"一起"听人说宋江",这是谁也无法改变的历史事实,我们必须老老实实承认。

第三节 文徵明晚年最有可能"听人说宋江"

文徵明青年时期、中年时期都不太可能去"听人说宋江",反而晚年最有可能。文徵明自京归家后,不与世事,晚年以文墨自娱,闲时登山游湖,赏月听曲,悠闲自在。但李先生认为晚年不可能,因为文徵明晚年"没有出现可以与祝、唐、徐相提并列并称为'诸公'的人物"。这样理解既囿于将"文徵明诸公"认定为"吴中四才子"的偏见,也由于对文献的解读存在明显误差。下面我们就来讨论这个问题,看看"文徵明诸公"究竟指称哪些人。

首先,文徵明晚年身边的人虽多是他的晚辈门生,但对于出生年代更晚的钱希言、钱谦益而言,不论这些人是谁,名气如何,都是前辈,且多已仙逝,尊称他们为"公"或"诸公",不悖常理,也是晚辈应有的涵养。何况在文徵明的门生中,不乏颇有成就的文化名人,钱希言、钱谦益称他们为"公"或"诸公"也是理所应当的。

其次,"文待诏诸公"不过是后人所称,文徵明晚年有没有与人一起优游玩乐,这才是关键。《文徵明集》卷十二有《丁未九日与履约诸君同泛石湖就登上方》《是岁闰九月再泛》之诗,卷十三有《谷日孔周、子重、禄之南楼小集》《九日招孔周诸君》之诗,补辑卷七有《午日同子重、子饶、彭孔加东禅小集》之诗,补辑卷九有《十三日饮公瑕家见月》《中秋与儿辈中庭玩月》之诗,补辑卷十二有《丁亥九月九日徵明同子嘉,彦明同子谷游嘉善寺》《嘉靖辛卯山中茶事方盛陆子传过访遂汲泉煮而品之》之诗,补辑卷十三有《癸卯春同禄之泛舟出胥口舟中漫

---

① 姜绍书著,印晓峰编:《无声诗史》,上海:华东师范大学出版社,2009年,第42页。

作》之诗。诸如此类，还有很多。其中，嘉靖辛卯为嘉靖十年（1531），癸卯为嘉靖二十二年（1543），丁未为嘉靖二十六年（1547），皆在文徵明晚年。

还有书札，也可印证上说。文徵明《致禄之》："明日欲往大石，辄敢扳公同行，已托子美具舟，想能达此意也。须五更出城，早往早归，千万不外。徵明顿首禄之尊兄。"①《致子传》："上元佳节，不可虚掷。是日敬洁卮酒，请以未刻过临一叙"；"昨日乘间游衍，亦是浮生半日之乐。明日若晴，更得继踵胜践也"②。《致孔加》："奉邀明日陪泰泉学士虎丘一行，千万不拒"；"明日请同仲贻太常石湖一行，望凌晨过我登舟"③。王谷祥（1501—1568）、彭年（1505—1566）、陆师道（1510—1573）生年较晚，文徵明请其陪同游乐，应是文氏晚年之事。正如王世贞《文先生传》所言："先生门无杂宾客，故尝授陈道复书，而陆仪部师道归自仪部，委质为弟子。其最善后进者，王吏部谷祥、王太学宠、秀才彭年、周天球，而先生之二子彭、嘉，亦名能精其业。时时过从，谈摧艺文，品水石，记耆旧故事。焚香燕坐，萧然若世外。"④ 向彬也说："文徵明晚年游兴很浓，时时邀请一些门生陪同，并在游玩间享受快乐。"⑤

除了游湖赏月，还有听曲，这应该更有参考价值。何良俊（1506—1573）《四友斋丛说》卷十八"杂记"云："余造衡山，常径至其书室中，亦每坐必竟日。常以早饭后即往，先生（中略）最喜童子唱曲，有曲则竟日亦不厌倦……余在苏州住，数日必三四往，往必竟日。每日如此，不失尺寸。"⑥ 据翟勇研究，嘉靖二十五年（1546），何氏至苏州拜访文徵明。⑦ 当时文氏已七十七岁，由此可知，"最喜童子唱曲"当然就是晚年之事。晚年既然可以听曲，怎么就不可能"听人说宋江"呢？周道振、张月尊在《文徵明年谱》中把"文待诏诸公暇日喜听人说宋江"

---

① 文徵明著，周道振辑校：《文徵明集》（增订本）补辑卷二十七《致禄之》，上海：上海古籍出版社，2014年，第1397页。
② 文徵明著，周道振辑校：《文徵明集》（增订本）补辑卷二十七《致子传》，上海：上海古籍出版社，2014年，第1419页。
③ 文徵明著，周道振辑校：《文徵明集》（增订本）补辑卷二十七《致孔加》，上海：上海古籍出版社，2014年，第1421、1422页。
④ 王世贞：《弇州四部稿》卷八十三《文先生传》，《景印文渊阁四库全书》第1280册，台北：台湾商务印书馆，1986年，第370页。
⑤ 向彬：《文徵明与吴门书派》，首都师范大学硕士论文，2002年。
⑥ 何良俊：《四友斋丛说》，北京：中华书局，1959年，第157页。
⑦ 翟勇：《何良俊研究》附录《何良俊年谱》，上海大学博士论文，2011年。

这则材料列于嘉靖二十六年（1547）之下，① 虽然不能说有绝对的把握，但必须承认这样的安排是颇有见地的。

其实，上文所述与文徵明晚年一起游玩之人，如钱同爱（字孔周，1475—1549）、汤珍（字子重，1482—1546）、王守（字履约，1492—1550）、王谷祥（字禄之，1501—1568）、彭年（字孔嘉，1505—1566）、陆师道（字子传，1510—1573）、周天球（字公瑕，1514—1595）以及文徵明之子文彭（字寿承，1498—1573）、文嘉（字休承，1501—1583）等，皆非等闲之辈。黄佐《将仕佐郎翰林院待诏衡山文公墓志》曰："优游林壑三十余年，四方文儒道吴者，莫不过从，亦有枉道至者。名士如彭年、陆师道、周天球，文行并有显闻，皆出其门。艺文布满海内，家传人诵。"②《明史·文徵明传》亦云："周天球字公瑕，钱谷字叔宝，天球以书，叔宝以画，皆继徵明表表吴中者也。"③ 这些人在钱希言、钱谦益的眼里，难道还担承不起一个"公"的称谓吗？

最后，还有一点需要解释。拙文说"钱允治和文徵明等一起'听人说宋江'"，这里的"文徵明等"即"文待诏诸公"，"诸公"当然不包括钱允治，更没有文徵明特意陪同钱允治的意思，这从前后文中是可以轻易看出来的。不知李先生为何会产生误解，一会儿说"王文以'等'代替'诸公'不符合钱希言语句的本意"，是"故意置换"；一会儿又以为"钱谷、钱允治父子二人不能称为与文徵明'听人说宋江'的'诸公'"。其实，《戏瑕》原文已经说明，"文待诏诸公暇日喜听人说宋江，先讲摊头半日，功父犹及与闻"④，功父自然不包括在"文待诏诸公"的指称中，这难道还有疑义吗？李先生硬要说我们认为"文待诏诸公"包括钱允治，实在令人费解。"文待诏诸公"中不包括钱允治，但极有可能包括钱允治的父亲钱谷，我们确有这样的主张。钱谷（1508—1578 左右）乃文徵明门生，和彭年、周天球、陆师道是同辈。

至于钱谷等文徵明门生能不能被称为"公"，还是让历史文献来说话吧。请看以下材料：

明人蔡献臣（生卒年不详）《清白堂稿》卷十有《答邹愚谷》信一

---

① 参见周道振、张月尊：《文徵明年谱》，上海：百家出版社，1998年，第576～577页。
② 文徵明著，周道振辑校：《文徵明集》（增订本）附录二，上海：上海古籍出版社，2014年，第1735页。
③ 张廷玉等：《明史》卷二百八十七《文苑三·文徵明》，《二十五史》本，上海：上海古籍出版社、上海书店，1986年，第8576～8577页。
④ 钱希言：《戏瑕》卷一，《四库全书存目丛书》第97册，济南：齐鲁书社，1997年，第13页。

封，信中说："近来吴会书画之权，乃操重于贤缙绅，如明公与董玄宰称宗匠，不识尚有诸生与山人辈，可以窥祝枝山、沈石田、王雅宜、文衡山、陆包山、钱磬室诸公之一脉者否？"① 蔡氏为万历十七年（1589）进士，信写于万历三十五年丁未（1607）。信中的祝枝山、沈石田、王雅宜、文衡山、陆包山、钱磬室分别为祝允明、沈周、王宠、文徵明、陆治、钱谷，蔡氏明确把祝允明、文徵明、钱谷等并称"诸公"。《戏瑕》自序写于万历四十一年（1613），毫无疑问，在《戏瑕》称"文待诏诸公"之前就有人称"文衡山、陆包山、钱磬室诸公"了，这又是一条否定"文待诏诸公"专指"吴中四才子"的铁证。

再如，钱曾（1629—1701）《读书敏求记》卷三杂家《云烟过眼录》："周公谨《云烟过眼录》，隆庆三年秋八月，周曰东从至正二十年夏颐手抄本重书一过，字画端楷。且与居士贞、钱叔宝诸公友善，共相摹写，洵一名士也。"② 居士贞即居节（1524？—1585？），钱叔宝即钱谷，二人皆为文徵明门生，同样被称为"诸公"。

还如，安岐（1683—？）《墨缘汇观》名画上卷《春江送别图卷》："按石田为明之高士……一时如文徵仲、唐伯虎、陈白阳、陆叔平、钱叔宝、王酉室诸公皆效之，厥后徐青藤又继其传。"③ 陈白阳即陈淳（1483—1544），字道复，后以字行，更字复甫，号白阳山人；陆叔平即陆治（1496—1576），号包山子；王酉室即王谷祥（1501—1568），字禄之。以上诸人与钱谷一样，都是文徵明弟子，都是学有所成的明代画家。安岐与钱曾一样，也是把陈淳、钱谷、陆治、王谷祥等文氏门生与文徵明、唐寅一起并称为"诸公"。

钱谷不仅被后人称为"公"，清代谢堃（1784—1844）《书画所见录》甚至说："有明一代画，如钱叔宝者数人而已。"④ 由上可知，文徵明晚年萧然世外，身心放松，经常和朋友、门生、后裔一起优游玩乐。这些文氏的门生故旧在晚生后辈如钱希言、钱谦益眼里，是可以被称为"诸公"的。文氏晚年喜游晏听曲，他与诸公"听人说宋江"发生在其晚年的可能性自然最大。

---

① 蔡献臣撰，厦门市图书馆校注：《清白堂稿》，厦门：厦门大学出版社，2011年，第392页。
② 钱曾：《读书敏求记》，北京：书目文献出版社，1984年，第83页。
③ 安岐著，郑炳纯校，范景中审读：《墨缘汇观》，广州：岭南美术出版社，1994年，第223页。
④ 谢堃：《书画所见录》，黄宾虹、邓实编：《美术丛书》四集第十辑，上海：神州国光社，1936年，第58页。

第四节 《戏瑕》所载正是文徵明晚年与门生故旧 "听人说宋江"

最后，让我们回到《戏瑕》卷一"《水浒传》"条，看看钱希言究竟是如何记载这段史实的。原文云：

> 词话每本头上有"请客"一段，权做个德胜利市头回。此政是宋朝人借彼形此，无中生有妙处。游情泛韵，脍炙千古，非深于词家者，不足与道也。徽独杂说为然，即《水浒传》一部，逐回有之，全学《史记》体。<u>文待诏诸公暇日喜听人说宋江，先讲摊头半日，功父犹及与闻</u>。今坊间刻本，是郭武定删后书矣。郭故附注大僚，其于词家风马，故奇文悉被划剃，真施氏之罪人也。而世眼迷离，漫云搜求武定善本，殊可绝倒。胡元瑞云："二十年前所见《水浒传》本，尚极足寻味。今为闽中坊贾刊落，遂几不堪覆瓿。更数十年，无原本印证，此书将永废矣。"然则元瑞犹及见之，征余所闻，罪似不在闽贾。（《点鬼簿》中具有宋江三十六人事迹，是元人钟继先所编。《宣和遗事》亦载宋江并花石纲等事。施氏《水浒》盖有所本耳。一云施氏得宋张叔夜擒贼招语，因润饰以成篇者也。）①

上文中下划横线部分，是我们与李先生存在较大的理解分歧的一段。除了"文待诏诸公"的分歧我们已经在上文详细讨论过之外，还有其余文字理解上的分歧。李文认为钱允治和文徵明诸公不是一起听的，文徵明诸公听的是"宋江"，钱允治听的是"摊头"，是两事而非一事。李文说："钱希言都是在强调钱允治'与闻'的是说话人讲的'摊头'那种'奇文'，而不是'宋江'。这才是钱希言这句话的本意。这样认定才是正确的。"这样认定果真是正确的吗？我们不妨对这段文字加以分析，看看会是怎样的答案。

李文认为说"摊头"和讲"宋江"是两回事，我们的辨析就从这里开始。

关于"摊头"，陈汝衡《说书史话》云："所谓'摊头'，大概是且

---

① 钱希言：《戏瑕》卷一，《四库全书存目丛书》第97册，济南：齐鲁书社，1997年，第13页。引文中下划线为笔者所加。

唱且说，是用来'借此形彼'，烘托本文，借此起'入话'作用的。"①周贻白《中国戏曲发展史纲要》说："所谓'摊头'，即说正文之前的书帽。"②戴不凡《小说见闻录·"摊头"存疑》云："此所谓'摊头'，当即'致语'之别称。然何以名为'摊头'？余尝愣解之，盖谓在说正文之前，先铺摊开一个起头之谓也。犹之乎正本弹词前先唱一段'开篇'之意。"③胡士莹《话本小说概论》说："'引子'，明人叫做'引首''请客''摊头'……'摊头'就是'头回'，据《戏瑕》所记，文徵明听说书人说宋江时，还听到过这种水浒摊头。"④周良《苏州评弹旧闻钞》在引述钱希言这段话后有按语云："'摊头'即说书前的入话，'摊'为展开之意。"⑤综合诸家意见可知，"摊头"大约相当于话本的"入话"或"头回"，即在说正话之前，先铺摊开一个起头。因此，胡士莹总结说："每个话本都有它自己的头回（或入话），头回已是话本的必要组成部分了。"⑥如果这样理解不错，那么，"说话"其实都有"摊头"，水浒故事有水浒故事的"摊头"，三国故事有三国故事的"摊头"，"摊头"是整个讲说故事的组成部分，不能张冠李戴。因此，《戏瑕》所说"摊头"是附于"说宋江"故事的，是"说宋江"的组成部分，而不是另外什么别的东西。

"摊头"既然是讲说宋江故事的一部分，那么"摊头"与"宋江"就是一事而非二事，这本是《戏瑕》文中显明之义，并不难理解。胡士莹《话本小说概论》十分清楚地揭示了这一点，其他学者的认识也基本相同。因为"说话"的顺序本来是先讲"入话"再讲"正话"，所以《戏瑕》才言"先讲摊头"（入话）半日，再讲"宋江"（正话）。此摊头就是胡士莹所说的"水浒摊头"，也可叫"宋江摊头"，并非如李文所言钱允治"与闻"的是"摊头"而不是"宋江"。我们实在不知道李先生所说的不是"宋江"的"摊头"究竟是什么。

李文在分析《戏瑕》这段文字时曾做过语法和语境分析，如果李先生不认同我们上面的理解，我们也仿照李文从语法和语境上试作分析。为了便于解析，我们也仿照李文，分别以甲、乙、丙来指称这三句话：甲，"文待诏诸公暇日喜听人说宋江"；乙，"先讲摊头半日"；丙，"功

---

① 陈汝衡：《说书史话》，北京：作家出版社，1958年，第112页。
② 周贻白：《中国戏曲发展史纲要》，上海：上海古籍出版社，1979年，第548页。
③ 戴不凡：《小说见闻录》，杭州：浙江人民出版社，1980年，第292页。
④ 胡士莹：《话本小说概论》，北京：中华书局，1980年，第141页。
⑤ 周良编著：《苏州评弹旧闻钞》（增补本），苏州：古吴轩出版社，2006年，第211页。
⑥ 胡士莹：《话本小说概论》，北京：中华书局，1980年，第141页。

父犹及与闻"。

从语法上看，李文认为甲和乙都是独立的主谓句，丙是非独立的主谓句，并说我们将乙撇在一边，直接将丙和甲组合，而钱希言的原意是丙和乙组合，即功父与闻的是说话人讲的"摊头"。我们则认为：甲、乙、丙连贯而下，不可分割，甲和乙组成一个主谓句，丙是一个主谓句。其结构为"【甲（乙）】+【丙】"，乙是对甲的补充说明。具体解析为：文待诏诸公（主语）暇日（状语）喜听（谓语）人说宋江（宾语），先讲摊头半日（补语），功父（主语）犹及（状语）与闻（谓语）。作补语的乙这个短句里面省略的主语就是甲里面"说宋江"的"人"。这在语法上是不成问题的。三句话连贯起来的意思是：文徵明诸公空闲时喜听人说宋江，说书人先讲摊头半日，钱功父还曾参与其中一起听过。所以丙中功父"与闻"的宾语既是"摊头"，也是"宋江"，因为"讲摊头"正是"说宋江"的组成部分。

从语境上来看，《戏瑕》那段文字划横线部分究竟是发生在同一个时空，还是属于不同的两个时空呢？李文的理解是"两个时空"，我们的理解是"一个时空"。具体理由是：

第一，如果按照李文的理解，甲和乙都是独立的主谓句，按"【甲】+【乙+丙】"这样组合的话，那么乙（先讲摊头半日）的主语是谁呢？李文说文徵明诸公"听人说宋江"发生在弘治五年（1492）至弘治十七年（1504）之间，那钱允治听"摊头"又在何时呢？几十年过去了，还是当时给文徵明诸公"说宋江"的那个人给钱允治讲"摊头"吗？如果是这样的话，这在时空上实在说不过去，那个"说宋江"的人也不可能如此长寿，有如此顽强的艺术生命力。如果不是这样，那又是"谁"在讲"摊头"呢？既然说"先"讲"摊头"，那"后"又讲什么呢？如果"甲"与"乙+丙"是两回事，那么"甲"在这则材料中起什么作用呢？"功父犹及与闻"又是"与"谁"闻"呢？按照李文"两个时空"的理解，处处都是障碍，字字都有问题。李文的理解在逻辑上很难说得通，钱希言也不至于这样语无伦次。

第二，从这则材料整体来看，下文提到胡元瑞（应麟）的话出自胡氏《少室山房笔丛》，《少室山房笔丛》引言写于万历十七年（1589），胡氏所云"二十年前所见《水浒传》本"中的二十年前，即为隆庆三年（1569），而《戏瑕》序写于万历四十一年（1613），中间隔了四十四年，因为是早时之事，所以钱希言才会说胡氏"犹及见之"，胡氏"犹及见之"的正是钱氏所认为的有"摊头"余韵的"宋江"（《水浒传》），而钱氏自己见到的则"是郭武定删后书矣"。再看钱允治。正因为钱允治是和文徵明诸公一起"听人说宋江","文待诏诸公"在这里才有意义，这也是早时之事，钱希言才会说"功父犹及与闻"，少时的钱允治赶上了参与文徵明诸公的活动，确实让人羡慕。如果钱允治不是和文待诏诸公一起听，钱希言记载这则材料时钱允治还在世，用"功父犹及与闻"又是何用意呢？

第三，此处与前文钱谦益"功甫少及见文待诏诸公"语恰可相互参证。钱谷约于嘉靖十六年（1537）开始游文徵明门下，钱允治生于嘉靖二十年（1541），文徵明卒于嘉靖三十八年（1559），从时间上来说，钱允治可以和文徵明诸公一起"听人说宋江"，是不成问题的。还有一则材料可作参考。褚亨奭《姑苏名贤后纪·钱少室先生（允治）》曰："尝执业游少湖王先生门，虽从事帖括，然不拘拘专诵举子业。父执皆名流长者，时与上下其议论，故后之通六书、综百氏，以诗名家，为当代文献弓冶有自，所藉师友之力亦多。"① 文中说钱允治"父执"即其父辈皆名流长者，允治随侍，时与议论，受益良多。也就是说，他跟着父亲，经常接触吴地名流长者。既然钱允治能与他们"上下其议论"，那么，他与文徵明诸公一起"听人说宋江"又怎么会不可能呢？单看褚氏之言，虽还难以坐实，但将二钱及褚氏三则材料合在一起看，钱允治与文徵明诸公一起"听人说宋江"，就极为合理了。

综上所述，无论从《戏瑕》这段文字的语法、语境来看，还是从其他旁证材料来讲，我们都认为钱允治确实曾经和文徵明诸公一起听人讲过有"摊头"的"宋江"故事。李先生认为我们"阉割史料"，"断章取义"，我们倒觉得李文曲解文献，强制阐释。拙文说钱允治和文徵明诸公一起"听人说宋江"，虽然省略了宋江故事的"摊头"未予讨论，但这并不影响我们得出结论，因为"摊头"并不能提供时间坐标，于讨论非关紧要。我们仍然坚持，文徵明诸公"听人说宋江"的时间不能早于钱允治出生的嘉靖二十年（1541），实际时间应该更晚，正值文徵明的晚年。

我们之所以将注意力集中在钱允治身上，是因为如果不借助于钱允治，要想考证清楚《戏瑕》中所载"文待诏诸公"具体指哪些人，是难乎其难的。有了钱允治这个突破口，如果一定要落实"诸公"为何许人，还是可以大致做出交代的。根据我们前面的论证，可以推断，"文待诏诸公"所指应是嘉靖二十年（1541）后仍在世的文徵明的门生故旧，

---

① 褚亨奭：《姑苏名贤后纪·钱少室先生（允治）》，《丛书集成续编》第28册，上海：上海书店出版社，1994年，第861页。

候选人包括钱同爱（1475—1549）、王守（1492—1550）、陆治（1496—1576）、文彭（1498—1573）、王谷祥（1501—1568）、文嘉（1501—1583）、彭年（1505—1566）、钱谷（1508—1578年左右）、陆师道（1510—1573）、周天球（1514—1595）等人。

　　前面我们论证了"文待诏诸公听人说宋江"的时间在嘉靖二十年（1541）之后，而这时《水浒传》在社会上早已得到广泛传播。至于他们听人所说"宋江"是"水浒说话"故事还是小说《水浒传》或者兼而有之，则无法确知，我们不必强制解释。至于李文最后一部分所描述的"听宋江"的所谓版本问题，是以文徵明、祝允明、唐寅、徐祯卿四人"青年时期"一起"听人说宋江"（即"说《水浒》"）为前提的，前提既然有问题，结论自然不能成立，因此无须辩驳。不过仍需要指出，李文的有关版本结论也全靠推理，同样没有文献依据，这样的研究没有遵从学术的基本规范，因而是不科学的。

　　至此，我们对钱希言《戏瑕》这则材料的解析和回应基本结束。文献中"文待诏诸公""文徵仲诸公""文衡山诸公"，皆非专称，更非确指文徵明、祝允明、唐寅、徐祯卿四人。这则材料中"文待诏诸公"，并不等于"吴中四才子"。即使是文、祝、唐、徐四人，他们也没有共同的"青年"时段和同为府学生员的同学生活，也不可能在读书之暇一起"听人说宋江"。文徵明等人"听人说宋江"，反而最有可能在其晚年。钱允治是和"文徵明诸公"一起听的，听的是同一内容，即有"摊头"的"宋江故事"，具体时间不能早于钱允治出生的嘉靖二十年（1541），实际时间应该更晚。《戏瑕》所载正是文徵明晚年与门生故旧"听人说宋江"之事。总之，这则史料不能用来证明嘉靖以前《水浒传》在社会上流传过。

　　在结束本章时，我们还想指出，学术研究应该坚持从材料出发，实事求是，不主观妄断，不随意推衍，可以"大胆的假设"，但必须"小心的求证"，尤其不能在未经证实的假设或臆断的基础上用想象代替研究来得出结论。李文在研究中往往不提供确切文献证据，凭借想象随意下断，出现许多明显疏漏甚至常识性错误，方法上有望文生义、强制阐释之嫌，这是所有古代小说研究者都要注意的问题，当然也包括我们。《水浒传》成书时间的研究之所以始终在原地徘徊，没有多大进展，与我们缺少正确的研究态度和科学的研究方法有着极大的关系，对《戏瑕》有关材料的讨论只不过是个典型的例子而已。这也是我们之所以要不厌其烦地详细讨论"文待诏诸公暇日喜听人说宋江，先讲摊头半日，功父犹及与闻"这一文献的重要原因。

第六章　从《菽园杂记》《叶子谱》看《水浒传》成书时间

《水浒传》成书时间，目前占据主导地位的说法是"元末明初"，通行文学史教材和小说史著作大多如此主张。虽然，20世纪初期以来，不断有学者对这一主张提出质疑甚至反对的意见，但这一主张依然最为流行。撇开《水浒传》作者、版本等问题不谈，仅从《水浒传》的传播与接受来讲，笔者十几年前就曾撰文提出质疑："从水浒故事的流传来看，明初有朱有燉（1379—1439）的杂剧，后陆容（1436—1494）《菽园杂记》又提到叶子戏，这表明从南宋到明弘治年间，水浒故事一直在流传。水浒故事既然在流传，如出现一部《水浒传》，显然不会尘封如此之久，然后嘉靖时突然被人发现。"① 即是说，如果《水浒传》成书于"元末明初"，为什么明初朱有燉的杂剧及之后陆容《菽园杂记》所记"叶子戏"都对《水浒传》置若罔闻，却只受《宣和遗事》及其他宋江故事（包括"水浒戏"）的影响？为什么成书于"元末明初"的《水浒传》在一个半世纪以来不见有任何社会反响，也没有留下证明其的确成书的任何信息，包括著录、评论和版本（稿本、钞本、刊本）资料？可喜的是，各种说法持续争鸣，讨论不断深入。2009年石昌渝先生就朱有燉两种杂剧"详加申说"，以此重论《水浒传》成书于"元末明初说"不能成立。② 因此，笔者也不揣浅陋，在这里对陆容《菽园杂记》所记"叶子戏"也"详加申说"，挖掘这则材料的真正史料价值，再次强调《水浒传》成书于"元末明初说"不能成立，请读者批评。

---

① 参见王丽娟：《关于〈水浒传〉成书时间研究方法的思考》，《湖北大学学报（哲学社会科学版）》2004年第2期。
② 参见石昌渝：《明初朱有燉二种"偷儿传奇"与〈水浒传〉成书》，《文学遗产》2009年第5期。

第一节　关于陆容《菽园杂记》所记
"叶子戏"的已有讨论

陆容《菽园杂记》所记"叶子戏"的材料，不是最近才发现的新材料，而是早就有人关注的旧材料。余嘉锡在《宋江三十六人考实》中就提到陆容《菽园杂记》所载"叶子戏"，只是没有把它与《水浒传》成书时间联系起来考察。之后，马蹄疾《水浒资料汇编》节选收录了这则材料，朱一玄、刘毓忱《水浒传资料汇编》则是整条全部收录。聂绀弩《〈水浒〉五论》中也曾引用这则材料，并指出：

> 这一种纸牌，似乎不是直接从《水浒》来的，人物的名字和绰号，和《水浒》有些出入；和龚开《三十六人赞》及《宣和遗事》相符的地方较多。但显然是从同一的故事来的。而且最初的《水浒》本子是怎样，我们还不知道。①

聂文引用这段文献资料本来是谈《水浒传》的影响，却敏锐地发现这种昆山"叶子戏"中的人物名字和绰号虽然是宋江等水浒人物，却与《水浒传》有些出入，似乎不是直接从《水浒传》而来，而是"和龚开《三十六人赞》及《宣和遗事》相符的地方较多"。此处疑问虽没有直接和《水浒传》成书时间联系起来，却给予我们很大启发，促进我们深入思考。

李伟实先生的《从水浒戏和水浒叶子看〈水浒传〉的成书年代》，是真正把陆容《菽园杂记》所记"叶子戏"与《水浒传》成书时间联系起来进行研究的一篇重要论文。② 此文通过考察分析陆容《菽园杂记》所载"叶子戏"，推断出《水浒传》的成书不得早于明代成化前期。这确实是在聂绀弩先生研究的基础上的独到发现，以至马幼垣《从招安部分看〈水浒传〉的成书过程》一文"后记"中对李文肯定有加，特意强调："应特别指出者为李君最重要的发现。他根据陆容（1436—1494）

---

① 聂绀弩：《中国古典小说论集》，上海：复旦大学出版社，2005年，第77～78页。《中国古典小说论集》初版于1981年。
② 李伟实：《从水浒戏和水浒叶子看〈水浒传〉的成书年代》，《社会科学战线》1988年第1期。

第六章　从《菽园杂记》《叶子谱》看《水浒传》成书时间 | 143

《菽园杂记》所载水浒叶子（叶子为博戏用之纸牌）的情形，推断晚至成化初期《水浒》尚未面世。"① 之后，李伟实先生又撰《从杜堇的〈水浒人物全图〉看〈水浒传〉的成书年代》一文，不仅通过杜堇的《水浒人物全图》来推断《水浒传》的成书时间，而且还通过《菽园杂记》最后一条文献所标明的时间为弘治甲寅（1494），重新断定《水浒传》的产生时间不得早于明代弘治初年，推进了讨论的深入发展。②

从1999年开始，石昌渝先生陆续发表《水浒传》成书时间研究的系列文章，质疑《水浒传》成书"元末明初说"，并提出"嘉靖初年说"，陆容《菽园杂记》所记"叶子戏"被屡次引用，成为其立说的重要证据之一。具体而言，他的《从朴刀杆棒到子母炮——〈水浒传〉成书研究之一》首次把陆容《菽园杂记》所记"叶子戏"作为旁证材料，接着，《〈水浒传〉成书于嘉靖初年考》一文则对这条材料加以进一步申说，以此作为嘉靖前没有人知道《水浒传》的有力证据。再后来，《林冲与高俅——〈水浒传〉成书研究》《〈水浒传〉成书年代问题再答客难》两文均提到这则材料。③ 由此可见，陆容《菽园杂记》所记"叶子戏"是其质疑《水浒传》成书"元末明初说"并提出"嘉靖初年说"的重要文献。

除上述诸人外，还有一些学者也在著作中征引过陆容《菽园杂记》所记"叶子戏"这则材料，把它与《水浒传》成书时间联系起来。如陈松柏《水浒传源流考论》中指出，陆容在《菽园杂记》中谈到昆山"叶子戏"时只提《宣和遗事》，并未提及《水浒传》，"似可作为《水浒传》在陆氏生前——弘治九年尚未成书的一证"④。方志远在《明代城市与市民文学》一书中也提到过陆容《菽园杂记》⑤，只是其说法有些含混，观点不是很明确。

---

① 马幼垣：《水浒论衡》，北京：生活·读书·新知三联书店，2007年，第166页。《从招安部分看〈水浒传〉的成书过程》一文写于1986年。关于陆容卒年，《菽园杂记》中华书局点校本"点校说明"作弘治九年（1494），一些研究者又作弘治九年（1496），有误。《明人传记资料索引》作1436—1497年，又云年五十九卒，自相矛盾，显误。陆容实际卒于弘治七年（1494），详见后文。
② 李伟实：《从杜堇的〈水浒人物全图〉看〈水浒传〉的成书年代》，《社会科学战线》1991年第3期。李伟实对《水浒人物全图》的解读存在失错。关于此文献的讨论，见本书第八章。
③ 分见《文学遗产》1999年第2期；《上海师范大学学报（哲学社会科学版）》2001年第5期；《文学评论》2003年第4期；《文学遗产》2007年第5期。
④ 陈松柏：《水浒传源流考论》，北京：人民文学出版社，2006年，第232页。
⑤ 方志远：《明代城市与市民文学》，北京：中华书局，2004年，第193页。

由此看来，明代成化年间成书的陆容《菽园杂记》所记"叶子戏"确实是考察《水浒传》成书时间的极好材料，也得到了《水浒传》研究者的青睐。不过，从聂绀弩先生的提示，到李伟实、石昌渝先生的探讨，总体上来看都还不够深入细致，也还不够有说服力，有进一步讨论的空间。其实，讨论陆容《菽园杂记》所记"叶子戏"与《水浒传》的关系，潘之恒的《叶子谱》是可以与之进行对比研究的最有说服力的材料，前人尚未论及。鉴于此，我们拟通过对《菽园杂记》和《叶子谱》所记"叶子戏"的比较及对陆容相关情况的考察，来深入探讨有关《水浒传》成书的时间问题。

第二节 《菽园杂记》与《叶子谱》所记"叶子戏"的比较

陆容《菽园杂记》卷十四记载：

> 斗叶子之戏，吾昆城上自士夫，下至僮竖皆能之。予游昆庠八年，独不解此，人以拙嗤之。近得阅其形制，一钱至九钱各一叶，一百至九百各一叶，自万贯以上，皆图人形；万万贯呼保义宋江，千万贯行者武松，百万贯阮小五，九十万贯活阎罗阮小七，八十万贯混江龙李进，七十万贯病尉迟孙立，六十万贯铁鞭呼延绰，五十万贯花和尚鲁智深，四十万贯赛关索王雄，三十万贯青面兽杨志，二十万贯一丈青张横，九万贯插翅虎雷横，八万贯急先锋索超，七万贯霹雳火秦明，六万贯混江龙李海，五万贯黑旋风李逵，四万贯小旋风柴进，三万贯大刀关胜，二万贯小李广花荣，一万贯浪子燕青。或谓赌博以胜人为强，故叶子所图皆才力绝伦之人，非也。盖宋江等皆大盗，详见《宣和遗事》及《癸辛杂识》。作此者，盖以赌博如群盗劫夺之行，故以此警世，而人为利所迷，自不悟耳！记此，庶吾后之人知所以自重云。①

不难看出，这段记载包含两部分内容："或谓"之前的部分是对昆山"叶子戏"形制的客观描述，"或谓"之后的部分则是作者陆容对这一现象的主观理解和阐释。在详细讨论此段记载之前，有必要"知人论世"，

---

① 陆容撰，佚之点校：《菽园杂记》卷十四，北京：中华书局，1985年，第173～174页。

先了解陆容的生平及《菽园杂记》的写作。

陆容字文量,号式斋,江苏昆山人①。生于明正统元年(1436),卒于弘治七年(1494)②。从小颖敏好学,十六岁即进学为诸生。天顺三年(1459)中应天府乡试,成举人。成化二年(1466)登进士第,授南京吏部验封司主事。父丧守制,服阕,改留兵部职方司,升武库司员外郎,寻升职方郎中。内艰服除,改武选司,擢浙江右参政。弘治六年(1493)朝廷大计,以谗罢归,闻者大骇,陆容处之泰然。归家后,筑成趣庵、独笑亭,缁衣野服,著书其间,《菽园杂记》即成书于此时。该书第十五卷载:"京师东厂者,掌巡逻兵校之地也。弘治癸丑五月,忽风大作,地陷经深二三丈许,广亦如之。明时坊白昼间二人入巡警铺,久不出。管铺者疑之,推户入视,但见衣二领委壁下,衣旁各有积血而不见其人。六月六日,通州东门外讹言寇至,男妇奔走入城,跋涉水潦,多溺死者。"③本卷又载:"甲寅六月六日,苏州卫印纽热炙,手不可握。吏以告卫官,各亲手握之,始信。乃以布裹而用之,亦可异也。"④证明陆容不仅弘治癸丑即弘治六年(1493)在撰写《菽园杂记》,而且弘治七年甲寅(1494)六月仍然在撰写《菽园杂记》。而就在弘治七年甲寅(1494)七月,陆容染病不治,撒手人寰,也许他还有需要记载的事没有来得及写入《菽园杂记》呢。

有了对陆容和《菽园杂记》的基本了解,我们就可以深入讨论其关于"叶子戏"的记载了。

先讨论陆文的前面部分。此部分是介绍昆山"叶子戏"形制特点。昆山"叶子"描绘的是宋江等水浒人物,因此也可称为"水浒叶子"。李伟实先生曾指出:"成化年间流行的水浒叶子依据《宣和遗事》绘画梁山英雄图像,断定当时《水浒传》小说尚未产生。反过来,我还以《水浒传》产生后,水浒叶子的图像依据小说《水浒传》而不依据《宣和遗事》。"⑤ 这是就"水浒叶子"本身做出的推论。李文还举出三种叶

---

① 程敏政、吴宽、文林、王世贞皆言陆容为昆山人,陆容也常言"吾昆""吾昆城"。明弘治十年(1497),划昆山、常熟、嘉定三县中的六乡建立太仓州,隶苏州府。陆容家乡昆山惠安乡自此属太仓州,所以也有人称他为太仓人或太仓州人。
② 关于陆容卒年,程敏政撰《参政陆公传》、吴宽撰《陆容墓碑铭》(全称《明故大中大夫浙江等处承宣布政使司右参政陆公墓碑铭》)、文林撰《陆容墓志铭》(全称《故浙江布政使司右参政陆公墓志铭》)皆云弘治七年(甲寅),即公元1494年。
③ 陆容撰,佚之点校:《菽园杂记》卷十五,北京:中华书局,1985年,第179页。
④ 同上书,第191页。
⑤ 李伟实:《从水浒戏和水浒叶子看〈水浒传〉的成书年代》,《社会科学战线》1988年第1期。

子作为反证，具体为明末陈洪绶（1598—1652）的"水浒叶子"、清人笔记中所载当时流行的"水浒叶子"、当前市面上流行的"水浒叶子"。通过对这三种"水浒叶子"的比较，李文得出结论："正因为这三种水浒叶子产生在《水浒传》广泛流传之后，所以它们的图像才依据小说中人物的名号来绘制，不仅有天罡，而且有地煞。这是和成化年间流行的水浒叶子最根本的区别。现在我们还没见到过一种万历以后流行的水浒叶子只绘天罡而不绘地煞，并且不依据《水浒传》而依据《宣和遗事》。"① 应该承认，这种思路是正确的，结论也不无道理。不过，《菽园杂记》所载成化年间流行的"水浒叶子"也有地煞（如病尉迟孙立），且后三种"水浒叶子"从入选人物到名次安排，都与昆山"水浒叶子"大不一样，影响了结论的说服力。因为不同地域的"水浒叶子"有不同面貌，是比较容易理解的，也属正常情况。其实，从成化年间到明末陈洪绶时期，这中间还有潘之恒（1536？—1621）的《叶子谱》更值得拿来与陆容《菽园杂记》所记"水浒叶子"进行分析比较，因为它们都是昆山"水浒叶子"，属于同一地域的"叶子戏"。

下面来看看潘之恒《叶子谱》的记载：

名数品
叶子始于昆山，初用《水浒传》中名色为角抵戏耳。后为马掉，扯三章、六章，投一雷。又有斗双头、截角、尊极、抢结、归一种种，今不尽行。

⋯⋯⋯⋯⋯

图象品　模昆山制
十字门计十一叶，画形皆半身，万门仿此。
尊万万贯（天魁星呼保义宋江，貌髯）；千万（天伤星行者武松）；百万（天罪星短命二郎阮小五，馘人首为双头，而自侧弁，呼曰"百歪头"是也）；九十（天败星活阎罗阮小七）；八十（天满星美髯公朱仝，抱子双头）；七十（地勇星病尉迟孙立）；六十（天威星双鞭呼延灼）；五十（天孤星花和尚鲁智深）；四十（天杀星黑旋风李逵）；三十（天暗星青面兽杨志）；二十（地慧星一丈青扈三娘）。
万字门计九叶。

---

① 李伟实：《从水浒戏和水浒叶子看〈水浒传〉的成书年代》，《社会科学战线》1988年第1期。

尊九万贯(天退星插翅虎雷横);八万(天空星急先锋索超);七万(天猛星霹雳火秦明);六万(天微星九纹龙史进,双头);五万(天寿星混江龙李俊);四万(天贵星小旋风柴进);三万(天勇星大刀关胜);二万(天英星小李广花荣);一万(天巧星浪子燕青)。

....

重赞曰:闻宾四门,所以礼贤,不闻积聚而工数钱。故愚称守运之有神,能积能散,存乎其人。空不居其歉,万不履其盈。萑苻之辈,有若宋公明,亦足为世所程,谁曰不经?①

这则材料,不为一般学者留心,《水浒传》研究者也较少注意。马蹄疾《水浒资料汇编》未见收录,朱一玄、刘毓忱《水浒传资料汇编》也只收录《叶子谱》"名数品"中"叶子始于昆山,用《水浒传》中人名为角抵戏耳"一句。② 而"图象品"分十字门、万字门、索子门、文钱门,共四十叶,其中十字门、万字门共画水浒人物二十人,《水浒传资料汇编》没有收录,也许认为其文献价值不大。其实,正是潘之恒《叶子谱》"图象品"所记水浒人物,可以与《菽园杂记》所记"叶子戏"进行考察比较,为我们深入研究《水浒传》成书时间提供巨大帮助。

陆容《菽园杂记》所记"叶子戏"与潘之恒《叶子谱》"图象品"这两则材料都比较长,为了更好地考察二者所涉"水浒"人物姓名、诨名异同,不妨先用表格来对比一下。见表6.1。

表6.1 《菽园杂记》与《叶子谱》所涉人名、诨名对比表

叶子	来源	
	《菽园杂记》	《叶子谱》
万万贯	呼保义宋江	天魁星呼保义宋江
千万贯	行者武松	天伤星行者武松
百万贯	阮小五	天罪星短命二郎阮小五
九十万贯	活阎罗阮小七	天败星活阎罗阮小七
八十万贯	混江龙李进	天满星美髯公朱仝
七十万贯	病尉迟孙立	地勇星病尉迟孙立

① 潘之恒:《叶子谱》,陶宗仪等编:《说郛三种》之《说郛续》卷三十九,上海:上海古籍出版社,1988年,第1834~1836页。
② 朱一玄、刘毓忱编:《水浒传资料汇编》,天津:南开大学出版社,2002年,第437页。

续表

叶子	来源	
	《菽园杂记》	《叶子谱》
六十万贯	铁鞭呼延绰	天威星双鞭呼延灼
五十万贯	花和尚鲁智深	天孤星花和尚鲁智深
四十万贯	赛关索王雄	天杀星黑旋风李逵
三十万贯	青面兽杨志	天暗星青面兽杨志
二十万贯	一丈青张横	地慧星一丈青扈三娘
九万贯	插翅虎雷横	天退星插翅虎雷横
八万贯	急先锋索超	天空星急先锋索超
七万贯	霹雳火秦明	天猛星霹雳火秦明
六万贯	混江龙李海	天微星九纹龙史进
五万贯	黑旋风李逵	天寿星混江龙李俊
四万贯	小旋风柴进	天贵星小旋风柴进
三万贯	大刀关胜	天勇星大刀关胜
二万贯	小李广花荣	天英星小李广花荣
一万贯	浪子燕青	天巧星浪子燕青

通过比较，可以发现这样三个特点：一是二书所记"叶子戏"一脉相承，都是昆山"水浒叶子"，除极小部分外，其中绝大多数人名、诨名甚至名次均保持一致①，说明二者有继承关系。二是《叶子谱》所记有天罡、地煞星名；而《菽园杂记》所记没有天罡、地煞星名。三是二书所记"叶子戏"不一致的部分，《叶子谱》与《水浒传》保持一致，且二十人姓名、诨名、星名与《水浒传》完全相同；而《菽园杂记》所记人名、诨名则与《宣和遗事》保持一致，且二十人姓名、诨名与《宣和遗事》也算得上完全相同②。

此外，如果将《菽园杂记》所记"水浒"人名、诨名与《癸辛杂识》"宋江三十六赞"所记人名、诨名进行比较，其结果也是大同小异，

---

① 《菽园杂记》中混江龙李进、混江龙李海明显重复，有记错之嫌，或是传抄、刊刻之误。
② 这里说算得上完全相同，是因为《宣和遗事》有关胜、关必胜，张横、李横的问题。《宣和遗事》中前一处作关胜，后一处作关必胜，这中间的区别，马幼垣在《〈宣和遗事〉中水浒故事考释》中说道："多增版本虽无补于解决此问题，起码可助说明，除非另得突破性新材料，处理《宣和遗事》时，关胜和关必胜二名应同等看待，不必强分区别。"参见马幼垣：《水浒二论》，北京：生活·读书·新知三联书店，2007年，第42页。还有一丈青张横、李横的问题，也参见该文。总之，这些差异并不影响本文的分析。

说明它们也同属于一个系统,均为宋元以来民间流传的水浒故事。二者略有不同的是:《菽园杂记》中混江龙李海(进)、赛关索王雄,《癸辛杂识》则为混江龙李俊、赛关索杨雄;《菽园杂记》中有一丈青张横,《癸辛杂识》则无此人。

然而,如果将《菽园杂记》《宣和遗事》所记"水浒"人名和诨名与《叶子谱》《水浒传》所述加以比较,则存在较多差异,说明它们不属于同一个系统。尤其是将《叶子谱》与《水浒传》比较,其人名、诨名完全一样,说明它们本属于同一个系统。这证明《菽园杂记》和《叶子谱》所记载的昆山这两种"水浒叶子"所依据的故事来源是不同的,更说明了将同一地区的这两种"水浒叶子"加以比较是极有意义的。如表 6.2 所示。

表 6.2 《宣和遗事》《菽园杂记》与《水浒传》《叶子谱》人名、诨名异同表

《宣和遗事》	《菽园杂记》	《水浒传》	《叶子谱》
立地太岁阮小五(阮通)	阮小五	天罪星短命二郎阮小五	天罪星短命二郎阮小五
铁鞭呼延绰	铁鞭呼延绰	天威星双鞭呼延灼	天威星双鞭呼延灼
混江龙李海	混江龙李海	天寿星混江龙李俊	天寿星混江龙李俊
赛关索王雄	赛关索王雄	天牢星病关索杨雄	无
一丈青张横(李横)	一丈青张横	地慧星一丈青扈三娘	地慧星一丈青扈三娘

《菽园杂记》与《叶子谱》两则材料之所以值得比较,是因为它们提供了同一个地区(昆山)"(水浒)叶子戏"传承变异的重要信息,且时间都是明代,一个在明中期,一个在明后期。潘之恒《叶子谱》所记昆山"水浒叶子"与陆容《菽园杂记》所记昆山"水浒叶子"显然一脉相承,从其所采用的"水浒"人物绝大多数相同可以证明。同时又有明显变化:陆容《菽园杂记》所记昆山"水浒叶子"根据《宣和遗事》设计了其中某些人名、诨名;潘之恒《叶子谱》所记昆山"水浒叶子"则受当时已广泛流传的《水浒传》影响,根据《水浒传》文本对流传已久的昆山"水浒叶子"中部分人名、诨名及名次作了改动①,这也算是"与时俱进"。这种比较很有说服力。如果拿陆容《菽园杂记》所记昆山

---

① 其变动有修改(铁鞭呼延绰改为双鞭呼延灼,一丈青张横改为一丈青扈三娘,阮小五改为短命二郎阮小五)、替换(混江龙李进、混江龙李海替换为九纹龙史进、混江龙李俊)、删除(赛关索王雄)、补入(美髯公朱仝)几种情况。

"水浒叶子"与陈洪绶所绘绍兴"水浒叶子"进行比较,陈氏"水浒叶子"从入选人物到名次,都与陆容所记昆山"水浒叶子"不大一样,可比性相对较弱,比较结果也看不出有这么明显的时代性差异。

在陆容生活的时代,由于《水浒传》还未问世,因而在昆山流行的"水浒叶子"主要受民间流传的宋江故事的影响,看不出与《水浒传》有任何联系。在陆容生活时代之前的明永乐(1403—1424)、宣德(1426—1435)年间,也同样看不到有通俗小说《水浒传》对民间文艺的影响。例如,朱有燉(1379—1439)《豹子和尚自还俗》杂剧中宋江曾念其手下的三十五人名单,其中第五名混江龙李海、第十二名立(缺"地"——引者)太岁阮小五、第二十四名赛关索王雄、第三十名铁鞭呼延绰,这几个人名、诨名与《宣和遗事》一致,而与《水浒传》不同,也是受民间流传的宋江故事影响的结果。成化(1465—1487)前后流行的昆山"水浒叶子"中的人名、诨名与朱有燉杂剧较为一致,同样是对宋元以来的宋江故事的沿袭,且都是未曾受到《水浒传》的影响。《水浒传》于嘉靖初年问世流传后,明万历(1573—1620)时期流行的昆山"水浒叶子"则主要受小说《水浒传》的影响,因为人们已经接受了《水浒传》的说法,再用《宣和遗事》的说法便不合时宜。尤其值得注意的是,《菽园杂记》《叶子谱》二书作者都已明确交代了各自的资料来源,如陆容称"盖宋江等皆大盗,详见《宣和遗事》及《癸辛杂识》";潘之恒则称"叶子始于昆山,初用《水浒传》中名色为角抵戏耳",不需要我们再费口舌,避免了人为的误解。

关于潘之恒其人,这里也略作介绍。之恒字景升,号鸾啸生、冰华生。约生于嘉靖十五年(1536)前后,卒于天启元年(1621)。安徽歙县人,侨寓金陵(今江苏南京),长期生活在南京、苏州等地。两试太学未中,遂醉心古诗文,尤好戏曲。与汤显祖、沈璟等交好,曾从事《盛明杂剧》编校。多次组织和主持曲评活动,所作曲评收入《亘史》《鸾啸小品》两集中,在中国古代戏曲评论中占有一席之地。嘉靖间官至中书舍人。早年师事汪道昆、王世贞,晚年倾心"公安派",与李贽也有交往,是一个比较关注民间文学与文化的著名学者。潘之恒很会享受生活,赏曲、博弈、行酒令皆可入行家之列,他不仅擅长而且留下了许多有关叶子、行酒令之类的游戏专著,其记载也非常专业、可信。[1]《叶子谱》在明代就被收入《说郛续》《广百川学海》等丛书,清人黄虞

---

[1] 潘之恒生卒年及相关情况,参见张秋婵:《潘之恒研究》,苏州大学博士论文,2008年。

第六章 从《菽园杂记》《叶子谱》看《水浒传》成书时间 | 151

稷(1629—1691)《千顷堂书目》亦有著录。清阮葵生(1727—1789)《茶余客话》卷十八《水浒叶子》云:"万万贯宋江,千万贯武松,百万贯阮小二,九十阮小七,八十朱仝,七十孙立,六十呼延绰,五十鲁智深,四十李进,三十杨志,二十扈三娘,九万贯雷横,八万贯索超,七万秦明,六万史进,五万李俊,四万柴进,三万关胜,二万花荣,一万燕青。……见潘之恒《叶子谱》。"[①] 文中转述虽与原文有些差异,可能是记忆有误或刊刻差错,但还是可以证明潘之恒《叶子谱》在当时的流传情况和产生的一定影响。

其实,不仅潘之恒关注昆山"水浒叶子",与潘之恒差不多同时的徐复祚和钱希言等也谈到过"水浒叶子"。徐复祚《三家村老委谈》"纸牌"曰:"又问:'今昆山纸牌,必一一缀以宋江诸人名,亦有说欤?'曰:'吾不知其故。或是市井中人所见所闻所乐道者,止(只)江等诸人姓氏,故取以配列,恐未有深意。'"[②] 钱希言《戏瑕》卷二"叶子戏"条曰:"按叶子戏,自唐咸通以来,天下尚之,即今之扯纸牌,亦谓之斗叶子。近又有马钓之名,则以四人为之者,唐格已不可考。今自钱索两门而外,皆《水浒传》中人,故余尝呼戏者曰宋江班。(或云是厌胜之术,恐梁山泊三十六人复生世间耳。然则唐、宋之世,以何为厌胜耶?)"[③] 徐复祚、钱希言都是江苏常熟人,谈的都是当时"叶子戏"画《水浒传》人物的情况,钱希言所云"今自钱索两门而外,皆《水浒传》中人"与潘之恒《叶子谱》所言甚合。虽然他们对"叶子戏"为何画宋江诸人的理解各不相同,但都注意到了"叶子戏"与《水浒传》的关系,同时也证明明末昆山一带的"叶子戏"都是以《水浒传》中的人物为图像的。

"叶子戏"是一种大众娱乐品,为了满足大众娱乐的要求,必须紧跟时代,追逐潮流,吐故纳新,与时俱进。因此,从"叶子戏"的人物变化可以考察时代的变迁。它与具有独创性、选择性和想象性的文学作品不同,趋时随俗是它的主要特点。以它为参照,来考察《水浒传》的成书时间,是一种不错的选择,也的确比较有效。总之,昆山"水浒叶子"的传承变异正是《水浒传》成书前和成书后不同影响的体现,陆容《菽园杂记》所记"水浒叶子"反映的是《水浒传》成书前的情况,潘

[①] 阮葵生:《茶余客话》,北京:中华书局,1959年,第551页。
[②] 徐复祚:《三家村老委谈》,朱一玄、刘毓忱编:《水浒传资料汇编》,天津:南开大学出版社,2002年,第442页。
[③] 钱希言:《戏瑕》卷二,《丛书集成初编》本,北京:中华书局,1985年,第25页。

之恒《叶子谱》所记"水浒叶子"反映的则是《水浒传》成书后的情况，这一点应该是毫无疑问的。

第三节　陆容生前没有见过《水浒传》

上文通过两种昆山"水浒叶子"形制称名的具体比较，推断出陆容《菽园杂记》所记"叶子戏"反映的是《水浒传》成书之前的情况。或许有人会质疑：是否当时《水浒传》已经成书，但流传不广，昆山"叶子戏"滞后一步，还没来得及"与时俱进"呢？

分析陆容《菽园杂记》所记"叶子戏"材料的后部分，可以帮助我们回答以上的问题。从陆容"盖宋江等皆大盗，详见《宣和遗事》及《癸辛杂识》"的主观阐释来看，他是不知道《水浒传》的。如果陆容知道，即使昆山"叶子戏"整体滞后一步，没能及时跟随《水浒传》作出变动的话，他作为个体，又是好学博识之士，按常理也应提及《水浒传》，很可能还要比较一下与《水浒传》人名的同异，像后来许多文人学士所做的那样，而不会只提《宣和遗事》及《癸辛杂识》，故意不提《水浒传》。此外，陆容对宋江等人"大盗""劫夺之行"的认识，与嘉靖时期的文人对《水浒传》及宋江"忠义"的看法也颇为不同。看来，陆容确实不知道《水浒传》。即是说，作为长篇通俗小说的《水浒传》在当时并未成书。

李伟实根据《菽园杂记》记载的这则史料，断定"陆容在成化年间见到记载有关梁山英雄的书（除杂剧外），只有《宣和遗事》和《癸辛杂识》，他压根儿就没有见到《水浒传》"[①]，这一判断是准确的，只是论证还不够充分。陆容没有见到《水浒传》，不知道有《水浒传》，当然并不意味着《水浒传》一定就不存在。那么，如果《水浒传》真的已经问世，无论是抄本还是刻本，陆容是否能够知道呢？笔者以为，若要使结论更有说服力，就要结合陆容的生平、为人、交游、著述等来综合考察，以证明如果《水浒传》已经成书，陆容一定不会不知道，从而为《水浒传》在陆容时代没有成书找到充足的依据。

关于陆容的生平，前面我们已有说明，还可参见潘建国《陆容与明

---

① 参见李伟实：《从水浒戏和水浒叶子看〈水浒传〉的成书年代》，《社会科学战线》1988年第1期。

代拟话本小说》、吴道良《陆容和他的〈菽园杂记〉》两文①。从其生平事迹来看，陆容有经世之志，为官刚正不阿、敢于直谏、勤勉廉洁，为人性孝、严于律己、不苟言笑，有节操，颇多义举。这些特点在其好友吴宽（1435—1504）、文林（1445—1499）、程敏政（1445—1499）的文中颇多记述。陆容生前身后也不乏美名，如少时便与张泰（1435—1508）、陆釴（1440—1489）以文名于乡，号称"娄东三凤"；又和陆孟昭、陆釴并称"三陆先生"。综合来看，陆容至少有三个特点，即学识之博、藏书之富、交游之广值得引起注意。正因为陆容是如此一个人，如果《水浒传》在当时已经成书并流传，陆容是能够也应该知道的。下面试做具体分析。

陆容笃学涉广，学识渊博。吴宽《陆容墓碑铭》言其"弱岁颖敏笃学，游乡校，不专治举子业，日取诸经子史，程诵不辍，同辈谓非所急，曰：'聊以抵诸君戏耳。'"②王世贞《像赞·陆容》曰："君（陆容）白皙丰下，秀眉目，博学能文章，有经世志。"③《四库全书总目·〈菽园杂记〉提要》云："其（陆容）诗才不及（张）泰、（陆）釴，而博学过之。"又云："王鏊尝谓其门人曰：'本朝纪事之书，当以陆文量为第一。'"④陆容不仅学识渊博，兴趣广泛，而且不排斥通俗文艺包括民间游艺。程敏政《参政陆公传》说他"九岁赋诗有奇语，十六为县学生，大肆力于经史百家，至废寝食，而凡撂蒲博弈之戏，一不挂目"⑤。《菽园杂记》所载"斗叶子之戏，吾昆城上自士夫，下至僮竖皆能之。予游昆庠八年，独不解此，人以拙嗤之"⑥，正好与程敏政之记相印证，可见陆文中所记确实是当时昆山"叶子戏"流传及形制的真实反映。陆容为人务实严格，为文明切平实，务本适用。文林《陆容墓志铭》言其"为文务理胜适用，奏议务明切，诗亦刊落葩藻"⑦，吴宽《陆容墓碑铭》

---

① 潘文载《上海师范大学学报（哲学社会科学版）》1997年第3期，吴文载《明清小说研究》2001年第2期。
② 吴宽：《家藏集》卷七十六，《景印文渊阁四库全书》第1255册，台北：台湾商务印书馆，1986年，第760页。
③ 王世贞：《弇州续稿》卷一百四十七，《景印文渊阁四库全书》第1284册，台北：台湾商务印书馆，1986年，第141页。
④ 陆容：《菽园杂记》卷首，《景印文渊阁四库全书》第1041册，台北：台湾商务印书馆，1986年，第231、232页。
⑤ 程敏政：《篁墩文集》卷五十，《景印文渊阁四库全书》第1253册，台北：台湾商务印书馆，1986年，第204页。
⑥ 陆容撰，佚之点校：《菽园杂记》卷十四，北京：中华书局，1985年，第173页。
⑦ 文林：《文温州集》卷九，《四库全书存目丛书》第40册，济南：齐鲁书社，1997年，第355页。

云其"性喜聚书，政事之余，手不释卷，见于著述，率明切平实"①。其中第后为官二十余年，除京师外，足迹遍及畿内、河南、山东、江苏、浙江等地，更是见多识广，博学多闻。

陆容一生勤勉，著述丰富，著有《式斋稿》《浙藩稿》《归田稿》《乙戊稿》《式斋笔记》《式斋迩察》《太仓志》《封事录》《兵署录》《问官录》《水利集》等。《菽园杂记》是陆容最后撰写的一部书稿，可能是一部未完稿，书中卷十五有"弘治六年癸丑十二月三日之夕，南京雷电交作，次日大雪。自是雪雨连阴，浃月始晴"②条记雷雪之异，有"今癸丑十二月六日大寒，二十一日才立春，尤异也"③条，说明弘治六年癸丑（1493）陆容还在撰写《菽园杂记》。其勤勉好学可想而知。

陆容性喜聚书，藏书丰富。同时好友吴宽《陆容墓碑铭》言其"性喜聚书"，文林《陆容墓志铭》亦言"平生无它嗜好，惟聚书数千卷，老犹自课不厌，勤剧且乐焉"④，祝允明《甘泉陆氏藏书目录序》也说他"平生蓄书甚富"⑤。《御选宋金元明四朝诗》"御选明诗"卷七十六录陆容诗《次韵鼎仪东郊见寄》，其中有"衰年坐我书千卷，别墅无君屋数间"⑥之句，是他自己的证词。略晚一点的文徵明《先友诗》赞陆容"清风不终泯，遗书满缇缃"⑦。陆容之子陆伸后来整理其父藏书，编成《式斋藏书目录》，请桑悦（1447—1573）、祝允明、徐祯卿为之序。钱谦益《列朝诗集小传·陆参政容（附见子伸）》云："文量好学，居官手不释卷，家藏万余卷，皆手自雠勘。所著《式斋集》三十八卷、《菽园杂记》十五卷。子伸，字安甫，亦举进士，能读父书，撰《式斋藏书目录》，桑悦、祝允明、徐祯卿为之序。"⑧黄虞稷《千顷堂书目》就曾收录《式斋藏书目录》。因其藏书丰富，见闻广博，所以朱彝尊（1629—1709）《静志居诗话》曰："参政与张亨父、陆鼎仪齐名，号

---

① 吴宽：《家藏集》卷七十六，《景印文渊阁四库全书》第1255册，台北：台湾商务印书馆，1986年，第761页。

② 陆容撰，佚之点校：《菽园杂记》卷十五，北京：中华书局，1985年，第187页。

③ 同上书，第189页。

④ 文林：《文温州集》，《四库全书存目丛书》第40册，济南：齐鲁书社，1997年，第355页。

⑤ 祝允明：《怀星堂集》卷二十七，《景印文渊阁四库全书》第1260册，台北：台湾商务印书馆，1986年，第739页。

⑥ 张豫章等：《御选宋金元明四朝诗》，《景印文渊阁四库全书》第1443册，台北：台湾商务印书馆，1986年，第854页。

⑦ 文洪：《文氏五家集》，《景印文渊阁四库全书》第1382册，台北：台湾商务印书馆，1986年，第444页。

⑧ 钱谦益：《列朝诗集小传》丙集第六，上海：上海古籍出版社，1983年，第280页。

第六章 从《菽园杂记》《叶子谱》看《水浒传》成书时间 | 155

'娄东三凤'。……若其藏书之富,见闻之周洽,似非亨父、鼎仪所能及也。"① 这些评价都是恰切中肯的。

对于陆容这样一个学而不厌、著书不倦、博闻广识、嗜书聚书的人来讲,如果《水浒传》当时已经问世流传,应该不会全然不知,在谈到"水浒叶子"时不做任何反映,连顺便提及的兴趣也没有。这当然是不符合逻辑的,也不符合陆容的性格特点。

如果上述讨论还不够有说服力的话,我们不妨再来看看陆容的交游。

王世贞《题陆氏藏交游翰墨》云:"吾州先达陆式斋公以文学节概名一时,尤有经世才。而其官浙藩,时中蜚菲不获展。公为尚书兵部郎最久,所与交无非当世知名士,若卷中吴文定、李文正、李文安三公,陈(程)克勤②、陆鼎仪、李贞伯、张亨父、张汝弼、文宗儒六先生,皆其人也。"③ 陆容所交当世名士三公、六先生分别指:吴宽(1435—1504),字原博,号匏庵,江苏长洲(今江苏苏州)人,明成化八年(1472)状元,官至礼部尚书,谥文定;李东阳(1447—1516),字宾之,号西涯,湖南茶陵人,天顺八年(1464)进士,选庶吉士,官至华盖殿大学士,谥文正;李傑(1443—1517),字世贤,江苏常熟人,成化二年(1466)进士,官至礼部尚书,谥文安;程敏政(1445—1499),字克勤,号篁墩,徽州休宁(今属安徽)人,成化二年(1466)榜眼,官终礼部右侍郎;陆釴(1440—1489),字鼎仪,号静逸,江苏昆山人,天顺八年(1464)榜眼,官终太常少卿兼翰林侍读,充经筵日讲官,主修《宪宗实录》;李应祯(1431—1493),初名生,以字行,更字贞伯,号范庵,江苏长洲(今江苏苏州)人,景泰四年(1453)举人,官终南京太仆寺少卿;张泰(1435—1508),本姓姚,字亨父,江苏太仓人,天顺八年(1464)进士,选庶吉士,官终翰林院修撰;张弼(1425—1487),字汝弼,松江华亭(今上海松江)人,成化二年(1466)进士,官至江西南安知府;文林(1445—1499),字宗儒,号衡山,湖广衡山(今湖南衡阳)人,系籍长洲(今江苏苏州),文徵明之父,成化八年(1472)进士,官至福建温州知府,卒于任上。

毋庸置疑,陆容所交九人都是政坛、文坛、书画界、学术界的名士,

---

① 朱彝尊:《静志居诗话》卷八《陆容》,北京:人民文学出版社,1990年,第215页。
② 陈克勤,疑为程克勤之误。程敏政,字克勤,号篁墩,徽州休宁人。为陆容同年(成化二年1466年)进士,与陆容交好,后赠礼部尚书。于书无所不读,博闻广识。程敏政生卒年,参见刘彭冰:《程敏政年谱》,安徽大学硕士论文,2003年。
③ 王世贞:《弇州续稿》卷一百六十二,《景印文渊阁四库全书》第1284册,台北:台湾商务印书馆,1986年,第350页。

都是博闻广识之辈，有的甚至是政坛领袖或文坛巨擘；而北京、江苏又是文化最为发达之地①，如果《水浒传》当时已经问世流传，这些名士不可能都毫不知情。如果连他们都不知晓，那又有谁能够知晓呢？

在陆容所结交的上述九人中，特别需要提出的是吴宽和程敏政。吴宽与陆容交情颇深，其所撰《陆容墓碑铭》云："惟予与公同朝二十年，相知实深。"② 这在吴宽文集《家藏集》中多有反映。除《陆容墓碑铭》外，吴宽《家藏集》卷四有《陆文量职方新居宴集分来字韵》，卷八有《陆参政挽章》，卷十一有《陆职方宅宴集分得莺字韵》，卷三十有《读陆参政文量归田稿》，卷六十七有《太宜人陈氏墓志铭》（陆容母亲陈氏），等等。读其文字，实可见情真语切。程敏政和陆容为同年进士，关系更非同一般。程敏政《篁墩文集》卷五十有《参政陆公传》，卷五十一有《祭陆职方文量母宜人文》，卷六十五有《送陆文量驾部出使河南次留别韵》，卷八十二有《送同年陆文量武选赴浙江参政》，等等。弘治元年（1488），监察御史王嵩弹劾程敏政，程被迫致仕。后因陆容等先后上书为其诉冤，程于弘治五年（1492）昭雪复官，可见二人相契之深。

程敏政和吴宽之所以特别提出，还因为他俩对龚开的关注。众所周知，龚开《宋江三十六赞》及序是宋江故事流传的重要史料，也是了解《水浒传》成书过程不可缺少的一环。龚开（1222—1302?），即龚圣予，江苏淮阴人。程敏政《宋遗民录》卷十"龚圣予"辑录龚开材料数条，其中又引《姑苏志》中的"龚圣予小传"。《姑苏志》是王鏊与祝允明、文徵明等人一起纂修的，也是在吴宽等人的遗稿基础上完成的。王鏊领衔的《姑苏志》成书时，程敏政已经去世，所以程敏政所引《姑苏志》估计是吴宽等人的旧稿。这就说明，吴宽、程敏政二人对龚开是颇为留意的。既然他俩非常关注龚开，那么对宋江故事理应顺带保持关注，至少不会漠视不理。如果当时出现一部描写宋江故事的《水浒传》，他们又怎会不热心绍介呢？吴、程二人都是最有条件知道新书动向的人，再加上他们对龚开及宋江故事的关注和兴趣，有任何风吹草动，按理他们都不会一无所知。假若他俩知晓，陆容也就不会毫不知情。

还需要关注的是文徵明的父亲文林。文林《文温州集》卷九有《故浙江布政使司右参政陆公墓志铭》，其子文徵明也与陆容关系甚好（详

---

① 陆容所交九人除李应祯外，皆为进士，多在京城为官；九人又大半是江苏人。从《水浒传》的早期传播来看，最开始就是由京城向江浙一带传播的。

② 吴宽：《家藏集》卷七十六，《景印文渊阁四库全书》第1255册，台北：台湾商务印书馆，1986年，第760页。

第六章 从《菽园杂记》《叶子谱》看《水浒传》成书时间 | 157

见后文)。文林、文徵明在陆容生前有没有对宋江故事产生兴趣,不得而知,但从文徵明后来听"宋江"、抄《水浒传》的记载来看,他们对宋江故事应该也是比较关注的。本书的第三、四、五章都有言及,这里就不再多谈。

陆容所交游者除上述九人外,还有比他略早的叶盛和稍晚的王鏊,也是需要加以留意的。

先说叶盛。叶盛(1420—1474)字与中,昆山人,正统十年(1445)进士,官至吏部左侍郎,卒谥文庄。吴宽《陆容墓碑铭》云:"(陆容)独与故翰林修撰张亨父、太常少卿陆鼎仪友善,三人俱以文行闻于乡,而公尤为叶文庄公所知。"[①] 这说的是少年陆容被叶盛赏识的情况。陆容做官后与叶盛交往也很频繁,《菽园杂记》中多处提及叶盛,如其有云:"予观政工部时,叶文庄公为礼部侍郎。尝欲取吾昆元末国初以来诸公文集,择其可传者,或诗或文,人不出十篇,名曰《昆山片玉》以传,命予采集之。……不久,予除南京吏部主事,恐致遗失,俱以送还。乡先辈之美,竟泯泯矣。可胜叹哉!"[②] 叶盛委托陆容采集元末明初昆山先贤的诗文编辑成《昆山片玉》,此事虽然因陆容离开京城最终没有能够完成,但叶盛对他的赏识与信任还是不可否认的。

叶盛喜抄书聚书,还是知名藏书家,著有《菉竹堂书目》。《菉竹堂书目》未见收录《水浒传》,不过卷二录《吴越春秋》《唐小说》《开元天宝遗事》《宣和遗事》,卷三录《齐东野语》《虬髯客传》,卷四录《风月锦囊》《剪灯新话》《剪灯余话》《烟粉灵怪》《新话小说》《戏曲大全》等,可见叶氏对小说、戏曲等是有了解且不排斥的。其《水东日记》卷二十一"小说戏文"条云:"今书坊相传射利之徒伪为小说杂书,南人喜谈如《汉小王光武》《蔡伯喈邕》《杨六使文广》,北人喜谈如继母大贤等事甚多。农工商贩,抄写绘画,家畜(蓄)而人有之。"[③] 对小说杂书在社会上的流传也是关注的。《菉竹堂书目》所录虽非叶盛生前藏书全部,但陆容与叶盛交往甚密,应该对他的藏书有所耳闻。如果叶盛生前能见到《水浒传》这样一部奇书,在他的书目中不会不予以著录,估计陆容也不会毫不知情。

[①] 吴宽:《家藏集》卷七十六,《景印文渊阁四库全书》第1255册,台北:台湾商务印书馆,1986年,第760页。
[②] 陆容撰,佚之点校:《菽园杂记》卷十五,北京:中华书局,1985年,第183页。
[③] 叶盛撰,魏中平点校:《水东日记》卷二十一,北京:中华书局,1980年,第213~214页。

再说王鏊。王鏊（1450—1524）字济之，吴县人，成化十一年（1475）进士，官至户部尚书兼文渊阁大学士，加少傅兼太子太傅、武英殿大学士，赠太傅，谥文恪。王鏊博学有识，经学通明，文章修洁，为弘治、正德间文坛巨擘。且善书法，多藏书。陆、王二人交往长达二十年。王鏊《〈式斋稿〉序》曰："己未春，予乞告归省，舟且发，文量之子伸衰其父之遗稿为六帙，作书且万言，贻予。……予与君交且二十年……"① 叶盛、王鏊都是当时影响力巨大的文化名人，与上述九人一样，假若《水浒传》问世流传，他俩也应在最有条件知晓的人之列。

综上所述，陆容一生勤勉务实，博闻好学，嗜书聚书，交游广泛。假若当时《水浒传》已经问世，以陆容的博学、嗜书和广泛交游，不知道的可能性微乎其微。何况嘉靖初年《水浒传》始一面世便产生轰动社会效应，证明这部书不可能悄无声息地在陆容的时代产生。陆容《菽园杂记》记载："闻近时一名公作《五伦全备》戏文印行，不知其何所见，亦不知清议何如也。"② "戏文"也是通俗文艺，陆容如此关心，可见他对通俗文学并非置若罔闻。由此，也说明他不会（也没有必要）刻意回避《水浒传》。陆容不知道《水浒传》，唯一的原因就是《水浒传》在弘治初年还未问世。

当然，与陆容不同，潘之恒生活在《水浒传》已广泛流传的时代，他接触、了解《水浒传》自然就是很正常的事，他所交师友如汪道昆（1525—1593）、张凤翼（1527—1613）、谢肇淛（1567—1624）、袁宏道（1568—1610）等也都谈论过《水浒传》，《水浒传》研究者都很熟悉，这里就不多说了。

总之，通过对陆容及其《菽园杂记》所记"叶子戏"的考察以及与潘之恒《叶子谱》的比较，可以断定：明弘治初年《水浒传》并未成书，所谓《水浒传》成书于"元末明初"之说，显然是站不住脚的。

结束本章之前，还想补充一点。石昌渝先生主张《水浒传》成书于"嘉靖说"，反对"元末明初说"，而反驳石先生观点的文章，都没能对陆容《菽园杂记》所载"叶子戏"的证据作出解释，或者加以纠驳。萧相恺、苗怀明二先生反复强调"成化间已有古本《水浒传》""文徵明

---

① 王鏊：《震泽集》卷十二，《景印文渊阁四库全书》第1256册，台北：台湾商务印书馆，1986年，第267～268页。
② 陆容撰，佚之点校：《菽园杂记》卷十三，北京：中华书局，1985年，第159页。

确实抄过古本《水浒传》，抄录的时间在成化间"①，也未提供直接的事实证据。这个问题其实也可与陆容联系起来讨论。《明史·文徵明传》载："徵明幼不慧，稍长，颖异挺发。学文于吴宽，学书于李应祯，学画于沈周，皆父友也。又与祝允明、唐寅、徐祯卿辈相切劘，名日益著。"② 根据我们前面的梳理，这里提到的文徵明父辈如吴宽、李应祯等，其实都和陆容关系密切；文徵明同辈如祝允明、徐祯卿等，也和陆容之子陆伸相识友好（陆伸请祝允明、徐祯卿为《式斋藏书目录》作序）。更何况，文徵明本人就和陆容相识交好。文徵明曾撰《先友诗》，其序曰："徵明生晚且贱，弗获承事海内先达，然以先君之故，窃尝接识一二，比来相次沦谢，追思兴慨，各赋一诗，命曰先友，不敢自托于诸公也。"③ 先友包括李应祯、陆容、庄昶、吴宽、谢铎、沈周、王徽、吕常八人，其中陆容排在第二位。因父亲文林的关系，文徵明结识了陆容，且十分敬重他。在这样一个文人圈、文化圈里面，如果文徵明成化间抄过《水浒传》，陆容又岂能不知道？如果陆容知道，又如何解释《菽园杂记》关于"叶子戏"的记载？从陆容与文林、吴宽、李应祯等的关系来看，从陆容与文徵明的关系来看，文徵明成化年间（1465—1487）抄录《水浒传》是不可能的，"成化间已有古本《水浒传》"也是不可能的。这也说明材料之间的相互联系、融会贯通十分重要，依据单则孤立材料的记载来做判断，是很容易造成认识偏差的。尤其是将孤立的材料进行曲解然后加以想象推衍，往往会与历史事实背道而驰，也就不可能得出科学严谨的结论，其结论自然也经不起其他文献的检验或验证。这样的经验教训已经不少，《水浒传》研究者需要认真汲取。

---

① 参见萧相恺、苗怀明：《〈水浒传〉成书于嘉靖说辨证——与石昌渝先生商榷》（载《文学遗产》2007年第5期）和《〈水浒传〉成书于嘉靖说再辨证——石昌渝先生〈答客难〉评议》（载《文学遗产》2008年第6期）。关于张丑著录文徵明小楷古本《水浒传》之事，本书第三章已经辨析，认为抄录时间不可能在成化、弘治、正德年间，而是在嘉靖时期。
② 张廷玉等：《明史》卷二百八十七《文徵明传》，北京：中华书局，1974年，第7362页。
③ 文洪等：《文氏五家集》卷三，《景印文渊阁四库全书》第1382册，台北：台湾商务印书馆，1986年，第444页。

第七章　熊过《故相国石斋杨公墓表》与《水浒传》早期传播

讨论《水浒传》的成书时间，关键的是寻找证据，有了过硬的证据，相关问题就能够得到解决。在没有作者、版本的直接证据的情况下，《水浒传》早期传播史料就成了大家特别留意的证据，争论也因此十分激烈。例如，在石昌渝和萧相恺、苗怀明先生发表的相关商榷论文中，《水浒传》早期传播史料便是其争论的焦点之一。石昌渝先生指出："萧、苗二先生证明嘉靖前就有《水浒传》存在的材料有两条：一、张丑《清河书画舫》；二、熊过《南沙先生文集·故相国石斋杨公墓表》。"[①] 可见大家对于作为证据的材料的重视。双方围绕这两条材料进行了论辩，却都没有能够说服对方。在本书的第三、四、五章，我们详细讨论了张丑《清河书画舫》所载文徵明小楷古本《水浒传》以及钱希言《戏瑕》所载"文待诏诸公暇日喜听人说宋江"的有关问题，提出了和诸位先生都不相同的意见，也批评了李永祜先生研究此问题的错误态度与研究方法，尤其是对相关史料的漠视、误解和曲解，希望对有关问题的解决能够有所帮助。这里，我们再对熊过《故相国石斋杨公墓表》提及《水浒传》之事进行详细讨论，提出看法，以就教于各位先生和读者诸君。

第一节　关于"或说七等《水浒传》宋江赦者"的不同解读

熊过《南沙先生文集》卷七《故相国石斋杨公墓表》（以下简称《杨廷和墓表》）有云：

[①] 石昌渝：《〈水浒传〉成书年代问题再答客难》，《文学遗产》2007年第5期。

第七章　熊过《故相国石斋杨公墓表》与《水浒传》早期传播 | 161

      豹房义子多与诸贼通，以故内阁功绪不竟。群贼先时则已冒入禁内，观豹房游幸所在，及内庭（廷）动静举闻，或说（刘）七等《水浒传》宋江赦者，遂阴结上所幸通事王永，彦名遂潜见上豹房。事发，下狱，仗永杀之。①

这则材料中提到了刘七，而刘六、刘七是发生在明武宗正德五年（1510）至正德七年（1512）的一次起义；文中还提到《水浒传》，并把刘七事与《水浒传》牵连起来。对于这条牵涉《水浒传》的资料，马蹄疾《水浒资料汇编》和朱一玄、刘毓忱《水浒传资料汇编》均未收录，他们似乎觉得这则资料没有多少价值。不过，学界并未忽视它的存在，一些学者甚至给予了特别关注和极高评价。例如，刘知渐便指出：

      这个铁证，见于明人熊过的《南沙先生文集》。熊过是四川富顺县人，考过进士，是当时著名文人，比杨慎的资格老，杨慎父亲杨廷和死后，由他做墓表，可见杨慎对熊过十分尊敬。

刘文还进一步指出：

      （这篇《故相国石斋杨公墓表》中写道）"或说〔刘〕七等《水浒传》宋江赦者"这句话的意思是：有人建议刘七等人仿效《水浒传》中宋江通过李师师取得赦书的故事向皇帝要赦书，刘七因而派齐彦名到豹房见了明武宗。这件事发生的时间，不能早于正德五年刘七起义之前，也不能晚于正德七年刘七失败之后。因之，《水浒传》这一书名，至少在正德六年（1511）即已出现，不会等到嘉靖，更不能定在嘉靖十一、二年。②

鲜述文则再次重申：

      今考刘六、刘七、齐彦名等起义于正德五年，失败于正德七年

---

① 熊过：《南沙先生文集》卷七，《四库全书存目丛书》第91册，济南：齐鲁书社，1997年，第662页。下引本文不再注。
② 刘知渐：《〈水浒〉的书名及其所谓"真义"——罗尔纲同志〈水浒真义考〉质疑》，《明清小说研究》1986年第1期。

(1512),齐彦名进入豹房见明武宗,仿效宋江派燕青见宋徽宗故事,请求招安,不能晚于正德七年,可以推知,《水浒传》这一书名的出现,也不能晚于正德七年。近人多说《水浒传》出于嘉靖初年,甚至说不能早于嘉靖十年(1531)左右,显然是没有根据的。①

萧相恺、苗怀明在谈到这则材料时亦云:

《墓表》里讲的"贼""七""彦明"(应为"彦名"——引者,下同)指的是刘七、齐彦明。刘六、刘七起事在正德五年(1510),正德七年(1512)失败死事。这说明,至少正德七年以前《水浒传》一书已经在社会上流传。否则怎么会有人"说七等仿宋江赦者"呢?②

不言而喻,《杨廷和墓表》与《水浒传》发生关联的就是"或说七等《水浒传》宋江赦者"语。上述文章都是从字面上来理解此语。不过,即使就字面上理解,也仍有不同解读。例如,萧相恺、苗怀明二先生解读为:"或说七等《水浒传》宋江赦者"即"有人劝刘七按照宋江求赦的故事,请求皇帝赦免"③。石昌渝先生则理解为:"有人说刘七等同于《水浒传》宋江求赦之事。"并且认为:"'等'在此句中是'等同'之义";"'等'字在汉语中没有'仿'的意思"。④因此,他强调指出:

萧、苗二先生的解读在"等"字后随意加一"仿"字,令"等"字由本来充当谓语的动词变成用在名词后表示复数的助词,在"等"字后加一"仿"字,同时又有意略去"或"字不引,把"或说"——"有人说"变成"说"(shuì),成了"劝说"之意。这样整句话文意就大变了。⑤

---

① 鲜述文:《〈水浒〉的书名和意义》,《重庆师院学报(哲学社会科学版)》1986年第2期。
② 萧相恺、苗怀明:《〈水浒传〉成书于嘉靖说辨证——与石昌渝先生商榷》,《文学遗产》2007年第5期。
③ 萧相恺、苗怀明:《〈水浒传〉成书于嘉靖说再辨证——石昌渝先生〈答客难〉评议》,《文学遗产》2008年第6期。
④⑤ 石昌渝:《〈水浒传〉成书年代问题再答客难》,《文学遗产》2007年第5期。

如果说石昌渝先生批评萧、苗二先生增字解读文献和将"或说"理解为"劝说"不符合文献的原始语境，也许能让萧、苗二先生接受；那么，石先生将《杨廷和墓表》中"或说七等《水浒传》宋江赦者"解读为"有人说刘七等同于《水浒传》宋江求赦之事"①，并强调这篇《墓表》"仍然不是嘉靖以前的文献"，却并不能完全让萧、苗二先生信服。这是因为，《杨廷和墓表》虽写于嘉靖年间，并不表明其所依据的材料一定出自嘉靖，反而较容易证明其所依据的材料有些确实可能出自嘉靖以前（详下文）。况且，据《说文·竹部》："等，齐简也。"即是说，"等"的本义是整齐竹简，引申为等同、等级、等类、等辈，与"相似"义的"仿"也并非绝不可通，仅从字义理解显然不能解决问题。而问题的关键在于，刘六、刘七求赦之事是否与《水浒传》确有联系？如果有，这种联系是当时就有还是后人追加的？这一问题牵涉《水浒传》的早期传播，的确需要辨明。

石昌渝先生说："我认为《水浒传》这段情节（指"燕青月夜遇道君"事——引者）正是根据刘七等人的素材创作出来的，而决不是刘七模仿《水浒传》。关于这个问题，我将另文讨论。"② 如果真能证明这一观点，此问题便得到了解决。我们期待看到石先生的有关讨论。这里，我们尝试先做些探讨，希望能够对解决此问题有所推动。

第二节　《故相国石斋杨公墓表》的详细解析

要正确理解熊过所云"或说七等《水浒传》宋江赦者"，其实可以尝试其他有效途径。下面，我们即通过考察《杨廷和墓表》的作者简历、撰写目的、材料来源、成文时间等，来分析和解读"或说七等《水浒传》宋江赦者"的真实含义，以便正确理解这一文献，从而确定文献的史料价值，以期解决长期困扰学术界的学术争议问题。

一、《杨廷和墓表》的作者简历

熊过，字叔仁，四川富顺人。嘉靖八年（1529）进士，选翰林院庶吉士，历兵部员外郎、礼部祠祭司主事、祠祭司郎中。嘉靖二十年

---

① 萧相恺、苗怀明：《〈水浒传〉成书于嘉靖说再辨证——石昌渝先生〈答客难〉评议》，《文学遗产》2008年第6期。
② 石昌渝：《〈水浒传〉成书年代问题再答客难》，《文学遗产》2007年第5期。

（1541）四月，太庙大火，其时熊过任职礼部，上书言事，被严嵩以"进缴诏书不至"为由弹劾，贬云南白盐井副提举。① 不久，量移常州府通判②，擢福建按察司佥事。后又复调湖州府通判，迁安吉州同知。嘉靖二十五年（1546），坐唐龙事除籍为民，结束了他的政治生涯。③ 他与李开先（1502—1568）、陈束（1508—1540）、王慎中（1509—1559）、唐顺之（1507—1560）等人被称为"嘉靖八才子"，与杨慎（1488—1559）、任瀚（1501—?）、赵贞吉（1508—1576）并称"西蜀四大家"。著有《周易象旨决录》《春秋明志录》《南沙集》等。《明史·文苑传》有传，十分简略。其生平事迹，李朝正《熊南沙的文学活动及其对四川文化的影响》、乐万里《明代四川作家研究》均有所论述。④ 对于其生年，二文均定为武宗正德二年（1507），《南沙先生文集》中有不少内证，此不赘论。而其卒年，明赵用贤《熊南沙先生墓志铭》云年七十五而卒⑤。赵用贤为熊过之子敦朴同年好友，均举隆庆五年辛未（1571）进士，他受熊敦朴之请为熊过撰写墓志铭，所记可以信从。古人以虚岁计年，依墓志推算，则熊过卒于万历九年辛巳（1581）。李文对熊过卒年存疑；乐文称其卒于万历十年壬午（1582），疑推算有误。

了解熊过的生平事迹，尤其是弄清楚熊过的生年，实际上已经隐含了这样的信息：在正德五年（1510）至七年（1512）河北刘六、刘七、齐彦名起义时，熊过只不过是四川乡下的一个四五岁的孩子。对于这次起义，一个远在四川的四五岁的孩子，不可能知道内情，也不会有什么记忆。若干年后，他在撰写《杨廷和墓表》时提到此次起义的史实，依据的不是自己的亲见亲闻，则是可以肯定的。

---

① 《明世宗实录》卷二百四十八"嘉靖二十年四月"："己卯，礼部祠祭司郎中熊过等以进缴诏书不至为尚书严嵩所劾。上怒曰：'颁诏，朝廷重典，义当修省方新，（熊）过等何放恣若此！尔年朕因多病罢朝，百官俱不体心放逸，纵大小皆然。为耳目之计者，便人自便，一不之劾，但搜拾逆词，以欺朝廷，何有主逸臣劳之义？'熊过着降三级，远方用。"（台北："中央研究院"历史语言研究所校印，1965年，第4997页）

② 据赵用贤《松石斋集·熊南沙先生墓志铭》，熊过在嘉靖壬寅（1542）冬"量移常州府通判"。（《四库禁毁书丛刊》第41册，北京：北京出版社，1997年，第256页。）

③ 见《明世宗实录》卷三百十三"嘉靖二十五年七月"条，台北："中央研究院"历史语言研究所校印，1965年，第5859页。《明史·唐龙传》载："唐龙字虞佐，兰溪人……太庙成，加太子太保，寻代熊浃为吏部尚书。龙有才，居官著勤绩。及为吏部，每事咨僚佐，年老多疾，辄为所欺。御史陈九德劾前选郎高简冏上行私，并论龙衰暮。乃下简诏狱，龙引疾未报，吏科杨上林、徐良辅复论简，诏杖简六十，遣戍上林。良辅以不早言罢职，龙黜为民。龙已有疾，舆出国门卒。"唐龙事牵涉甚广。

④ 前文载《文史杂志》1988年第5期，后文为2007年上海师范大学硕士论文。

⑤ 赵用贤：《松石斋集》卷十七《熊南沙先生墓志铭》，《四库禁毁书丛刊》第41册，北京：北京出版社，1997年，第257页。

就一般的情况而言，墓表往往是墓主人的后代为了表彰其逝去的先辈，请有名望的前辈名宿撰写，以扩大知名度和影响力，借以表达后辈对先辈的怀念和尊崇。刘知渐因熊过为杨慎父亲杨廷和做墓表，就想当然地认为熊过是杨慎的前辈名宿，"比杨慎的资格老"①，这样一来，就很容易让人们误以为熊过是刘六、刘七事件的亲历者。就学术研究而言，这是很不严谨的，其结论自然不能成立。其实，杨慎不仅大熊过十九岁，而且是正德六年（1511）科考状元，授翰林修撰，嘉靖皇帝即位后，充经筵讲官，召为翰林学士，其取得功名、进入仕途的时间比熊过要早许多年。熊过实为杨慎晚辈，这是谁也无法改变的历史事实。尽管许多墓表是墓主后人请他人撰写，但却不能因此认定一切墓表都是如此操作，因为事实上的例外也很多。《杨廷和墓表》是否为杨慎请托熊过而撰写，也是需要求证的问题，不可先入为主地认为此问题不需讨论。实际上，此墓表确与一般墓表不同，它不是应酬之作，而是作者有感而发。即是说，这是熊过自己主动撰写的一篇墓表。

二、《杨廷和墓表》的撰写目的

《杨廷和墓表》主人杨廷和（1459—1529）字介夫，号石斋，四川新都人。主要活跃于弘治、正德两朝。正德二年（1507）入内阁，正德七年（1512）继李东阳后成为内阁首辅，直至十六年（1521）武宗病逝。世宗即位前，他总理朝政三十多天。为官清正，镇静持重，诛大奸，决大策，扶危定倾，功在社稷。然而，在"大礼议"中，因忤帝意，于嘉靖三年（1524）上疏乞休，世宗不作挽留。嘉靖七年（1528）又被革职为民，次年凄凉而逝，以庶人之礼安葬。隆庆元年（1567）复官，加赠太保，谥文忠。隆庆三年（1569）正月改葬，算是为他彻底恢复名誉。

熊过是杨廷和的同乡晚辈，杨廷和的遭遇触发了他的灵感，因为熊过自己因谗废归，所以惺惺相惜，有感而发。尽管古代墓表多为应酬之作，然而，熊过此篇《杨廷和墓表》却绝非应酬之作，乃是为杨廷和鸣不平而作，文中充满了强烈的悲愤。《墓表》开头即云：

> 天人之际，学士览循古今，莫不欲得其典要，然而其变卒不能概也。气运审移，繇古迄今，诗书所传，固有难稽其类者耶！古之殉社稷为悦者，盖若天授，故克生曰祯，自周有终，而相亦同终，

---

① 刘知渐：《〈水浒〉的书名及其所谓"真义"——罗尔纲同志〈水浒真义考〉质疑》，《明清小说研究》1986年第1期。

非夫天则曷为致是哉？孟子曰："王者兴，必有名世者出。"社稷臣不常有也。予讨故相国杨公轶事而悲之，若相国岂非社稷臣者哉？当其遗大投艰虑事定计，卒见大功，何其壮也！及中兴之会，相国意欲施之乃反，不竟，安见其所谓相之终者，天道恢张，岂不大哉？亦莫可究。而小人忌心利口，时为窾言申私愤以调世，皆不本于事实。予惧焉，乃猎拾所闻，逮其家所状，杂就而表之。①

结尾则说：

葬在卒年十二月二十二日，墓在县城西封茔留耕公墓左侧。公有社稷大功，然用庶人礼窆，无神道碑。又新进用事者，仇公为伎，能言之士，无所托文。予为司马郎时，得以铨事，与中人遘，以予蜀人，辄道公时事，未常不发叹也。中人言：上明圣公虽以谗摈去，其后上尝自较相材，以公为不能加也。予因是索观国初奸党录，其人虽奸悍，然高皇帝无所昵，本其意先欲为天下除祸，故易去也。彬比曹钦等为悖，然杀辱大臣，仅仅胜之耳。彬羽翼非特钦也，彬素严公，故不敢辄动，斯可谓好直谏守节嫉邪难惑以非者矣。若颙壹特材谓足办也，则非末矣乎！②

杨廷和为"社稷臣"，无论是武宗朝，还是世宗朝，他都发挥了中流砥柱的作用，但生前遭人谗忌，死后如此凄凉。熊过一腔激愤，满腹不平，为其撰写《墓表》，伸张正义，抒发感慨。此即撰写《杨廷和墓表》的目的和动机，字里行间看不出是受杨家之托请而写的痕迹。

单独阅读《杨廷和墓表》，读者感受也许没有那么强烈，如果将《杨廷和墓表》与同为四川人的赵贞吉所撰《特进光禄大夫左柱国少师兼太子太师吏部尚书华盖殿大学士赠太保杨文忠公墓祠碑》（以下简称《杨廷和墓祠碑》）对照起来阅读，读者一定会感到强烈的震撼。《杨廷和墓表》写于杨廷和隆庆元年（1567）加赠太保、谥文忠之前，作者有意为之，处处充满了激愤感慨；而《杨廷和墓祠碑》写于杨廷和加赠太保、谥文忠之后，受人之托为之，处处充满了恭敬谦卑。《杨廷和墓祠碑》开头云：

---

① 熊过：《南沙先生文集》卷七，《四库全书存目丛书》第 91 册，济南：齐鲁书社，1997 年，第 662 页。着重号为笔者所加，下同。

② 同上书，第 663 页。

> 杨公之没久矣，顷者恭遇我皇上奉我世宗皇帝遗诏，复公之官加赠太保谥文忠，荫一孙为尚宝司丞，一孙入监，遣官祭葬，恩数备至。呜呼休哉！不忘臣下之劳，其国家有道，灵长之福乎！于是始皆谈诵公行事矣，杨氏宗荫改窆公墓祠而祀之，以碑辞属予。噫，公希世之英也，予兹之论，其敢苟耶！公事业详具家传，谨掇其大者以引士评之先导，可乎？①

结尾则说：

> 贞吉曰："惜乎！予言也陋，不能为公重聊持论，以俟后之贤者耳！"因忆年二十时，以诸生谒公，公器之。去四十五年，得矢公荐藻之辞，俯仰人代，伤慨悲歌，为之唏嘘。②

《杨廷和墓表》与《杨廷和墓祠碑》两相比较，不难看出前者的主观情感更浓，抒情意味更重，借他人酒杯浇自己垒块的目的更明确。理解这一点，对于理解《杨廷和墓表》的叙述特点是十分重要的，也有利于我们解读"或说七等《水浒传》宋江赦者"一语。

三、《杨廷和墓表》的材料来源

一般来说，墓表多为墓主后人为撰写者提供墓主生平事迹的原始材料后，由墓表撰写者进行选择后加工以成文。熊过撰写《杨廷和墓表》，是否也是这样操作的呢？或者换一种说法，是否像某些学者所说，是由杨慎提供相关材料，请托熊过撰写成文的呢？答案是否定的。这在《杨廷和墓表》的开头，熊过就已经交代得清清楚楚，他说，此墓表"乃猎拾所闻，逮其家所状，杂就而表之"③。即是说，熊过撰写《杨廷和墓表》，主要是靠自己收集的有关材料，即"猎拾旧闻"。当然，他可能也到过杨廷和家，请其家属提供相关信息，即"逮其家所状"。不过，向熊过提供信息者应该不是杨慎，因为杨慎远在云南贬所，熊过见到他并

---

① 赵贞吉：《赵文肃公文集》卷十九，《四库全书存目丛书》第100册，济南：齐鲁书社，1997年，第523～524页。
② 同上书，第528页。
③ 熊过：《南沙先生文集》卷七，《四库全书存目丛书》第91册，济南：齐鲁书社，1997年，第662页。

不容易，而熊过从自己家乡四川富顺到杨廷和家四川新都却并不困难。综合各方面信息来判断，《杨廷和墓表》应该写于杨慎逝世之后（说详下）。况且，如果是杨慎向其提供材料，实为杨慎请其为父亲作墓表，以杨慎在学界的影响，熊过不可能不在文中提及，以表示尊重；杨慎在自己的著作中也不会不提及，以表示感谢。然而，熊过文中没有说，杨慎著作中也不见提及，说明这种"假说"不能成立。总之，熊过撰写《杨廷和墓表》，收集关于杨廷和的生平事迹材料，和他创作其他著作收集创作素材一样，只是其撰写墓表的必要准备，完全服从和服务于其创作的需要，并没有其他的考量，也不存在受墓主后人之托的问题。如果这一结论可以成立，那么，墓表中刘六、刘七起义之事的叙写也应该是这样，即《杨廷和墓表》中刘六、刘七起义之事不会是杨廷和后人提供的材料。因此，我们必须弄清楚这一材料的来源，才能对作者的表述做出正确的理解。

刘六、刘七、齐彦名起义发生于正德五年（1510）十月。霸州（今河北霸县）人刘六（名宠）、刘七（名宸）营救被关押在安肃（今河北徐水）监狱中的齐彦名，三人共同起义，与上年在霸州、文安（今河北文安县）举行起义的交河（今河北沧州市交河镇）人杨虎联合，影响及于北直隶、河北、河南、山东、山西、安徽、江苏、江西、湖北等地，直到正德七年（1512）七月，这次起义才被朝廷平息。杨廷和当时为内阁学士，首辅虽是李东阳，但在这一事件中，杨廷和建言献策、调兵遣将有功，自然应该写入《杨廷和墓表》。关于杨廷和平定刘六、刘七之功，明人王世贞所撰《嘉靖以来首辅传》和清人张廷玉等编纂《明史·杨廷和传》等都有记载。如《嘉靖以来首辅传·杨廷和传》云："流贼刘六、刘七、齐彦明（名）反，左都御史马中锡当帅师往讨之。廷和言：'中锡，文士也，宁能当此寄？'时业已行，果不能平贼。廷和请逮中锡下狱，以侍郎陆完代之，而斩故受贿纵贼者参将桑玉，已又荐都御史彭泽将诸边兵讨河南贼赵鐩等。时辅臣东阳病，多委计廷和，以是贼渐平。论功，录廷和一子锦衣卫千户。辞，特加少师、太子太师、华盖殿大学士。"[①] 传中虽提及刘六、刘七事，但并不详细。

实际上，记载刘六、刘七起义之事最为详细的，要数明人王鏊的《江淮平乱碑》、祝允明的《江淮平乱事状》《江海歼渠记》和陈洪谟的

---

① 王世贞：《嘉靖以来首辅传》，《景印文渊阁四库全书》第452册，台北：台湾商务印书馆，1986年，第424页。

《继世纪闻》。

王鏊，江苏吴县人，成化十一年（1475）进士，正德元年（1506）入内阁，正德四年（1509）致仕。祝允明，江苏长洲人，弘治五年（1492）举于乡，为海内书法名家。陈洪谟（1474—1555），湖南武陵人，弘治九年（1496）进士，历任刑、户二部部曹，累官兵部左侍郎。王鏊、祝允明、陈洪谟等都是当时名流，见闻颇广。王、祝的碑、状、记乃当时人记当时事，对刘六、刘七起义事知之甚悉。如祝允明《江海歼渠记》云：

> 山东贼最后平，时壬申孟秋，奏捷于南通州之狼山。吾苏自伪周亡后不被兵，至是贼已涉境，幸复无损，且折馘焉。偶得戡灭始终，因稍曝括为记。祸终于南，故颇加悉彼三叛之详。①

《继世纪闻》记正德一朝的见闻，成书于嘉靖初年。此书为笔记体，不受碑、状、记等体裁限制，卷三、卷四记载了刘六、刘七起义始末，提供了更多细节，比如刘七等混入豹房、宁杲擒获大贼窝主张茂斩其首而啖其心等。

熊过撰写《杨廷和墓表》时，上述诸书可能都在他"猎拾所闻"范围内，其中最主要的应是《继世纪闻》。以下试将与刘六、刘七有关的材料略作比较。

《继世纪闻》记云：

> 正德五年庚午，逆瑾日益专恣骄横。霸州、文安诸处响马强贼生发。瑾不胜忿，欲速除之。用人言，遣御史有能干者专理捕盗事，许带家小随任。宁杲，辽东人，于真定；柳尚义，湖广人，于天津；薛凤鸣，南直隶人，于淮阳。责以殄除贼寇，保障地方，有功升赏。……惟杲奏立什伍连坐之法，盗贼捕获无虚日。……内官张忠侄张茂为大贼窝主，杲亲往捕获，斩之，啖其心，以取媚权势。霸州人刘六、刘七、齐彦名辈，因是鼓众为乱。②
> 京师之南固安、永清、霸州、文安等处，京卫屯军杂居，人性

---

① 祝允明：《江海歼渠记》，《丛书集成初编》本，北京：中华书局，1985年，第1~2页。
② 陈洪谟著，盛冬铃点校：《继世纪闻》卷三，北京：中华书局，1985年，第88页。着重号和下划线均为引者所加，下同。

骄悍，好骑射，往往邀路劫财，辄奔散不可获，人号为"放响马贼"。近来内官用事，谷大用、马永成、张忠等皆霸州、文安诸处人，大盗刘七等尝因内官家人混入禁内豹房，观上游幸之所。及为宁杲所逼，遂聚众拒捕。后瑾诛，杲亦得罪系狱，因而作乱。……有司擒捕，已获齐彦名，收安肃县狱，被刘七等十余人劫出。旬日之间，聚至数百人，所至穷民响应，增至数千。……（马）中锡至德州桑园驻兵，刘六等来谒，中锡开城抚之。刘六欲降，刘七曰："今内臣主事，马老爷岂能自践其言乎？"潜使人至京师，探诸中贵无招降意，又以山东所劫金银辇载赴京，馈权幸求赦，不得，遂大肆劫掠，众至数万。①

杨廷和之孙杨志仁《特进光禄大夫左柱国少师兼太子太师吏部尚书华盖殿大学士赠太保谥文忠杨公廷和行状》（以下简称《杨廷和行状》）对豹房义子与刘六等人交通之事也有记载，其记云：

豹房义子多与诸贼交通。有通事王永者，得幸左右，中秋日潜引齐彦名见上于豹房。事发，下永狱，仗杀之。义子党诉于上，将罪原问主事张元电，公曰："刑官知有《大明律》耳！"事得解。壬申盗平。②

而熊过《杨廷和墓表》的记载则是：

京师南有响马贼，瑾虐则响马贼大作。御史宁杲捕斩其窝主张茂者而啖其心。茂，大阉忠从子也。众惧，遂聚众拒捕。已而获齐彦名者，系安肃狱，刘七辄劫夺之，穷民多应者。都御史马中锡抚之无功，而南北直隶、山东、河南诸处大扰矣。……豹房义子多与诸贼通，以故内阁功绪不竟。群贼先时则已冒入禁内，观豹房游幸所在，及内庭（廷）动静举闻，或说七等《水浒传》宋江赦者，遂阴结上所幸通事王永，彦名遂潜见上豹房。事发，下狱，仗永杀之。义子党诉（应为诉——引者）上，将罪主事张元电，公曰："刑官

---

① 陈洪谟著，盛冬铃点校：《继世纪闻》卷四，北京：中华书局，1985年，第95页。
② 焦竑：《国朝献征录》卷十五，《续修四库全书》第525册，上海：上海古籍出版社，2002年，第488页。

知《大明律》耳！"事得解。壬申九月寇平。①

细加比较，可以看出，《杨廷和墓表》中"京师南有响马贼"一段采自《继世纪闻》，《杨廷和行状》中并未言及。而"豹房义子多与诸贼通"一段则是糅合《继世纪闻》和《杨廷和行状》，再加上自己的理解而叙述的②。按照《继世纪闻》的说法，刘七等混入禁内豹房之事在前，后又曾令人至京师探听招安消息再赴京求赦。按照《杨廷和行状》的说法，王永潜引齐彦名见上于豹房。《杨廷和墓表》则均予以采信，而文字上更接近《杨廷和行状》。不过，《继世纪闻》和《杨廷和行状》均未提及《水浒传》，《江淮平乱碑》《江淮平乱事状》《江海歼渠记》等也未提及《水浒传》，可见"或说七等《水浒传》宋江赦者"语并非《杨廷和墓表》所依据的原始材料，而应该是熊过自己对该事件的理解或说明。这是材料比对后得出的符合逻辑的结论，不是我们的主观看法。

《杨廷和墓表》中关于刘六、刘七事的内容较多参考了《继世纪闻》，除了上述比较可以说明外，还有一处细节更能说明问题。《明史·马中锡传》载：

> 刘六名宠，其弟七名宸，文安人也，并骁悍善骑射。先是，有司患盗，召宠、宸及其党杨虎、齐彦名等协捕，频有功。会刘瑾家人梁洪征贿于宠等不得，诬为盗，遣宁杲、柳尚义绘形捕之，破其家。宠等乃投大盗张茂。茂家高楼重屋，复壁深窖，素招亡命为逋逃主。宦官张忠与邻，茂结为兄，夤缘马永成、谷大用、于经辈得出入豹房，侍帝蹴鞠，而乘间为盗如故。后数为河间参将袁彪所败。茂窘，求救于忠。忠置酒私第，招茂、彪东西坐。酒酣，举觞属彪字茂曰："彦实吾弟也，自今毋相厄。"又举觞属茂曰："袁公善尔，尔慎毋犯河间。"彪畏忠，唯唯而已。已，茂为宁杲所禽（擒），宠等相率诣京谋自首。忠与永成为请于帝，且曰："必献万金乃赦。"

---

① 熊过：《南沙先生文集》卷七，《四库全书存目丛书》第 91 册，济南：齐鲁书社，1997 年，第 663 页。
② 关于王永引齐彦名潜入豹房事，《杨廷和墓表》字句与《杨廷和行状》多相似，这与《杨廷和墓表》所云"逮其家所状"吻合。不过，《杨廷和行状》叙及杨廷和隆庆元年（1567）加赠太保、谥文忠及隆庆三年（1569）正月改葬事，而《杨廷和墓表》无，则说明熊过参考的是此《杨廷和行状》的原始本。从杨廷和逝世（1529）到隆庆三年（1569）整整四十年，杨家原撰《杨廷和行状》续有添加，则是肯定的。

宠、宸不能办，逃去。既而瑾诛，有诏许自首。宠等乃出诣官。兵部奏赦之，令捕他盗自效。宠等惮要束，未几复叛。党日众，所至陷城杀将吏。①

《明史·宦官传》载：

> 张忠，霸州人。正德时御马太监，与司礼张雄、东厂张锐并侍豹房用事，时号"三张"，性皆凶悖。忠利大盗张茂财，结为弟，引入豹房，侍帝蹴鞠。②

关于张忠和张茂的关系，《明史》上述两处都指明他们是结义兄弟，而《杨廷和墓表》言"茂，大阉忠从子也"，与《明史》所述不同，而出自《继世纪闻》"内官张忠侄张茂为大贼窝主"一语。《明史》虽为清人所撰，但基本材料源自明代；既入史书，很有可能是权威材料。面对众多材料，熊过没有取"结义兄弟说"，而与《继世纪闻》的说法保持一致，也证明其撰《墓表》时参考的主要就是《继世纪闻》。

四、《杨廷和墓表》的成文时间

熊过《杨廷和墓表》作于何时，也是可以考察清楚的。《墓表》有云：

> 孙十人：志仁、居仁、同仁、其仁、宁仁、有仁、斯仁、兴仁、存仁、右仁。孙女四人。

杨志仁《杨廷和行状》则云：

> 孙男十人：志仁，湖广都司经历；同仁，庠生；其仁，荫国子生；宁仁、斯仁，俱庠生；有仁，进士；兴仁，指挥同知；右仁、

---

① 张廷玉等：《明史》卷一百八十七《马中锡传》，《二十五史》本，上海：上海古籍出版社、上海书店，1986年，第8296页。
② 张廷玉等：《明史》卷三百〇四《宦官传》，《二十五史》本，上海：上海古籍出版社、上海书店，1986年，第8624页。

力仁、资仁。孙女五人。曾孙男十人：省吾、养吾，俱庠生。余尚幼。①

《杨廷和墓表》和《杨廷和行状》都称杨廷和有十个孙子，但其中有两人记名不同，八人完全一样②。八人之中包括同仁、宁仁。同仁、宁仁为杨慎之子，清程封编《明修撰杨升庵先生年谱》载：嘉靖十三年（1534）纳少室周氏，十四年（1535）同仁生。二十一年（1542）纳少室曹氏，二十二年（1543）十二月宁仁生。三十六年（1557）六月同仁卒，无嗣。"公次子宁仁寓泸州。公卒之年黄夫人至泸州奔丧，携宁仁归，抚教之。"③ 因《杨廷和墓表》中已载入宁仁，故《杨廷和墓表》最早是在嘉靖二十二年（1543）宁仁出生之后成文。王文才《杨慎学谱》称熊过《杨廷和墓表》撰于嘉靖八年（1529）杨廷和卒时，显然不能成立。④ 又因《杨廷和墓表》并未提及杨廷和于隆庆元年（1567）复官加赠太保谥文忠之事，可知《杨廷和墓表》撰写于隆庆元年（1567）之前。参考熊过履历，《杨廷和墓表》的撰写时间最有可能在嘉靖二十五年（1546）熊过坐唐龙事除籍为民返回家乡富顺之后。

第三节　从熊过、杨慎交游看《水浒传》的早期传播

如果再考察一下熊过与杨慎的交往，以及熊过、杨慎与《水浒传》的关系，那么，我们对《杨廷和墓表》撰写时间的判断也许会更清晰些，对"或说七等《水浒传》宋江赦者"语义的理解也许会更准确些。

---

① 焦竑：《国朝献征录》卷十五，《续修四库全书》第 525 册，上海：上海古籍出版社，1997 年，第 503 页。
② 《杨廷和墓表》中居仁、存仁，《杨廷和行状》中为力仁、资仁。刘士鏻辑评《明文霱》卷十三录有赵贞吉《特进光禄大夫左柱国少师兼太子太师吏部尚书华盖殿大学士赠太保杨文忠公神道碑》云："孙男十人：同仁、宁仁，生员；志仁，湖广都司经历；其仁，荫生；斯仁，生员；有仁，举人；兴仁，指挥同知；右仁，尚宝司司丞；资仁；力仁。"十人名与《杨廷和行状》同。不知是《杨廷和墓表》记错，还是二孙后来改名，已无从查考。《杨廷和墓表》云孙女四人，《杨廷和行状》则云五人，说明《杨廷和墓表》比《杨廷和行状》定稿为早。此外，杨慎初娶王氏，生耕耕；副室生恩恩，皆早卒，未入世系。继室黄氏无出。
③ 程封编：《明修撰杨升庵先生年谱》，北京图书馆编：《北京图书馆藏珍本年谱丛刊》第 45 册，北京：北京图书馆出版社，1999 年，第 611 页。
④ 王文才：《杨慎学谱》，上海：上海古籍出版社，1988 年，第 72 页。

杨慎、任瀚、熊过、赵贞吉并称"西蜀四大家"。杨慎与熊过年龄相差近二十岁,早期并无交往。正德六年(1511),杨慎状元及第,授翰林院修撰,至嘉靖三年(1524)因"大礼议"出贬云南。这一时期,熊过一直在家乡富顺读书,与杨慎并不相识。嘉靖八年(1529),熊过举进士第,选翰林院庶吉士,在朝任职,嘉靖二十年(1541)四月太庙大火,因上书言事被弹劾,贬云南白盐井副提举。熊过贬云南时,曾到江苏武进唐顺之处"谭道数月"①,又与唐顺之到浙江凭吊好友陈束,"为经纪其丧,收遗文以归"②,直到嘉靖二十一年(1542)初才到达云南。此时,杨慎已谪戍云南十八年。二人初会于安宁,结为忘年交。熊过贬云南后不久,量移常州府通判,复有迁转,至嘉靖二十五年(1546)七月坐唐龙事被削职为民,归老家乡。嘉靖三十二年(1553),杨慎在黔国公沐朝弼帮助下,举家迁蜀,寓居泸州。杨慎曾到离泸州一百多里的富顺拜访过熊过。此后,熊过曾寄居在泸州城沱江对岸的小市一段时间,二人过从甚密。嘉靖三十七年(1558),杨慎、熊过等在泸州成立"汐社",结紫房诗会,诗酒唱和。由于遭人举发,嘉靖三十七年(1558)十月,杨慎被云南巡抚派四名指挥押回云南永昌。次年(1559)七月,杨慎在云南高峣病逝。

熊、杨二人交游在各自诗文集里都有反映。不过,细读这些诗文可以得知,有关他们在云南交往的记载很少,主要记载的是泸州期间的交往。例如,熊过《南沙先生文集·〈五言律祖〉序》云:"《五言律祖》者,太史杨君用修所次也……太史杨君用修藏书甚富,就其集录五言近体为编,无则或取《艺文》《玉台》《御览》及他书成之。始为六卷,继四卷。过壬寅入滇,杨君曰:'子为我序传之。'会南迁不果。"③此序写于嘉靖二十四年乙巳(1545),距熊过离开云南已经过去三年,从序中既可知熊过入滇的具体时间为嘉靖二十一年壬寅(1542),也可看出熊过在云南实际停留的时间很短,很快就南迁,考虑到熊过新到云南需要熟悉和适应环境,以便开展工作,熊、杨二人的交往机会一定不会很多。而熊过《〈周易象旨决录〉自序》云:"过年十三所则受《易》,通其

---

① 赵用贤《松石斋集·熊南沙先生墓志铭》,《四库禁毁书丛刊》第41册,第256页。唐顺之于上年底与罗洪先、赵时春"各疏请来岁元日朝贺礼成,请皇太子出御文华殿,受文武百官及朝觐官朝贺",世宗大怒,"俱黜为民"。(见《明世宗实录》卷二百四十四"嘉靖十九年十二月"条,第4916~4917页。)
② 参见赵用贤《熊南沙先生墓志铭》和皇甫汸《皇甫司勋集》卷三十六《陈约之集序》。
③ 熊过:《南沙先生文集》卷二,《四库全书存目丛书》第91册,济南:齐鲁书社,1997年,第551页。

读,其义称程先生、朱先生尚矣。自惟暗愚,绎所存典册,鲜有启悟者。就《易》家私问之,或说过闽人蔡清先生善为《易》。购得其书,其开陈宗义,不及象也。于是稍记疑者,为赘言。兄公安令伯久见曰:'毋庸轻为之。'然不能忘也。后十一年举进士试,当就读中秘书,欲因尽求诸《易》说,忽罢去。又时方尚文,无有言学经者。暇语山东李伯华,伯华数能致予《易》说,东海唐应德欲共求其义,唐君意在自得,不暇象也。时时私草其事,绪正之维扬葛子东,雅所喜惬。会辛丑谪入滇,稍顿安宁,杨君用修数语予当遂成书,乃益考前闻,精思其义,加折衷焉。"① 可见,熊过是在杨慎鼓励和督促下写成《周易象旨决录》的。当然,这并不是说此书是在云南完成的。事实上,熊过在云南并无时间来完成此书,此书成书是在若干年之后。成书付梓前,熊过请杨慎为之序,杨序云:"吾友南沙熊子叔仁乃作《周易象旨》一书,采众家之说,而多象数为主,亦北海、考亭之遗意也。既本《易》之蕴而摧陷廓清焉,而继绝表微焉,条入叶贯焉。视房审权、王应麟、齐履谦、郑合沙可以分镳并驰,择精语详矣。或曰:'今之《易》传义之家已足,何以复有异说乎?'是不然。经犹正鹄也,一人射之,不若众人射之有一之或中也。若守师而固执,举一而废百,是汉人膏肓墨守之习,宋代黄茅白苇之说也,尚敢以望于通儒乎!楚之确庵曾公,以名进士出宰富顺,政成教兴,嘉此书,而斥清俸攻诸梓。余特为序而传之。嘉靖丁巳秋七月朔成都杨慎序。"② 据此序落款,可知此书序撰写于杨慎、熊过等成立"汋社"之前夕。熊过《无锡华从龙郎中七十寿序》云:"予所忘年交者杨君用修、华君从龙,生皆戊申。"③ 华从龙与杨慎同庚,都生于弘治元年戊申(1488),七十岁即嘉靖三十六年丁巳(1557),正是杨慎为《周易象旨决录》作序的当年。此外,熊过在《〈江汉颂声〉序》《蓝冰堂记》《寄王遵岩书》中都提到杨慎。杨慎诗词中也多有熊过的身影,如《春夕闻雨坐至晓寄熊南沙》、《紫房诗会,章后斋、熊南沙别馆所招》、《留熊南沙,用白香山体》、《黑漆弩》(次韵冯海粟二首)、《浪淘沙》(富顺县罗汉洞诸公相送)等,中有"天涯节物催华发,同是怀乡去国情"

---

① 熊过:《南沙先生文集》卷一,《四库全书存目丛书》第 91 册,济南:齐鲁书社,1997 年,第 525 页。此云"会辛丑谪入滇"似与《〈五言律祖〉序》"过壬寅入滇"时间不合,其实一为贬谪时间,一为到达时间,二者并无矛盾。
② 熊过:《周易象旨决录》卷首《〈周易象旨决录〉原序》,《景印文渊阁四库全书》第 31 册,台北:台湾商务印书馆,1986 年,第 430 页。
③ 熊过:《南沙先生文集》卷三,《四库全书存目丛书》第 91 册,济南:齐鲁书社,1997 年,第 568 页。

"君来自釜江，我日渡江口"等句。

熊过嘉靖二十年辛丑（1541）遭贬，嘉靖二十一年壬寅（1542）初到达云南，在云南与杨慎相识结交，此时有可能撰写《杨廷和墓表》，因为杨廷和早在嘉靖八年（1529）就已去世。然而，《杨廷和墓表》中载有嘉靖二十二年癸卯（1543）十二月出生的杨慎之子宁仁，而据赵用贤《熊南沙先生墓志铭》，熊过在嘉靖壬寅（1542）冬"量移常州府通判"①，当时四川与江苏交通阻隔，信息难通，杨慎子女众多，宁仁是其新纳少室曹氏所生，杨应该不会向熊及时报告自己再得一庶子的消息。而熊过后来又擢福建按察司佥事，复调湖州府通判，迁安吉州同知，生活并不安定，官职也变动频繁，可能无暇撰写《杨廷和墓表》，且《杨廷和墓表》中所反映的情绪也与作者当时的心境不合。最合理的推理是，《杨廷和墓表》的撰写时间在嘉靖二十五年（1546）作者被削职为民、归老家乡富顺之后。

如果考虑其他因素，再做深入一步的思考，我们就会发现，《杨廷和墓表》的写作时间不应该在杨慎生前，而应该在其逝世之后。即是说，《杨廷和墓表》不可能写于杨慎逝世的嘉靖三十八年（1559）以前。如果《杨廷和墓表》是在杨慎生前撰写，只能解释是受杨慎之托而写，那样，文中不会没有交代；且写成后不会不呈送杨慎过目，杨慎不可能没有反应，二人文集中也不会没有任何记载。况且，熊过与杨慎在泸州期间有充分的时间交换意见，讨论有关问题。而事实上，我们没有发现这方面的任何信息。合理的解释是：《杨廷和墓表》作于杨慎逝世之后，熊过除了借替杨廷和立传来抒发自己的愤懑之情外，也可能以此来表达他对其忘年好友杨慎的怀念之情。这一解释还可以从二人与《水浒传》的关系中得到说明。

依据本书第二章对《词品·拾遗》所载"宋江词"所做的考辨，我们已经知道，嘉靖三十年（1551）杨慎仍未接触到《水浒传》。嘉靖三十二年（1553），杨慎离开云南寓居泸州，后来与熊过等结诗社唱和，如果熊过在这段时间或这之前撰写《杨廷和墓表》，其中提到刘七与《水浒传》事，而杨慎又看过《杨廷和墓表》，他们二人都没有理由不予以记载或说明。只有将撰写《杨廷和墓表》的时间确定在杨慎逝世之后，上述疑惑才可冰释。或者可以进一步推想，熊过撰写《杨廷和墓

---

① 赵用贤：《松石斋集·熊南沙先生墓志铭》，《四库禁毁书丛刊》第41册，北京：北京出版社，1997年，第256页。

第七章　熊过《故相国石斋杨公墓表》与《水浒传》早期传播 | 177

表》之前"逮其家所状"，即所参考的《杨廷和行状》原稿本，也许就是杨慎逝世之前所撰，而熊过得到《杨廷和行状》的时间则应在杨慎逝世之后，至于今人可以看到的杨志仁《杨廷和行状》，则可能只是在杨慎原稿基础上增加了杨廷和平反昭雪和改葬的内容而已，其中自然没有涉及《水浒传》的事。

需要强调指出的是，熊过在《杨廷和墓表》中之所以要写上"或说七等《水浒传》宋江赦者"，与他对《水浒传》的特殊感情是有关系的。明末清初的钱谦益曾说："昔有学文于熊南沙者，南沙教以读《水浒传》。有学诗于李空同者，空同教以唱《琐南枝》。"① 显然，只有熊过对《水浒传》的推崇超过同时其他学者，钱氏才会如此记载。熊过同年好友李开先在《词谑》中亦载："崔后渠、熊南沙、唐荆川、王遵岩、陈后冈谓《水浒传》委曲详尽，血脉贯通，《史记》而下，便是此书。且古来更未有一事而二十册者。倘以奸盗诈伪病之，不知序事之法，史学之妙者也。"② 崔铣是前辈，故以他领头，而在李开先他们同辈人中，熊过对《水浒传》评价之高肯定是大家公认的，不然，是不会将他放在比他们早一届中进士的王慎中之前的。由此可知，熊过十分熟悉和喜爱《水浒传》。而《水浒传》在嘉靖初年经崔铣、熊过等人誉扬之后，很快在社会上传播开来。如果熊过是在嘉靖三十八年（1559）以后撰写《杨廷和墓表》，在提及刘七、齐彦名等潜见皇上于豹房求赦免之事时，自然会联想起《水浒传》所描写的"燕青月夜遇道君"求赦书的情节，要是其他作者，也许不会在《杨廷和墓表》中写入通俗小说事，而在对《水浒传》评价甚高的熊过手中，却实在是再自然不过了。因此，《杨廷和墓表》中所谓"或说七等《水浒传》宋江赦者"云云，并非正德时有人如此说，更非正德时有这样的文献记载，而是熊过自己有这样的理解，或者说是嘉靖时人在阅读《水浒传》以后的理解，用现代汉语解读即是：有人说刘七派齐彦名潜见皇上于豹房求赦免之事，类似于《水浒传》中宋江派燕青潜入东京于李师师处求道君皇帝赦书之事。自然，"或说七等《水浒传》宋江赦者"一句是不能作为正德七年（1512）以前《水浒传》已经成书并在社会上流传的证据，更非所谓"铁证"。

熊过在《杨廷和墓表》中之所以联想到"或说七等《水浒传》宋江

---

① 钱谦益著，钱曾笺注，钱仲联标校：《牧斋初学集》卷三十二《〈王元昭集〉序》，上海：上海古籍出版社，1985年，第932页。
② 李开先：《词谑》，中国戏曲研究院编校：《中国古典戏曲论著集成》（三），北京：中国戏剧出版社，1959年，第286页。

赦者"，其实与唐龙也有关系。据《明史·唐龙传》："唐龙字虞佐，兰溪人。受业于同县章懋，登正德三年进士。除郯城知县，御大盗刘六，数败之，加俸二等。"① 即是说，唐龙参与过对刘六等人起义的镇压，有立功受奖的经历。嘉靖十五年（1536）底，唐龙时任刑部尚书，"大礼大狱及诸建言获罪者，廷臣屡请宽，不能得。会九庙成，覃恩，（唐）龙录上充军应赦者百四十人，率得宥；所不原，惟丰熙、杨慎、王元正、马录、吕经、冯恩、刘济、邵经邦而已"②。此时，熊过正任礼部祠祭司郎中，九庙落成而"覃恩"事，应该与祠祭司颇有关联，也许熊过也参与过赦免罪犯人等的讨论，并主张赦免包括杨慎在内的因"大礼议"而贬谪的人员。最后刑部执行的赦免人员当然是经过皇帝批准的，杨慎等"大礼议"主要"罪犯"不在赦免范围之内，体现的自然是皇帝的意志。我们可以设想，在这次赦免活动中，熊过与唐龙建立了密切联系，从唐龙处知道了刘六等人的一些情况，并且他们都对杨慎等人持同情的立场。这不仅可以解释熊过为何撰写《杨廷和墓表》要联想到"或说七等《水浒传》宋江赦者"，而且可以解释熊过为何在嘉靖二十五年（1546）会坐唐龙事被削职为民。

尽管上述结论是在事证（内证、外证）和理证的基础上得出的，但笔者也仍有疑问。如果说杨慎在嘉靖三年（1524）因"大礼议"出贬云南，由于云南地处偏僻，交通闭塞，新出现的《水浒传》难以传播到云南，而"世宗以议礼故，恶其父子特甚，每问慎作何状，阁臣以老病对"③，他的行动以及与外界的联系是受到限制的，故其不知有《水浒传》，尚容易理解。④ 然而，在嘉靖二十一年（1542）熊过入滇与其定交后，以熊过对《水浒传》的爱好，不可能不向杨慎提及《水浒传》。即使因为熊过在云南时间短暂，来不及谈到《水浒传》，或者虽然谈到而杨慎实际上未能看到《水浒传》，那么，在后来他们于泸州结社唱和期间，总不会不谈到《水浒传》吧；而在《水浒传》已经相当普及的情势下，杨慎不应该看不到《水浒传》。果真如此，以杨慎对于新奇事物的敏感和对通俗文学的热爱，他不会不在自己的著作中提及《水浒传》。

---

① 张廷玉等：《明史》卷二百二《唐龙传》，北京：中华书局，1974年，第5327页。
② 同上书，第5328页。
③ 张廷玉等：《明史》卷一百九十二《杨慎传》，北京：中华书局，1974年，第5083页。
④ 其实，如果嘉靖三年（1524）以前《水浒传》已在社会上流传，杨慎应该是最有条件看到的人之一，更不用说正德六年（1511）《水浒传》已在社会上流传了。而这也反证《水浒传》的传播必在嘉靖三年（1524）之后。参见本书第一章。

对此如何做出合理的解释，在我们是一个困难，特提出就教于方家。当然，杨慎撰成《词品》是在云南贬所，即他回四川泸州之前，而其时他未见过《水浒传》尚能理解，而他移居泸州后与熊过结社唱和时间也不长，很快就被押解回云南，不久去世，在这段时间里，他留下的文字资料并不多，可以为其没有谈论《水浒传》找到一个理由，但毕竟还是不够充分的。

第八章　杜堇《水浒人物全图》考论

在《水浒传》早期传播史上，杜堇《水浒人物全图》（一作《水浒全图》）日益为研究者们所注意。这不仅关系到《水浒传》学术研究层面的一些问题，如《水浒传》成书时间和早期传播、《水浒传》版画插图的起源和影响、《水浒传》的版本判别与研究，等等。还关系到现代大众文化普及和出版层面的一些问题，如《水浒传》插图本、绣像本及一些图谱的出版，《水浒传》人物图谱的说明与介绍。事实上，近代以来很多出版社在出版有人物插图的《水浒传》时一般都不说明图片来源，或者胡乱题署作者，致使《水浒传》人物图谱越传越模糊，甚至越传越错误，贻害无穷。清理这一棘手问题，不能不从《水浒人物全图》这一被认为是最早面世的《水浒传》人物图谱开始，因为只有正本清源，才能有利于我们正确认识小说与美术、文字与绘画的相互关系，准确理解《水浒传》传播接受史的一个重要侧面，以增强对《水浒传》成书时间的判断能力。因此，我们必须回答：《水浒人物全图》究竟是不是杜堇所作；杜堇又是何许人；《水浒人物全图》最初是为《水浒传》配画，还是离书单行的画册。只有对这些问题进行深入探讨，才能在两个层面弄清楚相关事实，得出正确的结论。下面我们试作探讨。

第一节　杜堇其人及其大致生活年代

杜堇《水浒人物全图》一直为《水浒传》研究者所关注，虽然关注的角度并不相同。有的只是现象描述，指出《水浒传》带动了"水浒画"的创作。如严敦易便说："（明代作水浒画的另一家是杜堇。）陈、杜二氏的画今存见，都是一面画人形，一面赞的。"[1] 这里所述陈洪绶和

---

[1] 严敦易：《水浒传的演变》，北京：作家出版社，1957年，第52页。

杜堇的"水浒人物画",的确是颇有影响的"水浒"画作,其绘画特点确有共性。有的从《水浒传》成书角度讨论杜堇《水浒人物全图》的价值,推动着有关研究的深入。例如,李伟实以杜堇《水浒人物全图》来考察《水浒传》的成书时间,并得出结论:朵云轩所复制《水浒人物全图》确实出自杜堇之手,杜堇生于英宗正统十年(1445)前后,卒于正德末或嘉靖初,享年八十岁左右。其绘《水浒人物全图》,至多不过正德六(1511)、七年(1512)。因而《水浒传》产生于明弘治初到正德初这二十年间。① 何满子在《水浒概说》中也就杜堇《水浒人物全图》谈到《水浒传》成书,他认为:"明宪宗成化时,杜堇已为《水浒传》人物作图,足可证明其时《水浒传》版本已经通行,可作近人主张《水浒传》初刻于嘉靖时之说不确之有力旁证,在《水浒传》版本考证上有其价值。"② 后来他又在《小说配画传统的一次总结》中说道:"至于依附于文本而作画的,今知最早为《水浒传》配画的有明代成化(1465—1487)间的杜堇。"③ 此外,刘天振在《〈水浒传〉版画插图研究述略》文中介绍《水浒全图》时说:"杜堇的《水浒全图》也是明清人讨论的一个热点。杜堇,明代画家,本姓陆,后改姓杜,号柽居、古狂,江苏丹徒人,'成化中举进士不第'。(《明画录》)所画《水浒全图》有图五十四幅,每幅二人,绘梁山一百单八将。"④ 不难看出,就杜堇《水浒人物全图》而言,研究者们所关注的主要是《水浒传》成书和版画插图两个方面,并且大多相信《水浒人物全图》是明中叶画家杜堇所画。

"知人论世"是中国学术研究的优良传统,探本穷源是讨论问题的基本方法。讨论《水浒人物全图》与《水浒传》成书时间的关系,必须先弄清《水浒人物全图》的来历;而要弄清《水浒人物全图》的来历,必须了解传为画作作者的杜堇。因此,我们的讨论就从了解杜堇其人开始。

关于杜堇其人其画,研究的人并不多。张慧剑在《明清江苏文人年表》中搜集了六条有关杜堇的活动,不仅记述简略,而且有错。徐伟灵

---

① 参见李伟实:《从杜堇的〈水浒人物全图〉看〈水浒传〉的成书年代》,《社会科学战线》1991年第3期。
② 何满子:《水浒概说》,收入氏著《何满子学术论文集》第1卷,福州:福建人民出版社,2002年,第321页。其《水浒概说》曾于1993年由上海古籍出版社单独出版。
③ 何满子:《小说配画传统的一次总结》,《中华读书报》2001年2月14日。收入氏著《将进酒》,石家庄:河北教育出版社,2004年,第247页。
④ 刘天振:《〈水浒传〉版画插图研究述略》,《水浒争鸣》第10辑,武汉:崇文书局,2008年,第441页。

《杜堇及其艺术》、倪龙娇《杜堇艺术地位的重估》等文,对杜堇有所研究,只是还不很到位。①《中国古代画家辞典》《中国美术辞典》仅有关于杜堇的简单而模糊的介绍。因此,有必要先来了解一下杜堇其人。

杜堇,初姓陆,字言符,又字惧(一作思)男,别号柽居、古狂,又以青霞亭或青霞亭子自署②。江苏丹徒人,占籍京师。明代中叶著名画家,工诗能文。文献提到或画作署名的所谓陆谨、陆堇、杜谨,其实都是杜堇一人。

最先对杜堇其人其画进行介绍的画史著作是韩昂的《图绘宝鉴续编》,其中有云:"杜堇字惧男,有柽居、古狂、青霞亭之号,镇江丹徒人,有籍于京师。勤学经史及诸子集录,虽稗官小说,罔不涉猎。举进士不第,遂绝意进取。为文奇古,诗精确,通六书,善绘事,其山水人物、草木鸟兽无不臻妙,由其胸中高古,自然神采活动,宜乎宗之者众。"③《图绘宝鉴续编》成书于明正德十四年(1519),韩昂大约生于景泰五年(1454)以前,为成化七年(1471)举人,成化十四年(1478)进士④。韩昂和杜堇差不多是同时代人,因而《图绘宝鉴续编》应是对杜堇生平资料的最早和最权威的记录。之后就是明王世贞《艺苑卮言》对杜堇的记载:"杜堇初姓陆,别号古狂,其界画楼阁人物严雅,深有古意,而山水树石不甚称,亦是白描第一手也。花卉颇精雅。"⑤王世贞在《弇州四部稿》中多次提及杜堇,对杜堇应该是比较了解的。此后,明朱谋垔《画史会要》、明姜绍书《无声诗史》、清徐沁《明画录》对杜堇的著录都来自《图绘宝鉴续编》和《艺苑卮言》的说法,或二者

---

① 徐伟灵:《杜堇及其艺术》,《丹徒丹青》(丹徒文史资料第18辑),丹徒:丹徒区政协文史委员会,2004年,第85~94页。倪龙娇:《杜堇艺术地位的重估》,中国美术学院硕士论文,2006年。关于杜堇,倪龙娇发表过2篇着眼于绘画史角度的论文。
② 关于杜堇别号,《图绘宝鉴续编》《画史会要》《无声诗史》《明画录》都作"青霞亭",《御定佩文斋书画谱》引《图绘宝鉴续纂》作"青霞亭长"。孙星衍《平津馆鉴藏书画记》曰:"堇好故事,余家藏有《陈元达锁谏图》,亦其所临阎立本笔也。图章有'青霞亭子'四字,证之《图绘宝鉴续纂》称其'青霞亭长'之号,'长'字盖误。"(王燕来选编:《历代书画录续编》第17册,北京:国家图书馆出版社,2010年,第71页。)《中国古代画家辞典》《中国美术辞典》皆作"青霞亭长",应属以讹传讹。
③ 韩昂:《图绘宝鉴续编》,《景印文渊阁四库全书》第814册,台北:台湾商务印书馆,1986年,第629页。
④ 参见何庆先:《"玉泉韩昂"考》,《南京大学学报(哲学·人文科学·社会科学)》1998年第2期。
⑤ 王世贞:《弇州四部稿》卷一百五十五《艺苑卮言》,《景印文渊阁四库全书》第1281册,台北:台湾商务印书馆,1986年,第495页。

取一，或综合二者。不过，王世贞言"杜堇初姓陆"，《画史会要》中言"陆堇始姓杜"①，究竟是初姓陆，还是始姓杜，难以判断；如果以王世贞对杜堇的熟悉程度超过朱谋垔而言，似可以从王说。另外，徐沁《明画录》中关于杜堇"成化中举进士不第"②的记载，也补充了杜堇活动于成化之际的信息。

杜堇绘画在当时就颇有影响，和沈周（1427—1509）、郭诩（1456—1529?）、吴伟（1459—1508）齐名，善白描人物，有"白描第一手"之称。孙星衍（1753—1818）《平津馆鉴藏书画记》录有李日华（1565—1636）关于杜堇《陈元达锁谏图》的题跋："古狂杜先生精于绘事而于人物犹工，其佳处往往不减顾、陆，国朝以来第一人也。"③在李日华看来，杜堇画人物，佳处直逼六朝名家顾恺之、陆探微，评价可谓甚高。杜堇绘画作品有少量存世，款识有"柽居""柽居杜堇""杜堇""古狂杜堇"等，印鉴有"柽居""青霞亭""青霞亭子""柽居子""一书生"等。

从上述介绍中，我们对杜堇只能有个大概的了解，而关于杜堇生卒年及活动情况等仍然不甚清楚，尤其对其绘画作品缺少必要的说明。有鉴于此，笔者将文献资料中杜堇绘画及其他活动以年代先后排列如下，以便大家对杜堇的画作以及与绘画有关的画事有个整体的印象。

天顺八年甲申（1464），杜堇跋《太仓州文昌祠周绍荣投词》。明王世贞在《题文昌祠投词后》中说："而吾州之祠成于陆参政孟昭，乞张真人题额，后有周舍人宗勉手书投词与陆参政文量、杜古狂思男跋。二陆、周、杜皆吾乡名搢绅长者。其事为天顺甲申，而今则万历之壬午，垂百二十年而手泽若新，道士费生辈又能世宝之，可念也。周后复姓马，其名绍荣，累官太常少卿直秘阁，以书显。孟昭以任侠显，文量以政术显，思男以丹青显。"④ 杜思男即杜堇，陆文量即陆容。

成化元年乙酉（1465），杜堇作《散牧图》。清人胡敬《西清札记》曰："杜堇《散牧图》卷，绢本设色……款：'成化元年秋七月，樵元人

---

① 朱谋垔：《画史会要》卷四，《景印文渊阁四库全书》第 816 册，台北：台湾商务印书馆，1986 年，第 536 页。
② 徐沁：《明画录》卷一，《续修四库全书》第 1065 册，上海：上海古籍出版社，2002 年，第 648 页。文中着重号为笔者所加。
③ 孙星衍：《平津馆鉴藏书画记》，王燕来编：《历代书画录续编》第 17 册，北京：国家图书馆出版社，2010 年，第 71 页。
④ 王世贞：《弇州续稿》卷一百六十，《景印文渊阁四库全书》第 1284 册，台北：台湾商务印书馆，1986 年，第 310 页。

散牧图。杜堇。'印二:'杜堇、柽居。'"①

成化九年癸巳(1473),杜堇作《离骚九歌图》。清人胡敬《西清札记》曰:"陆谨《离骚九歌图》卷,纸本白描……款:'明癸巳中秋念有一日隗台陆谨写于娄文昌云泉山房。'"②后有胡敬按语:"谨案陆谨即杜堇。《画史会要》作陆堇,云始姓杜。考堇乃谨字之省。《礼·内则》'涂之以谨涂',郑注作'墐',《玉篇》引作'堇',居隐切。《江村销夏录》载仇英《停琴听阮图》署款云'仇英实父堇制',英未必通六书,亦足证前明人谨堇二字之通用矣。"③此图现藏北京故宫博物院。秋,遇沈周,沈周以诗相赠。吴敢所著《沈周》云:成化九年(1473)秋,沈周"与陈蒙游虎丘,登姑苏台。其间曾访沈翊,相谈竟夜。又遇陆堇,有诗相赠"④。沈周《石田稿》有《赠陆言符用陈育庵韵》(《赠陆古狂和陈育庵韵》),陈育庵即陈蒙,这首诗可能就是此年所作。

成化十年甲午(1474),沈周作《支硎山图》,杜堇、陈蒙、卞荣等为其题咏。清缪日藻《寓意录》录沈周《支硎山图》,此图作于成化甲午(1474),"后有《支硎山人传》,文林撰。卞荣、陈蒙(中略)桑林、陆堇、王复、吴济、史鉴、马愈、钱世荣诸人题咏,不及尽录"⑤。同年十二月,沈周作《娄江雪棹图》并系诗以赠许祯⑥,杜堇多人奉和。明汪砢玉《珊瑚网》录沈启南(周)《娄江雪棹图》并诗:"我写云中意,平林带远峦。倩谁看玉润,呼酒破风寒。因尔独归去,令人殊未安。山灯今夜榻,聊作小盘桓。——秉智为余外甥,其谊尤笃。十二月二日自东昆来郡中,慰余久客。是夕雪作,明日伺晴欲行,小酌灯下,写《娄江雪棹图》系诗送之,凡在座者皆连声和响于后。天寒岁晚,殊解寥落。沈周。"⑦"已富三冬学,青衫称少年。远寻东老寓,独羡外甥贤。雪变寒江雨,钟鸣野寺天。又驱羸马去,离思绕长川。——燕山陆堇。"⑧"鬓丝将满镜,耻近觉非年。四海少兄弟,一杯从圣贤。索诗烦许子,倚剑在吴天。归路薄风雪,扁舟当济川。——三日雪不辍,秉智尚阻宿承天僧寓。是夕,古狂陆君自岩天院来,因继拙恶而有二妙,秉智请为和,

---

① 胡敬:《胡氏书画考三种·西清札记》卷二,《续修四库全书》第1082册,上海:上海古籍出版社,2002年,第86~87页。
②③ 同上书,第94页。
④ 吴敢:《沈周》,石家庄:河北教育出版社,2003年,第226页。
⑤ 缪日藻:《寓意录》卷三,《湖海楼丛书续编》本。
⑥ 许祯(一作贞),字秉智,既是沈周外甥,又做了沈周的女婿。
⑦⑧ 汪砢玉:《珊瑚网》卷三十七,《景印文渊阁四库全书》第818册,台北:台湾商务印书馆,1986年,第711页。

遂和之如右。周重题。"① "入郭频相见，余当旅食年。生涯休说隐，王道正求贤。啥寄春前酒，寒增雪后天。便应留信宿，孤棹倚前川。——再用前韵以答秉老。堇。"② 清人卞永誉《式古堂书画汇考》卷五十五亦载。《明诗综》卷三十录陆堇诗一首《赠别秉智（沈启南甥）》（"已富三冬学"），注："堇，燕人。"吴敢《沈周》载云，成化十年"十二月二日（1475年1月9日），婿许贞从昆山来，叩启南于苏州城中。是夕雪作，启南写《娄江雪棹图》系诗赠之，诸友皆有和诗。翌日，因雪不辍，许贞复阻宿承天僧寓。是夕，陆堇从岩天院来，为其题诗一首。应许贞之请，启南和之，陆氏复和"。③

成化十年甲午（1474）前，陆堇曾作《自题画》，有杜琼题诗。明郁逢庆《书画题跋记》载杜琼题《杜柽居自题画》曰："纷纷画债未能偿，日日挥毫不下堂。郭外有山闲自在，也应怜我为人忙。"④《御定佩文斋书画谱》卷一百引郁逢庆《书画题跋记》，亦录《杜柽居自题画》。杜琼（1396—1474），吴县人，书画皆精。杜琼题诗年代不详，但肯定在其卒年（1474）之前，那么杜堇《自题画》也应在成化十年（1474）之前所作。

成化十五年己亥（1479），魏虚谷道士（生卒年不详）以杜堇书赘向沈周求画。沈周《石田稿》有《润州魏虚谷道士以束用光、杜思男书赘求画》诗。吴敢《沈周》载云：成化十五年"冬日，魏虚谷道士至润州来访，以束用光、杜堇书赘求画"⑤。参照沈著，吴著中"至润州"应为"自润州"。

弘治二年己酉（1489），杜堇在京师为吴宽作《冬日赏菊图》。吴宽《冬日赏菊图记》云："弘治二年十月二十八日，翰林诸公会予园居为赏菊之集，既各有诗。宽以为宜又有图寘其首，乃请乡人杜谨写之。"⑥ 清孙承泽《吴匏庵冬日赏菊图》亦曰："匏庵先生为少詹时寓居京师之海潮庵侧，辟园种菊。于弘治二年十月二十八日集李西涯诸公赏之，各赋

---

① 汪砢玉：《珊瑚网》卷三十七，《景印文渊阁四库全书》第818册，台北：台湾商务印书馆，1986年，第712页。
② 同上书，第711～712页。
③ 吴敢：《沈周》，石家庄：河北教育出版社，2003年，第227页。
④ 郁逢庆：《书画题跋记》卷十二，《景印文渊阁四库全书》第816册，台北：台湾商务印书馆，1986年，第766页。
⑤ 吴敢：《沈周》，石家庄：河北教育出版社，2003年，第232页。
⑥ 吴宽：《家藏集》卷三十八，《景印文渊阁四库全书》第1255册，台北：台湾商务印书馆，1986年，第324页。

诗。又命杜堇为图，装成一卷。"①

弘治三年庚戌（1490），杜堇为吴县黄暐（1438—？）《江夏公卷》卷首题画。王世贞《题江夏公卷后》曰："江夏公射策举高第，为弘治庚戌读策大臣，用故事相唱酬成卷，而江夏公手书之藏于家。卷中若三原王端毅、钧阳马端惠、琼山丘文庄、盱江何文肃、阳曲周文端、猗氏耿文恪、长沙李文正、钱塘倪文毅、四明屠襄惠，皆彬彬巨公长者。……江夏公孙淳父出示余，三复之，恍然若绛侯、张相如对语时状，令人想见文景之盛，有余慨焉。卷首画为杜堇古狂笔，今亦不可复得矣，淳父其善有之。"② 黄暐为黄省曾（1490—1540）之祖父，黄姬水（字淳父，1509—1574）之曾祖，生于正统三年（1438），弘治三年（1490）庚戌科进士，约卒于弘治末③。

弘治四年辛亥（1491），杜堇题画送文林还吴。《吴都文粹续集》卷五十二有杜堇《题画送文太仆宗儒还吴》一诗，其中有"春寒病起还相送，二十年前过爱情"之句。文林《文温州集》中也收录杜堇诗与文林和诗。杜堇诗为《题画送文太仆宗儒还滁》（"滁"似应为"吴"），后有注："杜堇，字言符，号柽居，京师人。"文林和诗为《答言符兼谢赠画》（《石仓历代诗选》第四百一十七卷亦收此诗，作《答杜言符兼谢赠画》），其中有"从前交谊谁偏重，眼底才名子不轻。珍重新图先到我，淡烟疏树不胜情"④ 之句。弘治四年（1491）春，文林前往京师，回吴时，杜堇抱病相送。由二诗可知，他们二十年前就相识，情谊颇重。此时杜堇已经享誉京师，才名不浅。

弘治八年乙卯（1495），杜堇题画送别沈维时。沈云鸿（1450—1502），字维时，沈周之子。网上曾见拍卖杜堇《文会图》手卷，题识："维时将返吴门写此以赠。时乙卯四月下旬。柽居杜堇。钤印：柽居。"笔者细观此图，感觉不像是《文会图》，而像是《送别图》。清人王梦楼《沈维时饯别图卷》曰："此图不署画家名氏。其笔意高古宕逸，较唐、沈诸名家，别具蹊径。卷后有仇东之序、杜柽居诗。柽居工画，然流传者颇少。余尝见其自写像，像长径尺，系立轴，而衣摺用笔与此卷略同，

---

① 孙承泽：《庚子销夏记》卷三，《景印文渊阁四库全书》第 826 册，台北：台湾商务印书馆，1986 年，第 42 页。
② 王世贞：《弇州四部稿》卷一百二十九《题江夏公卷后》，《景印文渊阁四库全书》第 1281 册，台北：台湾商务印书馆，1986 年，第 158 页。
③ 参见王成娟：《黄省曾研究》，浙江大学硕士论文，2007 年。
④ 文林：《文温州集》卷二，《四库全书存目丛书》第 40 册，济南：齐鲁书社，1997 年，第 292 页。

意即柽居笔耶？观其诗有'画图非重重诗名'之句，于画有谦词，益可征信。要之此画大是名笔，王嫱、西施，不必询名而后知其美也。"① 王氏不敢肯定，只是猜测《沈维时饯别图卷》为杜堇所作。徐邦达《古书画伪讹考辨·沈周》曰："又清沈焯摹明杜堇画《南堂饯别图》，卷后有叶道芬录明仇僮书《送沈维时序》云：'吴郡沈维时，石田先生之子。先生，吴门高士也，抱器不试，时于诗书画寄其高兴。……弘治八年五月中旬二日，教授北海仇僮序。'"② 清程庭鹭《篛庵画麈》卷下亦录杜堇《南堂饯别图》。看来杜堇确实曾画《沈维时饯别图》，也叫《南堂饯别图》。网上拍卖的杜堇《文会图》，不知是真是假，不过从其题识来看，四月下旬是将返吴门，而五月中旬是正式饯别，时间上倒是没有漏洞。但题《文会图》似非原意，不如题《饯别图》更为贴切。

弘治十二年己未（1499），杜堇与唐寅相识，寅以诗相赠。时唐寅进京会试。唐寅有《赠杜柽居》诗曰："白眼江东老杜迁，十年流落一囊书。长安相见红尘里，只问吴王菜煮鱼。"③

弘治十三年庚申（1500），杜堇为常熟沈天与（生卒年不详）作《友鹤图》，为桑悦作《友鹤记》，时为弘治庚申（1500）秋。清人陆时化《吴越所见书画录》卷五录《明杜古狂友鹤图册》。桑悦和沈天与是同里，题"友鹤"，署"思玄居士同里桑悦题"，并作《友鹤记》。杜堇题"柽居杜堇为天与写《友鹤图》"，署"杜堇"。后还有诸人题诗。陆时化最后鉴定曰："此册桑民怿之前题及记、杜古狂之图皆是真迹。如祝希哲、金元玉、徐昌谷之诗乃当时人伪为以应天与之征。后尚有龚蒙、叶预二诗，诗不佳，未录。龚蒙之书与金元玉出一人之手。"④

同年，杜堇作《古贤诗意图》。《古贤诗意图》卷末有金琮跋云："□□索仆书古诗十二首，将往要杜柽居为图其事，柽居无讶仆书敢占其左，以渍痕在耳，他日图成，必有谓珠玉在侧，觉我形秽者，仆奚辞焉。弘治庚申六月廿八日，金琮记事。"⑤ 金琮（1449—1501），金陵人，善书画。金琮在弘治十三年庚申（1500）六月书诗，那么杜堇应是在此年

---

① 王梦楼：《快雨堂题跋》卷七，上海：广智书局，1912 年，第 10～11 页。
② 徐邦达：《古书画伪讹考辨》下卷，南京：江苏古籍出版社，1984 年，第 115 页。
③ 周道振、张月尊辑校：《唐伯虎全集》卷三，杭州：中国美术学院出版社，2002 年，第 105 页。
④ 陆时化：《吴越所见书画录》卷五，徐娟主编：《中国历代书画艺术论著丛编》，北京：中国大百科全书出版社，1997 年，第 808～809 页。
⑤ 中国古代书画鉴定组编：《中国绘画全集》第 11 卷，北京：文物出版社；杭州：浙江人民美术出版社，1997 年，第 194、195 页。

或稍后补图。此图现存九段,藏北京故宫博物院。

弘治十八年乙丑(1505),杜堇或与徐霖(1462—1538)合作《忆芙蓉》图卷。此图《中国美术全集·绘画编七·明代绘画中》第七十九作《花卉泉石图卷》。徐朔方《徐霖年谱》指出:"画册编者题为《花卉泉石图卷》,似非原意。观题画诸诗,此画为瘦石作,瘦石时为南京工部属官,芙蓉指其往年所昵苏州女校书也。"①《忆芙蓉》图有作者徐霖题诗、"柽居杜堇"和诗、"东磐张褶"和诗等。其中"东磐张褶"和诗云"柽居似窃化工拳,貌得芙蓉态宛然",所以徐朔方先生指出:"据诗,画中芙蓉当出杜堇笔。"从年谱所录众人和诗及所和之人介绍可知,"丹川段豸"和诗有"壬戌进士"印,壬戌即弘治十五年(1502),还有"楚人邢缨"和诗,邢缨(1453—1510)卒于正德五年(1510),那么,此图应作于弘治十五年(1502)之后,正德五年(1510)之前,遵徐先生所言"姑系此年"②。

正德七年壬申(1512)或此前,杜堇为杨一清作《耆英图》。李东阳曾作《邃庵先生以杜古狂惧男所作〈耆英图〉巨轴索题长句,予以休致未遂,每一构思,辄太息而止。得请后,乘兴为之,率尔而就,还此宿逋,如释重负矣。邃庵其为我和之》,诗曰:"邃翁风雅天下无,索我为赋《耆英图》。问翁此画谁所作,云是江东才子烟波徒……此图此意久未赋,岁序似待秋鸣虫。"③《李东阳年谱》谓此诗作于正德八年(1513)春④。同年六月李东阳初度之辰,杨一清有《涯翁先生初度之辰,和所作耆英会图歌韵为寿》诗相贺⑤。李东阳致仕是在正德七年(1512),这幅画应是在此之前所作,最晚也是在正德七年(1512)所作。

根据上面的梳理可知,杜堇绘画及画事活动自天顺八年(1464)即已开始,一直持续到正德七年(1512),前后有近五十年,主要集中于成化、弘治时期。以天顺八年(1464)往上推二十年,那么他大约生于正统九年(1444)前后。据邵宝(1460—1527)《追悼杜柽居》诗,可知杜堇肯定卒于嘉靖六年(1527)之前。再联系唐寅《赠杜柽居》诗中

---

① 徐朔方:《晚明曲家年谱》第一卷《徐霖年谱》,杭州:浙江古籍出版社,1993年,第19页。
② 同上书,第16~19页。
③ 李东阳:《李东阳续集》,长沙:岳麓书社,1997年,第1~2页。
④ 钱振民:《李东阳年谱》,上海:复旦大学出版社,1995年,第258、261页。
⑤ 杨一清:《石淙诗稿》卷十一,《四库全书存目丛书》第40册,济南:齐鲁书社,1997年,第486页。

"老杜"之语，以及祝允明《燕山三氏小述》中所记"一人曰杜谨言符，畜奇气字字，木火成性，通明亢升，物不得挠之。自研磨要理，兼总形实，将施利当世。假令遂顺，将无烦究尽足矣，乃复梗塞。今渐老矣"①，综合来看，如果杜堇在弘治末年已经渐老的话②，他极有可能卒于正德年间（1506—1521），估计活不到嘉靖初。清代缪日藻《绝代名姝册》记载有唐寅摹写杜堇古代名姝西施、文君等十人的题记云："右《绝代名姝图》一册，凡十人，吴杜堇柽居所作。柽居善绘事，能诗，然亦不苟落笔（中略）柽居之作，是岂无意耶？是岂不为画中之史也耶？是图余始得观于匡庐朱氏，喜而摹之，并录其诗于后，而枝山复为之和，其亦得吾心之同得者，吾何不言。嘉靖癸未（应为末）中秋月中秋日吴趋唐寅书于学圃堂中。"③ 嘉靖癸未为嘉靖二年（1523）。揣摩唐寅题识口气，特别是与前文"老杜"相对照来看，似乎此年此时杜堇已不在人世。

还有一些文献载有杜堇的画作及其他活动，但具体时间不详，只能判断其大致年代，也有一定参考价值。例如：

明末清初学者、藏书家姜绍书（生卒年不详）在《无声诗史》中说："余曾见其（指杜堇——引者）《东园载酒图》，天真烂熳，诚逸笔也。余乡孙图南所藏柽居《七峰图》，乃为其先世七峰中翰所写者，树石俱作飞白体，后多成、弘间名士题咏，如祝京兆、唐六如、陈石亭诸公之迹，尤称合作。图南谢世，书画散逸，此图不知所归矣。"④ "七峰"指孙育（？—1529），丹阳人，《七峰图》乃杜堇为孙育所作。姜氏并未讲《东园载酒图》是哪一年所画，《明清江苏文人年表》说是正德十三年（1518），不知何据。文中说"后多成、弘间名士题咏"，看来并非是正德年间所作，而很可能是成化、弘治间所作。

王世贞《周东村韩熙载夜宴图》曰："《韩熙载夜宴图》乃李主遣国手顾宏中于熙载第偷写得者，曲尽其纵狎跌宕之态。宏中别写本行人间，宣和帝收得凡四本，俱宏中笔。而又有顾大中二本，亦佳帝自著谱云。

---

① 祝允明：《怀星堂集》卷十七，《景印文渊阁四库全书》第1260册，台北：台湾商务印书馆，1986年，第606页。
② 唐寅诗写于弘治十二年（1499）。祝允明《燕山三氏小述》末尾曰："予之京师求观四方士，恨未得，得者独三士焉，然皆先得者矣，呜呼！"（祝允明：《怀星堂集》卷十七，《景印文渊阁四库全书》第1260册，台北：台湾商务印书馆，1986年，第606页。）他也是在弘治年间多次到京会试。
③ 缪日藻：《寓意录》卷四，《湖海楼丛书续编》本。
④ 姜绍书著，印晓峰编：《无声诗史》卷二，上海：华东师范大学出版社，2009年，第44页。

大中应是宏中昆季也。弘治间杜堇古狂稍损益之，寻落江南好事大姓家，以百斛米遗祝希哲，为作一歌八绝句，手题其后，称吴中三绝。此则东村周臣摹堇图而白阳陈淳书祝诗，周行笔精工不减杜，而陈书亦在逸品，盖第四佳本也。"① 王世贞虽然说明了杜堇于弘治年间作有损益顾宏中《韩熙载夜宴图》的杜本《韩熙载夜宴图》，而他看到的《周东村韩熙载夜宴图》则是周臣所摹杜本，而杜所损益顾宏中《韩熙载夜宴图》的时间却不得而知。

邵宝《赠郭仁宏序》曰："弘治初尝游京师，时予为郎户部，多布衣交，若吴郡杜谨惧男、北海仇潼东之、四明王佩惟德、天台王奇文英、王辅仁甫、吾乡陆宽宗仁，无旬朔不会，仁宏乃安在？至于今始有见晚之叹哉！予于是乎有感矣，作《赠郭仁宏序》。"②

上述记载虽无具体时间，但都点明"成、弘间""弘治间""弘治初"，这样看来，杜堇主要活动于明代成化、弘治年间。联系杜堇正德七年（1512）或稍早曾为杨一清作《耆英图》，他有可能正德末年还在世。因此，杜堇的生卒年可以大致确定，即约生于明正统九年（1444）或稍前，约卒于正德十六年（1521）或稍前。

第二节 杜堇的交游及李开先、郎瑛对他的评价

上节我们考察了杜堇其人其画及其大致生卒年，确定了他的生活年代，下面再来看看杜堇的交游。

从上文考察得知，杜堇和沈周、吴宽、文林、沈维时、唐寅、徐霖、孙育、邵宝、祝允明等都有交往。比如沈周，除了上文的资料外，沈周《石田稿》中有《和陆古狂秋夕写怀韵》、《古狂为陆言符赋》、《赠陆言符用陈育庵韵》（《赠陆古狂和陈育庵韵》）、《用陆言符韵复送许祯》（《用陆古狂韵复送许祯》）、《润州魏虚谷道士以束用光、杜思男书赘求画》③ 等诗，二人交情可谓不浅。

显然，杜堇跟当时的许多画家及其他名士都有交往。为了弄清楚

---

① 王世贞：《弇州四部稿》卷一百三十八《周东村韩熙载夜宴图》，《景印文渊阁四库全书》第1281册，台北：台湾商务印书馆，1986年，第275页。
② 邵宝：《容春堂续集》卷十二，《景印文渊阁四库全书》第1258册，台北：台湾商务印书馆，1986年，第598页。
③ 沈周：《石田稿》，《续修四库全书》第1333册，上海：上海古籍出版社，2002年，第339、345、409、423、538页。

《水浒人物全图》的真伪,这里将杜堇与文林、吴宽、程敏政、李东阳的交往特别提出来加以讨论,以促进问题的解决。

杜堇和吴宽、文林的交游,见前文"弘治二年己酉(1489)"条和"弘治四年辛亥(1491)"条。再看杜堇与程敏政和李东阳的交往。程敏政《篁墩文集》中有《待怪居杜生不至用旧韵一首(时约与云湖陶生作画,故诗及之)》,其中有"一树凉阴绕屋多,呼童频候杜生过"①,不言而喻,程敏政和杜堇是相识的,既呼"杜生",其年龄和地位应该比杜氏为高。李东阳也在诗中多次提及杜堇。其《题杜古狂画寿张封君,为礼部员外继孟作》诗曰:"杜狂作画如写神,朱颜皓发真仙人。"《和王古直哭兆先韵二首》诗曰:"画图指点趋庭事,恨杀多情杜古狂。(原注:杜堇思别号古狂,尝为兆先作《领庵图》。)"②李东阳还应杨一清之请,为杜堇所作《耆英图》题诗。程、李二人虽谈不上和杜堇交情深厚,但至少是认识和熟悉杜堇的。

杜堇的绘画创作和画事活动主要集中在成化、弘治时期,与之交游的有沈周、邵宝、文林、吴宽、程敏政、李东阳等文化名人。前文我们已经提到,王世贞《题文昌祠投词后》中也同时出现过陆容和杜堇,而在与杜堇交游的人物中,吴宽、程敏政、李东阳、文林等也都与陆容交好,可以推断陆容和杜堇是交好的。这里,我们再以陆容为参照,来看看杜堇是否可能创作《水浒人物全图》。

事实上,杜堇和陆容生活年代大致相同,只不过杜堇比陆容出生略晚几年,又多活了几十年,经历了陆容未曾经历的正德一朝。在本书第六章,我们通过陆容《菽园杂记》有关"叶子戏"的记载与潘之恒《叶子谱》的比较研究,断定直到陆容逝世的弘治七年(1494)《水浒传》都没有成书。这就是说,弘治七年(1494)之前,陆容《菽园杂记》所记"叶子戏"中的水浒人物来自《宣和遗事》和《癸辛杂识》,③ 表明《水浒传》此时并未成书,杜堇绝不可能在此前绘出与《水浒传》人名全部相同的108人《水浒人物全图》。当然,这并不意味杜堇不能在正德年间看到《水浒传》,然后绘制出《水浒人物全图》。因此,我们还得考

---

① 程敏政:《篁墩文集》卷八十一,《景印文渊阁四库全书》第1253册,台北:台湾商务印书馆,1986年,第619页。
② 李东阳著,周寅宾点校:《李东阳集》第一卷,长沙:岳麓书社,1984年,第498、715页。诗中李东阳自注"思"后似缺"男"字。
③ 据李伟实先生所言,《水浒人物全图》所绘108人,除两个字笔误以外,其余姓名与《水浒传》全同。而陆容《菽园杂记》所记人名与《水浒传》颇异。

虑弘治七年（1494）之后《水浒传》有可能成书的情况。

那么，《水浒人物全图》是不是作于陆容逝世以后的正德年间呢？或者如李伟实先生所言，《水浒人物全图》绘制时间"至多不过正德六、七年"呢？这里，有必要引出李开先和郎瑛两人来进行考察。

李开先的生平事迹，我们在本书第一章有过全面考察，这里不再重复。需要指出的是，李开先极为推崇杜堇，其所著《画品》有直接反映。《画品一》云："杜古狂如罗浮早梅，巫山朝云，仙姿靓洁，不比凡品。"《画品四》云："文进、小仙、云湖、古狂为一等。"《画品五》云："古狂其原出于李唐、刘松年，人物更奇，树石远不逮也。"① 书中多次提到"古狂人物"，称赞杜堇人物画妙绝。他的《〈画品〉后序》写于嘉靖二十四年（1545），云"《画品》论人皆已逝者"，说明书中品评的画家都是已经去世的，可以盖棺定论。胡来贡《〈画品〉跋》谈到看了《画品》后，因不知所论之人籍贯字号等相关情况，因而"执书逐名扣之，中麓公（李开先号——引者）应答如响，遂笔之如册"，问及杜堇，中麓公则曰："杜堇字惧男，号柽居，丹徒人。博雅精敏，诗文字画，久擅时名。"② 可见李开先对杜堇的推崇是不避时人的。李开先《〈海岱诗集〉序》又云："我朝名画，比之宋、元虽少，总之似不下百人，而以戴、吴、陶、杜为最。……陶云湖之细润，杜古狂之精奇，皆擅长伎圃，流声艺林者也。"③ 凡此种种，皆可证明李开先对杜堇的熟悉和推崇毋庸置疑。

再看郎瑛对杜堇的评价。郎瑛字仁宝，浙江仁和（今杭州市）人，著名藏书家，著有《七修类稿》等。其所作《戴进传》曰："先生（指戴进——引者）没后，显显以画名世者无虑数十，若李在、周臣之山水，林良、吕纪之翎毛，杜堇、吴伟之人物，上官伯之神像，夏少卿之竹石，高南山之花木，各得其一支之妙，如先生之兼美众善又何人欤？"④ 传主虽是戴进，此段传文也是赞叹戴进，但在"一支之妙"的人物绘画上，郎瑛是把杜堇摆在了明中叶画家的最高位置，由此可见杜堇在其心目中的地位。

---

① 李开先著，路工辑校：《李开先集》，北京：中华书局，1959年，第1000、1004、1005页。
② 同上书，第1008、1010、1010页。
③ 同上书，第260页。
④ 郎瑛：《七修类稿》续稿卷六《事物类·戴进传》，上海：上海书店出版社，2001年，第606页。

李开先在《一笑散·时调》(《词谑》别称)中记载了嘉靖初年崔铣、熊过等一批著名学者对《水浒传》的评论,他本人又创作过以"水浒故事"为题材的传奇《宝剑记》,属于最早阅读和评论《水浒传》的那一批人。郎瑛《七修类稿》于嘉靖年间完稿,其卷二十三、卷二十五都提到宋江故事和《宋江演义》(《水浒传》代名),可见他对"水浒故事"和《水浒传》都十分喜爱和留心。以李、郎二人对"水浒故事"和《水浒传》的热忱来看,如果他们所熟悉所推崇的杜堇曾经绘制过108人的《水浒人物全图》,那一定会在自己的著作中予以介绍,多少也该留下一些痕迹吧,可惜完全没有,这是不符合常理的。这种现象只能说明,他们二人根本不知道杜堇创作有《水浒人物全图》;或者换一种说法,杜堇压根就没有创作《水浒人物全图》,《水浒人物全图》可能与杜堇无关。李、郎二人正好填补了陆容逝世以后的信息空白,因为他们都是杜堇的晚辈。由此看来,陆容死后十几年中,杜堇绘制《水浒人物全图》的可能性也不大,或者根本没有。

第三节 杜堇画作与《水浒人物全图》的由来

李开先、郎瑛在谈及杜堇画作或评论杜堇绘画时都没有提到杜堇《水浒人物全图》,证明他们都没见过杜堇《水浒人物全图》,那么,其他人有没有可能见过杜堇《水浒人物全图》呢?显然,我们仍有必要全面考察杜堇画作被提及、被著录的情况,以排除其他可能。

先来看看明清文人集子里提及杜堇画作的记载,如表8.1所示:

表8.1 明清文集提及杜堇画作一览表

画　　作	出　　处
《冬日赏菊图》	吴宽《家藏集》卷三十八 孙承泽《春明梦余录》卷六十五
《领庵图》	李东阳《怀麓堂集》卷九十八
《耆英图》(为杨一清所写)	李东阳《李东阳续集》
《双寿图》	顾清《东江家藏集》卷十七
《风帆秋兴图》	顾清《东江家藏集》卷十八
《左丘明像》《孔子读书图》	顾璘《顾华玉集·息园存稿文》卷七
《伊尹耕莘图》	陈经《海岱会集》卷四

续表

画　作	出　处
《韩熙载夜宴图》	王世贞《弇州四部稿》卷一百三十八 袁中道《游居柿录》卷六
《人物图》（陶靖节、白乐天二像）	李日华《六研斋三笔》卷二
《天神图》（为徐霖所写）	李日华《六研斋三笔》卷二 顾起元《客座赘语》卷六 何良俊《四友斋丛说》卷二十九
《红叶图》	袁中道《游居柿录》卷二

再来看看明清画学论著著录或提及的杜堇画作情况。如表 8.2 所示①：

表 8.2　明清画论提及杜堇画作一览表

画　作	出　处
《冬日赏菊图》	孙承泽《庚子销夏记》卷三
《绝代名姝图》（十人）	缪日藻《寓意录》卷四
《东园载酒图》《七峰图》	姜绍书《无声诗史》卷二
《人物二幅》（陶靖节、白乐天二像）	汪砢玉《珊瑚网》卷四十五 卞永誉《式古堂书画汇考》卷三十七
《醉仙图》《陶靖节先生像》《倪幻霞遗照》	汪砢玉《珊瑚网》卷四十五
《人物图》（陶渊明漉酒巾、李白举酒邀月）（款署"杜堇"，印鉴"柽居子"）	陶樑《红豆树馆书画记》卷六
《着色画人物》（款署"柽居杜堇"）	张照等《石渠宝笈》卷四十一
《自题画》	郁逢庆《书画题跋记》卷十二
《自写像》	王梦楼《快雨堂题跋》卷七
《茅斋看竹图》	卞永誉《式古堂书画汇考》卷三十七
《友鹤图》	陆时化《吴越所见书画录》卷五
《卞庄刺虎图》	高士奇《江村书画目》
《秋林高士图》、《丹台春晓图》（小横卷）	钱杜《松壶画忆》卷下
《散牧图》《离骚九歌图》	胡敬《西清札记》卷二 英和等《石渠宝笈三编》

① 据《历代著录画目正续编》制表。另，《眼福编初集》《眼福编三集》《十百斋书画录》《穰梨馆过眼续录》《古芬阁书画记》《詹东图玄览编》中录有杜堇题为"人物""人物卷""人物轴""人物四大幅"等画，因难以进行有效区分，暂未列入表中。

续表

画　作	出　处
《沈维时饯别图》（《南堂饯别图》）	王梦楼《快雨堂题跋》卷七 程庭鹭《篛庵画麈》卷下 徐邦达《古书画伪讹考辨》下卷
《摹唐人锁谏图》	孙星衍《平津馆鉴藏书画记》
《伏生授经图》	孙星衍《平津馆鉴藏书画记》 齐彦槐《双溪草堂书画录》
《东王迓寿图》、《五老扳（攀）桂图》、《荷花仙子图》、《尚父遇文王图》、《白乐天图》、《陶学士并玩月图》、《寇莱公演乐图》、《美人图》（八轴）、《七子团圆图》、《茶经图》、《琴会图》、《调琴图》、《花草图》（二轴）、《山水人物翎毛》（共九轴）、《松鹤小幅》、《金钗十二图》	汪砢玉《珊瑚网》卷四十七 孙岳颁等《御定佩文斋书画谱》卷九十八 卞永誉《式古堂书画汇考》卷三十二 （以上三处所载杜堇画作出自《严氏画品挂轴目》《严氏画品手卷目》）
《南宫雅致图》《韩熙载夜宴图》	文嘉《钤山堂书画记》 汪砢玉《珊瑚网》卷四十七 张丑《清河书画舫》卷七上 孙岳颁等《御定佩文斋书画谱》卷九十八 卞永誉《式古堂书画汇考》卷三十二
《洛神赋图》《璇玑图》	孙岳颁等《御定佩文斋书画谱》卷九十九
《云湖栖居诗画卷》	文嘉《钤山堂书画记》 张丑《清河书画舫》卷七上
《山水图》	潘志万《潘氏三松堂书画记》

最后看看有确切收藏地点的杜堇传世画作。如表8.3所示①：

表8.3　杜堇画作收藏一览表

画　作	收藏处
《古贤诗意图》（存九段）、《九歌图》、《东坡题竹图》（自题七绝一首）、《邵雍像》	北京故宫博物院

---

① 另有东京国立博物馆藏狩野养信摹杜堇款《韩熙载夜宴图》，此表未录。参见张朋川：《〈韩熙载夜宴图〉系列图本的图像比较——五议〈韩熙载夜宴图〉图像》，《南京艺术学院学报（美术与设计）》2010年第3期。

续表

画　作	收藏处
《花卉泉石图卷》（《忆芙蓉图》）（徐霖、杜堇）	北京故宫博物院
《雪鹤图》	首都图书馆
《梅下横琴图》、《宫中图》（存六段）	上海博物馆
《竹林七贤图》	辽宁省博物馆
《绿蕉当暑图》	扬州市博物馆
《林堂秋色图》	广州美术馆
《祭月图》	中国美术馆
《玩古图》	台北故宫博物院
《伏生授经图》	美国大都会美术馆
《陶潜吟诗图》	美国王季迁
《陪月闲行图》	美国克利夫兰美术馆
《人物山水图》	日本尼崎菽本

经过多方搜索，笔者辑得上述三类可考的杜堇画作，里面虽有重合之处，而遗漏也在所难免，但大致能够反映杜堇一生绘画创作的基本情况，对于我们讨论的问题是有重要参考价值的。此外，网上有一些杜堇的拍卖画作，因真伪难辨，只好搁置不论。不过，就目前我们考察的结果来看，杜堇画作可谓不少，但明清文人文集和画论都没有提及《水浒人物全图》。不仅与杜堇同时的明代中叶人从未提过杜堇绘有《水浒人物全图》，明后期以及明末清初人也无人提及杜堇曾作《水浒人物全图》。然而，其他著名"水浒人物"画作却不是这样，例如，明末陈洪绶（1598—1652）画《水浒叶子》（《水浒牌》），同时人马翔麟（1596—1642）、张岱（1597—1689?）、顾苓（1609—1682）、王翚（生卒年不详，明亡为僧）等人都有提及①，证明陈洪绶画《水浒叶子》是真实可信的。

其实，不仅明人和明末清初，清代前期和中期也都无人提过杜堇作《水浒人物全图》。既然明人以及清中叶以前人都未提过杜堇曾作《水浒人物全图》，明清画学论著也未见有著录或评论此作，那么，《水浒人物全图》为杜堇所作的说法又是从何而起的呢？其实稍做考察，我们就能

---

① 参见马蹄疾编《水浒资料汇编》（北京：中华书局，1980年）和朱一玄、刘毓忱编《水浒传资料汇编》（天津：南开大学出版社，2002年）。

发现,《水浒人物全图》是在清末才首次出现,光绪六年(1880)由粤东臧修堂刊刻面世。说《水浒人物全图》为杜堇所作,最先出自晚清刘晚荣之口。刘晚荣在《水浒人物全图》卷首作有《〈水浒人物全图〉序》云:

> 元罗贯中先生因《宋史》宣和三年纪有"淮南盗宋江等犯淮阳东京入海州,知州张叔夜降之"之文,遂演为《水浒传》,以写其胸中磊落之气。虽野史难言著作,而一百八人之性情行事各不相袭,故读者爱之,不谓阅一沧桑。又得明杜先生堇为之补图,其技如飞卫之射,视虮子如车轮,神妙出罗传之外。予藏之数年,爱不释手,因择名工钩摹付梓,以公同好。披览之下,觉英风义概,奕奕如生,令人不可迫视,洵足与罗书并传矣。中凡四历裘葛,始告成书,而予亦心力交瘁云。
>
> 光绪壬午冬日节卿刘晚荣识。①

刘晚荣《〈水浒人物全图〉序》落款为"光绪壬午",光绪壬午乃光绪八年(1882)。此前二年(1880),粤东臧修堂已经刊刻过这一《水浒人物全图》。从《水浒人物全图》画作本身来看,无序无跋无款识,并不能传达出是杜堇所作的任何信息,刘晚荣"又得明杜先生堇为之补图"之言,不知从何而起,来龙去脉全无交代。从"予藏之数年"的表述来看,《水浒人物全图》是刘晚荣近光绪初年所得,而究竟从何处得到,是严肃的版本学家必须说明的。然而,刘晚荣在序言中却没有说明,人们有理由怀疑其来历不明,此图也就难免有作伪的嫌疑。作为一个收藏家和出版家,刘晚荣不会对此基本常识不清楚,他之所以不做交代,怕是无法交代清楚,干脆选择了回避。经过了四年时间("四历裘葛")才刊刻完成《水浒人物全图》,也说明此事之艰难。刘晚荣除了费尽心力刊刻《水浒人物全图》外,还辑有《水浒图赞》。

现在大家知道的图书馆收藏的《水浒人物全图》和《水浒图赞》,其实都来自刘晚荣和他的粤东臧修堂。例如,从中国国家图书馆检索《水浒全图》,结果显示如下:明杜堇绘,粤东臧修堂清光绪六年(1880)、光绪八年(1882)刻本,2册;明杜堇绘,粤东臧修堂清光绪

---

① 刘晚荣:《〈水浒人物全图〉序》,光绪八年(1882)粤东臧修堂刊本。转引自马蹄疾编:《水浒资料汇编》,北京:中华书局,1980年,第86页。

六年（1880）刻本，1册。而粤东藏修堂正是刘晚荣的藏书屋和图书出版机构。检索《水浒图赞》，结果显示如下：明杜堇绘图，清刘晚荣辑，民国间石印本，1册；刘晚荣清光绪八年（1882）石印本，1册。马蹄疾《水浒书录》也分别著录《水浒全图》《水浒图赞》和《水浒人物全图》，为1959年上海朵云轩复制光绪六年（1880）藏修堂刻本①。《香港所藏古籍书目》也著录："《水浒图赞》1册，明杜堇绘图，清光绪八年（1882）刘晚荣刻本，与绘图增像五才子书合1册。港大。"② 刘晚荣所见杜堇《水浒人物全图》有图无赞，因对水浒人物和《水浒人物全图》的喜爱，他又在《水浒人物全图》基础上编辑赞语，赞语不知何人所作，也有可能出自刘晚荣之手，由羊城广百宋斋石印出版。因而光绪年间就有《水浒全图》《水浒图赞》两个本子。鲁迅、郑振铎、刘半农等人看到的就是这两个本子，有的见到的是全图本，有的见到的是图赞本。鲁迅在1916年7月23日日记中记载："7月23日：午后往琉璃厂买石印杜堇《水浒图赞》1册。画册。明代杜堇绘。1册。清光绪八年（1882）广州广百斋石印。8月6日寄回绍兴。"③ 郑振铎《文学大纲》里也曾采用《水浒全图》数幅。

无论是《水浒全图》本，还是《水浒图赞》本，画作本身并没有透露任何画家的个人信息，人们只好相信刘晚荣的序言。蒋瑞藻《小说枝谈》引阙名《笔记》曰："明人作《水浒传》图像者，有陈章侯、杜堇二家，均极佳妙。（中略）杜堇所绘之像，都一百八人。广百宋斋有钩摹本，百八人各有特殊姿态，英风义概，奕奕如生。像各有赞，录其尤佳者。"④ 此处无名氏看到的是《水浒图赞》本，"杜堇所绘之像""英风义概，奕奕如生"等显然是从刘序所来。一些书目著录、图书馆目录检索也信以为真，将《水浒全图》本或《水浒图赞》本直接署名"杜堇绘"。

刘晚荣的序言所谈内容是否可靠呢？有人相信，也有人比较审慎，持怀疑态度。叶德辉《水浒图跋》曰："此册画像如生，刻工尤为精妙。虽其原本是否出自杜堇，不可得知，要非明人能手莫办。"⑤ 张慧剑《明

---

① 马蹄疾：《水浒书录》，上海：上海古籍出版社，1986年，第632~633页。
② 贾晋华主编：《香港所藏古籍书目》，上海：上海古籍出版社，2003年，第202页。
③ 赵英：《籍海探珍——鲁迅整理祖国文化遗产撷华》，北京：中国文史出版社，1991年，第225页。
④ 蒋瑞藻编：《小说枝谈》卷上，上海：古典文学出版社，1958年，第56~57页。
⑤ 马蹄疾编：《水浒资料汇编》，北京：中华书局，1980年，第87页。叶德辉此跋题于宣统二年（1910）。

清江苏文人年表》"杜堇"条下也说"传绘有《水浒》人物像"①，用一"传"字表明其审慎态度。《中国美术通史》第六卷中说："光绪六年（1880）广东臧修堂刻《绘图增像第五才子书》，有版画五十四幅，每幅各绘两人，梁山泊一百单八将均各题名号。……杜堇为明代宣德、天顺时画家，刘晚荣清末所得究竟是不是杜堇原作，尚有待进一步研究，但在清末出现这样的版画作品，的确还是颇为难得的。"②《中国美术通史》第八卷《中国美术史大事年表》"1880年"条有"广东臧修堂本，刘晚荣刊，传杜堇绘《绘图增像第五才子书》刊行"③。周心慧在《中国古小说版画史略》中指出："《水浒全图》，清光绪六年（1880）广东臧修堂刊本，有图五十四幅，每幅二人，绘梁山一百单八将……刘晚荣生活之世，去杜甚远，其所得是否出自杜堇之手，尚存疑问。"④后又在《〈水浒〉版画考》《清代的版画》中再次重申⑤。日本小林宏光在《陈洪绶版画创作研究》注释中说："只是在五十四幅图中，描绘了一百零八个登场人物，使得序、跋、说明都没有的杜堇底稿设计有了探讨的余地，这对于今后的研究也是必要的。"⑥看来存疑的人真不少，特别是研究版画和美术史的学者。

在美术史上，光绪年间出版了许多小说人物画像，但大多是清人所绘。清光绪五年（1879）《红楼梦图咏》刊行，图五十幅，是清人改琦（1773—1828）所绘。清光绪六年（1880）《水浒人物全图》刊行，图五十四幅。清光绪七年（1881）《三国画像》刊行，图一百一十九幅，是清人潘锦（字昼堂，别号醉烟道人，生卒年不详）所绘。光绪十四年（1888）《水浒画谱》印行，是清人嵩裕厚（生卒年不详）绘。这些绘像都受到社会欢迎。《红楼梦图咏》《三国画像》都是离书单行的木版画册，也颇有市场。在这样的背景下，《水浒人物全图》很可能是冒明代杜堇之名的清代伪作。如果确为明代成、弘时期的绘画名家杜堇所作，嘉靖、万历年间的书商可能早就拿去作小说插图了。比如陈洪绶《水浒叶子》出来后，清初顺治年间醉畊堂刊《评论出像水浒传》就覆刻这套

---

① 张慧剑：《明清江苏文人年表》，上海：上海古籍出版社，2008年，第165页。
② 王伯敏主编：《中国美术通史》第六卷，济南：山东教育出版社，1996年，第402页。
③ 王伯敏主编：《中国美术通史》第八卷，济南：山东教育出版社，1996年，第189页。
④ 周心慧：《中国古代版刻版画史论集》，北京：学苑出版社，1998年，第63页。
⑤ 周心慧：《中国版画史丛稿》，北京：学苑出版社，2002年，第143、221页。
⑥ [日]小林宏光：《陈洪绶版画创作研究》，卢辅圣主编：《朵云第六十八集：陈洪绶研究》，上海：上海书画出版社，2008年，第102页。

叶子作插图。再说，明代成、弘时期绘小说人物上百人的完整图像而无任何说明，中间那么长时间又无传播记录，近四百年后突然被刘晚荣提起，确实是有点不可思议的事情。按照文献—传播学的理论，没有传播学证据的文献是不能作为有效文献使用的，《水浒人物全图》和《水浒图赞》一样，是晚清出现的文献，它们作为晚清绘画文献是有效的，作为明中叶流传下来的文献，必须得到文献传播的有效证明，才可以被作为明中叶文献来使用。

刘晚荣是近代藏书家，广东新会人，生卒年不详。何多源《广东藏书家考》（四续）中说："刘晚荣，字节卿，性好学，嗜书，其藏书之所，曰藏修书屋。晚荣购书凡数十年，如见有目所罕见，与夫刻校精审者，必秘之箧衍，积久遂多，于是出而重择之，凡卷帙不多，有资实用之本，汇刻为《藏修室丛书》六集。（见《藏修室丛书》自序）"① 作为藏书家的刘晚荣毕竟不是书画家，更不是书画史家，他对杜堇画作缺乏专业判断，是很容易理解的。即使刘晚荣好学嗜书，所言属实，他也有可能上当受骗，把赝品当真作，尤其在书画史上，这样的闹剧不断重复上演。

还有一点需要说明，《水浒人物全图》最开始是单独刊行的版画册子，并不是为《水浒传》配画而作，后来才被附于《水浒传》作为配图。1934 年，中华书局影印出版贯华堂原刊金圣叹七十一回本《水浒传》，将粤东臧修堂刻本《水浒全图》附于书首，有刘半农先生的说明文字，称"相传是明朝杜堇所画"。这本图册最初叫《水浒全图》，1959 年上海朵云轩曾经复制，题为《水浒人物全图》。马泰来《读书偶记》中就说："水浒人物版画，最有名的是陈洪绶（一五九九——一六五二）的《水浒叶子》。其次就是相传为明人杜堇所绘的《水浒人物全图》。"马氏还不忘提醒："原来，《水浒人物全图》是在清末才第一次刻版面世。"② 文中还提到，《水浒人物全图》较易见到的是上海朵云轩的木刻水印复制本，但印数极少。1986 年上海书画出版社据朵云轩本印制普及本。2009 年适逢《水浒人物全图》雕印发售 50 周年，朵云轩又重印 324 部。广西美术出版社 1994 年出版题为"明杜堇《明崇祯刻本水浒人物图谱》"，这样的书名题署是完全错误的。因为事实上，《水浒人物全图》不叫《水浒人物图谱》，也根本就没有所谓崇祯刻本，广西美术出版社

---

① 何多源：《广东藏书家考》（四续），《广州大学图书馆季刊》1935 年第 1 期。
② 马泰来：《读书偶记》，《读书》1997 年第 3 期。

的题名严重误导读者，造成了认识上的混乱，从出版技术角度来看也是很不严谨的。

第四节　杜堇画作赝品示例及若干结论

由于杜堇是明中叶著名画家，最工人物，后世假冒杜堇之名作《水浒人物全图》，也就极有可能。这样题署不仅可以提高画作的价值，增加图书卖点，而且可以让伪作者获得丰厚的报酬。因此，画作作伪是常见现象。而杜堇伪作也的确存在，并非只有《水浒人物全图》。与杜堇同时的祝允明在杜堇《韩熙载夜宴图》卷首有题识曰："杜古狂画为国朝名家，于古图人物犹极精妙，必积旬累月然后成。顾其人多癖迸世，非大雅名公不能一致其门下，得其画者甚少。而流传人间不数种耳，唯《汉宫春晓图》往往见之，然率多赝本，独此为仅见，而人物幽闲位置，诚古狂的笔也。"[①] 祝允明题识时间为弘治庚寅，但弘治年间只有甲寅（1494）和庚申（1500），并无庚寅，不知何故。不过，从祝氏题识中，可以得知杜堇画作不易得、流传少、赝品多的特点。另一同时学者顾清（？—1528 后）在《杜古狂寿意二首》中云："杜郎胸中富丘壑，笔墨到处生烟云。名高价重爱者众，入眼太半疑非真。"[②] 顾诗"入眼太半疑非真"也是说署名"杜堇"的画有很多是伪作。祝允明、顾清生活年代和杜堇大致差不多，这说明在杜堇生前伪作就有不少，不仅是死后。

祝允明、顾清都提到杜堇伪作的问题，有一图可作具体例证。《美术辞林·中国绘画卷（上卷）》曾经引用《中国文物报》1992 年 4 月 26 日刊登的《杜堇设色人物磨镜图诗跋》文，谈到杜堇和他的一幅《设色人物磨镜图》画。其有云：

> 杜堇，初名陆谨，在明宪宗成化（1465—1487）中试进士未中，遂绝意进取。工诗文，通六书，善绘事，取法南宋院画格体，最工人物，当时被称为白描高手，也可以说是明代院体向文人画过渡的

[①] 张朋川：《〈韩熙载夜宴图〉系列图本的图像比较——五议〈韩熙载夜宴图〉图像》，《南京艺术学院学报（美术与设计）》2010 年第 3 期。

[②] 顾清：《东江家藏集》卷十二，《景印文渊阁四库全书》第 1261 册，台北：台湾商务印书馆，1986 年，第 446 页。

画家。画史对他的生卒年不详的问题,在此画诗跋中得到较好的解决。杜堇《设色人物磨镜图》现藏西安市。画面表现一磨镜匠人半骑在长凳上磨镜,二老翁在旁观看,后面两妇人,其一手执磨好的镜自照,另一人怀抱铜镜微笑注视着她。不画背景。人物形象突出,线条流畅,秀劲萧(潇)洒。画面右上方有作者自题:"团团古青铜,久为尘垢羞,磨刮回青光,肖有双龙浮。美人投其好,欲解金凤求。此镜千金不易酬,此镜一览穷九州。我欲献君置殿头,照见天下赤子皆穷愁。嘉靖戊子秋七十三翁古狂道人杜堇写并题。"下钤白文"杜堇"和朱文"古狂"两方小印。图的右下和左下角各盖一朱文"载山""东吴王连泾藏书画记"收藏印。嘉靖戊子为七年,公元 1528 年,时年七十三岁,依此推算当生于明景泰七年(1459①)此系按中国虚龄推算。②

许多人都对上述《设色人物磨镜图》及诗跋坚信不疑,并以此画诗跋来推断杜堇生年③。然而,所谓《设色人物磨镜图》及诗跋显然是伪作。邵宝《追悼杜柽居》诗曰:"柽翁书断几经年,忍见哀音到耳边。梦里关山犹阻在,画中人物竟萧然。游追司马才千里,隐比东方但一尘。独爱高谈惊鬼胆,江湖风雨不堪传。"④邵宝,字国贤,号泉斋,别号二泉,江苏无锡人,与杜堇交好。除了上文所言弘治初邵宝为户部郎时与杜堇、仇潼等"无旬朔不会"之外,杜堇曾用杜言符之名为邵宝画《五贤遗像》。顾璘(1476—1545)《左丘明像赞》亦曰:"锡山二泉宗伯相公尝命燕杜堇氏绘春秋故事,丘明列焉,璘为之赞。"⑤邵诗不知作于何年,但邵宝卒于嘉靖六年(1527),那么,杜堇应卒于嘉靖六年(1527)之前,这是毫无疑问的。而从邵宝诗云"柽翁书断几经年,忍见哀音到

---

① 按照文中推算,应为景泰七年(1456)。文中公元纪年(1459)疑为笔误或刊误。
② 林树中、王崇人主编:《美术辞林·中国绘画卷(上)》,西安:陕西人民美术出版社,1995年,第553页。
③ 据杜堇《设色人物磨镜图》诗跋,徐邦达《改订历代流传绘画编年表(附画家书)》中认为杜堇生于景泰七年(1456),嘉靖七年(1528)尚在。参见徐邦达编:《改订历代流传绘画编年表(附画家书)》,北京:人民美术出版社,1995年,第263、276页。此外,《江南世风的转变与吴门绘画的崛兴》书中也说杜堇生于1456年,参见郑文:《江南世风的转变与吴门绘画的崛兴》,上海:上海文化出版社,2007年,第235页。
④ 邵宝:《容春堂续集》卷三,《景印文渊阁四库全书》第1258册,台北:台湾商务印书馆,1986年,第442页。
⑤ 顾璘:《顾华玉集·息园存稿文》卷七,《景印文渊阁四库全书》第1263册,台北:台湾商务印书馆,1986年,第560页。

耳边"来看，或许嘉靖六年（1527）时杜堇已经去世多年。然而，所传杜堇《设色人物磨镜图》自题诗落款为"嘉靖戊子秋七十三翁古狂道人杜堇写并题"，嘉靖戊子即嘉靖七年（1528），此时杜堇已经离世，如何又能作画题诗？从这一赝作的题诗落款来看，其破绽是明显的，也是容易发现的，如果不对文献进行严格审查，随意相信没有传播证据的文献，是极容易上当受骗的。这再一次印证了用文献—传播学方法来审查和判别文献真伪之必要。

事实上，学界对于杜堇《水浒人物全图》不是明代作品而是清代伪作已多有揭露。例如，刘榕峻《陈洪绶〈水浒叶子〉研究》从图像人物衣饰与器物等细节来断定其创作年代，指出《水浒人物全图》不是明代作品而是清代伪作，如白胜绘像的头盔上插有两支羽状的"花翎"，而用孔雀花翎冠饰来区别官员等级的制度，乃是清代所特有，无论如何不可能出现在明代画家杜堇的笔下。① 此外，乔光辉《杜堇〈水浒人物全图〉伪托考》一文根据水浒人物画像的演进规律，也认为《水浒人物全图》的产生应在陈洪绶水浒叶子之后，不会是明代中叶画家杜堇所为。② 这也说明任何伪作无论伪装得多么巧妙，总会留下某些破绽。

综上所述，笔者以为杜堇不太可能绘制《水浒人物全图》，理由如下：

第一，杜堇大约生于正统九年（1444）前后，卒于正德末年（1521）前后。他的绘画及其画事活动早自天顺八年（1464），晚至正德七年（1512），主要集中在成化、弘治时期。若当时杜堇真的画有108人的《水浒人物全图》，也应是《水浒传》流传较广时才会发生的事情，而迄今为止并未发现嘉靖以前《水浒传》流传的任何文献资料，却凭空出现这一《水浒人物全图》，是难以令人信服的。

第二，从杜堇交游来看，陆容生前不知有长篇小说《水浒传》，杜堇也不太可能绘出《水浒人物全图》；从李开先、郎瑛对杜堇及《水浒传》的熟知来看，陆容去世后十几年中杜堇绘制《水浒人物全图》的可能性也不大。如果真绘制有《水浒人物全图》，李开先、郎瑛不会不予以关注，社会上不会不产生影响。

第三，文献资料著录、提及杜堇画作颇多，而《水浒传》在嘉靖及以后的影响是全社会的，也是全方位的，如果杜堇曾作《水浒人物全

---

① 参见刘榕峻：《陈洪绶〈水浒叶子〉研究》，台湾大学硕士论文，2009年。
② 乔光辉：《杜堇〈水浒人物全图〉伪托考》，《艺苑》2012年第6期。

图》，也同样会产生社会影响，不会无人提及。然而，迄今为止，并未发现明人提及杜堇曾作《水浒人物全图》，证明杜堇根本未曾绘制《水浒人物全图》。

第四，杜堇最工人物，当时颇有影响，伪作时有出现，后世冒杜堇之名作《水浒人物全图》极有可能。事实上，无论在杜堇生前还是死后，社会上都出现过冒名杜堇的画作，这些伪作至今仍有流传和收藏。

第五，从《水浒人物全图》的服饰和绘画风格来看，不像是明代成、弘时期的作品，而应该是受到明末陈洪绶人物画风影响所产生的作品，有的人物服饰是清人特有的服饰，证明为清人伪作。画作产生时间应该在清代中叶以后。

第六，《水浒人物全图》为晚清刘晚荣所收藏并刊刻，说《水浒人物全图》为杜堇所作，最先也出自刘晚荣之口。然而，刘氏并未交代其画作的来历，画作本身也无任何创作者和收藏者的标识，故后人多存疑问。而没有传播学证据的晚出文献存在造假的可能，这是在学术研究中被反复证明了的，研究者对之持谨慎的怀疑态度是符合科学精神的。

学界常言：说有易，说无难。或者换一说法：要谨慎地说无，可大胆地说有。周心慧在《〈水浒〉版画考》中说："其实，这个本子是否由杜堇所绘，肯定是一个永远搞不清楚的问题了。"① 这个问题单独来看，可能永远搞不清楚，但综合起来看，还是可以有个基本判断的。我们主张，一切没有经传播学证明的文献都需要严格审查，在审查清楚之前，不能承认其具有直接证据的作用，也不能将其作为核心证据来使用，更不能用它得出重要结论，这应该成为学术研究的基本准则。我们提供的相关证据所组成的证据链已经证明，明代成化、弘治时期的杜堇不可能绘制出《水浒人物全图》，以杜堇《水浒人物全图》为依据来考察《水浒传》的成书时间当然就更不能成立。出版社在出版《水浒传》插图本、绣像本及图谱时，也需要慎重，最好加以说明，不能随意将《水浒人物全图》标注为杜堇所绘。至于刘晚荣所藏《水浒人物全图》究竟是何人所绘，我们就不得而知了。

---

① 周心慧：《中国版画史丛稿》，北京：学苑出版社，2002年，第143页。

第九章 关于《水浒传》成书时间研究的方法论思考

《水浒传》究竟成书于何时,并非只是与一部小说相关的小问题,而是涉及中国小说史乃至中国文学史发展演变的大问题。然而,关于《水浒传》的成书时间,尽管人们投入了大量的精力,也提出了各自的说法,形成了占据主流地位的"元末明初说"。然而,迄今为止,这一说法却并没有提供完全令人信服的过硬证据,怀疑者大有人在。在现有版本和材料的基础上,要想得出一种绝对准确、大家公认的结论来,实在是难于上青天。对于这个老课题,要知难而上、寻求突破,在新材料尚未发现的情况下,革新研究方法显得尤为重要。所谓研究方法,其实是指在研究问题的过程中发现材料、提出观点、揭示规律的工具和手段。先师有言:"工欲善其事,必先利其器。"(《论语·卫灵公》)一个工匠要想有好的制作,必须先准备好锐利的工具,好的工具对于他的制作具有决定性作用,而研究方法正是解决问题的一套工具。西哲也说:"方法学的知识是最有用的知识。"(笛卡尔)因为不同的方法会导致不同的结果,形而上学方法是对思维的考验与训练,却并不指向知识;而科学方法却是一种有系统地寻求知识的程序,或者说是检查修正整合旧知识而获取新知识的一套技术。《水浒传》成书时间的研究应该采用科学方法,因为它属于知识的范畴。研究方法的改进其实是研究工具和手段的改进,是整个研究程序的改进,也是对检查修正整合旧知识的原有技术的改进,它必然会带来所研究领域的新突破和新面貌。我们提倡革新《水浒传》成书时间的研究方法,其意义即在于此。在结束本书之前,我们再谈谈《水浒传》成书时间的研究方法问题[1],与读者诸君一起思考。

---

[1] 研究方法问题本书绪论部分已有所论述,这里再做探讨,以进一步说明方法问题对于探讨《水浒传》成书时间的重要性。

第一节　《水浒传》成书时间研究方法之回顾

《水浒传》成书时间研究并不是一个新问题，明中叶以来便常常有人谈到。对于这个古老的问题，传统研究的情况在这里暂且不论，具有现代学术意义的《水浒传》研究已经有一百多年历史。"前事不忘，后事之师"，我们有必要对具有现代学术意义的《水浒传》成书时间的研究方法作一简要回顾。

依据作者活动年代来断定《水浒传》成书时间，是现代学者研究《水浒传》成书时间所采用的主要方法。由于明人传说的《水浒传》作者或编撰者为施耐庵、罗贯中，研究者们一般都以这些传说为依据，然后去探寻施耐庵、罗贯中的生活年代，按照施耐庵、罗贯中的生活年代（主要以罗贯中为参照）来断定《水浒传》的成书时间，最后确认《水浒传》成书于元末明初。此说为多数现代学者所信奉，成为现代学术界通行的主流观点。

其实，明人的传说也很复杂，需要进行清理。先来看看明代文人关于《水浒传》作者或编撰者的记载，然后探讨现代学者如何理解这些记载，以及怎样确认《水浒传》作者及其成书年代的。从明嘉靖开始的明代学者对《水浒传》作者有比较明确记载的主要有以下几说：

高儒《百川书志》卷六《史部·野史类》：

> 《忠义水浒传》一百卷，钱塘施耐庵的本，罗贯中编次。[1]

郎瑛《七修类稿》卷二十三《辩证类·三国宋江演义》：

> 《三国》《宋江》二书，乃杭人罗本贯中所编，予意旧必有本，故曰编。《宋江》又曰钱塘施耐庵的本。[2]

田汝成《西湖游览志余》卷二十五《委巷丛谈》：

---

[1] 高儒：《百川书志》卷六《史部·野史类》，上海：古典文学出版社，1957年，第82页。
[2] 郎瑛：《七修类稿》卷二十三《辩证类·三国宋江演义》，上海：上海书店出版社，2001年，第246页。

钱塘罗贯中本者,南宋时人,编撰小说数十种,而《水浒传》叙宋江等事,奸盗脱骗机械甚详。①

王圻《续文献通考》卷一百七十七《经籍考·传记类》:

《水浒传》,罗贯著。贯字本中,杭州人,编撰小说数十种。而《水浒传》叙宋江事,奸盗脱骗机械甚详。②

胡应麟《少室山房笔丛》卷四十一《庄岳委谈下》:

然元人武林施某所编《水浒传》,特为盛行,世率以其凿空无据,要不尽尔也。余偶阅一小说序,称施某尝入市肆,紬阅故书,于敝楮中得宋张叔夜禽(擒)贼招语一通,备悉其一百八人所由起,因润饰成此编。其门人罗本亦效之为《三国志演义》,绝浅陋可嗤也。③

钱希言《戏瑕》卷一:

《点鬼簿》中具有宋江三十六人事迹,是元人钟继先所编。《宣和遗事》亦载宋江并花石纲等事。施氏《水浒》盖有所本耳。一云,施氏得宋张叔夜擒贼招语,因润饰以成篇者也。④

《百川书志》自序写于嘉靖十九年(1540);《七修类稿》初刻时间大概在嘉靖二十四年(1545)到嘉靖二十六年(1547)之间;《西湖游览志》自序写于嘉靖二十六年(1547);《少室山房笔丛》引言写于万历十七年(1589);《续文献通考》编成于万历十四年(1586);《戏瑕》自序写于万历四十一年(1613)。上述明代文人主要生活于嘉靖至万历年间,其著述时间也都在嘉靖以后,他们提到的《水浒传》作者或编撰

---

① 田汝成:《西湖游览志余》卷二十五《委巷丛谈》,杭州:浙江人民出版社,1980年,第414页。
② 王圻:《续文献通考》卷一百七十七《经籍考·传记类》,北京:现代出版社,1986年影印本,第2698页。
③ 胡应麟:《少室山房笔丛》卷四十一《庄岳委谈下》,上海:上海书店出版社,2001年,第436页。
④ 钱希言:《戏瑕》卷一,《四库全书存目丛书》第97册,济南:齐鲁书社,1997年,第13页。

者不外乎施耐庵、罗贯中两人。不过，嘉靖时期与万历时期的说法略有差别。嘉靖时期的学者都主张罗贯中是《水浒传》的作者（编撰者），他利用了施耐庵的"的本"作为材料。万历时期的学者则主张《水浒传》的作者（编撰者）是施耐庵，而罗贯中是施耐庵的门人。上述各家的记载，仔细清理一下就会发现，是高儒第一个记载了《水浒传》的作者，之后有郎瑛信其说，只是改变了一下说话方式。田汝成第二个记载了《水浒传》作者，之后王圻直接抄录田汝成的话，抄录中出现了一些差错。胡应麟只是转述《水浒传》一篇序言的说法，并非他自己的考证结论，而钱希言的说法又流露出抄袭胡应麟说法的痕迹。总体上说，无论明人怎样谈论《水浒传》的作者，各种说法其实都来自传说，陈陈相因，以讹传讹，并没有切实的依据。关于罗贯中的籍贯，或说他是"钱塘"人（田汝成），或说他是"杭人"（郎瑛）或"杭州人"（王圻），只是说法不同，倒没有多大分歧。至于其生活年代，有说是"南宋时人"（田汝成），有说是"元人"（胡应麟），分歧明显，孰是孰非，难以定断。而关于施耐庵，仅知他是"钱塘"人（高儒、郎瑛），或说他是"武林"人（胡应麟），其他则一无所知。

凭借上述明人的记载，是无论如何得不出施耐庵、罗贯中是元末明初人、《水浒传》成书于元末明初的结论的。这一结论其实是今人根据《录鬼簿续编》中有关罗贯中的材料而推定的。

需要指出的是，所谓《水浒传》成书于元末明初，并不是靠施耐庵的材料论定的，而是靠罗贯中的材料论定的。1931年，郑振铎、马廉、赵万里赴江南访书，他们从浙江宁波天一阁蓝格抄本《录鬼簿》后所附《录鬼簿续编》中发现了一条有关罗贯中的材料，依据这条材料，他们确定罗贯中是元末明初人，于是推断施耐庵也是元末明初人，《水浒传》自然成书于元末明初。

我们先来看看《录鬼簿续编》的记载：

> 罗贯中，太原人，号湖海散人。与人寡合。乐府、隐语极为清新。与余为忘年交。遭时多故，天各一方。至正甲辰复会。别来又六十余年，竟不知其所终。
> 《风云会》（赵太祖龙虎风云会）
> 《连环谏》（忠正孝子连环谏）
> 《蜚虎子》（三平章死哭蜚虎子）①

----
① 钟嗣成等：《〈录鬼簿〉外四种》，上海：古典文学出版社，1957年。

《录鬼簿续编》附录于《录鬼簿》之后,《录鬼簿》作者为元末戏曲理论家钟嗣成(1279?—1360?),《录鬼簿续编》大约于明洪熙、宣德年间(1425—1435)成书,具体成书时间不详,原书并没题署作者,因为它附在贾仲明所增补的《录鬼簿》之后,所以人们多认为贾仲明就是它的作者。贾仲明(1343—1422后)是元末明初戏曲家,曾侍奉明成祖朱棣于燕王府邸,撰有杂剧16种,今存5种。从各方面信息综合来看,《录鬼簿续编》作者不一定是贾仲明。无论《录鬼簿续编》作者是否为贾仲明,该作者的生活年代在元末明初是可以肯定的,他与"忘年交"罗贯中在元"至正甲辰"(1364)碰过面也是可以肯定的。既然这些都可以肯定,那么,罗贯中的生活年代在元末明初当然也是可以肯定的。既然罗贯中是元末明初人,不管《水浒传》作者是罗贯中,还是他的老师施耐庵,因为他们都是元末明初人,所以《水浒传》成书于元末明初也就是可以肯定的了。

《水浒传》成书时间问题似乎得到了圆满解决。然而,事情并非如此简单,这里的疑点实在太多。首先,《录鬼簿续编》所载戏曲家"太原罗贯中"与田汝成所说小说家"钱塘罗贯中"是否同一人,很值得怀疑。中国古人慎终追远,籍贯一般是不乱的,"太原罗贯中"与"钱塘罗贯中"很难说是同一个人。况且"钱塘罗贯中"是"南宋时人","太原罗贯中"是元末明初人,风马牛不相及。中国人姓氏有限,同姓名者甚多,谁能证明这两个罗贯中是同一个人?至少明代文献资料不能提供这样的证明。其次,元代戏曲家创作有不少"水浒戏"和"三国戏",而戏曲家"太原罗贯中"创作的三个戏曲作品却没有一个是"水浒戏"或"三国戏",这便很难将"太原罗贯中"归入喜爱"水浒故事"和"三国故事"的作者之列。第三,"太原罗贯中"创作的三个戏曲作品在明初社会上流行过,今天我们仍然能够见到其创作的《赵太祖龙虎风云会》,如果"太原罗贯中"就是《水浒传》和《三国志演义》的作者,关注这些作品的高儒、郎瑛等不至于毫不知情,反而说《水浒传》是"杭人罗贯中所编"。第四,《水浒传》的作者究竟是施耐庵还是罗贯中,明人说法不一。嘉靖时期只有"钱塘施耐庵的本"(高儒、郎瑛)之说,而这"的本"只是罗贯中"编次"《水浒传》的材料来源,并非就是《水浒传》本身。到胡应麟,才说"元人武林施某所编《水浒传》,特为盛行",并称"其门人罗本亦效之为《三国志演义》",这些说法,是胡氏从一篇小说序言中得知的,胡氏对其持保留态度,并非深信不疑。而真正坐实《水浒传》作者是施耐庵的是明末的金圣叹,他宣称自己得到贯华堂古本《水浒传》，只有七十回，而社会上流行的有招安情节的《水浒传》都是罗贯中"续貂"的狗尾，古本《水浒传》还有一篇"东都施耐庵序"，证据确实充分。① 然而，胡氏所说"元人武林施某所编《水浒传》"与《录鬼簿续编》所载的"太原人"戏曲家罗贯中并无关涉，而贯华堂古本"东都施耐庵序"被公认为是金圣叹伪作。第五，胡应麟说施耐庵"门人罗本亦效之为《三国志演义》"，而《三国志演义》庸愚子蒋大器序却称《三国志演义》的编撰者为"东原罗贯中"，并非太原人，也非杭州人，谁也不能证明这个编撰《三国志演义》的罗贯中就是《录鬼簿续编》所载的戏曲家罗贯中。② 正如何心所言："明朝人的说法，已经纷歧若此，其实他们都是得之传闻，很难凭信。"③ 浦安迪在《明代小说四大奇书》中也说："事实上那些连篇累牍关于作者是施、罗的材料甚至连表面价值也没有，因为所有这些资料都是互相抄袭的，所以它们谁都有赖于最早出处的真伪。"④ 而"最早出处的真伪"需要确实可靠的材料来予以证明或证伪，而至今我们并没有发现能够证明的任何材料。

《水浒传》作者所涉及的施耐庵、罗贯中是否真有其人，毫无疑问需要确凿证据来加以证明，因为他们的籍贯和生活年代在明人的传说里很不一致。在未被切实证明之前，我们不能依据子虚乌有的传说来断定《水浒传》的作者究竟是谁、其生活年代究竟在何时，并以此来确定《水浒传》的成书时间。

《录鬼簿续编》虽然记载有戏曲家太原罗贯中的简要生平，可以作为后人发挥想象的依据，但是小说家罗贯中是否即是这个戏曲家罗贯中，此戏曲家罗贯中是否和《水浒传》有关，其实并没有相关联的证明材料，因而难免不让人怀疑。仅仅依据一个相同的姓名，就将两人指实为一人，是很容易掉进"同姓名陷阱"的。这里仅举一例。1959年在上海发现了元代理学家赵偕（字子永，号宝峰）的《赵宝峰先生集》，文集卷首载有《门人祭宝峰先生文》，宝峰门人中有一人名罗本。王利器指认这个理学家的门人罗本就是编撰《水浒传》和《三国志通俗演义》的小说作者罗贯中，因为明代人有"罗本贯中"之说，其生活年代正好是

---

① 参见金圣叹评：《第五才子书施耐庵水浒传》卷四《贯华堂所藏古本水浒传前自有序一篇今录之》，北京：中华书局，1975年影印。
② 参见王齐洲：《〈三国志演义〉成书时间新探——兼论世代累积型作品成书时间的研究方法》，《中山大学学报（社会科学版）》2014年第1期。
③ 何心：《水浒研究》，上海：上海古籍出版社，1985年，第22页。
④ [美]浦安迪：《明代小说四大奇书》，沈亨寿译，北京：中国和平出版社，1993年，第246页。

元末明初。① 然而，中国古代同姓名者甚多，仅凭姓名相同就断定为同一人，很容易落入"同姓名陷阱"。例如，元代前期和后期各有一个姓白名贲字无咎的曲作家，国学大师王国维也不小心将他们混淆为同一个人，可见仅凭姓名相同而断定为同一个人是多么危险。② 确定这个理学家门人罗本就是编撰《水浒传》和《三国志通俗演义》的小说家罗本贯中，是不能仅凭姓名相同就下结论的，还需要提供更多材料，尤其是直接证明材料，否则就是臆测，不能作为科学结论。而一个理学信徒居然会写一部通俗小说，也是让人不敢轻易相信的事。其实，这个罗本在清人黄宗羲撰、全祖望补修、王梓材等校定的《宋元学案·静明宝峰学案》的有关补注中，已指明他字彦直③，其兄罗拱字彦威④，他们兄弟俩都是赵偕宝峰先生的门人，籍贯为浙江慈溪杜湖。而元人戴良与之友善，其《九灵山房集》中有《寄罗彦直》，《书画舫宴集诗序》也提到他，可进一步落实罗本的真实身份及其为学旨趣。⑤ 这就否定了理学家赵宝峰的门人罗本编撰通俗小说《水浒传》或《三国志演义》的可能性，同时又反证了依靠姓名推断《录鬼簿续编》中记载的罗贯中就是编撰《水浒传》和《三国志演义》的罗贯中其实也是很不科学的。⑥

有关施耐庵的记载纯属传闻，其真实事迹渺茫难寻，更难以进行严格的科学研究。1952 年，《文艺报》发表过一批与施耐庵有关的调查报告和传说材料，当时受国家文化部派遣参加过江苏大丰、兴化一带调查施耐庵传说的聂绀弩后来说："《水浒》决不是什么思想家、革命家的创作，我到苏北调查过施耐庵的材料，所有关于施耐庵参加过张士诚的起

---

① 王利器：《〈水浒全传〉是怎样纂修的》，《文学评论》1982 年第 3 期；收入氏著《耐雪堂集》，北京：中国社会科学出版社，1986 年，第 54～83 页。
② 参见徐朔方：《同姓名人物的失考：大师的一个小疵》，《昆明师范高等专科学校学报》2002 年第 2 期。
③ 黄宗羲撰，全望祖补修：《宋元学案》卷九十三《静明宝峰学案》，北京：中华书局，1986 年，第 3114 页。
④ 同上书，第 3112 页。
⑤ 参见戴良：《九灵山房集》卷二十九《寄罗彦直》、卷二十一《书画舫宴集诗序》，《四部丛刊初编》本，上海：商务印书馆，1929 年。
⑥ 以明代小说家为例，李春芳为《新刻海刚峰先生居官公案传》作序，为《重刊精忠录》作序，而前者署"晋人羲斋李春芳"，后者署"海阳李春芳"，一为山西人，一为山东人，显然并非同一人。同时，还有与吴承恩有交情的江苏"兴化李春芳"。再如，明末陈禹谟有文言小说《说储》，而同时的陈禹谟至少有四个：一为江苏宜兴人，隆庆元年（1567）丁卯科举人；一为湖广夷陵（今湖北宜昌）人，隆庆四年（1570）庚午科举人；一为浙江仁和人，万历五年（1577）丁丑科进士；一为江苏常熟人，万历十九年（1591）辛卯科举人。如果以姓名来傅会某一著作，那一定会张冠李戴、郢书燕说。

义的传说，以及别种传说，全是捕风捉影，无稽之谈，连施耐庵的影子也没有，还参加什么起义呢？"① 1958年江苏省大丰县施家桥出土了传为施耐庵儿子的施让墓中的"地照"砖，1981年底至1982年初，兴化县和大丰县相继发现《施氏长门谱》《处士施公廷佐墓志铭》等文物资料，证明《施氏族谱》所载杨新《故处士施公（让）墓志铭》是可信的，《处士施公廷佐墓志铭》称彦端为曾祖也与族谱相符。然而，《施氏长门谱》载始祖彦端字耐庵，此人是否即《水浒传》的作者仍然无法证明，《水浒传》作者问题依然不能解决。因为这个1918年抄录的族谱旁注小字"耐庵"有许多疑点，"耐庵"是否为施彦端的"字"需要讨论；即使承认是其"字"，也不能断定此施彦端即是《水浒传》作者施耐庵。因为施彦端与《水浒传》的关系需要有确凿可靠的材料或其他佐证来加以证明，否则就难以得到学术界的认可。这只要看看刘世德发表在《中国社会科学》上的《施耐庵文物史料辨析》一文，就不难明白其中的道理。②

　　关于《水浒传》的作者，在明代本就众说纷纭，难以定论，后人更是无从了解真相。百年来的纷争，并没有推进问题的解决。这不是学术水平的限制，更不是大家没有尽力去发掘史料，而是没有针对特殊对象选择正确的研究方法。根据现有文献，围绕作者问题来研究《水浒传》产生的时间，就只能得出一些不确定的结论。例如，胡适怀疑"'施耐庵'大概是'乌有先生''亡是公'一流人，是一个假托的名字"，"是明朝中叶一个文学大家"。③ 鲁迅也"疑施乃演为繁本者之托名"。④ 严敦易甚至干脆说："他（指《水浒传》——引者）的作者可能只好算是象征的代表。"⑤ 戴不凡和张国光先生均认为施耐庵是郭勋及其门客的托名。⑥ 这些说法无疑考虑到了《水浒传》作者的复杂性，避免了前面我们所说的那些难以解决的矛盾。当然，这样一来，施耐庵的有关传说就失去了史料价值，其在《水浒传》成书时间上的指标意义也就同时没有了。由此可见，《水浒传》作者问题之所以聚讼纷纭，真伪难辨，最根

---

① 聂绀弩：《中国古典小说论集》，上海：上海古籍出版社，1981年，自序第4页。
② 刘世德：《施耐庵文物史料辨析》，《中国社会科学》1982年第6期。
③ 胡适：《〈水浒传〉考证》，收入氏著《中国章回小说考证》，上海：上海书店出版社，1980年，第47～48页。
④ 鲁迅：《中国小说史略》第十五篇《元明传来之讲史（下）》，北京：人民文学出版社，1973年，第122页。
⑤ 严敦易：《水浒传的演变》，北京：作家出版社，1957年，第274页。
⑥ 张国光：《〈水浒〉祖本探考——兼论施耐庵为郭勋门客之托名》，《江汉论坛》1982年第1期；收入氏著《古典文学论争集》，武汉：武汉出版社，1987年。

本的原因是文献基础没有打筑牢实，建立在此基础上的成书时间的一切推论就只能是空中楼阁，虚无而缥缈。

通过作者考察来确定《水浒传》成书时间没有得到满意的结果，学者们转向《水浒传》版本的考察，企图以此来确定《水浒传》的成书时间。或者换一种说法，通过考察《水浒传》版本来确定《水浒传》的成书时间，成为现代学者研究《水浒传》成书时间所采用的另一种主要方法。虽然大家用力甚勤，但同样没有能够取得令人满意的结果。

在《水浒传》版本研究领域，当下学界有一种颇为流行的观点，认为现存《水浒传》最早百回本不是明万历三十八年庚戌（1610）容与堂刊本《李卓吾先生批评忠义水浒传》，而是明万历十七年己丑（1589）刊行的前有"天都外臣序"的《忠义水浒传》，其版本依据是清康熙五年（1666）石渠阁补印本《李卓吾先生评水浒全传》。这一观点主要来源于 20 世纪 50 年代初期郑振铎主持整理的《水浒全传》前面刊载的郑振铎所撰《〈水浒全传〉序》，① 其后学界均予以采信。而马幼垣先生则认为"现存繁本以容与堂本为最古，可靠程度也最高"②，而清康熙石渠阁补印本并不能断定为明万历十七年己丑（1589）补印本。因为石渠阁补印本前面的《〈水浒传〉叙》末页题署残破不清，大概只保留有原刻整行书写的四分之一不到，无法通过这些残缺得完全无法辨认的墨迹来认清落款题署以及具体落款题署内容，所谓"万历己丑孟冬天都外臣撰"云云，其实是吴晓铃和戴望舒在 20 世纪 50 年代初参与整理《水浒全传》时"籀读"（猜想）出来的③，本身很不可靠。石渠阁补印本文字与容与堂本文字略有差异，而其插图基本上"是以容与堂本插图为底本进行的重新刊刻"④。马幼垣在详细考察这个版本后所下结论是：

> 如果不再迷信郑振铎诸人创造出来的神话，通过指那篇序文出自天都外臣之手，从而使这个石渠阁刊本与郭本（武定侯郭勋家刻本——引者）挂钩，这个千疮百孔的本子根本就不值得我们理会。

---

① 郑振铎：《〈水浒全传〉序》，施耐庵、罗贯中著，郑振铎、王利器、吴晓铃点校：《水浒全传》，北京：人民文学出版社，1954 年，前言第 5 页。
② 马幼垣：《水浒论衡》三联版序《我的〈水浒〉研究的前因后果》，北京：生活·读书·新知三联书店，2007 年，第 3 页。此序也载于《水浒二论》。
③ 吴晓铃：《漫谈天都外臣序本〈忠义水浒传〉——双椿掇琐之四》，《光明日报》1983 年 8 月 2 日。收入氏著《吴晓铃集》第一卷，石家庄：河北教育出版社，2006 年，第 20～27 页。
④ 邓雷编著：《〈水浒传〉版本知见录》，南京：凤凰出版社，2017 年，第 53 页。

除非能确证印刷精美、字句清楚的容与堂本确不及此本，现存最早、且最完整的殊荣就该由容与堂本来享有。①

马氏对万历三十八年庚戌（1610）容与堂刊本《李卓吾先生批评忠义水浒传》的定位，是通过现存《水浒传》各种版本（包括繁本和简本）的比较研究后得出的，因而较为可信。而郑振铎等认为清康熙石渠阁本是据明万历己丑（1589）刊行的"天都外臣序"刻本《忠义水浒传》补刊的，其结论是建立在"籀读"出来而并无实据的所谓文献信息的基础之上的，在科学的意义上这一结论其实并不可靠。然而，这一并不可靠的结论至今却仍然是学术界的主流意见，各种论著包括教科书都将"天都外臣序"刻本《忠义水浒传》作为确凿无疑的材料，并从中引申出许多重要结论，不能不令人震惊。

诚然，《水浒传》在嘉靖时期的确出现过一些版本，有些还是"善本"，当时的学者们也曾谈论或著录过。例如，高儒《百川书志》著录了一百卷本《忠义水浒传》、晁瑮《宝文堂书目》著录了郭勋家刻的"武定板"《水浒传》、周弘祖《古今书刻》著录了都察院刊刻的《水浒传》。"武定板"当时称为"善本"，都察院本自然算是"官本"。在此之前，学界尚未发现更早的有关《水浒传》版本的任何记载。嘉靖时期的那些版本均未能完整保存下来，有些被近代学者称为嘉靖本的残本，是否为真正的嘉靖本，学术界尚有争议，没有取得共识。例如，被郑振铎以"一百二十金"从北平中国书店购买的所谓"嘉靖本"残本《忠义水浒传》（今藏中国国家图书馆）②，此本虽仅存八回六册，其错字漏字就有八十余处，甚至连回目都有错字，如第四十八回"一丈青单捉王矮虎"误为"一丈青单捉王蹊虎"，第五十一回"美髯公误失小衙内"误为"美髯公悟失小衙内"，因此，怀疑其并非嘉靖刻本的大有人在。郑振铎认为此本是明嘉靖间郭勋刻本，而郭勋刻本即"武定板"，当时公

---

① 马幼垣：《问题重重的所谓天都外臣序本〈水浒传〉》，收入氏著《水浒二论》，北京：生活·读书·新知三联书店，2007年，第112页。关于石渠阁补印本插图，可参见氏著《从挂名天都外臣序本〈水浒传〉的插图看该本的素质》，收入氏著《水浒二论》，北京：生活·读书·新知三联书店，2007年，第411～423页。

② 此残本《水浒传》原为鄞县大酉山房林集虚收藏，有二卷十回，为友好零星索取，遂散落四方。郑振铎1941年6月购得此书残本第十一卷，存第五十一回至第五十五回，1959年郑逝世后由其家人献给北京图书馆（今中国国家图书馆）。第四十七回至第四十九回由四明朱氏敝帚斋收藏，1958年北京图书馆（今中国国家图书馆）从上海购回收藏。另有第四十六回、第五十回残叶各一，由马廉收藏，马廉将其中一叶转赠赵万里，赵又转赠吴晓铃。

认为"善本",绝不会是这个连回目都有错字的版本。因此,马幼垣尖锐指出:谁也没有真正发现郭勋刊刻的本子是啥模样,郑振铎在其所撰《〈水浒全传〉序》里说他所藏嘉靖残本(五回)是郭勋刻本,"却提不出有力证据";其称整理《水浒全传》底本所用清康熙石渠阁补印本是忠于郭本的,但"郭本不在,又无详细引文,如何能证明它忠于郭本"①。马氏认为,此本并非郑氏所称的"最古、最完整"的嘉靖郭勋家刻本,而是一个质量很差、没有多少价值的明代坊间刻本,其价值远远无法与容与堂本《忠义水浒传》相提并论。②邓雷在比较了各种版本和不同说法后也认为:"此本相关争论较多,是否为郭勋刻本,是否为嘉靖年间刊本,皆未定。此用嘉靖残本作为简称,只袭用一贯之叫法。虽未知此本是否为郭勋刊本、是否为嘉靖刊本,但从此本错字、漏字来看,此本非精校本。"③ 显然也对称其为嘉靖本或郭勋本持谨慎的怀疑态度。至于马蹄疾认为此残本是明初刻本,④ 则更是凭借想象来下断了,故很难让学者们相信。

对于其他佚本或残本,由于其本身提供的信息有限,人们对它们的定性其实纯为猜测,并且这种猜测五花八门,让人眼花缭乱。例如,有一残本《京本忠义传》,今存两叶,各叶448字,共896字,为顾廷龙、沈津在1975年偶然发现。关于其刊刻时间和版本性质,众说纷纭,大致有:"1. 顾廷龙、沈津:明正德、嘉靖间,繁本;2. 刘冬、欧阳健:元末明初,繁本;3. 张国光:万历初,简本;4. 李骞:嘉靖之前,繁本;5. 刘世德:正德、嘉靖年间,建阳简本;6. 李永祜:嘉靖初年,建阳繁简过渡性的删削本。"⑤ 马蹄疾则认为它是明嘉靖间刻本,属于文繁事简本⑥。谁是谁非,难以定论,也无法定论。尤其是对此本的刊刻时间,更是分歧显著。因为大家都是猜测,并无坚实的证据,自然谁都可以下断,当然也难以说服别人。正如浦安迪所说:"多年来虽时有发现明本《水浒传》的报道,但它们一概都没有对该小说早期历史提出任何具体

---

① 马幼垣:《水浒论衡》考据篇,北京:生活·读书·新知三联书店,2007年,第40页。
② 马幼垣:《嘉靖残本〈水浒传〉非郭武定刻本辨》,原载《明代小说面面观——明代小说国际学术研讨会论文集》,北京:学林出版社,2002年;收入氏著《水浒二论》,北京:生活·读书·新知三联书店,2007年,第62~86页。
③ 邓雷编著:《〈水浒传〉版本知见录》,南京:凤凰出版社,2017年,第6页。
④ 马蹄疾:《水浒书录》,上海:上海古籍出版社,1986年,第53页。
⑤ 邓雷编著:《〈水浒传〉版本知见录》,南京:凤凰出版社,2017年,第222页。
⑥ 马蹄疾:《水浒书录》,上海:上海古籍出版社,1986年,第50页。

证据。"① 这一说法倒是道出了实情，值得研究者反思。然而，关于《水浒传》版本的许多争论却仍然在没有"任何具体证据"的情况下热烈地开展着，委实浪费了研究者们宝贵的学术生命。而一些人热心将这些没有"任何具体证据"的结论进行传播，就更是对学术共同体的伤害，实在需要反省。

然而，嘉靖时期学者们不经意发表的诸如"的本""编次""集撰""纂修"之类模糊不清的说法，给人们提供了许多想象空间，尤其在《录鬼簿续编》中发现戏曲家罗贯中的生平材料之后，使得一些研究者固执地认为在嘉靖各版本之前一定存在最原始的本子，也就是有一个祖本存在，并且这个祖本可能就是元末明初的本子，即施耐庵的"的本"，或是罗贯中的"原本"，这符合所谓施耐庵或罗贯中（其实是《录鬼簿续编》中戏曲家罗贯中）的生活年代。这样一来，他们就能够从文献记载和版本实物两方面证明《水浒传》成书于元末明初。因此，大家殚精竭虑寻找《水浒传》所谓早期的古本。不过，研究者们对被认为可能是古本的《水浒传》版本，看法也颇不一致。例如，对万历四十二年甲寅（1614）刊行的吴从先《小窗自纪》中提到的一种《水浒传》，因所载内容与今知各本有所不同，所以有学者认为这种"吴读本"是"古本"，甚至是"施耐庵的本"。② 也有学者认为是万历间后出的本子。③ 因为此本今人无从见到，所以多属推测之词，自然就谁也说服不了谁，更无法定论。清人钱曾《也是园书目》著录了旧本罗贯中《水浒传》二十卷。马蹄疾《水浒书录》中称："此本可为文繁事简之祖本，其版刻时代约在明初。"④ 此旧本谁也没见过，且又只有清人的著录而并无元末明初人的记载，甚至连明中后期也没有这种版本的记载，遂将其断定为明初版本，也是想当然尔。

总之，现代《水浒传》研究者们都希望能够发现《水浒传》最早最原始的版本，大家不敢奢望稿本，希望发现抄本，重点寻找的是刊本，

---

① [美] 浦安迪：《明代小说四大奇书》，沈亨寿译，北京：中国和平出版社，1993年，第242页。
② 参见黄霖：《一种值得注目的〈水浒〉古本》，《复旦学报（社会科学版）》1980年第4期；王利器：《〈水浒全传〉是怎样纂修的》，《文学评论》1982年第3期。
③ 参见欧阳健：《吴从先〈读水浒传论〉评析》，欧阳健、萧相恺：《水浒新议》，重庆：重庆出版社，1983年，第288页；张国光：《〈水浒〉是由"元人施耐庵""纂修"的吗？——与王利器先生商榷》，《武汉师范学院学报（哲学社会科学版）》1982年第4期。
④ 马蹄疾：《水浒书录》，上海：上海古籍出版社，1986年，第49页。

以期为《水浒传》的成书时间找到谁也动摇不了的"铁证"。虽然根据已有版本进行一些推测,在学术研究过程中是必要的,也是合理的,此即胡适所提倡的"大胆的假设",但是,这些"假设"是需要"小心的求证"的,没有切实可靠的证据证明的"假设"永远只是"假设",不能成为定论,更不能在不是定论的基础上再推演出许多相关的结论,那就远离科学研究的精神了。既然谁也没有发现原始版本,即使那些自称发现原始版本的学者,也拿不出过硬的证据来证明其结论,因此,所有这些研究其实都只是猜谜,不属于科学研究的范畴。正如严敦易在《水浒传的演变》中所说:"现在知道的一些版本,都还不具实证的资格,除非是发现了元刊或明初刊本《水浒传》的将来。"① 这一论断尽管已经过去六十多年,但到目前为止,也仍然管用。因为谁也没有发现《水浒传》元末明初的稿本、抄本或刊本,哪怕只是残本。用"还不具实证的资格"的版本来推测《水浒传》的成书时间,真无异于缘木求鱼。何心在《水浒研究》中曾指出过《水浒传》版本研究为何让大家陷入困局的三种主要原因。这三种原因是:

　　一、《水浒传》版本虽多,截至今日为止,原始的本子还无人见过。

　　二、从前士大夫都看轻小说,认为卑不足道。偶尔有些纪载,也都是摭拾旧闻,随意装点,支离杂糅,真伪莫辨。

　　三、有人存心捏造,假托古本,欺骗他人。②

何心所说三种原因,其实正是我们进行版本研究的最大障碍,直到今天,这些障碍仍然没有被排除,并且有积重难返之势。而今人不像前人那样敬畏学术,又不肯下苦功,多迷信权威,人云亦云,加上市场经济和网络化生存使得人们更容易追名逐利和弄虚作假,就更难以超越这些障碍了。

　　从版本角度考察《水浒传》成书时间的困难是超乎想象的,我们上面的考察无可辩驳地证明了这一点。这不仅是因为现有版本资料不充分,也因为现有研究版本的条件不成熟,这种不充分和不成熟的困难,在短期内不会得到克服,在长期内也看不到解决的希望。在原始版本(指《水浒传》最早刊行的版本)未曾发现的情况下,通过现存版本来考察

---

① 严敦易:《水浒传的演变》,北京:作家出版社,1957年,第154页。
② 何心:《水浒研究》,上海:上海古籍出版社,1985年,第74页。

成书时间只能是徒劳无功，枉费精力，而应该去寻找一条新的出路。

毕生致力于《三国志演义》研究的沈伯俊先生曾撰文指出，要确定《三国志演义》的成书年代，必须具备三个条件，其中就有：对作者的生平及其创作经历有比较清晰的了解和确认作品的原本或者最接近原本的版本。① 这一要求是合理的。应该说，要确定《水浒传》的成书年代，也是如此。在二者都模糊不清的情况下，如果单纯地想从作者或者版本去考察《水浒传》的成书时间，注定是各种意见之间进行拉锯式的争论，既不能证实，也不能证伪，疑者自疑，信者自信，这无疑背离了科学研究的基本精神。而要解开谜团，只能期待将来有一天发现作者或版本的新材料，这一天也许很难到来，或者根本不会到来。

毫无疑问，我们应该改变研究方法，不能继续在"同姓名陷阱"和版本困局中纠结与挣扎，科学的方法可以帮助我们脱离陷阱，走出困局。其实，科学的方法并不玄虚，就是要坚持"实事求是"，靠确切的事实得出结论，有多少材料说多少话，不接受任何没有事实依据的"假设"成为通论。即使这一"假设"是由最权威的学者提出，也不能采信。这样的研究或许显得保守，但它遵守的是学术研究的基本规范，体现的是学术研究的科学精神，我们理应自觉坚守和勉力维护。用科学的方法依据现有材料得出结论，并不表示此结论必然正确，而是表示以现有材料为证据只能得出如此的结论；以后如有新材料发现，再来修改现在的结论也为时不晚。

第二节 用文献—传播学方法探讨《水浒传》成书时间的合理性

在学术领域，人们运用各种方法去研究问题，其目的是解决问题。一切能够解决问题的方法就是好的方法、有效的方法，一切不能解决问题的方法就是不好的方法、无效的方法。通过考察作者或者版本来研究《水浒传》成书时间，其结果使得《水浒传》成书时间的讨论陷入僵局，信者（信其成书于元末明初）和疑者（怀疑前说不能成立）皆难以拿出坚实的证据使另一方服膺其说，二者之间持久的争论总也争不出谁是谁非，争论的意义也就不大。这说明，这些研究方法是无效的，因而不是

---

① 沈伯俊：《世纪课题：关于〈三国演义〉的成书年代》，《中华文化论坛》2000年第2期。

好的方法。

有鉴于此,一些研究者开始寻求突破,试图寻找新的方法来探讨《水浒传》的成书时间。从《水浒传》文本出发来寻求《水浒传》成书时间的有效内证,就是人们改变研究方法的一种尝试。例如:容与堂本《水浒传》第九十九回有李俊去暹罗国的情节,朱育友、朱梦星二人认为,暹罗国号是洪武十年(1377)明太祖朱元璋赐予该国国王金印后才开始有此称谓,因此,其成书不可能在元末,也不可能在元末明初,甚至不应早于明洪武十年(1377)这个时间节点。① 石昌渝则通过对《水浒传》描写的兵器,从朴刀、杆棒到带甲上马,从冷兵器到火炮,将其与历史文献中有关兵器记载对照分析,从而得出《水浒传》成书的大致时间,再通过凌振的子母炮的考察,得出《水浒传》成书时间的上限不能早于明正德末年的结论。② 这种方法有较好的研究效果,结论颇有说服力,但对版本的依赖程度很高,且还要接受否定的挑战,即使结论可以成立,也只能得出《水浒传》成书时间的上限。然而,确定作品成书时间更重要的却是下限。因为后来人完全可以将前人的某些记载或传说作为自己创作的背景或者素材,正如今人编撰历史小说或历史戏剧可以利用历史材料一样。

除此之外,也有人尝试从传播学的角度来探讨《水浒传》的成书时间。例如,李伟实先生撰有《从杜堇的〈水浒人物全图〉看〈水浒传〉的成书年代》一文,通过《水浒人物全图》的成书时间来推断《水浒传》的成书时间;因为《水浒人物全图》参照了《水浒传》的人物结构,不仅证实了《水浒传》的真实传播,而且反映了人们对它的接受,从而得出"《水浒传》产生于明弘治初到正德初这二十年间"③ 的结论。这是在《水浒传》成书时间研究上尝试运用了新的方法。这种方法就是从传播与接受的角度去探讨《水浒传》的成书时间,它立足于现存的《水浒传》传播与接受的材料,力图使讨论不依赖于传闻或推论,而是建立在文献事实的基础之上。这是一种比较理性的科学方法。只是所用材料必须接受严格的证伪审查,才能具有相应的说服力。

笔者之所以试图采用文献与传播相结合即文献—传播学的方法来探

---

① 应坚:《近几年〈水浒〉研究综述》,《文史哲》1989 年第 2 期。
② 石昌渝:《从朴刀杆棒到子母炮——〈水浒传〉成书研究之一》,《文学遗产》1999 年第 2 期。
③ 李伟实:《从杜堇的〈水浒人物全图〉看〈水浒传〉的成书年代》,《社会科学战线》1991 年第 3 期。

讨《水浒传》的成书时间，便是受到了前辈学者研究的启发。因为主张《水浒传》成书于元末明初的学者，并不害怕你和他们讨论罗贯中或施耐庵，反正谁也说不清楚，你不可能否定他们的结论；他们最怕的是你要他们提供《水浒传》在元末明初成书的文献学的证据和传播学的证据，尤其是确凿无疑的直接证据。他们谁也拿不出元末明初《水浒传》已经成书的文献依据，例如原始版本、书目著录等，他们所依据的都是嘉靖以后的间接资料，基本上都属于传说的范畴。他们也无法回答：如果《水浒传》元末明初已经成书，从元末明初到明嘉靖时期一二百年间，该书处于何种状态？它是怎样保存下来的？它是如何传播的？人们又是如何接受它的？为什么现存元末明初文献中对此没有任何反映？官方文献、私人书目、文人著述为什么没有任何一种提及《水浒传》？而明初流行的"水浒故事"和创作的"水浒戏"，甚至人们游戏的"水浒叶子"，都说明社会并不禁止此类故事、戏曲和游戏的传播，为什么它们都是利用《宣和遗事》和《癸辛杂志》所记载的宋江故事内容，而没有利用更容易普及的长篇通俗小说《水浒传》？

通俗小说《水浒传》有自身的价值。敏泽、党圣元《文学价值论》曾谈到文学作品的价值可分为时效性价值和历时性价值。时效性价值指作品从问世之日起就能产生一种轰动效应，历时性价值指作品在不同的历史时期仍然具有一定的社会影响。① 毫无疑问，通俗小说《水浒传》兼具这两种价值，这可以得到明嘉靖以后文献学和传播学两方面的大量证据。如果一部作品具有时效性价值，那么，它若在某一时期产生社会轰动效应，这个时期就应该是它问世的初期。《水浒传》在嘉靖初年的轰动效应是任何一部文学作品无法与之媲美的。如果《水浒传》元末明初已经成书，为什么直到嘉靖时才产生轰动效应，才掀起社会波澜呢？像这种雅俗共赏、可读性很强的作品，无论是在民间或是在上层，只要它已经面世，都不会让其沉寂一二百年之久。难道它在辗转流传的过程中，就没有一个能够发现其价值的读者，只有嘉靖时期的人们才有这样的欣赏水平？《水浒传》既然是具有时效性和历时性价值的作品，为什么一二百年间没有人模仿，没有出现其他的长篇通俗小说呢？从"水浒故事"的流传来看，明初有朱有燉的"水浒杂剧"，后来有陆容在《菽园杂记》中提到的昆山"水浒叶子"，它们都受到《宣和遗事》和《癸辛杂志》的影响，为什么没有受到《水浒传》的影响？上述事例表明，

---

① 参见敏泽、党圣元：《文学价值论》，北京：社会科学文献出版社，1997年，第342～345页。

从南宋到明弘治年间,"水浒故事"一直在社会上流传。"水浒故事"既然在流传,说明社会并不排斥此类故事,如果真的出现了一部《水浒传》,怎么会尘封如此之久,然后在嘉靖时突然被人发现,迅速产生巨大的社会反响呢?以上诸多疑问,令《水浒传》研究者如堕五里云烟,难以认清其庐山真面目。正是因为谜底解不开,一切嘉靖以前已经有《水浒传》存在的结论都不免带上了主观想象的嫌疑,让人无法信从。

为了解释上述种种疑惑,一些主张《水浒传》成书于元末明初的学者便努力寻找产生上述现象的所谓原因,希望自己所主张的观点即使不能被事实所证明,也能够得到合乎逻辑的理性支持,从而获得一些精神安慰。于是,他们提出《水浒传》一二百年的沉寂是因为有各种各样的原因。那么,是否真如他们所言,是由于有某种特殊的原因造成了元末明初已经成书的《水浒传》在明嘉靖时期才得到社会的认可,产生巨大的社会影响呢?这里,我们不妨先对他们提出的所谓特殊原因做些分析。

一曰政治环境障碍。有学者指出:"明初极少有关《水浒传》的记叙,成为沉寂的状态,这当是环境的关系。"[1] 这显然只是一种猜测。明初实行思想禁锢和文化专制,这点谁也不否认,但是像《水浒传》这样的作品是禁不住的,明末和清代的屡禁屡印足可作为证明。更何况身为藩王的朱有燉就创作了两种"水浒戏",即《黑旋风仗义疏财》和《豹子和尚自还俗》,说明"水浒故事"在当时并不一定被统治阶级所排斥,关键是你如何去表现。而嘉靖时期朝廷都察院刊刻《水浒传》,也证明《水浒传》并不一定为统治者所排斥,甚至得到他们的推崇。[2] 另外,明成化七年(1471)至成化十四年(1478),北京永顺堂刊印的"说唱词话"本甚夥,其中也有属于明初严禁的"亵渎帝王圣贤之词曲",如包公骂宋仁宗是"草头王"(《仁宗认母》)之类。[3] 由此可见,如果《水浒传》在明初已经成书,它的传播并不是社会政治环境可以障碍得住的。

二曰经济条件障碍。有人说,《水浒传》问世后,由于经济条件限制(印刷一百回本《水浒传》需要很大财力支持)而无力印刷,只能以抄本流传,不能以刻本行世,以至知之者甚少,传播范围不广。这种情况与《歧路灯》相似,该书也是一百多年后才被刊刻,为世人所知晓。这一说法同样不能服人。《歧路灯》为社会所重视,的确是在其成书百年以后,但它毕竟还有流传的零星记录,并非没有任何文献记载。而

---

[1] 严敦易:《水浒传的演变》,北京:作家出版社,1957年,第272页。
[2] 参见王齐洲:《明代对〈水浒〉的推崇与禁毁》,《江汉论坛》1983年第2期。
[3] 参见朱一玄校点:《明成化说唱词话丛刊》,郑州:中州古籍出版社,1997年。

《水浒传》在嘉靖初年被一批著名文人激赏,并很快在社会上广泛传播开来,而在这之前它又是被怎样保存下来的,保存下来的证据是什么?为何没有任何本子流传,也未见任何记载?难道一二百年间就没有一个赏识它的读者?《红楼梦》早期也以抄本流传,它不照样引起了社会的巨大反响吗?说《水浒传》早期是以抄本流传,谁能够提供给我们这样一个抄本呢?即使是残抄本一回两回也好啊。可惜这些说法并没有事实依据,只存在于一些研究者的想象中。

三曰文化环境障碍。也有人说,在古代,小说不被看重,所以关心和记载其传播的文献就少。而事实却是,明嘉靖至万历年间,上至文人学士、政府官员,下至贩夫走卒、妇女童稚都对《水浒传》赞不绝口,并留下许多相关记载。李开先等人所说的"《水浒传》委曲详尽,血脉贯通,《史记》而下,便是此书"[1],只不过是一个典型案例而已。难道对通俗小说的喜爱是嘉靖时期人们的特殊嗜好,或者只是这一时期的人们才有如此欣赏水平?嘉靖时期私人藏书目录也有著录,为什么此前没有任何文献提及,难道也是特殊癖好?即使章学诚《校雠通义》所说"《续文献通考》载元人《水浒演义》,未为无意,而通人鄙之,以此诸家著录多不收稗乘也"[2]符合事实的话,那也是指《续文献通考》作者王圻所在的明万历以后的情况。即使在元末明初,"水浒戏"也照样在演出,为什么已经成书的《水浒传》就因为文化环境而不能传播呢?或者已经传播而没有人记载呢?这只能说明当时根本就没有这部书的存在。

四曰文献条件障碍。还有人说,谁能保证有关《水浒传》的所有文献资料毫发无损地保存了下来,没有在战乱中散失,没有受厄于水火?谁能保证国外有关《水浒传》的文献资料已经全部被发现,并且已经被我们所掌握?既然不能保证,我们就不能说元末明初没有文献记录过《水浒传》。这一理由同样不能成立。学术研究的目的是求真,即得出符合事实的结论。在新材料未被发现之前,只能立足于现有材料,有多少材料说多少话。在现有材料基础上得出实事求是的结论,即使被后来发现的新文献所否定,也应该承认这一结论是符合科学研究规范的。反之,那些没有提供任何文献依据,仅凭想象和推理而下结论的研究,其实不是真正的学术研究,也是违背科学精神的。自然科学研究都自觉遵守科学规范,没有被事实证据所证明的任何结论都只是"假设""猜想",是不会被大家承认并作为定论的。因此,这个障碍在目前情况下对于运用

---

[1] 李开先撰,叶枫校订:《一笑散》,北京:文学古籍刊行社,1955年,第10页。
[2] 章学诚著,王重民通解:《校雠通义通解》,上海:上海古籍出版社,1987年,第176页。

文献—传播学方法研究《水浒传》成书时间来说，可以忽略不计。

既然四大障碍并不能成为《水浒传》成书后不能传播的理由，那么，符合逻辑的结论就是：元末明初《水浒传》并没有成书，所谓已经成书的说法只是研究者主观的想象而已。

以上对《水浒传》成书时间的主要研究方法作了一番回顾与批判，并从感性上分析了用文献—传播学方法探讨《水浒传》成书时间的合理性。

从理论上讲，文献不仅是所有进行文学研究的基础，而且是研究者做出研究结论的客观依据。而历史文献常常牵涉目录、版本、校勘、辨伪、辑佚等各种专门的知识与学问，以便我们能够对该文献做出真实而客观的判断。这就是人们通常所称的作为学科存在的文献学（古典文献学或历史文献学）。本书所强调的文献学则主要是作为方法的文献学，它是在作为学科的文献学的基础上注意发挥其作为研究方法的独特作用。关于这一点，著名文献学家张舜徽先生的大弟子张三夕教授有很好的解释，他说：

> 当我们把文献学作为一种文学研究方法提出来时，它有什么意义、意指何为？我们认为，它更多地指向一种工具意义。文献学是文学研究的工具，只不过它不是外在于文学文本的研究工具，而是内在于文学文本的研究工具。或者说，它是文学研究必不可少的阶段性手段或部分内容，它不能解决或替代文学作品、文学活动的意义阐释以及文学史书写问题，而是通往文学作品、文学活动的意义阐释以及文学史书写的必由之路。判断某项文学研究是不是把文献学作为方法论意义上使用，就要看该项研究是否意在说明文学作品、文学活动的独特意义，是否解决文学史书写的某些问题或解释某些文学现象、文学理论问题。比如我们如果单纯地研究一个文学文本的版本问题，它就是文献学研究。但如果我们研究一个文学文本的版本问题，并不停留或局限于搞清楚版本的文献状况，而是为了说明其他的文学现象或文学理论问题乃至文学史问题，这时版本考证就具有文学研究方法论的意义。①

本书所提倡的文献—传播学方法正是张三夕教授所强调的"通往文

---

① 张三夕、刘烨：《论作为一种文学研究方法的文献学》，《湖北大学学报（哲学社会科学版）》2019年第4期。

学作品、文学活动的意义阐释以及文学史书写的必由之路"。我们研究《水浒传》的作者,不能仅仅看到罗贯中、施耐庵这样的名字,然后就在传世文献中去寻找与他们同名字的人,而是要将他们与《水浒传》的成书问题联系起来,要寻找文献中所提到的这些人的籍贯、履历、生活年代,尤其是其与《水浒传》的联系。任何记载他们信息的文献,都必须接受文献学学科规范的严格检验,并将其置于其所生活的年代和文学场景中进行复原,以确认这一作者即是《水浒传》的作者,而不是仅仅因为他们姓名相同。如果不能通过文献解决以上问题,那么,就必须通过其他途径,而不是生拉硬扯地将某一同姓名者指认为我们寻找的对象,而放弃文献学作为方法论的基本要求。

作为方法论的文献学,还意味着所有文献都必须接受文献学的基本检验,举凡目录、版本、校勘、辨伪等,都要有符合规范的要求,并非任何文献都要予以采信。作为学术研究,我们只采信那些得到文献学方法检验的文献。例如,晚清出现的《水浒人物全图》确系一种绘画文献,其人物绘制技法也相当不错,我们是否可以相信刘晚荣在《〈水浒人物全图〉序》中所说的话,承认它是明代中叶的著名画家杜堇所绘,并以此为证据来研究《水浒传》的成书时间呢?显然是不能的。如果要将此图确定为晚清绘画文献自然没有问题,因为它是晚清面世,晚清人多有记载和评论。然而,如果要确定它是明代中叶的文献,那就必须回答:这一文献在明代有谁收藏?有谁评论?是真本还是赝作?入清后有无变化?刘晚荣是从哪里得到这一文献?为什么这样有价值的文献没有收藏记录,画面上也无相关题署?所有这些信息,其实就是该文献的传播信息,如果连这些基本传播信息都没有,这样的文献多半是不能相信的,作伪的可能性非常高,因而不具有该文献想要体现的历史价值或文物价值。也就是说,这一文献作为晚清绘画自有其历史价值和文献价值,而作为明代中叶绘画则没有历史价值和文献价值,因为它是赝品。

版本的问题也是如此。现存《水浒传》的明清刊本有数十种,这些版本不仅需要从文献学的角度对其进行鉴定,如看纸墨、看版式、看字体、看刻工、看装帧、查讳字、验牌记、审书名等,而且还应该将此版本放在《水浒传》的传播、接受和流衍、变迁的文学场景中去考察,放在通俗小说发生、发展、成熟、变异的历史进程中去考察,甚至放在整个中国古典文学的发生、发展、演进、递嬗的历史过程中去考察。即是说,要将版本问题的考察作为"通往文学作品、文学活动的意义阐释以及文学史书写的必由之路"。而就版本论版本,常常难以得到大家都认可的结论。这是因为：其一，版本研究必须以真实的本子为对象，不能以复印本、影印本、整理本为依据，因为这些版本都或多或少与原本有所差别。而明清时期的数十种《水浒传》版本，能够真正目验的人并不多，仅仅接触过少数几种本子是难以对某一种版本做出准确判断的。其二，许多研究者并不具备版本学的专业知识，更缺少实际的鉴别经验，难以对版本进行准确判断；即使是真正的版本学家，也还有看走眼的时候。其三，通俗小说版本市场混乱，出版商大都以盈利为目的，以今充古、以假乱真、偷梁换柱、编造故事是他们惯用的手段，目的是欺骗读者，获取更多的经济利益；研究者很容易被他们的虚假宣传所蒙蔽，难以有客观的判断。其四，任何研究者都会受知识和认识的局限，先入为主，将版本问题纳入自己设定的认知模块之中，都以为自己对版本的判断是正确的，其实都缺乏过硬的证据。郑振铎收藏的所谓"嘉靖残本"，便极好地说明了研究者主观意愿对于版本鉴定的影响，倒不是郑振铎缺少版本学的知识素养和鉴别能力。

我们在讨论《水浒传》成书时间时，不能够单纯地采用文献学的规范来鉴别和处理文献。为了保证道路的畅通，就必须将文献学与传播学结合起来，以便排除各种人为干扰，得出符合历史实际的科学结论。以版本为例，如果有人声称某一版本是元末明初的刻本，它就必须提供这一刻本的传播学依据，如果没有这样的依据，我们就不能承认它是元末明初的刻本。例如，在上海发现的《京本忠义传》残叶，有人说是元末明初刻本，有人说是正德、嘉靖间刻本，有人说是万历初刻本，谁也没有提供传播学的证据，即有人收藏、著录或评论过《京本忠义传》。尽管这一文献是真实存在的，而没有传播学证据，我们就无法判断其刊刻的准确时间，因而围绕残叶的争论也肯定是不会有结果的。再如，明末的金圣叹说他得到了贯华堂《水浒传》古本，此古本只有七十回，并有施耐庵序作证。既然是古本，那他必须讲清楚此古本是何时之本，又是如何流传下来的。如果他不能提供其来历的证明，说明其产生的时代，而此本又只有他一人知道，我们便有理由怀疑是他在作伪。事实上，大家也是这样认识的。因此，运用文献—传播学方法来研究《水浒传》的成书时间，不仅强调将文献学作为文学研究的一种方法，而且强调要将文学的传播与接受和现存文献有机结合起来，以尽量避免研究者落入书商们设置的"文献陷阱"，同时也提醒研究者不要先入为主，而应该自觉地接受文献—传播学的客观证据，得出符合科学精神的研究结论。

传播与接受是一事之两面，没有无传播的接受，也没有无接受的传播。因此,传播学与接受美学天然相通。接受美学认为,一件新作品问世,随后便是接受,接受是作品的存在形式。接受美学理论的代表作家伊泽尔提出了这么一个模式:"艺术作品是读者的回声或镜子。"① 按照接受美学的原则,"艺术作品一旦问世,便绝对不再对作者的财产和意图承担义务了——从发表的那一瞬间起,它就不再属于作者一个人,而是在同样甚至更大的程度上属于它所面向的对象——读者了"②。接受美学理论的另一个代表作家姚斯认为:"文学作品的历史生命是不断延续的接受活动所赋予的,而不是文学史家主观臆想出来的。"③ 他们认为传统的文学史观忽略了一个简单的事实:文学作品只有被接受并产生影响才能流传下去,成为历史学家研究的对象并在文学史上获得一定的意义、价值和地位,未被接受的作品无论如何都不会进入文学的历史进程。按照这种理论,进入文学史视野的作品的问世与传播接受应该是同步的。我们理应将《水浒传》的成书与《水浒传》的传播与接受(无论是正面肯定还是负面批评)联系起来。

接受又可分为水平接受和垂直接受两种。水平接受指同一时代的读者对同一部作品的接受,垂直接受指不同时代的读者对同一部作品的接受。水平接受可以证实一部作品的存在,垂直接受才能延续一部作品的价值。《歧路灯》能够流传下来,是因为它有垂直接受,它的接受活动所以能够延续至今。而只有水平接受没有垂直接受的作品,《中国通俗小说总目提要》中就收录有很多。这些作品在诞生之初有过传播与接受,因为没有垂直接受,即接受活动没有能够延续下来,该作品生命力也就停止了。我们有理由相信,肯定有一批既没有水平接受也没有垂直接受的作品曾经被创作出来,但是谁也没读过,哪怕只有一个读者,也就是说,它没有被社会所接受,因而也就没有能够流传下来,它对文学史、小说史当然不会产生丝毫影响。对于此类作品,我们其实没有关注它的必要,因为它们不在文学史的视野之中,谁也无法加以描述,讨论这样的作品是毫无意义的。而那些或残或佚的作品,人们之所以知道还有这样一部作品,是因为它曾经传播过,曾经被人接受过,或者留下了某些记载,或者有残本流传下来。这正好说明了文献学与传播学的有机结合,

---

① 刘小枫选编:《接受美学译文集》,北京:生活·读书·新知三联书店,1989年,第143页。
② 同上书,第164页。
③ 姚斯:《文学史作为文学科学的挑战》,郭宏安等:《二十世纪西方文论研究》,北京:中国社会科学出版社,1997年,第311页。

可以帮助我们判断作品的存在与否以及它所诞生的大致时间。

对于《水浒传》而言，如果我们承认它既有水平接受也有垂直接受，承认它兼具时效性价值与历时性价值，我们实际上是承认它既有文学价值，又有文学史价值。事实上，自明嘉靖时期开始，《水浒传》的这两种传播与接受是有充足的文献材料来证明的。而从理论上讲，《水浒传》的共时性传播、水平接受应该是和它的问世同步的，或者说二者是紧密相连的。这与它的通俗文学品格有直接关系。至于它的历时性传播、垂直接受，则反映了它的文学史价值。这样看来，用文献—传播学方法来探讨《水浒传》的成书时间是有充分的理论依据的。

从传播与接受的角度，采用文献—传播学方法来探讨《水浒传》的成书时间，是要将有关研究建立在历史事实的基础上，这一历史事实其实就是历史文献。没有文献作依据的研究，也就不是实事求是的研究，当然也不是科学的研究，为我们所不取。而以前论者从《水浒传》作者或版本考察其成书时间，很大一部分却是建立在非事实的基础上的。其所采用的研究方法往往是突破现有文献材料的限制，进行大胆的猜想、推论，以期待将来某一天会有新材料发现来证实其结论。如果没有发现新材料，其结论就既不能证实也不能证伪，成为谁也说不清道不明的所谓"通行说法"。而从传播与接受的角度、采用文献—传播学方法进行的研究，则立足于现有文献材料，有多少材料说多少话，得出多少结论。如果有新材料发现，可以随时修正先前所得出的结论。结论的修正，并不动摇这种方法的有效性。波普尔曾经提出可否证性作为科学与非科学的分界标准。以为凡是可以否定、可以证明为假的就是科学的；凡是不可否证、不可以证明为假的，就是非科学的（其中包括不科学的、假科学的）。① 按照这种标准，以现有文献为基础，从传播与接受的角度探讨《水浒传》成书时间的文献—传播学方法，无疑就是一种科学的方法。应该说，这一方法是对以前《水浒传》成书时间研究方法的一种改革和创新。

在对《水浒传》成书时间研究方法的回顾与反思中，在对《水浒传》早期传播史料的细致辨析中，我们从理论上确立了一种研究《水浒传》成书时间的新方法。这就是从现有文献出发，从传播与接受的角度来探讨作品成书时间的方法，即文献—传播学方法。我们提出和运用这种方法来探讨《水浒传》的成书时间，并不是要为《水浒传》诞生于嘉

---

① 邱仁宗编著：《科学方法和科学动力学——现代科学哲学概述》，上海：知识出版社，1984年，第42～43页。

靖初年的结论进行辩护，而是通俗小说的研究确实需要提倡这种方法。我们主张，不仅对《水浒传》成书时间的研究需要采用这种方法，对《三国演义》《西游记》《金瓶梅》《红楼梦》等的成书时间研究也应该采用这样的方法。客观地说，研究者对上述小说作品运用以前的研究方法所进行的研究，为后人提供了许多可供参考的结论，各种观点的争鸣也使一些基本事实得以廓清，为进一步的深入研究铺平了道路，但是，那些方法同时也使得几十年的中国小说研究尤其是通俗小说研究陷入一片混乱模糊之中，并相应地使中国小说史甚至中国文学史也一片模糊。因此，对旧方法提出怀疑和批判，寻找、确立新方法势在必行。我们愿意做旧方法的批判者，更愿意做新方法的提倡者和践行者。当然，我们也真诚希望广大研究者来探讨和实践这种方法，批评和完善这种方法，促进中国小说史和中国文学史研究的深入发展。

结　语

中国古代小说研究，就大体而言，主要有两种学术指向，一为价值判断，一为事实判断。二者虽有密切联系，但也有很明显的区别。

所谓价值判断，就是要对所研究的小说作品进行有学术意义的评论。这种评论可以是文学的、思想的、文化的、艺术的、政治的、社会的、教育的、宗教的、民族的、世界的，等等。通过研究者的既有学术理据又符合作品实际描写的有意义的评论，揭示该作品的历史价值和现实价值，以激活该作品的存在。这正是中国古代小说研究的意义之所在。事实上，任何个人阅读一部小说，不可能有与他人完全相同的阅读感受。这与该读者自身的教育背景、文化修养、生活阅历、社会立场、阶级意识、性别取向以及个人偏好等，都有或直接或间接的关系。西人说，"一千个读者，有一千个哈姆雷特"。同样道理，一千个读者，也一定有一千个宋江、一千个武松、一千个林冲、一千个鲁智深……这些不同的阅读感受，就形成了对小说整体和作品人物的不同认识。例如，关于《水浒传》的主题的争论，关于宋江形象的争论，近代以来就从未停歇过，其根本原因即在于此。甚至同一个人，在不同的生活时段、不同的阅读环境下，对于同一部作品，或作品中的同一个人物，也可能会有不同的评价。例如，毛泽东对《水浒传》的评价，早年他认为《水浒传》是"农民起义造反失败的例子"，"它描写的是北宋末年的社会情况，中央政府腐败，群众就一定会起来革命"，"每个造反者都是被逼上梁山的"；[1] 晚年他认为《水浒传》"好就好在投降，做反面教材，使人民都知道投降派"，"宋江同高俅的斗争，是地主阶级内部这一派反对那一派的斗争"。[2] 这两种评价尽管很不相同，有些意见甚至截然相反，但都有《水浒传》本身提供的文本依据，更与毛泽东本人当时的身份地位和政治诉

---

[1] 徐中远：《毛泽东读评五部古典小说》，北京：华文出版社，1997年，第103、104、93页。

[2] 同上书，第94、72页。

求有关。毛泽东多次提出要把《水浒传》"当作一部政治书看"，又认为书中"有许多唯物辩证法的事例"。① 所有这些评论，就阅读作品的感受而言，都不存在或对或错的问题。因为这些评论其实都是对作品的价值判断，既来源于作品的具体描写，更来源于读者的主观感受和理解。尽管这些感受和理解有深与浅、好与坏的差别，我们却不能说哪种感受和理解是正确的、哪种是错误的。因为我们每个人对《水浒传》的感受和理解都是主观的，都只能揭示作品的某些方面，而遮蔽其他方面，或者重塑作品的某些内涵，舍弃其中的另一部分内涵。而正是这种揭示、遮蔽、舍弃、重塑，才使得作品呈现出旺盛的生命活力，从而形成作品的现实影响。从这样的角度来看，作品的生命力其实是读者赋予的，我们不能否定任何人对作品的阅读理解和相关评论，因为这是读者的权力，也是作品传播的需要。哪怕有些偏激的甚或歪曲了作品原意的理解和评论，也是作品生命力的一种表现形式，同样是需要予以包容的。因为不予以包容，谁都可以指责对方歪曲了作品原意，这是不利于作品的生存和传播的。当然，好的评论会有好的社会效果，对其他读者阅读该作品能够提供启发，也有利于该作品的正常传播，提供有益于社会的正能量，从而增强该作品的生命力；坏的评论则会有坏的社会效果，对其他读者阅读该作品形成误导，不利于该作品的正常传播，会增添社会的负能量，也会损害该作品的生命力。

所谓事实判断，就是对所研究的小说作品的作者、版本、成书时间、传播途径、社会影响等基本事实进行认定。这些基本事实都是客观存在过的，不存在好与坏、对与错的问题，只存在真与伪、是与非的问题。因此，我们的研究主要就是揭露这些事实，并认定这些事实，由表及里，去伪存真。具体到《水浒传》，我们确信，一定有某位作者最后集合长期流传的水浒故事，经过缜密构思，创作了这部"天下文章无出其右"的作品，以致使人"不读《水浒》，不知天下之奇"（金圣叹语）。然而，《水浒传》作者究竟是罗贯中，还是施耐庵，或者是罗作施演，或者是施作罗续，都是需要依据事实来认定的。并且，施与罗究竟是南宋人、元人，抑或元末明初人，也是需要依据事实来认定的。在没有事实依据的情况下，我们只能以他们为传说中的作者，或者如胡适、鲁迅所说的"化名""托名"来看待，而不能肯定施耐庵就是江苏兴化施家桥施氏始祖、罗贯中就是《录鬼簿续编》中创作《赵太祖龙虎风云会》的戏曲家

---

① 徐中远：《毛泽东读评五部古典小说》，北京：华文出版社，1997年，第72～73页。

"太原罗贯中",因为这些传说或推理都没有直接的事实证据,所以不能被认定为事实。关于《水浒传》的版本,最早为嘉靖十九年(1540)序刊的高儒《百川书志》所著录的《忠义水浒传》一百卷,嗣后有周弘祖《古今书刻》著录的嘉靖都察院刻本、晁瑮《宝文堂书目》著录的武定板和沈德符《万历野获编》提到的武定侯郭勋家刻本,尽管这些早期版本都没有能够保存下来,但因为有直接的证据来证明,所以能够被认定是事实。最早对《水浒传》加以评论的是嘉靖初期的一批著名学者,包括崔铣、熊过、唐顺之、王慎中、陈束、李开先。认定这个事实,并非因为这些学者对《水浒传》给予了很高的评价,而是此前未见有学者谈论过《水浒传》,哪怕只是批评和否定它。至于在他们之前有人谈论过宋江故事或创作过水浒戏,那与作为长篇通俗小说的《水浒传》并没有直接关系,因为这些"说话"与戏曲中的人物、事件及其表达的思想、态度和价值取向千差万别,与长篇通俗小说《水浒传》不能同等对待,所以对这些"说话"和戏曲的评论不能被认定为是对《水浒传》的评论,也不能以此来确证《水浒传》的成书时间和早期传播。认定以上这些基本事实,并非是为了捆住研究者的手脚,让其没有发挥想象的空间,而是要尊重历史事实,遵守科学规范,给予普通读者更准确的历史结论,以便他们在阅读这部作品时,能够"知人论世",更深入地理解作品所描写的故事情节,更客观地认识作品所塑造的人物形象,更合理地解释《水浒传》所造成的社会影响。

需要提出的是,在对事实的认定中,清代乾嘉学者们为研究者树立了极好的学术规范,是值得我们继承和弘扬的。梁启超总结清人"朴学"规范共有十条,前五条分别是:"一、凡立一义,必凭证据。无证据而以臆度者,在所必摈。二、选择证据,以古为尚。以汉唐证据难宋明,不以宋明证据难汉唐;据汉魏可以难唐,据汉可以难魏晋,据先秦西汉可以难东汉。以经证经,可以难一切传记。三、孤证不为定说,其无反证者姑存之,得有续证则渐信之,遇有力之反证则弃之。四、隐匿证据或曲解证据,皆认为不德。五、最喜罗列事项之同类者,为比较的研究,而求得其公则。"[①] 按照这一规范要求,我们在讨论《水浒传》作者、版本、成书时间等问题时,首先必须提供切实可靠的证据,"无证不立"是必须遵守的学术起点,不能毫无证据地猜想或推理;要重视《水浒传》早期文献的基础性地位,加强对《水浒传》早期传播史料的研

---

① 梁启超:《清代学术概论》十三,北京:东方出版社,1996年,第44页。

究，可以以明人难清人，不应以清人难明人；坚持"孤证不立"，提倡做综合性的系统研究，发现相关的新证据，随时补充原有结论，发现相反的证据，勇于修正原有结论；尊重一切事实证据，尤其不要隐瞒对自己不利的证据，在信息技术手段已经十分强大的今天，谁也不可能真正隐匿得了证据；就某一问题做深入细致的研究，对于证据要做穷尽式的发掘，使自己的研究结论建立在最直接最充分的证据基础上。总之，学术研究中的事实判断，应该秉持客观的立场，不能带入主观情感，也不能掺入价值判断，用证据说话，有多少证据说多少话，不能以想象或推理代替证据，不要进行过度阐释或强制阐释，这样才能够经得起时间的检验，也才能够真正推进学术研究的深入和发展。

我们在本书中所讨论的《水浒传》的成书时间，就是一个典型的事实认定。对于这样的学术问题，就应该秉持乾嘉学者的学术理念，坚守"朴学"的学术规范，以便能够做出正确的事实判断，有效地解决问题。我们清醒地认识到，中国古代小说尤其是通俗小说，历来不受学者重视，近代以来才有改变，传统学界留给我们的通俗小说研究成果实在太少，而书商们为了牟利又给我们留下了太多的虚假信息。近代以来，由于小说地位的提高，伪造小说文献成为某些书商和少数学者们追名逐利的手段。因此，文献的发掘和文献的辨伪在研究过程中显得同等重要，而没有传播依据的文献则是需要重点辨伪的对象。《水浒传》早期传播史料大多一鳞半爪，模糊不清，真伪难辨，更需要我们用实事求是的态度，将微观与宏观、个体与群体有机结合起来，将文献与传播有机结合起来，去寻找能够确证《水浒传》成书时间的蛛丝马迹，认定可以确证的历史事实，也揭露那些会造成后人误解的错误信息或虚假信息。我们所提倡的文献—传播学研究方法，则可以避免伪造文献对学术研究的恶意伤害，能够保障我们所进行的事实判断准确和可靠。这是对学术研究中事实判断的基本要求，也是科学研究中科学精神的必要坚守。我们虽然有这样的意愿，也尽了自己的最大努力，但是否真正实现了这一学术目标，还需要等待时间的检验和学术界的批评。我们尤其欢迎大家提出新的证据来否证我们的结论，这是文献—传播学研究的应有之义，这样就会推进研究的深入，达到我们抛砖引玉的理想效果。

附录一　《水浒传》早期传播史料辑录

陆容《菽园杂记》卷十四：

> 斗叶子之戏，吾昆城上自士夫，下至僮竖皆能之。予游昆庠八年，独不解此，人以拙嗤之。近得阅其形制，一钱至九钱各一叶，一百至九百各一叶，自万贯以上，皆图人形；万万贯呼保义宋江，千万贯行者武松，百万贯阮小五，九十万贯活阎罗阮小七，八十万贯混江龙李进，七十万贯病尉迟孙立，六十万贯铁鞭呼延绰，五十万贯花和尚鲁智深，四十万贯赛关索王雄，三十万贯青面兽杨志，二十万贯一丈青张横，九万贯插翅虎雷横，八万贯急先锋索超，七万贯霹雳火秦明，六万贯混江龙李海，五万贯黑旋风李逵，四万贯小旋风柴进，三万贯大刀关胜，二万贯小李广花荣，一万贯浪子燕青。或谓赌博以胜人为强，故叶子所图皆才力绝伦之人，非也。盖宋江等皆大盗，详见《宣和遗事》及《癸辛杂识》。作此者，盖以赌博如群盗劫夺之行，故以此警世，而人为利所迷，自不悟耳！记此，庶吾后之人知所以自重云。

（中华书局，1985年，第173～174页）

杨慎《词品·拾遗·李师师》：

> 李师师，汴京名妓。……后徽宗微行幸之，见《宣和遗事》。《瓮天脞语》又载宋江潜至李师师家，题一辞于壁云："天南地北，问乾坤，何处可容狂客？借得山东烟水寨，来买凤城春色。翠袖围香，鲛绡笼玉，一笑千金值。神仙体态，薄幸如何销得！　想芦叶滩头，蓼花汀畔，皓月空凝碧。六六雁行连八九，只待金鸡消息。义胆包天，忠肝盖地，四海无人识。闲愁万种，醉乡一夜头白。"小辞盛于宋，而剧贼亦工如此。

（《丛书集成初编》本，中华书局，1985年，第308～309页）

高儒《百川书志》卷六史部野史：

> 《忠义水浒传》一百卷，钱塘施耐庵的本，罗贯中编次。
> （古典文学出版社，1957年，第82页）

郎瑛《七修类稿》卷二十三辩证类《三国宋江演义》：

> 《三国》《宋江》二书乃杭人罗本贯中所编，予意旧必有本，故曰编。《宋江》又曰钱塘施耐庵的本。

同上，卷二十五《宋江原数》：

> 史称宋江三十六人横行齐、魏，官军莫抗，而侯蒙举讨方腊。周公谨载其名赞于《癸辛杂志》，罗贯中演为小说，有"替天行道"之言，今扬子、济宁之地皆为立庙。据是，逆料当时非礼之礼、非义之义，江必有之，自亦异于他贼也。但贯中欲成其书，以三十六为天罡，添地煞七十二人之名，又易尺八腿为赤发鬼、一直撞为双枪将，以致淫辞诡行，饰诈眩巧，耸动人之耳目，是虽足以溺人而传久，失其实亦多矣。今特书其当时之名三十六于左。

宋江	晁盖	吴用	卢俊义	关胜	史进
柴进	阮小二	阮小五	阮小七	刘唐	张青
燕青	孙立	张顺	张横	呼延绰	李俊
花荣	秦明	李逵	雷横	戴宗	索超
杨志	杨雄	董平	解珍	解宝	朱仝
穆横	石秀	徐宁	李英	花和尚	武松

（上海书店出版社，2009年，第246、271页）

李开先《一笑散·时调》：

> 崔后渠、熊南沙、唐荆川、王遵岩、陈后冈谓《水浒传》委曲详尽，血脉贯通，《史记》而下，便是此书。且古来更未有一事而二十册者。倘以奸盗诈伪病之，不知序事之法，学史之妙者也。
> （文学古籍刊行社，1955年，第10页）

李开先《词谑》：

> 崔后渠、熊南沙、唐荆川、王遵岩、陈后冈谓《水浒传》委曲详尽，血脉贯通，《史记》而下，便是此书。且古来更无有一事而二十册者。倘以奸盗诈伪病之，不知序事之法，史学之妙者也。
>
> [《中国古典戏曲论著集成》（三），中国戏剧出版社，1959年，第286页]

田汝成《西湖游览志余》卷二十五：

> 钱塘罗贯中本者，南宋时人，编撰小说数十种，而《水浒传》叙宋江等事，奸盗脱骗机械甚详。
>
> （浙江人民出版社，1980年，第414页）

王圻《续文献通考》卷一百七十七《经籍考·传记类》：

> 《水浒传》，罗贯著。贯字本中，杭州人，编撰小说数十种。而《水浒传》叙宋江事，奸盗脱骗机械甚详。
>
> （现代出版社，1986年影印本，第2698页）

郑晓《今言》卷一：

> 嘉靖十六年，郭勋欲进祀其立功之祖武定侯英于太庙，乃仿《三国志俗说》及《水浒传》为《国朝英烈记》，言生擒士诚、射死友谅皆英之功。传说宫禁，动人听闻。已乃疏乞祀英于庙庑。
>
> （中华书局，1984年，第48页）

陈建撰，沈国元订《皇明从信录》卷三十：

> 丁酉，嘉靖十六年……进武定侯郭英配享太庙。按：嘉靖十年间，刑部郎中李瑜议进诚意伯刘基侑祀高庙，位次六王。至是武定侯郭勋欲进其立功之祖英于太庙，乃仿《三国志俗说》及《水浒

传》为《国朝英烈记》，言生擒士诚、射死友谅皆英之功。传说宫禁，动人听闻。已乃疏乞祀英于庙庑。

（《续修四库全书》第 355 册，上海古籍出版社，2002 年，第 494 页）

晁瑮《晁氏宝文堂书目》卷中：

《忠义水浒传》。
《水浒传》（武定板）。

（古典文学出版社，1957 年，第 100、108 页）

熊过《南沙先生文集》卷七《故相国石斋杨公墓表》：

豹房义子多与诸贼通，以故内阁功绪不竟。群贼先时则已冒入禁内，观豹房游幸所在，及内庭（廷）动静举闻，或说七等《水浒传》宋江赦者，遂阴结上所幸通事王永。彦名遂潜见上豹房，事发，下狱，仗永杀之。

（《四库全书存目丛书》第 91 册，齐鲁书社，1997 年，第 662 页）

张奉书修、张怀洵纂《新都县志》卷十一艺文《杨少师石斋先生墓表》：

而豹房义子多与诸贼通，以故内开（阁）功绪不竟。群贼先时则已冒入禁内，观豹房游幸所在，及内庭（廷）动静悉闻，或说贼等《水浒传》宋江赦者，遂阴结上所幸用事王永。彦明遂潜见上豹房，事发，下狱，仗永杀之。

（《西南稀见方志文献》第 13 卷，兰州大学出版社，2003 年，第 232 页）

周弘祖《古今书刻》上编：

都察院《水浒传》。

（古典文学出版社，1957 年，第 325 页）

李贽《忠义水浒传序》：

《水浒传》者，发愤之所作也。盖自宋室不竞，冠履倒施，大贤处下，不肖处上。驯致夷狄处上，中原处下。一时君相，犹然处堂燕雀，纳币称臣，甘心屈膝于犬羊已矣。施、罗二公，身在元，心在宋；虽生元日，实愤宋事。是故愤二帝之北狩，则称大破辽以泄其愤；愤南渡之苟安，则称灭方腊以泄其愤。敢问泄愤者谁乎？则前日啸聚水浒之强人也，欲不谓之忠义不可也。是故施、罗二公传《水浒》，而复以忠义名其传焉。

（《明容与堂刻水浒传》附录，上海人民出版社，1975年影印）

潘之恒《叶子谱》：

名数品

叶子始于昆山，初用《水浒传》中名色为角抵戏耳。后为马掉，扯三章、六章，投一雷。又有斗双头、截角、尊极、抢结、归一种种，今不尽行。

....

图象品　模昆山制

十字门计十一叶，画形皆半身，万门仿此。

尊万万贯（天魁星呼保义宋江，貌髯）；千万（天伤星行者武松）；百万（天罪星短命二郎阮小五，馘人首为双头，而自侧弁，呼曰"百歪头"是也）；九十（天败星活阎罗阮小七）；八十（天满星美髯公朱仝，抱子双头）；七十（地勇星病尉迟孙立）；六十（天威星双鞭呼延灼）；五十（天孤星花和尚鲁智深）；四十（天杀星黑旋风李逵）；三十（天暗星青面兽杨志）；二十（地慧星一丈青扈三娘）。

万字门计九叶。

尊九万贯（天退星插翅虎雷横）；八万（天空星急先锋索超）；七万（天猛星霹雳火秦明）；六万（天微星九纹龙史进，双头）；五万（天寿星混江龙李俊）；四万（天贵星小旋风柴进）；三万（天勇星大刀关胜）；二万（天英星小李广花荣）；一万（天巧星浪子燕青）。

....

重赞曰：闻宾四门，所以礼贤，不闻积聚而工数钱。故愚称守运之有神，能积能散，存乎其人。空不居其歉，万不履其盈。崔符之辈，有若宋公明，亦足为世所程，谁曰不经？

（《说郛三种》本第 10 册，上海古籍出版社，1988 年，第 1834~1836 页）

胡应麟《少室山房笔丛》卷四十一《庄岳委谈下》：

今世传街谈巷语有所谓演义者，盖尤在传奇、杂剧下。然元人武林施某所编《水浒传》，特为盛行，世率以其凿空无据，要不尽尔也。余偶阅一小说序，称施某尝入市肆，细阅故书，于敝楮中得宋张叔夜禽贼招语一通，备悉其一百八人所由起，因润饰成此编。其门人罗本亦效之为《三国志演义》，绝浅陋可嗤也。

（上海书店出版社，2009 年，第 436 页）

钱希言《戏瑕》卷一：

词话每本头上有"请客"一段，权做个德胜利市头回。此政是宋朝人借彼形此，无中生有妙处。游情泛韵，脍炙千古，非深于词家者，不足与道也。微独杂说为然，即《水浒传》一部，逐回有之，全学《史记》体。文待诏诸公暇日喜听人说宋江，先讲摊头半日，功父犹及与闻。今坊间刻本，是郭武定删后书矣。郭故跗注大僚，其于词家风马，故奇文悉被划剃，真施氏之罪人也。而世眼迷离，漫云搜求武定善本，殊可绝倒。

（《四库全书存目丛书》第 97 册，齐鲁书社，1997 年，第 13 页）

沈德符《万历野获编》卷五《勋戚·武定侯进公》：

武定侯郭勋，在世宗朝，号好文多艺能计数。今新安所刻《水浒传》善本，即其家所传，前有汪太函《序》，托名天都外臣者。

（中华书局，1959 年，下册，第 139 页）

张丑《清河书画舫》皱字号第十二《祝允明》：

吾家世传希哲京兆行书《庄子·逍遥游》，师虞世南；后有茂实府君古体诗二首；城南陆氏藏王履吉草书枚乘《七发》、仿《十七帖》。又一好事家收文徵仲小楷古本《水浒传》全部，法欧阳询，未及见之。（文徵仲精楷《温州府君诗集》二册，系盛年笔，韵致楚楚，近归余家。）

（《古代书画著作选刊》本，徐德明校点，上海古籍出版社2011年，第600页）

张丑《清河书画舫》卷十二上《明·祝允明》：

吾家世传希哲京兆行书《庄子·逍遥游》，师虞世南；后有茂实府君古体诗二首；城南陆氏藏王履吉草书枚乘《七发》、仿《十七帖》。又一好事家收文徵仲小楷古本《水浒传》全部，法欧阳询，未及见之。（文徵仲精楷《温州府君诗集》二册，系盛年笔，韵致楚楚，近归余家。）

（《景印文渊阁四库全书》第817册，台湾商务印书馆，1986年，第536页）

张丑《真迹日录》三集：

苏长公手录《汉书》全部及《金刚经》，黄山谷小草《尔雅》……今可见者，仅吾家旧藏米老《宝章录》耳。皇明书家所录册子，有吴原博手钞《东坡志林》《穆天子传》《鹖子》《鬼谷子》《墨子》等帙，不下千百纸；其后则祝希哲小楷《妫蜼子》、《三近斋稿》、《夷坚丁志》三卷、《草堂诗余》、《云林先生续集》，草书《碧鸡漫录》；文徵仲精楷古本《水浒传》、自书历年诗文稿三十册；唐子畏真书《尔雅翼》十二卷；王履吉楷录《尚书》《毛诗》《国语》正文；王禄之小楷《张燕公文集》，行书《玉雅宜》三集；文寿承小楷《缶鸣集》；文休承小楷《陶贞白集》，皆一时墨池鸿宝，好事家所当亟购者也。

（《古代书画著作选刊》本，上海古籍出版社，2011年，第737页。亦见《景印文渊阁四库全书》第817册，台湾商务印书馆，1986年，第593～594页）

张丑《书画见闻表》：

　　历观书画绪论，莫过米氏元章、赵氏子昂、倪氏元镇，嘉其繁简得中，铺叙有法。仆今变例表，一世之闻见，上下千古，笔削称情，奇踪隐五百，一朝敞神界，虽马、班复生，于吾无间然矣。

　　"目睹真迹"杂见《南阳秘箧表》中者不载，"的闻"皆录确有，凡系影响附会者不书。

时代	目睹	的闻	会计
明 十六人	文徵明《山静日长图》、《仙山楼阁图》、《落花图》、《层楼图》、《山园四季图》、《宅近青山图》、小楷古本《水浒传》、历年诗文稿	文徵明《关山积雪图》、前后《赤壁赋》	

（《景印文渊阁四库全书》第 817 册，台湾商务印书馆，1986年，第 616 页）

顾敏恒《笠舫诗稿》卷四《仇实父水浒图》：

　　史载宋江三十六人，今所绘一百八人，盖本之小说家。虽状貌雄伟，然皆剽狡轻悍，有盗贼气，亦传神之笔也。有以此图示予者，纪之以诗。

　　文章作俑司马氏，游侠列传收奸雄。稗官点染一百八，强半流传亡是公。仇生画此如画虎，目光眈眈有余怒。草中狐兔不足贪，朝吞豹麛莫熊父。仇生画此如画妖，白日惨淡风萧骚。兄为夜叉弟罗刹，天魔起舞翻弓刀。嘶风战骑明光铠，错落犀文吐光彩。横戈耸剑不闻声，疑是衔枚走东海。当年叔夜援汴京，定驱降人随旆旌。男儿当为忠义死，青史寂寥无姓名。呜呼尔辈诚碌碌，谱入丹青讵非辱。君不见，小商桥下杨将军，战骨归来量箭镞。杨再兴亦群盗，故云。

（《辟疆园遗集》第二册，光绪十八年刻本）

刘晚荣《〈水浒全图〉序》：

  元罗贯中先生因《宋史》宣和三年纪有"淮南盗宋江等犯淮阳东京入海州，知州张叔夜降之"之文，遂演为《水浒传》，以写其胸中磊落之气。虽野史难言著作，而一百八人之性情行事各不相袭，故读者爱之，不谓阅一沧桑。又得明杜先生堇为之补图，其技如飞卫之射，视虮子如车轮，神妙出罗传之外。予藏之数年，爱不释手，因择名工钩摹付梓，以公同好。披览之下，觉英风义概，奕奕如生，令人不可迫视，洵足与罗书并传矣。中凡四历裘葛，始告成书，而予亦心力交瘁云。

  光绪壬午冬日节卿刘晚荣识。

  （光绪八年粤东臧修堂刊本，转引自马蹄疾编《水浒资料汇编》，中华书局，1980年，第86页）

附录二 关于《水浒传》成书时间研究的方法论思考

温庆新

摘要：《水浒传》成书时间众说纷纭，从方法论层面对相关研究加以反思是必要的。近年来学界从文本中的名物、制度、舆地等信息对《水浒传》成书时间加以讨论，往往未充分考虑《水浒传》版本的复杂性、故事来源的多样性、名物制度的累积型特征，所使用的信息点多不具备典型性、无争议性、不可逆性，这种个例的内证法并不能有效证明《水浒传》的成书时间。也许更可取的研究路径是借用传播学的方法，通过考证现有的相关文献，尤其是有关《水浒传》的早期传播文献，建立一个具有科学可靠的"保护带"证据的"辅助假说"。借助这种方法，可以在有效的科学文献或实物支撑下，对诸说进行审查，从而推动相关研究的深入。

关键词：《水浒传》；成书时间；方法；"嘉靖说"

近百年来，对《水浒传》成书时间的探讨一直是水浒研究的热点话题，亦是一大难题。自胡适、鲁迅建立《水浒传》研究的现代范式以来，学界对此主要有"元末说""元末明初说""明初说""成化弘治说"及"嘉靖说"等多种观点。其中，持"元末明初说"者最多，代表者有鲁迅、袁世硕、欧阳健、萧相恺、苗怀明等；"成化弘治说"的提倡者主要有李伟实等，持"嘉靖说"者有胡适、戴不凡、林庚、张国光等。近年来，石昌渝通过挖掘《水浒传》文本的名物信息以断《水浒传》的成书年代，王齐洲、王丽娟等则借用传播学理论以现存相关文献记载为基础，重提《水浒传》成书于"嘉靖说"的观点，引发学界的高度关注。在近百年的《水浒传》研究进程中，由于《水浒传》版本情形、成书过程及作者研究的复杂性，导致研究过程中的分歧颇多。在现存资料匮乏的情况下,研究《水浒传》成书时间的主要突破口,除了对《水浒传》版本、作者及成书过程作尽可能细致的讨论,充分利用现有文献的信息价值外,更应该从方法论层面对近百年来的相关研究予以反思,全面总结研究过程中的得失,以推动研究的进一步深入。

一

伊·拉卡托斯《科学研究纲领方法论》认为:科学研究的价值在于所提出的某些理论或假说得到了事实的客观支持或反对;科学研究的方法则是通过提供能够有效证明某种理论或假说的事实或文献的正面启发法,以建立保护其说的"硬核"证据链;或者通过提出某种具有反面意义的"辅助假说"以建立使其"硬核"得到有效巩固的"保护带"证据。当某种"辅助假说"经过文献记载或经验式的事理推导的证明或证伪的严密论证后,其将从"辅助假说"上升为一种具有"硬核"证据的、业已证明的科学结论;即使这些"辅助假说"最终被证明不可信,它们也是有价值的——排除了"辅助假说"的多种可能性,使得研究在事实的客观支持或反对中进一步靠向真理之一面。科学研究必须建立在一个可供讨论的、具有科学合理特性的研究平台内,否则科学研究的证明或证伪将任由研究者的主观阐释随意夸大。这种方法论对赞成或反对此说的研究者而言,都可以在有效的科学的文献证据的支撑下,对某种观点重新进行调整或替代。① 这一思想对于《水浒传》成书时间的讨论极富启发性,是本文展开方法论反思的理论指导。

在《水浒传》成书时间的论争中,多数学者持成书于"元末说"或"元末明初说"。然而,"元末说"或"元末明初说"并不能提供能够有效证明其论点的证据,既缺乏保护其说的"硬核",也缺乏辅助其说、使其"硬核"得到有效巩固的"保护带"证据。换句话说,著录《水浒传》作者的早期文献,即如郎瑛《七修类稿》卷二三:"《三国》《宋江》二书,乃杭人罗本贯中所编。予意旧必有本,故曰编。《宋江》又曰钱塘施耐庵的本";卷二五:"史称宋江三十六人横行齐、魏,官军莫能抗……罗贯中演为小说";高儒《百川书志》卷六:"《忠义水浒传》一百卷,钱塘施耐庵的本,罗贯中编次";田汝成《西湖游览志余》卷二五:"钱塘罗贯中本者,南宋时人,编撰小说数十种,而《水浒传》叙宋江等事,奸盗脱骗机械甚详";胡应麟《少室山房笔丛》卷四一:

---

① [英]伊·拉卡托斯:《科学研究纲领方法论》,兰征译,上海:上海译文出版社,1986年,第11~94页。

"今世传街谈巷语，有所谓演义者，盖尤在传奇杂剧下。然元人武林施某所编《水浒传》，特为盛行；世率以其凿空无据，要不尽尔也。余偶阅一说序，称施某尝入市肆，翻阅故书，于敝楮中得宋张叔夜禽贼招语一通，备悉其一百八人所由起，因润饰成此编。其门人罗本亦效之为《三国志演义》"；王圻《续文献通考》卷一七七："《水浒传》，罗贯著。贯字本中，杭州人，编撰小说数十种，而《水浒传》叙宋江事，奸盗脱骗机械甚详"，等等。这些记载缺乏有效连接施耐庵创作《水浒传》的关键点，所言《水浒传》编者多是罗贯中，而罗则一说为"南宋时人"，或说为"元人武林施某"之"门人"，诸说相互矛盾。同时，在现存《水浒传》的明刊本中有三种题署，即二十五卷本《京本增补校正全像忠义水浒志传评林》题"中原贯中罗道本名卿父编辑"、万历袁无涯刊百二十回本《忠义水浒传》署"施耐庵集撰、罗贯中纂修"（容与堂本同）、崇祯末年将《水浒传》与《三国演义》合刊的《英雄谱》本题"东原罗贯中编辑"，亦多言为罗氏所编。有关罗氏的文献，1931年郑振铎等赴天一阁访书时发现蓝格抄本《录鬼簿续编》中有关于他的记载，其有云："罗贯中，太原人，号湖海散人。与人寡合。乐府、隐语，极为清新。与余为忘年交。遭时多故，天各一方。至正甲辰复会。别后又六十年，竟不知其所终。"所言罗氏为太原人，与田汝成、王圻等所言钱塘人有异；其创作"乐府、隐语"及所作《风云会》《蜚虎子》《连环谏》等作品，并未提及《水浒传》，不能证明此罗氏与编撰《水浒传》者为同一人。至于《赵宝峰先生文集》卷首《门人祭宝峰先生文》所载罗本，《戴九龄集·书画舫宴集诗序》说他字彦直，并不字贯中。这反而证明历史上同姓名者大量存在，《录鬼簿续编》所载戏曲家罗贯中与写小说《水浒传》的罗贯中可能毫无关系。罗贯中与施耐庵之关系及其编纂《水浒传》的情形，则是另外一种传说，现已无法有效追踪。另外，主张"元末说"或"元末明初说"者不仅不能有效提供《水浒传》于元末明初的传抄本或刊刻本等实物，亦找不到记载《水浒传》于此时期成书或传抄、刊刻以及评论的任何文献记录，仅以明中后期的某种传说就确定《水浒传》的成书时间在方法上是不科学的，何况这些传说还是相互矛盾的。至于说王道生《施耐庵墓志》、杨新《故处士施公墓志铭》等，不仅文献来源不明，且在格式、年号、传主履历、著述等方面都存在争议；《施廷佐墓志铭》《施让地照》《施奉桥地券》等文献虽然可信，但文献中并未提供与施耐庵生平及其创作《水浒传》相关的任何材料；《施氏长门谱》（即国贻堂《施氏家簿谱》）施满家抄本中的"字耐庵"

三字，是从旁边添加的，不仅名和字缺少关联，"元朝辛未科进士"的身份也是子虚乌有。更为重要的是，至今尚未发现元末或元末明初文献中有关于施耐庵或《水浒传》的任何直接的或间接的证据；同时，以《水浒传》的文本信息所作的论证，其信息点亦缺乏典型性与不可逆性。

也就是说，"元末说"或"元末明初说"不仅缺乏有效支撑并保护此说的"硬核"文献，亦缺乏能够辅助此说的"保护带"文献。因而，持此观点的学者在面对其他学者的质疑时，所采取的反驳策略仅仅是：以现今未发现相关的文献记载或版本实物，并不能否定《水浒传》成书于元末或元末明初的可能，即有关文献可能暂没被发现，可能已经散佚。这种解题手法仅是提供一种不可被证明真伪的"可能"，而事实的存在情形却只有一种状态——是与否。"可能"不是"事实"，何况还有相反的"可能"；除非持此观点的学者能够提供有效的证据或可被证伪的判断，否则在"可能"性上绕圈子，无助于问题的解决。按照拉卡托斯的理论，这也不是"科学研究"的方法。科学的研究唯有建立在"事实"的基础上。而就"事实"而言，能有效支持"元末说"或"元末明初说"的记载实在有限，直接相关的可靠文献和版本实物几乎没有，故持"元末说"或"元末明初说"的证据链，应该说还没有建立起来。正因为如此，改革开放以来，一些学者采用新的方法研究《水浒传》的成书时间，不约而同地得出《水浒传》成书于"明代中叶"的结论。从方法论角度反思他们的研究成果，对于推进这一研究的深入、促进中国通俗小说研究的发展，应该是很有意义的，它能够启发我们对类似问题的进一步思考，提高研究水平。这也是本文将论述的重点放在这一方面的主要原因。

二

虽说持"明代中叶说"的研究结果不一定就是正确的，但这种研究的过程及结论可被科学证伪，仍是一种有助于接近事实真相的有意义的讨论。因为此说有《水浒传》的嘉靖刊本和文献记载为依据，是建立在严格的科学"事实"证据的基础上的，同时也是能够被证伪的。即是说，只要有人发现了元末或元末明初《水浒传》实物或传播的任何第一手资料，成书于"明代中叶说"的结论就会被推翻。不过，持"明代中叶说"者其论证过程、论证方法，亦有不少问题需要总结和反思。

从方法论的层面看，张国光于1980年代所发表《〈水浒〉祖本探考——兼论施耐庵为郭勋门客之托名》《再论〈水浒〉成书于明嘉靖初年》等文极具启发意义。《祖本探考》主要从"小说地名有明代建制""没有反映宋元时期的民族矛盾""嘉靖前文献没有提到《水浒传》""《水浒传》受《三国演义》影响"等方面论证《水浒传》成书于嘉靖十一二年左右。所采取的方法包括内证法、外证法,将事证与理证相结合,有文献学的考证,亦采用了传播学的方法。① 这些方法是后来论证《水浒传》成书于"明代中叶"的学者所惯用的。如持"成化弘治说"的李伟实发表《从水浒戏和水浒叶子看〈水浒传〉的成书年代》《从杜堇的〈水浒人物全图〉看〈水浒传〉的成书年代》,② 持"嘉靖说"的石昌渝的《明初朱有燉二种"偷儿传奇"与〈水浒传〉成书》,③ 王齐洲、王丽娟的《从〈菽园杂记〉〈叶子谱〉所记"叶子戏"看〈水浒传〉成书时间》,④ 诸文所采取的方法即是传播学研究的方法。石昌渝的《从朴刀杆棒到子母炮》《〈水浒传〉成书于嘉靖初年考》⑤ 等文所采取的方法即是内证法的典型。王齐洲、王丽娟的《论〈水浒传〉的早期传播——以张丑著录文徵明小楷古本〈水浒传〉为中心》⑥、《钱希言〈戏瑕〉所记〈水浒传〉传播史料辨析》⑦、《〈水浒传〉早期传播史料辨析——以〈南沙先生文集·故相国石斋杨公墓表〉为中心》⑧ 等文则是对"嘉靖前文献没有提到《水浒传》"之细化与深入,属于事证与理证、内证与外证及文献学与传播学相结合的典型。

从方法论上看,内证法研究引起的争论最大。比如,石昌渝《从朴

---

① 张国光:《〈水浒〉祖本探考——兼论施耐庵为郭勋门客之托名》,《江汉论坛》1982年第1期;《再论〈水浒〉成书于明嘉靖初年》,《武汉师范学院学报(哲学社会科学版)》1983年第4期。
② 李伟实:《从水浒戏和水浒叶子看〈水浒传〉的成书年代》,《社会科学战线》1988年第1期;《从杜堇的〈水浒人物全图〉看〈水浒传〉的成书年代》,《社会科学战线》1991年第3期。
③ 石昌渝:《明初朱有燉二种"偷儿传奇"与〈水浒传〉成书》,《文学遗产》2009年第5期。
④ 王齐洲、王丽娟:《从〈菽园杂记〉〈叶子谱〉所记"叶子戏"看〈水浒传〉成书时间》,《南开学报(哲学社会科学版)》2011年第3期。
⑤ 石昌渝:《从朴刀杆棒到子母炮——〈水浒传〉成书研究之一》,《文学遗产》1999年第2期;《〈水浒传〉成书于嘉靖初年考》,《上海师范大学学报(社会科学版)》2001年第5期。
⑥ 王齐洲:《论〈水浒传〉的早期传播——以张丑著录文徵明小楷古本〈水浒传〉为中心》,《社会科学研究》2010年第3期。
⑦ 王齐洲、王丽娟:《钱希言〈戏瑕〉所记〈水浒传〉传播史料辨析》,《北京师范大学学报(社会科学版)》2010年第4期。
⑧ 王丽娟、王齐洲:《〈水浒传〉早期传播史料辨析——以〈南沙先生文集·故相国石斋杨公墓表〉为中心》,《中山大学学报(社会科学版)》2010年第5期。

附录二 关于《水浒传》成书时间研究的方法论思考 | 247

刀杆棒到子母炮——〈水浒传〉成书研究之一》从朴刀杆棒、子母炮、土兵、白银使用等《水浒传》文本所记载的名物加以论证，虽是新采用的信息点，但是支持其说的"内核"证据并不牢靠；其对朴刀进行解读后，认为"《水浒传》对朴刀的认识，较上引的元杂剧《争报恩三虎下山》和明初杂剧《梁山七虎闹铜台》有明显偏差，就这一点说，它的写作时间要晚于它们""腰刀产生在环刀之后，是明朝才有的兵器"，以此认为《水浒传》成书"于朴刀流行的时代相去甚远""不在元代，甚至不在明初，而在靠近戚继光的时代"。① 萧相恺、苗怀明等人就不同意石氏的论证，他们以宋《宝庆四明志·四明续志》《景定建康志》所载辨明宋时腰刀使用的普遍化，又以今黑龙江金源博物馆所藏腰刀实物、元杂剧《冯玉兰夜月泣江舟》及《翠屏集》为例以证金代就已广泛使用腰刀，以为宋金使用腰刀的情形与《水浒传》所写并无本质之别，以驳石氏之谬。尤其是，支撑石氏之说最重要的核心证据，即子母炮的流传情形，遭到釜底抽薪式的剥离。石氏以为子母炮出现于正德末，是西方传入的"佛朗机"，以断《水浒传》不可能产生于嘉靖以前。但萧、苗二人指出，胡宗宪《筹海图编》卷十三及《元明事类钞》等文献载有唐顺之语"佛朗机、子母炮、快枪、鸟嘴铳皆出于嘉靖间"或有误：首先，唐顺之《武编》有"子母炮"条，未见"佛朗机"记载；其次，据杨廷和《杨文忠三录》卷四载"佛朗机夷人，差人送回广东听候"语、黄铉《奏陈愚见以弭边患事》（《名臣经济录》卷四十三）载"臣前此曾将原获佛朗机铳四管"语，前者指葡萄牙国，后者指葡萄牙所造的武器；又据林俊《见素集》"附录上"所载正德十四年"王阳明公首仁讨贼，制佛朗机铳"，可知正德年间国人就已可仿造佛朗机，则唐顺之所言必有误；再次，据戚继光《纪效新书》卷十五、《钦定续文献通考》卷一百三十四引茅元仪《武备志》、何良臣《陈纪》卷二、《筹海图编》卷十三等相关文献，可知"子母炮与佛朗机完全不同，它不过是一种相当简单的火器"。② 上述文献将子母炮与佛朗机并列，表明二者显非一物。同时，二者在形制、制造方法、使用方法、功效等方面具有明显的不同。③又如，石氏从土兵、白银的使用判断《水浒传》的成书时间，亦引来不

---

① 石昌渝：《从朴刀杆棒到子母炮——〈水浒传〉成书研究之一》，《文学遗产》1999年第2期。
② 萧相恺、苗怀明：《〈水浒传〉成书于嘉靖说辨证——与石昌渝先生商榷》，《文学遗产》2007年第5期。
③ 参见萧相恺、苗怀明：《〈水浒传〉成书于嘉靖说再辨证——石昌渝先生〈答客难〉评议》，《文学遗产》2008年第6期。

少研究者的反驳,如张培锋《关于〈水浒传〉成书时间的几个"内证"考辨》《〈水浒传〉成书于嘉靖初年说再质疑》①,张宁《从货币信息看〈水浒传〉成书的两个阶段》② 等文就此有详细的分析。邵敏《明代通俗小说货币描写研究》曾指出明代的货币政策及民间实际流通的货币并非同步,以《水浒传》为代表的含有前朝货币信息的明通俗小说之货币描写情形与前朝的货币政策、当时的货币政策及民间实际流通的货币情形亦不同步,甚至相矛盾。③ 面对支撑"嘉靖说"的"硬核"文献遭到全面且证据确凿的质疑,石氏起初试图通过"答客难"的形式为自己做辩解,但这种辩解最终拘囿于对文本名物的不同解读,依旧无助于问题的解决。

这里的最大问题在于,从文本的名物考察是否能够达到证明《水浒传》成书时间之目的?

近今据此视角所作的诸多研究都只是通过有限的个例进行论证。从方法论的层面看,任何建立在有限的实例的基础上的假说或理论,都是十分危险的。只要研究者发现与此相反或不支持此类假说或理论的文献证据,其论证必遭质疑。石氏最初对《水浒传》成书于嘉靖年间的论证体系首先选用的是现存《水浒传》所有版本中均存在的文本信息点,但其所使用的诸多个例的不典型、有歧义及可逆性,导致以此建立的任何假说或理论都不牢靠。这也是从文本视域论证《水浒传》的成书时间广受质疑的根本原因。因此,从内证法的角度研究《水浒传》成书时间,必须注意证据的唯一性及论证的严密性。所使用的文本信息须首先注意采用什么样的版本为判断依据,其是否保留了较早的版本信息。所使用的文本信息必须是唯一性的、无歧义的、在各版本中均存在的。

同时,还须确定所使用的文本信息并非出自对先于研究对象的经过世代累积的故事或材料的加工。因而,尽管讨论者均使用百回本《水浒传》作为讨论的平台,但《水浒传》版本的复杂性、故事来源的多样性、名物制度及成书形式的世代累积性特征,这些因素导致单纯从文本信息进行成书时间的判断存在巨大风险。确切地说,《水浒传》对土兵、白银、腰刀等的描写或带有写定者个人的生活体验或经验,也可能是对

---

① 张培锋:《关于〈水浒传〉成书时间的几个"内证"考辨——与石昌渝先生商榷》,《贵州大学学报(社会科学版)》2004年第2期;《〈水浒传〉成书于嘉靖初年说再质疑》,《贵州大学学报(社会科学版)》2005年第4期。
② 张宁:《从货币信息看〈水浒传〉成书的两个阶段》,《文学遗产》2007年第5期。
③ 邵敏:《明代通俗小说货币描写研究》,苏州大学博士论文,2010年。

以前流传的"小本水浒故事"的抄缀。除非此类名物信息具有鲜明的时间坐标信息或独一无二的特征（且只能出现于某一特定的历史年代），否则对此类名物作不可被证伪的主观解释就可能贯穿于结论完全不同的相关研究中（即是说这种阐释存在两种结论完全相反且概率相同的"可能"），何况这样的研究也只能确定名物出现时代的上限而不能确定其下限。因此，对《水浒传》的文本信息作经验式推导是不可取的。这与根植于文献记载的经验式推导，有本质之别。

研究者采用基于文本信息的内证法时，除了采用名物现象的考证外，亦有学者从地理职官制度方面加以解读。如周维衍撰《〈水浒传〉的成书年代和作者问题——从历史地理方面考证》一文，指出《水浒传》文本所称"江西信州""淮西临淮州""太原府指挥使司""济宁"等地理职官制度均是明洪武年间及以后的情况，其又以"高唐州"的描写为例，云："书中在出现众多的明代政区的同时，偶有一二处宋代并不存在，明代也不曾见过，而只是元代才有的政区，这就从另一方面告诉我们，《水浒传》的成书时间应在元亡后不久，作者对元代的政区地理观念尚未完全消失，因而习惯地用上了元代的名称"，从而确定《水浒传》成书于明代初期（周氏确定其说的另一证据则是施耐庵作《水浒》）。① 这种解说就是未充分考虑《水浒传》版本、故事来源、名物制度及成书形式的世代累积性特征。因为若《水浒传》成书于明代中叶，则保留着元代或明初的地理政区职官制度等信息的其他文本，写定者完全有可能将其抄缀杂入文中。

《水浒传》在刊刻过程中所产生的文繁事简及文简事繁的两大系统，经过书贾尤其是明建阳书坊主的多次随意增删，致使文本信息点更加复杂，而许多信息点只能定作品成书上限而不能定其下限，故所做结论常不具有唯一性。冯保善《从白秀英说唱诸宫调谈〈水浒传〉成书的下限》②、刘铭《从林冲的"折叠纸西川扇子"看〈水浒传〉的成书年代》③、王平《〈水浒传〉"灵官殿"小考——兼及〈水浒传〉成书时间

---

① 参见周维衍：《〈水浒传〉的成书年代和作者问题——从历史地理方面考证》，《学术月刊》1984 年第 7 期。
② 冯保善：《从白秀英说唱诸宫调谈〈水浒传〉成书的下限》，《南京师范大学文学院学报》2006 年第 1 期。
③ 刘铭：《从林冲的"折叠纸西川扇子"看〈水浒传〉的成书年代》，《明清小说研究》2009 年第 4 期。

问题》①、颜廷亮《两位英雄结局对〈水浒传〉成书时代的有限界定》②等文均存在此类问题。从这个角度看，此类讨论只是在论争一种"可能"（正、反"可能"的概率相同），而非"事实"的确凿考证，即使结论成立也只能确定《水浒》成书的上限。

可见，单纯基于百回本《水浒传》的文本名物制度描写之论证，是无法成为有效支撑"嘉靖说"或"元末说""元末明初说"的"硬核"证据的，因为内证讨论具有很大的局限性和可逆性。故而，对这种论证方法的采用应保持相当的警惕，切记过分夸大此类证据的有效价值。研究者可以进行必要的研究，但它的使用须与有关的文献记载相结合，不能只靠推论。

三

前文已述及单纯从现存《水浒传》文本信息来取得作品成书年代的确凿依据的内证法是不太可行的，"科学"的研究应避免这些研究方法的过分使用，以寻求新的研究方法。这就是从科学研究方法论层面所揭示的两种方法——反面启发法与正面启发法之研究思路的本质意义。

就《水浒传》成书时间的考证而言，反面启发法就是启示研究者从文本信息加以研究的路子不仅不适合"元末说"或"元末明初说"，亦不适合"明代中叶说"。它与这两类观点的建构，在本质上是格格不入的。石昌渝与周维衍的研究就是个中典型。因而，不管是持"元末说"或"元末明初说"者，抑或持"明代中叶说"者，基于《水浒传》文本信息的解读尚不能成为建构其说的"硬核"证据。即是说，能够有效推动《水浒传》成书时间探讨深入的证据链并不是基于文本信息而建的"硬核"证据，而是避开此类论证思路的一些"辅助假说"，以在围绕某种观点周围所形成的核心"保护带"。换句话说，持"元末说"或"元末明初说"者，抑或持"明代中叶说"者，均可通过这样的"保护带"来建构自身的理论。这种研究的科学性在于围绕"硬核"或"辅助假说"周围的"保护带"可以在文献记载或版本实物证据的检验中，不断进行调整、甚或被全部替代或否定。举个例子，持"明代中叶说"者通过《词谑》《故相国石斋杨公墓表》《菽园杂记》等文献记载，借用传播

---

① 王平：《〈水浒传〉"灵官殿"小考——兼及〈水浒传〉成书时间问题》，《辽东学院学报（社会科学版）》2010年第1期。
② 颜廷亮：《两位英雄结局对〈水浒传〉成书时代的有限界定》，《菏泽学院学报》2010年第6期。

学理论方法，讨论《水浒传》在嘉靖年间的传播情形。这种视角的科学合理性在于：所持的"嘉靖说"是一个可以被证伪的"辅助假说"，证明此"辅助假说"的一系列文献证据亦可被证伪，其论证过程是可被不断纠正的科学研究。因而，反对此说的学者若能够从现存或新发现的文献证据及事理逻辑层面驳倒"嘉靖说"，就可以增加保护自身观点的"保护带"；相反，若反对者不能推倒"嘉靖说"的"辅助假说"，则事先作为一种"辅助假说"在经过自身的文献证据的建构后，将从"辅助假说"上升为一种具有"硬核"证据、业已证明的科学观点。从学术研究的层面讲，提出"辅助假说"的正面启发法可以通过被证明或证伪的过程以明确在某种研究的进程中，所可能存在的某些可被反驳的"变体"，以更好保护自身的"保护带"证据。比如，建构"嘉靖说"过程中所存在的"变体"则如万历二十年（1592）李贽《〈忠义水浒传〉序》之类的文献，以示研究者确保其所建之学说在不违背现有文献记载的前提下得以有效确立。可见，从传世的文献记载探讨《水浒传》的成书时间，不仅具有相对科学可靠的证据链，而且可以通过论证逐步排除多种"辅助假说"的存在。

因此，检讨支撑"嘉靖说"的相关证据链是否可被证伪及其信息点的可靠程度，是十分必要的。这方面的研究以王齐洲、王丽娟用力最勤。从传播学及接受美学的角度讲，一部作品问世之后紧接着就是流传过程，是作品的传播和接受使其价值及意义得以体现。探讨作品的意义只有在其成书并流布以及在流传过程中的影响范围内进行；即使某作品已经成书却未流传开来（注意：这是一个假说，并非"事实"证据），从中蠡测该作品的成书情形，所有讨论都将属于推论而无法被证实或证伪，此类研究在拉卡托斯看来是"不科学"的。新作品成书或流传（借阅、传抄、刻印等）后，就有了信息传播或相关记录，存在被谈论或被引用等情况，这是作品被承认存在的前提。因而，以相关文献记载为基点，借用传播学的方法讨论《水浒传》的成书时间是符合逻辑及学理规范的。当这些文献记载的相关信息——诸如记载这类文献的作品及其作者、记录的版本及记录的真伪、文献信息点的可靠度、文献记载所提到的人或事及与时代背景的关联性等方面——可被确定或大致确定时，就可据此为参照物以讨论《水浒传》的成书时间。比如王丽娟《〈水浒传〉成书时间新证》据李开先《词谑》所载"崔后渠、熊南沙、唐荆川、王遵岩、陈后冈谓：《水浒传》委曲详尽，血脉贯通，《史记》而下，便是此书。且古来更无有一事而二十册者"等语，云：《词谑》系李开先（1502—1568）

晚年之作，但李开先、陈束、王慎中、唐顺之、熊过在一起讨论《水浒传》的时间只可能在嘉靖八年（1529）至嘉靖十三年（1534）之间；在这期间，李开先与崔铣只在嘉靖九年（1530）见过面；此年李开先在户部任事，熊过、唐顺之、王慎中、陈束也都在京任职，他们聚在一起应是易事，李开先集子中也确有他们在一起讨论问题的记载，故李开先等人在一起讨论《水浒传》的确切时间应为嘉靖九年。① 又如，王齐洲、王丽娟《钱希言〈戏瑕〉所记〈水浒传〉传播史料辨析》一文，通过对钱希言《戏瑕》所载"文待诏诸公暇日喜听人说宋江，先讲摊头半日，功父犹及与闻"等语的考察，以为："犹及与闻"的"功父"即明末著名画家、藏书家钱谷之子钱允治，他与文徵明等一起"听人说宋江"的时间不能早于其出生的嘉靖二十年（1541），实际时间应该更晚，正值文徵明的晚年，这时《水浒传》在社会上已得到广泛传播。② 再如，王丽娟、王齐洲《〈水浒传〉早期传播史料辨析——以〈南沙先生文集·故相国石斋杨公墓表〉为中心》以熊过《故相国石斋杨公墓表》为例，通过对熊过生平、《墓表》撰写目的、材料来源、成文时间的考察分析，结合熊过与杨慎的交往以及他们与《水浒传》的关系，大致确定《墓表》作于嘉靖三十八年至隆庆元年（1559—1567）之间，熊过所言并非采自嘉靖之前的原始材料，而是其自己对刘七事件的理解或说明；因此，这则材料并不能成为正德七年（1512）前《水浒传》已经成书并在社会上流传的证据，更非"铁证"。③ 王齐洲、王丽娟又通过对陆容《菽园杂记》与潘之恒《叶子谱》所记"叶子戏"的比较：两书所记一脉相承，前者据《宣和遗事》设计"叶子戏"，而后者据《水浒传》；陆容所记为《水浒传》成书前的情形，其人主要活动于成化至弘治初年，结合其生平、为人、交游及著述，尤其是其与文徵明有交往：《明史·文徵明传》："徵明幼不慧，稍长，颖异挺发。学文于吴宽，学书于李应祯，学画于沈周，皆父友也。又与祝允明、唐寅、徐祯卿辈相切劘，名日益著。"文徵明父辈如吴宽、李应祯等，都和陆容关系密切；文徵明同辈如祝允明、徐祯卿等，也和陆容之子陆伸相识友好（陆伸请祝允明、徐祯

---

① 参见王丽娟：《〈水浒传〉成书时间新证》，《湖北大学学报（哲学社会科学版）》2001年第1期。
② 王齐洲、王丽娟：《钱希言〈戏瑕〉所记〈水浒传〉传播史料辨析》，《北京师范大学学报（社会科学版）》2010年第4期。
③ 参见王丽娟、王齐洲：《〈水浒传〉早期传播史料辨析——以〈南沙先生文集·故相国石斋杨公墓表〉为中心》，《中山大学学报（社会科学版）》2010年第5期。

卿为《式斋藏书目录》作序)。更何况，文徵明本人就和陆容相识交好。文徵明曾撰《先友诗》，其序曰："徵明生晚且贱，弗获承事海内先达，然以先君之故，窃尝接识一二，比来相次沦谢，追思兴慨，各赋一诗，命曰先友，不敢自托于诸公也。"先友包括李应祯、陆容、庄超、吴宽、谢铎、沈周、王徽、吕常八人，其中陆容排在第二位。因父亲文林，文徵明结识了陆容，且十分敬重他。在这样一个文人圈、文化圈里面，如果文徵明成化间抄过《水浒传》，陆容又岂能不知道？如果陆容知道，又如何解释《菽园杂记》关于"叶子戏"的记载？从陆容与文林、吴宽、李应祯等的关系来看，从陆容与文徵明的关系来看，文徵明成化间抄录《水浒传》是不可能的，"成化间已有古本《水浒传》"也无可能。这也说明材料之间的相互联系，融会贯通十分重要，依据单则材料的记载来判断，很容易造成偏差。①

由此得出明弘治初年以前《水浒传》并未成书的结论。通过王齐洲、王丽娟的考证，李开先《词谑》、熊过《南沙先生文集·故相国石斋杨公墓表》、陆容《菽园杂记》、潘之恒《叶子谱》、张丑《清河书画舫》及《真迹日录》、钱希言《戏瑕》等文献的可靠性和其内涵可被确定。如果说据其中的某条证据导出的结论还不足以令人信服，那么《词谑》《故相国石斋杨公墓表》《菽园杂记》等一系列史料文献所组成的证据链均导向《水浒传》传播始于明代中叶之一面，从这些确凿的事实归纳得出的结论，足以震撼学界。可见，同样是经验式的事理推导，根植于文献记载的推导要比据《水浒传》文本信息所作的推导来得可靠。至少前者的推导可以通过新发现的文献资料来不断进行修正：若未有与此结论相反的文献记载，那么从科学研究的方法论层面讲，此类观点应该成为一种被认可的、可资引用的研究结论。甚至，根据这些文献记载，大概可确知《水浒传》的早期传播是从当时社会上层开始的，经历由上至下的传播历程。周弘祖《古今书刻》录有《水浒传》"都察院"本、"武定侯"郭勋曾于嘉靖十六年（1537）仿《三国志演义》及《水浒传》为《国朝英烈记》并家刻《水浒传》等资料，可作佐证。通过王齐洲等人的考证，上述文献均是可靠的，其所记载的信息点亦可被证伪，故以这些文献记载作为"辅助假说"之"保护带"证据而建构的《水浒传》成书的"嘉靖说"，其论证过程具备严密性，结论亦相对可信。从

---

① 参见王齐洲、王丽娟：《从〈菽园杂记〉〈叶子谱〉所记"叶子戏"看〈水浒传〉成书时间》，《南开学报（哲学社会科学版）》2011年第3期。

这种外在证据法的视角看，若是相关研究可信，"嘉靖说"将从辅助假说上升为一种具有"硬核"证据的、业已证明的科学结论。

不过，既然有学者鄙薄相关研究只能从"今传其他文献中寻求所谓的大致旁证"，那么如何在相关文献记载之外证法的科学性得到有效论证的情况下，将其与基于《水浒传》文本名物描写之内证视角相结合，以进行更为客观的科学研究？对此，石昌渝、王齐洲等人的尝试，也是值得肯定的。石氏论证《水浒传》成书于"嘉靖说"的早期，主要是基于文本名物信息的解读，当面对诘难而选择的解题手法又不能说服反对者时，其对持说的论证则转向将相关的文献记载与基于文本信息的解读相结合的内外互证法，试图重建保护其说的"保护带"证据。以《明初朱有燉二种"偷儿传奇"与〈水浒传〉成书》为典型，此文根据朱有燉所存世的两种"偷儿传奇"所提到的"水浒"人物名单与《水浒传》有别，加以比较：两种"偷儿传奇"的两位主角鲁智深和李逵："无论出身经历，还是气质性格，都与《水浒传》的鲁智深、李逵大相径庭，差距不能以道里计"，由此石氏认为朱氏创作的材料依据"只能是《宣和遗事》、元杂剧和元末明初的宋江一伙传说，其人物故事比《水浒传》要原始粗糙得多"。石氏又分析作为藩王的朱氏爱好诗文书画戏曲，与钱塘瞿祐和江西李昌祺等小说家有交游，因而若是朱氏见到过《水浒传》，则其创作应以后者为参考。同时，石氏采用换位思考法，认为《水浒传》的作者也是在前人所提供的资料基础上进行创作的，《水浒传》吸纳了朱有燉"偷儿传奇"之"仗义疏财"模式，以证明《水浒传》成书是在朱有燉创作二种"偷儿传奇"的宣德八年（1433）之后。[①] 石氏虽在讨论过程中存有值得商榷的地方，比如"仗义疏财"模式的借用。从小说母题的角度看，"仗义疏财"模式大量存在于表现英雄气节的侠义公案类的说唱文学及通俗小说中，并形成一套已为大家所认可的情节模式或套路，故认为《水浒传》的"仗义疏财"模式吸纳了朱有燉的"偷儿传奇"，还缺乏有效链接二者的关键点。同时，从创作与阅读之关系的角度看，既然《水浒传》所写故事主要是流传于民间经久不衰的题材，那么就很难清晰地确定作品所写话题所曾参考或抄录过某某具体作品；从读者阅读的角度看，某种具有母题性质的题材在不同的文学体裁或若干具体作品中，读者既可以阅读到其中的相同性，亦会有不同的审美差

[①] 石昌渝：《明初朱有燉二种"偷儿传奇"与〈水浒传〉成书》，《文学遗产》2009 年第 5 期。

异体验。朱有燉二种"偷儿传奇"所写是流传于民间的典型题材，朱氏进行创作时加入与自己学识、才情及时代背景相匹配的成分，则作品的相关描写与《水浒传》并不相同是合理存在的，亦会与元杂剧所写同类题材之剧作有别。石文所论虽结论欠妥，但其研究思路仍应值得肯定。相比而言，王齐洲、王丽娟《从〈菽园杂记〉〈叶子谱〉所记"叶子戏"看〈水浒传〉成书时间》一文的讨论，其证据的典型性、论证的逻辑性及结论的可靠性，似更有说服力。但是，李伟实先生从传播学角度，通过对陆容《菽园杂记》和杜堇《水浒人物全图》等材料的分析，提出"成化弘治说"，与王齐洲、王丽娟等结论有别。李氏《从水浒戏和水浒叶子看〈水浒传〉的成书年代》一文以《菽园杂记》为例证，认为"成化年间流行的水浒叶子依据《宣和遗事》绘画梁山英雄图像，断定当时《水浒传》小说尚未产生"，并以明末陈洪绶"水浒叶子"、清人笔记所载当时流行的水浒叶子等为反例，以"水浒叶子的图像依据小说《水浒传》而不依据《宣和遗事》"进一步证明其论断正确可靠。① 此文最大问题在于《菽园杂记》所载为昆山地区的水浒叶子，而陈洪绶及清人笔记所载当时流行的水浒叶子等并非昆山地区的，导致二者之间没有可比性，影响结论的准确性和说服力。王齐洲等将同属昆山地区的陆容《菽园杂记》与潘之恒《叶子谱》所载相比较，其方法要比李氏来得科学，结论亦较为可靠。李氏又据杜堇《水浒人物全图》，认为其有天罡地煞当为《水浒传》流传之后，"杜堇着手绘画《水浒人物全图》，至多不过正德六、七年"，以断"《水浒传》产生于明弘治初到正德初这二十年间"。② 但据相关研究，杜堇绘画及其他活动早在天顺八年（1464），晚至正德七年（1512），主要集中于成化、弘治时期。杜堇大约生于正统九年（1444）前后，卒于正德末年（1521）前后。杜堇若画 108 人的《水浒全图》，也应是《水浒传》流传较广时才会发生的事情，而迄今为止并未发现嘉靖以前《水浒传》流传的文献资料。从李开先、郎瑛等与杜堇的交游情形及现存文献看，均未提及杜堇曾作《水浒全图》；最早提及杜堇作《水浒全图》者为晚清刘晚荣，刘氏并未交代此图收藏之来龙去脉，疑点重重。③ 据此，杜堇是否绘《水浒人物全图》尚须存疑，

---

① 李伟实：《从水浒戏和水浒叶子看〈水浒传〉的成书年代》，《社会科学战线》1988 年第 1 期。
② 参见李伟实：《从杜堇的〈水浒人物全图〉看〈水浒传〉的成书年代》，《社会科学战线》1991 年第 3 期。
③ 参见王丽娟：《〈水浒传〉早期传播史料考辨——以杜堇〈水浒全图〉为中心》，《明清小说研究》2012 年第 3 期。

现存《水浒人物全图》极可能是伪作的，故以此作为讨论《水浒传》成书时间及传播情形的文献材料，并不可行。可见，采用传播学研究法必须对有关传播资料进行深入细致的辨伪，才能有效使用这些资料。以有关传播资料论证《水浒传》成书时间虽说其结论不一定是正确的，但这种研究方法是可被证伪的、所使用的文献亦可加以反复讨论，故而此种研究方法是"科学"的，虽然"科学"并不必然"正确"。

要之，近年来学界从文本中的名物制度舆地等信息对《水浒传》成书时间加以讨论，往往未充分考虑《水浒传》版本的复杂性、故事来源的多样性、名物制度的累积型特征，所使用的信息点多不具备典型、无争议、不可逆性，这种个例的内证法并不能有效证明《水浒传》的成书时间。以现存记载《水浒传》早期传播的文献为依据，将内证与外证、事证与理证相结合，综合考察相关文献及文献记录者的行状、交游等背景，借用传播学的方法，以形成一个合理的、科学的且为学界所认可的讨论平台，从而提出具有"硬核"证据的观点或具有"保护带"证据的"辅助假说"。借助这种方法，可以在有效的科学的文献或实物支撑下，对诸说进行审查，从而推动相关研究的深入。就学界目前的研究情形看，通过《水浒传》文本中的名物、制度、舆地等信息点以考定《水浒传》成书时间的做法，难以有效建立其立论之"硬核"证据，虽然这样的研究对于我们思考这一问题仍然是具有启发意义和实际帮助的。借用传播学的方法，通过考证现有的相关文献，尤其是有关《水浒传》的早期传播文献，建立一个诸如成书于"嘉靖说"等具有科学可靠的"保护带"证据的"辅助假说"，这种做法对于确定《水浒传》成书时间可能更有价值。

（原载《清华大学学报（哲学社会科学版）》2014年第2期）

附录三 《三国志演义》成书时间新探
——兼论世代累积型作品成书时间的研究方法

王齐洲

摘要：《三国志演义》是具有里程碑意义的长篇通俗小说，百年来对它的成书时间有过许多讨论，至今没有得出令人满意的结论。将文献学与传播学相结合，先确定讨论的文献基础，再讨论作品成书时间，可能是走出困境的有效方法。明初不具备诞生《三国志演义》的政治条件和文化环境。明中期社会走向腐败，统治者的控制力减弱，社会思想开始活跃，文化生活呈现出与前期不同的面貌。弘治五年（1492），朝廷大规模征集图书时关注"稗官小说"，刺激了通俗小说的发展，弘治七年（1494），蒋大器作序的《三国志通俗演义》极有可能是这次活动的产物，编写者疑为蒋大器。此书嘉靖元年（1522）由张尚德整理作引并由司礼监刊行，成为《三国志演义》的最早刊本。

关键词：《三国志演义》；成书时间；研究方法

《三国志演义》在中国小说发展史上具有里程碑意义。它的成书，不仅标志着章回体小说的诞生，也标志着中国长篇通俗小说的成熟，同时宣告了通俗小说占据中国古代文学舞台中心位置的时代已然来临。不过，对于这样重大的历史文化事件，时至今日，人们仍然无法核定其所发生的确切年代，不能不令人遗憾。这虽然与相关文献资料不足有些关系，但与人们所采用的研究方法有更为直接的关联。在寻求中华民族伟大复兴、重建中华传统文化本位的当下，反思近百年有关《三国志演义》成书时间问题的研究，探讨有关研究方法，寻找可能的突破口，对于推进这一问题的解决无疑是必要和有意义的。故笔者不揣谫陋，尝试提出自己的看法，以就教于学界同仁，希望能够对这一问题的解决有所帮助。

一、文本比较分析法不能确定《三国志演义》的成书时间

一般来说，一部作品的版本（含稿本、抄本、刻本）常常能够提供作者和作品成书年代的重要信息，通过作品版本的研究来确定作品的成书年代应该是可行的方法。

早在 20 世纪 20—30 年代，就有学者开始对《三国志演义》版本进行调查清理，以便研究和解决小说的成书年代问题。马廉《旧本〈三国演义〉版本的调查》（1929）、郑振铎《〈三国演义〉的演化》（1929）、孙楷第《中国通俗小说书目》（1933）便反映着这一调查清理所取得的成果。① 由于这些调查清理主要限于中国和日本，有些重要版本当时尚未发现，因而在研究中难免存在一些误区和盲点。郑振铎在比对了十几种明刊本后认为，《三国志演义》最初刊本为嘉靖本《三国志通俗演义》，嘉靖以后的明刊本"都是以嘉靖本为底本的。其与嘉靖本大不同的地方，大都仅在表面上及不关紧要处，而不在正文"，"嘉靖本假定是罗贯中氏的原本的话，则罗氏原本的文字直到明末，还未有人敢加以更动、删落或放大的了；——只除了插增些咏史诗及批注进去"②。这一认识在相当长时间内成为定论，无人置疑。直到 20 世纪 60 年代日本小川环树发表《关索的传说及其它》一文，指出明刊本有些"异本"插入了关羽次子关索的故事，"虽然插入的故事有所差别，但并不是各自创作的"，"插入故事的形式最早应该出现在异本系列中"③，人们才开始关注明刊本的差别，从新审视郑振铎所下的结论。1972 年上海书店收购到据说是 1967 年在嘉定县一个古墓出土的明成化刊本说唱词话《花关索传》，使大家知道了这些所谓"异本"故事来源于词话，是万历时期福建建阳书商添加进入小说文本的。然而，福建建阳刊刻的以《三国志传》为名的小说与嘉靖本《三国志演义》的差别，除有无（花）关索外，还存在不少文本差异，于是便出现了《三国志演义》与《三国志传》孰先孰

---

① 由于《三国志演义》是世代累积型作品，有关的三国故事及其文本品种繁多，本文所谓《三国志演义》的成书时间，特指以章回体形式呈现的通俗小说《三国志演义》文本的最初出现，而不包括与三国相关的其他故事或文本如《三国志平话》等出现的时间。
② 郑振铎：《中国文学研究》第 2 卷《三国演义的演化》，北京：人民文学出版社，2000 年，第 200、208 页。
③ ［日］小川环树：《关索的传说及其它》，原载岩波文库《三国志》（旧版）第 8 册附录，收入氏著《中国小说史的研究》，东京：岩波书店，1968 年。

后、谁最接近罗贯中原本的争论。

　　随着研究的深入,尤其是西班牙爱思哥利亚(一译爱斯高里亚尔)修道院藏孤本《新刊通俗演义三国志史传》等一批欧洲和东亚的相关版本的陆续发现,人们的认识也随之不断深化。中国的周绍良、周兆新、刘世德、日本的上田望等均有相关研究,而英国魏安的《〈三国演义〉版本考》、日本中川谕的《〈三国志演义〉版本研究》和韩国金文京为《中国古代小说总目(白话卷)》所撰《〈三国志演义〉提要》更集中反映出《三国志演义》版本研究的新进展。① 值得注意的是,尽管他们在版本研究中都采用文本比对的方法,但所得出的结论却并不一致。仅以现存嘉靖年间的两个刻本——嘉靖元年壬午(1522)关中修髯子《引》的《三国志通俗演义》(简称张尚德本)和嘉靖二十七年戊申(1548)钟陵元峰子《序》的《新刊通俗演义三国志史传》(简称叶逢春本)为例,即可看出他们认识的差异。魏安将前者视为 AB 系统甲组 A 支的源本,将后者视为 CD 系统丙组 C 支的源本,认为它们分属于不同的两个子系统。中川谕将前者归入 24 卷系统"没有插入故事"(指"孙策大战严白虎"等 11 个故事)类;将后者归入"有插入故事"的 20 卷繁本系统,说它"应该是介于周静轩诗插入之后、花关索故事插入之前的阶段,它是没有根据史书修订的、比较接近原作的文本"。② 金文京则将二者都列为"没有花关索·关索故事的版本",并认为"嘉靖刊本目前能看到的最早的两个版本都属于此系",他们"是来源自同一祖本却具有不同特色的两种版本"。③ 尽管由于各人研究视点不同而结论有异,但他们都认为这两个嘉靖刊本都不是小说的原本。

　　通过版本文本的比对,大家发现没有任何两种版本(覆刻本除外)是毫无文本差异的,这样便出现了哪些版本属于同一系列的问题。魏安以"串句脱文"为依据,将《三国志演义》现存版本分为 AB 和 CD 两

---

① [英] 魏安《〈三国演义〉版本考》(上海:上海古籍出版社,1996 年)提到明刊本 35 种,若清康熙间翻刻明刊本不计,实为 34 种。[日] 中川谕《〈三国志演义〉版本研究》(林妙燕译,上海:上海古籍出版社,2010 年)介绍并比较了 32 种版本,其中明刊本 27 种。金文京所撰《〈三国志演义〉提要》(收入石昌渝主编:《中国古代小说总目(白话卷)》,太原:山西教育出版社,2004 年)论及有关版本 45 种,其中明刊本 29 种。

② [日] 中川谕:《〈三国志演义〉版本研究》,林妙燕译,上海:上海古籍出版社,2010 年,第 188 页。

③ 金文京:《〈三国志演义〉提要》,石昌渝主编:《中国古代小说总目(白话卷)》,太原:山西教育出版社,2004 年,第 294、298 页。

大系统，系统下面又分A、B、C、D支系，B、C、D支系下又各有2个分支。中川谕以是否"插入（11个）故事"及分卷情况为依据，将《三国志演义》现存版本分为"二十四卷系统诸本""二十卷繁本系统诸本""二十卷简本系统诸本"3个系统。金文京则以是否有花关索或关索故事及分卷情况为依据，将《三国志演义》现存版本分为"没有花关索·关索故事的版本""有花关索故事的建阳刊本""有关索故事的建阳本（二十卷）""有关索故事的江南本""有花关索·关索故事的版本""毛宗岗本"六大系统。各系统下又分若干子系统，如"有关索故事的建阳本（二十卷）"下分"《三国志传》系""《英雄志传》系"，"有关索故事的江南本"下分"十二卷本系统""一百二十回加评本系统"等。尽管三人对《三国志演义》版本源流看法各异，但有一点看法却惊人一致，这就是，没有一个现存版本是嘉靖以前的刊本，所有现存版本都不是《三国志演义》的祖本，因为这些版本都不能形成直接的因循序列而不出现反例（覆刻本除外），因此，《三国志演义》的成书早于嘉靖。显然，早于嘉靖毕竟还是模糊的时间概念。至于究竟成书于何时，他们心目中都有一个元末明初的罗贯中所著的祖本存在着，所以自然都推到了元末明初。然而，这一结论却没有得到有效的论证。

应该承认，《三国志演义》版本研究采用文本比对的方法，虽然没有解决小说成书时间的问题，但仍然有许多收获：一是摸清了海内外现存《三国志演义》版本的底细，初步清理了一些版本的相互关系；二是大家都认识到嘉靖本具有官刻本的特征和文人化倾向，而以建阳本为代表的万历本则趋于通俗化、娱乐化；三是嘉靖本都没有花关索或关索故事，而万历建阳本则都有花关索或关索故事；四是发现了许多可供进一步研究的疑团，解决了一些似是而非的问题。

为什么采用文本比对方法不能解决《三国志演义》版本的生成序列及其成书时间问题呢？这是因为，通过版本文本比对来清理某一作品各种版本的时间顺序，需要具备几个条件：一是这一作品是公认的重要作品，整理者、刊刻者对其怀敬畏之心和虔诚之意，不会随意改动文本，凡改动必有记录；二是整理者、刊刻者以传承文化为己任，不以赢利为目的，粗制滥造对他们有害而无利；三是有权威部门或负责任的主体严格监管，不允许整理者、刊刻者随意增删或粗制滥造；四是出版物既受到普通读者重视，更受到来自学者们的批评，文本的变动会留下相关信息。显然，只有"四书五经"或被正统文化所推重的著作才具备这样的条件。① 然而，《三国志演义》并非这样的作品，而是一部由民间所创造的世代累积型作品。所谓世代累积型作品，是指它的成书经历了漫长的积累过程，许多不知名的作者参与了创作和修改；即使在其成书以后，人们仍然可以按照自己的需要和理解对其进行再加工；它既不受正统文人重视，也不受正统文化保护，只受市场规律支配；出版者多以赢利为目的，伪托古本，随意增删，制造噱头，粗制滥造，几乎是普遍的现象。② 因此，探讨这样作品的成书时间，就不能简单采用文本比对方法，因为它们本来没有官方审订的权威文本，刊刻者也没有忠实于原本、认真校对、不随意增删的责任，因此，衍文、脱文、增插、删削、错字、病句就不可避免。甚至出版者为了制造卖点，故意伪造古本或别本来吸引读者，反而成为常态。现代研究者之所以在文本比对中常感困惑，理不清各本的关系，根本原因是刊刻者并非尊崇原本，严格校雠，反而参考各种资料进行音释、补遗、加注、插图，尽量增加卖点，造成了研究的困难。例如，魏安通过文本比对，以为明中叶王济（？—1540）《连环计》传奇第 26 出的一段宾白应该抄自叶逢春本《三国志演义》，或是与叶逢春本相近的嘉靖间闽本 CD 系统。③ 其实，这一结论反向推论同样

---

① 例如，嘉靖十一年（1532）提刑按察司牒建宁府："议呈巡按察院详允会督学道选委明经师生，将各书一遵钦颁官本，重复校雠。字画句读音释，俱颇明的。《书》《诗》《礼记》《四书》传说，识款如旧。《易经》加刻《程传》，恐只穷本义，涉偏废也。《春秋》以《胡传》为主，而《左》《公》《谷》三传附焉，资参考也。刻成合发刊布。为此牒仰本府著落当该官吏，即将发出各书，转发建阳县。拘各刻书匠户到官，每给一部，严督务要照式翻刊。县仍选委师生对同，方许刷卖。书尾就刻匠人姓名查考，再不许故违官式，另自改刊。如有违谬，拿问重罪，追版铲毁，决不轻贷。"（参见叶德辉著，李庆西标校：《书林清话》卷七《明时官刻书只准翻刻不准另刻》，上海：复旦大学出版社，2008 年，第 156～157 页。）
② 例如，万历二十年（1592）建阳双峰堂余象斗刊行的《音释补遗按鉴演义全像批评三国志传》卷前《三国辨》云："坊间所梓《三国》何止数十家矣，全像者止刘、郑、熊、黄四姓。宗文堂，人物丑陋，字亦差讹，久不行矣。种德堂，其书板欠刻，字亦不好。仁和堂，纸板虽新，内则人名、诗词去其一分。惟爱日堂者，其板虽无差讹，士子观之乐然，今版已朦，不便其览矣。"（参见《三国志演义古版丛刊五种》，中华全国图书馆文献缩微复印中心，1995 年）所说各有分疏，应该可信。万历十九年（1591）金陵万卷楼周曰校刊本《新刊校正出像古本大字音释三国志传通俗演义》识语云："是书也，刻已数种，悉皆伪舛，茫昧鱼鲁，观者莫辨。予深感焉，辄购求古本，敦请名士，按鉴参考，再三雠校，俾句读有圈点，难字有音注，地理有释义，典故有考证，缺略有增补，节目有全像。如牖之启明，标之示准。此编之传，士君子抚卷，心目俱融。"（参见北京大学图书馆藏明万历刊本）虽然是广告语，但前面所说版刻不精的情况应该是客观存在的。
③ ［英］魏安：《〈三国演义〉版本考》，上海：上海古籍出版社，1996 年，第 133～134 页。

可以成立，即叶逢春本《三国志演义》可能参考了王济的《连环计》。再如，魏安通过对两个清代抄本《玉玺传》（三国故事讲唱本）与明刊本《三国志演义》文本比对，认为：

> 《玉玺传》中的诗词、说白、唱文都与 CD 系统有最近的关系，然而在某些方面《玉玺传》比任何现存 CD 系统的版本还要完整可靠，似乎是因为《玉玺传》的作者是参考了一个很早的 CD 系统的本子，大概是一个嘉靖以前的闽本。如果是这样的话，《玉玺传》似乎也应该是在明代写成的，而以钞本的方式传下去。明文学家徐渭（1521—1593）说当时有"村瞎子习极俚小说本《三国志》，与今《水浒传》一辙，为弹唱词话耳"。我怀疑《玉玺传》就是徐渭所提到的词话本《三国志》。①

然而，谁也没有见过嘉靖以前的闽本或者抄本《三国志演义》以及明抄本《玉玺传》，且无法排除《玉玺传》是参考了叶逢春本《三国志演义》而加以完善而成；而所谓"村瞎子习极俚小说本《三国志》"，很难说不是成化说唱词话《花关索传》那样的演说三国故事的作品。因此，这样的研究就难以服识者之心，形成大家公认的结论，以此推论《三国志演义》的成书时间自然不会有满意的结果。

版本文本文字比对不能解决《三国志演义》成书时间问题，于是有研究者企图通过文本内容分析来解决这一问题。虽然一般来说，作品中具有时间坐标性的文本内容是可以作为探讨作品成书时间的内证的，但它必须具备可靠、典型、无歧义、不可逆的基本属性。即是说，记载这一文本内容的版本必须是可靠的，不是伪造的；文本内容信息必须是典型的——只在某一时段出现，而不是普泛的——许多时段都可能出现；文本内容的所指必须是明确的，无歧义的，其他理解均不能成立；依靠文本内容所作的推论是不可逆的，反过来推理则不合逻辑。如果没有这样的属性，所谓的文本内容证据就是无效的。关于嘉靖本"小字注"的讨论可以算是最典型的例子。

1974 年人民文学出版社出版《三国志通俗演义》，在《出版说明》中首先提到文本中的"小字注"问题，认为此"小字注"为作者自注，从"今地名"可断定小说成书"不会晚于元末明初"。1979 年章培恒、

---

① ［英］魏安：《〈三国演义〉版本考》，上海：上海古籍出版社，1996 年，第 136 页。

马美信为上海古籍出版社出版《三国志通俗演义》撰写《前言》,指出"从'今地名'研究其成书时代是很有见地的,但所得结论似过于谨慎",他们认为,这些"小字注"为作者罗贯中所加,其"今地名"多为元代及元代以前的地名,如"桂阳路"和"益都路"便都是元代地名,"江陵""潭州""建康"三地名在元文宗天历二年(1329)改名为"中兴""天临""集庆",而注中仍称"江陵""潭州""建康",因此,"《三国志通俗演义》似当成书于天历二年(1329)之前"①。其后,章培恒发表多篇论文谈"小字注"问题,并在其主编的高校教材中赫然写上"大致可以判定此书完成于元文宗天历二年(1329)以前"②,似乎此问题已经定案。然而,王长友、张国光、欧阳健、李伟实、魏安、上田望、金文京等都不同意此说,并提出了各自的证据。王长友首先指出,"小字注"不是作者自注,其中有明初才有的"今地名"③。欧阳健则根据耒阳县"小字注"为衡州所属、郏县为河南所管,不符合元代行政区划却与明初相符,推测小说写成于明洪武三年(1370)④。魏安则认为,"这些例子都没有说服力","小字注"的"今地名""江陵""潭州""建康"并非元代独有,宋代也有;"益都路"的注释抄自元人王幼学的《资治通鉴纲目集览》,并非小说原作者所加;而"耒阳县"虽然元代未设,但宋代却有,CD 系统注释作"今属荆湖南道衡州",只合宋代地名,"不会是明人写的注释"。总之,它们"既不反映元代地理情况、也不反映明代地理情况,却反映宋代的地理情况"⑤。金文京引用上田望的研究指出:"《通鉴纲目集览》等七种宋元时期的《纲目》注解,在成化九年内府敕刊《纲目》时被附载,到弘治十一年(1498)建阳书商刘氏慎独斋刊行《纲目》时,始被分条纳入本文中(上田望,1996)。此本用《通鉴纲目集览》作为注解,大概是那以后的事。"因此,这些注释"不宜据以考证《三国志演义》的成书年代。上文已经说明《通鉴纲目集

---

① 章培恒、马美信:《〈三国志通俗演义〉前言》,《三国志通俗演义》,上海:上海古籍出版社,1980 年,第 7～10 页。
② 章培恒、骆玉明主编:《中国文学史》第 3 册,上海:复旦大学出版社,1996 年,第 173 页。
③ 参见王长友:《嘉靖本〈三国志通俗演义〉小字注是作者手笔吗?——兼及〈三国志通俗演义〉的版本和成书时间》,《武汉师范学院学报(哲学社会科学版)》1983 年第 2 期。
④ 欧阳健:《试论〈三国志通俗演义〉的成书年代》,《社会科学研究丛刊》编辑部、四川省社会科学院文学研究所编:《三国演义研究集》,成都:四川省社会科学院出版社,1983 年,第 280～287 页。
⑤ [英]魏安:《〈三国演义〉版本考》,上海:上海古籍出版社,1996 年,第 81 页。

览》到明代《纲目》版本中都被引用，整理小说者大可随时用为注解。这一点已足以证明所谓'今地名'的'今'不见得反映真实时间"①。

如果上述论证可以成立，那么，说这些注释为原作者罗贯中所加也就不攻自破，而以"小字注"的"今地名"来断定小说成书时间的研究方法便被证明是不科学的。之所以如此，是因为我们既不能确定"小字注"的"今地名"是否原作者所加，又不能确定小说的刊刻者不可以随意抄缀前人之书入小说，即使确定了"今地名"的确切时间，也只能确定小说成书的上限，而无法确定其下限，对小说成书时间研究也就只有参考意义，至多只能作为辅证，而不能作为主要证据并因此得出可靠结论。

还有一条文本分析也很典型，这里不妨提出略作讨论。嘉靖张尚德本第119则写张松对曹操戏言蜀中小孩都会背诵《孟德新书》中的内容，曹操"遂令扯碎其书烧之"，有小字注云："柴世宗时方刊板。旧本'书'作'板'，差矣。今《孙武子》止有魏武帝注。"② 而嘉靖叶逢春本中果然有"遂命破板烧之"。于是不少研究者认为刊于嘉靖二十七年（1548）的叶逢春本是比刊于嘉靖元年（1522）的张尚德本更早的本子，或者其所依据的底本早于张尚德本所依据的底本。然而，这一对文本的理解并非没有歧义，其推论更非不可逆。我们完全可以说后出的叶逢春本正是看到这条注释而故意更改原文，好让读者相信它是"旧本"，何况叶逢春本中尚有晚刊于张尚德本的直接证据。假托"古本""旧本"是当时出版者的营销策略，例如，毛宗岗评点本《三国志演义》便称其所依据的是"古本"，金圣叹删改《水浒》打着"贯华堂所藏古本"的旗号，汪象旭、黄周星同样假托有"大略堂《西游》古本"故据以评正刊刻《西游记》。因此，对于世代累积型的通俗小说作品，想通过文本比较分析来确定其成书时间，从方法上看虽然不能说没有意义，但所得结论需要十分谨慎，很难做到证据充分而不产生异议。

二、作者年代考察法不能确定《三国志演义》的成书时间

一般来说，一部作品的成书时间，可以通过作者的生活年代去考察。然而，《三国志演义》是世代累积型作品，且不说历代有许多三国故事并不知其作者，仅北宋京城就有以"说三分"著名的说话艺人"霍四

---

① 金文京：《〈三国志演义〉提要》，石昌渝主编：《中国古代小说总目（白话卷）》，太原：山西教育出版社，2004年，第295～296页。
② 罗贯中：《三国志通俗演义》，上海：上海古籍出版社，1980年，第572页。

究",其讲说的故事一定十分精彩,不然就不会成为"说三分"专家;今存元建安(今福建建宁)虞氏新刊《至治新刊新全相三国志平话》(简称《三国志平话》)和内容大致相同的《甲午新刊新全相三国志故事》(简称《三分事略》),已粗具《三国志通俗演义》雏形,其作者也不可考;此外,还有元杂剧中大量有主名或无主名的"三国戏"。当然,我们这样说并不否定通俗小说《三国志演义》有最后的写定者,而人们通过探讨《三国志演义》的作者来确定小说的成书时间,也正是从小说的最后写定者的角度来考虑的。从这一角度看,通过《三国志演义》的作者(最后写定者)的生活年代去考察小说成书时间应该是一个研究方向。

张尚德本《三国志通俗演义》题署为"晋平阳侯陈寿史传,后学罗本贯中编次",庸愚子(蒋大器)在《序》中也提到"若东原罗贯中,以平阳陈寿传,考诸国史……目之曰《三国志通俗演义》"。据此,罗贯中应该是《三国志演义》的最后写定者。然而,除了知道罗氏为"东原"人外,其他(时代、履历等)一无所知。1929年郑振铎发表《〈三国志演义〉的演化》一文,对罗贯中进行了探讨,指出:

> 罗贯中是一位甚等样子的人呢?他的详细的生平,没有一个人说起过。蒋大器的序,只是轻轻的带起一句道:"东原罗贯中",在《三国志通俗演义》每卷之下也只题着:"后学罗本贯中编次。"但他书上则也有题为"庐陵罗本"的,也有题为"武林罗贯中"的。总之,他姓罗,名本,字贯中,这一层却是无可怀疑的。至于他到底是庐陵人,东原人或是武林人,则不可知。他的生年,大约在元末明初。[①]

郑氏还说:"他的著作很多,传于今者也不少。戏曲有《龙虎风云会》一本,今存……他的小说,相传有《十七史演义》的巨作。今虽未必俱存于世,然如今存《列国志传》《东西汉》《南北史》《三国志》《隋唐志传》《五代志传》等都有为他所写的痕迹存在。特别是《三国》《隋唐》《五代》《列国》等,都还明显标出他的姓名来。这几部书,笔调的相同,格式的类似,都不必怀疑的知道其出于他一手所

[①] 郑振铎:《中国文学研究》第2卷《〈三国志演义〉的演化》,北京:人民文学出版社,2000年,第179页。

写。"① 这样，罗贯中就成了中国小说史上"伟大的小说作家"。

1930 年郑振铎（1898—1958）、马廉（1893—1935）、赵万里（1905—1980）赴江南访书，从浙江宁波天一阁蓝格钞本《录鬼簿》后所附《录鬼簿续编》中发现一条有关罗贯中的材料，内容是：

> 罗贯中，太原人，号湖海散人。与人寡合。乐府、隐语极为清新。与余为忘年交。遭时多故，天各一方。至正甲辰复会。别来又六十余年，竟不知其所终。②

《录鬼簿续编》还记载了罗氏创作的三个杂剧，即《赵太祖龙虎风云会》《忠正孝子连环谏》和《三平章死哭蜚虎子》。《录鬼簿续编》约成书于明洪熙、宣德年间（1425—1435），原书并没题署作者，因为它附在贾仲明所增补的《录鬼簿》之后，所以许多人认为贾仲明就是它的作者。当然也有人持反对意见。贾仲明是元末明初戏曲家，曾侍奉明成祖朱棣于燕王府邸，撰有杂剧 16 种，今存 5 种。不管《录鬼簿续编》作者是否为贾仲明，作者的生活年代在元末明初是可以肯定的，他与罗贯中为"忘年交"并在元"至正甲辰"（1364）碰过面也是可以肯定的，那么，罗贯中的生活年代在元末明初当然也是可以肯定的。这样，《三国志演义》成书于元末明初，原作者是罗贯中也就被肯定下来。

问题似乎得到了圆满解决。然而，事情并不如此简单，怀疑《三国志演义》诞生于元末明初、原作者就是《录鬼簿续编》所提到的这个罗贯中的大有人在，笔者也算一个。怀疑的理由其实也很不少，大致说来主要有：

其一，现存文献中最早提到《三国志演义》及其作者的，是明嘉靖元年壬午（1522）刊本《三国志通俗演义》卷首所附庸愚子（蒋大器）写于明弘治七年甲寅（1494）仲春的序言。最早著录《三国志通俗演义》的，是郎瑛（1487—？）的《七修类稿》和高儒（1540 前后在世）的《百川书志》，而《百川书志》成书于嘉靖十九年庚子（1540），《七修类稿》初刊于嘉靖四十五年丙寅（1566），书中多记嘉靖时事。郎瑛、高儒的生活年代都晚于蒋大器，他们所著录的《三国志通俗演义》可以

---

① 郑振铎：《中国文学研究》第 2 卷《〈三国志演义〉的演化》，北京：人民文学出版社，2000 年，第 179～180 页。
② 马廉著，刘倩编：《马隅卿小说戏曲论集》之《〈录鬼簿〉续编》，北京：中华书局，2006 年，第 504～505 页。

肯定正是蒋大器作序的《三国志通俗演义》。周弘祖《古今书刻》所载"都察院"刊本《三国志演义》、晁瑮《宝文堂书目》著录的"武定板"《三国通俗演义》，都刊行于嘉靖元年壬午刊本《三国志通俗演义》之后。也就是说，明代人著录、谈论《三国志演义》及其作者，都是弘治以后的事，弘治以前无人谈论此事。如果元末明初就有这样一部《三国志演义》面世，怎么弘治以前没有任何人提及，又不见于任何记载呢？

其二，文学发展有其自身的规律，文学技术的进步应该符合这个规律。《三国志通俗演义》已经是十分成熟的历史演义小说，如果它是元末明初的作品，为什么元中后期刊印的话本小说《三国志平话》《三分事略》却还那样简单粗糙，其总字数尚不及《三国志通俗演义》的十分之一？即使罗贯中确实写有一部小说，也只能是与《三国志平话》《三分事略》水平接近的小说，不可能是现在见到的《三国志通俗演义》。张尚德本《三国志通俗演义》嘉靖元年流行后，引起强烈社会反响，出现了朝廷都察院官刻本和武定侯郭勋家刻本，仿编的历史演义小说也纷纷出笼，如果罗贯中在元末明初真有一部《三国志通俗演义》，为什么社会对它没有任何反应，它对小说创作没有产生任何影响，一二百年间也没有摹仿它的历史演义小说出现呢？

其三，现有文献也不支持《三国志通俗演义》成书于元末明初的结论。例如，皇室后裔朱有燉（1379—1439）酷爱通俗文艺，藏书丰富，其所作《关云长义勇辞金》杂剧与《三国志通俗演义》情节明显不合；而北京永顺堂刊于成化十四年戊戌（1478）《新编全相说唱足本花关索传》中有关三国故事，如刘关张桃源洞子牙庙结义、关羽张飞互杀家人、关索西川寻父、姜维借马、关索杀吕高、刘备阆州被围、关公战陆逊、关索引兵征吴等，都与《三国志通俗演义》情节迥异，显然未受《三国志通俗演义》的影响；《三国志通俗演义》卷21"孔明秋风五丈原"录尹直（1427—1507?）歌咏诸葛亮赞语一篇，而尹直并非元末明初人，而是明代宗景泰五年甲戌（1454）进士，官至兵部尚书，卒于明武宗正德初年。因此，说《三国志通俗演义》成书于元末明初实在难以成立。

其四，明人田汝成（1503—1557）《西湖游览志余》和王圻（1530—1615）《续文献通考》都说罗贯中"编撰小说数十种"。明代署名罗贯中编著小说除《三国志通俗演义》外，还有《水浒传》《隋唐两朝志传》《残唐五代史演义传》《三遂平妖传》等，甚至传说他写有《十七史演义》。这些作品除《三国志通俗演义》《水浒传》存在争议外，其余都已被研究证明是明中后期的作品。既然这些作品题署并不可信,《三国志通俗演义》的作者署名也难免让人怀疑。张尚德本所谓"晋平阳侯陈寿史传"的题署就有明显错误(说详下),而"后学"则是一个不能确定时间的模糊概念,很难据以确定作者的生活年代。明中后期人们提到他时,有说宋人的,有说元人的,有说明人的,我们究竟该相信哪一说呢?

其五,元末明初确有一个戏曲家罗贯中,但此罗贯中是否即《三国志通俗演义》作者,其实并无直接证据,甚至连他是否名"本"也不知道,何况其戏曲创作并没有涉及三国题材。明刊《三国志通俗演义》所署作者不一,如双峰堂本署"东原贯中罗道本编次",朱鼎臣本署"古临冲怀朱鼎臣编辑",清三余堂覆明刊本署"元东原罗贵志演义",郑以桢刊本、刘龙田刊本、黄正甫刊本、杨闽斋刊本、钟伯敬评本、李卓吾评本等多不署作者。而明中叶以后人们提到《三国志通俗演义》作者的说法也不一致,如王圻《续文献通考》说《水浒传》是"罗贯著,贯字本中",而胡应麟(1551—1602)《少室山房笔丛》说罗本是"元人武林施某"的"门人",明赤心子(真实姓名未详)说"钱塘罗贯,南宋时人"①。这些情况表明,明人对通俗小说作者署名随意性很大,而通俗小说的文化地位在明代本来就低,编写者或书商们拉一个小有名气的前代作家来冒充本书的作者以扩大影响是完全可能的。

其六,古人慎终追远,极重郡望,籍贯一般是不会混乱的。关于罗贯中籍贯,明人众说纷纭,如蒋大器序称其为"东原人",《录鬼簿续编》记其为"太原人",郎瑛、田汝成、王圻等说他是"杭人"或"钱塘人"。1959年上海发现了元代理学家赵偕的文集《赵宝峰先生集》,卷首载有《门人祭宝峰先生文》,共列门人31人,其中有一人名罗本。王利器(1911—1998)认为这个罗本就是《三国志通俗演义》的作者罗贯中,其生活年代正是元代中后期②。然而,古代同姓名者甚多,确定这个罗本就是编撰《三国志通俗演义》的罗本贯中,其实并无任何直接证明材料,主要依靠推测。一个理学信徒是否会写一部通俗小说,也拿不出令人信服的证据。后来查明,这个罗本在清人全祖望补修、王梓材等

---

① 赤心子汇辑:《选锲骚坛摭粹嚼麝谭苑》卷六《嘉言摭粹·果报》,参《域外汉籍珍本文库》第2辑,子部第13册,重庆:西南师范大学出版社、北京:人民出版社,2011年,第404页。

② 王利器:《〈水浒全传〉是怎样纂修的?》,《文学评论》1982年第3期;收入《耐雪堂集》,北京:中国社会科学出版社,1986年,第54~83页。

校定的《宋元学案·静明宝峰学案》的有关补注文中，已明确指明他字彦直，其兄罗拱字彦威也是赵宝峰的门人，他们都是浙江慈溪杜湖人。① 而元人戴良与之友善，其《九灵山房集》中有《寄罗彦直》《书画舫宴集诗序》等，可进一步落实罗本的身份及其为学旨趣②。这就否定了理学家赵宝峰的门人罗本作为通俗小说《三国志演义》作者的可能性。

其实，在没有直接证据的情况下，仅以查找作者姓名来确定作品的著作年代从方法上来说是十分危险的，尤其是对于"世代累积型"作品更是如此。因为中国人的姓氏有限，古今同姓名者太多，很容易落入"同姓名陷阱"。例如，宋元以来就有不少张尚德，仅以方志所载，南宋绍兴十五年（1145）乙丑榜有闽人张尚德，淳祐十年（1250）庚戌榜有闽人张尚德（以上见《福建通志》），咸淳六年庚午（1270）解试有江西庐陵人张尚德（见《江西通志》），明建文四年壬午（1402）乡试榜有湖广江夏人张尚德（见《湖北通志》），嘉靖间举人有四川合州人张尚德（见《四川通志》）。此外，元人宋褧《燕石集》有《送张尚德还长沙》，此人"家住古长沙"；傅若金《傅与砺诗集》有《送张尚德之铜山巡检》，其为庚申（1320）乡贡，渝人。而嘉靖壬午为《三国志通俗演义》作《引》的张尚德则是"关中"人。即使是同一时期，同姓名者也大有人在。以明代为例，李春芳为《新刻海刚峰先生居官公案传》和《重刊精忠录》作序，而前者署"晋人羲斋李春芳"，后者署"海阳李春芳"，一为山西人，一为山东人，显然并非同一人。同时，还有与吴承恩有交情的江苏"兴化李春芳"。再如明末陈禹谟有文言小说《说储》，而同时的陈禹谟至少有4个：一为江苏宜兴人，隆庆元年（1567）丁卯科举人；一为湖广夷陵（今湖北宜昌）人，隆庆四年（1570）庚午科举人；一为浙江仁和人，万历五年（1577）丁丑科进士；一为江苏常熟人，万历十九年（1591）辛卯科举人。如果我们以姓名来断定他们的身份，或附会某一著作，那一定是张冠李戴、郢书燕说了。徐朔方曾指出："历史上曾经有过两个白贲字无咎的人，但王国维只根据现存的材料，断言《朝野新声太平乐府·鹦鹉曲》的原唱者是钱塘白珽之子白无咎，从而将杂剧历史推迟了七、八十年之久。"③ 国学大师也难免掉入"同姓名

---

① 见黄宗羲撰，全望祖补修，陈金生、梁运华点校：《宋元学案》卷九十三《静明宝峰学案》，北京：中华书局，1986年，第3094~3112页。
② 见戴良：《九灵山房集》卷二十九《寄罗彦直》、卷二十一《书画舫宴集诗序》，《四部丛刊》本。
③ 徐朔方：《同姓名人物的失考：大师的一个小疵》，《昆明师范高等专科学校学报》2002年第2期。

陷阱",我辈就更要慎之又慎了。如果没有与作品相关的直接证据或其他辅助证据,仅凭姓名而断定其作者身份是很不可靠的。因此,关于罗贯中的籍贯的讨论,其实际意义是很有限的。因为《录鬼簿续编》所记戏曲家"太原人"罗贯中是否就是通俗小说《三国志演义》的写定者,其实是一个首先需要论证的问题,而至今并没有找到任何可以证明的直接证据,仅因其姓名偶合而被指为"伟大的小说作家",不仅结论不可靠,其研究方法严格说来也是不科学的。

三、用文献传播学方法试探《三国志演义》的成书时间

讨论《三国志演义》的成书时间,完全可以建立在扎实的文献学基础之上,运用传播学的理论和方法来妥善解决这一问题。在现有资料已经比较丰富的前提下,我们可以先确定讨论的基础,再来讨论作品成书的时间。这一基础应该既是文献学的,也是传播学的。那就是先要用事实来回答:《三国志演义》何时有版本流传?这些版本是稿本、抄本还是刊本?谁最先收藏了、抄录了或刊刻了这部书稿?谁最先著录了这些版本?谁最早关注或评论了这部作品?这部作品的被收藏、被抄录、被刊刻、被著录、被评论是在怎样的社会背景下展开的?该作品为什么会在这样的社会背景下产生和传播?回答了这些问题,也就基本落实了小说成书的大致时间。而对于更准确的成书时间的论定,也就是可以企望的了。

或许有人会问:小说作品一般都是先有抄本,后有刊本,虽然现在未见《三国志演义》的抄本,但嘉靖壬午(1522)刊本之前应该有一个抄本流传的阶段,如果以现有文献为基础,不就忽视了这一阶段吗?我们的回答是,只有以文献为基础的研究才是科学的研究。如果小说真有抄本流传,从传播学的角度来看,即使原抄本已经散佚,也应该有人记录,或者有人谈论,如果这一切都没有,我们凭什么说有抄本在流传呢?如果想象它在流传,那么这一流传时间该有多久呢?说从元末明初的抄本流传至嘉靖100多年后才被刊刻,而其间没有任何记载,这能令人信服吗?也许有人会说:其间应该有人记载,只是这些记载我们暂未看到,或者已经散佚。其实这是一种假设,假设是需要事实来论证的,科学研究就是求证。我们可以"大胆的假设",但必须"小心的求证",如果不能用事实来证明这一假设,这一假设就不能成立。把未经论证的假设作为前提并在此基础上开展讨论,这样的研究应该是不科学的。因为假设本身就有两种可能,假设者并不能排除根本就没有这种记载的可能。而

根据事实得出的结论，即使错误也是科学的，因为它是被证实的，也是可以被证伪的，如果谁发现了新的事实，谁就可以用此事实来推翻原有的结论，从而推动这一认识的发展①。

基于上述认识，我们尝试着对《三国志演义》成书时间作一新的探讨。

《三国志演义》未见抄本传世，现存最早版本为嘉靖元年壬午（1522）修髯子（张尚德）《引》刊本，通称嘉靖本。王重民等认为此本即朝廷司礼监刊本②。魏安则认为："从版式（黑口、四边双栏）和字体来看，似为嘉靖间官刻本，然而不能仅仅凭着有嘉靖元年的修髯子引鉴定为嘉靖元年的刻本。因为别的版本也有这篇修髯子引（如夏振宇刊本、周曰校刊本皆有），而它们都不出于嘉靖本，我们可以肯定嘉靖本非嘉靖元年修髯子引的原本而是后来的子孙本。嘉靖本的存本很多，恐怕不一定都是嘉靖间的原刊本，而其中一部分的藏本可能是晚明的翻印本。"③她认为，上海图书馆藏残叶"大概是出于一个嘉靖间的刊本，可能就是嘉靖元年修髯子引原本或其直接子孙本。从字体、版式来看，此本似乎是一个官刻本，或许就是刘若愚所记录的经厂本"④。因为刘若愚《酌中志》著录《三国志通俗演义》为24本，1150叶，但嘉靖本有1923叶，并不相符，而"如果用嘉靖本的字数来算上海残叶的版本原来应该是多少叶（以528字位为一叶），该本正巧应该有1150叶"⑤。这样就可以大体断定，残页本就是"经厂本"，为真正的嘉靖元年初刻本，明代其他

---

① 参见［英］伊·拉卡托斯：《科学研究纲领方法论》，兰征译，上海：上海译文出版社，1986年。
② 王重民指出嘉靖元年壬午（1522）刊本《三国志通俗演义》为司礼监所刊。（王重民：《中国善本书提要》，上海：上海古籍出版社，1983年，第401页。）胡士莹为嘉靖元年刊本《三国志通俗演义》作注云："此明嘉靖间司礼监刻本。"（《明清小说论丛》第4辑，沈阳：春风文艺出版社，1986年，第156页。）明人刘若愚《酌中志》卷十八《内板经书纪略》所载"司礼监经厂库内所藏祖宗累朝传遗秘书典籍"，申明"除古本、抄本、杂书不能开遍外，按现有板者谱列于后"，其书单中的第57种即《三国志通俗演义》。（北京：北京古籍出版社，1994年，第157页。）证明明司礼监的确板印过《三国志通俗演义》。有资料显示，司礼监是当时政府最大的印刷部门，所设的司礼监经厂规模甚大。据万历《大明会典》记载，司礼监经厂有刊字匠315名，印刷工匠134名，摺配工匠189名，装订工匠293名，还有制笔、制墨工匠数十名，总数超过千人，可称为古代最大的印刷工厂。（李东阳等撰，申时行等重修：《大明会典》，扬州：广陵书社，2007年，第2572页。）
③ ［英］魏安：《〈三国演义〉版本考》，上海：上海古籍出版社，1996年，第13页。
④ 同上书，第12页。上海图书馆藏有嘉靖八年己丑（1529）周显宗刊本《陶渊明集》8卷，共2册。《三国志通俗演义》残页为该书前后衬页。
⑤ 同上书，第92~93页。

刊本都刻于其后。① 魏安的研究是细致而严谨的，结论也平实可信。从现有资料来看，上海图书馆藏残叶可能就是嘉靖元年修髯子《引》原本，此本即司礼监本（经厂本）。而其他嘉靖本都是以此本为底本刊刻的，当然，这不排除后来各本在刊刻中会有增删改动。

现在的问题是，司礼监刊刻的《三国志通俗演义》原本来自何处？简单的回答当然是皇家所藏，因为司礼监是内府机构。需要思考的是，司礼监在明代是一个极有权势的皇家机构，其对内拥有督理皇家一切仪礼刑名之权并常常代拟圣旨，对外通过其掌握的东厂又有侦查、缉捕与审办官民人等的生杀大权。它出面刊印通俗小说是一个重要的政治信号，标志着统治者开始接纳通俗小说，通俗小说可以名正言顺地在社会上流传了。不过，司礼监的这部《三国志通俗演义》从何而来，为何这时要将它刊刻问世，倒是应该进行更深入一些的研究。

大家知道，明朝初年在进行国家制度设计和权力安排时，朱元璋采用了权力集中和政治高压的两手策略，后来在大兴党狱的同时，又大兴文字狱，实行文化专制，明代因此成为中国古代最集权的一个时代。《大明律》规定：“凡乐人搬做杂剧戏文，不许装扮历代帝王后妃、忠臣烈士、先圣先贤神像，违者杖一百；官民之家，容令装扮者与同罪。其神仙道扮，及义夫节妇，孝子顺孙，劝人为善者，不在禁限。”② 洪武二十二年（1389）三月二十五日榜文云：“在京军民人等，但有学唱的，割了舌头；娼优演剧，除神仙、义夫、节妇、孝子、顺孙，劝人为善，及欢乐、太平不禁外，如有亵渎帝王圣贤，法司拿究；下棋、打双陆的，断手；蹴圆的，卸脚。”③ 这并非只是纸面上的恫吓，明初的统治者确实在认真地执行，例子不胜枚举。永乐九年（1411）七月初一朝廷颁布榜文：

---

① 周弘祖《古今书刻》上编载"都察院"所刻"《三国志演义》"未署作者。《古今书刻》另著录有黄嘉善刊本，该本刊于嘉靖三十六年（1557），"都察院"本《三国志演义》应在嘉靖壬午刊本《三国志通俗演义》之后。今社会上所传之嘉靖本主要有两种影印本。一种是上海商务印书馆1929年影印本，系以涵芬楼藏本为底本，以日本文求堂主人藏本补配。一种是人民文学出版社影印本，分线装（1974）和平装（1975），系以上海图书馆藏本为底本，并以甘肃省图书馆藏本补配。两本文字上偶有歧异，最突出的是卷16第3则"玉泉山关公显圣"写关羽之死，商务本因避讳而较为简略，故一般认为人民文学出版社影印的底本是初刻本，商务印书馆影印的底本是覆刻本。商务本因缺张尚德《引》，故误称《明弘治本三国志通俗演义》，实是嘉靖本。

② 《御制大明律》，明洪武三十年（1397）五月刊本。

③ 董含撰，致之校点：《三冈识略》卷一"本朝立法宽大"条引，沈阳：辽宁教育出版社，2000年，第24页。

> 今后人民倡优装扮杂剧,除依律神仙道扮,义夫节妇,孝子顺孙,劝人为善,及欢乐太平者不禁外,但有亵渎帝王圣贤之词曲、驾头、杂剧,非律所该载者,敢有收藏、传诵、印卖,一时拿送法司究治。奉旨:"但这等词曲,出榜后,限他五日,都要干净将赴官烧毁了,敢有收藏的,全家杀了。"①

如果说洪武时的限制主要是针对演出者,永乐时已经对杂剧剧本的"收藏、传诵、印卖"者下手了,其严酷程度显然超过以往。不可想象,在这样的政治高压和文化禁锢的环境下,朝廷会允许通俗小说的产生和传播,更别提有朝廷机构来刊刻通俗小说了。

经过半个多世纪的发展,到明宣宗宣德时期(1426—1435)出现了所谓的"太平治世"。宣宗"励精图治,(杨)士奇等同心辅佐,海内号为治平。帝乃仿古君臣豫游事,冬岁首,赐百官旬休,车驾亦幸西苑万岁山,清学士皆从,赋诗赓和,从容问民间疾苦。有所论奏,帝皆虚怀听纳"②。然而,政治的稳定并没有带来文学的繁荣,文学仍然在惯性的轨道上运行。诗文领域是以"三杨"(杨士奇、杨荣、杨溥)为代表的"台阁体"充斥文坛。而戏曲领域则是以朱权(1378—1448)、朱有燉等为主导的忠孝节义剧和神仙道化剧。不过,政治文化环境比起明前期的政治文化专制已经有所不同。人们开始敢于提出自己的思想,愿意抒发自己的情感,而非像前期那样战战兢兢,诚惶诚恐。从英宗正统(1436—1449)开始,明朝进入动荡时期。皇帝昏庸,宦官专权,奸臣擅政,吏治腐败,朝廷出现难以驾驭的复杂局面。英宗宠任宦官王振,宪宗重用宦官汪直,到武宗专任宦官刘瑾,政治腐朽达于极点。社会矛盾也空前尖锐,起义抗争此伏彼起。朝政腐朽和社会动乱的直接后果是统治者的公信力遭到普遍质疑和社会控制力的丧失,社会思想开始活跃起来,文化生活也呈现与前期不同的面貌。"吴中四才子""前七子"等文学流派和"阳明心学"即在此时发生,客观上起到了解除思想禁锢和强化自我意识的作用。

就文学消费而言,明代中期也出现了与以前很不相同的特点。书籍的刊刻可以作为一个重要的视点。明初的出版政策仍然沿袭元代,书籍

---

① 顾起元:《客座赘语》卷十"国初榜文",北京:中华书局,1987年,第347~348页。
② 张廷玉等:《明史》卷一百四十八《杨士奇传》,北京:中华书局,2000年,第2748页。其实,宣德后期,社会矛盾已经开始激化,宣德九年(1433)就有贵州乌罗蛮、宜山蛮和四川民起事,而江西夏旭的起义更是牵动朝野的大事件。

的印刷由官府控制。到了明中期，情况发生了很大变化。陆容在《菽园杂记》中谈到书籍刊刻情况时说：

> 古人书籍，多无印本，皆自钞录。闻《五经》印版，自冯道始，今学者蒙其泽多矣。国初书版，惟国子监有之，外郡县疑未有。观宋潜溪《送东阳马生序》可知矣。宣德、正统间，书籍印版尚未广。今所在书版，日增月益，天下右文之象，愈隆于前已。但今士习浮靡，能刻正大古书以惠后学者少，所刻皆无益，令人可厌。上官多以馈送往来，动辄印至百部，有司所费亦繁，偏州下邑寒素之士，有志占毕，而不得一见者多矣。尝爱元人刻书，必经中书省看过下所司，乃许刻印。此法可救今日之弊，而莫有议之者，无乃以其近于不厚欤。①

陆容生于正统元年（1436），死于弘治七年（1494），他所说的"所在书版，日增月益"，士大夫大量刻印"无益"之书，正是起始于成化年间（1465—1487）。这是他亲眼所见的事实，当然可信。成化年间出现了士大夫私人刻书和官府间相互馈赠所刻图书的现象，而且这些刻书活动不再受朝廷限制，所刻图书也不是传统文化最为重视的那些图书，因而遭到陆容这样的有传统思想的官吏的不满。应该承认，成化时期的士大夫印刷的图书虽然不以盈利为目的，但却显然有通过图书谋求个人利益的考量。思想的解放，士人的奔竞，文化生活的日益活跃，不仅会刺激文人的创造热情，无疑也会刺激通俗文学的发展。在官员的带动下，民间刻书活动也开始活跃，通俗文学的整理刊刻也出现了，最直接的证据就是1967年在上海嘉定县的一个明代墓穴中发现的17种成化七年至十四年（1471—1478）北京永顺堂刊印的附有插图的"说唱词话"② 以

---

① 陆容撰，佚之点校：《菽园杂记》卷十，北京：中华书局，1985年，第128～129页。
② 出土的北京永顺堂成化年间刊印唱本共12册，除1册为南戏外，其他11册有多少种说唱词话，各家计数不一。一说有17种，即第1册总名《新编全相说唱足本花关索传》，是花关索的系统故事，但它分为前集、后集、续集、别集4部分，且各有名目，故可算做4种；第3册《新刊全相说唱包待制出身传》后面附有《新刊全相说唱包龙图陈州粜米传》《新刊全相说唱足本仁宗认母传》2种，且故事不相连续，各有名目，故应该算做3种；第9册《全相说唱师官受妻刘都赛上元十五夜看灯传》分上、下集，下集另有名目为《包龙图断赵皇亲孙文仪公案传》，可以算做2种；其余每册1种。一说只13种。即按其性质分，"花关索说唱词话"4种总名《新编全相说唱足本花关索传》，可算1种；《全相说唱师官受妻刘都赛上元十五夜看灯传》下集名为《包龙图断赵皇亲孙文仪公案传》，但上下集是连续的一个故事，也可算做1种。

及 1 种南戏《新编刘知远还乡白兔记》。

北京永顺堂在成化年间刊刻的词话中有花关索说唱词话 4 种，为《三国志平话》之外的又一系关于三国的民间传说，包括前集《新编全相说唱足本花关索出身传》、后集《新编全相说唱足本花关索认父传》、续集《新编足本花关索下西川传》、别集《新编全相说唱足本花关索贬云南传》，总名《新编全相说唱足本花关索传》。据研究，这些"说唱词话"刊本是墓主人宣昶妻子的随葬品。① 宣昶曾于成化年间领乡荐选惠州府（今广州惠州市）同知，后荐补西安府（今陕西西安市）同知，无论其家乡嘉定还是任所惠州、西安都距北京有千里之遥，可是他们照样能读到北京出版的新书，说明此类书籍流通范围之广。宣昶妻子死后还要用这些唱本陪葬，可见当时人们对通俗文学的喜好。说唱词话《花关索传》完全是民间的三国故事，风格简朴粗犷，篇幅也较小，总计 4 万多字。末有"成化戊戌仲春永顺书堂重刊"的长方木记，"成化戊戌"即成化十四年（1478）。既云"重刊"，当有初刊本。或以为重刊本上图下文，风格绝类元至治（1321—1323）间所刊《全相平话五种》，很可能是据元刊本翻刻。事实若果真如此，那么，成化年间刊行的这些词话就可能主要不是创作而是整理，即对宋元以来的说唱文本的整理。然而，即使是整理，其意义仍然不可忽视，因为它接续了本来甚有成就的宋元说唱艺术，同时让其以文本形式呈现从而提供给读者阅读，这便为中国通俗小说的发展提供了很好的经验和借鉴。既然成化时期的书商们已经开始注意刊刻通俗文学作品，如果当时确有一部《三国志演义》的抄本在流传，相信书商们不会不予重视而不斥资刊刻的。

《三国志通俗演义》240 节，近 90 万字，其写作风格与说唱词话《花关索传》风格迥异。据蒋大器《三国志通俗演义序》称："前代尝以野史作为评话，令瞽者演说，其间言辞鄙谬又失之于野，士君子多厌之。若东原罗贯中，以平阳陈寿传，考诸国史，自汉灵帝中平元年，终于晋太康元年之事，留心损益，目之曰《三国志通俗演义》，文不甚深，言不甚俗，事纪其实，亦庶几乎史。"很自然让人联想到其编写者是要矫正《花关索传》之类说唱词话的"鄙谬"。他不会是书会才人，而应该是有一定历史知识的下层知识分子。那么，是什么力量激励他来编写这部小说的呢？他编写这部小说的目的又是什么呢？我们不妨从社会背景和编写条件两方面作些考察。

---

① 参见赵景深：《谈明成化刊本"说唱词话"》，《文物》1972 年第 11 期。

前文已经说明,明初不具备诞生《三国志演义》的政治条件和文化环境,没有作者会冒巨大的政治风险和承受巨大的经济压力来编辑这样的长篇通俗小说,且长篇通俗小说的文学技术也没有成熟到如此程度,因而没有任何明前期文献支持明初有《三国志演义》版本(稿本、抄本或刊本)流传的结论。然而,到了弘治年间,情况发生了变化。弘治五年壬子(1492)五月,内阁大学士邱濬(1421—1495)在《请访求遗书奏》中提出:

> 臣请敕内阁将考校见有书籍备细开具目录,付礼部抄誊,分送两直隶、十三布政司,提督学校宪臣,榜示该管地方官吏军民之家,与凡官府学校寺观并书坊书铺,收藏古今经史子集,下至阴阳艺术、稗官小说等项文书,不分旧板新刻及抄本未刻者,系内阁开去目录无有者,及虽有而不全者,许一月以里送官。其有王府处启知借录,多方差人询访,设法搜求,期于尽获无遗。仰所在有司将各处赃罚纸札,并给官钱借办笔墨之费,分散各处儒学生员誊写,惟取成字,不拘工拙,但不许潦草失真。就令各学教官校对既毕,以原本归主,不许损坏不还。其所得书目先行开具,陆续进呈,通行各处,互相质对,中间有重复者止令一处抄录,录毕装成卷帙,具本差人类解赴京。①

孝宗诏准此奏,全国范围内搜求朝廷所未藏书籍的活动就此展开,这是一次大规模的图书清理征集活动,"稗官小说"赫然在列。可以合理推断,弘治七年甲寅(1494)蒋大器所序的《三国志通俗演义》应该就是这次活动的重要收获之一。即是说,浙江金华人蒋大器向朝廷进献了这部他作序的《三国志通俗演义》,一方面自然是响应朝廷号召,另一方面也是希望能够有所收获,被朝廷认可的奇书秘籍自然是会获得奖赏的。宋、元以来,江浙已然成为图书的渊薮,朝廷征书也会将目光瞄准江浙,此次征书当不会例外。

然而,《三国志通俗演义》毕竟是通俗小说,此前朝廷一直严禁,这次朝廷是否宽容和重视尚未可知,所以蒋大器的献书实际上是一种试探行为,即使《三国志通俗演义》为他本人所编撰,他也不会直接署

---

① 邱濬:《重编琼台稿》卷七《请访求遗书奏》,明俞汝楫编《礼部志稿》卷四十六题为《隆重图书疏》,《景印文渊阁四库全书》第597册,台北:台湾商务印书馆,1986年,第861页。

名，更何况作品内容是以史传为主融入民间传说而成，大可托以他人。因此，作品署名"晋平阳侯陈寿史传，后学罗本贯中编次"是十分明智的选择，可进可退。需要指出的是，从作品署名来看，蒋大器文化功底并不太深，陈寿并未封平阳侯。《晋书》本传说他"除佐著作郎，出补阳平令"，后"除著作郎，领本郡中正"，迁长广太守、授御史治书，皆不就。①《华阳国志》小传载其"出为平阳侯相"，他本人上晋武帝奏章自署"平阳侯相臣陈寿"②，当以自署为准。"平阳侯相"相当于"平阳令"，仅是平阳侯的属官。小说署"晋平阳侯陈寿史传"实在错得太远，而"后学罗本贯中"也许是个托名。蒋在《序》中说"前代尝以野史作为评话，令瞽者演说，其间言辞鄙谬又失之于野，士君子多厌之"，成化年间刊刻的《新编全相说唱足本花关索传》，其三国故事的确是"以野史作为评话"，说它们"言辞鄙谬又失之于野"并不为过。《三国志通俗演义》明显针对此书而作，史传化、文人化的色彩转浓，但又照顾到通俗的需求，蒋《序》明确说明本书是对陈寿《三国志》的通俗演义，"文不甚深，言不甚俗，事纪其实，亦庶几乎史"几句，准确地概括了这部作品的主要艺术特色。而所谓"书成，士君子之好事者，争相誊录"，恐怕只是虚张声势之言。事实若果真如此，当时应该有抄本传世；即使原抄本已经亡佚，也应该有人有所记载。可惜至今为止，既没有发现嘉靖前的任何抄本，也不见弘治、嘉靖时期有他人记载。应该承认，抄写近90万字的通俗小说绝非易事。如果此书是进献朝廷之作，在朝廷没有表态之前，或者说在编写者还没有得到预期收益之前，恐怕也不会让人随便转抄。尤其是将此书放在明代社会思想文化的大背景下，结合小说发展自身规律来考察，就更容易得出这样的结论。由于《三国志通俗演义》与《三国志》等正史多有捍格，且通俗小说在当时还没受到太大重视，此书进献以后，也就泥牛入海，未能产生社会影响，蒋大器也未能得到期望的奖赏。只有这样推理，才能较好地解释何以弘治七年甲寅（1494）已经成书的《三国志通俗演义》要到嘉靖元年壬午（1522）才被刊刻，而且刊刻的机构竟然首先是朝廷司礼监。因为此书送达朝廷会有一个过程，而朝廷清理图书也有一个过程，加上朝廷刊刻通俗小说并非成例而是创举，刊刻本身也需时日；司礼监是最有可能获得这些新奇有趣而其他部门又不敢贸然刊刻的通俗演义的，它们又有经济能力和

---

① 陈寿：《三国志》，北京：线装书局，2006年，第573页。
② 见《三国志·蜀志·诸葛亮传》附陈寿上表。平阳侯是县侯，仅食禄，不治县，由其属官"平阳侯相"治理，故"平阳侯相"相当于"平阳县令"。同上书，第363页。

社会资源来刊刻这部近90万字的通俗小说，种种原因，造成了这部小说只能在嘉靖元年壬午（1522）这一特定时间刊刻流传的特殊现象。这既是《三国志通俗演义》的不幸，也是它的万幸！

如果上述推论可以成立，那么，修髯子张尚德则极有可能是负责整理并刊刻《三国志通俗演义》的"经厂"官员，他于嘉靖壬午（1522）撰写了《三国志通俗演义引》，由司礼监将此书刊刻面世。张尚德所称"此编非直口耳赀，万古纲常期振复"，大概是"经厂"刊刻的冠冕堂皇的理由，而内珰和朝中贵胄的猎奇以及将其作为休闲之资恐怕也是其重要原因。接着，朝廷都察院、武定侯郭勋（？—1542）也刊刻了《三国志演义》①，"世人视若官书"②。这便极大地刺激了通俗小说尤其是长篇通俗小说的发展，中国长篇通俗小说的创作和传播从此出现繁荣昌盛的新局面，一个新的文学时代就这样到来了。

（原载《中山大学学报（社会科学版）》2014年第1期）

---

① 晁瑮《宝文堂书目》"子杂"类著录有《三国通俗演义》，注明为"武定板"。晁瑮（1506—1576）为嘉靖二十年（1541）进士，他所著录的是武定侯郭勋家刻本，也刊刻于嘉靖时期。

② 鲁迅：《中国小说史略》，北京：人民文学出版社，1973年，第6页。

参考文献

一、著作类

1. 小说、戏曲作品

施耐庵：《水浒》（七十一回本），北京：人民文学出版社，1952年。

施耐庵、罗贯中著，郑振铎、王利器、吴晓铃点校：《水浒全传》（百二十回本），北京：人民文学出版社，1954年。

余象斗评：《水浒志传评林》，北京：文学古籍刊行社，1956年。

施耐庵撰，罗贯中纂修：《明容与堂刻水浒传》（百回线装本，全20册），上海：中华书局上海编辑所，1966年。

施耐庵、罗贯中：《水浒传》（容与堂点校本），北京：人民文学出版社，1975年。

金圣叹评：《第五才子书施耐庵水浒传》（贯华堂七十回本缩印），北京：中华书局，1975年。

陈曦钟、侯忠义、鲁玉川辑校：《水浒传会评本》，北京：北京大学出版社，1981年。

金圣叹评点，文子生校点：《第五才子书施耐庵水浒传》，郑州：中州古籍出版社，1985年。

傅惜华：《水浒戏曲集》，上海：上海古籍出版社，1985年。

施耐庵、罗贯中著，凌赓、恒鹤、刁宁校点：《李卓吾评本水浒传》，上海：上海古籍出版社，1988年。

施耐庵编辑：《水浒忠义志传》，《古本小说丛刊》第2辑，北京：中华书局，1990年。

《插增田虎王庆忠义水浒全传》，《古本小说丛刊》第2辑，北京：中华书局，1990年。

《水浒志传评林》，《古本小说丛刊》第12辑，北京：中华书局，1991年。

施耐庵撰：《忠义水浒传残本》，《古本小说丛刊》第19辑，北京：中华书局，1991年。

钟惺批评：《钟批水浒传》，《古本小说丛刊》第24辑，北京：中华书局，1991年。

施耐庵撰，罗贯中纂修，李卓吾评，贺圣遂、宋效永、钱振民整理：《忠义水浒全传》，合肥：黄山书社，1991年。

容与堂藏板：《李卓吾批评忠义水浒传》，《古本小说集成》第2辑，上海：上海古籍出版社，1992年。

竟陵钟惺伯敬父评：《钟伯敬批评忠义水浒传》，《古本小说集成》第2辑，上海：上海古籍出版社，1992年。

中原贯中罗道本名卿父编集：《水浒志传评林》，《古本小说集成》第3辑，上海：上海古籍出版社，1993年。

施耐庵著，黄霖点校：《水浒传》，杭州：浙江古籍出版社，1993年。

金圣叹评点：《第五才子书施耐庵水浒传》，《古本小说集成》第4辑，上海：上海古籍出版社，1994年。

盛瑞裕点注：《日本轮王寺秘藏水浒》，武汉：武汉出版社，1994年。

熊飞赤辑刻：《英雄谱》，扬州：江苏广陵古籍刻印社，1997年。

朱一玄校点：《明成化说唱词话丛刊》，郑州：中州古籍出版社，1997年。

施耐庵、罗贯中撰：《李卓吾先生批评忠义水浒传》，《中华再造善本》明代编集部，北京：国家图书馆出版社，2004年。

王利器校注：《水浒全传校注》，石家庄：河北教育出版社，2008年。

施耐庵撰，金圣叹评：《第五才子书施耐庵水浒传》，陆林辑校整理《金圣叹全集》本，南京：凤凰出版社，2009年。

施耐庵、罗贯中著，王齐洲、陈卫星解读：《水浒传》（文化读本），长沙：岳麓书社，2010年。

魏亦珀点校：《日本无穷会藏本〈水浒传〉》，《域外汉籍珍本文库》本，重庆：西南师范大学出版社，北京：人民文学出版社，2013年。

施耐庵撰：《第五才子书施耐庵水浒传》，《中华再造善本》明代编集部，北京：国家图书馆出版社，2014年。

2. 书目、史料、年谱

缪荃孙：《江阴县续志》，民国十年（1921）刊本。

高儒：《百川书志》，上海：古典文学出版社，1957年。

周弘祖：《古今书刻》，上海：古典文学出版社，1957年。

孙楷第：《中国通俗小说书目》，北京：作家出版社，1957年。

钟嗣成等：《〈录鬼簿〉外四种》，上海：古典文学出版社，1957年。

孙楷第：《日本东京所见中国小说书目》，北京：人民文学出版社，1958年。

永瑢等：《四库全书总目》，北京：中华书局，1965年。

张廷玉等：《明史》，北京：中华书局，1974年。

马蹄疾编：《水浒资料汇编》，北京：中华书局，1980年。

丁传靖辑：《宋人轶事汇编》，北京：中华书局，1981年。

王利器辑录：《元明清三代禁毁小说戏曲史料》（增订本），上海：上海古籍出版社，1981年。

钱曾：《读书敏求记》，北京：书目文献出版社，1984年。

钱曾：《读书敏求记（附刊误）》，《丛书集成初编》本，北京：中华书局，1985年。

张廷玉等：《明史》，《二十五史》本，上海：上海古籍出版社、上海书店，1986年。

王圻：《续文献通考》，北京：现代出版社，1986年影印。

马蹄疾：《水浒书录》，上海：上海古籍出版社，1986年。

台湾中央图书馆编：《明人传记资料索引》，北京：中华书局，1987年。

王文才：《杨慎学谱》，上海：上海古籍出版社，1988年。

叶昌炽著，王欣夫补正，徐鹏辑：《藏书纪事诗（附补正）》，上海：上海古籍出版社，1989年。

江苏省社会科学院明清小说研究中心、文学研究所编：《中国通俗小说总目提要》，北京：中国文联出版公司，1990年。

曾远闻：《李开先年谱》，济南：齐鲁书社，1991年。

徐朔方：《晚明曲家年谱》，杭州：浙江古籍出版社，1993年。

钱振民：《李东阳年谱》，上海：复旦大学出版社，1995年。

丁锡根编著：《中国历代小说序跋集》，北京：人民文学出版社，1996年。

陈麦青：《祝允明年谱》，上海：复旦大学出版社，1996年。

钱曾撰，瞿凤起编：《虞山钱遵王藏书目录汇编》，上海：上海古籍出版社，1997年。

周道振、张月尊：《文徵明年谱》，上海：百家出版社，1998年。

香港中文大学图书馆系统编：《香港中文大学图书馆古籍善本书录》，香港：中文大学出版社，1999年。

唐鼎元：《明唐荆川先生年谱》，《北京图书馆藏珍本年谱丛刊》本，北京：北京图书馆出版社，1999年。

张金吾：《爱日精庐藏书志》，《续修四库全书》本，上海：上海古籍出版社，2002年。

李永祥：《李开先年谱》，济南：黄河出版社，2002年。

朱一玄、刘毓忱编：《水浒传资料汇编》，天津：南开大学出版社，2002年。

贾晋华主编：《香港所藏古籍书目》，上海：上海古籍出版社，2003年。

王文进著，柳向春标点：《文禄堂访书记》，上海：上海古籍出版社，2007年。

王春瑜编：《中国稀见史料》，厦门：厦门大学出版社，2007年。

张慧剑编著：《明清江苏文人年表》，上海：上海古籍出版社，2008年。

叶德辉：《书林清话》，上海：上海古籍出版社，2008年。

周绍良：《绍良书话》，北京：中华书局，2009年。

邓雷：《〈水浒传〉版本知见录》，南京：凤凰出版社，2017年。

3. 文集、笔记、杂著

孙璧文：《新义录》，光绪八年（1882）刻本，华南农业大学农史室藏。

戴良：《九灵山房集》，《四部丛刊初编》本，上海：商务印书馆，1929年。

盛于斯：《休庵影语》，上海：开明书店，1931年。

李开先撰，叶枫校订：《一笑散》，北京：文学古籍刊行社，1955年。

周晖：《金陵琐事》，北京：文学古籍刊行社，1955年。

焦循：《剧说》，上海：古典文学出版社，1957年。

李开先著，路工辑校：《李开先集》，北京：中华书局，1959年。

李开先：《词谑》，中国戏曲研究院编校《中国古典戏曲论著集成》

(三)，北京：中国戏剧出版社，1959年。

何良俊：《四友斋丛说》，北京：中华书局，1959年。

阮葵生：《茶余客话》，北京：中华书局，1959年。

李贽：《焚书 续焚书》，北京：中华书局，1975年。

叶盛撰，魏中平点校：《水东日记》，北京：中华书局，1980年。

田汝成：《西湖游览志余》，杭州：浙江人民出版社，1980年。

周亮工：《书影》，上海：上海古籍出版社，1981年。

李东阳撰，周寅宾点校：《李东阳集》，长沙：岳麓书社，1984年。

郑晓撰，李致忠点校：《今言》，北京：中华书局，1984年。

陆容撰，佚之点校：《菽园杂记》，北京：中华书局，1985年。

陈洪谟著，盛冬铃点校：《治世余闻 继世纪闻》，北京：中华书局，1985年。

祝允明：《江海歼渠记》，《丛书集成初编》本，北京：中华书局，1985年。

崔铣：《松窗寤言》，《丛书集成初编》本，北京：中华书局，1985年。

徐祯卿：《新倩籍》，《丛书集成初编》本，北京：中华书局，1985年。

杨慎：《词品》，《丛书集成初编》本，北京：中华书局，1985年。

钱谦益著，钱曾笺注，钱仲联标校：《牧斋初学集》，上海：上海古籍出版社，1985年。

刘凤：《续吴先贤赞》，《丛书集成初编》本，北京：中华书局，1985年。

黄宗羲著，全祖望补修：《宋元学案》，北京：中华书局，1986年。

吴宽：《家藏集》，《景印文渊阁四库全书》本，台北：台湾商务印书馆，1986年。

程敏政：《篁墩文集》，《景印文渊阁四库全书》本，台北：台湾商务印书馆，1986年。

文徵明：《甫田集》，《景印文渊阁四库全书》本，台北：台湾商务印书馆，1986年。

王鏊：《震泽集》，《景印文渊阁四库全书》本，台北：台湾商务印书馆，1986年。

邵宝：《容春堂续集》，《景印文渊阁四库全书》本，台北：台湾商务印书馆，1986年。

顾清：《东江家藏集》，《景印文渊阁四库全书》本，台北：台湾商务印书馆，1986年。

文洪等：《文氏五家集》，《景印文渊阁四库全书》本，台北：台湾商务印书馆，1986年。

皇甫汸：《皇甫司勋集》，《景印文渊阁四库全书》本，台北：台湾商务印书馆，1986年。

顾璘：《顾华玉集》，《景印文渊阁四库全书》本，台北：台湾商务印书馆，1986年。

崔铣：《洹词》，《景印文渊阁四库全书》本，台北：台湾商务印书馆，1986年。

王世贞：《弇州四部稿》，《景印文渊阁四库全书》本，台北：台湾商务印书馆，1986年。

冯从吾：《少墟集》，《景印文渊阁四库全书》本，台北：台湾商务印书馆，1986年。

杨慎著，王仲镛笺证：《升庵诗话笺证》，上海：上海古籍出版社，1987年。

黄宗羲：《明文海》，北京：中华书局，1987年。

章学诚著，王重民通解：《校雠通义通解》，上海：上海古籍出版社，1987年。

徐士銮辑，舒驰点校：《宋艳》，杭州：浙江古籍出版社，1987年。

陶宗仪等编：《说郛三种》，上海：上海古籍出版社，1988年。

杨荫杭著，杨绛整理：《老圃遗文辑》，武汉：长江文艺出版社，1993年。

褚亨奭：《姑苏名贤后纪》，《丛书集成续编》本，上海：上海书店出版社，1994年。

袁中道：《游居柿录》，上海：上海远东出版社，1996年。

钱希言：《戏瑕》，《四库全书存目丛书》本，济南：齐鲁书社，1997年。

李东阳著，钱振民点校：《李东阳续集》，长沙：岳麓书社，1997年。

杨一清：《石淙诗稿》，《四库全书存目丛书》本，济南：齐鲁书社，1997年。

汪价：《中州杂俎》，《四库全书存目丛书》本，济南：齐鲁书社，1997年。

文林：《文温州集》，《四库全书存目丛书》本，济南：齐鲁书社，1997年。

熊过：《南沙先生文集》，《四库全书存目丛书》本，济南：齐鲁书社，1997年。

赵贞吉：《赵文肃公文集》，《四库全书存目丛书》本，济南：齐鲁书社，1997年。

文震孟：《姑苏名贤小纪》，《四库全书存目丛书》本，济南：齐鲁书社，1997年。

王世懋：《王奉常集》，《四库全书存目丛书》本，济南：齐鲁书社，1997年。

黄钺撰，陈育德、凤文学校点：《壹斋集》，合肥：黄山书社，1999年。

赵用贤：《松石斋集》，《四库禁毁书丛刊》本，北京：北京出版社，2000年。

焦竑：《国朝献征录》，《续修四库全书》本，上海：上海古籍出版社，2002年。

梅鼎祚：《青泥莲花记》，《续修四库全书》本，上海：上海古籍出版社，2002年。

沈周：《石田稿》，《续修四库全书》本，上海：上海古籍出版社，2002年。

许自昌：《樗斋漫录》，《续修四库全书》本，上海：上海古籍出版社，2002年。

董斯张：《静啸斋遗文》，《续修四库全书》本，上海：上海古籍出版社，2002年。

张培仁：《静娱亭笔记》，《续修四库全书》本，上海：上海古籍出版社，2002年。

吴荣光：《辛丑销夏记》，《续修四库全书》本，上海：上海古籍出版社，2002年。

周道振、张月尊辑校：《唐伯虎全集》，杭州：中国美术学院出版社，2002年。

李果：《在亭丛稿》，《四库全书存目丛书补编》本，济南：齐鲁书社，2004年。

徐祯卿著，范志新编年校注：《徐祯卿全集编年校注》，北京：人民文学出版社，2009年。

郎瑛：《七修类稿》，上海：上海书店出版社，2009年。
胡应麟：《少室山房笔丛》，上海：上海书店出版社，2001年。
蔡献臣撰，厦门市图书馆校注：《清白堂稿》，厦门：厦门大学出版社，2011年。
祝允明著，孙宝点校：《怀星堂集》，杭州：西泠印社出版社，2012年。
褚人获辑撰，李梦生校点：《坚瓠集》，上海：上海古籍出版社，2012年。
文徵明著，周道振辑校：《文徵明集》（增订本），上海：上海古籍出版社，2014年。
钱希言著，栾保群点校：《狯园》，北京：文物出版社，2014年。
徐兆玮著，苏醒整理：《徐兆玮杂著七种》，南京：凤凰出版社，2014年。

4. 书画著作、题跋

缪日藻：《寓意录》，《湖海楼丛书续编》本。
王梦楼：《快雨堂题跋》，上海：广智书局，1912年。
黄宾虹、邓实编：《美术丛书》四集第十辑，上海：神州国光社，1936年。
钱谦益撰、潘景郑辑校：《绛云楼题跋》，北京：中华书局，1958年。
徐邦达：《古书画伪讹考辨》，南京：江苏古籍出版社，1984年。
韩昂：《图绘宝鉴续编》，《景印文渊阁四库全书》本，台北：台湾商务印书馆，1986年。
张丑：《清河书画表》，《景印文渊阁四库全书》本，台北：台湾商务印书馆，1986年。
张丑：《真迹日录》，《景印文渊阁四库全书》本，台北：台湾商务印书馆，1986年。
朱谋垔：《画史会要》，《景印文渊阁四库全书》本，台北：台湾商务印书馆，1986年。
郁逢庆：《书画题跋记》，《景印文渊阁四库全书》本，台北：台湾商务印书馆，1986年。
汪砢玉：《珊瑚网》，《景印文渊阁四库全书》本，台北：台湾商务印书馆，1986年。
孙承泽：《庚子销夏记》，《景印文渊阁四库全书》本，台北：台湾商务印书馆，1986年。

安岐著，郑炳纯校，范景中审读：《墨缘汇观》，广州：岭南美术出版社，1994年。

徐邦达编：《改订历代流传绘画编年表（附画家书）》，北京：人民美术出版社，1995年。

林树中、王崇人主编：《美术辞林·中国绘画卷》，西安：陕西人民美术出版社，1995年。

王伯敏主编：《中国美术通史》，济南：山东教育出版社，1996年。

徐娟主编：《中国历代书画艺术论著丛编》，北京：中国大百科全书出版社，1997年。

周心慧：《中国古代版刻版画史论集》，北京：学苑出版社，1998年。

徐沁：《明画录》，《续修四库全书》本，上海：上海古籍出版社，2002年。

吴荣光：《辛丑销夏记》，《续修四库全书》本，上海：上海古籍出版社，2002年。

胡敬：《胡氏书画考三种》，《续修四库全书》本，上海：上海古籍出版社，2002年。

周心慧：《中国版画史丛稿》，北京：学苑出版社，2002年。

吴敢：《沈周》，石家庄：河北教育出版社，2003年。

[美]福开森、容庚编：《历代著录画目正续编》，北京：北京图书馆出版社，2007年。

卢辅圣主编：《朵云第六十八集：陈洪绶研究》，上海：上海书画出版社，2008年。

姜绍书著，印晓峰编：《无声诗史》，上海：华东师范大学出版社，2009年。

王燕来选编：《历代书画录续编》，北京：国家图书馆出版社，2010年。

张丑：《清河书画舫》，《古代书画著作选刊》本，上海：上海古籍出版社，2011年。

5. 诗话、词话、词作

唐圭璋编：《全宋词》，北京：中华书局，1965年。

王文才辑校：《杨慎词曲集》，成都：四川人民出版社，1984年。

柳亚子：《磨剑室诗词集》，上海：上海人民出版社，1985年。

杨慎著，王仲镛笺证：《升庵诗话笺证》，上海：上海古籍出版社，1987 年。

朱彝尊：《静志居诗话》，北京：人民文学出版社，1990 年。

岳珍评注：《中国历代词分调评注·念奴娇》，成都：四川文艺出版社，1998 年。

王力：《诗词格律》，北京：中华书局，2000 年。

唐圭璋编：《词话丛编》，北京：中华书局，2005 年。

杨慎著，王大厚笺证：《升庵诗话新笺证》，北京：中华书局，2008 年。

钱谦益：《列朝诗集小传》，上海：上海古籍出版社，2008 年。

房日晰：《宋词比较研究》，合肥：安徽大学出版社，2010 年。

赵尊岳辑：《明词汇刊》，上海：上海古籍出版社，2012 年。

葛渭君编：《词话丛编补编》，北京：中华书局，2013 年。

6. 近人论著

吴趼人：《我佛山人笔记（四种）》，上海：广益书局，1936 年。

何心：《水浒研究》，上海：上海文艺联合出版社，1954 年；上海：上海古籍出版社，1985 年增订版。

余嘉锡：《宋江三十六人考实》，北京：作家出版社，1955 年。

严敦易：《水浒传的演变》，北京：作家出版社，1957 年。

作家出版社编辑部：《水浒研究论文集》，北京：作家出版社，1957 年。

蒋瑞藻编：《小说考证（附续编拾遗）》，上海：古典文学出版社，1957 年。

蒋瑞藻编：《小说枝谈》，上海：古典文学出版社，1958 年。

陈汝衡：《说书史话》，北京：作家出版社，1958 年。

郭绍虞、罗根泽主编：《中国近代文论选》，北京：人民文学出版社，1959 年。

鲁迅：《中国小说史略》，北京：人民文学出版社，1973 年。

北京大学中文系：《中国小说史》，北京：人民文学出版社，1978 年。

周贻白：《中国戏曲发展史纲要》，上海：上海古籍出版社，1979 年。

胡士莹：《话本小说概论》，北京：中华书局，1980 年。

戴不凡：《小说见闻录》，杭州：浙江人民出版社，1980 年。

胡适：《中国章回小说考证》，上海：上海书店出版社，1980年。

赵景深：《中国小说丛考》，济南：齐鲁书社，1980年。

孟森：《明清史讲义》，北京：中华书局，1981年。

聂绀弩：《中国古典小说论集》，上海：上海古籍出版社，1981年。

张国光：《〈水浒〉与金圣叹研究》，郑州：中州书画社，1981年。

郑公盾：《水浒传论文集》，银川：宁夏人民出版社，1983年。

欧阳健、萧相恺：《水浒新议》，重庆：重庆出版社，1983年。

张伯驹编著：《春游琐谈》，郑州：中州古籍出版社，1984年。

邱仁宗编著：《科学方法和科学动力学——现代科学哲学概述》，上海：知识出版社，1984年。

江苏省社会科学院文学研究所编：《施耐庵研究》，南京：江苏古籍出版社，1984年。

王利器：《耐雪堂集》，北京：中国社会科学出版社，1986年。

张国光：《古典文学论争集》，武汉：武汉出版社，1987年。

刘小枫选编：《接受美学译文集》，北京：生活·读书·新知三联书店，1989年。

马成生：《水浒试笔集》，北京：团结出版社，1990年。

王齐洲：《四大奇书与中国大众文化》，武汉：湖北教育出版社，1991年。

罗尔纲：《水浒传原本和著者研究》，南京：江苏古籍出版社，1992年。

杨荫杭著，杨绛整理：《老圃遗文辑》，武汉：长江文艺出版社，1993年。

张锦池：《中国四大古典小说论稿》，北京：华艺出版社，1993年。

[美]浦安迪著，沈亨寿译：《明代小说四大奇书》，北京：中国和平出版社，1993年。

陈大康著，郭豫适审定：《通俗小说的历史轨迹》，长沙：湖南出版社，1993年。

王齐洲：《古典小说新探》，杭州：浙江古籍出版社，1993年。

张煜明编著：《中国出版史》，武汉：武汉出版社，1994年。

董天策：《传播学导论》，成都：四川大学出版社，1995年。

王珏、李殿元：《水浒大观》，成都：四川人民出版社，1996年。

余嘉锡：《余嘉锡文史论集》，长沙：岳麓书社，1997年。

郭宏安等：《二十世纪西方文论研究》，北京：中国社会科学出版社，1997 年。

敏泽、党圣元：《文学价值论》，北京：社会科学文献出版社，1997 年。

周庆山：《文献传播学》，北京：书目文献出版社，1997 年。

程毅中：《宋元小说研究》，南京：江苏古籍出版社，1999 年。

郭庆光：《传播学教程》，北京：中国人民大学出版社，1999 年。

郑振铎：《中国文学研究》，北京：人民文学出版社，2000 年。

黄俶成：《施耐庵与〈水浒〉》，上海：上海人民出版社，2000 年。

何满子：《何满子学术论文集》，福州：福建人民出版社，2002 年。

侯会：《〈水浒〉源流新证》，北京：华文出版社，2002 年。

方志远：《明代城市与市民文学》，北京：中华书局，2004 年。

聂绀弩：《中国古典小说论集》，上海：复旦大学出版社，2005 年。

张秀民著，韩琦增订：《中国印刷史》，杭州：浙江古籍出版社，2006 年。

吴晓铃：《吴晓铃集》，石家庄：河北教育出版社，2006 年。

周良编著：《苏州评弹旧闻钞》（增补本），苏州：古吴轩出版社，2006 年。

陈松柏：《水浒传源流考论》，北京：人民文学出版社，2006 年。

李殿元、王珏：《〈水浒传〉之谜》（插图珍藏版），北京：中国广播电视出版社，2006 年。

马幼垣：《水浒论衡》，北京：生活·读书·新知三联书店，2007 年。

马幼垣：《水浒二论》，北京：生活·读书·新知三联书店，2007 年。

郑文：《江南世风的转变与吴门绘画的崛兴》，上海：上海文化出版社，2007 年。

孙楷第：《沧州集》，北京：中华书局，2009 年。

王齐洲：《稗官与才人——中国古代小说考论》，长沙：岳麓书社，2010 年。

阳建雄：《〈水浒传〉研究》，南昌：江西人民出版社，2010 年。

徐永斌：《凌濛初考证》，南京：江苏人民出版社，2010 年。

李双华：《吴中派与中晚明文学》，北京：中国社会科学出版社，2012 年。

杨昇：《长洲文氏文化世家研究》，北京：中国社会科学出版社，

2013 年。

刘世德：《水浒论集》，北京：社会科学文献出版社，2014 年。

王齐洲：《中国通俗小说史》，武汉：武汉大学出版社，2015 年。

齐裕焜、冯汝常等编著：《水浒学史》，上海：上海三联书店，2015 年。

李永祜：《水浒考论集》，北京：燕山出版社，2015 年。

许勇强、李蕊芹：《〈水浒传〉研究史》，北京：中国社会科学出版社，2017 年。

二、论文类

1. 期刊论文

李玄伯：《水浒故事的演变》，《猛进》第 28、29 期，1925 年。

郑振铎：《〈水浒传〉的演化》，《小说月报》第 20 卷第 9 期，1929 年。

聂绀弩：《〈水浒〉是怎样写成的》，《人民文学》1953 年第 6 期。

陈中凡：《试论水浒传的著者及其创作时代》，《南京大学学报（自然科学版）》1955 年第 1 期。

俞兆鹏：《施耐庵的生平和〈水浒〉的成书》，《南昌大学学报（人文社会科学版）》1978 年第 1 期。

齐裕焜：《略谈〈水浒传〉的成书过程》，《兰州大学学报（哲学社会科学）》1979 年第 1 期。

黄瑞云：《从〈水浒〉成书的过程谈对〈水浒〉的评价》，《黄石师院学报（哲学社会科学版）》1981 年第 1 期。

张国光：《〈水浒〉祖本探考——兼论施耐庵为郭勋门客之托名》，《江汉论坛》1982 年第 1 期。

黄霖：《宋末元初人施耐庵及"施耐庵的本"——兼析兴化、大丰"新发现"恰恰证明其地确无施耐庵》，《复旦学报（社会科学版）》1982 年第 5 期。

袁世硕：《〈水浒传〉作者施耐庵问题》，《东岳论丛》1983 年第 3 期。

张国光：《再论〈水浒〉成书于明嘉靖初年》，《武汉师范学院学报（哲学社会科学版）》1983 年第 4 期。

徐仲元：《施耐庵热与〈水浒传〉作者》，《内蒙古大学学报（哲学社会科学版）》1984 年第 1 期。

王永健：《从明初的"水浒戏"看〈水浒传〉祖本的成书年代》，湖北省《水浒》研究会、《水浒争鸣》编委会编：《水浒争鸣》第三辑，武汉：长江文艺出版社，1984年。

周维衍：《〈水浒传〉的成书年代和作者问题——从历史地理方面考证》，《学术月刊》1984年第7期。

袁世硕：《郭勋与〈水浒传〉》，湖北省《水浒》研究会、《水浒争鸣》编委会编：《水浒争鸣》第四辑，武汉：长江文艺出版社，1985年。

李永祜：《〈水浒〉中的地名证明了什么？——〈水浒〉成书"嘉靖说"质疑之一》，湖北省《水浒》研究会、《水浒争鸣》编委会编：《水浒争鸣》第四辑，武汉：长江文艺出版社，1985年。

王利器：《〈水浒传〉的来源》，《西南师范大学学报（人文社会科学版）》1987年第1期。

李永祜：《〈水浒〉成书"嘉靖说"质疑之二》，张国光主编：《水浒争鸣》第五辑，武汉：武汉大学出版社，1987年。

张国光：《再评聂绀弩等先生的〈水浒〉简本先于繁本说——兼辨〈水浒〉成书之前并无所谓"词话本"流传》，《湖北大学学报（哲学社会科学版）》1987年第5期。

李伟实：《从水浒戏和水浒叶子看〈水浒传〉的成书年代》，《社会科学战线》1988年第1期。

周续赓、何思明：《论〈水浒〉作者的佛道观——兼谈本书的成书过程》，《明清小说研究》1988年第3期。

李伟实：《从杜堇的〈水浒人物全图〉看〈水浒传〉的成书年代》，《社会科学战线》1991年第3期。

王辉斌：《金批〈水浒〉的成书年代——兼及金圣叹批点〈水浒传〉的动机》，《固原师专学报》1992年第3期。

李伟实：《〈水浒传〉成书于元末明初之说不能成立——兼论〈水浒传〉的作者为罗贯中非施耐庵》，《社会科学战线》1993年第6期。

马幼垣：《〈水浒传〉成书过程再论》，《湖北大学学报（哲学社会科学版）》1993年第6期。

刘建国：《梁山故事的流传和〈水浒传〉的成书》，《湘潭大学学报（社会科学版）》1994年第3期。

陈辽：《从"斗阵"辨〈三国〉〈水浒〉何者在先》，《常州教育学院学报（社会科学版）》1995年第1期。

王珏：《论〈水浒传〉成书过程的史地背景》，《济宁师专学报》

1997 年第 4 期。

王利华、于素英：《〈水浒传〉的成书始末》，《语文学刊》1998 年第 2 期。

石昌渝：《从朴刀杆棒到子母炮——〈水浒传〉成书研究之一》，《文学遗产》1999 年第 2 期。

张颖、陈速：《〈水浒传〉成书元末明初新考》，《黑龙江社会科学》1999 年第 3 期。

陈松柏：《朴刀、杆棒、子母炮辨疑》，《中国文学研究》2000 年第 2 期。

侯会：《后来居上的〈水浒〉人物——公孙胜》，《文学遗产》2000 年第 5 期。

王丽娟：《〈水浒传〉成书时间新证》，《湖北大学学报（哲学社会科学版）》2001 年第 1 期。

马成生：《〈水浒传〉作者及成书年代论争述评》，《中华文化论坛》2001 年第 1 期。

石昌渝：《〈水浒传〉成书于嘉靖初年考》，《上海师范大学学报（哲学社会科学版）》2001 年第 5 期。

盛志梅：《论道教文化在〈水浒传〉成书过程的作用与表现》，《华东师范大学学报（哲学社会科学版）》2002 年第 3 期。

［日］大塚秀高：《天书与泰山——从〈宣和遗事〉看〈水浒传〉成书之谜》，《保定师范专科学校学报》2003 年第 1 期。

石昌渝：《林冲与高俅——〈水浒传〉成书研究》，《文学评论》2003 年第 4 期。

张培锋：《关于〈水浒传〉成书时间的几个"内证"考辨——与石昌渝先生商榷》，《贵州大学学报（社会科学版）》2004 年第 2 期。

王丽娟：《关于〈水浒传〉成书时间研究方法的思考》，《湖北大学学报（哲学社会科学版）》2004 年第 2 期。

纪德君：《百年来〈水浒传〉成书及版本研究述要》，《中华文化论坛》2004 年第 3 期。

沈伯俊：《文学史料的归纳与解读——元代至明初小说和戏曲中白银的使用》，《文艺研究》2005 年第 1 期。

石昌渝：《〈水浒传〉成书于嘉靖初年续考——答张培锋先生》，《文学遗产》2005 年第 1 期。

丁一清：《论〈水浒传〉的成书类型》，《西北民族大学学报（哲学社会科学版）》2005 年第 2 期。

张培锋：《〈水浒传〉成书于嘉靖初年说再质疑》，《贵州大学学报（社会科学版）》2005 年第 4 期。

王颖：《也谈〈水浒传〉成书时间之内证——与张培锋先生商榷》，《中国社会科学院研究生院学报》2005 年第 4 期。

沈伯俊：《再论元代至明初小说戏曲中货币的使用》，《内江师范学院学报》2005 年第 5 期。

冯保善：《从白秀英说唱诸宫调谈〈水浒传〉成书的下限》，《南京师范大学文学院学报》2006 年第 1 期。

崔茂新：《论"〈水浒传〉成书于嘉靖初年"说之不成立——就教于石昌渝先生》，《菏泽学院学报》2006 年第 3 期。

周腊生：《从淡薄的斯文气息看〈水浒〉的作者与成书年代》，《菏泽学院学报》2006 年第 3 期；亦载《明清小说研究》2006 年第 4 期。

颜廷亮：《由历史地理文化看〈水浒传〉之成书时代》，《时代文学（双月版）》2006 年第 4 期。

刘华亭：《〈水浒传〉的成书年份和罗贯中的生卒之年》，《济宁师范专科学校学报》2006 年第 5 期。

何红梅：《新世纪〈水浒传〉作者、成书与版本研究综述》，《苏州大学学报（哲学社会科学版）》2006 年第 6 期。

郭万金：《梁山好汉与刀及酒之关系——兼谈〈水浒传〉之成书年代》，《明清小说研究》2007 年第 1 期。

石昌渝：《〈水浒传〉成书在元末明初，还是在嘉靖初年》，《中华读书报》2007 年 11 月 21 日。

萧相恺、苗怀明：《〈水浒传〉成书于嘉靖说辨证——与石昌渝先生商榷》，《文学遗产》2007 年第 5 期。

石昌渝：《〈水浒传〉成书年代问题再答客难》，《文学遗产》2007 年第 5 期。

张宁：《从货币信息看〈水浒传〉成书的两个阶段》，《文学遗产》2007 年第 5 期。

张云娟：《"浪子"与"一丈青"辨——从燕青赞语看〈水浒传〉成书的一些问题》，张虹、刘春龙主编：《水浒争鸣》第十辑，武汉：崇文书局，2008 年。

田兴国：《元人"水浒"戏——〈水浒传〉小说成书的重要基础平议》，张虹、刘春龙主编：《水浒争鸣》第十辑，武汉：崇文书局，

2008 年。

刘洪强：《从唐伯虎一句诗看〈水浒传〉的成书年代——〈水浒传〉成书上限小考》，《明清小说研究》2008 年第 2 期。

萧相恺、苗怀明：《〈水浒传〉成书于嘉靖说再辨证——石昌渝先生〈答客难〉评议》，《文学遗产》2008 年第 6 期。

侯会：《〈水浒传〉成书时间再探讨》，《文学遗产》2008 年第 6 期。

刘铭：《从林冲的"折叠纸西川扇子"看〈水浒传〉的成书年代》，《明清小说研究》2009 年第 4 期。

周腊生：《从元曲语词的使用看〈水浒〉的作者与成书年代》，《明清小说研究》2009 年第 4 期。

石昌渝：《明初朱有燉二种"偷儿传奇"与〈水浒传〉成书》，《文学遗产》2009 年第 5 期。

戴云波：《〈水浒〉研究的成书与版本问题》，《中国图书评论》2009 年第 9 期。

王平：《〈水浒传〉"灵官殿"小考——兼及〈水浒传〉成书时间问题》，《辽东学院学报（社会科学版）》2010 年第 1 期。

王齐洲：《论〈水浒传〉的早期传播——以张丑著录文徵明小楷古本〈水浒传〉为中心》，《社会科学研究》2010 年第 3 期。

宋金民：《论宋代理学治世思想对〈水浒传〉成书的影响》，《广西大学学报（哲学社会科学版）》2010 年第 3 期。

王齐洲、王丽娟：《钱希言〈戏瑕〉所记〈水浒传〉传播史料辨析》，《北京师范大学学报（社会科学版）》2010 年第 4 期。

许勇强、李蕊芹：《百年〈水浒传〉成书时间研究检讨》，《中华文化论坛》2010 年第 4 期。

刘蓓萱：《浅谈〈水浒〉的成书与流传》，《湖北函授大学学报》2010 年第 5 期。

王丽娟、王齐洲：《〈水浒传〉早期传播史料辨析——以〈南沙先生文集·故相国石斋杨公墓表〉为中心》，《中山大学学报（社会科学版）》2010 年第 5 期。

颜廷亮：《两位英雄结局对〈水浒传〉成书时代的有限界定》，《菏泽学院学报》2010 年第 6 期。

何红梅：《十年来〈水浒传〉作者、成书年代与版本研究述要》，《菏泽学院学报》2011 年第 3 期。

王齐洲、王丽娟：《从〈菽园杂记〉〈叶子谱〉所记"叶子戏"看

〈水浒传〉成书时间》,《南开学报(哲学社会科学版)》2011年第3期。

许勇强、李蕊芹:《插增与腰斩:解读〈水浒传〉论争的钥匙——兼论〈水浒传〉成书的独特性》,《文艺评论》2011年第4期。

欧阳健:《〈水浒〉的成书与"水浒"的精神——兼与刘再复先生商榷》,《乌鲁木齐职业大学学报》2011年第4期。

李永祜:《施耐庵和罗贯中对〈水浒传〉成书的贡献》,《菏泽学院学报》2011年第4期。

颜廷亮:《山东运河区域经济对〈水浒传〉成书时代上限的有限界定》,《菏泽学院学报》2011年第6期。

李伟实:《〈水浒传〉成书于明朝中叶可以定论》,《广东技术师范学院学报》2011年第11期。

朱仰东:《〈水浒传〉成书时间"新说"》,《华北电力大学学报(社会科学版)》2012年第2期。

许勇强、李蕊芹:《百年〈水浒传〉成书时间研究检讨》,张虹、浦玉生主编:《水浒争鸣》第十三辑,北京:团结出版社,2012年。

刘相雨:《近十年来〈水浒传〉成书时间论争述评》,张虹、浦玉生主编:《水浒争鸣》第十三辑,北京:团结出版社,2012年。

王丽娟:《〈水浒传〉早期传播史料考辨——以杜堇〈水浒全图〉为中心》,《明清小说研究》2012年第3期。

刘铭、徐传武:《"天齐仁圣帝"和"碧霞元君"两个名号的来源与发展考论——兼及〈水浒传〉的成书时间》,《民俗研究》2012年第4期。

温庆新:《关于〈水浒传〉成书时间研究的方法论思考》,《清华大学学报(哲学社会科学版)》2014年第2期。

宋健、宋培宪:《〈水浒传〉中的"三国元素"——兼及〈三国演义〉〈水浒传〉的成书先后问题》,《内江师范学院学报》2014年第11期。

张国风:《实证主义的困窘——〈水浒传〉的版本、作者与成书》,《文艺研究》2015年第2期。

胡以存:《南、北支水浒故事与〈水浒传〉成书》,《明清小说研究》2015年第3期。

李永祜:《〈水浒传〉三题》,《明清小说研究》2015年第3期。

张国风:《一切皆有可能——关于〈水浒传〉的成书和作者》,《光明日报》2015 年 12 月 22 日第 11 版《光明阅读・书林》。

许勇强、许见军:《从水浒故事政治心态的变迁看〈水浒传〉的成书时间——以水浒戏为考察中心》,张虹、浦玉生、窦应元主编:《水浒争鸣》第十六辑,郑州:中州古籍出版社,2016 年。

李永祜:《关于"文待诏诸公听人说宋江"等问题再议——答王齐洲等先生》,《北京师范大学学报(社会科学版)》2016 年第 1 期。

杨大忠:《从货币信息看〈水浒传〉研究中的问题》,《明清小说研究》2016 年第 1 期。

王丽娟、王齐洲:《〈戏瑕〉所记"文待诏诸公暇日喜听人说宋江"再析——答李永祜先生兼及学术研究的态度与方法》,《南京大学学报(哲学・人文科学・社会科学)》2016 年第 4 期。

武迪、白旭:《明代通俗小说史上荒芜的一百五十年——论〈水浒传〉成书于嘉靖说的缺陷》,《昭通学院学报》2016 年第 4 期。

贺文锋:《〈水浒传〉成书时间研究方法的比较分析》,《嘉兴学院学报》2016 年第 4 期。

许勇强、邓雷:《从水浒故事政治心态的变迁看〈水浒传〉的成书时间》,《内江师范学院学报》2016 年第 5 期。

张伟:《〈水浒传〉成书于明初考——基于袍服颜色的考察》,《文史哲》2016 年第 6 期。

张同胜:《从印刷术看明代长篇章回小说的成书问题——以〈三国志通俗演义〉为中心》,《明清小说研究》2017 年第 4 期。

李永祜:《文徵明"手抄古本〈水浒传〉"的真实性考辨》,《菏泽学院学报》2017 年第 6 期。

李永祜:《文徵明手抄"小楷古本〈水浒传〉"抄写时间考》,《菏泽学院学报》2018 年第 1 期。

王齐洲、王丽娟:《文献—传播学方法是解决通俗小说疑难问题的有效方法——以〈水浒传〉成书年代的讨论为例》,《南京大学学报(哲学・人文科学・社会科学)》2018 年第 3 期。

车振华:《〈水浒传〉的成书及其雅俗间杂的审美趣味》,《人文天下》2018 年第 12 期。

王丽娟、王齐洲:《〈词品〉和〈水浒传〉所载宋江词辨析》,《学术研究》2019 年第 7 期。

2. 硕士、博士论文

向彬:《文徵明与吴门书派》,首都师范大学硕士论文,2002 年。

刘彭冰：《程敏政年谱》，安徽大学硕士论文，2003年。

倪龙娇：《杜堇艺术地位的重估》，中国美术学院硕士论文，2006年。

杨继辉：《唐寅年谱新编》，苏州大学硕士论文，2007年。

张秋婵：《潘之恒研究》，苏州大学博士论文，2008年。

袁媛：《钱希言研究》，西南大学硕士论文，2009年。

翟勇：《何良俊研究》，上海大学博士论文，2011年。

唐桂英：《陈束研究》，湘潭大学硕士论文，2014年。

郭昂然：《郎瑛及其〈七修类稿〉研究》，暨南大学硕士论文，2014年。

后　　记

　　一部文学作品诞生的时间，似乎是一个很具体的小问题，用不着小题大做，花这样大的精力来讨论。然而，《水浒传》的成书时间，却并不是一个小问题，而是一个大问题，因为它牵涉如何认识中国小说发展的历史进程，如何理解中国文学发展的历史脉络，从而为中国通俗文学迈进中国文学历史舞台中心位置确定比较准确的时间坐标，探寻出中国文学发展的内在规律，其意义十分重大。正因为如此，新文学运动以来，许多学者投入大量精力，试图解决这一问题。遗憾的是，经过百余年的努力，这一问题始终没有得到有效解决。

　　本书是我们为解决《水浒传》成书时间问题所做的一次尝试。书中的每章包括绪论都以论文形式在期刊发表过，得到了绝大多数学者的肯定，产生了一定的学术影响。因受当时认识局限，少数论文的个别地方存在疏漏，或有些论述还不够细致周密；因受期刊版面限制，有些内容当时没有能够在论文中充分展开，或是在论文发表时因版面原因有所删减压缩。此次借整理成书之机，我们对上述内容进行了补充修改，有些内容甚至进行了彻底改写，使之更为完善，以充分表达我们当下的意见。我们以整理完善后的书稿申报 2019 年国家社科基金后期资助，得到五位匿名评审专家的一致肯定，顺利获准立项。这里，照录一位评审专家的意见：

　　　　该成果选题有针对性，有目的性，有创新意识，有学术价值。作者以九章的篇幅，从《水浒传》传播史上重要的文献切入，进行一系列的考证和辨析，力图重新考定《水浒传》的成书时间，以期推动《水浒传》的研究。该成果的创新建树与学术价值，可概括为以下几方面：

1. 为学界提供了一种新的研究思路和研究方法。这就是运用文献—传播学方法来研究《水浒传》的成书时间。作者针对学界无法提供《水浒传》作者和版本的原始文献的现状，转换思路，另辟蹊径，力图把文献学与传播学结合起来，将李开先《一笑散》到杜堇《水浒人物全图》等有记载《水浒传》传播的文献梳理出来，详细考证，尊重史实，实事求是，从而得出了令人信服的结论。

2. 以问题为导向创立新说。作者认为：学界似乎已成共识的《水浒传》成书于元末明初说缺少文献依据，以此问题为导向，作者从《水浒传》传播文献入手，经过认真地反复讨论，提出了《水浒传》成书时间的新说法：嘉靖三年至嘉靖九年之间（1524—1530）。这就比传统的模糊说法更为具体，更为明确，或许也更为接近事实的本真状态。虽然此观点仍然需要作者和版本原始文献的印证，但在原始文献发现之前，它起码是将《水浒传》成书时间的研究又向前推进了一步。这对其他明清小说相关问题的研究也是有借鉴意义的。

匿名专家这样热情细致地从研究思路与研究方法两方面来肯定本课题研究成果，强调其学术创新意义和推动古代小说相关研究的学术价值，令我们十分感动，也让我们备受鼓舞。我们由衷感谢各位评审专家和国家社科基金委对本成果的充分肯定与大力支持！

匿名评审专家在充分肯定本成果的同时，也指出了本成果需要改进的地方。他们一致认为，本成果第一章到第八章为文献辨析，以驳论为主，第九章是对《水浒传》成书时间研究方法的思考，具有宏观性和理论性。总的来看，"文献辨析自有优长"，"个案研究比较深入"，但"立论弱于驳论"，"宏观研究还望进一步拓展"，"有进一步打磨的空间"。这些意见十分中肯，我们完全接受。收到立项通知书和专家意见后，按照评审专家的指引，我们花了一两年时间，除了对全书各章做了"进一步打磨"外，还补充完善了一些关键证据，对不少章节进行了改写，特别对第九章做了重点改写，并调整了一些章节的结构，强化了最后的结语，使之能够对全书起到绾结和提振的作用，以便真正能够从理论和实践上对文献—传播学方法做出更有理论概括力和更具实际操作性的解释，以利于学术界的批评、吸收、甄别和讨论。

我们以修改完善后的成果申请结项，结项评审专家给予了较高的评价。这里照录三位专家的主要评审意见如下：

专家一：

本论文的创新价值与学术价值大致体现在以下几个方面：

1. 研究观念的转换与研究方法的创新。《水浒传》成书时间是长久以来学界争议较多的问题之一。本论文通过对百年来《水浒传》成书时间研究的检讨，剖露出有关《水浒传》作者、版本、内证等研究存在的诸多困境，认为依靠现存的有限材料，依然无法确定《水浒传》的成书时间。作者认为，文献—传播方法乃是适应通俗小说这一特殊对象、能够为世代累积型作品的成书时间进行准确定位的有效方法。因此，研究者需转换研究观念与研究方法，将传播与接受作为研究的抓手，运用文献—传播学的理论与方法，来解决这一历史疑难问题。作者通过对李开先《一笑散》、杨慎《词品》、陆容《菽园杂记》、杜堇《水浒人物全图》等早期传播史料的细致考辨，得出《水浒传》成书时间约为嘉靖三年至九年（1524—1530）之间，而不是通常所说的元末明初。所论实事求是，结论成一家之言，也较有说服力，同时在研究思路和研究方法上均有所拓展与创新。

2. 对现存《水浒传》成书时间的相关文献材料作了细致的辨析工作，并对相关史实加以发掘，为今后的研究提供了较为翔实的文献材料。《水浒传》自问世以来，有关作者、创作方式、成书时间等，往往歧说纷纭，真伪杂糅。本文可以说对历来《水浒传》成书时间的史料竭泽而渔，并在此基础上狠下去伪存真、去疑取信的考证辨析功夫，为《水浒传》成书时间研究提供了更为全面、翔实与准确的文献保证。尽管《水浒传》成书时间的确定，仍需要更为直接的文献证据，但对已有相关文献的考证辨析，澄清了一些问题，同样具有重要的学术意义。

论文问题意识强，讨论问题集中，对已有的研究有所拓展与推进。论文资料翔实，论证细密，是一篇颇具学术价值的研究成果。

专家二：

该成果的创新程度、突出特色和主要建树体现于以下几个方面：
第一，该成果的研究视角比较独到、新颖。关于《水浒传》成书，一般认为是在元末明初，对这一问题的探讨，前人做了不少工作，该成果以《水浒传》早期传播史料作为研究中心，对此加以考察，认为《水浒传》成书时间与其早期传播时间接近，应该是在明代中叶而不是在元末明初。这一结论虽不是首次提出，但该成果的研究视角新颖、独特，体现出很好的学术价值和创新意义。

第二，该成果的文献资料翔实。作者通过搜集李开先《一笑散》、杨慎《词品》、张丑著录文徵明小楷古本《水浒传》、钱希言《戏瑕》、陆容《菽园杂记》、潘之恒《叶子谱》、熊过《故相国石斋杨公墓表》、杜堇《水浒人物全图》等早期《水浒传》传播史料并加以分析、考证，结尾附有《〈水浒传〉早期传播史料辑录》，在具体而翔实的文献材料基础上阐述《水浒传》成书时间，得出的结论有较好的说服力。

第三，该成果注重对前人相关研究的回顾、总结，作者在绪论中间，对前人有关研究作了很好的总结。在具体章节中也有相关的内容，如，第三章《张丑著录文徵明小楷古本〈水浒传〉考辨》第一节对相关问题进行简要回顾，在此基础上提出自己的观点，写作比较规范。

第四，该成果研究方法独到。首先，作者采取文献—传播学的方法开展研究，将文献资料与理论阐述相结合，对于分析《水浒传》的成书而言，提供了新的研究思路和方法，与以往石昌渝先生从《水浒传》内证的角度开展研究的方法有着明显的不同，体现了在《水浒传》的成书研究方面，研究方法的创新和突破。其次，作者采用比较研究的方法，例如，第二章第一节将《词品》和《水浒传》所载"宋江词"进行比较，通过比较说明自己的观点。最后，作者注重文本细读，提炼资料和观点。总的看来，该成果的研究方法运用比较独到、合理。

该成果的学术价值、理论价值或应用价值体现在以下几个方面：

第一，该成果具有很好的学术价值和创新意义。关于《水浒传》成书，前人做了大量的工作，或通过作者加以考察，或通过版本进行考察，或通过《水浒传》内证进行分析，本文以《水浒传》早期传播史料作为研究中心，研究视角独到、新颖，体现了很好的学术价值。

第二，该成果运用文献—传播学、比较研究、文本细读等研究方法比较独到、合理，为《水浒传》的研究提供新的方法和视角。

第三，该成果的研究将很好地推动《水浒传》成书研究及至于《水浒传》的整体研究。

专家三：

1. 该成果符合法律要求，符合党和政府的各项方针政策，没有发现政治方向、政治观点上的问题，不存在不宜公开出版的敏感内容，学术质量很高，写作规范，符合出版要求，可以结项并公开出版。

2. 该成果具有鲜明的问题导向，研究者直面《水浒传》研究中的难点，通过全面、细致的文献考辨，细密分析问题之症结，指出解决问题之可能性，进而提出了极有价值和个性的判断。其论点和论断，是否为唯一结论，是否为定论，可以继续争鸣，但这种无征不信的研讨方式无疑值得学界高度重视。

3. 该成果具有鲜明的方法论意义。研究者提出并运用"文献—传播学"的方法，有驳论亦有立论，更对这种方法做了有一定理论色彩的阐发，可以为文学史中其他类似现象、文本的研究提供可贵的借鉴。

4. 建议：研究者所运用的《水浒传》早期传播史料，几乎全为学界所知，少有自己独特的发现，故整个研究从"新材料"的角度来看，尚有缺憾。明代书籍文献浩如烟海，很多子部文献、集部文献尚没有得到足够的重视，是否有相关史料的存在，或值得努力。当然，新材料的发现可遇不可求。此建议不足以质疑这项研究的学术价值和意义。

其实，我们也深知，本课题成果对《水浒传》成书时间并没有提出全新的观点，因为近百年来一直有人主张《水浒传》成书于明嘉靖时期，只是这种观点的证据不够扎实充分，论证不够严谨缜密，具体成书时间也不够确切明晰，以致未能成为学术主流意见；我们也没有提供多少新材料（当然也提供有文徵明《京邸怀归诗》之类的稀见史料），书中所使用的材料大多是《水浒传》研究者们耳熟能详或比较容易得到的材料，只是他们对某些材料的理解不够细致准确，从而影响了最终的判断。我们所做的工作，主要是吸取历史的经验教训，改善学术研究方法，将文献学与传播学有机结合，在细致而扎实的文献解读的基础上，全方位、多角度探讨《水浒传》早期传播史料中所涉及的人、事、物，尽量复原这些史料所产生的历史语境、文化氛围、人物关系和文学生态，绝不将其做孤立的、片面的、简单化的理解，这样，《水浒传》早期传播史料就成了解开《水浒传》成书时间的锁钥。因为任何一条史料都是一个场景，一种生态，一件故事，一段历史，其中隐含着大量的文学信息、文化信息和社会信息。我们认为，文学作品的存在是以传播为媒介的，没有传播证据的作品之是否存在是一个伪命题，本不在学术研究之列；而传播不是一种孤立的现象，必然涉及人与人、人与物、人与社会的复杂关系。《水浒传》的早期传播者一定会与他的家人、朋友和周围社会产生联系，存在着不可避免的相互影响。因此，尽力复原文学传播的真实历史场景，就成为解读各种传播史料的基本的主要的研究目标。这不仅对于准确解读传播史料具有方法论意义，而且对于厘清那些纠缠不清的史料文字理解上的歧义也有实际效用。这便是我们为什么要采用文献—传播学方法，以《水浒传》早期传播史料的辨析作为《水浒传》成书时间研究突破口的直接原因。我们研究的创新点主要就在这里，我们与前人研究的最大区别也在这里。希望我们所采用的文献—传播学方法不仅对于《水浒传》成书时间的研究有用，而且对其他通俗小说的相关研究也能够起到示范作用并提供实际的操作经验。至于我们的研究是否达到了预期目的，还请读者诸君评判。

  本书的出版，还获得了湖北省学术著作出版专项资金资助以及正在进行国家"双一流"建设的华中师范大学文学院中国语言文学一流学科的经费支持。湖北人民出版社文史部编辑精心审校，保证了出版质量。对于国家社科基金评审专家和出版社编辑付出的辛劳，对于上述给予此书资助的单位和机构，我们在此表示由衷的敬佩与感谢！

壬寅清明日作者谨记